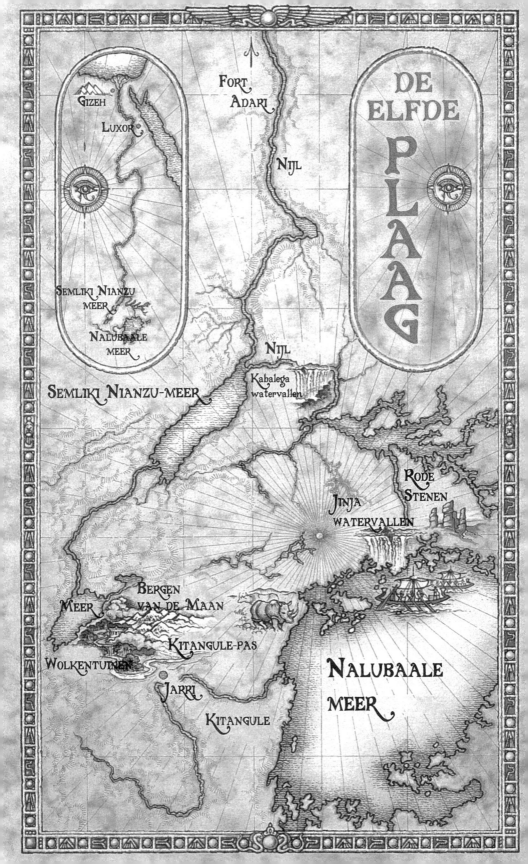

DE ELFDE PLAAG

Wilbur Smith

DE ELFDE PLAAG

2007 – De Boekerij – Amsterdam

Oorspronkelijke titel: The Quest (Macmillan)
Vertaling: Hans Kooijman
Omslagontwerp: HildenDesign, München
Omslagbeeld: Egyptian National Museum, Cairo, Egypt/
The Bridgeman Art Library

Dit boek is voor mijn vrouw,
MOKHINISO
Mooi, liefdevol, loyaal en trouw;
Er is niemand op de wereld dan jij.

ISBN: 978-90-225-4657-4

© 2007 by Wilbur Smith
© 2007 voor de Nederlandse taal: De Boekerij bv, Amsterdam

Twee eenzame figuren daalden de hoge berg af. Ze droegen een door de reis versleten bontjas, een leren helm en onder hun kin vastgebonden oorflappen tegen de kou. Hun baard was onverzorgd en hun gezicht verweerd. Ze droegen al hun schamele bezittingen op hun rug. Ze hadden een zware, gevaarlijke reis moeten maken om deze plek te bereiken. Hoewel hij vooropliep, had Meren geen idee waar ze waren en hij wist evenmin waarom ze de verre reis hadden gemaakt. Hij wist alleen dat de oude man die hem volgde het wist en deze had het Meren nog niet willen vertellen.

Sinds ze uit Egypte waren vertrokken, waren ze zeeën, meren en vele grote rivieren overgestoken en over uitgestrekte vlakten en door reusachtige bossen getrokken. Ze waren vreemde en gevaarlijke dieren en nog vreemdere en gevaarlijkere mannen tegengekomen. Daarna waren ze de bergen in gegaan, een wonderbaarlijke wirwar van besneeuwde toppen en gapende ravijnen waar het ademen bemoeilijkt werd door de ijle lucht. Hun paarden waren in de kou gestorven en Meren was een vingertop kwijtgeraakt die door de felle vorst zwart was geworden en was gaan rotten. Gelukkig was het niet de vinger van zijn zwaardhand en ook niet een van de vingers waarmee hij zijn grote boog spande en de pijlen afschoot.

Meren stopte op de rand van de laatste, steile rots. De oude man kwam naast hem staan. Zijn bontjas was gemaakt van de huid van een sneeuwtijger die door Meren met één pijl was gedood toen het dier hem aanviel. Terwijl ze schouder aan schouder stonden, keken ze neer op een vreemd gebied vol rivieren en dichte, groene oerwouden.

'Vijf jaar,' zei Meren. 'We zijn nu vijf jaar onderweg. Is dit het einde van de reis, Magiër?'

'Kom nou, beste Meren, zo lang is het toch niet geweest?' vroeg Taita en zijn ogen glinsterden plagerig onder wenkbrauwen die wit waren van de rijp.

Ten antwoord trok Meren zijn zwaard van zijn rug en liet Taita de rijen kerfjes in het leer van de schede zien. 'Ik heb elke dag genoteerd, als u ze mocht willen tellen,' verzekerde hij Taita. Meer dan de helft van zijn leven was hij Taita gevolgd en had hij hem beschermd, maar hij wist nog steeds nooit helemaal zeker of de oude man serieus was of een grapje maakte. 'Maar u hebt mijn vraag niet beantwoord, geëerde Magiër. Zijn we aan het einde van onze reis gekomen?'

'Nee.' Taita schudde zijn hoofd. 'Maar laat het een troost voor je zijn dat we in elk geval een goed begin hebben gemaakt.' Hij ging Meren nu voor over de smalle richel die schuin over de rotswand naar beneden liep.

Meren keek hem even na en toen verscheen er een quasizielige, berustende grijns op zijn openhartige, knappe gezicht. 'Rust de oude schurk dan nooit?' vroeg hij aan de bergen voordat hij zijn zwaard over zijn rug zwaaide en hem volgde.

Toen ze onder aan de rots om een uitsteeksel van wit kwartssteen heen liepen, piepte een stem vanuit de hoogte: 'Welkom, reizigers! Ik heb lang op uw komst gewacht.'

Ze bleven verbaasd staan en keken omhoog naar de richel boven hen. Er zat een kinderlijke verschijning op, een jongen die niet ouder leek dan elf jaar. Het was vreemd dat ze hem niet eerder opgemerkt hadden, want hij zat in het volle zicht; het heldere licht van de hoge zon weerkaatste op het glanzende kwartssteen dat hem omringde met een stralende nimbus die pijn deed aan de ogen. 'Ik ben hierheen gestuurd om u te begeleiden naar de tempel van Saraswati, de godin van wijsheid en wedergeboorte,' zei het kind met een zoetgevooisde stem.

'Je spreekt Egyptisch!' flapte Meren er verbaasd uit.

De jongen beantwoordde de domme opmerking met een glimlach. Hij had het bruine gezicht van een ondeugende aap, maar zijn glimlach was zo innemend dat Meren wel terug moest glimlachen.

'Ik heet Ganga. Ik ben de boodschapper. Kom mee! Het is nog wel een eindje weg.' Toen hij opstond, bungelde zijn dikke, zwarte haarvlecht over een blote schouder. Zelfs in deze kou droeg hij alleen een lendendoek. Zijn gladde, blote bovenlichaam had een donkere kastanjekleur, maar op zijn rug had hij een bult zo groot als die van een kameel, grotesk en choquerend. Toen hij hun gelaatsuitdrukking zag, glimlachte hij weer. 'U raakt er wel aan gewend, net als ik.' Hij sprong van de richel en pakte Taita's hand vast. 'Deze kant uit.'

De volgende twee dagen leidde Ganga hen door dicht bamboebos. Het pad had veel kronkels en bochten en zonder hem zouden ze allang verdwaald zijn. Terwijl ze afdaalden, werd de lucht warmer en konden ze eindelijk hun bontjas uitdoen en hun helm afzetten. Taita's haar was dun, sluik en zilvergrijs. Meren had dik, donker krulhaar. Op de tweede dag bereikten ze het einde van het bamboebos en volgden ze het pad een dicht oerwoud in waar de takken van de bomen zich boven hun hoofd verstrengelden en het licht tegenhielden. De lucht was warm en er hing een doordringende geur van vochtige aarde en rottende planten. Vogels met een felkleurig vederkleed vlogen boven hun hoofd, kleine apen kwetterden en kakelden op de hoogste takken en schitterend gekleurde vlinders zweefden boven de in bloei staande klimplanten.

Het oerwoud eindigde abrupt en ze kwamen op een open vlakte van ongeveer anderhalve kilometer lang die zich uitstrekte tot aan het oerwoud aan de andere kant ervan. Midden op deze open vlakte stond een indrukwekkend gebouw. De torens, torentjes en terrassen waren gebouwd van botergele steenblokken en het hele complex werd omringd door een hoge muur die uit hetzelfde steen opgetrokken was. De muur was versierd met beeldhouwwerk dat een uitbundig feest van naakte mannen en wellustige vrouwen liet zien.

'Van wat die beelden aan het doen zijn, zouden de paarden schrikken,' zei Meren op afkeurende toon, maar zijn ogen glinsterden.

'Ik denk dat je een goed model voor de beeldhouwers geweest zou zijn,' zei Taita. Elke denkbare vereniging van mensenlichamen was in het gele steen uitgehouwen. 'Er is voor jou toch zeker niets nieuws op die muur te zien?'

'Integendeel, ik zou er veel van kunnen leren,' antwoordde Meren. 'De helft ervan zou ik niet eens kunnen verzinnen.'

'Dat is de Tempel van Kennis en Wedergeboorte,' zei Ganga. 'Hier wordt de voortplantingsdaad niet alleen als iets heiligs, maar ook als iets moois gezien.'

'Meren is al heel lang dezelfde mening toegedaan,' merkte Taita droogjes op.

Het pad onder hun voeten was nu geplaveid en ze volgden het tot aan de poort in de muur rondom de tempel. De massieve teakhouten poort stond open.

'Ga maar naar binnen!' spoorde Ganga hen aan. 'U wordt verwacht door de *apsara's*.'

'De apsara's?' vroeg Meren.

'De tempelmeisjes,' verklaarde Ganga.

Toen ze de poort door liepen, knipperde zelfs Taita verbaasd met zijn ogen, want ze kwamen in een schitterende tuin. Op de gladde, groene gazons stonden overal bosjes bloeiende struiken en fruitbomen waarvan er vele al vlezige, prachtig rijpende vruchten droegen. Zelfs Taita, die een kundige botanicus en hovenier was, herkende sommige van de exotische soorten niet. De bloembedden waren van een verblindende kleurenpracht. Vlak bij de poort zaten drie jonge vrouwen op het gazon. Toen ze de reizigers zagen, sprongen ze op en renden lichtvoetig naar hen toe. Ze lachten en dansten van opwinding en kusten en omhelsden zowel Taita als Meren. De eerste apsara was slank en mooi en ze had goudblond haar. Ze zag er meisjesachtig uit, want haar roomblanke huid was volmaakt. 'Welkom! Ik heet Astrata,' zei ze.

De tweede apsara had donker haar en schuinstaande ogen. Haar huid was zo doorschijnend als bijenwas en glansde als ivoor dat door een meesterambachtsman was bewerkt. Ze was beeldschoon en in de bloei van haar vrouwelijkheid. 'Ik heet Woe Loe,' zei ze en ze streelde bewonderend Merens gespierde arm, 'en u bent mooi.'

'Ik heet Tansid,' zei de derde apsara, die lang en statig was. Haar ogen waren verbluffend turquoisegroen, haar haar had een schitterende kastanjebruine kleur en ze had volmaakte, witte tanden. Toen ze Taita kuste, was haar adem even geurig als de bloemen in de tuin. 'Welkom,' zei Tansid tegen hem. 'We wachtten op u. Kashyap en Samana hebben ons verteld dat u zou komen. Ze hebben ons gestuurd om u te verwelkomen. We zijn blij dat u er bent.'

Met één arm om Woe Loe keek Meren om naar de poort. 'Waar is Ganga gebleven?' vroeg hij.

'Ganga heeft nooit bestaan,' antwoordde Taita. 'Hij is een bosgeest en nu hij zich van zijn taak heeft gekweten, is hij teruggekeerd naar de andere wereld!' Meren accepteerde dat. Hij was al zo lang met de Magiër samen dat zelfs de meest bizarre magische verschijnselen hem niet meer verbaasden. De apsara's brachten hen de tempel binnen. Na het heldere, warme zonlicht in de tuin waren de hoge zalen koel en halfdonker en de wierookbranders die voor de gouden beelden van de godin Saraswati stonden, verspreidden hun geur in de lucht. Priesters en priesteressen in golvende saffraankleurige gewaden baden ervoor terwijl andere apsara's als vlinders door de schaduwen zweefden. Sommigen van hen kwamen de vreemden kussen en omhelzen. Ze streelden Merens armen en borst en Taita's zilverkleurige baard.

Ten slotte pakten Woe Loe, Tansid en Astrata hun hand en leidden hen door een lange gang naar de woonverblijven van de tempel. In de eetzaal serveerden de vrouwen hun schalen met gestoomde groente en bekers zoete, rode wijn. Ze hadden zo lang op een karig rantsoen geleefd dat zelfs Taita gulzig at. Toen ze genoeg hadden, bracht Tansid Taita naar het vertrek dat voor hem gereserveerd was. Ze hielp hem met uitkleden en daarna moest hij van haar in een koperen bak met warm water gaan staan, zodat ze zijn vermoeide lichaam kon afsponsen. Ze leek op een moeder die een kind waste, zo natuurlijk en teder dat Taita zich zelfs niet geneerde toen ze met de spons over het lelijke litteken van zijn castratie streek. Toen ze hem had afgedroogd, leidde ze hem naar de slaapmat waar ze zachtjes zingend naast hem bleef zitten tot hij in een diepe, droomloze slaap viel.

Woe Loe en Astrata brachten Meren naar een ander vertrek. Zoals Tansid bij Taita had gedaan, wasten ze hem en brachten hem daarna naar zijn slaapmat. Meren probeerde hen bij zich te houden, maar hij was uitgeput en zijn pogingen waren halfhartig. Ze giechelden en glipten weg. Binnen een paar seconden was ook hij in slaap gevallen.

Hij sliep tot het daglicht het vertrek binnensijpelde en hij voelde zich uitgerust en verkwikt. Zijn versleten, vuile kleren waren verdwenen en vervangen door een schone, wijde tuniek. Zodra hij zich had aangekleed, hoorde hij het lieve gelach en de stemmen van vrouwen die door de gang voor zijn deur naderden. De twee meisjes kwamen bij hem binnenvallen met porseleinen schalen en kannen met vruchtensap in hun handen. Terwijl ze samen met hem aten praatten de apsara's met hem in het Egyptisch, maar onder elkaar spraken ze een mengeling van talen, wat hun gemakkelijk leek af te gaan. Ze hadden echter allebei een voorkeur voor een taal die duidelijk hun moedertaal was. Die van Astrata was Ionisch, wat verklaarde waarom ze zulk fijn, blond haar had, en Woe Loe sprak met de welluidende klanken van het verre China.

Toen ze klaar waren met eten, namen ze Meren mee naar buiten, de zon in, en naar een diepe poel met een spuitende fontein. Ze trokken allebei hun lichte kleren uit en doken naakt de poel in. Toen ze zagen dat Meren achterbleef, kwam Astrata de poel uit om hem te halen, terwijl het water van haar haar en haar lichaam stroomde. Ze pakte hem lachend vast, trok zijn tuniek uit en trok hem mee naar de poel. Woe Loe kwam haar helpen en toen ze hem eenmaal in het water hadden, spatten ze vrolijk rond. Al snel liet Meren zijn preutsheid varen en hij gedroeg zich even frank en vrij als zij. Astrata waste zijn haar en betastte vol ontzag de littekens op zijn uitpuilende spieren. Het verbaasde Meren hoe volmaakt gevormd de lichamen van de twee apsara's waren die zich tegen hem aan wreven. De hele tijd waren hun handen onder water bezig. Toen ze hem samen een erectie hadden bezorgd, gilden ze van verrukking. Ze trokken hem het water uit en brachten hem naar een klein paviljoen onder de bomen. Stapels tapijten en zijden kussens lagen op de stenen vloer. Nog nat van de poel duwden ze hem er languit op. 'Nu gaan we de godin aanbidden,' zei Woe Loe tegen hem.

'Hoe doen we dat?' vroeg Meren.

'Wees maar niet bang. We zullen het je laten zien,' verzekerde Astrata hem. Ze drukte haar hele lichaam met de zijdezachte huid tegen zijn rug en kuste van achteren zijn oren en nek terwijl haar warme buik zijn billen bedekte. Ze strekte haar handen uit om Woe Loe te strelen die zijn mond kuste en haar armen en benen om hem heen geslagen had. De twee meisjes waren buitengewoon bedreven in de kunst der liefde. Na een tijdje leek het of ze met zijn drieën versmolten waren tot één organisme, een wezen met zes armen, zes benen en drie monden.

N et als Meren werd Taita vroeg wakker. Hoewel hij uitgeput was geweest van de lange reis hadden de paar uur slaap zijn lichaam en geest verkwikt. Toen hij op zijn slaapmat rechtop ging zitten, vulde het licht van de zonsopgang zijn kamer en zag hij dat hij niet alleen was.

Tansid zat geknield naast zijn mat en glimlachte naar hem. 'Goedemorgen, Magiër. Ik heb een ontbijt voor u. Wanneer u gegeten en gedronken hebt, willen Kashyap en Samana u graag ontmoeten.'

'Wie zijn dat?'

'Kashyap is onze geëerde abt. Samana is onze geëerde moeder-overste. Net als u zijn het allebei eminente magiërs.'

Samana wachtte in een prieel in de tempeltuin op hem. Ze was een knappe vrouw van onbestemde leeftijd die een saffraankleurig gewaad droeg. Het dikke haar bij haar slapen was zilverkleurig en haar ogen waren oneindig wijs. Nadat ze hem had omhelsd, vroeg ze Taita of hij naast haar op de marmeren bank wilde gaan zitten. Ze informeerde naar de reis die hij had gemaakt om de tempel te bereiken en ze praatten een poosje voordat ze zei: 'We zijn zo blij dat u op tijd bent aangekomen om abt Kashyap te ontmoeten. Hij zal niet veel langer bij ons zijn. Hij is degene die u heeft laten komen.'

'Ik wist dat ik hier ontboden was, maar ik wist niet door wie.' Taita knikte. 'Waarom heeft hij me hierheen laten komen?'

'Dat zal hij u zelf vertellen,' zei Samana. 'We gaan nu naar hem toe.' Ze stond op en pakte zijn hand. Ze lieten Tansid achter en Samana leidde hem door vele gangen en daarna een wenteltrap op waaraan geen einde leek te komen. Ten slotte kwamen ze uit in een kleine, ronde kamer boven in de hoogste tempelminaret. Hij was rondom open en bood uitzicht over het groene oerwoud tot aan de verre bergketens in het noorden met hun besneeuwde toppen. In het midden van de kamer lag een zacht met kussens bedekt matras waarop een man zat.

'Ga recht voor hem staan,' fluisterde Samana. 'Hij is bijna helemaal doof en hij moet uw lippen kunnen zien wanneer u spreekt.' Taita deed wat ze had gezegd en daarna keken Kashyap en hij elkaar een poosje zwijgend aan.

Kashyap was hoogbejaard. Zijn ogen waren flets en zijn mond was tandeloos. Zijn huid was zo droog en vlekkerig als oud perkament en zijn haar, baard en wenkbrauwen waren doorzichtig als glas. Zijn handen en hoofd trilden onbedwingbaar.

'Waarom hebt u me laten komen, Magiër?' vroeg Taita.

'Omdat u de juiste geest hebt.' Kashyap sprak fluisterend.

'Hoe weet u dat?' vroeg Taita.

'Door uw esoterische kracht en persoonlijkheid laat u een verstoring van de ether achter die van verre zichtbaar is,' verklaarde Kashyap.

'Wat wilt u van me?'

'Niets en alles, misschien zelfs uw leven.'

'Verklaar u nader.'

'Helaas! Ik heb te lang gewacht. De donkere tijger van de dood besluipt me. Ik zal dood zijn voor de zon ondergaat.'

'Is de taak die u me wilt opdragen belangrijk?'

'Van het allergrootste belang.'

'Wat moet ik doen?' vroeg Taita.

'Ik was van plan om u te bewapenen voor de strijd die voor u ligt, maar nu heb ik van de apsara's gehoord dat u een eunuch bent. Dat wist ik niet voordat u hier aankwam. Ik kan mijn kennis niet op u overdragen op de manier die ik in gedachten had.'

10

'Hoe wilde u dat dan doen?'

'Door lichamelijke overdracht.'

'Ik begrijp u weer niet.'

'Er zou geslachtsgemeenschap tussen ons voor nodig zijn geweest. Vanwege uw verminking is dat niet mogelijk.' Taita zweeg. Kashyap legde een verschrompelde, klauwachtige hand op zijn arm. Zijn stem was vriendelijk toen hij zei: 'Ik zie aan uw aura dat ik u beledigd heb door over uw verminking te spreken. Dat spijt me, maar ik heb nog maar weinig tijd en ik kan er geen doekjes om winden.'

Taita bleef zwijgen, dus vervolgde Kashyap: 'Ik heb besloten de overdracht op Samana te doen. Zij heeft ook de juiste geest. Wanneer ik dood ben, zal zij op u overdragen wat ze van mij te weten is gekomen. Het spijt me dat ik u van streek heb gemaakt.'

'De waarheid is misschien pijnlijk, maar dat kunt u niet helpen. Ik zal doen wat u van me vraagt.'

'Blijf dan bij ons terwijl ik alles wat ik bezit, alle kennis en wijsheid die ik in mijn lange leven verzameld heb, aan Samana doorgeef. Later zal zij die met u delen en dan zult u gewapend zijn voor de heilige onderneming die uw lotsbestemming is.'

Taita boog instemmend zijn hoofd.

Samana klapte hard in haar handen en twee vreemde apsara's kwamen de trap op. Ze waren allebei jong en mooi; de ene was een brunette en de andere was honingblond. Ze volgden Samana naar het kleine komfoor dat tegen de andere muur stond en hielpen haar met het vullen van een kom met scherp geurende kruiden die ze vervolgens boven de kolen liet trekken.

Toen de drank klaar was, brachten ze hem naar Kashyap. Terwijl het ene meisje zijn bevende hoofd stilhield, bracht het andere de kom naar zijn lippen. Hij dronk luidruchtig waarbij een beetje van de drank over zijn kin droop en daarna liet hij zich vermoeid op het matras terugzakken.

De twee apsara's kleedden hem teder en eerbiedig uit en goten toen aromatische balsem uit een albasten fles over zijn kruis. Ze masseerden zijn verschrompelde mannelijkheid teder, maar aanhoudend. Kashyap kreunde, mompelde iets en liet zijn hoofd heen en weer rollen, maar onder de bedreven handen van de apsara's en onder invloed van de drug, zwol zijn geslacht op.

Toen het helemaal stijf was, kwam Samana naar het matras toe. Ze tilde de rok van haar saffraankleurige gewaad tot haar middel op, zodat haar welgevormde benen en haar ronde, strakke billen zichtbaar werden. Ze ging schrijlings op Kashyap zitten, pakte toen zijn mannelijkheid in haar hand en bracht die bij zichzelf naar binnen. Toen ze eenmaal verenigd waren, liet ze haar rok zakken om hen af te schermen en begon ze zachtjes op hem naar voren en naar achteren te wiegen, terwijl ze tegen hem fluisterde: 'Ik ben gereed om alles te ontvangen wat u me te geven hebt.'

'Ik vertrouw het je graag toe.' Kashyaps stem was zacht en schril. 'Gebruik het wijs en goed.' Weer liet hij zijn hoofd heen en weer rollen en zijn oude gezicht vertrok zich tot een afschuwelijke grimas. Toen verstijfde en kreunde hij en zijn lichaam bleef midden in een spasme steken. Een uur lang bewogen ze zich geen van beiden. Toen ademde Kashyap reutelend uit en hij zakte op het matras ineen.

Samana onderdrukte een kreet. 'Hij is dood,' zei ze met diep verdriet en compassie. Voorzichtig maakte ze zich van Kashyaps lijk los. Ze knielde naast hem neer en deed zijn lichte, starende ogen dicht. Toen keek ze Taita aan.

'Vanavond zullen we zijn omhulsel bij zonsondergang cremeren. Kashyap was mijn hele leven mijn beschermheer en mijn leidsman. Hij was meer dan een vader voor me. Nu leeft zijn essentie in me voort. Ze is één met mijn ziel geworden. Vergeef me, Magiër, maar het kan enige tijd duren voordat ik me van deze aangrijpende ervaring voldoende hersteld heb om voor u van nut te kunnen zijn. Wanneer dat gebeurd is, kom ik naar u toe.'

Die avond keek Taita, met Tansid aan zijn zijde, op het kleine, donkere balkon voor zijn kamer naar de brandstapel van abt Kashyap in de tempeltuin beneden. Hij voelde het als een groot gemis dat hij de man niet eerder had leren kennen. Zelfs tijdens hun korte kennismaking was hij zich bewust geweest van de sterke connectie die tussen hen had bestaan.

Een zachte stem naast hem in het donker wekte hem uit zijn gemijmer. Hij keek opzij en zag dat Samana stilletjes naast hen was komen staan.

'Kashyap was zich ook bewust van de band tussen jullie.' Ze ging aan Taita's andere kant staan. 'U bent ook een dienaar van de Waarheid. Daarom heeft hij u zo dringend opgeroepen om hiernaartoe te komen. Tijdens de vleselijke gemeenschap waarvan u getuige bent geweest, het laatste grote offer dat hij voor de Waarheid heeft gebracht, heeft Kashyap me een boodschap voor u gegeven. Voordat ik dat doe, moest ik van hem uw geloof toetsen. Vertel me eens wat uw credo is, Taita van Gallala.'

Taita dacht een poosje na en toen antwoordde hij: 'Ik geloof dat het universum het slagveld is van twee machtige legers. Het eerste is het leger van de goden van de Waarheid. Het tweede is het leger van de demonen van de Leugen.'

'Wat voor rol kunnen wij zwakke stervelingen spelen in die vreselijke strijd?' vroeg Samana.

'We kunnen ons aan de Waarheid wijden of ons door de Leugen laten opslokken.'

'Als we het rechterpad van de Waarheid kiezen, hoe kunnen we dan de duistere kracht van de Leugen weerstaan?'

'Door de Eeuwige Berg te beklimmen tot we het gezicht van de Waarheid duidelijk kunnen zien. Als we daarin eenmaal geslaagd zijn, zullen we opgenomen worden in de gelederen van de Goede Onsterfelijken die de strijders voor de Waarheid vormen.'

'Is dat de bestemming van alle mensen?'

'Nee! Slechts zeer weinigen, de besten onder ons, zullen daarin opgenomen worden.'

'Zal de Waarheid aan het eind der tijden over de Leugen triomferen?'

'Nee! De Leugen zal voortbestaan, maar de Waarheid ook. De strijd gaat op en neer, maar hij duurt eeuwig.'

'Is de Waarheid niet God?'

'Noem de Waarheid Ra of Ahoera Maasda, Visjnoe of Zeus, Wodan of wat je ook het heiligst in de oren klinkt, maar er is slecht één God, de enige ware.'

Taita had zijn geloofsbelijdenis afgelegd.

'Ik zie aan uw aura dat er geen zweem van de Leugen zit in wat u verklaart,' zei Samana zacht en ze knielde voor hem neer. 'De ziel van Kashyap in mij is ervan overtuigd dat u inderdaad van de Waarheid bent. Er is geen belemmering of beletsel meer voor onze onderneming. We kunnen nu verdergaan.'

'Vertel me eens wat onze "onderneming" is, Samana.'

'In deze tijden is de Leugen weer aan de winnende hand. Een nieuwe, duistere kracht is opgestaan die de hele mensheid bedreigt, maar vooral de mensen in uw Egypte. U bent hiernaartoe geroepen om bewapend te worden voor uw strijd tegen deze verschrikkelijke kracht. Ik zal uw Innerlijke Oog openen zodat u het pad dat u moet volgen duidelijk zult zien.' Samana stond op en omhelsde hem. Toen vervolgde ze: 'Er is weinig tijd. We beginnen morgenochtend, maar eerst moet ik een helpster kiezen.'

'Uit wie kunt u kiezen?' vroeg Taita.

'Uw apsara, Tansid, heeft me al eerder geholpen. Ze weet wat er vereist wordt.'

'Kies haar dan,' zei Taita. Samana knikte en strekte een hand naar Tansid uit. De vrouwen omhelsden elkaar en keken toen Taita weer aan.

'U moet uw eigen helper kiezen,' zei Samana.

'Vertel me dan wat er van hem vereist wordt.'

'Hij moet de kracht hebben om onder alle omstandigheden standvastig te blijven en hij moet zich sterk met u verbonden voelen. U moet vertrouwen in hem hebben.'

Taita aarzelde niet. 'Meren!'

'Natuurlijk,' zei Samana.

ij zonsopgang beklommen ze gevieren via het pad door het oerwoud de uitlopers van de bergen totdat ze het bamboebos bereikten. Samana onderzocht vele van de wuivende, gele bamboestengels voordat ze een volwassen stok uitkoos. Ze liet Meren er een soepel stuk uit snijden dat hij mee terugnam naar de tempel.

Uit de stengel vervaardigden Samana en Tansid zorgvuldig een verzameling lange bamboenaalden. Ze polijstten ze tot ze niet veel dikker waren dan een mensenhaar, maar scherper en veerkrachtiger dat het fijnste brons.

Een gevoel van spanning en verwachting maakte zich meester van de serene tempelgemeenschap. Het gelach en de vrolijkheid van de apsara's waren gedempt. Telkens wanneer Tansid naar Taita keek, was het met ontzag vermengd met iets wat op medelijden leek. Samana bracht de meeste dagen die hij moest wachten met hem door om hem sterker te maken voor de beproeving die voor hem lag. Ze bespraken veel dingen en Samana sprak met de stem en de wijsheid van Kashyap.

Op een bepaald moment sneed Taita een onderwerp aan dat hem al lang bezighield. 'Ik zie dat je een Langlevende bent, Samana.'

'Net als jij, Taita.'

'Hoe komt het dat zo weinigen van ons een veel hogere leeftijd bereiken dan de rest van de mensen?' vroeg hij. 'Het is onnatuurlijk.'

'Wat mij en anderen, zoals abt Kashyap, betreft zou het door onze levenswijze kunnen komen, door wat we eten en drinken en door wat we denken en geloven. Of misschien komt het doordat we een doel hebben, een reden om door te gaan, een drang die ons voortdrijft.'

'En ik dan? Hoewel ik het gevoel heb dat ik, bij jou en abt Kashyap vergeleken, een melkmuil ben, heb ik een leeftijd die de levensverwachting van de meeste andere mannen verre overtreft,' zei Taita.

Samana glimlachte. 'Je hebt de juiste geest. Tot nu toe heeft de kracht van je intellect de zwakheid van je lichaam kunnen overwinnen, maar uiteindelijk zullen we allemaal sterven, net als Kashyap.'

'Je hebt mijn vraag beantwoord, maar ik heb er nog een. Wie heeft me uitverkoren?' vroeg Taita, maar hij wist dat de vraag gedoemd was om onbeantwoord te blijven.

Samana glimlachte lief en raadselachtig, boog zich toen naar voren en legde een vinger op zijn lippen. 'Je bent uitverkoren,' zei ze. 'Laat dat voldoende zijn.' Hij wist dat hij haar tot aan de grens van haar kennis had gedreven: dat ze niet verder zou kunnen gaan.

De rest van die dag en de helft van de volgende nacht bleven ze bij elkaar zitten om te overdenken wat er tot dusver tussen hen was gebeurd. Daarna nam ze hem mee naar haar slaapkamer waar ze, als moeder en kind, in elkaars armen sliepen tot de zonsopgang de kamer met licht vulde. Ze stonden op en namen samen een bad. Daarna bracht Samana hem naar een oud stenen gebouw in een verborgen hoek van de tuin die Taita nog niet eerder bezocht had. Tansid was er al. Ze was aan het werk aan een marmeren tafel die in het midden van de grote centrale kamer stond. Toen ze binnenkwamen, keek ze naar hen op. 'Ik was de laatste naalden aan het prepareren,' zei ze, 'maar ik ga wel weg als jullie alleen willen zijn.'

'Blijf gerust, lieve Tansid,' zei Samana. 'Je aanwezigheid stoort ons niet.' Ze pakte Taita's hand en leidde hem door de kamer rond. 'Dit gebouw is in de begintijd door de eerste abten gebouwd. Ze hadden goed licht nodig om te opereren.' Ze wees naar de grote open ramen hoog in de muren boven hen. 'Op deze marmeren tafel hebben meer dan vijftig generaties abten de operaties uitgevoerd om het Innerlijke Oog te openen. Ze waren allemaal wijzen, een woord dat we gebruiken voor de ingewijden, degenen die in staat zijn om de aura van andere mensen en dieren te zien.' Ze wees op de tekst die in de muren was gekerfd. 'Dat zijn de gegevens van allen die ons door de eeuwen en de millennia heen zijn voorgegaan. Er mag tussen ons geen voorbehoud bestaan. Ik zal je geen valse garanties geven – je zou elke poging om je te bedriegen doorzien voordat ik het eerste woord zou uitspreken. Dus vertel ik je eerlijk dat ik, onder begeleiding van Kashyap, vier keer heb geprobeerd het Innerlijke Oog te openen voordat ik erin slaagde.'

Ze wees naar de meest recente inscripties. 'Hier kun je de verslagen van mijn pogingen zien. Misschien ontbrak het me in het begin aan kunde en bedrevenheid. Misschien waren mijn patiënten nog niet ver genoeg gevorderd op het rechterpad. In één geval was het resultaat rampzalig. Ik waarschuw je, Taita, het risico is groot.' Samana zweeg een poosje peinzend. Toen vervolgde ze: 'Er zijn voor mij anderen geweest die gefaald hebben. Kijk hier eens!' Ze leidde hem naar een stel versleten, met mos bedekte inscripties aan het uiteinde van de muur. 'Deze zijn zo oud dat ze buitengewoon moeilijk te ontcijferen zijn, maar ik kan je vertellen wat er staat. Bijna tweeduizend jaar geleden kwam een vrouw naar deze tempel. Ze was een overlevende van een oud volk dat eens in een grote stad aan de Egeïsche Zee had gewoond die Ilion heette. Ze was de hogepriesteres van Apollo geweest. Ze was een Langlevende, net als jij. In de loop van de eeuwen, sinds de plundering en de verwoesting van haar stad, had ze over de aarde gezworven en wijsheid en kennis vergaard. De toenmalige abt heette Koerma. De vreemde vrouw overtuigde hem ervan dat ze een volgelinge van de Waarheid was. Op die manier haalde ze hem over haar Innerlijke Oog te openen. Het was zo'n succes dat het hem verbaasde en in vervoering bracht. Pas lang nadat ze de tempel had verlaten, werd Koerma overmand door twijfel en argwaan. Er vond een reeks verschrikkelijke gebeurtenissen plaats waardoor hij zich realiseerde dat ze misschien een bedriegster, een dievegge, een ingewijde van het linkerpad, een volgelinge van de Leugen was. Uiteindelijk ontdekte hij dat ze hekserij had gebruikt om degene te doden die oorspronkelijk gekozen was. Ze had de identiteit van de vermoorde vrouw aangenomen en haar ware aard voldoende weten te verbergen om hem te kunnen bedriegen.'

'Wat is er van haar geworden?'

'Generatie na generatie hebben de abten geprobeerd haar op te sporen, maar ze heeft zich vermomd en is verdwenen. Misschien is ze nu dood. Dat is het beste wat we kunnen hopen.'

'Hoe heette ze?' vroeg Taita.

'Hier! Hier staat het.' Samana raakte de inscriptie met haar nagels aan. 'Ze noemde zich Eos, naar de zuster van de zonnegod. Ik weet nu dat het niet haar echte naam was. Maar haar geestesteken was de afdruk van een kattenpoot. Hier staat het.'

'Hoeveel anderen hebben gefaald?' Taita probeerde zichzelf af te leiden van zijn sombere voorgevoelens.

'Er waren er zoveel.'

'Geef me dan een paar voorbeelden waarvan je zelf getuige bent geweest.'

Samana dacht een ogenblik na en zei toen: 'Ik herinner me er vooral een uit de tijd toen ik nog een novice was. Hij heette Wotad en hij was een priester van de god Wodan. Zijn huid was bedekt met heilige, blauwe tatoeages. Hij was naar de tempel gebracht uit de noordelijke streken, aan de overkant van de Koude Zee. Hij was een man met een ijzersterk gestel, maar hij stierf onder de bamboenaalden. Hoe sterk hij ook was, hij was niet sterk genoeg om de kracht te overleven die in hem werd ontketend door het openen van het Innerlijke Oog. Zijn hersenen barstten uit elkaar en er spoot bloed uit zijn neus en oren.' Samana zuchtte. 'Het was een verschrikkelijke dood, maar het ging snel. Misschien had Wotad meer geluk dan sommige anderen die hem voorgingen. Het Innerlijke Oog kan zich tegen zijn bezitter keren, als een giftige slang die bij de staart vastgehouden wordt. Sommige van de gruwelen die het onthult, zijn te levendig en te verschrikkelijk om ze te kunnen overleven.'

De rest van de dag zwegen ze, terwijl Tansid aan de stenen tafel de laatste bamboenaalden polijstte en de chirurgische instrumenten klaarlegde.

Ten slotte keek Samana naar Taita op en zei zacht: 'Nu ken je de risico's die je zult lopen. Je hoeft de poging niet te ondernemen. De keus is helemaal aan jou.'

Taita schudde zijn hoofd. 'Ik heb geen keus. Ik weet nu dat de keus voor me is gemaakt op de dag dat ik geboren ben.'

Die nacht sliepen Taita en Meren in Taita's kamer. Voordat hij de lamp uitblies, bracht Tansid hem een kleine porseleinen kom die gevuld was met een kruidenaftreksel. Zodra hij het opgedronken had, strekte hij zich op zijn mat uit en viel in een diepe slaap. Meren stond in de loop van de nacht twee keer op om naar zijn ademhaling te luisteren en hem te bedekken toen de koude ochtendlucht de kamer binnensijpelde.

Toen Taita wakker werd, zag hij dat Samana, Tansid en Meren rondom zijn slaapmat neergeknield zaten.

'Ben je gereed, Magiër?' vroeg Samana raadselachtig.

Taita knikte, maar Meren flapte eruit: 'Doe dit niet, Magiër. Laat hen dit niet met u doen. Het is slecht.'

Taita pakte zijn gespierde onderarm vast en schudde er streng aan. 'Ik heb jou uitgekozen voor deze taak. Ik heb je nodig. Laat me niet in de steek, Meren. Wie weet wat de gevolgen zullen zijn als ik dit alleen doe. Samen kunnen we erdoorheen komen, zoals we zo vaak obstakels overwonnen hebben.' Meren haalde een aantal keren hortend adem. 'Ben je gereed, Meren? Sta je aan mijn zij, zoals altijd?'

'Vergeef me, ik was zwak, maar nu ben ik gereed, Magiër,' fluisterde hij.

Samana leidde hen door het heldere zonlicht van de tuin naar het oude gebouw. Aan de ene kant van de marmeren tafel lagen de chirurgische instrumenten en aan de andere kant stond een houtskoolkomfoor waarboven de hete lucht glinsterde. Op de grond onder de tafel was een kleed van schaapsvacht uitgespreid. Taita wist wat hij moest doen: hij knielde op het kleed neer, met zijn gezicht naar de tafel gekeerd. Samana knikte naar Meren. Het was duidelijk dat ze hem instructies had gegeven. Hij knielde naast Taita neer en sloeg zijn armen teder om hem heen, zodat de Magiër zich niet zou kunnen bewegen.

'Doe je ogen dicht, Meren,' instrueerde Samana hem. 'Kijk niet.' Ze boog zich over hen heen en gaf Taita een strook leer om op te bijten. Hij weigerde het door zijn hoofd te schudden. Ze knielde voor hem neer met een zilveren lepel in haar ene hand, terwijl ze met twee vingers van haar andere hand de oogleden van Taita's rechteroog openhield. 'Altijd door het rechteroog,' fluisterde ze, 'de kant van de Waarheid.' Ze duwde de oogleden ver uit elkaar. 'Houd hem stevig vast, Meren!'

Meren maakte een brommend geluid ten teken dat hij het begrepen had en hij verstevigde zijn greep tot zijn armen zich onwrikbaar als een bronzen ring om zijn meester heen sloten. Samana liet de punt van de lepel onder het bovenste ooglid glijden en drukte hem met vaste hand achter de oogbol naar beneden. Daarna schepte ze het oog voorzichtig uit de oogkas. Ze liet het aan het touw van de optische zenuw als een ei op Taita's wang bungelen. De lege oogkas was een diepe roze grot die glinsterde van de tranen. Samana overhandigde de zilveren lepel aan Tansid die hem neerlegde en daarna een van de bamboenaalden pakte. Ze hield de punt ervan in de vlam van het komfoor tot hij verschroeide en hard werd. De rook kwam er nog van af toen ze hem aan Samana gaf. Met de naald in haar rechterhand liet Samana haar hoofd zakken tot ze in Taita's lege oogkas staarde. Ze bekeek de hoek waarin de optische zenuw het hoofd in liep.

Taita's oogleden trilden en knipperden krampachtig en onbedwingbaar onder haar vingers, maar Samana negeerde het. Ze bracht de naald langzaam de oogholte in tot hij de opening van de optische zenuw raakte. Ze verhoogde de druk tot de naald plotseling de membraan doorboorde en langs de zenuwstreng naar binnen gleed zonder hem te beschadigen. De naald ondervond bijna geen weerstand en hij gleed steeds dieper naar binnen. Toen hij bijna een vingerlengte in de frontale hersenlob verdwenen was, voelde ze de lichte remming op het moment dat hij de bundel zenuwvezels van beide ogen raakte die elkaar bij het optische chiasme kruisten. De bamboepunt was bij de poort. De volgende beweging moest met grote precisie uitgevoerd worden. Hoewel haar gelaatsuitdrukking kalm bleef, was er een dun, glanzend laagje zweet op Samana's smetteloze huid verschenen en ze kneep haar ogen half dicht. Ze verstijfde en duwde de naald naar binnen. Taita reageerde niet. Ze wist dat ze het uiterst kleine doelwit gemist had. Ze trok de naald een miniem stukje terug, richtte opnieuw en duwde hem daarna weer tot dezelfde diepte naar binnen, maar deze keer iets hoger.

Taita huiverde en zuchtte zacht. Toen ontspande hij zich, terwijl hij het bewustzijn verloor. Meren was daarvoor gewaarschuwd en legde een sterke hand onder Taita's kin om te voorkomen dat het geliefde hoofd met het zilvergrijze haar voorover zou vallen. Samana trok de naald even voorzichtig uit de oogkas terug als ze hem naar binnen had gedreven. Ze boog zich naar voren om het gaatje in de wand aan de achterkant van het oog te bekijken. Er sijpelde geen bloed uit en de opening van de kleine wond sloot zich spontaan terwijl ze ernaar keek.

Samana maakte een goedkeurend geluid. Daarna duwde ze met de lepel het bungelende oog terug in de kas. Taita knipperde snel toen het oog zijn plaats weer innam. Samana pakte het linnen verband dat Tansid met een genezende zalf doordrenkt en op de marmeren tafel klaargelegd had en bond het zó om Taita's hoofd dat beide ogen bedekt waren. Vervolgens knoopte ze het stevig vast.

'Draag hem zo snel je kunt terug naar zijn kamer, voordat hij bijkomt, Meren.'

Meren tilde hem op alsof hij een slapend kind was en hield zijn hoofd tegen zijn sterke schouder gedrukt. Hij liep snel met Taita terug naar de tempel en droeg hem naar boven, naar zijn kamer. Samana en Tansid volgden hem. Toen de beide vrouwen aankwamen, ging Tansid naar de haard waarop ze een ketel warm had gehouden. Ze schonk een kom vol met het kruidenaftreksel en bracht die naar Samana.

'Til zijn hoofd op!' beval Samana. Ze hield de kom aan Taita's lippen en liet de vloeistof in zijn mond druppelen waarbij ze zijn keel masseerde om hem te laten slikken. Ze ging door tot de kom helemaal leeg was.

Ze hoefden niet lang te wachten. Taita verstijfde en voelde aan het verband dat hem blinddoekte. Zijn hand begon te beven alsof hij aan een spierziekte leed. Zijn tanden klapperden en hij knarste ermee. De spieren van zijn kaken puilden uit en Meren was bang dat hij zijn tong zou afbijten. Hij probeerde met zijn duimen de kaken van de magiër open te wrikken, maar plotseling schoot Taita's mond uit zichzelf open en hij schreeuwde, waarbij alle spieren van zijn lichaam zich zo hard spanden dat ze aanvoelden als teakhout. Hij werd geteisterd door krampen. Hij schreeuwde van angst en kreunde van wanhoop en barstte toen uit in maniakale lachbuien. Daarna schreeuwde hij opnieuw en hij kromde zijn rug tot zijn hoofd zijn hielen aanraakte. Zelfs Meren kon het oude, zwakke lichaam dat nu over demonische kracht beschikte niet in bedwang houden.

'Wat heeft hem in bezit genomen?' vroeg Meren. 'Laat hem ophouden voordat hij zichzelf doodt.'

'Zijn Innerlijke Oog is wijd open. Hij heeft nog niet geleerd om het te beheersen. Beelden die zo verschrikkelijk zijn dat ieder gewoon mens er krankzinnig van zou worden, stromen erdoorheen en overstelpen zijn geest. Hij voelt nu het leed van de hele mensheid.' Samana hijgde ook, terwijl ze probeerde Taita nog een slok van het bittere verdovingsmiddel te laten doorslikken. Taita spuwde het naar het plafond van de kamer.

'Dit was de razernij die Wotad, de noorderling, gedood heeft,' zei Samana tegen Tansid. 'Door de beelden zwollen zijn hersenen op als een blaas waarin te veel kokende olie is gegoten totdat ze niet meer konden opnemen en uit elkaar barstten.' Ze pakte Taita's handen vast om hem te laten ophouden met klauwen aan het verband over zijn ogen. 'De magiër ervaart het verdriet van iedere weduwe en van iedere diepbedroefde moeder die ooit haar eerstgeboren kind heeft zien sterven. Hij deelt het leed met iedere man en iedere vrouw die ooit verminkt, gemarteld of door ziekte geteisterd zijn. Zijn ziel wordt misselijk van de wreedheid van iedere tiran, van de slechtheid van de Leugen. Hij brandt in de vlammen van geplunderde steden en sterft op talloze slagvelden samen met de verslagenen. Hij voelt de wanhoop van iedere verloren ziel die ooit heeft geleefd. Hij kijkt diep in de hel.'

'Het wordt zijn dood!' Meren leed bijna even intens als Taita.

'Ja, het kan inderdaad zijn dood worden, tenzij hij leert het Innerlijke Oog te beheersen. Houd hem vast, zorg dat hij zichzelf niets aandoet.' Taita's hoofd rolde zo heftig heen en weer dat zijn hoofd tegen de stenen muur naast zijn bed bonkte.

Met een hoge bevende stem die niet die van haarzelf was, begon Samana een bezwering te zingen in een taal die Meren niet verstond, maar het had weinig effect.

Meren wiegde Taita's hoofd in zijn armen. Samana en Tansid gingen aan weerszijden dicht tegen hem aan staan om hem met hun lichaam te beschermen, zodat hij zich bij zijn wilde gespartel niet zou verwonden. Tansid blies haar geurige adem in zijn opengesperde mond. 'Taita!' riep ze. 'Kom terug! Kom naar ons terug!'

'Hij kan je niet horen,' zei Samana. Ze boog zich dichter naar hem toe en vormde met haar handen een toeter om Taita's rechteroor, het oor van de Waarheid. Ze fluisterde kalmerende woordjes tegen hem in dezelfde taal als waarin ze gezongen had. Meren herkende de stembuigingen, ook al begreep hij de woorden niet. Hij had Taita de taal horen gebruiken wanneer deze met andere magiërs sprak. Het was hun geheime taal die ze het Tenmass noemden.

Taita werd rustiger en hij hield zijn hoofd schuin alsof hij naar Samana luisterde. Haar stem werd zachter, maar ook dringender. Taita mompelde een antwoord. Meren besefte dat ze hem instructies gaf, dat ze hem hielp het Innerlijke Oog af te sluiten, om de destructieve beelden en geluiden te filteren, om te begrijpen wat hij ervoer en om zich te laten meedrijven op de golven van emotie die tegen hem aan beukten.

Ze bleven allemaal de rest van de dag en de lange nacht die erop volgde bij hem. Bij zonsopgang was Meren uitgeput en hij viel als een blok in slaap. De vrouwen deden geen poging om hem wakker te maken en lieten hem slapen. Zijn lichaam was gehard door de strijd en zware lichamelijke inspanning, maar hij kon hun geestelijke uithoudingsvermogen niet evenaren. Bij hen vergeleken was hij een kind.

Samana en Tansid bleven dicht bij Taita. Soms leek hij te slapen. Andere keren was hij onrustig en ijlde hij met tussenpozen. Achter de blinddoek leek hij fantasie en werkelijkheid niet van elkaar te kunnen scheiden. Eén keer ging hij rechtop zitten en trok hij Tansid met woeste kracht tegen zich aan. 'Lostris!' riep hij. 'U bent teruggekomen, zoals u beloofd hebt. O, Isis en Horus, ik heb op u gewacht. Ik heb al die lange jaren naar u verlangd en gesmacht. Laat me niet meer alleen.'

Tansid schrok niet van de uitbarsting. Ze streelde zijn lange, zilvergrijze haar. 'Maak je geen zorgen, Taita. Ik blijf zo lang bij je als je me nodig hebt.' Ze hield hem teder in haar armen, alsof ze een kind aan de borst had, tot hij weer buiten bewustzijn raakte. Toen keek ze Samana vragend aan. 'Lostris?'

'Ze was vroeger koningin van Egypte,' verklaarde ze. Door gebruik te maken van haar Innerlijke Oog en de kennis van Kashyap was ze in staat om diep in Taita's geest door te dringen, tot in zijn herinneringen. Ze voelde zijn grenzeloze liefde voor Lostris even duidelijk alsof het haar eigen gevoel was.

'Taita heeft haar vanaf haar kindertijd opgevoed. Ze was beeldschoon. Hun zielen waren vervlochten, maar ze konden nooit verenigd worden. Het ontbrak zijn verminkte lichaam aan de mannelijke kracht om ooit meer dan een vriend en een beschermer voor haar te kunnen zijn. Desondanks hield hij haar hele leven en zelfs na haar dood van haar en zij hield ook van hem. Toen ze in zijn armen stierf, waren haar laatste woorden: "Ik heb in mijn leven maar van twee mannen gehouden en jij was er een van. In het volgende leven zullen de goden onze liefde misschien gunstiger gezind zijn."'

Samana's stem was verstikt en haar ogen glinsterden van de tranen. Tansid verbrak de stilte die volgde. 'Vertel me er alles over, Samana. Er is niets mooiers op de wereld dan ware liefde.'

'Toen Lostris overleden was,' zei Samana, terwijl ze het hoofd van de magiër streelde, 'heeft Taita haar lichaam gebalsemd. Voordat hij haar in haar sarcofaag legde, knipte hij een haarlok van haar af die hij in een gouden medaillon bewaarde.' Ze boog zich naar voren en raakte het Amulet van Lostris aan dat om Taita's nek hing. 'Zie je wel! Hij draagt het tot op de dag van vandaag. Hij wacht nog steeds tot ze naar hem terug zal komen.'

Tansid begon te huilen en Samana deelde haar verdriet, maar ze kon het niet met tranen wegspoelen. Ze was zo veel verder gevorderd op de Weg van de Ingewijden dat ze een dergelijke vertroosting biedende menselijke zwakheid achter zich gelaten had. Verdriet is het andere gezicht van vreugde. Verdriet hebben is menselijk. Tansid kon nog huilen.

Tegen de tijd dat de regentijd voorbij was, had Taita zich van zijn beproeving hersteld en geleerd om het Innerlijke Oog te beheersen. Ze waren zich allemaal bewust van de nieuwe kracht die hij in zich had: hij straalde een spirituele rust uit. Meren en Tansid vonden het aangenaam om bij hem te zijn. Ze spraken niet met hem, maar genoten van zijn aanwezigheid.

Taita bracht echter overdag het grootste deel van de tijd met Samana door. Ze zaten dag in dag uit bij de tempelpoort. Met hun Innerlijke Ogen keken ze naar iedereen die binnenkwam. Ze konden zien dat iedereen was omringd door zijn eigen aura, een wolk van veranderend licht dat hun de emoties, de gedachten en het karakter van de persoon liet zien. Samana onderwees Taita in de kunst van het interpreteren van deze tekenen.

Wanneer de avond was gevallen en de anderen naar hun kamers waren gegaan, gingen Samana en Taita in de donkerste hoek van de tempel zitten, omringd door beelden van de godin Saraswati. Ze praatten de hele nacht door, nog steeds in het esoterische Tenmass van de hogere ingewijden dat Meren, de apsara's en zelfs de geleerde Tansid niet konden verstaan. Het leek alsof ze beseften dat ze spoedig afscheid van elkaar zouden moeten nemen en dat ze daarom elk uur dat hun restte volledig moesten benutten.

'Heb jij geen aura?' vroeg Taita tijdens hun laatste gesprek.

'Nee, en jij ook niet,' antwoordde Samana. 'Geen enkele ingewijde heeft dat. Op die manier kunnen we elkaar met zekerheid herkennen.'

'Je bent zo veel wijzer dan ik.'

'Je verlangen naar wijsheid en je vermogen om haar te vergaren, zijn bij jou veel sterker ontwikkeld dan bij mij. Nu je het Innerlijke Oog hebt gekregen, ga je het op één na hoogste niveau van de ingewijden binnen. Er is maar één niveau boven je, dat van de Goede Onsterfelijke.'

'Ik voel dat ik elke dag sterker word. Elke dag hoor ik de roep duidelijker. Ik moet hem gehoorzamen. Ik moet je achterlaten en verdergaan.'

'Ja, je tijd bij ons is ten einde gekomen. We zullen elkaar nooit meer zien, Taita. Laat moed je metgezel zijn en laat je leiden door het Innerlijke Oog.'

Meren was met Astrata en Woe Loe in het paviljoen naast de poel. Ze pakten hun kleren en kleedden zich haastig aan toen Taita met Tansid aan zijn zijde met vastberaden tred naar hen toe kwam. Pas toen beseften ze hoe sterk Taita veranderd was. Hij was niet meer gebogen onder de last van de jaren, maar stond trots rechtop. Hoewel zijn baard en haar nog steeds zilvergrijs waren, leken ze voller en glanzender. Zijn ogen waren niet vochtig en bijziend meer. Zijn blik was nu helder en vast. Zelfs Meren, die het minst opmerkzaam was, herkende deze veranderingen. Hij rende naar Taita toe, wierp zich voor hem op de knieën en sloeg zijn armen zonder iets te zeggen om zijn benen. Taita trok hem overeind en omhelsde hem. Toen hield hij hem op een armlengte afstand en bestudeerde hem aandachtig. Merens aura was een robuuste oranje gloed, als die van de zonsopgang in de woestijn, de aura van een eerlijke krijger, dapper en trouw. 'Haal je wapens, beste Meren, want we moeten verdergaan.' Een ogenblik stond Meren als aan de grond genageld van ontzetting, maar toen keek hij Astrata aan. Taita bestudeerde haar aura, die even helder was als de gestage vlam van een olielamp, zuiver en ongecompliceerd. Maar plotseling zag hij de vlam flakkeren, alsof er een verdwaald briesje in blies. Toen werd de vlam weer vast, omdat ze het verdriet van het afscheid onderdrukte. Meren wendde zich van haar af en ging het woonverblijf van de tempel binnen. Een paar minuten later kwam hij weer naar buiten, met zijn zwaardriem om zijn middel gegord en met zijn boog en pijlenkoker over zijn schouder. Hij droeg Taita's mantel van tijgervel opgerold op zijn rug.

Taita kuste de vrouwen allemaal. Hij was gefascineerd door de dansende aura's van de drie apsara's. Woe Loe was omhuld door een zilverkleurige, met goud doorschoten nimbus, complexer en met diepere tinten dan die van Astrata. Ze was verder gevorderd op de Weg van de Ingewijden.

Tansids aura was parelmoerkleurig en iriserend als een kostbare olie die op een beker met wijn drijft. De kleuren en tinten ervan veranderden onophoudelijk en er schoten sterren van licht uit. Ze had een nobele ziel en een Goede Geest. Taita vroeg zich af of ze ooit geroepen zou worden om zich aan Samana's tastende bamboenaald te onderwerpen.

Toen hij haar kuste, vibreerde haar aura met een helderdere glans. In de korte tijd dat ze elkaar hadden gekend, hadden ze veel spirituele zaken met elkaar gedeeld. Ze was van hem gaan houden.

'Ik hoop dat je je lotsbestemming zult bereiken,' fluisterde hij toen hij zijn lippen van de hare terugtrok.

'Ik weet in mijn hart dat jij de jouwe zult bereiken, Magiër,' antwoordde ze zacht. 'Ik zal je nooit vergeten.' Impulsief sloeg ze haar armen om zijn nek. 'O, Magiër, ik wou... ik wou zo graag...'

'Ik weet wat je wilt. Het zou prachtig zijn geweest,' zei hij teder, 'maar sommige dingen zijn nu eenmaal onmogelijk.'

Hij keek Meren aan. 'Ben je gereed?'

'Ik ben gereed, Magiër,' zei Meren. 'Ik zal u volgen waarheen u me ook leidt.'

Ze namen dezelfde weg die ze gekomen waren. Ze beklommen de bergen waar de eeuwige wind om de toppen waaide tot ze bij het begin van het grote bergachtige pad kwamen en volgden dat in westelijke richting. Meren herinnerde zich elke kronkel en bocht, elke hoge pas en elke gevaarlijke doorwaadbare plaats, zodat ze geen tijd hoefden te verspillen aan het zoeken naar de juiste weg en ze snel konden reizen. Ze kwamen weer bij de winderige vlakte van Ecbatana, waar grote kuddes wilde paarden rondzwierven.

Taita koesterde al genegenheid voor de edele dieren sinds hij ze voor het eerst had gezien toen de Hyksos-horden Egypte waren binnengevallen. Hij had ze op de vijand veroverd en de eerste spannen gedresseerd voor de nieuwe strijdwagens die hij voor farao Mamose had gebouwd. Als beloning had de farao hem de titel 'Heer van Tienduizend Strijdwagens' toegekend. Taita's liefde voor paarden had een lange geschiedenis.

Ze onderbraken hun reis door de grazige vlakte om na de inspannende tocht door de bergen te rusten en naar de paarden te kijken. Toen ze de kuddes volgden, kwamen ze bij een kloof in het sombere, saaie landschap, een verborgen dal waarin natuurlijke bronnen opborrelden die in poelen zoet, helder water uitkwamen. De eeuwige wind die de open vlakte geselde, bereikte deze beschutte plek niet en het gras was er groen en weelderig. Er waren daar veel paarden en Taita sloeg hun kamp op naast een bron om naar de dieren te kunnen kijken. Meren bouwde een hut van graszoden en ze gebruikten verdroogde mest als brandstof. Er zaten vissen en waterratten in de poelen waarvan Meren er een aantal ving terwijl Taita in de vochtige aarde naar eetbare paddenstoelen en wortelen zocht. Taita plantte rondom de hut wat zaden die hij had meegebracht uit de tuin van de tempel van Saraswati en die een goede oogst zouden opleveren, maar hij zorgde er wel voor dat ze zo dichtbij stonden dat de paarden ze niet zouden opvreten. Ze aten goed en rustten uit om kracht op te bouwen voor het volgende deel van hun lange, zware reis.

De paarden raakten gewend aan hun aanwezigheid bij de bronnen en al snel lieten ze Taita tot op een afstand van een paar passen naderen voordat ze hun manen schudden en wegliepen. Hij beoordeelde de aura van elk dier met zijn pas verworven Innerlijke Oog.

Hoewel de aura's die lagere diersoorten omringen niet zo krachtig zijn als die van mensen kon hij de paarden ertussenuit pikken die sterk en gezond waren en moed en uithoudingsvermogen hadden. Hij kon ook vaststellen wat voor temperament en karakter ze hadden. Hij kon onderscheid maken tussen de koppige en onhandelbare en de zachtaardige en meegaande dieren.

In de loop van de weken die het duurde voordat de planten volgroeid waren, bouwde hij een voorlopige relatie op met vijf dieren, allemaal met een grote intelligentie, kracht en een vriendelijk karakter. Het waren drie merries die eenjarige veulens bij zich hadden en twee merrieveulens die met de hengsten flirtten, maar op hun avances reageerden met trappen en knarsende tanden. Taita voelde zich in het bijzonder aangetrokken tot een van de merrieveulens.

Deze kleine kudde voelde zich evenzeer tot hem aangetrokken. Ze namen de gewoonte aan om dicht bij het hek te slapen dat Meren had gebouwd om de tuin te beschermen en dat baarde hem zorgen. 'Ik ken vrouwen en ik vertrouw die samenzwerende merries helemaal niet. Ze verzamelen hun moed. Op een ochtend worden we wakker en dan blijkt de hele tuin leeggeroofd te zijn.' Hij besteedde veel tijd aan het versterken van het hek en hij patrouilleerde er dreigend langs.

Hij was ontzet toen Taita een zak met zoete, jonge bonen vulde – de eerste van de oogst – en die niet naar de kookpot bracht, maar ermee door het hek liep naar de plek waar de kleine kudde geïnteresseerd naar hem stond te kijken. Het merrieveulen dat hij voor zichzelf had uitgekozen, had een roomkleurige, rookgrijs gevlekte huid. Ze liet hem dichter bij zich komen dan daarvoor en ze bewoog haar oren terwijl ze naar zijn lieve woordjes luisterde. Toen hij uiteindelijk haar verdraagzaamheid te veel op de proef stelde en te dichtbij kwam, gooide ze haar hoofd achterover en galoppeerde weg. Hij bleef staan en riep haar na: 'Ik heb een geschenk voor je, schat. Een lekkernij voor een mooi meisje.' Ze stond abrupt stil toen ze zijn stem hoorde en hij hield haar een handvol bonen voor. Ze draaide haar hoofd naar achteren en keek over haar schouder naar hem. Ze rolde met haar ogen tot de roze randen van haar oogleden zichtbaar werden en sperde haar neusgaten open om de geur van de bonen op te snuiven.

'Ja, prachtig dier, ruik maar. Hoe kun je dit weigeren?'

Ze blies door haar neusgaten en bewoog haar hoofd besluiteloos op en neer.

'Goed dan, als je ze niet wilt hebben, stopt Meren ze wel in de kookpot.' Hij draaide zich om naar het hek, maar met zijn hand nog steeds uitgestrekt. Ze keken aandachtig naar elkaar. Het merrieveulen deed een stap naar hem toe en bleef toen weer staan. Hij bracht zijn hand omhoog, stopte een boon tussen zijn lippen en kauwde er met open mond op. 'Ik kan je niet zeggen hoe zoet hij is,' zei hij en eindelijk zwichtte ze. Ze kwam naar hem toe en at de bonen uit zijn tot een kom gevormde hand. Haar snuit was fluweelzacht en haar adem rook naar jong gras. 'Hoe zullen we je noemen?' vroeg Taita. 'Het moet een naam zijn die bij je schoonheid past. Ah! Ik heb er een die je op het lijf geschreven is. Ik noem je Windrook.'

In de volgende paar weken maaiden Taita en Meren de planten. Daarna wanden ze de rijpe bonen en stopten ze in zakken die van de huid van waterratten waren gemaakt. Ze lieten de planten door de zon en de wind drogen en bonden ze vervolgens in bundels. De paarden stonden met hun nek over het hek uitgestrekt in een rij op de bonenstaken te kauwen die Taita hun voerde. Die avond gaf Taita Windrook nog een laatste handvol bonen, liet toen een arm om haar nek glijden en streek haar manen met zijn vingers glad terwijl hij kalmerend in haar oor praatte. Toen hees hij ongehaast de rok van zijn tuniek op, zwaaide een mager been over haar rug en ging schrijlings op haar zitten. Ze bleef verstijfd van verbazing staan en staarde over haar schouder met grote, glinsterende ogen naar hem. Hij spoorde haar met een teen aan en ze liep weg terwijl Meren juichte van vreugde en in zijn handen klapte.

Toen ze het kamp bij de poelen verlieten, reed Taita op Windrook en Meren op een van de oudere merries. Hun bagage was op de rug geladen van de rij paarden die hen volgde.

Op die manier duurde de terugreis korter dan de heenreis, maar toen ze Gallala bereikten, waren ze zeven jaar weg geweest. Zodra bekend werd dat ze terug waren, heerste er grote vreugde in de stad. De burgers hadden gedacht dat ze al lang dood waren. Iedere man kwam met zijn gezin naar de oude tempelruïne waar ze woonden en bood hun kleine geschenken aan om zijn respect te betonen. De meeste kinderen waren volwassen geworden in de tijd waarin ze weg waren geweest en velen van hen hadden nu zelf kinderen. Taita wiegde alle kleintjes en zegende hen.

Het nieuws van hun terugkeer werd snel door de rest van Egypte verspreid door de karavaanmeesters. Al snel arriveerden er boodschappers van het hof in Thebe, van farao Nefer Seti en koningin Mintaka. Het nieuws dat ze ontvingen was niet opbeurend: het was voor het eerst dat Taita hoorde van de plagen die het koninkrijk teisterden. 'Kom hierheen zodra je kunt, wijze,' beval de farao. 'We hebben je nodig.'

'Ik kom in de nieuwe maan van Isis naar u toe,' was Taita's antwoord. Hij was niet opzettelijk ongehoorzaam: hij wist dat hij geestelijk nog niet helemaal gereed was om zijn farao raad te geven. Hij voelde dat de plagen een manifestatie waren van het grotere kwaad waarvoor Samana, de moeder-overste, hem had gewaarschuwd. Hoewel hij de kracht van het Innerlijke Oog bezat, was hij nog niet in staat om de confrontatie met de machtige Leugen aan te gaan. Hij moest nog studeren en de omens overdenken. Daarna moest hij zijn spirituele krachten verzamelen. Hij moest ook wachten op de raad waarvan hij intuïtief wist dat hij die in Gallala zou krijgen.

Maar hij werd vaak gestoord en afgeleid. Al snel begonnen er vreemdelingen te arriveren, pelgrims en smekelingen die om gunsten vroegen en invaliden en zieken die genezing zochten. De afgezanten van koningen brachten hem kostbare geschenken en vroegen om profetische en goddelijke raad. Taita speurde hun aura verlangend af in de hoop dat een van hen de boodschapper zou zijn die hij verwachtte. Steeds opnieuw werd hij teleurgesteld en hij stuurde hen met hun geschenken weg.

'Kunnen we niet een klein beetje houden, Magiër?' smeekte Meren. 'Hoe heilig u ook bent geworden, u moet toch eten en uw tuniek is een vod. Ik heb zelf een nieuwe boog nodig.'

Af en toe gaf een bezoeker hem even hoop wanneer hij zag hoe complex diens aura was. Er kwamen zoekenden naar wijsheid en kennis naar hem toe vanwege zijn reputatie in de broederschap van de magiërs. Maar ze kwamen om iets van hem te krijgen: geen van hen evenaarde zijn krachten en ze konden hem geen van allen iets teruggeven. Niettemin luisterde hij aandachtig naar wat ze te zeggen hadden en hij schiftte en beoordeelde hun woorden. Ze hadden niets belangrijks te zeggen, maar af en toe zette een willekeurige opmerking of een verkeerde mening zijn geest op een oorspronkelijk spoor. Door hun dwalingen werd hij naar een tegengestelde en juiste conclusie geleid. De waarschuwing die Samana en Kashyap hem hadden gegeven, was altijd in zijn gedachten: bij de strijd die voor hem lag, zou hij al zijn kracht, wijsheid en sluwheid nodig hebben om te overleven.

De karavanen die uit Egypte kwamen en door de rotsachtige woestenij verder trokken naar Sagafa aan de Rode Zee brachten hun regelmatig nieuws uit het moederland. Toen er weer een arriveerde, stuurde Taita Meren ernaartoe om met de karavaanmeester te praten; ze behandelden Meren allemaal met het grootste respect omdat ze wisten dat hij de vertrouweling was van Taita, de vermaarde magiër. Toen hij die avond uit de stad terugkeerde, zei hij: 'Obed Tindali, de karavaankoopman, smeekt u om hem in uw gebeden aan de grote god Horus te gedenken. Hij heeft me als geschenk voor u een royale hoeveelheid van de beste kwaliteit koffiebonen uit het verre Ethiopië meegegeven, maar ik raad u aan u schrap te zetten, Magiër, want hij heeft geen opbeurend nieuws uit de delta voor u.'

De oude man sloeg zijn ogen neer om de angst te verbergen die erin te lezen stond. Wat voor nieuws zou nog slechter zijn dan dat wat ze al gekregen hadden? Hij keek op en zei streng: 'Probeer me niet te beschermen, Meren. Houd niets achter. Is de overstroming van de Nijl begonnen?'

'Nog niet,' antwoordde Meren zacht en spijtig. 'Er is nu al zeven jaar geen overstroming geweest.'

Taita's strenge uitdrukking werd zachter. Als het water niet steeg, zou het niet de rijke, vruchtbare, alluviale klei uit het zuiden aanvoeren en zou Egypte overgeleverd zijn aan hongersnood, pestilentie en dood.

'Het doet me veel verdriet dat er nog slechter nieuws is,' mompelde Meren. 'Het weinige water dat de Nijl nog bevat, is in bloed veranderd.'

Taita staarde hem aan. 'Bloed?' herhaalde hij. 'Dat begrijp ik niet.'

'Zelfs de geslonken poelen van de rivier zijn donkerrood geworden en ze stinken als het gestolde bloed van kadavers, Magiër,' zei Meren. 'Mens noch dier kan eruit drinken. De paarden en het vee, zelfs de geiten, sterven van de dorst. Hun uitgemergelde kadavers bedekken de oevers van de rivier.'

'Plagen en onheil! Zoiets is in de geschiedenis van de aarde nog nooit voorgekomen,' fluisterde Taita.

'En het is niet één plaag, Magiër,' vervolgde Meren vasthoudend. 'Uit de bloedige poelen van de Nijl zijn grote horden stekelige padden naar boven gekomen, groot en snel als honden. Stinkend gif stroomt uit de wratten die hun afzichtelijke lichaam bedekken. Ze eten de lijken van de dode dieren op. Maar dat is niet genoeg voor ze. De mensen zeggen dat de grote Horus zou moeten verbieden dat deze monsters kinderen en iedereen die te oud en te zwak is om zich te verdedigen aanvallen. Ze worden door hen verslonden terwijl ze nog kronkelen en schreeuwen.' Meren zweeg en haalde diep adem. 'Wat gebeurt er met onze aarde? Welke verschrikkelijke vloek is over ons uitgesproken, Magiër?'

In de tientallen jaren sinds de grote slag tegen de overweldigers, de valse farao's, al sinds Nefer Seti de dubbele troon van Boven- en Beneden-Egypte had bestegen, was Meren aan Taita's zijde geweest. Hij was de geadopteerde zoon die nooit op de normale manier uit de lendenen van de gecastreerde Taita voortgekomen had kunnen zijn. Nee, Meren was meer dan een zoon: zijn liefde voor de oude man oversteeg die van een bloedband. Taita was ontroerd door zijn wanhoop, hoewel hij zelf even vertwijfeld was.

'Wat gebeurt er met het land, de mensen en de koning die we liefhebben?' vroeg Meren.

Taita schudde zijn hoofd en hij zweeg lange tijd. Toen boog hij zich naar voren en raakte Merens bovenarm aan. 'De goden zijn boos,' zei hij.

'Waarom?' hield Meren vol. De sterke krijger en trouwe metgezel was in zijn bijgelovige angst bijna kinderlijk. 'Wat hebben we dan misdaan?'

'Sinds onze terugkeer in Egypte zoek ik al het antwoord op die vraag. Ik heb offers gebracht en de hele hemel afgespeurd naar een teken. De oorzaak van hun goddelijke woede ontgaat me nog steeds. Het is bijna alsof die verhuld wordt door de onheilspellende aanwezigheid van iets bovennatuurlijks.'

'U moet het antwoord vinden, Magiër, voor de farao en Egypte,' zei Meren dringend. 'Maar waar kunt u er nog naar zoeken?'

'Ik zal het antwoord snel hebben, Meren. Dat is voorspeld door de tekenen. Het zal me gebracht worden door een onverwachte boodschapper – misschien een man of een demon, een beest of een god. Misschien zal het verschijnen als een teken aan de hemel, geschreven in een ster. Maar ik zal het antwoord hier in Gallala krijgen.'

'Wanneer, Magiër? Is het al niet te laat?'

'Misschien vanavond nog.'

Taita stond in één soepele beweging op. Ondanks zijn hoge leeftijd bewoog hij zich als een jongeman. Zijn lenigheid en veerkracht bleven Meren verbazen, zelfs na alle jaren die hij aan zijn zijde had doorgebracht. Taita pakte zijn stok die in een hoek van het terras stond en hij leunde er lichtjes op toen hij onder aan de trap bleef staan om naar de hoge toren omhoog te kijken. De dorpelingen hadden de toren voor hem gebouwd. Elke familie in Gallala had een bijdrage aan het werk geleverd. Het was een tastbaar teken van de liefde en de eerbied die ze voelden voor de oude magiër, die de zoetwaterbron had geopend waardoor de stad werd gevoed en die hen beschermde met de onzichtbare, maar grote kracht van zijn magie.

Taita liep de wenteltrap op die zich langs de buitenkant van de toren kronkelde. De treden ervan waren smal en degene die ze beklom, werd niet tegen een val in de diepte beschermd door een balustrade. Hij klom omhoog als een steenbok, zonder op zijn voeten te letten, en hij tikte met zijn stok lichtjes op de stenen. Toen hij boven op het platform aankwam, installeerde hij zich met zijn gezicht naar het oosten op de zijden bidmat. Meren zette een zilveren flacon naast hem neer en nam zijn plaats achter hem in, dichtbij genoeg om snel te kunnen reageren wanneer Taita hem nodig had, maar ver genoeg bij hem uit de buurt om de concentratie van de magiër niet te verstoren.

Taita trok de hoornen stop uit de flacon en nam een slok van de bittere vloeistof. Hij slikte hem langzaam door en voelde hoe de warmte zich vanuit zijn buik door alle spieren en zenuwen van zijn lichaam verspreidde en zijn geest met een kristallen schittering vulde. Hij zuchtte zacht en liet het Innerlijke Oog van zijn ziel onder de weldadige invloed ervan opengaan.

Twee nachten geleden was de oude maan opgeslokt door het monster van de nacht en nu behoorde de hemel alleen aan de sterren toe. Taita keek toe toen ze in volgorde van hun positie begonnen te verschijnen, met de helderste en krachtigste als eerste van de reeks. Al snel wemelde de hemel van talloze sterren die de woestijn deden baden in een zilverkleurig schijnsel. Taita had ze zijn hele leven bestudeerd. Hij had gedacht dat hij alles wist wat ervan te weten en te begrijpen viel, maar nu ontwikkelde hij door middel van zijn Innerlijke Oog een nieuw begrip van de eigenschappen en positie van elke ster in het eeuwige plan van de materie en van de zaken van mensen en goden. Er was één heldere ster die hij gretig zocht. Hij wist dat deze het dichtst bij de plek stond waar hij zat. Zodra hij hem zag, raakte hij opgetogen, want die avond leek de ster recht boven de toren te hangen.

De ster was negentig dagen na de mummificatie van koningin Lostris voor het eerst aan de hemel verschenen, op de avond waarop hij haar veilig in haar graftombe opgeborgen had. De verschijning ervan was een wonder geweest. Voor ze stierf, had ze hem beloofd dat ze naar hem zou terugkeren en hij had de diepe overtuiging dat de ster de vervulling van haar belofte was. Ze had hem nooit verlaten. Al die jaren was haar nova zijn leidster geweest. Wanneer hij ernaar omhoogkeek, werd de troosteloosheid verlicht die zijn ziel sinds haar dood had beheerst.

Nu hij er met zijn Innerlijke Oog naar keek, zag hij dat Lostris' ster omringd was door haar aura. Hoewel de ster piepklein was in vergelijking met enkele van de hemelkolossen, kon geen enkele ster de pracht ervan evenaren. Taita voelde dat zijn liefde voor Lostris gestaag en onverzwakt in hem brandde en zijn ziel verwarmde. Plotseling verstijfde zijn hele lichaam van schrik en een golf van kou verspreidde zich door zijn aderen naar zijn hart.

'Magiër!' Meren had de verandering in zijn stemming aangevoeld. 'Wat mankeert u?' Hij greep Taita's schouder vast en had zijn andere hand op het gevest van zijn zwaard. Te geëmotioneerd om te spreken, schudde Taita Merens hand af en hij bleef omhoogkijken.

Sinds hij hem de laatste keer had gezien, was Lostris' ster gezwollen tot een paar keer zijn normale grootte. Zijn eens heldere en constante aura knipperde nu en zijn stralen flakkerden ontroostbaar. De ster zelf was verwrongen: hij puilde aan de uiteinden uit en werd in het midden smaller.

Zelfs Meren merkte de verandering op. 'Uw ster! Er is iets mee gebeurd! Wat betekent dit?' Hij wist hoe belangrijk de ster voor Taita was.

'Dat kan ik nog niet zeggen,' fluisterde Taita. 'Laat me alleen. Ga naar je slaapmat. Ik mag niet afgeleid worden. Kom me bij zonsopgang halen.'

Taita hield de wacht tot de ster bij de nadering van de zon vervaagde, maar tegen de tijd dat Meren terugkwam om hem de trap af te leiden, wist hij dat Lostris' ster stervende was.

Hoewel hij uitgeput was door zijn lange nachtwake kon hij niet slapen. Het beeld van de stervende ster vulde zijn geest en hij werd gekweld door vage, duistere voorgevoelens. Dit was de laatste en afschuwelijkste manifestatie van het kwaad. Eerst waren er de plagen geweest die mens en dier doodden en nu was er deze verschrikkelijke, kwaadaardige kracht die de sterren verwoestte. De volgende nacht keerde Taita niet terug naar de toren, maar ging hij alleen de woestijn in om troost te vinden. Hoewel Meren bevel had gekregen zijn meester niet te volgen, deed hij dat toch op een afstand. Natuurlijk voelde Taita zijn aanwezigheid en bracht hij hem in verwarring door zich door middel van een toverspreuk onzichtbaar te maken. Boos en bezorgd om de veiligheid van zijn meester, bleef Meren hem de hele nacht zoeken. Toen hij zich bij zonsopgang terughaastte naar Gallala om een reddingsploeg samen te stellen, zag hij Taita alleen op het terras van de oude tempel zitten.

'Je stelt me teleur, Meren. Het is niets voor jou om weg te lopen en je plichten te verwaarlozen,' berispte Taita hem. 'Ben je van plan om me te laten verhongeren? Roep het nieuwe dienstmeisje dat je hebt aangenomen en laten we hopen dat ze even goed kan koken als ze mooi is.'

Hij sliep die dag niet, maar bleef alleen in de schaduw aan het uiteinde van het terras zitten. Zodra ze de avondmaaltijd hadden genuttigd, klom hij opnieuw naar de top van de toren. De zon stond pas een vingerbreedte onder de horizon, maar hij was vastbesloten om geen moment te verspillen van de nachtelijke uren waarin de ster zich aan hem zou vertonen. De nacht kwam zo snel en geruisloos als een dief. Taita tuurde naar het oosten. De sterren prikten door het donkere, nachtelijke hemelgewelf en werden helderder. Toen verscheen de Ster van Lostris abrupt boven zijn hoofd. Het verbaasde hem dat hij zijn vaste positie in de volgorde van de planeten had verlaten. Nu hing hij als de flakkerende vlam van een lantaarn boven de toren van Gallala.

Het was niet langer een ster. In de paar uur sinds hij hem voor het laatst had gezien, was hij in een vurige wolk uiteengebarsten en blies hij zichzelf op. Donkere, dreigende dampen walmden eromheen, verlicht door interne vuren die de ster verteerden in een machtige vuurzee die de hemel boven zijn hoofd verlichtte.

Taita wachtte en bleef toekijken tijdens de lange, nachtelijke uren. De verminkte ster verliet zijn positie hoog boven zijn hoofd niet. Hij was er bij zonsopgang nog en de volgende nacht verscheen hij weer precies op dezelfde plaats. Nacht na nacht bleef de ster op een vaste plaats aan de hemel staan, als een reusachtig baken waarvan het spookachtige licht het einde van de hemel moest bereiken. De wolken van verwoesting die hem omringden draaiden kolkend rond. De vlammen in het midden van de ster laaiden op en stierven toen weg om vervolgens op een andere plaats weer op te laaien.

Bij zonsopgang kwamen de mensen uit de stad naar de oude tempel voor een audiëntie bij de magiër in de schaduw van de door hoge zuilen geschraagde zaal. Toen Taita uit de toren naar beneden was gekomen, dromden ze om hem heen en smeekten om een verklaring van de enorme uitbarsting van vlammen boven hun stad. 'O, machtige Magiër, kondigt dit een nieuwe plaag aan? Heeft Egypte nog niet genoeg geleden? Verklaar deze afschuwelijke tekenen alstublieft voor ons.' Maar hij had niets te vertellen wat hun troost zou kunnen schenken. Zijn studies hadden hem geen van alle voorbereid op zoiets als het onnatuurlijke gedrag van de Ster van Lostris.

De nieuwe maan werd vol en het licht ervan verzachtte het angstaanjagende beeld van de brandende ster. Toen de maan afnam, domineerde de Ster van Lostris de hemel weer en hij brandde zo fel dat het licht van alle andere sterren erbij vergeleken verbleekte. Alsof hij door dit baken opgeroepen was, kwam er een donkere sprinkhanenwolk uit het zuiden die op Gallala neerdaalde. De sprinkhanen bleven twee dagen. Ze vernietigden de geïrrigeerde velden en lieten geen doerra-aar en geen blad van de olijfbomen over. De takken van de granaatappelbomen bogen door onder het gewicht van de zwermen en braken toen af. Op de ochtend van de derde dag stegen de insecten op in een uitgestrekte, ruisende wolk en vlogen in westelijke richting naar de Nijl om nog meer verwoestingen aan te richten op land dat al stervende was doordat de Nijl al zo lang niet buiten zijn oevers was getreden.

Egypte sidderde en de bevolking gaf zich over aan wanhoop.

Toen kwam er een andere bezoeker naar Gallala. Hij verscheen in de nacht, maar de vlammen van de Ster van Lostris brandden zo helder als de laatste opflakkering van een olielamp voordat hij uitgaat en Meren kon Taita de karavaan al aanwijzen toen deze nog ver weg was.

'Die lastdieren komen uit een ver land,' merkte Meren op. Kamelen kwamen in Egypte niet van nature voor en ze waren nog zeldzaam genoeg om zijn interesse te wekken. 'Ze volgen niet de karavaanroute, maar komen uit de woestijn. Dit is allemaal vreemd. We moeten voor hen op onze hoede zijn.' De buitenlandse reizigers aarzelden niet en kwamen direct naar de tempel toe, alsof ze daarheen geleid werden. De kameelruiters lieten de dieren rusten en daarna klonk het gebruikelijke lawaai van een karavaan die zijn kamp opslaat.

'Ga naar hen toe,' beval Taita. 'Kijk wat je over hem aan de weet kunt komen.'

Meren kwam pas terug toen de zon ruim boven de horizon stond. 'Er zijn twintig mannen, allemaal bedienden en volgelingen. Ze zeggen dat ze vele maanden gereisd hebben om ons te bereiken.'

'Wie is hun leider? Wat ben je over hem aan de weet gekomen?'

'Ik heb hem niet gezien. Hij ligt te slapen. Dat is zijn tent, in het midden van het kamp. Hij is van de fijnste wol. Al zijn mannen spreken met groot ontzag en grote eerbied over hem.'

'Hoe heet hij?'

'Ze spreken alleen over hem als de Hitama, wat in hun taal "verheven in geleerdheid" betekent.'

'Wat zoekt hij hier?'

'U, Magiër. Hij komt voor u. De karavaanmeester heeft bij naam naar u gevraagd.'

Taita was maar lichtelijk verbaasd. 'Wat voor voedsel hebben we? We moeten deze Hitama gastvrij onthalen.'

'Door de sprinkhanen en de droogte hebben we maar weinig over. Ik heb wat gerookte vis en genoeg koren voor een paar zoutkoeken.'

'En hoe zit het met de paddenstoelen die we gisteren geplukt hebben?'

'Ze zijn verrot en stinken. Misschien kan ik iets in het dorp vinden.'

'Nee, val onze vrienden niet lastig. Het leven is voor hen al zwaar genoeg. We zullen het moeten doen met wat we hebben.' Uiteindelijk werden ze gered door de gulheid van hun bezoeker. De Hitama nam hun uitnodiging om het avondmaal bij hen te nuttigen aan, maar hij stuurde Meren terug met een mooie, vette kameel. Het was duidelijk dat hij wist hoe de bevolking leed onder de hongersnood. Meren slachtte het dier en maakte geroosterde schouder klaar. De rest van het karkas zou voldoende zijn om de bedienden van de Hitama en het grootste deel van de dorpsbevolking te eten te geven.

Taita wachtte op het tempeldak op zijn gast. Hij was er benieuwd naar wie hij was. Zijn titel suggereerde dat hij een van de magiërs was, of misschien de abt van de een of andere geleerde sekte. Hij had er een voorgevoel van dat hem iets zeer belangrijks onthuld zou worden.

Is dit de boodschapper wiens komst voorspeld is? Degene op wie ik zo lang heb gewacht? vroeg hij zich af. Hij keek op toen hij hoorde dat Meren de bezoeker de brede stenen trap op leidde.

'Wees voorzichtig met jullie meester. De treden van de trap brokkelen af en kunnen gevaarlijk zijn,' zei Meren tegen de dragers die eindelijk het dakterras bereikten. Hij hielp hen om de draagkoets waarvan de gordijnen dicht waren bij Taita's mat neer te zetten en zette daarna een zilveren schaal met een sorbet met granaatappelsmaak en twee drinkbekers op de lage tafel die tussen hen in stond. Hij keek zijn meester vragend aan. Wat wilt u nog meer hebben, Magiër?'

'Je kunt ons nu alleen laten, Meren. Ik roep je wel wanneer we klaar zijn om te eten.' Taita schonk een beker sorbet in en zette die dicht bij de opening in de gordijnen die nog stijf dicht waren. 'Gegroet en welkom. Uw bezoek doet mijn huis eer aan,' mompelde hij tegen zijn ongeziene gast. Er kwam geen antwoord en hij concentreerde alle kracht van het Innerlijke Oog op de draagkoets. Het verbaasde hem dat hij geen aura van een levend persoon achter de gordijnen kon onderscheiden. Hoewel hij de afgeschermde ruimte zorgvuldig afspeurde, kon hij geen teken van leven ontdekken. De ruimte leek leeg en steriel. 'Is daar iemand?' Hij stond snel op en liep naar de draagkoets toe. 'Zeg iets!' riep hij. 'Wat zijn dit voor duivelskunsten?'

Hij rukte het gordijn open en stapte toen verrast naar achteren. Een man zat met zijn gezicht naar hem toe in kleermakerszit op het met kussens bedekte bed. Hij droeg alleen een saffraankleurige lendendoek. Zijn lichaam was broodmager, zijn kale hoofd leek op een doodshoofd en zijn huid was zo droog en gerimpeld als de afgeworpen huid van een slang. Zijn gezicht was zo verweerd als een fossiel, maar zijn gelaatsuitdrukking was sereen en zelfs mooi.

'U hebt geen aura!' riep Taita uit, voordat hij de woorden kon inslikken.

De Hitama boog licht het hoofd. 'En jij ook niet, Taita. Degenen die uit de tempel van Saraswati zijn teruggekeerd, verspreiden geen van allen een zichtbare aura. We hebben een deel van onze menselijkheid achtergelaten bij Kashyap, de lampdrager. Dit gebrek stelt ons in staat elkaar te herkennen.'

Taita nam even de tijd om over deze woorden na te denken. De Hitama had herhaald wat Samana hem had verteld.

'Kashyap is dood en een vrouw heeft zijn plaats tegenover de godin ingenomen. Haar naam is Samana. Ze heeft me verteld dat er anderen zijn geweest. U bent de eerste die ik ontmoet.'

'Slechts weinigen van ons wordt de gave van het Innerlijke Oog verleend. En van die weinigen zijn er nog minder over. Onze gelederen zijn uitgedund. Daarvoor is een sinistere reden die ik je te zijner tijd zal vertellen.' Hij maakte naast hem op het matras ruimte. 'Kom naast me zitten, Taita. Mijn gehoor begint me in de steek te laten. Er is veel te bespreken, maar we hebben weinig tijd.' De bezoeker stapte van zijn moeizame Egyptisch over op het esoterische Tenmass van de ingewijden dat hij vloeiend sprak. 'We moeten voorzichtig blijven.'

'Hoe hebt u me gevonden?' vroeg Taita in dezelfde taal en hij installeerde zich naast hem.

'De ster heeft me geleid.' De oude ziener hief zijn hoofd naar de oostelijke hemel. In de tijd dat ze met elkaar spraken, was het donker geworden en de sterrenhemel schitterde in volle majesteit. De Ster van Lostris hing nog steeds recht boven Taita, maar hij was nog meer van vorm en substantie veranderd. Hij had niet langer een massief centrum en was alleen nog maar een wolk van gloeiende gassen die in een lange veervorm door de zonnewinden werd weggeblazen.

'Ik ben me altijd bewust geweest van mijn intieme band met die ster,' fluisterde Taita.

'En met goede reden,' verzekerde de oude man hem raadselachtig. 'Je lotsbestemming is ermee verbonden.'

'Maar hij sterft voor onze ogen.'

De oude man keek hem aan op een manier die Taita's vingers deed tintelen. 'Niets sterft. Wat we de dood noemen, is alleen maar de overgang naar een andere toestand. Ze zal altijd bij je blijven.'

Taita opende zijn mond om haar naam 'Lostris' te noemen, maar de oude man hield hem met een gebaar tegen.

'Spreek haar naam niet hardop uit. Als je dat doet, verraad je haar misschien aan degenen die je kwaad toewensen.'

'Is een naam dan zo machtig?'

'Zonder naam bestaat geen enkel levend wezen. Zelfs de goden hebben een naam nodig. Alleen de Waarheid is naamloos.'

'En de Leugen,' zei Taita, maar de oude man schudde zijn hoofd.

'De Leugen heet Ahriman.'

'U kent mijn naam,' zei Taita, 'maar ik weet niet hoe u heet.'

'Ik heet Demeter.'

'Demeter is een van de halfgoden.' Taita herkende de naam direct. 'Bent u hem?'

'Zoals je kunt zien, ben ik sterfelijk.' Hij hield zijn handen omhoog en ze beefden van ouderdom. 'Ik ben een Langlevende, net als jij, Taita. Ik heb buitensporig lang geleefd, maar ik zal spoedig sterven. Eigenlijk ben ik al stervende. Te zijner tijd zul jij me volgen. We zijn geen van beiden een halfgod. We zijn geen Goede Onsterfelijken.'

'Je kunt me niet zo snel verlaten, Demeter. We zijn net bij elkaar gekomen,' protesteerde Taita. 'Ik heb zo lang naar je gezocht. Ik moet zoveel van je leren. Daarom ben je toch zeker naar me toe gekomen? Je bent hier toch niet gekomen om te sterven?'

Demeter boog instemmend zijn hoofd. 'Ik zal zo lang blijven als ik kan, maar ik ben vermoeid door de jaren en verzwakt door de krachten van de Leugen.'

'We mogen nog geen uur verspillen van de tijd die we nog hebben. Geef me les,' zei Taita nederig. 'Bij jou vergeleken ben ik een klein kind.'

'We zijn al begonnen,' zei Demeter.

'De tijd lijkt op een rivier, zoals die boven ons.' Demeter hief zijn hoofd en wees met zijn kin naar Oceanus, de eindeloze rivier van sterren die van horizon tot horizon langs de hemel boven hen stroomde. 'Hij heeft geen begin en geen einde. Er is iemand anders voor me geweest, zoals talloze anderen voor hém zijn geweest. Hij heeft zijn taak aan me doorgegeven. Het is een goddelijk estafettestokje dat de ene hardloper aan de andere overhandigt. Sommigen dragen het verder dan anderen. Mijn wedstrijd is bijna gelopen, want ik ben van veel van mijn kracht ontdaan. Ik moet het stokje aan jou doorgeven.'

'Waarom aan mij?'

'Dat is voorbeschikt. Het is niet aan ons om het besluit in twijfel te trekken of aan te vechten. Je moet je geest voor me openstellen om te kunnen ontvangen wat ik je te geven heb, Taita. Ik moet je ervoor waarschuwen dat het een vergiftigd geschenk is. Als je het eenmaal hebt ontvangen, zul je misschien nooit meer zielenrust vinden, want je zult al het leed en alle pijn van de wereld op je schouders dragen.'

Ze zwegen terwijl Taita over dit sombere vooruitzicht nadacht. Ten slotte zuchtte hij. 'Ik zou weigeren als ik dat zou kunnen. Ga verder, Demeter, want ik kan me niet tegen het onvermijdelijke verzetten.'

Demeter knikte. 'Ik heb er vertrouwen in dat jij zult slagen waar ik zo rampzalig gefaald heb. Je zult de poortwachter van het fort van de Waarheid worden om de aanvallen van de volgelingen van de Leugen te weerstaan.'

Demeters gefluister werd luider en zijn stem kreeg een dringende klank. 'We hebben over goden en halfgoden gesproken, over ingewijden en Goede Onsterfelijken. Daaruit heb ik geconcludeerd dat je van die dingen al heel veel begrijpt. Maar ik kan je meer vertellen. Sinds de begintijd van de Grote Chaos zijn de goden achter elkaar verheven en neergeworpen. Ze hebben tegen elkaar en tegen de volgelingen van de Leugen gestreden. De Titanen, de oudere goden, werden verslagen door de Olympische goden. Zij zullen op hun beurt verzwakt raken. Niemand zal hen vertrouwen en aanbidden. Ze zullen verslagen worden en worden vervangen door jongere godheden of, als we falen, zullen ze misschien verdrongen worden door de kwaadaardige handlangers van de Leugen.' Hij zweeg een poosje, maar toen hij verder sprak was zijn stem vaster. 'De opkomst en ondergang van goddelijke dynastieën is een onderdeel van het natuurlijke en onveranderlijke systeem van wetten dat is ontstaan om orde te scheppen in de Grote Chaos. Die wetten regeren de kosmos. Ze beheersen de eb en de vloed en de opeenvolging van dag en nacht. Ze bevelen en beheersen de wind en de storm, de vulkanen en de vloedgolven, de opkomst en ondergang van imperia en de voortgang van de tijd. De goden zijn alleen maar de dienaren van de Waarheid. Uiteindelijk blijven alleen de Waarheid en de Leugen over.' Demeter draaide zich plotseling om en keek achter zich met een melancholieke, maar berustende uitdrukking op zijn gezicht. 'Voel je het, Taita? Hoor je het?'

Taita spande al zijn krachten in en ten slotte hoorde hij een zwak geruis in de lucht om hen heen, als dat van de vleugels van aasgieren die neerstrijken om zich aan een kadaver te vergasten. Hij knikte. Hij was te zeer aangegrepen om iets te kunnen zeggen. Het besef van de aanwezigheid van een groot kwaad overweldigde hem bijna. Hij moest al zijn kracht aanwenden om het te verdrijven.

'Ze is hier al bij ons.' Demeters stem werd zachter en klonk moeizaam en hijgend, alsof zijn longen werden samengeperst onder het gewicht van een dreigende, bovennatuurlijke kracht. 'Kun je haar ruiken?' vroeg hij.

Taita sperde zijn neusgaten open en hij ving de vage stank van bederf en ontbinding op, van ziekte en rottend vlees, van pestilentie en de inhoud van gescheurde darmen. 'Ik voel en ruik haar,' antwoordde hij.

'We zijn in gevaar,' zei Demeter. Hij strekte zijn handen naar Taita uit. 'Pak mijn handen vast!' beval hij. 'We moeten onze krachten bundelen om haar te weerstaan.'

Toen hun vingers elkaar aanraakten, schoot een felle, blauwe vonk ertussen omhoog. Taita weerstond de aanvechting om zijn hand terug te trekken en het contact te verbreken. In plaats daarvan greep hij Demeters handen beet en hield ze stevig vast. Kracht stroomde tussen hen heen en weer. Geleidelijk trok de kwaadaardige kracht zich terug en konden ze weer vrijelijk ademhalen.

'Het was onvermijdelijk,' zei Demeter berustend. 'Ze is al drie eeuwen naar me op zoek, al sinds ik uit haar web van betoveringen en bezweringen ontsnapt ben. Maar nu jij en ik samengekomen zijn, hebben we zo'n toename van psychische energie veroorzaakt dat ze die heeft kunnen bespeuren, zelfs vanaf een reusachtige afstand, net zoals een grote haai een school sardines bespeurt lang voordat hij die gezien heeft.' Hij keek Taita verdrietig aan terwijl hij nog steeds diens handen vasthield. 'Ze weet nu via mij van jou, Taita, en als het niet via mij was gebeurd, zou ze je op een andere manier ontdekt hebben. De geur die je op de wind van de kosmos achterlaat, is sterk en zij is het ultieme roofdier.'

'Je zegt "ze"? Wie is die vrouw?'

'Ze noemt zichzelf Eos.'

'Die naam heb ik eerder gehoord. Een vrouw die Eos heette, heeft meer dan vijftig generaties geleden de tempel van Saraswati bezocht.'

'Dat is dezelfde vrouw.'

'Eos is de oude godin van de zonsopgang, de zuster van Helius, de zon,' zei Taita. 'Ze was een onverzadigbare nymfomane, maar ze werd vernietigd in de oorlog tussen de Titanen en de Olympische goden.' Hij schudde zijn hoofd. 'Ze kan niet dezelfde Eos zijn.'

'Je hebt gelijk, Taita. Ze zijn niet dezelfde Eos. Deze Eos is de volgelinge van de Leugen. Ze is de doortrapte bedriegster, de overweldigster, de dievegge, de verslindster van baby's. Ze heeft de identiteit van de oude godin gestolen. Tegelijkertijd heeft ze haar ondeugden overgenomen, maar geen van haar deugden.'

'Begrijp ik goed dat je beweert dat Eos vijftig generaties heeft geleefd. Dat betekent dat ze tweeduizend jaar is,' riep Taita ongelovig uit. 'Wat is ze? Sterfelijk of onsterfelijk, mens of godin?'

'In het begin was ze mens. Vele eeuwen geleden was ze ook de hogepriesteres van de tempel van Apollo in Ilion. Toen de stad door de Spartanen geplunderd werd, wist ze te ontsnappen en nam ze de naam Eos aan. Ze was nog steeds mens, maar ik kan met geen pen beschrijven wat ze geworden is.'

'Samana heeft me de oude tempelinscriptie laten zien waarin het bezoek van de vrouw uit Ilion beschreven werd,' zei Taita.

'Dat was dezelfde vrouw. Koerma heeft haar de gave van het Innerlijke Oog geschonken. Hij geloofde dat ze uitverkoren was. Haar vermogen tot verhulling en bedrog is zo sterk en overtuigend dat zelfs Koerma, de grote wijze en geleerde, er niet doorheen kon kijken.'

'Als zij de belichaming van het kwaad is, dan is het toch onze plicht om haar op te sporen en te vernietigen.'

Demeter glimlachte spijtig. 'Aan dat doel heb ik mijn hele leven gewijd, maar ze is even sluw als slecht. Ze is even ongrijpbaar als de wind. Ze straalt geen aura uit. Ze kan zich beschermen met toverspreuken en kunstgrepen die mijn kennis van het occulte verre overtreffen. Ze legt valstrikken aan om degenen die naar haar zoeken te vangen. Ze kan zich met gemak van het ene continent naar het andere verplaatsen. Koerma heeft haar krachten alleen maar vergroot. Toch heb ik haar een keer gevonden.' Hij corrigeerde zichzelf. 'Dat is niet helemaal waar. Ik heb haar niet gevonden. Zij heeft mij opgespoord.'

Taita leunde gretig naar voren. 'Ken je dit wezen? Heb je haar persoonlijk ontmoet? Vertel me eens hoe ze eruitziet, Demeter.'

'Als ze bedreigd wordt, kan ze van uiterlijk veranderen als een kameleon. Toch is ijdelheid een van haar talrijke ondeugden. Je kunt je niet voorstellen wat een schoonheid ze kan aannemen. Het brengt de zintuigen in verwarring en laat het verstand stilstaan. Wanneer ze van deze gave gebruikmaakt, kan geen man haar weerstaan. Haar aanblik verlaagt zelfs de nobelste man tot het niveau van een beest.' Hij zweeg en zijn ogen werden dof van verdriet. 'Ondanks al mijn training als ingewijde was ik niet in staat mijn lagere instincten te beheersen. Ik verloor het vermogen en de wil om met de gevolgen rekening te houden. Op dat moment bestond er voor mij niets anders dan zij. Ik werd verteerd door begeerte. Ze speelde met me als de herfstwind met een dood blad. Voor mij leek het alsof ze me alles gaf, elke verrukking die deze aarde te bieden heeft. Ze gaf me haar lichaam.' Hij kreunde zacht. 'Zelfs nu nog drijft de herinnering me tot de rand van de waanzin. Elke welving en glooiing, elke betoverende opening en elk geurig kuiltje… Ik probeerde niet haar te weerstaan, want geen enkele sterfelijke man zou dat kunnen.' Zijn vermoeide gezicht had een lichtelijk opgewonden kleur gekregen.

'Je hebt gezegd dat de oorspronkelijke Eos een onverzadigbare nymfomane was, Taita, maar deze andere Eos overtreft haar geslachtsdrift. Wanneer ze je kust, zuigt ze de vitale sappen uit je, zoals jij en ik het sap uit een rijpe sinaasappel zuigen. Wanneer ze bij die verrukkelijke, maar helse coïtus een man tussen haar dijen neemt, trekt ze zijn wezen uit hem. Ze neemt hem zijn ziel af. Zijn wezen is het ambrozijn dat haar voedt. Ze lijkt op een monsterlijke vampier die zich voedt met mensenbloed. Ze kiest alleen superieure wezens als slachtoffer uit, mannen en vrouwen met een Juiste Geest, dienaren van de Waarheid, magiërs met een grote reputatie of begaafde zieners. Wanneer ze haar slachtoffer eenmaal heeft bespeurd, achtervolgt ze het zo meedogenloos als een wolf een hert. Ze is een alleseter. Het maakt haar niet uit hoe oud haar slachtoffers zijn en evenmin of ze mooi, lelijk of lichamelijk zwak zijn. Het is niet hun vlees dat haar lust opwekt, maar hun ziel. Ze verslindt jong en oud, mannen en vrouwen. Wanneer ze hen eenmaal in haar ban heeft, verstrikt in haar zijden web, onttrekt ze alle geleerdheid, wijsheid en ervaring die ze vergaard hebben aan hen. Ze zuigt die uit hen met haar vervloekte kussen. Ze trekt ze uit hun lendenen met haar walgelijke omarming. Ze laat alleen een verdroogd omhulsel achter.'

'Ik ben getuige geweest van die seksuele uitwisseling,' zei Taita. 'Toen Kashyap aan het einde van zijn leven kwam, gaf hij zijn wijsheid en kennis door aan Samana die hij als zijn opvolgster had uitgekozen.'

'Wat je gezien hebt, was een uitwisseling met wederzijdse toestemming. De obscene daad die Eos beoefent, is een invasie en verovering van het lichaam. Ze rooft en verslindt zielen.'

Een tijdje was Taita met stomheid geslagen. Toen vroeg hij: 'Oud en ziek? Heel of verminkt? Mannen en vrouwen? Hoe copuleert ze met degenen die daartoe niet meer in staat zijn?'

'Ze beschikt over krachten die jij en ik, ook al zijn we ingewijden, niet kunnen evenaren of zelfs maar bevatten. Ze heeft het vermogen ontwikkeld om het zwakke vlees van haar slachtoffers voor een dag nieuwe kracht te geven om hen vervolgens te vernietigen door hun geest en hun wezen weg te vagen.'

'Toch heb je mijn vraag nog niet beantwoord, Demeter. Wat is ze? Sterfelijk of onsterfelijk, mens of godin? Blijft ze die zeldzame schoonheid van haar altijd behouden? Hebben de tand des tijds en de ouderdom daar geen invloed op?'

'Mijn antwoord op je vraag is dat ik het niet weet, Taita. Ze is misschien wel de oudste vrouw op aarde' – Demeter spreidde zijn handen in een gebaar van machteloosheid – 'maar ze schijnt een kracht ontdekt te hebben waarover daarvoor alleen de goden beschikten. Maakt dat haar tot een godin? Ik zou het niet weten. Ze is misschien niet onsterfelijk, maar ze is zeker leeftijdsloos.'

'Wat stel je voor, Demeter? Hoe sporen we haar schuilplaats op?'

'Ze heeft jou al gevonden. Je hebt haar monsterlijke begeerte gewekt. Je hoeft haar niet te zoeken. Ze achtervolgt jou al. Ze zal je naar zich toe lokken.'

'Ik ben veel te oud om gevoelig te zijn voor de verleidingen en valstrikken die dit wezen op mijn pad kan plaatsen.'

'Ze begeert je, ze moet je hebben. Jij en ik samen vormen echter een bedreiging voor haar.' Hij dacht een poosje over zijn eigen woorden na en vervolgde toen: 'Ze heeft mij bijna alles afgenomen wat ik haar kan geven. Ze zal mij kwijt willen en jou willen isoleren, maar tegelijkertijd moet ze ervoor zorgen dat jou niets overkomt. Als je alleen bent, zal het bijna onmogelijk voor je zijn om haar te weerstaan. Met onze gebundelde krachten zijn we misschien in staat om haar terug te drijven en misschien zelfs om een manier te vinden om haar ogenschijnlijke onsterfelijkheid op de proef te stellen.'

'Ik ben blij dat ik je aan mijn zijde heb,' zei Taita.

Demeter antwoordde niet direct. Hij bestudeerde Taita met een vreemde, nieuwe uitdrukking op zijn gezicht. Ten slotte vroeg hij zacht: 'Voel je geen angst, heb je geen voorgevoel dat er een ramp op til is?'

'Nee, ik geloof dat jij en ik erin kunnen slagen haar te vernietigen,' zei Taita.

'Je hebt over mijn ernstige waarschuwingen nagedacht. Je begrijpt tegen welke krachten we het zullen moeten opnemen. Toch aarzel je niet. Je kent geen twijfel – jij, de wijste van alle mannen. Hoe verklaar je dat?'

'Ik weet dat het onvermijdelijk is. Ik moet haar doortastend en moedig tegemoet treden.'

'Zoek in de diepste uithoeken van je ziel, Taita. Bespeur je een gevoel van opgetogenheid in jezelf? Wanneer heb je je voor het laatst zo sterk en vitaal gevoeld?'

Taita keek peinzend, maar hij antwoordde niet.

'Je moet volkomen eerlijk tegen jezelf zijn, Taita. Voel je als een krijger die een strijd aangaat die hij misschien niet zal overleven. Heb je maling aan de gevolgen, zoals een jonge minnaar die zich naar een rendez-vous met zijn geliefde haast?'

Taita bleef zwijgen, maar zijn gelaatsuitdrukking veranderde: de lichte blos op zijn wangen verdween en de blik in zijn ogen werd ernstig. 'Ik ben niet bang,' zei hij ten slotte.

'Vertel me de waarheid. Je geest krioelt van de wellustige beelden en onbewuste verlangens, nietwaar, Taita?' Taita bedekte zijn ogen en klemde zijn kaken op elkaar. Demeter ging meedogenloos verder. 'Ze heeft je al met haar kwaad geïnfecteerd. Ze is al begonnen je aan haar te binden met haar toverspreuken en verleidingen. Ze zal je oordeel vervormen. Binnenkort zul je eraan gaan twijfelen of ze slecht is. Je zult gaan denken dat ze geweldig, nobel en even deugdzaam is als welke vrouw ook die ooit geleefd heeft. Al snel zul je het idee krijgen dat ik degene ben die je tegen haar opgezet heeft. Wanneer dat gebeurt, zal ze ons gescheiden hebben en zal ik gedood worden. Je zult jezelf vrijwillig aan haar overgeven. Ze zal dan over ons allebei gezegevierd hebben.'

Taita schudde zijn hele lichaam, alsof hij zwermen giftige insecten wilde verjagen. 'Vergeef me, Demeter!' riep hij. 'Nu je me ervoor gewaarschuwd hebt wat ze doet, voel ik de willoos makende zwakheid in me opwellen. Ik verloor de beheersing over mijn oordeel en mijn gezonde verstand. Wat je zegt, is waar. Ik word geplaagd door vreemde verlangens. Grote Horus, bescherm me.' Taita kreunde. 'Ik had nooit gedacht dat ik zo'n kwelling ooit nog zou kennen. Ik dacht dat ik al veel te oud was om door begeerte gekweld te worden.'

'De tegenstrijdige emoties waardoor je overvallen wordt, komen niet voort uit je wijsheid en je verstand. Ze zijn een infectie van de geest, een giftige pijl die afgeschoten is door de boog van de grote heks. Ik ben eens op dezelfde manier door haar gekweld. Je ziet hoe ik er nu aan toe ben, maar ik heb geleerd hoe ik moet overleven.'

'Onderricht me. Help me haar te weerstaan, Demeter.'

'Ik heb Eos zonder het te weten naar je toe geleid. Ik geloofde dat ik aan haar ontkomen was, maar ze heeft me gebruikt als een jachthond om me naar jou toe te leiden. Maar nu moeten we schouder aan schouder staan. Dat is de enige manier waarop we een kans hebben om haar aanvallen te weerstaan. Maar vóór alles moeten we weg uit Gallala. We kunnen niet lang op dezelfde plaats blijven. Als ze niet precies weet waar we zijn, is het moeilijker voor haar om haar krachten op ons te concentreren. Samen moeten we een duurzaam scherm optrekken om onze bewegingen te verbergen.'

'Meren!' riep Taita dringend. Meren was direct bij zijn meester. 'Hoe snel kunnen we gereed zijn om uit Gallala te vertrekken?'

'Ik zal de paarden zo spoedig mogelijk brengen. Maar waar gaan we naartoe, meester?'

'Naar Thebe en Karnak,' antwoordde Taita en hij keek Demeter aan.

Deze knikte instemmend. 'We moeten alle steun verzamelen die we kunnen krijgen, zowel wereldlijk als spiritueel.'

'De farao is de uitverkorene van de goden en de machtigste aller mannen,' zei Taita.

'En jij bent zijn grootste gunsteling,' zei Demeter. 'We moeten vanavond nog vertrekken en naar hem toe gaan.'

Taita bereed Windrook en Meren volgde hem op de hielen op een van de andere paarden die ze van de vlakte van Ecbatana hadden meegenomen. Demeter lag in zijn heen en weer zwaaiende draagkoets, hoog op de rug van zijn kameel, en Taita reed naast hem. De gordijnen van de draagkoets waren open en hun stemmen kwamen gemakkelijk uit boven de zachte geluiden van de karavaan: het gekraak en gerinkel van het tuig, het geplof van de hoeven van de paarden en de zoolkussentjes van de kamelen in het gele zand, de zachte stemmen van de bedienden en de bewakers. In de loop van de nacht stopten ze twee keer om te rusten en de dieren te drenken. Bij elke stop trokken Taita en Demeter een magisch scherm op om zich te verbergen. Hun gebundelde krachten waren enorm en het scherm dat ze weefden was ondoordringbaar: hoewel ze de stilte van de nacht om hen heen schouwden voordat ze opstegen en verder trokken, konden ze geen van beiden een teken van Eos' dreigende aanwezigheid bespeuren.

'Ze is ons voorlopig kwijt, maar we zullen altijd gevaar lopen en het kwetsbaarst zijn wanneer we slapen. We moeten dat nooit tegelijkertijd doen,' zei Demeter.

'We zullen onze waakzaamheid nooit meer laten verslappen,' zei Taita. 'Ik zal erop letten dat ik geen slordige fouten maak. Ik heb onze vijand onderschat en Eos toegestaan me te overrompelen. Ik schaam me voor mijn zwakheid en mijn domheid.'

'Ik ben honderdmaal schuldiger dan jij,' zei Demeter. 'Ik vrees dat mijn krachten snel tanen, Taita. Ik had je moeten leiden, maar ik heb me gedragen als een novice. We kunnen ons geen fouten meer permitteren. We moeten de zwakheden van onze vijand opsporen en haar daarin aanvallen, maar zonder ons bloot te geven.'

'Ondanks alles wat je me verteld hebt, is mijn kennis van Eos meelijwekkend ontoereikend en begrijp ik nog veel te weinig van haar. Je moet proberen je elk detail van haar te herinneren dat je tijdens je beproeving ontdekt hebt, hoe triviaal en ogenschijnlijk onbeduidend het ook is,' zei Taita, 'anders ben ik blind en heeft zij alle kaarten in handen.'

'Jij bent de sterkste van ons beiden,' zei Demeter, 'maar je hebt gelijk. Denk eraan hoe snel haar reactie was toen jij en ik bij elkaar kwamen en ze onze gebundelde krachten schouwde. Binnen een paar uur na onze eerste ontmoeting kon ze ons al in het oog houden. Van nu af aan zullen haar aanvallen op mij meedogenlozer en destructiever zijn. We mogen niet rusten voordat ik alles wat ik over haar aan de weet ben gekomen aan je doorgegeven heb. We weten niet hoe lang we samen zullen zijn voordat ze me doodt of een wig tussen ons drijft. Elk uur is kostbaar.'

Taita knikte. 'Laten we dan beginnen met de belangrijkste zaken. Ik weet wie ze is en waar ze vandaan komt. Nu moet ik weten waar ze zich bevindt. Waar is ze, Demeter? Waar kunnen we haar vinden?'

'Ze heeft zich in talloze schuilplaatsen opgehouden sinds Agamemnon en zijn broer Menelaus zo lang geleden Ilion plunderden en ze uit de tempel van Apollo ontsnapte.'

'Waar heb je je noodlottige ontmoeting met haar gehad?'

'Op een eiland in de Middelzee dat sindsdien het bastion van de zeemensen is geworden, die natie van zeerovers en piraten.

In die tijd woonde ze op de hellingen van de grote, brandende berg die ze de Etna noemde, een vulkaan die vuur en zwavel uitspuwde en wolken giftige rook tot aan de hemel blies.'

'Was dat lang geleden?'

'Eeuwen voordat jij en ik geboren waren.'

Taita grinnikte droogjes. 'Ja, dan is het inderdaad lang geleden.' Zijn gelaatsuitdrukking verhardde zich weer. 'Is het mogelijk dat Eos nog steeds op de Etna is?'

'Nee, daar is ze niet meer,' antwoordde Demeter zonder aarzeling.

'Hoe weet je dat zo zeker?'

'Tegen de tijd dat ik aan haar ontkwam, waren mijn gezondheid en vitaliteit geruïneerd, mijn geest was in totale verwarring en mijn paranormale krachten waren bijna verdwenen door de beproeving waaraan ze me onderworpen had. Ik was iets langer dan tien jaar haar gevangene, maar ik ben in elk van die jaren een leven ouder geworden. Toch was ik in staat om een enorme uitbarsting van de vulkaan te benutten om mijn vlucht te verbergen en ik had hulp van de priesters van een kleine, onbetekenende god wiens tempel in het dal beneden de oostelijke hellingen van de Etna stond. Ze namen me mee in een kleine boot waarmee we de smalle zee-engte naar het vasteland overstaken en brachten me in veiligheid in een andere tempel van hun sekte die in de bergen verborgen was. Daar lieten ze me achter onder de hoede van hun broeders. Die goede priesters hielpen me om mijn overgebleven krachten te verzamelen die ik nodig had om een bijzonder kwaadaardige bezwering te onderscheppen die Eos achter me aan gestuurd had.'

'Kon je die tegen haar keren?' vroeg Taita. 'Kon je haar met haar eigen magie verwonden?'

'Ze was misschien zelfgenoegzaam geworden omdat ze mijn overgebleven kracht onderschatte en daarom beschermde ze zichzelf niet voldoende. Ik richtte mijn tegenaanval op haar wezen dat ik met mijn Innerlijke Oog nog steeds kon zien. Ze was dichtbij. Alleen de smalle zee-engte scheidde ons. Mijn tegenstoot trof doel en raakte haar hard. Ik hoorde haar kreet van pijn door de ether weergalmen. Daarna verdween ze en ik geloofde een tijdje dat ik haar vernietigd had. Mijn gastheren wonnen discreet informatie in bij hun broeders in de tempel beneden de Etna. We hoorden van hen dat ze verdwenen was en dat haar voormalige verblijf verlaten was. Ik verspilde geen tijd en buitte mijn overwinning uit. Zodra ik sterk genoeg was, verliet ik mijn toevluchtsoord en reisde ik naar de verste uithoek van de aarde, naar het continent van ijs, zo ver mogelijk van Eos vandaan. Uiteindelijk vond ik een plek waar ik me schuil kon houden, zo stil als een angstige kikker onder een steen. Het was maar goed dat ik dat had gedaan. Na een zeer korte tijd, ongeveer vijftig jaar, voelde ik dat Eos, mijn vijand, herrezen was. Haar krachten leken enorm toegenomen te zijn. De ether om me heen zoemde van de gevaarlijke werpspiesen die ze op goed geluk achter me aan gooide. Ze wist niet precies waar ik was en hoewel veel van de spiesen dicht bij me terechtkwamen, werd ik door geen enkele ervan getroffen. Elke dag daarna probeerde ik alleen maar te overleven, terwijl ik degene zocht die voorbestemd was om me op te volgen. Ik maakte niet de fout om op haar aanvallen te reageren. Elke keer dat ik voelde dat ze dichterbij kwam, trok ik stilletjes verder naar een volgende schuilplaats. Ten slotte realiseerde ik me dat er maar één plaats op aarde was waar ze nooit meer naar me zou zoeken. Ik keerde heimelijk terug naar de Etna en verborg me in de grotten die eens haar verblijf en mijn kerker waren geweest. De echo's van haar kwaadaardige aanwezigheid moesten zo sterk zijn geweest dat ze mijn eigen zwakke aanwezigheid verhulden. Ik bleef me op de berg schuilhouden en na verloop van tijd voelde ik dat haar interesse in me wegebde. Haar speurtocht werd lukraak voortgezet en stopte ten slotte. Misschien geloofde ze dat ik omgekomen was of dat ze mijn krachten vernietigd had, zodat ik niet langer een bedreiging voor haar vormde. Ik wachtte in het geheim tot de vreugdevolle dag waarop ik de beweging van je aanwezigheid in de ether voelde. Toen de priesters van Saraswati je Innerlijke Oog openden, voelde ik de verstoring die dat in de ether teweegbracht. Toen verscheen de ster die jij Lostris noemt aan me. Ik verzamelde mijn laatste restjes moed en volgde hem naar jou toe.'

Toen Demeter uitgesproken was, zweeg Taita een poosje. Hij zat voorovergebogen op Windrook en deinde op het ritme van haar soepele bewegingen op en neer met zijn mantel om zijn hoofd gewikkeld zodat alleen zijn ogen door de opening heen zichtbaar waren. 'Als ze niet op de Etna is,' vroeg hij ten slotte, 'waar is ze dan, Demeter?'

'Ik heb je al verteld dat ik dat niet weet.'

'Je moet het weten, ook al denk je dat je het niet weet,' weersprak Taita hem. 'Hoe lang heb je bij haar gewoond? Tien jaar, zei je?'

'Tien jaar,' beaamde Demeter. 'Elk jaar leek een eeuwigheid te duren.'

'Dan ken je haar als geen enkel ander levend wezen. Je hebt een deel van haar in je opgenomen: ze heeft sporen van zichzelf op en in je achtergelaten.'

'Ze heeft van mij genomen. Ze heeft me niets gegeven,' antwoordde Demeter.

'Jij hebt ook van haar genomen, misschien niet in dezelfde mate, maar bij elke coïtus van een man en een vrouw worden er dingen uitgewisseld. Je weet nog steeds allerlei dingen over haar. Misschien zijn ze zo pijnlijk voor je dat je ze zelfs voor jezelf verborgen houdt. Laat me je helpen om die kennis terug te krijgen.'

Taita nam de rol van inquisiteur op zich. Hij was meedogenloos en hield geen rekening met de hoge leeftijd, de zwakheden en de lichamelijke en geestelijke kwalen van zijn slachtoffer. Hij wilde elke herinnering die Demeter nog aan de grote heks had, hoe diep verdrongen ook, uit hem trekken. Dag in dag uit plunderde hij de geest van de oude man en ze onderbraken hun reis niet. Ze reisden 's nachts om aan de felle woestijnzon te ontkomen en sloegen hun kamp voor zonsopgang op. Zodra Demeters tent opgezet was, zochten ze bescherming tegen de opgaande zon en ging Taita verder met zijn ondervraging. Geleidelijk vatte hij een grote genegenheid en bewondering voor Demeter op omdat hij ging begrijpen hoezeer de oude man geleden had en hoeveel moed en kracht ervoor nodig waren geweest om Eos' achtervolging over zo'n lange tijdspanne te overleven. Maar hij stond zichzelf niet toe om zich door medelijden van zijn taak te laten afhouden.

Ten slotte leek er niets meer te zijn wat Taita nog aan de weet zou kunnen komen, maar hij was niet tevreden. Demeters onthullingen leken oppervlakkig en alledaags.

'Er bestaat een betovering die door de priesters van Ahoera Maasda in Babylon wordt beoefend,' zei hij ten slotte tegen Demeter. 'Ze kunnen een man in een diepe trance brengen die dicht bij de dood ligt. Daarna kunnen ze zijn geest grote afstanden in ruimte en tijd laten terugreizen, zelfs tot de dag van zijn geboorte. Elk detail van zijn leven, elk woord dat hij ooit gesproken heeft, elke stem en elk woord dat hij ooit heeft gehoord en elk gezicht dat hij ooit heeft gezien, herinnert hij zich dan weer duidelijk.'

'Ja,' beaamde Demeter. 'Ik heb daarvan gehoord. Ben je ingewijd in die kunst, Taita?'

'Vertrouw je me? Ben je bereid om je aan me over te geven?'

Demeter sloot met vermoeide berusting zijn ogen. 'Er is niets meer in me achtergebleven. Ik ben een uitgedroogd omhulsel dat je, even gulzig als de heks zelf, tot de laatste druppel leeggezogen hebt.' Hij streek met een klauwachtige hand over zijn gezicht en masseerde zijn gesloten ogen. Toen opende hij ze. 'Ik geef me aan je over. Gebruik die betovering maar op me, als je dat kunt.'

Taita hield de gouden amulet voor zijn ogen en liet hem zachtjes aan de ketting heen en weer zwaaien. 'Concentreer je op deze gouden ster en luister naar niets anders dan mijn stem. Je bent vermoeid tot in het diepst van je ziel, Demeter. Je moet gaan slapen. Laat jezelf in slaap vallen. Laat de slaap zich boven je hoofd sluiten als een zachte bontdeken. Slaap, Demeter, slaap…'

Langzaam ontspande de oude man zich. Zijn oogleden trilden en kwamen toen tot rust. Hij lag zo stil als een dode op een lijkbaar en snurkte zachtjes. Een van zijn oogleden zakte open en erachter rolde het oog omhoog zodat alleen het wit te zien was, blind en ondoorzichtig. Hij leek in een diepe trance weggezakt te zijn, maar toen Taita hem een vraag stelde, antwoordde hij. Hij sprak op schrille toon en zijn stem was onduidelijk en zwak.

'Ga terug, Demeter, ga terug over de rivier van de tijd.'

'Ja,' antwoordde Demeter. 'Ik draai de jaren terug… terug, terug…' Zijn stem werd krachtiger en energieker.

'Waar ben je nu?'

'Ik sta bij de E-temen-an-ki, het Fundament van Hemel en Aarde,' antwoordde hij met een vitale, jonge stem.

Taita kende het gebouw goed: het was enorm groot en stond in het centrum van Babylon. De muren waren opgetrokken uit geglazuurde bakstenen in alle kleuren van de aarde en de hemel en ze vormden een reusachtige piramide. 'Wat zie je, Demeter?'

'Ik zie een grote, open ruimte, het middelpunt van de wereld, de as van hemel en aarde.'

44

'Zie je muren en hoge terrassen?'

'Er zijn geen muren, maar ik zie de werklieden en slaven. Het zijn er zoveel als de mieren van de aarde en de sprinkhanen van de hemel. Ik hoor hun stemmen.' Daarna sprak Demeter in vele tongen, een verzameling van de talen van de mensheid.

Taita herkende sommige van de talen die hij sprak, maar andere waren hem onbekend. Plotseling riep Demeter in het Oudsoemerisch: 'Laten we een toren bouwen die zo hoog is dat hij tot aan de hemel reikt.'

Met verbazing besefte Taita dat Demeter getuige was van het leggen van de fundamenten van de Toren van Babel. Hij was teruggereisd tot de begintijd.

'Nu reis je door de eeuwen heen. Je ziet dat de E-temen-an-ki zijn volle hoogte bereikt en dat koningen de goden Bel en Mardoek op de top ervan aanbidden. Ga naar voren in de tijd!' Taita stuurde hem en door Demeters ogen was hij getuige van de opkomst van grote imperia en de ondergang van grote koningen terwijl Demeter gebeurtenissen beschreef die in de oudheid verloren en vergeten waren. Hij hoorde de stemmen van mannen en vrouwen die eeuwen geleden tot stof waren wedergekeerd.

Ten slotte begon Demeter te stamelen en zijn stem verloor zijn kracht. Taita legde een hand op zijn voorhoofd dat zo koel was als een grafsteen. 'Vrede, Demeter,' fluisterde hij. 'Ga nu slapen. Laat je herinneringen over aan de eeuwen. Keer terug naar het heden.'

Demeter huiverde en ontspande zich toen. Hij sliep tot zonsondergang en werd toen normaal en kalm wakker, alsof er niets ongewoons was gebeurd. Hij at de vrucht die Taita hem bracht met smaak op en dronk de zure geitenmelk terwijl de bedienden het kamp opbraken en de tenten en de bagage op de kamelen laadden. Toen de karavaan zich in beweging zette, was hij sterk genoeg om een kort stukje naast Taita te lopen.

'Welke herinneringen heb je uit me losgekregen toen ik sliep?' vroeg hij met een glimlach. 'Ik herinner me niets, dus het kan niets zijn geweest.'

'Je was erbij toen de fundamenten van de E-temen-an-ki werden gelegd,' zei Taita.

Demeter stond abrupt stil en keek hem verbaasd aan. 'Heb ik je dat verteld?'

Ten antwoord imiteerde Taita enkele van de stemmen en talen die Demeter in zijn trancetoestand had gebruikt. Demeter herkende ze allemaal direct. Zijn benen werden al snel moe, maar zijn enthousiasme leed er niet onder. Hij klom in zijn draagkoets en strekte zich op het matras uit. Taita ging naast hem rijden en ze zetten hun gesprek de hele lange nacht voort. Ten slotte stelde Demeter de onvermijdelijke vraag. 'Heb ik over Eos gesproken? Heb je een verborgen herinnering naar boven kunnen halen?'

Taita schudde zijn hoofd. 'Ik heb geprobeerd je niet te laten schrikken. Ik heb het onderwerp niet rechtstreeks ter sprake gebracht, maar je herinneringen de vrije loop gelaten.'

'Als een jager met een meute honden,' opperde Demeter met een verrassende, kakelende lach. 'Pas op dat je niet een mannen verslindende leeuwin opschrikt, wanneer je het spoor van een hert zoekt.'

'Je herinneringen gaan zo ver terug dat het opsporen van Eos lijkt op het zoeken naar een bepaalde haai tussen de talloze haaien in de grootste oceaan. We zouden nog een leven lang bezig kunnen zijn voordat we toevallig op je herinneringen aan haar stuiten.'

'Je moet me naar haar toe leiden,' zei Demeter zonder aarzeling.

'Ik vrees voor je veiligheid en misschien zelfs voor je leven,' wierp Taita tegen.

'Zullen we de honden er morgen weer op uitsturen? En dan moet je ze deze keer op het spoor van de leeuwin zetten.'

Ze zwegen de rest van de nacht en gingen op in hun eigen gedachten en herinneringen. Bij het eerste ochtendlicht bereikten ze een kleine oase en Taita liet de karavaan tussen de dadelpalmen halt houden. De dieren werden gevoerd en gedrenkt terwijl de tenten opgezet werden. Zodra ze alleen in de grote tent waren, vroeg Taita: 'Wil je even rusten voordat we de volgende poging doen, Demeter? Of ben je gereed om direct te beginnen?'

'Ik heb de hele nacht gerust. Ik ben nu gereed.'

Taita bestudeerde zijn gezicht. Hij leek kalm en zijn lichte ogen hadden een serene uitdrukking. Taita hield de Amulet van Lostris omhoog. 'Je ogen worden zwaar. Laat ze dichtvallen. Je voelt je rustig en veilig. Je ledematen zijn zwaar. Je voelt je helemaal op je gemak. Je luistert naar mijn stem en je voelt de slaap op je neerdalen… de gezegende slaap… de diepe, helende slaap…'

Demeter zakte sneller weg dan bij hun eerste poging: hij werd steeds gevoeliger voor Taita's zacht uitgesproken suggesties.

'Er is een berg die vuur en rook uitspuwt. Zie je die?'

Even bleef Demeter doodstil liggen. Zijn lippen werden bleek en begonnen te trillen. Toen schudde hij wild zijn hoofd. 'Er is geen berg! Ik zie geen berg!' Zijn stem werd schril en sloeg over.

'Er is een vrouw op de berg,' hield Taita aan, 'een mooie vrouw. De mooiste vrouw op aarde. Zie je haar, Demeter?'

Demeter begon te hijgen als een hond en zijn borst pompte als de blaasbalg van een kopersmid. Taita voelde dat hij hem kwijtraakte: Demeter vocht tegen de trance en probeerde eruit te breken. Hij wist dat dit hun laatste poging was, want de oude man zou een volgende waarschijnlijk niet overleven.

'Kun je haar stem horen, Demeter? Luister naar de zoete muziek van haar woorden. Wat zegt ze tegen je?'

Demeter worstelde nu met een onzichtbare tegenstander en hij rolde op zijn matras rond. Hij trok zijn knieën en ellebogen tot aan zijn borst op en rolde zich tot een bal op. Toen schoten zijn ledematen recht uit en hij welfde zijn rug. Hij wauwelde met de stem van krankzinnigen en hij brabbelde en giechelde. Hij knarste met zijn tanden tot er een achter in zijn kaak verbrijzelde en daarna spuwde hij de stukjes in een mengsel van bloed en speeksel uit.

'Rustig, Demeter!' Taita begon in paniek te raken, als een pan die het kookpunt bereikt.

'Blijf stilliggen! Je bent weer veilig.'

Demeters ademhaling werd rustiger en toen begon hij onverwacht te praten in het esoterische Tenmass van de ingewijden. Zijn woorden waren vreemd, maar zijn toon was nog vreemder. Hij sprak niet meer met de stem van een oude man, maar met die van een jonge vrouw, lief en melodieus, en zo welluidend als Taita nog nooit had gehoord.

'Vuur, lucht, water en aarde, maar de heer daarvan is vuur.' Elke stembuiging werd in Taita's geest gegrift. Hij wist dat hij de klank ervan nooit meer zou kunnen uitwissen.

Demeter zakte op het matras ineen. De stijfheid verdween uit zijn lichaam. Zijn ogen gingen knipperend dicht. Zijn ademhaling werd rustig en zijn borst ging niet langer hijgend op en neer. Taita vreesde dat zijn hart het begeven had, maar toen hij zijn oor op Demeters ribben legde, hoorde hij dat het gedempt, maar regelmatig sloeg. Opgelucht besefte hij dat Demeter het had overleefd.

Taita liet hem de rest van de dag slapen. Toen Demeter wakker werd, leek de beproeving geen schadelijke gevolgen te hebben gehad. Hij sprak zelfs niet over wat er gebeurd was en leek er geen herinnering aan te hebben.

Toen ze een schaal met gestoofd geitenlamsvlees deelden, bespraken de beide mannen de dagelijkse zaken van de karavaan. Ze probeerden te schatten welke afstand ze vanaf Gallala afgelegd hadden en hoe snel ze het schitterende paleis van farao Nefer Seti zouden bereiken. Taita had een boodschapper vooruitgestuurd om de koning van hun komst te verwittigen en ze vroegen zich af hoe hij hen zou ontvangen.

'Laten we Ahoera Maasda bidden dat er niet nog meer plagen naar dat arme, geteisterde land zijn gestuurd,' zei Demeter en toen zweeg hij.

'Vuur, lucht, aarde en water…' zei Taita op een normale gesprekstoon.

'… maar de heer daarvan is vuur,' antwoordde Demeter als een schooljongen die een les uit zijn hoofd opzegt. Hij sloeg zijn hand voor zijn mond en staarde Taita met verbazing in zijn oude ogen aan. Ten slotte vroeg hij verontrust: 'Vuur, lucht, aarde, water, de vier essentiële elementen van de schepping. Waarom noemde je ze, Taita?'

'Vertel me eerst waarom je vuur de heer van allemaal noemde, Demeter.'

'Het gebed,' fluisterde Demeter. 'De incantatie.'

'Wiens gebed? Welke incantatie?'

Demeter werd bleek toen hij het zich probeerde te herinneren. 'Dat weet ik niet.' Zijn stem trilde toen hij probeerde de pijnlijke herinneringen naar boven te halen. 'Ik heb het nog nooit gehoord.'

'Dat heb je wel.' Taita sprak nu met de stem van de inquisiteur. 'Denk na, Demeter! Waar! Wie!' Toen veranderde Taita plotseling zijn toon. Hij kon de stemmen van anderen perfect nabootsen. Hij sprak nu met de hartverscheurend lieve, vrouwelijke stem die Demeter in zijn trance had gebruikt. 'Maar de heer daarvan is vuur.'

Demeters adem stokte en hij sloeg zijn handen over zijn oren. 'Nee!' schreeuwde hij. 'Het is een godslastering om die stem te gebruiken. Dat is weerzinwekkende heiligschennis. Dat is de stem van de Leugen, van Eos, de heks!'

Hij zakte achterover en begon te snikken als een gebroken man.

Taita wachtte zwijgend tot hij zich zou herstellen.

Ten slotte hief hij zijn hoofd op en zei: 'Moge Ahoera Maasda me genadig zijn en me mijn zwakheid vergeven. Hoe heb ik die vreselijke zinsnede kunnen vergeten?'

'Je bent hem niet vergeten, Demeter. De herinnering is je ontzegd,' zei Taita vriendelijk. 'Nu moet je proberen je alles te herinneren – snel, voordat Eros weer ingrijpt en de herinneringen onderdrukt.'

'"Maar de heer daarvan is vuur", dat was de incantatie waarmee ze haar meest verdorven rituelen begon,' fluisterde Demeter.

'Was dat op de Etna?'

'Ik heb haar nergens anders meegemaakt.'

'Ze verheerlijkte vuur op een plek van vuur.' Taita keek peinzend. 'Ze verzamelde haar krachten in het hart van de vulkaan. Het vuur maakt deel uit van haar kracht, maar ze heeft de bron van haar kracht verlaten. Toch weten we dat ze haar kracht hersteld heeft. Zie je dat we onze vraag beantwoord hebben? We weten nu waar we haar moeten zoeken.'

Demeter was duidelijk verbijsterd.

'We moeten haar zoeken in het vuur, in de vulkaan,' verklaarde Taita.

Demeter leek zijn gedachten op een rijtje te zetten. 'Ja, ik begrijp het,' zei hij.

'Laten we dit idee verder uitwerken!' riep Taita. 'De vulkaan heeft drie elementen: vuur, aarde en lucht. Alleen water ontbreekt. De Etna stond naast de zee. Als ze een andere vulkaan heeft gevonden om zich schuil te houden, dan moet er veel water bij in de buurt zijn.'

'De zee?' vroeg Demeter.

'Of een grote rivier,' opperde Taita. 'Een vulkaan naast de zee, op een eiland misschien, of vlak bij een groot meer. Daar moeten we haar zoeken.' Hij sloeg een arm om Demeters schouders en glimlachte vol genegenheid naar hem.

'Dus je wist al die tijd waar ze zich schuilhield, Demeter, ook al ontkende je dat.'

'Ik kan er weinig eer mee inleggen. Jouw genialiteit was ervoor nodig om het uit mijn falende geheugen naar boven te halen,' zei Demeter. 'Maar helaas is het gebied waarin we moeten zoeken hierdoor niet erg beperkt, Taita. Hoeveel vulkanen zijn er die aan de omschrijving beantwoorden?' Hij zweeg even en beantwoordde toen zijn eigen vraag. 'Er moeten er talloze zijn en ze zullen zeker gescheiden zijn door uitgestrekte gebieden en zeeën. Het zou jaren kosten om naar al die vulkanen toe te reizen en ik vrees dat ik voor zo'n onderneming de kracht niet meer heb.'

'In de loop van de eeuwen heeft de broederschap van de priesters in de tempel van Hathor in Thebe een grondige studie van het aardoppervlak gemaakt. Ze hebben gedetailleerde kaarten van de oceanen en zeeën, de bergen en de rivieren. Tijdens mijn reizen heb ik informatie verzameld die ik aan hen doorgegeven heb, dus we kennen elkaar goed. Ze zullen ons een lijst geven met alle vulkanen die dicht bij water staan. Ik geloof niet dat we naar elke vulkaan toe zullen hoeven te gaan. Jij en ik kunnen onze krachten bundelen om van verre elke berg te onderzoeken op uitstralingen van het kwaad.'

'We zullen dus ons ongeduld moeten bedwingen en onze krachten moeten sparen tot we de tempel van Hathor bereikt hebben. Deze strijd met Eos vergt het uiterste van zelfs jouw kracht en vastberadenheid. Jij moet ook rusten, Taita,' adviseerde Demeter. 'Je hebt twee dagen niet geslapen en we hebben nauwelijks de eerste stappen gezet op de lange, moeilijke weg die ons naar haar toe moet leiden.'

Op dat moment kwam Meren hun tent binnen met een bundel geurig woestijngras die hij neerlegde om als matras dienst te doen. Hij spreidde er een tijgervel over uit. Hij knielde neer om de sandalen van zijn meester uit te trekken en de riem van zijn tuniek los te maken, maar Taita snauwde tegen hem: 'Ik ben geen jengelend kind, Meren. Ik kan mezelf wel uitkleden.'

Meren glimlachte toegeeflijk toen hij hem voorzichtig op het matras achterover legde. 'Dat weten we wel, Magiër, maar het is toch vreemd dat u zich vaak als een kind gedraagt.' Taita opende zijn mond om te protesteren, maar in plaats daarvan maakte hij een snurkend geluidje en viel hij ogenblikkelijk in een diepe slaap.

'Hij heeft over me gewaakt toen ik sliep. Nu zal ik op hem passen, beste Meren,' zei Demeter.

'Dat is mijn taak,' zei Meren terwijl hij nog steeds naar Taita keek.

'Je kunt hem tegen mensen en dieren beschermen, dat zou niemand beter kunnen,' zei Demeter, 'maar als hij via het occulte wordt aangevallen, sta je machteloos. Pak je boog en breng ons een vette gazelle voor het avondeten.'

Meren bleef nog een poosje naast Taita staan, zuchtte toen en bukte zich om door de flap van de tent naar buiten te gaan. Demeter installeerde zich naast Taita's matras.

Taita liep langs de zee over een strand zo wit als een sneeuwveld waartegen de glinsterende branding rolde. Een briesje dat naar jasmijn en seringen geurde, streek langs zijn gezicht en blies zijn baard in de war. Hij bleef aan de rand van het water staan en de golfjes klotsten tegen zijn voeten. Hij keek uit over de zee en zag de donkere leegte erachter. Hij wist dat hij aan het uiteinde van de wereld stond en in de chaos van de eeuwigheid keek. Hij stond in het zonlicht, maar hij keek in de duisternis waarop de sterren dreven als wolken vuurvliegjes.

Hij zocht naar de Ster van Lostris, maar die was er niet. Er was zelfs niet het flauwste schijnsel meer van over. De ster was uit de leegte gekomen en daarheen was hij teruggekeerd. Taita werd bevangen door een vreselijk verdriet en hij had het gevoel dat hij in zijn eigen eenzaamheid verdronk. Hij wilde zich afwenden toen hij vaag gezang hoorde. Het was een jonge stem die hij onmiddellijk herkende, hoewel hij hem heel lang geleden voor het laatst had gehoord. Zijn hart bonkte tegen zijn ribben als een wild dier dat worstelt om vrij te komen toen het geluid dichterbij kwam:

'Mijn hart beeft als een gewonde kwartel,
wanneer ik het gezicht van mijn geliefde zie
en mijn wangen blozen als de ochtendhemel
wanneer zijn glimlach de zon laat schijnen...'

Het was het eerste lied dat hij haar had geleerd en het was altijd haar lievelingslied geweest. Hij draaide zich gretig om en keek naar alle kanten, want hij wist dat de zangeres niemand anders kon zijn dan Lostris. Ze was zijn pupil geweest en hij had tot taak gekregen om haar te verzorgen en te onderwijzen zodra haar moeder aan de rivierkoorts was overleden. Hij was van haar gaan houden, zoals geen enkele man ooit van een vrouw had gehouden.

Hij schermde zijn ogen af tegen het verblindende licht van de door de zon beschenen zee en zag een gedaante op het oppervlak ervan. Toen de gedaante dichterbij kwam, werden de contouren ervan duidelijker. Hij zag dat het een reusachtige, goudkleurige dolfijn was die zo snel zwom dat het water voor hem in een schuimende boeggolf opkrulde. Een meisje stond op zijn rug. Ze balanceerde erop als een geoefende wagenmenner en ze leunde naar achteren waardoor de teugels van zeewier waarmee ze het elegante dier bestuurde strakgetrokken werden en ze glimlachte naar hem terwijl ze zong.

Taita liet zich op het zand op zijn knieën zakken. 'Meesteres!' riep hij. 'Lieve Lostris!'

Ze was weer twaalf, de leeftijd waarop hij haar voor het eerst had gezien. Ze droeg alleen een rok van gebleekt linnen, gesteven en glanzend en zo wit als de vleugel van een zilverreiger. De huid van haar slanke lichaam glansde als geolied cederhout uit de bergen voorbij Byblos. Haar borsten hadden de vorm van pas gelegde eieren en haar tepels leken op roze granaatstenen.

'U bent naar me teruggekomen, Lostris. O, lieve Horus! O, genadige Isis! U hebt haar aan me teruggegeven,' snikte hij.

'Ik heb je nooit verlaten, geliefde Taita.' Lostris hield op met zingen om dat tegen hem te zeggen. Haar uitdrukking straalde ondeugendheid en een kinderlijk plezier uit. Haar lach deed haar prachtige lippen omkrullen, maar haar ogen hadden een zachte uitdrukking vol compassie. Ze straalde vrouwelijke wijsheid en begrip uit. 'Ik ben mijn belofte aan je nooit vergeten.'

De goudkleurige dolfijn gleed het strand op en Lostris sprong in één gracieuze beweging van zijn rug op het zand. Ze strekte haar beide armen naar hem uit. Haar dikke zijlok zwaaide over haar ene schouder naar voren en bungelde tussen haar meisjesachtige borsten. Alle trekken en zachte contouren van haar lieve gezicht stonden in zijn geheugen gegrift. Haar tanden glinsterden als een parelmoeren halsketting toen ze riep: 'Kom bij me, Taita. Kom bij me terug, mijn ware liefde!'

Taita liep naar haar toe. Hij strompelde de eerste paar stappen omdat zijn benen stijf en onwillig waren van ouderdom. Toen stroomde er een nieuwe kracht door hem heen. Hij ging op zijn tenen lopen en leek moeiteloos over het witte zand te zweven. Hij voelde dat zijn pezen zich spanden en dat zijn spieren soepel en veerkrachtig waren.

'O, Taita, wat ben je prachtig!' riep Lostris. 'Wat ben je snel en jong, mijn schat.' Zijn hart en geest waren opgetogen omdat hij wist dat haar woorden waar waren. Hij was weer jong en verliefd.

Hij strekte zijn beide armen naar haar uit en ze greep ze vast in een dodelijke greep. Haar vingers waren koud en benig en vervormd door artritis en haar huid was droog en ruw.

'Help me, Taita,' schreeuwde ze, maar het was niet langer haar stem. Het was de stem van een heel oude man die hevige pijn leed. 'Ze heeft zich om me heen gekronkeld!'

Lostris schudde zijn handen met de wanhoop van doodsangst. Haar kracht was onnatuurlijk – ze kneep zijn vingers plat en hij voelde de pijn van knikkende botjes en krakende pezen. Hij probeerde zich los te rukken. 'Laat me los!' schreeuwde hij. 'Je bent Lostris niet!' Hij was niet langer jong en de kracht waarvan hij even daarvoor vervuld was geweest, was verdwenen. Hij voelde zich oud en werd overweldigd door wanhoop toen hij voelde dat de wonderbaarlijke droom aan flarden werd gescheurd door de verkillende storm van de verschrikkelijke werkelijkheid.

Hij voelde dat hij op de bodem van de tent vastgepind werd door een enorm gewicht. Zijn borst werd er bijna door ingedrukt. Hij kon geen lucht krijgen. Zijn handen leken nog steeds platgedrukt te worden. Hij hoorde de schrille kreten dicht bij zijn oor, zo dichtbij dat hij bang was dat zijn trommelvliezen zouden barsten.

Hij opende moeizaam zijn ogen en de laatste beelden van de droom verdwenen. Hij zag Demeters gezicht een klein stukje boven het zijne. Het was bijna onherkenbaar, verwrongen van pijn en gezwollen en paars. Zijn mond was open en zijn gele tong hing eruit. Zijn kreten werden zwakker en gingen over in een piepend gehijg.

Taita werd van schrik helemaal wakker. Er hing een zware reptielachtige stank in de tent en Demeter was omwikkeld door een reusachtig geschubd slangenlijf. Alleen zijn hoofd en één arm waren nog vrij. Hij klampte zich nog steeds met zijn vrije hand aan Taita vast als een drenkeling. Het slangenlijf was in perfect symmetrische windingen om hem heen gedraaid en ze werden met regelmatige spiercontracties strakker getrokken. De schubben schuurden raspend langs elkaar terwijl de windingen zich om Demeters zwakke lichaam klemden en het verpletterden. De slangenhuid had een patroon van prachtige gouden, bruine en roodbruine tinten, maar pas toen Taita de kop zag, wist hij wat voor dier hen aangevallen had.

'Een python,' kreunde hij. De slangenkop was twee keer zo groot als zijn twee tegen elkaar gedrukte vuisten. Zijn kaken waren opengesperd en zijn tanden hadden zich in Demeters benige schouder geboord. Dikke draden glinsterend speeksel dropen uit de hoeken van de grijnzende bek – het smeermiddel waarmee hij zijn prooi bedekte voordat hij hem in zijn geheel opslokte. De kleine, ronde ogen die Taita aanstaarden, waren zwart en onverzoenlijk. Met een nieuwe contractie trokken de windingen zich nog strakker. Taita was hulpeloos onder het gewicht van Demeter en de slang. Hij keek in Demeters gezicht toen diens laatste schreeuw werd verstikt. Demeter was niet meer in staat om adem te halen en zijn lichte ogen puilden blind uit hun kassen. Taita hoorde dat een van zijn ribben onder de meedogenloze druk brak.

Taita wist genoeg lucht binnen te krijgen om 'Meren!' te brullen. Hij wist dat Demeter bijna dood was. De doodsgreep om zijn hand was verslapt en het lukte hem zich los te trekken, maar hij was nog steeds vastgepind. Om Demeter te kunnen redden, had hij een wapen nodig. Hij had het beeld van Lostris nog steeds in zijn hoofd en zijn hand schoot naar zijn keel. Hij greep de gouden ster, de Amulet van Lostris, vast die aan de ketting hing.

'Bewapen me, schat,' fluisterde hij. Het zware, metalen sieraad paste precies in zijn handpalm en hij haalde ermee uit naar de kop van de python. Hij mikte op een van de kraaloogjes en de scherpe metalen punt schramde de doorzichtige schub die het bedekte. De slang stootte een kwaadaardig, explosief gesis uit. Zijn opgerolde lijf verkrampte en verwrong zich, maar zijn tanden waren nog steeds in het vlees van Demeters schouder begraven. Ze stonden schuin naar achteren zodat hij zijn greep op de prooi kon behouden terwijl hij slikte en ze waren door de natuur zo gemaakt dat ze niet gemakkelijk loslieten. De python maakte een serie hevige braakbewegingen toen hij probeerde zijn kaken los te trekken.

Taita sloeg weer toe. Hij dreef de punt van de metalen ster in de ooghoek van de slang en draaide hem rond. De gigantische windingen van het slangenlijf schoten los toen de python Demeter losliet en hij schudde woest zijn kop heen en weer tot de tanden uit Demeters vlees gerukt waren. Zijn oog was opengereten en het koude bloed dat eruit kwam, bespatte de beide mannen toen hij zich verhief en zijn kop naar achteren trok. Nu het gewicht van zijn borst was, haalde Taita snel en ondiep adem en daarna duwde hij Demeters slappe lichaam van zich af toen de razende slang een uitval naar zijn gezicht deed. Hij bracht snel zijn arm omhoog en de python sloeg zijn tanden in zijn pols, maar de hand waarin hij de ster had, was nog vrij. Hij voelde de scherpe tanden over het bot van zijn pols knarsen, maar de pijn gaf hem een woeste, hernieuwde kracht. Hij stak de punt weer in het gewonde oog en wrikte hem er dieper in. De slang begon weer hevig te schokken van pijn toen Taita het oog uit de schedel rukte. De slang trok zijn kaken los en viel steeds opnieuw aan. De zware stoten van zijn snuit leken op die van een ijzeren vuist. Taita rolde rond op de bodem van de tent en probeerde ze uit alle macht te ontwijken terwijl hij om Meren schreeuwde. Het kronkelende slangenlijf dat een grotere omvang had dan zijn borst leek de hele tent te vullen.

Toen voelde Taita dat een benige punt diep in zijn dij werd gedreven en hij schreeuwde het weer uit van pijn. Hij wist wat hem had verwond: aan weerskanten van zijn genitale opening, aan de onderkant van zijn stompe staart, had de python een paar gemeen gekromde klauwen. Ze worden gebruikt om het lichaam van een wijfje vast te houden terwijl hij zijn lange kurkentrekkerachtige penis in haar opening stoot en in haar baarmoeder spuit. Met die haken grijpt de python ook zijn prooi. Ze doen dienst als een spil voor de windingen en vergroten hun kracht. Taita probeerde wanhopig zijn been los te rukken, maar de haken waren in zijn vlees begraven en de slang sloeg zijn eerste glibberige winding om zijn lichaam.

'Meren!' riep Taita weer. Maar zijn stem was al zwakker en de volgende winding rolde zich om hem heen en drukte zijn borst plat. Hij probeerde weer te roepen, maar de lucht werd ruisend uit zijn longen geperst en zijn ribben knikten.

Plotseling verscheen Meren in de opening van de tent. Hij bleef even staan om de situatie volledig in zich op te nemen en hij staarde naar het monsterlijke, gevlekte lichaam van de slang dat rees en daalde. Toen sprong hij naar voren en strekte zijn hand over zijn schouder uit om zijn zwaard uit de schede te trekken die op zijn rug hing. Hij durfde niet naar de kop van de python te slaan uit angst dat hij Taita zou raken, dus deed hij twee dansende stappen opzij om de slang vanuit een andere hoek aan te kunnen vallen. De heen en weer schietende kop van de python beukte nog steeds de lichamen van zijn slachtoffers, maar zijn stompe staart hield hij rechtovereind terwijl hij zijn klauwen dieper in Taita's been dreef. Met een snelle beweging van zijn zwaard hakte Meren het omhoogstekende deel van de staart van de slang boven de haken af, een deel dat zo lang als Taita's been en zo dik als zijn dij was.

De bovenste helft van het lichaam van de python schoot tot aan het dak van de tent omhoog. Hij sperde zijn bek open en zijn wolfachtige tanden glansden terwijl hij boven Meren uittorende. Hij bewoog zijn kop heen en weer, terwijl hij met zijn overgebleven oog naar hem staarde. Maar de slag had zijn ruggengraat doorgesneden zodat hij zich niet meer kon verplaatsen. Meren bleef met hoog geheven zwaard voor het dier staan. De slang zwaaide zijn kop naar voren en viel zijn gezicht aan, maar Meren was klaar voor hem. Zijn zwaard suisde door de lucht en de glinsterende snede ging dwars door de nek van de slang heen. De kop viel op de grond en de kaken bleven krampachtig happen terwijl het koploze karkas bleef kronkelen. Meren schopte de golvende windingen opzij en greep Taita's arm vast, terwijl het bloed uit de gaatjes spoot die de tanden van de slang in zijn pols hadden achtergelaten. Hij tilde Taita hoog boven zijn hoofd en droeg hem de tent uit.

'Demeter! Je moet Demeter redden!' riep Taita hijgend. Meren rende terug en hakte op het koploze beest in om zich een weg te banen naar de plek waar Demeter lag. De andere bedienden waren eindelijk van het tumult wakker geworden en kwamen aanrennen. De dappersten volgden Meren de tent in, waar ze de slang opzij trokken en Demeter bevrijdden. Hij was bewusteloos en bloedde hevig uit de wond in zijn schouder.

Taita negeerde zijn eigen verwondingen en ging direct met Demeter aan de slag. De borst van de oude man zat onder de blauwe plekken en was bedekt met kneuzingen. Toen Taita zijn ribben palpeerde, voelde hij dat er minstens twee gebroken waren, maar zijn eerste zorg was het stelpen van de schouderwond. Door de pijn kwam Demeter bij en Taita probeerde hem af te leiden toen hij de beten uitbrandde met de punt van Merens dolk die verhit was in de vlammen van het komfoor dat in de hoek van de tent brandde.

'De beet van de slang is niet giftig. Dat is in elk geval een geluk,' zei hij tegen Demeter.

'Dat is dan ook wel het enige.' Demeters stem was schor van pijn. 'Dit was geen gewone slang, Taita. Hij is gestuurd vanuit de leegte.'

Taita kon geen overtuigend tegenargument bedenken, maar hij wilde de somberheid van de oude man niet aanmoedigen. 'Kop op, oude vriend,' zei hij. 'Je kunt het ook van de positieve kant bekijken. We leven allebei nog en het kan een gewone slang zijn geweest die niet door Eos is gestuurd.'

'Heb je ooit gehoord dat zo'n dier in Egypte voorkomt?' vroeg Demeter.

'Ik heb ze in de landen in het zuiden gezien.' Taita ontweek de vraag.

'Ver in het zuiden?'

'Ja, inderdaad,' gaf Taita toe. 'Voorbij de Indus in Azië en ten zuiden van de plek waar de Nijl zich in tweeën splitst.'

'Maar altijd diep in de bossen,' hield Demeter aan. 'Nooit in deze droge woestijnen. Nooit zo enorm groot.'

'Dat is waar,' capituleerde Taita.

'Hij is gestuurd om mij te doden, niet jou. Ze wil jou niet dood hebben – nog niet,' zei Demeter op besliste toon.

Taita ging zwijgend verder met zijn onderzoek. Hij was opgelucht toen hij constateerde dat geen van de grote botten in Demeters lichaam gebroken was. Hij waste de schouder met een distillaat van wijn, bedekte de beten met een genezende zalf en verbond de wonden met stroken linnen. Pas toen kon hij zijn eigen wonden verzorgen.

Toen hij zijn pols verbonden had, hielp hij Demeter overeind en hij ondersteunde hem toen ze samen de tent uit strompelden en naar de plek liepen waar Meren het karkas van de gigantische python had neergelegd. Ze maten het op en het bleek vijftien passen lang te zijn, zonder de kop en het staartgedeelte, en zelfs Meren kon het dikste deel ervan niet met zijn gespierde armen omvatten. De spieren onder de huid met het schitterende patroon schokten en trilden nog hoewel de python al enige tijd dood was.

Taita prikte met de punt van zijn stok in de afgehakte kop en wrikte daarna de bek open. 'Hij kan de scharnieren van de kaak loshaken zodat hij zijn bek zo wijd kan openen dat hij met gemak een volwassen man kan doorslikken.'

Op Merens knappe gezicht stond afkeer te lezen. 'Het is een smerig, duivels dier. Demeter heeft gelijk. Dit is een monster uit de leegte. Ik ga het karkas verbranden.'

'Geen sprake van,' zei Taita vastberaden. 'Het vet van zo'n bovennatuurlijk dier heeft krachtige, magische eigenschappen. Als het door de heks opgeroepen is, waar het sterk op lijkt, dan kunnen we het misschien tegen haar gebruiken.'

'Als u niet weet waar u haar kunt vinden,' bracht Meren naar voren, 'hoe kunt u het dan naar haar terugsturen?'

'Het is haar creatie, een deel van haar. We kunnen de python erop uitsturen om haar te zoeken, als een duif die naar huis vliegt,' verklaarde Demeter.

Meren wipte nerveus van de ene voet op de andere. Hoewel hij al die jaren de metgezel van de magiër was geweest, verbijsterden en beangstigden dit soort mysteries hem.

Taita kreeg medelijden met hem en hij pakte zijn bovenarm vriendschappelijk vast. 'Ik sta weer bij je in het krijt. Zonder jou zouden Demeter en ik op dit moment in de buik van dit dier kunnen zitten.'

Merens bezorgde uitdrukking verdween en er kwam er een van dankbaarheid voor in de plaats. 'Vertel me dan wat u wilt dat ik ermee doe.' Hij schopte tegen het trekkende karkas dat zich langzaam tot een grote bal oprolde.

'We zijn gewond. Het kan een paar dagen duren voordat we onze krachten verzameld hebben om de magie te kunnen uitvoeren. Neem dit afval mee naar een plek waar het niet door aasgieren of jakhalzen opgegeten kan worden,' zei Taita. 'Later zullen we het villen en het vet afkoken.' Hoewel hij het probeerde, kon Meren de python niet op de rug van een van de kamelen laden. Het dier werd doodsbang van de stank van het karkas en het steigerde, balkte en deinsde terug. Ten slotte sleepten Meren en vijf sterke mannen het naar de plek waar de paarden getuierd waren en bedekten het met stenen om het tegen hyena's en andere aasdieren te beschermen.

Toen Meren terugkwam, zaten de magiërs tegenover elkaar op de bodem van de tent. Ze hadden hun handen met elkaar verstrengeld om hun krachten te bundelen om een magisch schild rondom het kamp op te trekken om het te verbergen en te beschermen. Toen ze klaar waren met de ingewikkelde ceremonie gaf Taita Demeter een aftreksel van rode *sheppen* te drinken en de oude man viel al snel in een verdoofde slaap.

'Laat ons nu alleen, beste Meren. Ga slapen, maar blijf binnen gehoorsafstand,' zei Taita en hij ging naast Demeter zitten om over hem te waken. Maar zijn lichaam liet hem in de steek en hij zakte weg in een diepe slaap. Hij werd wakker doordat Meren dringend aan zijn gewonde arm schudde. Hij ging versuft van de slaap rechtop zitten en snauwde: 'Wat mankeert je? Ben je soms van je verstand beroofd?'

'Kom mee, Magiër! Vlug!'

Zijn dringende toon en verslagen blik alarmeerden Taita en hij keerde zich bezorgd naar Demeter om. Opgelucht zag hij dat de oude man nog sliep. Hij krabbelde overeind. 'Wat is er?' vroeg hij, maar Meren was al weg. Taita volgde hem de koelere ochtendlucht in en zag dat hij naar de paarden rende. Toen Taita zich bij hem had gevoegd, wees Meren zwijgend naar de berg stenen die het karkas van de slang had bedekt. Even begreep Taita niet wat hij bedoelde, maar toen zag hij dat de stenen verplaatst waren.

'De slang is weg,' zei Meren. 'Hij is in de loop van de nacht verdwenen.' Hij wees naar een holte in het zand die door het zware lichaam van de python was achtergelaten. Een paar druppels bloed waren opgedroogd tot zwarte balletjes, maar verder was er niets meer te zien. Taita's nekharen rezen te berge alsof er een koude wind overheen blies. 'Heb je goed gezocht?'

Meren knikte. 'We hebben de grond achthonderd meter rondom het kamp afgespeurd. We hebben geen spoor van de slang gevonden.'

'Verslonden door honden of wilde dieren,' zei Taita, maar Meren schudde zijn hoofd.

'Geen van de honden durfde erbij in de buurt te komen. Ze jammerden en gromden en slopen weg toen ze het karkas roken.'

'Hyena's, aasgieren?'

'Geen enkele vogel zou die stenen kunnen verplaatsen en met zo'n groot karkas zouden honderd hyena's zich kunnen voeden. Niemand zou een oog dichtgedaan hebben, want ze zouden de hele nacht gekrijst en gehuild hebben. We hebben geen geluid gehoord en er waren geen sporen of sleepafdrukken.' Hij streek met zijn vingers door zijn dikke krulhaar en liet toen zijn stem dalen. 'Demeter heeft zonder twijfel gelijk. De slang heeft zijn kop opgehaald en is weggevlogen zonder de grond te raken. Het was een wezen uit de leegte.'

'Vertel dat niet aan de bedienden en de kameeldrijvers,' waarschuwde Taita. 'Als ze hier lucht van krijgen, laten ze ons in de steek. Je moet hun vertellen dat Demeter en ik het karkas hebben laten verdwijnen met een toverkunst die we vannacht hebben uitgevoerd.'

Het duurde een paar dagen voordat Taita oordeelde dat Demeter de reis kon hervatten, maar de schokkerige loop van de kameel die de draagkoets droeg, verergerde de pijn van zijn gebroken ribben en Taita moest hem onder verdoving houden door hem regelmatig het aftreksel van rode sheppen te laten drinken. Tegelijkertijd verlaagde hij het tempo van de karavaan en verkortte hij de dagelijkse reistijd om Demeter verder ongemak en pijn te besparen.

Taita had zich snel hersteld van de ergste gevolgen van de aanval van de slang. Al snel kon hij Windrook weer gemakkelijk berijden. Af en toe liet hij Meren 's nachts achter om op Demeter te passen, terwijl hij zelf voor de karavaan uit reed. Hij moest alleen zijn om de hemel te bestuderen. Hij was er zeker van dat de belangrijke paranormale gebeurtenissen waarin ze gevangenzaten, weerspiegeld moesten worden door nieuwe omina en voortekenen tussen de hemellichamen. Hij ontdekte al snel dat ze overal zichtbaar waren. De hemel leek in lichterlaaie te staan door de heldere vuurstaarten die achtergelaten werden door zwermen vallende sterren en kometen waarvan hij er in één nacht meer zag dan hij er in de afgelopen vijf jaar had gezien. Deze overmaat aan tekenen die onderling tegenstrijdig waren, was verwarrend en hij kon er geen duidelijke boodschap uit aflezen. Er waren tegelijkertijd beloften van hoop, ernstige waarschuwingen, angstaanjagende bedreigingen en geruststellende tekenen.

In de tiende nacht na de verdwijning van de slang was de maan vol, een enorme lichtgevende bol die de vurige staarten van de vallende sterren deed verbleken en waarbij vergeleken zelfs de grote planeten slechts onbeduidende speldenknopjes van licht waren. Lang na middernacht reed Taita uit naar een dorre vlakte die hij herkende. Ze waren minder dan vijfenzeventig kilometer verwijderd van de rand van de helling die naar het eens zo vruchtbare land van de Nijldelta leidde. Hij zou snel moeten terugkeren, dus toomde hij Windrook in. Hij steeg af en vond naast het pad een platte rotssteen waarop hij kon zitten. De merrie stootte hem met haar snuit aan, dus opende hij de zak die op zijn heup hing en voerde haar afwezig een handvol doerrameel terwijl hij zijn volle aandacht op de hemel richtte.

De vage wolk die van de Ster van Lostris was overgebleven, kon hij nauwelijks onderscheiden en er maakte zich even een gevoel van verlies van hem meester toen hij besefte dat de ster binnenkort voor altijd zou verdwijnen. Treurig keek hij naar de maan die het begin van het plantseizoen aankondigde, een tijd van verjonging en nieuwe groei, maar zolang de rivier niet buiten haar oevers trad, zouden er geen nieuwe gewassen in de delta geplant worden.

Plotseling ging Taita rechtop zitten. Hij voelde de kilte die altijd aan een onheilspellende, occulte gebeurtenis voorafging: hij kreeg kippenvel op zijn armen en zijn nekharen rezen te berge. De vorm van de maan veranderde voor zijn ogen. Eerst dacht hij dat het een illusie was, een speling van het licht, maar binnen een paar minuten verdween er een dikke plak van, alsof de muil van een geheimzinnig monster er een grote hap van genomen had. Met een verbluffende snelheid onderging de rest van de grote bol hetzelfde lot en er bleef alleen een donker gat van de maan over. De sterren verschenen weer, maar ze waren zwak en bleekjes vergeleken met het licht dat uitgewist was.

De hele natuur leek in de war te zijn. Geen enkele nachtvogel riep. Het briesje ging liggen. De contouren van de omringende heuvels vervloeiden met het duister. Zelfs de grijze merrie was overstuur, ze schudde haar manen en hinnikte van angst. Toen steigerde ze, rukte de teugels uit Taita's hand en vluchtte over het pad waarover ze gekomen waren. Hij liet haar gaan.

Hoewel Taita wist dat geen enkele aanroeping en geen enkel gebed effect hadden op kosmische gebeurtenissen die eenmaal in gang waren gezet, riep hij luid Ahoera Maasda en alle goden van Egypte aan om de maan te redden van vernietiging. Toen zag hij dat het restant van de Ster van Lostris duidelijker zichtbaar was. Het was maar een bleke vlek, maar hij bracht de Amulet aan de ketting omhoog en hield hem naar de ster opgeheven. Hij concentreerde zijn geest, zijn geoefende zintuigen en de kracht van het Innerlijke Oog erop.

'Lostris!' riep hij wanhopig. 'U bent altijd het licht van mijn hart geweest! Gebruik uw krachten om bij de goden die uw gelijken zijn te bemiddelen. Laat de maan weer schijnen en verlicht de hemel weer.'

Bijna onmiddellijk verscheen een dunne schilfer licht op de plek waar de rand van de maan was geweest. Hij werd groter, begon zich te buigen en te glinsteren tot hij op het blad van een zwaard leek en nam toen de vorm van een strijdbijl aan. Toen hij Lostris opnieuw aanriep en de Amulet omhooghield, keerde de maan in zijn volle pracht en glorie terug. Een gevoel van opluchting en vreugde stroomde door hem heen. Hoewel de maan hersteld was, wist hij dat de waarschuwing die door de eclips was overgebracht bleef gelden. Het was een omen dat dit gunstiger voorteken overtroefde.

Het kostte hem de helft van de resterende donkere uren van de nacht om zich te herstellen van de aangrijpende aanblik van de stervende maan, maar uiteindelijk hees hij zichzelf overeind, pakte zijn stok en ging op weg om de merrie te zoeken. Binnen anderhalve kilometer haalde hij haar in. Ze knabbelde aan de bladeren van een miezerige woestijnstruik die naast het pad stond. Ze begroette hem met gehinnik toen ze hem zag en draafde vervolgens naar hem toe om hem te laten zien dat ze berouw had van haar schandalige gedrag. Taita steeg op en reed terug om zich bij de karavaan te voegen.

De mannen hadden gezien dat de maan opgeslokt was en zelfs Meren kon hen maar moeilijk onder controle houden. Hij haastte zich naar Taita toe zodra hij hem zag. 'Hebt u gezien wat er met de maan is gebeurd, Magiër? Wat een verschrikkelijk omen! Ik vreesde voor uw leven,' riep hij. 'Ik dank Horus dat u veilig bent. Demeter is wakker en wacht op u, maar u moet eerst met deze laffe honden praten! Ze willen terugsluipen naar hun kennels.'

Taita nam er de tijd voor om de mannen gerust te stellen. Hij vertelde hun dat de maansverduistering niet betekende dat er een ramp op komst was, maar aankondigde dat de Nijl weer buiten zijn oevers zou treden. Zijn reputatie was zo groot dat ze snel gerustgesteld waren en ten slotte stemden ze er opgewekt mee in om de reis te vervolgen. Taita liet hen achter en ging Demeters tent binnen. In de afgelopen tien dagen was de oude man bemoedigend hersteld van de verwondingen die de python hem had toegebracht en hij was veel sterker. Hij begroette Taita echter met een ernstig gezicht. Ze bleven de rest van die nacht bij elkaar zitten en bespraken de betekenis van de maansverduistering.

'Ik heb zo lang geleefd dat ik veel van deze gebeurtenissen heb meegemaakt,' zei Demeter zacht, 'maar zelden ben ik getuige geweest van zo'n complete verduistering.'

Taita knikte. 'Ik heb zelf maar twee van die verdwijningen gezien. Altijd kondigden ze een ramp aan – de dood van grote koningen, de ondergang van mooie, welvarende steden, hongersnood of pestilentie.'

'Het was weer een manifestatie van de duistere krachten van de Leugen,' mompelde Demeter. 'Ik denk dat Eos met haar onoverwinnelijkheid pronkt. Ze probeert ons te intimideren en tot wanhoop te drijven.'

'We moeten zo kort mogelijk onderweg blijven en ons naar Thebe haasten,' zei Taita.

'Bovenal mogen we onze waakzaamheid niet laten verslappen. We kunnen verwachten dat ze elk moment van de dag en de nacht haar volgende aanval op ons inzet.' Demeter bestudeerde Taita's gezicht ernstig. 'Je moet het me vergeven dat ik mezelf herhaal, maar voordat je de listen en lagen van de heks hebt leren kennen zoals ik is het moeilijk te begrijpen hoe slinks ze zijn. Ze kan de overtuigendste beelden in je hoofd planten, zelfs beelden van je vader en moeder die zo levendig zijn dat je er niet aan kunt twijfelen.'

'In mijn geval zal dat voor haar op moeilijkheden stuiten.' Taita glimlachte wrang. 'Want ik heb mijn ouders nooit gekend.'

Hoewel de kameeldrijvers het tempo hadden verhoogd, werd Taita nog steeds verteerd door ongeduld. De volgende nacht verliet hij de karavaan weer en reed vooruit in de hoop de helling van de delta te bereiken en na al die jaren van afwezigheid op zijn geliefde Egypte neer te kunnen kijken. Zijn verlangen leek besmettelijk te zijn, want Windrook hield een soepele handgalop aan en haar vliegende hoeven vraten de kilometers tot Taita haar ten slotte op de rand van de helling intoomde. Beneden verlichtte de maan de landbouwgronden met zijn zilveren stralen waarin de bosjes palmbomen die de loop van de Nijl markeerden scherp uitkwamen. Hij zocht naar de vage glans van zilverkleurig water, maar op deze afstand was de rivierbedding donker en somber.

Taita steeg af en ging naast het hoofd van de merrie staan. Hij streelde haar hals en keek verrukt neer op Karnak met zijn tempels en paleizen met hun witte muren. Hij kon de torenhoge muren van het paleis van Memnon op de andere oever zien, maar hij weerstond de verleiding om de helling af te rijden, de alluviale vlakte over te steken en een van de honderd poorten van Thebe binnen te gaan.

Het was zijn plicht om dicht bij Demeter te blijven en hem niet achter te laten en zelf vooruit te rijden.

Hij hurkte naast het hoofd van de merrie neer en stond zichzelf toe om zich te verheugen op zijn thuiskomst en zijn hereniging met degenen die hem zo dierbaar waren.

De farao en zijn koningin, Mintaka, koesterden de diepe genegenheid voor Taita die meestal gereserveerd was voor oudere familieleden. Op zijn beurt koesterde hij voor hen allebei al sinds hun jeugd een blijvende liefde. Nefers vader, farao Tamose, was vermoord toen Nefer nog maar een kind was en te jong om de troon van Boven- en

Beneden-Egypte te bestijgen. Daarom werd er een regent aangewezen. Taita was Tamoses privéleraar geweest, dus was het logisch dat zijn zoon onder Taita's hoede geplaatst zou worden tot hij volwassen was. Taita had hem zijn formele scholing gegeven, hem getraind als krijger en ruiter en hem daarna lesgegeven in oorlogsvoering en het leiden van een leger. Hij had hem de plichten van een koning en kennis van staatsmanschap en diplomatie bijgebracht. Hij had een man van hem gemaakt. In die jaren was er een band tussen hen gesmeed die nooit meer verbroken was.

Een koud briesje zweefde omhoog over de helling en deed hem huiveren. In deze warme maanden viel dat uit de toon. Hij was onmiddellijk op zijn hoede. Een plotselinge temperatuurdaling was vaak een voorbode van een occulte manifestatie. Demeters waarschuwingen echoden nog in zijn hoofd.

Hij bleef stil zitten en speurde de ether af. Hij kon niets sinisters ontdekken. Toen richtte hij zijn aandacht op Windrook, die bijna even gevoelig voor het bovennatuurlijke was als hij, maar ze leek ontspannen en rustig. Gerustgesteld stond hij op en pakte de teugels om op te stijgen en terug te rijden naar de karavaan. Meren zou nu waarschijnlijk de nachtelijke tocht beëindigen en het kamp opslaan. Taita wilde nog een tijdje met Demeter praten voordat hij door slaap overmand zou worden. Hij had zich de schat aan wijsheid en ervaring van de oude man nog niet helemaal eigen gemaakt.

Op dat moment hinnikte Windrook zachtjes en ze spitste haar oren, maar ze was niet ernstig gealarmeerd. Taita zag dat ze over de helling naar beneden keek en hij draaide zijn hoofd opzij. Eerst zag hij niets, maar hij vertrouwde de merrie en hij luisterde naar de stilte van de nacht. Ten slotte ving hij een schaduwachtige beweging vlak bij de voet van de helling op. De beweging verdween en hij dacht dat hij zich vergist had, maar de merrie was nog steeds waakzaam. Hij wachtte en keek. Toen zag hij de beweging weer, nu dichterbij en duidelijker.

De vage vorm van een ruiter en een paard kwam uit het duister tevoorschijn en volgde het pad over de helling naar de plek waar hij stond. Het vreemde paard was ook grijs, maar nog lichter dan Windrook. In zijn achterhoofd probeerde een herinnering naar boven te komen: hij vergat nooit een goed paard. Zelfs in het sterrenlicht kwam het hem bekend voor. Hij probeerde te bedenken waar en wanneer hij het voor het laatst had gezien, maar de herinnering was zo vaag dat hij besefte dat het lang geleden moest zijn, maar toch liep de schimmel als een vierjarige. Hij verplaatste zijn aandacht abrupt naar de ruiter – het was een tengere figuur, geen man, maar misschien een jongen. Wie hij ook was, hij bereed de schimmel met elan. Hij had ook iets bekends, maar net als het paard was de jongen te jong om bij Taita zo'n vage herinnering achter te laten. Zou dit misschien het kind kunnen zijn van iemand die hij goed kende? vroeg Taita zich af.

Een van de prinsen van Egypte wellicht? Koningin Mintaka had farao Nefer Seti vele mooie zoons geschonken. Ze leken allemaal sterk op hun vader of hun moeder. Dit kind had niets gewoons en Taita twijfelde er niet aan dat hij van koninklijken bloede was. Het paard en de ruiter kwamen dichterbij. Er vielen Taita nog verscheidene andere dingen op. Hij zag dat de ruiter een korte chiton droeg die de benen bloot liet en ze waren slank en onmiskenbaar vrouwelijk. Dit was een meisje. Haar hoofd was bedekt, maar toen ze nog dichterbij kwam, zag hij de contouren van haar gezicht onder haar hoofddoek.

'Ik ken haar. Ik ken haar goed!' fluisterde hij. Hij voelde dat zijn hart in zijn oren sneller begon te kloppen. Het meisje hief groetend haar hand naar hem op en daarna bracht ze haar heupen naar voren om de schimmel aan te sporen. Hij ging over op handgalop, maar zijn hoeven maakten geen geluid op het stenen pad. Hij kwam in een spookachtige stilte over de helling naar hem toe.

Te laat besefte Taita dat hij door een bekend voorkomen in slaap gesust was. Hij knipperde snel om zijn Innerlijke Oog te openen.

'Ze hebben geen aura!' bracht hij uit en hij moest zijn hand op de schouder van de merrie leggen om zijn evenwicht te bewaren. De schimmel noch zijn berijdster waren natuurlijke wezens: ze kwamen uit een andere dimensie. Ondanks Demeters waarschuwingen had hij zich weer laten overrompelen. Hij pakte snel de Amulet die om zijn nek hing en hield hem voor zijn gezicht. Ze was nu zo dichtbij dat hij de glinstering van ogen en de zachte welving van een jonge hals kon zien. Zijn herinneringen kwamen snel terug.

Geen wonder dat hij zich het grijze paard zo goed herinnerde. Hij had het haar zelf cadeau gedaan en het met zorg en liefde uitgekozen. Hij had er vijftig zilveren talenten voor betaald en dat als een koopje beschouwd. Ze had hem Meeuw genoemd en het was altijd haar lievelingspaard geweest. Ze bereed het met de gratie en de stijl die Taita zich van al die decennia geleden herinnerde. Hij was zo diep geschokt dat hij niet helder kon nadenken. Hij bleef als een granieten pilaar staan, met de Amulet als een schild voor zich.

De paardrijdster tilde langzaam een welgevormde, witte hand op en trok haar hoofddoek naar achteren. Taita had het gevoel dat zijn ziel opengereten werd, toen hij dat prachtige gezicht zag waarvan elk detail duidelijk zichtbaar was.

Ze is het niet. Hij probeerde zich te vermannen. *Dit is een verschijning uit de leegte, net zoals de reusachtige slang, en misschien even dodelijk.*

Toen hij zijn droom over het meisje op de goudkleurige dolfijn met Demeter had besproken, had deze geen enkele twijfel gekend: 'Je droom was een van de listen van de heks,' had hij gezegd. 'Je moet geen enkel beeld vertrouwen dat voedsel geeft aan je hoop en je verlangen. Wanneer je je een vreugdevolle herinnering voor de geest roept, bijvoorbeeld aan een oude geliefde, dan zet dat de deur voor Eos open. Ze zal dan een manier vinden om bij je te komen.'

Taita had zijn hoofd geschud. 'Nee, Demeter, zelfs Eos zou zulke intieme details van zo lang geleden niet tevoorschijn hebben kunnen toveren! Lostris' stem, de stand van haar ogen, het omkrullen van haar lippen wanneer ze glimlachte. Hoe zou Eos dat allemaal kunnen imiteren? Lostris ligt al zeventig jaar in haar sarcofaag. Er is geen enkel spoor van haar dat Eos zou kunnen gebruiken.'

'Eos heeft je eigen herinneringen aan Lostris gestolen en ze je in de overtuigendste, dwingendste vorm teruggegeven.'

'Maar zelfs ik was de meeste van die details vergeten.'

'Je hebt zelf beweerd dat we niets vergeten. Elk detail blijft bewaard. Er zijn alleen occulte vaardigheden voor nodig, zoals Eos bezit, om ze uit de kluizen van je geest te halen. Op die manier heb jij mijn herinneringen aan Eos ook teruggehaald en zelfs haar stemgeluid toen ze de incantatie voor vuur zei.'

'Ik kan niet accepteren dat het Lostris niet was,' kreunde Taita zacht.

'Dat komt omdat je het niet wílt accepteren. Eos probeert je geest voor de rede af te sluiten. Denk er eens even over na hoe sluw het beeld van het meisje op de dolfijn met haar boze plannen verweven was. Toen ze je lokte en afleidde met valse visioenen van een verloren liefde stuurde ze haar spookslang op me af om me te doden. Ze heeft jouw droom als afleidingsmanoeuvre gebruikt.'

Nu hij hier op de helling van de delta stond, werd hij weer met het visioen geconfronteerd: het beeld van Lostris, eens koningin van Egypte, aan wie hij herinneringen had die zijn hart nog steeds regeerden. Deze keer was ze nog volmaakter. Hij voelde dat zijn vastberadenheid afnam en dat hij niet logisch meer kon nadenken en hij probeerde wanhopig om zichzelf in de hand te houden. Maar hij kon niet verhinderen dat hij in Lostris' ogen keek. Ze waren gevuld met betoverende lichtjes en alle tranen en glimlachen van haar leven stonden erin te lezen.

'Ik wijs je af!' zei hij tegen haar, met een stem die hij zo koud en streng mogelijk liet klinken. 'Je bent Lostris niet. Je bent niet de vrouw van wie ik hield. Je bent de Grote Leugen. Keer terug naar de duisternis waaruit je voortgekomen bent.'

Na zijn woorden maakte de sprankeling in Lostris' ogen plaats voor een diep verdriet. 'Lieve Taita,' riep ze zachtjes naar hem. 'Ik heb al die steriele, eenzame jaren waarin we van elkaar gescheiden zijn geweest zonder jou geleefd. Nu je in dodelijk fysiek en geestelijk gevaar verkeert, ben ik naar je toe gekomen om weer bij je te zijn. Samen kunnen we het kwaad weerstaan dat je boven het hoofd hangt.'

'Dat is godslasterlijk,' zei hij. 'Je bent Eos, de Leugen, en ik wijs je af. Ik word beschermd door de Waarheid. Je kunt me niet bereiken. Je kunt me geen kwaad doen.'

'O, Taita.' Lostris' stem daalde tot een fluistertoon. 'Je zult ons allebei vernietigen. Ik ben ook in gevaar.' Ze leek al het verdriet van de mensheid sinds het begin der tijden op haar schouders te dragen. 'Vertrouw me, mijn liefste. In ons beider belang moet je me vertrouwen. Ik ben niemand minder dan de Lostris van wie je hield en die van jou hield. Je hebt me door de ether opgeroepen en ik ben naar je toe gekomen.'

Taita had het gevoel of de aarde onder zijn voeten op zijn grondvesten schudde, maar hij vermande zich. 'Verdwijn, vervloekte heks!' riep hij. 'Wegwezen, smerige volgelinge van de Leugen. Ik wijs jou en al je werken af. Val me niet meer lastig.'

'Nee, Taita! Dit kun je niet doen,' zei ze smekend. 'We hebben deze kans gekregen, deze ene kans. Je mag hem niet laten lopen.'

'Je bent slecht,' zei hij scherp. 'Je bent een gruwel uit de leegte. Ga terug naar je weerzinwekkende verblijf.'

Lostris kreunde en haar beeld trok zich terug. Ze vervaagde op dezelfde manier als haar ster vaak was verdwenen in het licht van de komende dag. De laatste fluistering van haar stem kwam uit het duister naar hem toe: 'Ik heb de dood eenmaal geproefd en nu moet ik de bittere beker tot op de bodem leegdrinken. Vaarwel, Taita, van wie ik heb gehouden. Had je maar meer van me kunnen houden.'

Toen was ze weg. Hij liet zich op zijn knieën zakken om de golven van berouw en verlies boven zijn hoofd te laten breken. Toen hij weer de kracht had om zijn hoofd op te tillen, was de zon opgegaan en al een handbreedte boven de horizon gestegen. Windrook stond stilletjes naast hem. Ze doezelde, maar zodra hij zich bewoog, gooide ze haar hoofd omhoog en richtte ze haar blik op hem. Hij was zo verzwakt dat hij een steen als verhoging moest gebruiken om op haar rug te klimmen. Hij zat daar heen en weer zwaaiend en viel bijna van haar rug toen ze over het pad naar het kamp liep.

Taita probeerde orde te scheppen in de wirwar van emoties in zijn hoofd. Eén duidelijk feit kwam uit de verwarring naar voren: de manier waarop Windrook tijdens zijn ontmoeting met het fantoom-Lostris kalm was blijven staan, zonder enig teken van agitatie. Alle andere keren had ze een manifestatie van het kwaad al lang bespeurd voordat hij zich er zelf van bewust werd. Ze was op hol geslagen toen de maan verslonden werd, maar toch had ze maar weinig interesse getoond in de valse Lostris en haar spookpaard.

'Er kon geen kwaad in hen gezeten hebben,' begon hij zichzelf te overtuigen. 'Sprak Lostris de waarheid? Kwam ze als bondgenote en vriendin om me te beschermen? Heb ik ons allebei vernietigd?' De pijn was onverdraaglijk. Hij draaide Windrooks hoofd om en reed in volle galop terug naar de delta. Hij toomde haar pas in toen ze op de rand van de helling kwamen en hij zwaaide zich precies op de plek waar Lostris was verdwenen van haar rug.

'Lostris!' schreeuwde hij naar de hemel. 'Vergeef me! Ik had het bij het verkeerde eind! Ik weet nu dat je de waarheid sprak. Je bent echt

Lostris. Kom naar me terug, mijn liefste! Kom terug!' Maar ze was weg
en de echo's dreven de spot met hem. 'Kom terug... terug.... terug...'

Ze waren zo dicht bij de heilige stad Thebe dat Taita Meren beval om
de nachtelijke tocht voort te zetten nadat de zon was opgegaan.
Verlicht door de schuine, vroege zonnestralen daalde de karavaan
de helling af en begon aan de oversteek van de alluviale vlakte naar de
stadsmuren. De vlakte was troosteloos. Er groeide niets groens op. De
zwarte aarde was door de hitte van de zon zo hard als baksteen geworden en er zaten diepe scheuren in. De boeren hadden hun geteisterde
velden verlaten. Hun hutten waren vervallen. De dakbedekking van
palmbladeren was in kluiten van de balken gevallen en de ongepleister-
de wanden verbrokkelden. De botten van de koeien die van honger waren gestorven, lagen verspreid over de velden als bedden witte madelie-
ven. Een windhoos voerde een grillige dans uit over het lege land en
blies een draaiende zuil van zand en droge doerrabladeren hoog de
lucht in. De zon beukte het verdroogde land als een strijdbijl een koperen schild.

De mannen en dieren van de karavaan waren in dit naargeestige
landschap even onbeduidend als kinderspeelgoed. Toen ze de rivier bereikten, hielden ze onwillekeurig halt op de oever, gefascineerd en vol
ontzetting. Zelfs Demeter stapte uit zijn draagkoets en strompelde naar
Taita en Meren toe. Op dit punt was de rivierbedding vierhonderd meter breed. Wanneer de Nijl onder normale omstandigheden laag stond,
vulde de machtige rivier de bedding van de ene kant naar de andere en
stroomde het grijze water dat vol slib zat krachtig. Ze was dan zo diep
dat het oppervlak ervan was gerimpeld door glanzende wervelingen en
vol putten zat van draaikolken. In het hoogwaterseizoen kon de Nijl
niet in bedwang worden gehouden. De rivier barstte dan over de oevers
heen en overstroomde de velden. De modder en het sediment dat het
water afgaf, waren zo vruchtbaar dat ze in één seizoen drie oogsten achter elkaar opleverden.

Maar er was al zeven jaar geen overstroming meer geweest en de rivier was een groteske karikatuur van haar oude zelf. Ze was veranderd
in een rij ondiepe stinkende poelen die zich over haar bedding uitstrekte. Hun oppervlak kwam alleen in beroering door de worsteling van
stervende vissen en de trage bewegingen van de weinige overgebleven
krokodillen. Het water werd bedekt door een schuimig rood vlies dat op
stollend bloed leek.

'Waardoor bloedt de rivier?' vroeg Meren. 'Is het een vloek?'

'Het lijkt me dat het wordt veroorzaakt doordat de giftige algen zijn
gaan bloeien,' zei Taita en Demeter beaamde dat.

'Het komt inderdaad door de algen, maar ik twijfel er niet aan dat het onnatuurlijk is en dat het Egypte is aangedaan door dezelfde invloed die het water heeft doen ophouden met stromen.'

De bloedkleurige poelen waren van elkaar gescheiden door de blootliggende wallen van zwarte modder die bezaaid waren met gestrande rommel en afval uit de stad, boomwortels en drijfhout, de wrakken van achtergelaten rivierboten en de opgeblazen kadavers van vogels en andere dieren. De enige levende wezens die de open zandbanken bevolkten, waren vreemde gedrongen dieren die onhandig op hun groteske voeten met zwemvliezen over de modder hupten en kropen. Ze vochten fel onder elkaar om de kadavers, reten ze open en schrokten de brokken rottend vlees naar binnen. Taita wist niet precies wat voor dieren het waren tot Meren met diepe walging mompelde: 'Ze zien eruit zoals de karavaanmeester ze beschreven heeft. Grote padden!' Hij hoestte en spuwde toen de smaak en de stank die in zijn keel bleven hangen uit. 'Komt er dan geen eind aan de gruwelen die op Egypte neerdalen?'

Taita besefte dat het de omvang van de amfibieën was die hem in verwarring had gebracht. Ze waren enorm. Hun rug was even breed als die van penseelzwijnen en ze waren bijna even hoog als varkens wanneer ze zich op hun lange achterpoten in hun volle lengte oprichtten.

'Er liggen lijken in de modder,' riep Meren uit. Hij wees naar een klein lichaam dat voor hen lag. 'Dat is een dood kind.'

'Het lijkt erop dat de burgers van Thebe zo diep in apathie zijn weggezakt dat ze hun doden niet meer begraven, maar ze in de rivier gooien.' Demeter schudde treurig zijn hoofd.

Terwijl ze toekeken, beet een van de padden in de arm van het kind en na een keer of tien met zijn kop geschud te hebben, rukte hij hem los uit het schoudergewricht. Daarna gooide hij de kleine ledemaat hoog de lucht in. Toen het armpje naar beneden kwam, sperde hij zijn bek open, ving het op en slikte het door.

Ze waren allemaal misselijk van het schouwspel. Ze stegen op en reden verder langs de oever tot ze de stadsmuren bereikten. Het gebied ervoor stond vol geïmproviseerde hutten die gebouwd waren door de verjaagde boeren, de weduwen en wezen, de zieken en stervenden en alle andere slachtoffers van de ramp. Ze klitten samen onder de ruw bedekte daken van de open hutten. Ze waren allemaal uitgemergeld en apathisch. Taita zag een jonge moeder die haar baby aan haar verschrompelde, lege borsten had, maar het kind was te zwak om te zuigen en vliegen kropen in haar ogen en neusgaten. De moeder staarde hen hopeloos aan.

'Laat me haar voedsel voor de baby geven.' Meren wilde afstijgen, maar Demeter hield hem tegen.

'Als je deze ellendige schepsels voedsel laat zien, ontstaat er oproer.' Toen ze verder reden, keek Meren treurig en schuldig om.

'Demeter heeft gelijk,' zei Taita zacht. 'We kunnen niet een paar uitgehongerden onder zovelen redden. We moeten het koninkrijk Egypte redden, niet een handjevol van zijn burgers.'

Taita en Meren kozen een plaats voor het kamp uit die ruim uit de buurt van de ongelukkigen lag. Taita nam Demeters voorman apart en wees hem de plaats aan. 'Zorg ervoor dat je meester gemakkelijk ligt en laat hem goed bewaken. Bouw daarna een hek van gedroogde doornstruiken om het kamp te beschermen en houd dieven en aasdieren buiten. Haal water en voer voor de dieren. Blijf hier tot ik een geschikter verblijf voor ons heb geregeld.'

Hij wendde zich tot Meren. 'Ik ga de stad in, naar het paleis van de farao. Blijf bij Demeter.' Hij sloeg zijn hielen in de flanken van de merrie en reed naar de hoofdpoort. De bewakers keken vanaf de toren op hem neer toen hij naar binnen reed, maar ze vroegen niet wie hij was. De straten waren bijna uitgestorven. De paar mensen die hij zag, waren even bleek en uitgehongerd als de bedelaars buiten de muren. Ze schoten weg toen hij dichterbij kwam. Een misselijkmakende stank hing over de stad: de geur van dood en lijden.

De kapitein van de paleisgarde herkende Taita en hij kwam aanrennen om de zijpoort voor hem te openen. Hij begroette Taita eerbiedig toen deze de omsloten ruimte binnenging. 'Een van mijn mannen zal uw paard naar de stallen brengen, Magiër. De koninklijke stalknechten zullen het verzorgen.'

'Is de farao aanwezig?' vroeg Taita toen hij afsteeg.

'Hij is hier.'

'Breng me bij hem,' beval Taita. De kapitein gehoorzaamde haastig en leidde hem een labyrint van gangen en zalen binnen. Ze liepen door binnenhoven die eens prachtige gazons, bloembedden en tinkelende fonteinen met kristalhelder water hadden gehad en daarna door zalen en brede gangen waar in vroeger tijden het gelach en gezang van edele dames en heren, de liedjes van troubadours en het gerinkel van glazen hadden weerklonken en waar slavinnetjes hadden gedanst. Nu waren de zalen verlaten, de tuinen waren bruin en dood en de fonteinen stonden droog. De zware stilte werd alleen verstoord door het geluid van hun voetstappen op de stenen vloeren. Ten slotte bereikten ze de antichambre van de koninklijke audiëntiezaal. In de andere muur was een gesloten deur. De kapitein klopte er met het uiteinde van zijn speer op en er werd bijna onmiddellijk door een slaaf opengedaan. Taita keek langs hem heen. Op de vloer van rozenrode marmeren tegels zat een corpulente eunuch in een korte linnen rok in kleermakerszit achter een lage lessenaar die vol lag met papyrusrollen en schrijftabletten. Taita herkende hem direct. Hij was de hoofdkamerheer van de farao. Hij was op aanbeveling van Taita gekozen voor deze belangrijke functie.

'Ramram, oude vriend,' zei Taita. Ramram sprong overeind met een voor zo'n dikke man verrassende snelheid en hij haastte zich naar Taita toe om hem te omhelzen. Alle eunuchen die in dienst van de farao stonden, hadden een sterke band met elkaar.

'Je bent te lang uit Thebe weggebleven, Taita.' Hij trok Taita zijn privékantoor binnen. 'De farao is in vergadering met zijn generaals, dus ik kan hem nu niet storen, maar ik zal je bij hem brengen zodra hij beschikbaar is. Hij zal dat ook willen, maar dit geeft ons de gelegenheid om te praten. Hoe lang ben je weg geweest? Het moeten vele jaren zijn.'

'Zeven jaar. Sinds we elkaar voor het laatst hebben gezien, ben ik naar vreemde landen gereisd.'

'Ik heb je veel te vertellen over wat ons in jouw afwezigheid is overkomen. Helaas is het niet veel goeds.'

Ze gingen tegenover elkaar op kussens zitten en op bevel van de kamerheer serveerde een slaaf hun bekers sorbet die in aarden kannen was gekoeld.

'Vertel me eerst hoe het met Zijne Majesteit gaat,' zei Taita bezorgd.

'Ik vrees dat je er treurig van zult worden wanneer je hem ziet. De zorgen drukken zwaar op zijn schouders. De meeste dagen brengt hij door in vergadering met zijn ministers, de bevelhebbers van zijn leger en de gouverneurs van de provincies. Hij stuurt afgezanten naar allerlei vreemde landen om graan en voedsel te kopen om de verhongerende bevolking te voeden. Hij laat nieuwe bronnen graven om zoet water te zoeken dat de mensen kunnen drinken in plaats van het smerige rode water uit de rivier.' Ramram zuchtte en nam een grote slok van zijn sorbet.

'De Meden en de Soemeriërs, de zeevarende volkeren, de Libiërs en al onze andere vijanden zijn zich bewust van de benarde situatie waarin we ons bevinden,' vervolgde hij. 'Ze denken dat het geluk zich tegen ons heeft gekeerd en dat we ons niet meer kunnen verdedigen, dus verzamelen ze hun legers. Zoals je weet, hebben onze vazalstaten en satrapen altijd met tegenzin het tribuut betaald dat ze de farao verschuldigd zijn. Velen zien in onze tegenspoed een gelegenheid om zich van ons te bevrijden, dus gaan ze verraderlijke bondgenootschappen aan. Grote aantallen vijanden verzamelen zich aan onze grenzen. Hoewel onze financiële middelen ernstig uitgeput zijn, moet de farao toch mannen en voorraden zien te vinden om zijn regimenten op te bouwen en te versterken. Hij vergt het uiterste van zichzelf en zijn koninkrijk.'

'Een minder grote vorst zou deze beproevingen niet overleefd kunnen hebben,' zei Taita.

'Nefer Seti is een groot vorst, maar net zoals wij, het volk, weet hij in zijn hart dat de goden Egypte niet langer goedgunstig zijn. Zijn inspanningen zullen geen succes hebben voordat hij weer bij hen in de gratie is gekomen. Hij heeft de priesters in de tempels in het hele land bevolen om onophoudelijk te bidden. Hijzelf brengt drie keer per dag een offer. Hoewel hij het uiterste van zijn krachten vergt en 's nachts eigenlijk zou moeten slapen, brengt hij de helft van de nacht door met vrome gebeden tot zijn medegoden.'

De ogen van de kamerheer vulden zich met tranen en hij veegde ze weg met een linnen doekje. 'Zo heeft hij de laatste zeven jaar geleefd, sinds de moederrivier niet meer buiten haar oevers is getreden en we door die plagen zijn bezocht. Iedere mindere heerser zou eraan te gronde zijn gegaan. Nefer Seti is een god, maar hij heeft de moed en de compassie van een mens. Het heeft hem veranderd en hij is er sterk door verouderd.'

'Ik ben inderdaad terneergeslagen door het nieuws. Maar vertel me eens hoe het met de koningin en de kinderen gaat.'

'Over hen heb ik ook slecht nieuws. De plagen zijn niet aan hen voorbijgegaan. Koningin Mintaka werd door ziekte geveld en heeft wekenlang op het randje van de dood gebalanceerd. Ze is nu hersteld, maar ze is nog steeds erg zwak. Niet alle kinderen van het koningspaar hadden zo veel geluk. Prins Khaba en zijn zusje Unas liggen naast elkaar in het koninklijke mausoleum. De pest heeft hen opgeëist. De andere kinderen leven nog, maar...'

Ramram zweeg toen er een slaaf binnenkwam. De man boog eerbiedig en fluisterde iets in het oor van de kamerheer. Ramram knikte, gebaarde hem dat hij kon gaan en wendde zich toen weer tot Taita. 'Het conclaaf is afgelopen. Ik ga naar de farao toe om hem van je komst op de hoogte te stellen.' Hij hees zichzelf overeind en waggelde naar de achterkant van het kantoor. Daar raakte hij een uitgesneden beeldje op het paneel aan dat onder zijn vingers ronddraaide. Een deel van de muur gleed opzij en Ramram verdween door de opening. Hij was niet lang weg toen er een kreet van vreugde en verrassing door de gang achter de geheime deur weergalmde die onmiddellijk werd gevolgd door het geluid van snelle voetstappen. Toen werd er geschreeuwd: 'Tata, waar ben je?' Tata was de roepnaam waarmee de farao hem aansprak.

'Ik ben hier, majesteit.'

'Je hebt me te lang verwaarloosd,' zei de farao verwijtend toen hij door de deur naar binnen stormde en bleef staan om naar Taita te kijken. 'Ja, je bent het echt. Ik dacht dat je mijn vele oproepen in de wind zou blijven slaan.'

Nefer Seti droeg alleen open sandalen en een linnen rok die zijn knieën bedekte.

Zijn bovenlichaam was bloot. Zijn borst was breed en zijn buik was plat en gespierd. Zijn armen waren gebeeldhouwd door langdurige oefening met de boog en het zwaard. Zijn tors was die van een door en door getrainde krijger.

'Ik groet u, farao. Ik ben uw nederige slaaf, zoals ik altijd ben geweest.'

Nefer Seti stapte naar voren en omhelsde hem krachtig. 'Geen gepraat over slaven of slavernij wanneer leraar en leerling elkaar ontmoeten,' zei hij. 'Mijn hart stroomt over van vreugde nu ik je weer zie.' Hij hield hem op een armlengte afstand en bestudeerde zijn gezicht. 'Bij de gratie van Horus, je bent geen dag ouder geworden.'

'En u evenmin, majesteit.' Zijn toon was oprecht en Nefer Seti lachte. 'Hoewel het een leugen is, accepteer ik je compliment als vriendelijkheid van een oude vriend.' Nefer had zijn formele pruik van paardenhaar niet op en zijn huid was niet geverfd, zodat Taita zijn uiterlijk kon bestuderen. Nefers kortgeknipte haar was grijs en zijn kruin was kaal. Zijn gezicht was getekend door de jaren: hij had diepe lijnen bij zijn mondhoeken en een spinnenweb van rimpels rondom zijn donkere ogen, die een vermoeide uitdrukking hadden. Zijn wangen waren hol en zijn huid had een ongezond bleke kleur. Taita knipperde eenmaal met zijn ogen en opende zijn Innerlijke Oog: met opluchting zag hij dat de aura van de farao krachtig straalde, wat betekende dat hij een dapper hart en een onverminderde geestkracht had.

Hoe oud is hij? Taita probeerde het zich te herinneren. Hij was twaalf toen zijn vader werd vermoord, dus hij moest nu negenenveertig zijn. Het besef schokte hem. Een gewone man werd op zijn vijfenveertigste als oud beschouwd en overleed meestal voor zijn vijftigste. Ramram had hem de waarheid verteld: de farao was sterk veranderd.

'Heeft Ramram een verblijf voor je geregeld?' vroeg Nefer Seti en hij keek zijn kamerheer over Taita's schouder heen streng aan.

'Ik was van plan hem in een van de suites voor de buitenlandse ambassadeurs onder te brengen,' antwoordde Ramram.

'Geen sprake van. Taita is geen buitenlander,' snauwde Nefer Seti. Taita voelde dat zijn humeur niet meer zo gelijkmatig was als vroeger en dat hij nu sneller geïrriteerd was. 'Hij moet ondergebracht worden in de gardekamer naast mijn slaapkamer. Ik wil hem elk uur van de nacht kunnen roepen om zijn raad in te winnen of met hem te debatteren.' Hij keek Taita weer recht aan. 'Ik moet je nu alleen laten. Ik heb een afspraak met de Babylonische ambassadeur. Zijn landgenoten hebben de prijs van het graan dat ze ons verkopen verdrievoudigd. Ramram zal je op de hoogte brengen van de belangrijkste staatszaken. Ik verwacht dat ik om middernacht vrij ben en dan laat ik je halen. Je moet wel samen met me eten, hoewel ik vrees dat je het niet lekker zult vinden. Op mijn bevel krijgt het hof dezelfde rantsoenen als de rest van de bevolking.' Nefer Seti draaide zich om naar de geheime deur.

'Majesteit.' Taita sprak op dringende toon. Nefer Seti keek over een brede schouder om en Taita vervolgde haastig: 'Ik ben in gezelschap van een grote en geleerde magiër.'

'Maar niet zo machtig als jij.' Nefer Seti glimlachte vol genegenheid.

'Ik ben een kind vergeleken met hem. Hij komt naar Karnak om u en uw koninkrijk zijn hulp en steun aan te bieden.'

'Waar is deze wijze magiër nu?'

'Hij heeft zijn kamp buiten de stadspoorten opgeslagen. Ondanks zijn geleerdheid is hij ontzettend oud en zwak van lichaam. Ik moet bij hem in de buurt blijven.'

'Zoek in deze vleugel van het paleis een comfortabel verblijf voor deze buitenlandse magiër, Ramram.'

'Meren Cambyses is nog bij me als mijn metgezel en beschermer. Ik zou dankbaar zijn als ik hem in de buurt zou kunnen hebben.'

'Lieve Horus, het lijkt wel of ik je met de halve wereld moet delen.' Nefer Seti lachte. 'Maar ik ben blij om te horen dat het met Meren goed gaat en dat ik het genoegen van zijn gezelschap zal hebben. Ramram vindt wel een plek voor hem. Nu moet ik je alleen laten.'

'Schenk me nog één moment van uw dierbare aanwezigheid, farao,' zei Taita voordat de koning kon verdwijnen.

'Je bent hier net en je hebt al vijftig gunsten van me los weten te krijgen. Je overredingskracht is nog steeds even groot. Wat heb je nog meer nodig?'

'Uw toestemming om de rivier over te steken om mijn opwachting bij koningin Mintaka te maken.'

'Als ik dat zou weigeren, zou ik mezelf in een weinig benijdenswaardige positie brengen. Mijn koningin heeft haar vuur nog niet verloren. Ze zou geen spaan van me heel laten.' Hij lachte met oprechte genegenheid voor zijn vrouw. 'Ga vooral naar haar toe, maar zorg dat je voor middernacht terug bent.'

Zodra Demeter veilig in het paleis was ondergebracht, liet Taita twee van de koninklijke artsen komen om hem te verzorgen en daarna nam hij Meren apart. 'Ik verwacht dat ik voor het donker terug ben,' zei hij. 'Bewaak hem goed.'

'Ik zou met u mee moeten gaan, Magiër. In deze tijd van gebrek en honger worden zelfs eerlijke mannen uit wanhoop struikrover om hun gezin te voeden.'

'Ramram heeft me een escorte van gardisten gegeven.'

Het was vreemd om te paard in plaats van met een boot een rivier als de Nijl over te steken. Vanaf de rug van Windrook keek Taita naar het paleis van Memnon op de westoever en hij zag dat er veel platgetreden paden over de modderwallen tussen de troebele poelen leidden. Toen ze over een van de paden reden, hupte een monsterlijke pad voor Taita's merrie langs.

'Dood hem!' snauwde de sergeant van het escorte. Een soldaat velde zijn speer en reed achter de pad aan. Als een in het nauw gedreven everzwijn draaide hij zich woest om en maakte aanstalten om zich te verdedigen. De soldaat boog zich voorover en dreef de punt van zijn speer diep in de kloppende gele keel. In zijn doodsstrijd sloeg het afzichtelijke dier zijn kaken om de speer zodat de soldaat hem achter zijn paard aan moest trekken tot de pad de speer losliet en hij zijn wapen los kon trekken. Hij ging naast Taita rijden en liet hem de speer zien: de tanden van de pad waren diep in het hout gedrongen.

'Ze zijn zo wild als wolven,' zei Habari, de sergeant van de garde, een pezige oude krijger wiens lichaam onder de littekens zat. 'Toen ze voor het eerst verschenen, gaf de farao twee regimenten het bevel de rivierbedding af te stropen en ze uit te roeien. We doodden ze eerst bij honderden en later bij duizenden. We stapelden hun kadavers in zwaden op, maar voor elke pad die we doodden, leken er twee uit de modder te verrijzen. Zelfs de grote farao besefte dat hij ons een hopeloze taak opgedragen had en hij beval ons vervolgens dat we de padden in de rivierbedding moesten houden. Af en toe zwermen ze uit en dan moeten we hen weer aanvallen,' vervolgde Habari. 'Op hun eigen smerige manier dienen ze een nuttig doel. Ze verslinden alle smerigheid en alle lijken die in de rivier gegooid worden. De mensen hebben de kracht en de energie niet meer om een fatsoenlijk graf te graven voor de slachtoffers van de pest en de padden hebben de rol van begrafenisondernemers op zich genomen.'

De paarden ploeterden door het rode slijk en de modder van een van de ondiepe poelen en reden de westoever op. Zodra ze in het zicht van het paleis kwamen, zwaaide de poort open en kwam de poortwachter naar buiten.

'Gegroet, machtige Magiër!' zei hij tegen Taita. 'Hare majesteit heeft vernomen dat u in Thebe bent aangekomen en ze laat u groeten. Ze wacht vol verlangen om u te kunnen verwelkomen.' Hij wees naar de paleispoort. Taita keek omhoog en zag kleine figuurtjes boven op de paleismuur. Het waren vrouwen en kinderen en Taita wist niet wie van hen de koningin was, tot ze naar hem zwaaide. Hij spoorde de merrie aan en ze schoot naar voren en droeg hem door de open poort naar binnen.

Toen hij op de binnenhof afsteeg, rende Mintaka met de gratie van een jong meisje de stenen trap af. Ze was altijd een atletische vrouw geweest, een geoefende wagenmenster en vermetele jageres. Hij was blij om te zien dat ze nog zo lenig was tot ze hem omhelsde en hij zag hoe mager ze was geworden. Haar armen leken op stokken en haar gezicht was bleek en afgetobd. Hoewel ze glimlachte, stond het verdriet in haar donkere ogen te lezen.

'O, Taita, ik weet niet hoe we het zonder jou gered hebben,' zei ze en ze begroef haar gezicht in zijn baard. Hij streelde haar hoofd en onder zijn aanraking verdween haar vrolijkheid. Haar hele lichaam schokte van het snikken. 'Ik dacht dat je nooit meer terug zou komen en dat Nefer en ik jou ook hadden verloren, net zoals we Khaba en de kleine Unas verloren hebben.'

'Ik heb van uw verlies gehoord. Ik voel met u mee,' mompelde Taita.

'Ik probeer flink te zijn. Er zijn zo veel moeders die evenveel geleden hebben als ik. Maar het is bitter dat mijn kinderen me zo snel afgenomen zijn.' Ze stapte naar achteren en probeerde weer te glimlachen, maar de tranen welden in haar ogen op en haar lippen trilden. 'Kom mee, dan kun je mijn andere kinderen ontmoeten. De meesten ken je. Alleen de twee jongsten hebben je nog nooit gezien. Ze wachten op je.'

Ze stonden in twee rijen opgesteld. De jongens voorop en de prinsesjes achter hen. Ze stonden allemaal stijf rechtop van ontzag en respect. Het kleinste meisje was zo onder de indruk van de verhalen over de grote magiër die ze van haar broertjes en zusjes had gehoord dat ze in tranen uitbarstte zodra hij haar aankeek. Taita tilde haar op en hield haar hoofd tegen zijn schouder, terwijl hij tegen haar fluisterde.

Ze ontspande zich direct, hield op met huilen en sloeg haar armen om zijn nek.

'Ik zou het nooit geloofd hebben als ik me niet herinnerde hoe goed je met kinderen en dieren kunt opschieten.' Mintaka glimlachte naar hem en riep toen de andere kinderen een voor een naar voren.

'Ik heb nog nooit zulke mooie kinderen gezien,' zei Taita, 'maar dat verbaast me niet. Ze hebben u als moeder.'

Uiteindelijk stuurde Mintaka hen weg en pakte ze Taita's hand vast. Ze leidde hem naar haar privévertrekken waar ze naast het open raam gingen zitten om van het lichte briesje te genieten en over de westelijke heuvels uit te kijken. Terwijl ze sorbet voor hem inschonk, zei ze: 'Ik vond het altijd heerlijk om over de rivier uit te kijken, maar nu niet meer. De aanblik breekt mijn hart. Maar het water zal binnenkort terugkomen. Dat is voorspeld.'

'Door wie?' vroeg Taita achteloos, maar zijn interesse werd groter toen ze hem een veelbetekenende, raadselachtige glimlach schonk en vervolgens begon te praten over de gelukkige tijd uit een nog niet ver verleden waarin ze een mooie jonge bruid was en het land groen en vruchtbaar. Haar stemming werd vrolijker en ze praatte geanimeerd. Hij wachtte tot ze uitgesproken was, want hij wist dat ze het niet zou kunnen laten om op de voorspelling terug te komen.

Plotseling stopte ze met het ophalen van herinneringen. 'Weet je dat onze oude goden zwak zijn geworden, Taita? Ze zullen binnenkort vervangen worden door een nieuwe godin met absolute macht. Ze zal de Nijl in oude glorie herstellen en ons bevrijden van de plagen die de oude, uitgebluste goden niet hebben kunnen voorkomen.'

Taita luisterde eerbiedig. 'Nee, majesteit, dat wist ik niet.'

'O ja, het is zeker.' Haar bleke gezicht kreeg weer kleur en de jaren leken van haar af te vallen. Ze was weer een meisje, vervuld van vreugde en hoop. 'Maar er is meer, Taita, zo veel meer.' Ze zweeg gewichtig en vervolgde toen met een woordenvloed: 'De godin heeft de macht om alles terug te geven wat verloren is gegaan of ons zo wreed is ontnomen, maar alleen als we ons helemaal aan haar wijden. Als we haar onze harten en zielen schenken, kan ze ons onze jeugd teruggeven. Ze kan degenen die lijden en rouwen weer gelukkig maken. Maar denk hier eens over na, Taita – ze heeft zelfs de macht om de doden te laten herleven.' De tranen welden weer in haar ogen op en ze was zo ademloos van opwinding dat haar stem beefde alsof ze lang hardgelopen had. 'Ze kan me mijn kinderen teruggeven! Ik zal de warme, levende lichaampjes van Khaba en Unas in mijn armen kunnen houden en hun gezichtjes kunnen kussen.'

Taita kon het niet over zijn hart krijgen om haar de troost af te nemen die deze hoop haar gaf. 'Deze dingen zijn zo wonderbaarlijk dat ze ons verstand te boven gaan,' zei hij ernstig.

'Ja, ja! Ze moeten je door de profeet uitgelegd worden. Pas dan wordt het zo helder als kristal.'

'Wie is deze profeet?'

'Hij heet Soe.'

'Waar kan ik hem vinden, Mintaka?' vroeg Taita.

Ze klapte in haar handen van opwinding. 'O, Taita, dit is nog het mooiste. Hij is hier in mijn paleis! Ik heb hem bescherming gegeven tegen de priesters van de oude goden Osiris, Horus en Isis. Ze haten hem omdat hij de waarheid spreekt. Ze hebben herhaaldelijk geprobeerd hem te vermoorden. Elke dag onderwijst hij mij en degenen die hij uitkiest in de nieuwe religie. Het is zo'n prachtig geloof dat zelfs jij het niet zult kunnen weerstaan, maar het moet in het geheim geleerd worden, Taita. Egypte zit nog te veel vastgebakken aan het oude, waardeloze bijgeloof. Dat moet worden uitgeroeid voordat de nieuwe religie kan opbloeien. De gewone mensen zijn er nog niet klaar voor om de godin te aanvaarden.'

Taita knikte peinzend. Hij voelde een diep medelijden met haar. Hij begreep dat degenen die vreselijk lijden zich aan elke strohalm vastgrijpen. 'Hoe heet deze fantastische nieuwe godin?'

'Haar naam is te heilig om door ongelovigen hardop uitgesproken te mogen worden. Alleen degenen die haar in hun hart gesloten hebben, mogen hem gebruiken. Zelfs ik moet eerst volledig door Soe onderricht zijn voordat ik de naam te horen krijg.'

'Wanneer komt Soe u onderwijzen? Ik wil hem graag die wonderbaarlijke theorieën horen toelichten.'

'Nee, Taita,' riep ze. 'Je moet begrijpen dat het geen theorieën zijn. Het is de onloochenbare waarheid. Soe komt elke ochtend en elke avond bij me. Hij is de wijste en heiligste man die ik ooit heb ontmoet.' Ondanks haar vrolijke gelaatsuitdrukking begonnen de tranen over haar wangen te stromen. Ze pakte zijn hand en kneep erin. 'Beloof me dat je naar hem komt luisteren.'

'Ik ben dankbaar voor het vertrouwen dat u in me stelt, mijn geliefde koningin. Wanneer zou dat kunnen?'

'Vanavond, nadat we gegeten hebben,' antwoordde ze.

Taita dacht even na. 'U zei dat hij alleen predikt voor degenen die hij uitkiest. Als hij me nu eens weigert! Ik zou het heel erg vinden als hij dat deed.'

'Hij zou iemand die zo wijs en vermaard is als jij nooit wegsturen, grote Magiër.'

'Ik wil dat risico niet nemen, lieve Mintaka. Zou ik niet naar hem kunnen luisteren zonder dat ik me aan hem bekendmaak?'

Mintaka keek hem twijfelachtig aan. 'Ik wil hem niet bedriegen,' zei ze ten slotte.

'Dat is ook niet nodig, Mintaka. Waar ontmoet u hem?'

'Hier. Hij zit altijd waar jij nu zit. Op datzelfde kussen.'

'Zijn jullie maar met zijn tweeën?'

'Nee, drie van mijn lievelingshofdames zijn bij ons. Ze zijn de godin even toegewijd geworden als ik.'

Taita bestudeerde de kamer zorgvuldig, maar hij bleef vragen stellen om haar af te leiden. 'Gaat de godin zich ooit aan alle volken van Egypte openbaren of wordt haar religie alleen onthuld aan de enkelingen die ze uitkiest?'

'Wanneer Nefer en ik haar diep in ons hart hebben gesloten, de oude goden hebben afgezworen, hun tempels hebben gesloopt en de priesters hebben verdreven, zal de godin in haar volle glorie naar voren komen. Ze zal een eind maken aan de plagen en al het leed helen dat ze veroorzaakt hebben. Ze zal het water van de Nijl bevelen weer te gaan stromen…' Ze aarzelde en flapte er toen uit: 'En me mijn kinderen teruggeven.'

'Ik wens vanuit het diepst van mijn hart dat dit gaat gebeuren, mijn dierbare koningin, maar vertelt u me eens of Nefer dit allemaal weet.'

Ze zuchtte. 'Nefer is een uitstekende, wijze heerser. Hij is een groot krijger en een liefdevolle echtgenoot en vader, maar hij is geen spirituele man. Soe is het met me eens dat we op het juiste moment moeten wachten om hem dit allemaal te onthullen en dat moment is nog niet gekomen.'

Taita knikte ernstig. De farao zal het niet op prijs stellen om van zijn eigen geliefde vrouw te horen dat zijn grootvader en grootmoeder en zijn vader en moeder, om nog maar te zwijgen over de heilige drie-eenheid van Osiris, Horus en Isis, zomaar eventjes afgezworen moeten worden, dacht hij. Zelfs hijzelf zal van zijn goddelijkheid ontdaan worden. Ik denk dat ik hem goed genoeg ken om te kunnen voorspellen dat dat, zolang hij leeft, niet zal gebeuren.

Door dat idee zag Taita plotseling een heleboel angstaanjagende mogelijkheden opdoemen. Als Nefer Seti en zijn naaste raadsleden en adviseurs niet meer leefden en haar niet meer onder controle konden houden, zou de profeet Soe een koningin in zijn macht hebben die zijn bevelen zonder verzet of kritiek zou opvolgen. Zou ze toestemming geven om haar koning, haar echtgenoot en de vader van haar kinderen te laten vermoorden? vroeg hij zich af. Het antwoord was duidelijk: ja, ze zou dat doen als ze wist dat de naamloze nieuwe godin hem bijna onmiddellijk aan haar zou teruggeven, samen met haar dode kinderen. Wanhopige mensen nemen hun toevlucht tot wanhoopsdaden. 'Is Soe de enige profeet van deze superieure godin?' vroeg hij.

'Soe is de meester van hen allemaal, maar veel van de onbelangrijkere discipelen bewegen zich in de beide koninkrijken onder het volk om het vreugdevolle nieuws te verspreiden en het pad voor haar komst te effenen.'

'Uw woorden hebben een vuur in mijn hart ontstoken. Ik zal u altijd dankbaar blijven als u me toestaat naar zijn getuigenis te luisteren zonder dat hij weet dat ik er ben. Ik zal een andere magiër bij me hebben die ouder en wijzer is dan ik ooit zal worden.' Hij hief een vinger om haar protest te smoren. 'Het is waar, Mintaka. Hij heet Demeter. Hij zal naast me zitten achter dat *zenana*-scherm.' Hij wees naar het rijk met houtsnijwerk versierde scherm waarachter in vroeger tijden vrouwen en concubines van een farao het oor aan vreemde hoogwaardigheidsbekleders leenden zonder hun gezicht te laten zien.

Mintaka aarzelde nog, dus vervolgde Taita op overredende toon: 'U zult twee invloedrijke magiërs tot het nieuwe geloof kunnen bekeren. Daarmee zult u zowel Soe als de nieuwe godin een groot plezier doen. Ze zal met welgevallen op u neerzien. U zult elke gunst van haar kunnen vragen, met inbegrip van de terugkeer van uw kinderen.'

'Goed dan, Taita. Ik zal doen wat je vraagt. Als tegenprestatie verwacht ik dan echter van je dat je Nefer niet vertelt wat je vandaag van me hebt gehoord tot voor hem de tijd rijp is om de godin te aanvaarden en de oude goden af te zweren…'

'Het zal gebeuren zoals u beveelt, mijn koningin.'

'Jij en je collega Demeter moeten morgenochtend vroeg terugkomen. Kom niet naar de hoofdpoort, maar naar de zijingang. Een van mijn dienstmeisjes zal jullie daar ophalen en naar deze kamer brengen waar jullie je plaats achter het scherm kunnen innemen.'

'We zullen er in het uur na zonsopgang zijn,' verzekerde Taita haar.

Toen ze door de poort van het paleis van Memnon naar buiten reden, keek Taita hoe hoog de middagzon stond. Het zou nog een paar uur licht blijven. In een opwelling beval hij de sergeant van het escorte om niet rechtstreeks naar Thebe terug te keren, maar via een omweg, over de dodenweg naar de westelijke heuvels en de grote koninklijke necropolis die verborgen was in een van de ruige rotsvalleien. Ze reden langs de tempel waarin onder Taita's leiding het aardse lichaam van zijn geliefde Lostris was gebalsemd. Dat was zeventig jaar geleden gebeurd, maar de tijd had de herinnering aan die aangrijpende plechtigheid niet kunnen vervagen. Hij raakte de Amulet aan waarin de haarlok zat die hij bij haar had afgeknipt. Ze klommen door de lage heuvels omhoog langs de tempel van Hathor, een indrukwekkend gebouw dat op een piramide van stenen terrassen stond. Taita herkende de hogepriesteres die, vergezeld door twee van haar novices, over het onderste terras wandelde en hij reed naar haar toe om met haar te praten.

'Moge de goddelijke Hathor u beschermen, moeder,' zei hij toen hij afsteeg. Hathor was de beschermgodin van alle vrouwen, dus was er een hogepriesteres in plaats van een hogepriester.

'Ik heb gehoord dat u van uw reizen bent teruggekeerd, Magiër.' Ze haastte zich naar hem toe om hem te omhelzen. 'We hoopten allemaal dat u ons zou komen bezoeken om ons over uw avonturen te vertellen.'

'Ik heb inderdaad veel te vertellen waarvan ik hoop dat het jullie interesseert. Ik heb papyruskaarten meegebracht van Mesopotamië, Ecbatana en de bergachtige landen die gekruist worden door de Khorasan-weg voorbij Babylonië.'

'Veel daarvan zal nieuw voor ons zijn.' De hogepriesteres glimlachte verlangend. 'Hebt u ze bij u?'

'Helaas niet! Ik moet ergens anders heen en ik verwachtte niet dat ik u tegen zou komen. Ik heb de rollen in Thebe achtergelaten. Ik zal ze u echter brengen zodra ik de gelegenheid heb.'

'Dat kan ons niet snel genoeg zijn,' verzekerde de hogepriesteres hem. 'U bent hier altijd welkom. We zijn dankbaar voor de informatie die u ons al gegeven hebt. Ik weet zeker dat de rollen die u nu hebt nog interessanter zijn.'

'Dan wil ik misbruik van uw vriendelijkheid maken. Mag ik u om een gunst vragen?'

'Als het ook maar enigszins in mijn vermogen ligt, zal ik u die verlenen. U hoeft alleen maar te zeggen wat u wilt.'

'Ik heb een grote interesse in vulkanen ontwikkeld en wil er dringend informatie over hebben.'

'In welke? Er zijn er talloze en ze staan in vele landen.'

'In alle vulkanen die dicht bij de zee verrijzen, misschien op een eiland of op de oever van een meer of een grote rivier. Ik heb een lijst nodig, moeder.'

'Dat is geen moeilijk in te willigen verzoek,' verzekerde ze hem. 'Broeder Nubank, onze oudste cartograaf, is altijd zeer geïnteresseerd geweest in vulkanen en andere onderaardse hittebronnen, zoals warmwaterbronnen en geisers. Hij zal uw lijst met alle plezier samenstellen, maar u moet er rekening mee houden dat die te gedetailleerd en uitputtend zal zijn. Nubank is overdreven nauwkeurig. Ik zal hem direct aan het werk zetten.'

'Hoe lang doet hij erover?'

'Als u ons over tien dagen een bezoek brengt, dan is hij wel klaar, geëerde Magiër,' antwoordde ze.

Hij nam afscheid en reed nog vijf kilometer door naar de poort van de necropolis.

Een uitgestrekt militair fort bewaakte de ingang van de necropolis die de koninklijke graftomben herbergde. Bij elke tombe hoorde een onderaards complex van kamers dat in het massieve rotssteen was uitgehakt. In het midden ervan was de grafkamer waarin de schitterende koninklijke sarcofaag stond die het gemummificeerde lichaam van een farao bevatte. Rondom deze kamer waren de opslagruimtes en de magazijnen die vol stonden met de grootste verzameling schatten die de wereld ooit gekend had. Ze wekte de begeerte van iedere dief en grafrover in de twee koninkrijken en in landen buiten hun grenzen. Ze waren volhardend en sluw in hun pogingen om in de heilige ruimte in te breken. Een klein leger moest voortdurend waakzaam blijven om hen buiten te houden.

Taita liet zijn escorte naast de bron op de centrale binnenhof van het fort achter om de paarden te drenken en zich te verfrissen. Zelf ging hij te voet het begrafenisterrein op. Hij wist de weg naar de tombe van koningin Lostris en dat was niet verwonderlijk: hij had er zelf de indeling van ontworpen en de leiding gehad over de uitgraving ervan. Lostris was de enige van alle koninginnen van Egypte die ter aarde besteld was in dit deel van de begraafplaats dat gewoonlijk gereserveerd was voor regerende farao's. Taita had haar oudste zoon overgehaald om deze dispensatie te verlenen toen deze de troon besteeg.

Hij kwam langs de plek waar de tombe van farao Nefer Seti werd uitgegraven in afwachting van zijn vertrek uit deze wereld en zijn opstijging naar de volgende. Het wemelde er van steenhouwers die de tunnel van de hoofdingang in het rotssteen aan het uithakken waren. Het puin werd door rijen arbeiders naar buiten gedragen in manden die ze op hun hoofd balanceerden. Ze waren bedekt door een dikke, op bloem lijkende laag wit stof dat in de lucht hing. Een kleine groep architecten en slavenmeesters stond op de heuvel erboven en keek neer op de koortsachtige activiteit beneden hen. In de vallei weergalmde het geluid van beitels en houwelen die in het rotssteen gedreven werden.

Onopvallend liep Taita over het begrafenispad tot de vallei smaller werd en zich in twee aparte kleinere valleien splitste. Hij nam de linker. Binnen vijftig passen was hij een hoek omgeslagen en zag hij de ingang van Lostris' tombe recht voor zich in de rotswand. De ingang werd omringd door indrukwekkende granieten pilaren en hij was afgesloten door een muur van bepleisterde steenblokken die daarna waren versierd met een prachtige muurschildering. Taferelen uit het leven van de koningin waren rondom haar cartouche uitgebeeld: Lostris in gezegende huiselijke omstandigheden met haar man en kinderen, rijdend in een strijdwagen, vissend in de Nijl, jagend op gazellen en watervogels, het bevel voerend over haar legers in de strijd tegen de binnenvallende Hyksos-horden, aan het hoofd van een vloot waarop ze haar volk door de stroomversnellingen van de Nijl leidde en het later uit zijn ballingschap naar huis terugbracht toen de Hyksos definitief verslagen waren. Het was zeventig jaar geleden sinds Taita deze taferelen eigenhandig geschilderd had, maar de kleuren waren nog steeds fris.

Een andere rouwende stond bij de ingang van de tombe, van top tot teen gehuld in de zwarte gewaden van een priesteres van de godin Isis. Ze knielde geruisloos in een houding van aanbidding voor de muurschildering neer. Taita berustte in de vertraging. Hij liep weg en installeerde zich in de schaduw aan de voet van de rots om te wachten. Het gezicht van Lostris op de schilderingen wekte een reeks gelukkige herinneringen bij hem. Het was stil in dit deel van de vallei: de rotswanden dempten het lawaai dat de werklieden beneden maakten. Een poosje vergat hij de priesteres bij de tombe, maar toen ze overeind kwam, richtte hij zijn aandacht weer op haar.

Haar rug was nog steeds naar hem toegekeerd toen ze haar hand in de mouw van haar gewaad stak en er een klein, metalen werktuig uit haalde, misschien een beitel of een mes. Daarna ging ze op haar tenen staan en kraste ze, tot Taita's afgrijzen, opzettelijk met de punt van het werktuig over de muurschildering. 'Wat doe je, idioot?' schreeuwde hij. 'Je beschadigt een koninklijke tombe. Houd er onmiddellijk mee op.'

Het leek alsof ze doof was. Ze negeerde hem en sneed met snelle uithalen van het mes in het gezicht van Lostris. Het witte pleisterwerk eronder was door de diepe krassen heen te zien.

Taita sprong overeind. 'Houd op! Versta je me! Je eerwaarde moeder zal dit te horen krijgen. Ik zal ervoor zorgen dat je voor deze heiligschennis de zware straf krijgt die je verdient. Je roept hiermee de toorn van de godin over je af…'

Nog steeds zonder zich te verwaardigen in zijn richting te kijken, verliet de priesteres de ingang van de tombe met een weloverwogen ongehaaste tred en ze liep omhoog de vallei in van hem vandaan. Buiten zichzelf van woede rende Taita achter haar aan. Hij schreeuwde niet meer, maar hij had zijn zware stok in zijn rechterhand geheven. Hij was vastbesloten om te voorkomen dat haar daad ongestraft zou blijven en hij had gewelddadige gedachten. Op dat moment zou hij van achteren haar schedel ingeslagen hebben.

De priesteres bereikte het punt waar de vallei een scherpe bocht maakte. Ze bleef staan en keek over haar schouder naar hem. Haar gezicht en haar waren bijna volledig omhuld door een rode sjaal en alleen haar ogen waren te zien.

Taita's woede en frustratie zakten weg en werden vervangen door ontzag en bewondering. De blik van de vrouw was strak en sereen en haar ogen waren dezelfde als die op het portret van de koningin op de muur bij de ingang van haar tombe. Even was hij met stomheid geslagen en kon hij zich niet verroeren. Toen hij zijn stem teruggevonden had, bracht hij alleen een hees krassend geluid voort. 'Jij bent het!'

Haar ogen straalden met een glans die zijn hart verlichtte en hoewel haar mond door haar sjaal bedekt was, wist hij dat ze naar hem glimlachte. Ze antwoordde niet op zijn uitroep, maar knikte alleen. Toen draaide ze zich om en liep op haar gemak de hoek van de rotswand om.

'Nee!' schreeuwde hij wild. 'Je kunt me zo niet achterlaten. Wacht! Wacht op me!' Hij rende achter haar aan en bereikte de hoek maar een paar seconden nadat ze verdwenen was, nog steeds met zijn hand naar haar uitgestrekt. Toen bleef hij staan en liet zijn hand langs zijn zij zakken. Hij stond aan het boveneinde van de vallei. Vijftig meter van hem vandaan eindigde de vallei in een grijze rotswand die zo steil was dat zelfs een wilde geit hem niet zou kunnen beklimmen. Ze was verdwenen.

'Lostris, vergeef me dat ik je afgewezen heb. Kom naar me terug, liefste.' De stilte van de bergen daalde op hem neer. Met moeite vermande hij zich en zonder verder nog tijd te verspillen aan vergeefse smeekbeden speurde hij de muur af naar een scheur waarin ze zich verborgen zou kunnen hebben of naar een verborgen uitgang uit de vallei. Toen hij zich omdraaide en uitkeek over de weg die hij gekomen was, zag hij dat de bodem van de vallei bedekt was met een dun laagje wit zand dat door erosie van de wanden was gekomen. Zijn eigen voetafdrukken waren duidelijk omlijnd, maar andere waren er niet. Ze had geen afdrukken achtergelaten. Vermoeid liep hij terug naar de tombe. Hij ging voor de ingang staan en keek omhoog naar de inscriptie die ze in hiëratisch schrift in het pleisterwerk had gekrast. 'Zes vingers wijzen de weg,' las hij hardop. Hij begreep het niet. Wat bedoelde ze met 'de weg'? Was het een echte weg of een manier van handelen of een methode?

Zes vingers? Wezen ze in een aantal verschillende richtingen of in één richting? Waren er zes verschillende wegwijzers om te volgen? Hij was in verwarring. Weer las hij de inscriptie hardop. 'Zes vingers wijzen de weg.' Terwijl hij sprak, begonnen de letters die ze in het pleisterwerk had gekrast te verdwijnen en ze vervaagden voor zijn ogen. Het portret van Lostris was onbeschadigd. Elk detail was perfect gerestaureerd. Vol verwondering streek hij er met zijn handen over. Het oppervlak was glad en smetteloos.

Hij stapte naar achteren en bestudeerde het. Was de glimlach nog precies hetzelfde als hij hem geschilderd had of was hij subtiel veranderd? Was hij teder of spottend? Was hij eerlijk of was hij raadselachtig geworden? Was hij minzaam of had hij nu een zweem van boosaardigheid? Hij kon het niet vaststellen.

'Bent u Lostris of een kwaadaardige geestverschijning die gestuurd is om me te kwellen?' vroeg hij aan het portret. 'Zou Lostris zo wreed zijn? Biedt u me hulp en raad aan – of legt u valstrikken op mijn pad en graaft u valkuilen voor me?'

Ten slotte wendde hij zich af en liep naar het fort waar het escorte op hem wachtte. Ze stegen op en begonnen aan de terugreis naar Thebe.

H et was donker toen ze het paleis van farao Nefer Seti bereikten. Taita ging eerst naar Ramram toe.

'De farao is nog in conclaaf. Hij zal je vanavond niet kunnen zien, zoals de bedoeling was. Je hoeft niet op te blijven tot hij je laat halen. Hij wil dat je morgenavond met hem soupeert. Ik raad je dringend aan om naar je slaapmat te gaan. Je ziet er doodmoe uit.'

Hij liet Ramram achter en haastte zich naar Demeters kamer waar de oude man en Meren tegenover elkaar over het *bao*-bord gebogen zaten. Meren sprong met een theatraal vertoon van opluchting overeind toen Taita binnenkwam. De complexe mogelijkheden van het spel gingen hem vaak boven de pet. 'Welkom, Magiër. U bent net op tijd om me van een vernedering te redden.'

Taita ging naast Demeter zitten en taxeerde snel diens geestelijke en lichamelijke gezondheid. 'Je lijkt je van de beproevingen van de reis hersteld te hebben. Word je goed verzorgd?'

'Zeer zeker. Bedankt voor je bezorgdheid,' antwoordde Demeter.

'Ik ben blij dat te horen, want we moeten morgen vroeg uit de veren. Ik neem je mee naar het paleis van Memnon waar we gaan luisteren naar een man die een nieuwe religie predikt. Hij voorspelt de komst van een nieuwe godin die de heerschappij over alle landen van de wereld zal krijgen.'

Demeter glimlachte. 'Hebben we al niet een overvloed aan goden? We kunnen er gemakkelijk tot het eind der dagen mee doen.'

'Ach, mijn vriend, wíj vinden dat misschien. Maar volgens deze profeet moeten de oude goden vernietigd worden. Hij wil dat hun tempels met de grond gelijkgemaakt worden en hun priesters moeten naar de verste uithoeken van de wereld worden verdreven.'

'Ik vraag me af of hij over Ahoera Maasda spreekt, de enige ware god. In dat geval is dit geen nieuwe religie.'

'Het is niet Ahoera Maasda, maar een godheid die angstaanjagender en machtiger is dan hij. Ze zal een menselijke gedaante aannemen en neerdalen om tussen ons te wonen. De mensen zullen direct toegang hebben tot haar genade. Ze heeft de macht om de doden te laten herrijzen en om onsterfelijkheid en misschien geluk te schenken aan degenen die zulke beloningen verdienen.'

'Waarom moeten we ons met zulke baarlijke nonsens bezighouden, Taita?' Hij klonk geïrriteerd. 'We hebben ernstiger zaken af te handelen.'

'De profeet is een van de velen die zich heimelijk onder het volk mengen en naar het zich laat aanzien, weten ze heel wat mensen te bekeren, onder wie Mintaka, de koningin van Egypte en de vrouw van farao Nefer Seti.'

Demeter leunde naar voren en er verscheen een ernstige uitdrukking op zijn gezicht. 'Koningin Mintaka is toch wel zo verstandig om zich niet door dit soort onzin te laten inpalmen?'

'Wanneer de nieuwe godin komt, zal ze allereerst Egypte bevrijden van de plagen die het land teisteren en al het leed helen dat ze hebben veroorzaakt. Mintaka gelooft dat de godin dan haar kinderen die aan de pest overleden zijn uit de graftombe zal terughalen en tot leven brengen.'

'Ik begrijp het,' zei Demeter peinzend. 'Dat zou voor elke moeder een onweerstaanbare verleiding zijn. Maar wat zijn de andere redenen waarover je het had?'

'De naam van de profeet is Soe.' Demeter keek niet-begrijpend. 'Draai de letters van zijn naam om. Gebruik het alfabet van het Tenmass,' suggereerde Taita en Demeters verwarring verdween.

'Eos,' fluisterde hij. 'Je honden hebben het spoor van de heks opgepikt, Taita.'

'En we moeten het snel naar haar schuilplaats volgen.' Taita stond op. 'Maak u op om te gaan slapen. Ik laat u voor zonsopgang door Meren halen.'

Toen de zonsopgang nog een vage, grijze belofte in het oosten was, wachtte Habari al met de paarden en Demeters kameel op de binnenhof op hen. Demeter strekte zich in zijn draagkoets uit en Taita en Meren gingen aan weerskanten van hem rijden. Begeleid door het escorte staken ze de rivierbedding over waar ze maar een van de monsterlijke padden zagen. Het dier meed hen en ze staken zonder problemen over naar de westoever.

Ze reden om het paleis van Memnon heen tot ze bij de zijpoort kwamen waar Taita en Demeter hun dieren onder de hoede van Meren en Habari achterlieten. Zoals Mintaka had beloofd, wachtte een van haar dienstmeisjes achter de poort om hen op te halen. Ze leidde de magiërs door een doolhof van gangen en tunnels tot ze ten slotte een luxueus ingerichte kamer binnengingen waar het naar wierook en parfum rook. De vloer was bedekt met zijden kleden en stapels dikke kussens. Rijk geborduurde wandkleden hingen aan de muren. Het dienstmeisje liep naar de andere muur en trok een kleed opzij dat een zenana-scherm verborg. Taita liep er haastig naartoe en keek door het siermaaswerk naar binnen in de audiëntiekamer waar hij de vorige dag met Mintaka had gesproken. De kamer was leeg. Tevredengesteld liep hij terug, pakte Demeters arm vast en leidde hem naar het scherm. Ze installeerden zich allebei op de kussens. Ze hoefden niet lang te wachten voordat een vreemde man de kamer achter het scherm binnenkwam.

Hij was van middelbare leeftijd en lang en mager. In het dikke haar dat tot op zijn schouders hing, zaten grijze strepen, net als in zijn korte puntbaard. Hij droeg een lang, zwart priestergewaad waarvan de rok geborduurd was met occulte symbolen en om zijn keel hing een halsketting met bedeltjes. Hij begon in de kamer rond te lopen en bleef af en toe staan om de wandtapijten opzij te trekken en erachter te kijken. Hij bleef ook voor het zenana-scherm staan en bracht zijn gezicht er vlakbij. Hij had een knap, intelligent gezicht, maar het opvallendste eraan waren zijn ogen: het waren de ogen van een dweper en ze hadden een brandende, fanatieke blik.

Dit is Soe, dacht Taita. Hij wist het zeker. Hij pakte Demeters hand en hield die stevig vast om hun krachten te bundelen en te versterken en om zich verborgen te houden en zich te beschermen, want ze wisten niet zeker over wat voor occulte gaven de man beschikte. Ze staarden door het scherm naar hem terug en wendden al hun krachten aan om ongezien te blijven. Even later bromde Soe tevreden en wendde zich af. Hij ging bij het raam staan wachten en keek uit over de heuvels in de verte die in het oranje licht van de vroege zon gloeiden als kolen.

Terwijl hij afgeleid was, opende Taita zijn Innerlijke Oog. Soe was geen ingewijde, want zijn aura werd direct rondom hem zichtbaar. Het was echter een aura dat Taita nog nooit had gezien: hij was niet constant en flakkerde het ene moment hoog op om het volgende moment te vervagen tot een zwakke gloed. De kleur ervan glansde helder in schakeringen van paars en vermiljoen en kreeg daarna een doffe, loodgrijze tint. Taita herkende een scherp intellect dat was gecorrumpeerd door meedogenloosheid en wreedheid. Soes gedachten waren verward en tegenstrijdig, maar er was geen twijfel aan dat hij over aanzienlijke paranormale gaven beschikte.

Toen een groep lachende vrouwen de kamer binnenstormde, wendde Soe zich snel van het raam af. De groep werd geleid door Mintaka die opgewonden naar hem toe rende en hem vol genegenheid omhelsde. Taita was geschokt: het was ongebruikelijk gedrag voor een koningin. Ze omhelsde Taita alleen wanneer er niemand bij was, niet in het bijzijn van haar dienstmeisjes. Hij had niet beseft hoe sterk ze onder Soes invloed was geraakt. Terwijl hij zijn ene arm nog om haar schouders hield, knielden de dienstmeisjes voor hem neer.

'Zegen ons, Heilige Vader,' smeekten ze. 'Doe een goed woordje voor ons bij de enige ware godin.'

Hij maakte een zegenend gebaar boven hun hoofd en ze kronkelden in vervoering.

Mintaka leidde Soe naar een stapel kussens die ervoor zorgde dat zijn hoofd boven het hare zou uitsteken. Toen hij plaatsgenomen had, ging ze zelf zitten, met haar benen zijwaarts onder zich in de houding van een jong meisje. Ze draaide zich opzettelijk om naar het zenanascherm waarachter Taita, zoals ze wist, toekeek en ze glimlachte. Ze liet haar laatste aanwinst aan Taita zien om hem te laten goedkeuren, alsof Soe een exotische vogel uit een ver land was, of een kostbaar sieraad dat ze van een buitenlandse potentaat cadeau had gekregen. Taita schrok van haar indiscretie, maar Soe sprak neerbuigend tegen de dienstmeisjes en had niets in de gaten. Hij wendde zich nu weer tot Mintaka.

'Verheven majesteit, ik heb lang nagedacht over de zorgen die u geuit hebt toen we elkaar de vorige keer zagen. Ik heb ernstig tot de godin gebeden en ze heeft zeer genadiglijk geantwoord.'

Weer was Taita verbaasd. Dit is geen buitenlander, dacht hij. Het is een Egyptenaar. Hij spreekt onze taal perfect. Hij heeft het accent van iemand die afkomstig is uit Assoean in Boven-Egypte.

Soe vervolgde: 'Deze kwesties zijn van zo'n groot belang en gewicht dat alleen u haar antwoord mag horen. Stuur uw dienstmeisjes weg.' Mintaka klapte in haar handen. De meisjes sprongen overeind en holden weg als bange muizen.

'Om te beginnen de kwestie van uw echtgenoot, Nefer Seti,' ging Soe verder toen ze weg waren. 'Ze beveelt me u aldus te antwoorden.' Hij zweeg even, leunde toen naar Mintaka toe en sprak vervolgens met een stem die niet de zijne was. Het was een zoetgevooisde vrouwenstem. 'Ten tijde van mijn komst zal ik Nefer Seti met een liefdevolle omarming verwelkomen en hij zal vol vreugde naar me toe komen.'

Taita was geschrokken, maar naast hem maakte Demeter een wilde beweging. Taita strekte een hand uit om hem te kalmeren, maar hij was zelf bijna even opgewonden. Demeter beefde. Hij trok aan Taita's hand en toen Taita hem aankeek, mimede hij een boodschap die voor Taita net zo duidelijk was als wanneer hij haar geschreeuwd zou hebben. 'De heks! Het is de stem van Eos!' Het was de stem die Taita aan hem ontlokt had toen Demeter in trance was.

'Maar de heer hiervan is vuur,' mimede hij terug en hij spreidde zijn handen met de palmen naar boven ten teken dat hij het met hem eens was.

Soe sprak nog steeds en ze luisterden verder. 'Ik zal hem verheffen tot de soeverein van heel mijn stoffelijke koninkrijk. De koningen van alle naties op aarde zullen zijn trouwe satrapen worden. In mijn naam zal hij in eeuwige glorie regeren. En jij, mijn geliefde Mintaka, zal aan zijn zijde zijn.'

Mintaka barstte van opluchting en vreugde in snikken uit. Soe glimlachte naar haar met een vaderlijke toegeeflijkheid en hij wachtte tot ze tot bedaren zou komen. Ten slotte bedwong ze haar tranen en glimlachte naar hem terug. 'En hoe zit het met mijn kinderen, mijn dode lievelingen?'

'We hebben al over hen gesproken,' bracht Soe haar vriendelijk in herinnering.

'Ja! Maar ik kan het niet vaak genoeg horen. Alstublieft, heilige profeet, ik smeek u nederig...'

'De godin heeft bevolen dat ze u teruggegeven worden en dat ze hun natuurlijke leven helemaal zullen kunnen leven.'

'Wat heeft ze nog meer bevolen? Vertel het me alstublieft nog een keer.'

'Wanneer ze haar liefde waardig blijken te zijn, zal ze aan al uw kinderen de eeuwige jeugd schenken. Ze zullen nooit bij je weggaan.'

'Ik ben tevreden, machtige profeet van de Almachtige Godin,' fluisterde Mintaka. 'Ik onderwerp mijn lichaam en ziel volledig aan haar wil.' Ze kroop op haar knieën naar Soe toe. Ze liet haar tranen op zijn voeten vallen en veegde ze daarna met haar haarlokken weg.

Het was het weerzinwekkendste schouwspel waar Taita ooit getuige van was geweest. Hij moest moeite doen om zich ervan te weerhouden om door het scherm heen te schreeuwen: 'Hij is een lakei van de Leugen! Laat je niet bezoedelen door zijn smerigheid.'

Mintaka riep haar dienstmeisjes en ze bleven de rest van de ochtend bij Soe zitten. Hun conversatie werd banaal, want geen van de dienstmeisjes was snugger genoeg om zijn onderricht te kunnen volgen, zodat hij verplicht was zichzelf in versimpelde taal te herhalen. Ze kregen daar snel genoeg van en bestookten hem met onnozele vragen.

'Zal de godin een goede echtgenoot voor me vinden?'

'Zal ze me veel mooie dingen geven?'

Soe reageerde hier opmerkelijk geduldig en verdraagzaam op.

Taita besefte dat ze, hoewel het erop leek dat Demeter en hij al alles ontdekt hadden wat ze wilden weten, niets anders konden doen dan stil achter het zenana-scherm blijven zitten. Als ze zouden proberen te vertrekken, zouden hun bewegingen de profeet kunnen waarschuwen. Even voor het middaguur beëindigde Soe de bijeenkomst met een lang gebed tot de godin. Daarna zegende hij de vrouwen weer en richtte zich vervolgens tot Mintaka. 'Moet ik later terugkomen, majesteit?'

'Ik moet nadenken over deze openbaringen van de godin. Kom alstublieft morgen terug, dan kunnen we ze verder bespreken.' Soe boog en trok zich terug.

Zodra hij vertrokken was, stuurde Mintaka haar dienstmeisjes weg. 'Ben je daar nog, Taita?'

'Ja, majesteit.'

Ze trok het scherm open en vroeg: 'Ik heb je toch gezegd hoe geleerd en wijs hij is en wat een heerlijk nieuws hij brengt?'

'Heel bijzonder nieuws zelfs,' antwoordde Taita.

'Is hij niet knap? Ik vertrouw hem met heel mijn hart. Ik weet dat hetgeen hij voorspelt de goddelijke waarheid is, dat de godin zich aan ons zal openbaren en al onze ellende teniet zal doen. O, Taita, geloof je wat hij ons vertelt? Vast wel.'

Mintaka was in religieuze vervoering en Taita wist dat elke waarschuwing die hij nu zou geven een averechts effect zou hebben. Hij wilde Demeter meenemen naar een plek waar ze konden bespreken wat ze gehoord hadden en konden beslissen hoe ze verder moesten gaan, maar eerst moest hij naar Mintaka's lofzang op Soe luisteren. Toen ze ten slotte door haar superlatieven heen was, zei hij vriendelijk: 'Demeter en ik zijn doodmoe van al deze opwinding. Ik heb beloofd om de farao te bezoeken zodra hij vrij is van zijn dringende plichten, dus we moeten nu naar Thebe terugkeren, zodat hij me kan laten halen. Ik kom echter zo snel mogelijk bij u terug en dan zullen we dit verder bespreken, mijn koningin.'

Onwillig liet ze hen gaan.

Zodra ze opgestegen en op weg naar de rivier waren, namen Taita en Meren hun gebruikelijke plaats naast de draagkoets in. Daarna schakelden Taita en Demeter van het Egyptisch over op het Tenmass, zodat de mannen van het escorte hun gesprek niet zouden kunnen volgen.

'We zijn veel zaken van het grootste belang van Soe aan de weet gekomen,' zei Taita.

'En het belangrijkste is nog dat hij in de nabijheid van de heks is geweest,' riep Demeter uit. 'Hij heeft haar horen spreken. Hij deed haar stem perfect na.'

'U kent het timbre van haar stem beter dan ik en ik twijfel er niet aan dat u gelijk hebt,' beaamde Taita. 'Er is nog iets anders wat ik belangrijk vind. Hij heeft het accent van Boven-Egypte.'

'Dat is mij niet opgevallen. Mijn beheersing van jouw taal is niet zo groot dat ik dat soort nuances kan horen. Het kan inderdaad een aanwijzing zijn voor de locatie van haar huidige schuilplaats. Als we ervan uitgaan dat Soe niet ver heeft gereisd om Thebe te bereiken, dan moeten we met onze zoektocht binnen de grenzen van de beide koninkrijken beginnen of, in elk geval, in de landen die er direct aan grenzen.'

'Welke vulkanen zijn er in dit gebied?'

'Er zijn geen vulkanen of grote meren binnen de grenzen van Egypte. De Nijl komt uit op de Middelzee. Dat is het dichtstbijzijnde water in het noorden. De Etna is maar tien dagen varen hiervandaan. Weet u nog steeds zeker dat Eos daar niet is?'

'Ja.' Demeter knikte.

'Goed. En hoe zit het met de andere grote vulkaan in die richting, de Vesuvius, op het vasteland aan de overkant van de zee-engte waaraan de Etna staat?' vroeg Taita.

Demeter zoog twijfelachtig op zijn onderlip. 'Dat lijkt me ook on-waarschijnlijk,' zei hij met overtuiging. 'Nadat ik uit haar klauwen ont-snapte, heb ik me vele jaren schuilgehouden bij de priesters in de tem-pel die nog geen vijfenveertig kilometer ten noorden van de Vesuvius ligt. Ik weet zeker dat ik haar aanwezigheid gevoeld zou hebben als ze zo dichtbij was geweest en anders zou zij de mijne wel gevoeld hebben. Nee, Taita, we moeten ergens anders zoeken.'

'We zullen ons voorlopig door jouw intuïtie laten leiden,' zei Taita. 'Aan onze oostgrens ligt de Rode Zee. Ik weet niet of er vulkanen zijn in Arabië of in een ander land dat aan die zee ligt. Jij wel?'

'Nee, ik ben daar geweest, maar ik heb nog er nooit een gezien en er ook niet van gehoord.'

'Ik heb twee vulkanen gezien in het land voorbij het Zagreb-geberg-te, maar die zijn omringd door uitgestrekte vlaktes en bergketens. Ze voldoen niet aan de beschrijving van de vulkaan die we zoeken.'

'Ten zuiden en ten westen van Egypte zijn nog meer uitgestrekte ge-bieden,' zei Demeter, 'maar laten we een andere mogelijkheid in ogen-schouw nemen. Misschien zijn er grote rivieren en meren in het binnen-land van Afrika waar een vulkaan bij in de buurt staat.'

'Daar heb ik nooit van gehoord – maar er is dan ook niemand verder naar het zuiden gereisd dan Ethiopië.'

'Ik heb gehoord dat je koningin Lostris, tijdens de exodus uit Egypte, helemaal naar Qebui, de Plaats van de Noordenwind, hebt geleid, waar de Nijl zich in twee grote rivieren splitst.'

'Dat is waar. Vanaf Qebui zijn we de linkertak van de rivier de bergen van Ethiopië in gevolgd. De rechtertak komt uit in een eindeloos moe-ras waarin niet verder te reizen valt. Niemand heeft ooit het uiterste zui-den ervan bereikt en als dat wel gebeurd is, dan heeft diegene het nooit kunnen navertellen. Sommigen zeggen dat het afschrikwekkende moe-ras geen einde heeft en dat het doorloopt tot aan het einde van de we-reld.'

'Dan moeten we ons verlaten op de priesters in de tempel van Ha-thor om ons op andere mogelijkheden te wijzen. Wanneer kunnen ze ons hun bevindingen ter hand stellen?'

'De priesteres heeft me gezegd dat ik over tien dagen moet terugko-men.'

Demeter trok het gordijn van zijn draagkoets open en keek om naar de heuvels. 'We zijn nu dicht bij de tempel. We kunnen ernaartoe gaan en de priesters om gastvrijheid en een slaapmat voor de nacht vragen. We kunnen dan morgen met hun cartografen en geografen praten.'

'Als de farao me laat halen, zullen zijn dienaren me niet kunnen vin-den,' wierp Taita tegen. 'Ik wil hem eerst spreken voordat we het paleis weer verlaten.'

'Laat de colonne hier stoppen,' riep Demeter naar Habari. 'Stop on-middellijk, zeg ik je.' Toen keek hij Taita weer aan. 'Ik wil je niet laten schrikken, maar ik weet nu dat mijn tijd met jou ten einde loopt. Ik heb nachtmerries en bange voorgevoelens. Ondanks de bescherming die jij en Meren me gegeven hebben, zal de heks binnenkort succes hebben met haar pogingen om me te doden. Er rest me nog maar weinig tijd.'

Taita staarde hem aan. Sinds die ochtend, toen hij Soes dreigende aura had gezien, had hij dezelfde bange voorgevoelens gehad. Hij ging vlak naast de draagkoets rijden en bestudeerde het vermoeide, oude gezicht. Met schrik zag hij dat Demeter gelijk had: hij was de dood nabij.

Zijn ogen waren bijna kleurloos en doorzichtig geworden, maar diep erin zag hij bewegende schaduwen met de vorm van vretende haaien.

'Jij ziet het ook,' zei Demeter met een vlakke, doffe stem.

Een antwoord was overbodig. Taita reed van de draagkoets vandaan en riep naar Habari: 'Laat de colonne keren. We gaan naar de tempel van Hathor.' De tempel was maar ongeveer anderhalve kilometer van hen verwijderd.

Ze reden een poosje zwijgend door tot Demeter weer begon te praten. 'Je zult veel sneller reizen wanneer je niet meer door mijn oude, verzwakte lichaam opgehouden wordt.'

'Je bent te streng voor jezelf,' berispte Taita hem. 'Zonder jouw hulp en raad zou ik nooit zo ver gekomen zijn.'

'Ik wou dat ik tot het eind van de jacht bij je kon blijven en bij het doden van de prooi aanwezig kon zijn. Maar het mag niet zo zijn.' Hij zweeg een poosje en vervolgde toen: 'Wat Soe betreft denk ik dat er één weg voor je openstaat. Als de farao te weten zou komen dat Soe Mintaka behekst en dat hij verraderlijke gedachten in haar hoofd plant, zou hij hem door de gardisten kunnen laten oppakken en dan zou je de kans hebben om hem in de gevangenis te ondervragen. Ik heb gehoord dat de cipiers in Thebe zeer goed in hun werk zijn. Je hebt er toch geen bezwaar tegen dat hij gemarteld wordt?'

'Ik zou geen moment aarzelen als ik dacht dat er ook maar de geringste kans was dat Soe door lichamelijke pijn aan de praat gekregen zou kunnen worden. Maar je hebt hem gezien. De man is bereid om te sterven om de heks te beschermen. Hij is zo sterk met haar verbonden dat ze zijn pijn en de oorzaak daarvan zou voelen. Ze zou begrijpen dat de farao en Mintaka zich ervan bewust zijn geworden dat ze een web om hen heen spint en dat zou voor het koninklijk paar levensgevaarlijk zijn.'

'Dat is waar.' Demeter knikte.

'Bovendien zou Mintaka Soe te hulp komen en Nefer Seti zou dan concluderen dat ze inderdaad tegen hem samenzwoer. Het zou hun liefde voor elkaar en het vertrouwen dat ze in elkaar hebben vernietigen. Dat kan ik hun niet aandoen.'

'Dan moeten we maar hopen dat we het antwoord in de tempel vinden.'

De priesters zagen hen van verre aankomen en stuurden twee novices naar buiten om hen te verwelkomen en over de oprit naar de hoofd-ingang van de tempel te leiden terwijl de hogepriesteres op de trap wachtte.

'Ik ben zo blij dat ik u zie, Magiër. Ik wilde al een boodschapper naar Thebe sturen om u te zoeken en u te vertellen dat broeder Nubank met grote ijver aan uw verzoek gewerkt heeft. Hij is gereed om u zijn bevin-dingen ter hand te stellen. Ik wilde u waarschuwen, maar u bent me voor geweest.' Ze straalde en keek Taita moederlijk aan. 'U bent duizend-maal welkom. De tempelmaagden maken een kamer voor u in orde in het mannenverblijf. U kunt zo lang als u wilt bij ons blijven. Ik verheug me op uw geleerde verhandelingen.'

'U bent vriendelijk en gastvrij, moeder. Ik ben in het gezelschap van een zeer geleerde andere magiër met een grote reputatie.'

'Hij is ook welkom. Uw escorte zal onderdak en eten krijgen in het verblijf van de stalknechten.'

Ze stegen af en gingen de tempel binnen waarbij Meren Demeter on-dersteunde. Ze bleven in de grote zaal staan voor het beeld van Hathor, de godin van vreugde, moederschap en liefde. Ze was afgebeeld in de vorm van een enorme gevlekte koe waarvan de hoorns getooid waren met een gouden maan. De priesteres zei een gebed en liet Taita en De-meter toen door een novice door een lange gang naar het deel van de tempel brengen waar de priesters verbleven. Hij bracht hen naar een kleine cel met stenen muren. Tegen de andere muur lagen opgerolde slaapmatten en ernaast stonden schalen schoon water waarmee ze zich konden opfrissen.

'Ik kom met etenstijd terug om u naar de eetzaal te brengen. Broeder Nubank zal u daar treffen.'

Ongeveer vijftig priesters zaten al te eten toen ze de eetzaal bin-nenkwamen, maar één man sprong overeind en kwam haastig naar hen toe. 'Ik ben Nubank. Welkom.' Hij was lang en pezig en had een ingevallen gezicht. In deze zware tijden waren er maar weinig corpulente mensen in Egypte. De maaltijd was sober: een kom soep en een kleine kan bier. Het gezelschap was ingetogen en at grotendeels in stilte, met uitzondering van Nubank die aan één stuk door praatte. Hij had een raspende stem en deed gewichtig.

'Het zal morgen niet meevallen om de dag door te komen,' zei Taita tegen Demeter toen ze terug in hun cel waren en zich gereedmaakten om te gaan slapen. 'Het zal een hel worden als we de hele dag naar de brave broeder Nubank moeten luisteren.'

'Maar zijn kennis van geografie is uitputtend,' zei Demeter.

'Je gebruikt het juiste bijvoeglijk naamwoord, Magiër,' zei Taita en hij draaide zich op zijn zij.

De zon was nog niet op toen een novice hen kwam halen voor het ontbijt. Demeter leek zwakker, dus hielpen Meren en Taita hem bij het opstaan van zijn mat.

'Vergeef me, Taita. Ik heb slecht geslapen.'

'De dromen?' vroeg Taita in het Tenmass.

'Ja. De heks komt steeds dichterbij. Ik kan niet veel langer de kracht opbrengen om me tegen haar te verzetten.'

Taita was ook geplaagd door dromen. In de zijne was de python teruggekeerd. De dierlijke stank van de slang hing nog in zijn neusgaten en zijn keel. Maar hij verborg zijn bange voorgevoelens en hij gedroeg zich tegenover Demeter alsof hij vol vertrouwen was. 'We hebben nog een verre reis voor de boeg, jij en ik.'

Het ontbijt bestond uit een klein hard doerrabrood en weer een kan slap bier. Broeder Nubank hervatte zijn monoloog op het punt waar hij de vorige avond gestopt was. Gelukkig hadden ze het ontbijt snel op en met enige opluchting volgden ze Nubank door de spelonkachtige zalen en gangen naar de tempelbibliotheek. Het was een grote, koele ruimte zonder enige versiering. Rijen stenen boekenplanken die alle muren vanaf de vloer tot het hoge plafond bedekten, stonden vol papyrusrollen, waarvan er een paar duizend waren.

Drie novices en twee jonge priesters wachtten op broeder Nubank. Ze stonden in een rij met hun handen voor zich gevouwen in een onderdanige houding. Ze waren Nubanks assistenten. Er was een goede reden voor hun angstvallige gedrag: Nubank behandelde hen op een belerende manier en hij aarzelde niet om in scherpe en beledigende bewoordingen uiting te geven aan zijn ongenoegen en minachting.

Toen Taita en Demeter plaats hadden genomen aan de lange, lage tafel die in het midden van de bibliotheek stond en die vol lag met papyrusrollen, begon Nubank aan zijn lezing. Hij noemde elke vulkaan en elk warmteverschijnsel in de bekende wereld op, of ze nu in de buurt van een groot water waren of niet. Wanneer hij een plek noemde, liet hij een angstige assistent de betreffende rol van een van de planken pakken. In veel gevallen moest de assistent daarvoor een gammele ladder beklimmen terwijl Nubank hem met een reeks scheldwoorden aanspoorde.

Toen Taita tactisch probeerde deze langdradige procedure te bekorten door naar zijn oorspronkelijke verzoek te verwijzen, knikte Nubank uitdrukkingsloos en ging onvermurwbaar verder met zijn voorbereide tekst.

Eén ongelukkige novice was Nubanks favoriete slachtoffer. Hij was een mismaakt schepsel: al zijn lichaamsdelen leken gebrekkig of misvormd te zijn. Zijn kaalgeschoren schedel was langwerpig en de afschilferende huid was bedekt met een hevige uitslag. Zijn voorhoofd puilde uit over kleine, dicht bij elkaar staande, schele ogen. Grote tanden staken uit door de opening van zijn hazenlip en hij kwijlde wanneer hij praatte, wat hij niet vaak deed. Zijn kin week zo scherp terug dat deze bijna afwezig leek, een grote, paarsrode moedervlek sierde zijn linkerwang, zijn borst was ingevallen en hij had een enorme bochel. Zijn kromme benen waren zo dun als stokjes en hij liep naar opzij gebogen.

Halverwege de dag kwam een novice hen halen voor het middagmaal in de eetzaal. Half uitgehongerd als ze waren, reageerden Nubank en zijn assistenten enthousiast. Onder de maaltijd merkte Taita dat de gebochelde novice heimelijk probeerde zijn blik op te vangen. Zodra hij zag dat hij Taita's aandacht had, stond hij op en liep haastig naar de deur. Daar aangekomen keek hij om en gaf met een hoofdgebaar te kennen dat hij wilde dat Taita hem volgde.

De kleine man wachtte op hem op het terras. Weer wenkte de man hem en hij verdween daarna in een smalle gang. Taita volgde hem en kwam in een van de kleine binnenhoven uit. De muren waren bedekt met bas-reliëfs van Hathor en er stond een beeld van farao Mamose. De man stond er in elkaar gedoken achter.

'Grote Magiër, ik heb u iets te vertellen wat voor u van belang kan zijn.' Hij wierp zich ter aarde toen Taita naar hem toe kwam.

'Sta op,' zei Taita vriendelijk tegen hem. 'Ik ben de koning niet. Hoe heet je?' Broeder Nubank had de kleine priester alleen maar met 'jij daar' aangesproken.

'Ze noemen me Tiptip vanwege de manier waarop ik loop. Mijn grootvader was arts aan het hof van koningin Lostris ten tijde van de exodus uit Egypte naar Ethiopië. Hij heeft het vaak over u gehad. Misschien herinnert u hem zich, Magiër. Hij heette Siton.'

'Siton?' Taita dacht even na. 'Ja! Hij was een aardige jongen die heel bedreven was in het met de lepels verwijderen van pijlpunten met weerhaken. Hij heeft het leven van veel soldaten gered.' Tiptip grijnsde breed en zijn hazenlip werd opengetrokken. 'Wat is er van je grootvader geworden?'

'Hij is op hoge leeftijd vredig gestorven, maar voordat hij overleed, heeft hij me veel fascinerende verhalen over uw avonturen in die vreemde, zuidelijke landen verteld. Hij beschreef de volken en de wilde dieren die er leefden. Hij vertelde over de bossen en de bergen en over een groot moeras dat zich eindeloos uitstrekte, naar het einde van de wereld.'

'Het waren veelbewogen tijden, Tiptip.' Taita knikte bemoedigend. 'Ga verder.'

'Hij vertelde dat koningin Lostris, terwijl het grootste deel van het volk de linkertak van de Nijl de bergen van Ethiopië in volgde, een legioen naar de rechtertak stuurde om de volledige lengte ervan vast te stellen. Ze trokken het grote moeras in onder leiding van generaal Heer

Aquer en op één man na kwam er nooit meer iemand van terug. Is dat waar, Magiër?'

'Ja, Tiptip. Ik herinner me dat de koningin een legioen eropuit stuurde.' Taita had zelf Aquer aanbevolen om het bevel te voeren over het verdoemde legioen. Hij was een lastpak geweest die ontevredenheid onder het volk zaaide. Hij zei dat nu niet. 'Het is ook waar dat er maar één man terugkwam. Maar hij was zo geteisterd door ziekte en gebroken door de ontberingen van de reis dat hij slechts een paar dagen nadat hij was teruggekomen aan de koorts bezweek.'

'Ja! Ja!' Tiptip was zo opgewonden dat hij Taita's mouw vastgreep. 'Mijn grootvader heeft de ongelukkige man behandeld. Hij zei dat de soldaat tijdens zijn delirium raaskalde over een land met bergen en meren die op sommige plaatsen zo breed waren dat je de andere kant ervan niet kon zien.'

Taita's interesse werd groter. 'Meren? Dat heb ik nog niet eerder gehoord. Ik heb de overlevende nooit gezien. Ik was in de Ethiopische bergen, driehonderd kilometer daarvandaan, toen hij Qebui bereikte en daar overleed. In het verslag dat ik ontving, stond dat de patiënt gek was en geen samenhangende en betrouwbare informatie kon geven.' Hij staarde Tiptip aan en opende zijn Innerlijke Oog. Taita kon aan de aura van de man zien dat hij oprecht was en de waarheid vertelde zoals hij zich die herinnerde. 'Ik denk dat je me nog meer te vertellen hebt, Tiptip.'

'Ja, Magiër. Er was daar een vulkaan,' flapte Tiptip eruit. 'Daarom ben ik bij u gekomen. De stervende soldaat wauwelde maar door over een brandende berg zoals hij nog nooit had gezien. Nadat ze het grote moeras doorgetrokken waren, zagen ze hem alleen maar op grote afstand. Hij zei dat de rook uit zijn top als een eeuwige wolk naar de hemel verrees. Sommigen van de soldaten vatten het op als een waarschuwing van de duistere Afrikaanse goden om niet verder te gaan, maar Heer Aquer verklaarde dat het een welkom baken was en dat hij vastbesloten was om de berg te bereiken. Hij beval het legioen om de tocht voort te zetten. Het was echter op dat moment, in het zicht van de vulkaan, dat de soldaat ziek werd en hoge koorts kreeg. Hij werd voor dood achtergelaten terwijl zijn metgezellen verder trokken naar het zuiden. Maar hij slaagde erin een dorp aan de oever van het meer te bereiken waar reusachtige zwarte mensen woonden. Ze namen hem op en een van hun sjamaans gaf hem medicijnen en verzorgde hem tot hij voldoende hersteld was om zijn reis naar huis voort te zetten.' In zijn opwinding greep Tiptip Taita's arm vast. 'Ik wilde u dat al eerder vertellen, maar broeder Nubank stond het niet toe. Hij verbood me om u lastig te vallen met geruchten van zeventig jaar geleden. Hij zei dat geografen zich alleen met feiten bezighielden. U vertelt broeder Nubank toch niet dat ik hem niet gehoorzaamd heb? Hij is een goede, heilige man, maar hij kan streng zijn.'

'Je hebt het juiste gedaan,' zei Taita geruststellend en hij maakte zachtjes de vingers die zijn arm omklemden los. Toen tilde hij plotseling Tiptips hand op om die beter te bekijken. 'Je hebt zes vingers!' riep hij uit.

Tiptip schaamde zich duidelijk: hij probeerde zijn misvorming te verbergen door zijn hand tot een vuist te ballen. 'De goden hebben mijn lichaam helemaal verkeerd gebouwd. Mijn hoofd en ogen, mijn rug en mijn ledematen – alles aan me is verwrongen en misvormd.' Zijn ogen vulden zich met tranen.

'Maar je hebt een goed hart,' troostte Taita hem. Zachtjes opende hij de vuist en spreidde de vingers. Een rudimentaire zesde vinger groeide uit de handpalm naast de normale pink.

'Zes vingers wijzen de weg,' fluisterde Taita.

'Ik wilde niet naar u wijzen, Magiër. Ik zou u nooit op die manier opzettelijk beledigen,' jammerde Tiptip.

'Nee, Tiptip, je hebt me een grote dienst bewezen. Je kunt op mijn dankbaarheid en vriendschap rekenen.'

'Zult u het niet aan broeder Nubank vertellen?'

'Nee, dat zweer ik.'

'Moge Hathor u zegenen, Magiër. Nu moet ik gaan, anders komt broeder Nubank me zoeken.' Tiptip holde weg als een krab. Taita gaf hem een paar seconden voorsprong en ging toen terug naar de bibliotheek. Demeter en Meren waren er al en Nubank gaf Tiptip een uitbrander. 'Waar was je?'

'Ik was in de latrine, broeder. Vergeef me. Ik heb iets gegeten waardoor mijn maag van streek is geraakt.'

'En dat gebeurt nu met de mijne ook, walgelijk stuk stront. Je had jezelf helemáál in de emmer moeten achterlaten.' Hij gaf hem een klap op zijn moedervlek. 'Breng me nu de rollen waarin de eilanden aan de oostkust beschreven staan.'

Taita nam zijn plaats naast Demeter in en zei in het Tenmass tegen hem: 'Kijk eens naar de rechterhand van de assistent.'

'Hij heeft zes vingers!' riep Demeter uit. '"Zes vingers wijzen de weg!" Hij heeft je iets verteld, hè?'

'We moeten de rechtertak van moeder Nijl naar haar bron volgen. Daar zullen we een vulkaan vinden die aan een groot meer staat. In mijn hart ben ik er zeker van dat Eos zich daar schuilhoudt.'

De volgende ochtend verlieten ze ruim voor zonsopgang de tempel van Hathor. Nubank nam onwillig afscheid van hen – hij had nog vijftig vulkanen te beschrijven. Het was nog halfdonker toen ze de doorwaadbare plaats in de Nijl onder Thebe bereikten. Habari en Meren gingen als eersten de rivierbedding in en Taita en Demeter volgden hen, maar er was een gat gevallen tussen de beide groepjes. De voorsten reden door het achterste deel van een van de stinkende rode poelen en waren al halverwege de andere oever toen Demeters kameel de modderige bedding bereikte. Op dat moment werd Taita zich bewust van een kwaadaardige invloed die zich op hen concentreerde. Hij voelde een kilte in de lucht, het bloed bonkte in zijn oren en zijn ademhaling ging stroef. Hij draaide zich snel om en keek over de romp van de merrie.

Een eenzame figuur stond op de oever die ze net achter zich hadden gelaten. Hoewel zijn donkere gewaad met de schaduwen vervloeide, herkende Taita hem onmiddellijk. Hij opende zijn Innerlijke Oog en zag Soes kenmerkende aura dat de man omhulde als de vlammen van een vreugdevuur. De kleur ervan was vuurrood, doorschoten met paars en groen. Taita had nog nooit zo'n dreigende aura gezien.

'Soe is hier!' riep hij. Het was een dringende waarschuwing aan Demeter die in zijn draagkoets lag, maar het was al te laat. Soe hief een arm en wees naar het oppervlak van de poel waar de kameel doorheen waadde. Bijna alsof hij op zijn bevel reageerde, sprong een monsterlijke pad uit het water omhoog, sperde zijn kaken open en beet vlak boven de knie in de achterpoot van de kameel waarin een diepe wond achterbleef. Het dier loeide van schrik, brak los van de voorste teugel en rende de poel uit. In plaats van naar de andere oever te rennen, draaide hij zich om en galoppeerde wild door de rivierbedding, terwijl Demeters draagkoets heen en weer zwaaide en op en neer hotste.

'Meren! Habari!' schreeuwde Taita. Hij spoorde de merrie aan tot volle galop en ging achter de op hol geslagen kameel aan. Meren en Habari lieten hun paarden keren en dreven hen de rivierbedding weer in om aan de achtervolging deel te nemen.

'Houd vol, Demeter!' schreeuwde Taita. 'We komen eraan!' Windrook leek onder hem te zweven, maar voordat hij Demeter inhaalde, bereikte de kameel een andere poel. Hij rende erin en deed wolken druppels opspatten. Toen ging het water recht voor hem vaneen en een tweede pad schoot omhoog. Hij sprong naar de kop van de in paniek geraakte kameel en sloeg zijn kaken als een buldog om de stompe neus van het dier. Hij moest een zenuw geraakt hebben, want de kameel zakte door zijn voorpoten. Daarna rolde hij op zijn rug en bewoog zijn kop wild heen en weer in een poging de pad af te schudden. De draagkoets zat onder hem klem en het lichte bamboe frame werd onder het gewicht van het dier in de modder verpletterd.

'Demeter! We moeten hem redden!' schreeuwde Taita naar Meren en hij spoorde zijn merrie aan. Maar voordat hij de rand van de poel bereikte, kwam Demeters hoofd boven water. Op de een of andere manier was hij uit de draagkoets ontsnapt, maar hij was half verdronken in de modder, die zijn hoofd bedekte. Hij hoestte en braakte en zijn bewegingen waren zwak en onvast.

'Ik kom eraan!' schreeuwde Taita. 'Wanhoop niet!' Toen krioelde de poel plotseling van de padden. Ze zwermden van de bodem omhoog en vielen Demeter aan als een meute wilde honden die een gazelle te pakken nemen, De oude man sperde zijn mond open en hij probeerde te schreeuwen, maar de modder verstikte hem. De padden trokken hem onder water en toen hij weer even bovenkwam, was zijn gespartel bijna opgehouden. Zijn enige bewegingen werden veroorzaakt door de padden onder water die stukken vlees van zijn lichaam rukten.

'Ik ben hier, Demeter!' schreeuwde Taita wanhopig. Hij kon met de merrie niet tussen de padden door rijden, want hij wist dat ze haar zouden aanvallen. Hij toomde haar in en liet zich met de stok in zijn handen van haar rug glijden. Hij waadde de poel in en zijn adem stokte van pijn toen een van de padden onder water zijn tanden in zijn been dreef. Hij sloeg met zijn stok naar het dier en gebruikte al zijn fysieke en spirituele kracht om de slag zo hard mogelijk te maken. Hij voelde de schok toen hij het dier met het uiteinde van de stok vol raakte. De pad liet los en kwam op zijn rug boven water, verdoofd en krampachtig met zijn poten trappend.

'Demeter!' Hij kon de man niet meer onderscheiden van de padden die hem levend verscheurden. Demeter en de dieren waren bedekt met een dikke laag glanzende, zwarte modder.

Plotseling werden twee dunne armen hoog boven de krioelende massa geheven en hij hoorde Demeters stem. 'Het is gebeurd met me. Je moet alleen verdergaan, Taita.' Zijn stem was bijna onhoorbaar, verstikt door de modder en het giftige, rode water. Daarna werd zijn stem gesmoord toen een pad die groter was dan alle andere, zijn kaken om de zijkant van Demeters hoofd sloeg en hem voor de laatste keer onder water trok.

Taita liep weer naar voren, maar Meren reed achter hem aan, sloeg een sterke arm om zijn middel, tilde hem uit de modder en reed met hem terug naar de oever.

'Zet me neer!' Taita probeerde zich los te rukken. 'We kunnen hem niet aan die smerige beesten overlaten.' Maar Meren liet hem niet los.

'U bent gewond, Magiër. Kijk eens naar uw been.' Het bloed gutste uit de wond en vermengde zich met de modder. 'Met Demeter is het afgelopen. Ik wil u niet ook kwijtraken.' Meren hield hem stevig vast terwijl ze zagen hoe de doodstrijd in de poel steeds zwakker werd tot het oppervlak weer helemaal kalm was.

'Demeter is dood,' zei Meren zacht en hij liet Taita op de grond zakken. Hij ging de grijze merrie halen en bracht haar bij Taita. Toen hij hem hielp met opstijgen, zei Meren zacht: 'We moeten gaan, Magiër. We hebben hier niets meer te zoeken. U moet uw wond verzorgen. De tanden van de pad zijn ongetwijfeld giftig en de modder is zo smerig dat uw vlees erdoor zal gaan zweren.'

Toch bleef Taita nog even om een laatste teken van zijn bondgenoot op te vangen, een soort laatste contact via de ether, maar er gebeurde niets. Toen Meren vanaf zijn eigen paard naar achteren leunde en de teugels van de merrie pakte om haar weg te leiden, protesteerde Taita niet meer. Zijn been deed pijn en hij was geschokt en verdrietig door het verlies van zijn vriend. De oude wijze was dood en Taita besefte hoezeer hij zich op hem was gaan verlaten. Nu stond hij alleen tegenover de heks en dat vooruitzicht vervulde hem met angst.

Toen ze eenmaal veilig in het verblijf in het paleis in Thebe waren teruggekeerd, stuurde Ramram slavinnetjes met kruiken heet water en flessen geurige zalf naar Taita toe om hem te wassen en de modder weg te spoelen. Toen hij grondig schoongewassen was arriveerden er twee koninklijke artsen gevolgd door een stoet assistenten die kisten vol medicijnen en magische amuletten droegen. Op bevel van Taita hield Meren hen bij de deur tegen en stuurde hen weg. 'Als de bekwaamste en geleerdste heelkundige van heel Egypte zal de magiër zijn wond zelf verzorgen. Hij laat u groeten en bedankt u voor uw bezorgdheid.'

Taita waste de wond met een distillaat van wijn. Daarna verdoofde hij zijn been door zichzelf in trance te brengen waarna Meren de diepe wond uitbrandde met een bronzen lepel die verhit was in de vlam van een olielamp. Het was een van de weinige medische technieken die Taita hem had kunnen leren. Toen hij klaar was, wekte Taita zichzelf uit de trance en hechtte hij de wond met de lange haren uit de staart van Windrook. Hij smeerde de wond in met een zalf van eigen makelij en verbond hem met een linnen verband. Toen hij dat allemaal had gedaan, was hij uitgeput en vervuld van verdriet om het verlies van Demeter. Hij liet zich op zijn slaapmat zakken en sloot zijn ogen.

Hij opende ze weer toen hij commotie bij de deur hoorde en een bekende, autoritaire stem brulde: 'Taita, waar ben je? Ik kan je ook geen moment alleen laten of je haalt een of andere roekeloze stommiteit uit! Je moest je schamen! Je bent toch geen kind meer!' Na die woorden stormde de god op aarde, farao Nefer Seti, de ziekenkamer binnen. Zijn gevolg van edelen en bedienden dromden achter hem naar binnen.

Taita raakte direct in een beter humeur en hij voelde dat zijn kracht terugkwam. Hij was niet helemaal alleen. Hij glimlachte naar Nefer Seti en kwam moeizaam op een elleboog overeind.

'Schaam je je niet, Taita? Ik verwachtte dat je je laatste adem zou uitblazen en nu lig je hier op je gemak op je slaapmat met een dwaze grijns op je gezicht.'

'Het is een verwelkomende glimlach, majesteit, want ik ben oprecht blij dat ik u zie.'

Nefer Seti drukte hem zachtjes terug op de kussens en wendde zich toen tot zijn gevolg. 'Heren, u kunt me hier bij de magiër, mijn oude vriend en leermeester, achterlaten. Ik laat u roepen wanneer ik u nodig heb.' Ze liepen achteruit de kamer uit en de farao boog zich voorover om Taita te omhelzen. 'Bij de zoete melk uit de borst van Isis, wat ben ik blij dat je veilig bent, hoewel ik heb gehoord dat je medemagiër de dood gevonden heeft. Ik wil er alles over horen, maar laat me eerst Meren Cambyses begroeten.' Hij wendde zich tot Meren, die bij de deur op wacht stond. Meren liet zich voor hem op één knie zakken, maar de farao trok hem overeind. 'Verneder je niet voor mij, metgezel van de Rode Weg.' Nefer Seti omhelsde hem hartelijk. Als jongemannen hadden ze samen de ultieme test van krijgsmanschap doorstaan, de Rode Weg, een proeve van bekwaamheid in het rijden met een strijdwagen en het hanteren van de boog en het zwaard. Ze hadden het samen als team opgenomen tegen beproefde veteranen die zich al lang bewezen hadden en die alle middelen mochten gebruiken en hen zelfs mochten doden om te verhinderen dat ze het einde van de weg zouden bereiken. Samen waren ze erdoorheen gekomen. Metgezellen van de Rode Weg waren broeders van het krijgersbloed en voor het leven met elkaar verbonden. Tot haar dood was Meren verloofd geweest met Nefer Seti's zuster, prinses Merykaya, dus hij en de farao waren bijna zwagers geweest, wat de band tussen hen nog versterkte. Meren had een hoge positie in Thebe kunnen hebben, maar in plaats daarvan Meren had ervoor gekozen leerling van Taita te worden.

'Heeft Taita je in de Mysteriën kunnen scholen? Ben je nu behalve een groot krijger ook een magiër?' vroeg de farao.

'Nee, majesteit. Hoeveel moeite Taita ook heeft gedaan, het ontbrak me aan talent. Ik heb nog nooit een toverspreuk, hoe simpel ook, kunnen uitspreken die gewerkt heeft. Een paar keer keerden ze zich zelfs tegen me.' Meren trok een spijtig gezicht.

'Een goede krijger is altijd beter dan een slechte tovenaar, oude vriend. Kom bij ons zitten, zoals onze gewoonte was in die lang vervlogen tijd toen we streden om Egypte van de tiran te bevrijden.'

Zodra ze aan weerskanten van Taita's slaapmat zaten, werd Nefer Seti ernstig. 'Vertel me nu eens over je confrontatie met de padden.'

Taita en Meren beschreven samen de dood van Demeter. Toen ze uitgesproken waren, zweeg Nefer Seti even. Toen grauwde hij: 'Die dieren worden met de dag brutaler en vraatzuchtiger. Ik weet zeker dat zij het zijn die het water dat er in de poelen is overgebleven onzuiver en smerig hebben gemaakt. Ik heb alles geprobeerd wat ik kon bedenken om ze kwijt te raken, maar voor elke pad die we doden, komen er twee in de plaats.'

'Majesteit.' Taita zweeg even voordat hij verderging. 'U moet de heks zien te vinden die hen gecreëerd heeft en haar vernietigen. De padden zullen, net als alle andere plagen die ze op u en uw koninkrijk loslaat, samen met haar verdwijnen, want zij is hun meesteres. Dan zal de Nijl weer stromen en Egypte weer welvaart kennen.'

Nefer Seti staarde hem geschokt aan. 'Moet ik hieruit concluderen dat de plagen geen natuurverschijnselen zijn?' vroeg hij. 'Dat ze zijn gecreëerd door de tovenarij en hekserij van één vrouw?'

'Dat geloof ik inderdaad,' verzekerde Taita hem.

Nefer Seti sprong overeind en begon in gedachten verzonken te ijsberen. Ten slotte stopte hij en staarde Taita indringend aan. 'Wie is deze heks? Waar is ze? Kan ze vernietigd worden, of is ze onsterfelijk?'

'Ik denk dat ze een mens is, farao, maar ze beschikt over enorme krachten. Ze beschermt zichzelf heel goed.'

'Hoe heet ze?'

'Eos.'

'De godin van de dageraad?' Hij was door de priesters goed onderwezen in de hiërarchie van de goden, want hij was zelf een god. 'Zei je niet dat ze een mens was?'

'Ze is een mens die zich de naam van de godin heeft toegeëigend om haar ware identiteit te verbergen.'

'Als dat zo is, dan moet ze een aardse verblijfplaats hebben. Waar is die, Taita?'

'Demeter en ik waren naar haar op zoek, maar ze is achter onze bedoelingen gekomen. Eerst heeft ze een gigantische python gestuurd om hem aan te vallen, maar Meren en ik hebben hem gered, hoewel het op het nippertje was. Nu is het haar met de padden gelukt om hem te doden, nadat het met de slang mislukt was.'

'Dus je weet niet waar ik deze heks kan vinden?' hield Nefer Seti aan.

'We weten het niet zeker, maar de occulte aanwijzingen suggereren dat ze in een vulkaan woont.'

'Een vulkaan? Is dat mogelijk, zelfs voor een heks?' Toen lachte hij. 'Ik heb lang geleden geleerd om nooit aan je te twijfelen, Taita. Maar vertel me eens in welke vulkaan ze woont. Er zijn er zoveel.'

'Ik denk dat we om haar te vinden naar de bovenloop van de Nijl moeten reizen, voorbij het grote moeras dat de rivier boven Qebui blokkeert. Haar schuilplaats is vlak bij een vulkaan aan een groot meer. Ergens helemaal aan het einde van onze aarde.'

'Ik herinner me dat je me, toen ik een jongen was, hebt verteld dat mijn grootmoeder, koningin Lostris, een legioen onder bevel van generaal Aquer naar het zuiden heeft gestuurd om de bron van de rivier te vinden. Ze verdwenen in dat verschrikkelijke moeras voorbij Qebui en zijn nooit meer teruggekomen. Heeft die expeditie iets met Eos te maken?'

'Inderdaad, majesteit,' beaamde Taita. 'Heb ik u niet verteld dat een van de legionairs het heeft overleefd en naar Qebui is teruggekeerd?'

'Dat deel van het verhaal herinner ik me niet.'

'Destijds leek het onbelangrijk, maar één man is teruggekomen. De artsen dachten dat hij gek geworden was door de ontberingen die hij had doorstaan. Hij stierf voordat ik met hem kon spreken. Maar onlangs ben ik te weten gekomen dat hij, voor hij stierf, vreemde verhalen heeft verteld die niet geloofd werden door degenen die ze gehoord hebben en daarom zijn ze niet aan mij doorverteld. Hij raaskalde over uitgestrekte meren en bergen aan het einde van de wereld… en over een vulkaan die aan het grootste meer stond. Uit deze legende hebben Demeter en ik geconcludeerd waar de verblijfplaats van de heks is.' Hij beschreef zijn gesprek met de bultenaar Tiptip.

Nefer Seti luisterde gefascineerd. Toen Taita uitgesproken was, dacht hij een poosje na en vroeg toen: 'Waarom is de vulkaan zo belangrijk?'

Taita antwoordde met een beschrijving van Demeters gevangen-schap in Eos' schuilplaats op de Etna en diens ontsnapping.

'Ze heeft een onderaards vuur nodig als smidse om haar bezwerin-gen te vervaardigen. De immense hitte en de zwavelgassen vergroten haar krachten tot goddelijke proporties,' verklaarde Taita.

'Waarom heb je speciaal deze vulkaan uitgekozen om als eerste van de vele honderden die er zijn te onderzoeken?' vroeg Nefer.

'Omdat hij het dichtst bij Egypte is en bij de bron van de Nijl staat.'

'Ik zie nu in dat je redenering hout snijdt. Het klopt allemaal precies,' zei Nefer Seti. 'Zeven jaar geleden, toen de Nijl opdroogde, herinnerde ik me wat je me over de expeditie van mijn grootmoeder had verteld, dus stuurde ik ook een legioen naar het zuiden met dezelfde missie: het vinden van de bron van de Nijl en het ontdekken van de oorzaak van de droogte van de rivier. De officier die ik de leiding gaf, was kolonel Ah-Akhton.'

'Dat wist ik niet,' zei Taita.

'Omdat je niet hier was en ik het dus niet met je kon bespreken. Jij en Meren zwieren rond in vreemde landen,' zei Nefer Seti afkeurend. 'Je had bij me moeten blijven.'

Taita nam een berouwvolle houding aan. 'Ik wist niet dat u me nodig had, majesteit.'

'Ik zal je altijd nodig hebben.' Hij was snel verzoend.

'Wat voor nieuws is er van de tweede expeditie?' Taita buitte zijn voordeel snel uit. 'Is ze teruggekeerd?'

'Nee. Geen enkele man van de achthonderd die vertrokken zijn, is te-ruggekomen. Ze zijn nog completer verdwenen dan het leger van mijn grootmoeder. Heeft de heks hen ook gedood?'

'Dat is heel goed mogelijk, majesteit.' Hij zag dat Nefer Seti het be-staan van de heks al had geaccepteerd en dat hij niet meer overgehaald of aangemoedigd hoefde te worden om haar te achtervolgen.

'Je laat me nooit in de steek, Taita, behalve wanneer je een uitstapje naar de goden mogen weten waar maakt.' Nefer Seti grijnsde naar hem. 'Nu ik weet wie mijn vijand is, kan ik actie tegen haar ondernemen. Hiervoor kon ik deze vreselijke bezoekingen niet van mijn volk afwen-den. Ik kon alleen maar bronnen graven, mijn vijanden om voedsel sme-ken en padden doden. Nu heb je me duidelijk gemaakt wat de oplossing voor mijn problemen is. Ik moet de heks vernietigen!'

Hij sprong op en bleef onrustig als een gekooide leeuw heen en weer lopen. Hij was een man van de daad en snel geneigd het zwaard op te nemen. Alleen al de gedachte aan strijd had hem opgebeurd. Taita en Meren keken naar zijn gezicht terwijl hij door ideeën overspoeld werd. Af en toe sloeg hij op de schede op zijn heup en riep hij uit: 'Ja! Bij Horus en Osiris, dat is het!' Ten slotte wendde hij zich weer tot Taita. 'Ik zal nog een veldtocht tegen deze Eos leiden.'

'Ze heeft al twee Egyptische legers opgeslokt, farao,' bracht Taita hem in herinnering.

Nefer Seti kalmeerde een beetje. Hij begon weer heen en weer te lopen en stond toen opnieuw stil. 'Goed dan. Net als Demeter op de Etna heeft gedaan, moeten jullie een toverspreuk van zo'n grote kracht tegen haar uitspreken dat ze van haar berg valt en als een overrijpe vrucht uiteenspat wanneer ze de grond raakt. Wat vind je daarvan, Taita?'

'Onderschat Eos niet, majesteit. Demeter was een machtiger magiër dan ik. Hij heeft met al zijn kracht tegen de heks gevochten, maar uiteindelijk heeft ze hem gedood, ogenschijnlijk zonder moeite, zoals je een teek tussen je nagels platdrukt.' Taita schudde spijtig zijn hoofd. 'Mijn toverspreuken lijken op speren. Als ze van grote afstand geworpen worden, zijn ze zwak en kan ze ze gemakkelijk met een snelle beweging van haar schild afweren. Als ik dicht genoeg bij haar kan komen en precies kan bepalen waar ze is, wordt mijn worp krachtiger en zuiverder. Als ik haar in het oog zou hebben, kan mijn speer langs haar schild vliegen. Vanaf deze grote afstand kan ik haar niet raken.'

'Als ze zo machtig is dat ze Demeter kon doden, waarom heeft ze dan bij jou niet hetzelfde gedaan?' Hij beantwoordde zijn eigen vraag onmiddellijk. 'Omdat ze bang is dat jij sterker bent dan zij.'

'Ik wou dat het zo simpel was. Nee, farao, het komt doordat ze me nog niet met al haar kracht aangevallen heeft.'

Nefer Seti keek niet-begrijpend. 'Maar ze heeft Demeter gedood en ze vermaalt elk koninkrijk tussen de molenstenen van haar kwaadaardigheid. Waarom spaart ze jou dan?'

'Ze heeft niets meer aan Demeter. Ik heb u verteld dat ze, toen ze hem gevangenhield, als een grote vampier al zijn geleerdheid en al zijn bekwaamheden uit hem gezogen heeft. Toen hij ten slotte ontsnapte, nam ze niet de moeite hem met al haar kracht te achtervolgen. Hij vormde geen bedreiging meer voor haar en hij had haar niets meer te bieden. Dat wil zeggen tot hij en ik onze krachten bundelden. Toen nam haar interesse opeens weer toe. Samen waren we zo'n grote kracht geworden dat ze mij kon bespeuren. Ze wil me niet vernietigen voordat ze me leeggezogen heeft, zoals ze bij Demeter heeft gedaan, maar ze zou me pas in de val kunnen lokken als ze me geïsoleerd had. Dus heeft ze mijn bondgenoot gedood.'

'Als ze jou wil sparen voor haar smerige doeleinden, neem ik je met mijn leger mee. Jij wordt mijn lokeend. Ik zal jou gebruiken om bij haar in de buurt te komen en terwijl ze door jou afgeleid wordt, vallen we haar allebei aan,' stelde Nefer Seti voor.

'Dat zijn wanhoopsdaden, farao. Waarom zou ze u zo dichtbij laten komen als ze u vanaf een grote afstand kan doden, zoals ze bij Demeter heeft gedaan?'

'Uit wat je me hebt verteld, blijkt dat ze de heerschappij over Egypte wil hebben. Goed, dan zal ik haar vertellen dat ik mezelf en mijn land aan haar kom overgeven. Ik zal vragen of ik onderdanig haar voeten mag kussen.'

Taita bleef ernstig kijken, al moest hij grinniken om dit naïeve voorstel. 'De heks is een ingewijde, sire.'

'Wat is dat?' vroeg Nefer Seti.

'Met haar Innerlijke Oog kan ze de ziel van een man even gemakkelijk doorgronden als u een strijdplan leest. U zou nooit dicht genoeg bij haar kunnen komen als uw aura zo veel woede laat zien.'

'Hoe denk je dan dat we bij haar in de buurt kunnen komen zonder dat dit mysterieuze oog ons opmerkt?'

'Net als zij ben ik ook een ingewijde. Ik heb geen aura dat ze kan lezen.'

Nefer Seti werd boos. Hij was al zo lang een god dat hij ontstemd raakte door elke vorm van tegenspraak of tegenwerking. Zijn stem werd schril. 'Ik ben geen kind meer dat je met je esoterische jargon in de war kunt brengen. Je weet wel heel snel de vinger op de tekortkomingen van mijn plannen te leggen,' zei hij. 'Wees nu ook eens zo vriendelijk om een alternatief voor te stellen zodat ik het genoegen zal smaken om jouw plan te bekritiseren zoals je het mijne bekritiseerd hebt, geleerde Magiër.'

'U bent de farao, u bent Egypte. U mag niet in het web vliegen dat ze weeft. Het is uw plicht om met Mintaka en uw kinderen bij uw volk te blijven om het te verdedigen, als ik mocht falen.'

'Je bent een sluwe, listige schurk, Tata. Ik weet welke kant dit op gaat. Je wilt dat ik hier in Thebe blijf om padden te doden, terwijl jij en Meren aan een nieuw avontuur beginnen. Moet ik angstig in mijn harem achterblijven als een vrouw?' vroeg hij bitter.

'Nee, majesteit, als een trotse farao op de troon, gereed om de Twee Koninkrijken met uw leven te verdedigen.'

Nefer Seti zette zijn gebalde vuisten op zijn heupen en hij keek Taita boos aan. 'Ik zou niet naar je sirenenzang moeten luisteren. Je spint een web met een even sterke draad als welke heks ook.' Toen spreidde hij berustend zijn handen. 'Zing verder, Tata, dan zal ik noodgedwongen naar je luisteren.'

'U zou kunnen overwegen om Meren een kleine strijdmacht mee te geven, niet meer dan honderd geselecteerde krijgers. Ze zullen snel reizen en van het land leven zonder hun toevlucht te hoeven nemen tot een traag bewegend bevoorradingsregiment. Pure aantallen vormen geen bedreiging voor de heks. Ze zal zich niet druk maken om een contingent van deze omvang. Omdat Meren geen gecompliceerde aura heeft, zal ze hem schouwen als een eerlijke, simpele soldaat. Ik ga met hem mee. Ze zal me van verre herkennen, maar door naar haar toe te gaan, speel ik haar in de kaart. Om de kennis en de kracht die ze begeert van me af te kunnen pakken, moet ze me dicht bij haar laten komen.'

Nefer Seti bromde en mompelde wat terwijl hij dreunend heen en weer liep. Ten slotte ging hij weer tegenover Taita staan. 'Het is moeilijk voor me om te accepteren dat ik de expeditie niet zal leiden. Je argumenten, hoe geforceerd ze ook zijn, hebben me echter overtuigd.' Zijn boze gezicht kreeg een iets mildere uitdrukking. 'Er is niemand in Egypte die ik meer vertrouw dan jou en Meren Cambyses.' Hij keek Meren aan. 'Je krijgt de rang van kolonel. Kies je honderd mannen uit, dan geef ik je daarna mijn koninklijke Havikszegel, zodat je hen overal in mijn domeinen kunt uitrusten met wapens uit de arsenalen en met paarden uit de depots.' Met het Havikszegel werd de macht van de farao aan de drager ervan gedelegeerd. 'Ik wil dat jullie op zijn laatst met de nieuwe maan gereed zijn om te vertrekken. Laat je in alles door Taita leiden. Kom veilig terug en breng me het hoofd van de heks.'

Toen bekend werd dat hij een vliegende colonne van elitecavaleristen ging rekruteren, werd Meren belaagd door vrijwilligers. Hij koos drie geharde veteranen als zijn kapiteins: Hilto-bar-Hilto, Shabako en Tonka. Ze hadden geen van drieën tijdens de burgeroorlog samen met hem gereden en gevochten – daarvoor waren ze te jong – maar hun vaders wel en hun grootvaders waren allemaal metgezellen van de Rode Weg geweest.

'Het krijgerbloed gaat van vader op zoon,' zei Meren tegen Taita. Zijn vierde keus was Habari op wie hij gesteld was geraakt en die hij was gaan vertrouwen. Hij bood hem het commando over een van de vier pelotons aan.

Hij riep de vier kapiteins bijeen, bevestigde dat ze geselecteerd waren en ondervroeg hen zorgvuldig. 'Heb je een echtgenote of een vrouw? We reizen zo snel mogelijk. We zullen geen vrouwen mee kunnen nemen.' Traditioneel reisden de Egyptische legers samen met hun vrouwen.

'Ik heb een echtgenote,' zei Habari, 'maar ik zal graag vijf of tien jaar, of zelfs langer als u dat nodig vindt, aan haar gekijf willen ontsnappen, kolonel.' De andere drie waren het met deze verstandige opvatting eens.

'Als we van het land moeten leven, dan nemen we onze vrouwen waar we hen vinden, kolonel,' zei Hilto-bar-Hilto, de zoon van de oude Hilto die al lang dood was en die de Beste van Tienduizend was geweest en het Goud van Verdienste om zijn hals had gedragen dat hem door de farao was toegekend na de slag om Ismalia, toen ze de valse farao hadden verslagen.

'Je hebt gesproken als een echte legionair.' Meren lachte. Hij delegeerde de selectie van de soldaten voor hun pelotons aan het uitverkoren viertal. Binnen tien dagen hadden ze honderd van de beste krijgers van het hele Egyptische leger verzameld. Iedere man werd uitgerust, bewapend en naar het depot gestuurd om twee strijdrossen en een pakmuilezel uit te zoeken. Zoals de farao had bevolen, waren ze op de avond van de nieuwe maan gereed om uit Thebe te vertrekken.

Twee dagen voor het vertrek stak Taita de rivier over en reed hij naar het paleis van Memnon om afscheid van koningin Mintaka te nemen. Hij zag dat ze magerder, bleek en terneergeslagen was. Ze vertrouwde hem binnen de eerste paar minuten van hun gesprek toe wat de reden daarvan was.

'O, Tata, lieve Tata. Er is iets vreselijks gebeurd. Soe is verdwenen. Hij is vertrokken zonder afscheid van me te nemen. Drie dagen nadat je hem in mijn audiëntiekamer hebt gezien, is hij verdwenen.'

Taita was niet verbaasd. Dat was de dag van Demeters gruwelijke dood geweest.

'Ik heb naar alle mogelijke plaatsen boodschappers gestuurd om hem te zoeken. Ik weet dat je even verdrietig zult zijn als ik, Taita. Je kende en bewonderde hem. We zagen in hem allebei de redding van Egypte. Kun je je speciale vermogens niet gebruiken om hem voor me te vinden en hem naar me terug te brengen? Nu hij weg is, zal ik mijn dode kinderen nooit meer terugzien. Egypte en Nefer zullen altijd blijven lijden en de Nijl zal niet meer gaan stromen.'

Taita deed zijn best om haar te troosten. Hij zag dat haar gezondheid verslechterde en dat haar trotse geest op het punt stond onder het gewicht van haar wanhoop te breken. Hij vervloekte Eos en haar werken terwijl hij alles deed wat in zijn vermogen lag om Mintaka te kalmeren en hoop te geven. 'Meren en ik vertrekken op een expeditie voorbij de zuidelijke grens. Ik zal het als mijn eerste plicht beschouwen om onderweg overal naar Soe te zoeken en te informeren. Ik voel dat hij in leven en ongedeerd is. Onverwachte omstandigheden en gebeurtenissen hebben hem gedwongen om in allerijl te vertrekken, zonder afscheid van uwe majesteit te nemen. Hij is echter van plan om bij de eerste gelegenheid naar Thebe terug te keren om zijn missie in naam van de nieuwe naamloze godin voort te zetten.' Het waren allemaal redelijke veronderstellingen, hield Taita zichzelf voor. 'Nu moet ik afscheid van u nemen. Ik zal u altijd in gedachten houden en mijn eerbiedige liefde voor u zal altijd blijven bestaan.'

De Nijl was niet meer bevaarbaar, dus namen ze de wagenweg naar het zuiden over de oever van de stervende rivier. De farao reed de eerste anderhalve kilometer naast Taita en bestookte hem met bevelen en instructies. Voordat hij omkeerde, richtte hij zich tot de manschappen van de colonne om hun een hart onder de riem te steken. 'Ik verwacht van jullie allemaal dat jullie je plicht doen,' besloot hij en hij omhelsde Taita in hun bijzijn. Toen hij wegreed, juichten ze hem toe tot hij uit het zicht was.

Taita had de reis zo gepland dat ze elke avond bij een van de vele tempels langs de oevers van de Nijl in Boven-Egypte zouden uitkomen. Bij elke tempel bleek zijn reputatie hem voorafgegaan te zijn. De hogepriester kwam naar buiten om hem en zijn mannen onderdak aan te bieden. Hun verwelkoming was oprecht, omdat Meren het Havikszegel droeg dat hem toestond om extra voedsel op te eisen van de kwartiermeesters van de militaire forten die elke stad bewaakten. De priesters verwachtten dat hun eigen karige rantsoenen door deze meevaller aangevuld zouden worden.

Na een sobere maaltijd in de eetzaal trok Taita zich elke avond in het heilige der heiligen terug. In deze omgeving waren honderden en zelfs duizenden jaren gebeden gezegd. De passie van de gelovigen had spirituele versterkingen opgebouwd die zelfs Eos slechts met de grootste moeite zou kunnen doordringen. Een tijdje zou hij daar veilig zijn voor haar toeziend oog. Hij kon zich tot zijn eigen goden richten zonder angst voor tussenkomst van kwaadaardige geesten die de heks stuurde om hem te misleiden. Hij bad tot de god aan wie de tempel waar hij zich bevond, was gewijd om kracht en leiding in zijn naderende strijd met de heks. In de rust en sereniteit van een dergelijke omgeving kon hij mediteren en zijn fysieke en spirituele kracht opbouwen.

De tempels waren het middelpunt van elke gemeenschap en vergaarplaatsen van geleerdheid. Hoewel veel van de priesters geen hoogvliegers waren, waren sommigen van hen erudiet en ontwikkeld. Ze waren op de hoogte van alles wat er in hun provincie gebeurde en voelden de stemming in hun gemeente aan. Ze waren een betrouwbare bron van informatie. Taita bracht urenlang met hen door en ondervroeg hen diepgaand. Eén vraag stelde hij aan hen allemaal: 'Hebt u gehoord van vreemden die zich heimelijk onder uw mensen bewegen en een nieuwe religie prediken?'

Ze beantwoordden de vraag allemaal bevestigend. 'Ze prediken dat de oude goden falen, dat ze niet langer in staat zijn om Egypte te beschermen. Ze prediken over een nieuwe godin die tussen ons zal neerdalen en de vloek zal opheffen die op de rivier en het land rust. Wanneer ze komt, zal ze de plagen bevelen op te houden en Moeder Nijl om weer te gaan stromen en Egypte haar overvloed te schenken. Ze vertellen de mensen dat de farao en zijn familie in het geheim aanhangers van deze nieuwe godin zijn en dat Nefer Seti de oude goden zal afzweren en van zijn trouw aan haar zal getuigen.' Daarna vroegen ze bezorgd: 'Vertel ons eens, grote Magiër, is dat waar? Zal de farao zich uitspreken voor de vreemde godin?'

'Voordat dat gebeurt, zullen de sterren als regendruppels uit de hemel vallen. De farao is Horus met hart en ziel toegewijd,' verzekerde hij hun. 'Maar vertel me eens of de mensen naar deze charlatans luisteren.'

'Het zijn maar mensen. Hun kinderen verhongeren en ze zijn ten prooi aan diepe wanhoop. Ze zullen iedereen volgen die hun een uitweg uit hun ellende biedt.'

'Hebt u een van deze predikers ontmoet?'

Dat hadden ze geen van allen. 'Ze zijn terughoudend en ongrijpbaar,' zei er een. 'Hoewel ik boodschappers naar hen toe heb gestuurd om hen uit te nodigen hun geloof aan me te verklaren, is er niemand gekomen.'

'Bent u de naam van sommigen van hen te weten gekomen?'

'Het lijkt erop dat ze allemaal dezelfde naam gebruiken.'

'Is dat Soe?' vroeg Taita.

'Ja, Magiër, dat is de naam die ze gebruiken. Misschien is het een titel in plaats van een naam.'

'Zijn het Egyptenaren of buitenlanders? Spreken ze onze taal alsof ze hier geboren zijn?'

'Ik heb gehoord dat ze dat doen en dat ze beweren dat ze van ons bloed zijn.'

De man met wie hij bij deze gelegenheid praatte, was Sarepi, de hogepriester van de tempel van Khoem in de derde provincie van Boven-Egypte. Toen Taita alles had gehoord wat de man over deze kwestie wist, stapte hij over op wereldser onderwerpen: 'Hebt u als kenner van de natuurwetten nog geprobeerd om een manier te vinden om het rode water van de rivier voor menselijke consumptie geschikt te maken?'

De hoffelijke, vrome man was ontzet door deze suggestie. 'De rivier is vervloekt. Niemand durft erin te baden, laat staan het water te drinken. De koeien die dat doen kwijnen weg en sterven binnen een paar dagen. De rivier is de woonplaats van reusachtige, aasetende padden geworden die ik nog nooit in Egypte of welk ander land ook heb gezien. Ze verdedigen de stinkende poelen fel en vallen iedereen aan die erbij in de buurt komt. Ik sterf nog liever van dorst dan dat ik dat giftige water drink,' antwoordde Sarepi met een van walging vertrokken gezicht. 'Zelfs de tempelnovices geloven, net als ik, dat de rivier door de een of andere kwaadaardige god ontheiligd is.'

Daarom deed Taita zelf een serie experimenten om de ware aard van het rode water vast te stellen en om een manier te vinden om de Nijl te zuiveren. Meren dreef de colonne in een moordend tempo voort, omdat hij wist dat de paarden spoedig van dorst zouden sterven als hij geen manier vond om hun watervoorraad te vergroten. De bronnen die de farao pas had laten graven, lagen ver uit elkaar en ze gaven bij lange na niet genoeg water om de dorst te lessen van driehonderd paarden waarvan de hele dag veel geëist was. Dit was de gemakkelijkste fase van de reis. Boven het witte water van de eerste stroomversnelling liep de rivier duizenden kilometers door harde, onherbergzame woestijnen waarin geen bronnen waren. Het regende daar één keer in de honderd jaar en het was het leefgebied van schorpioenen en wilde dieren, zoals de spiesbok die zonder oppervlaktewater in het domein van de tirannieke zon kon overleven. Als hij geen duurzame bron van water kon vinden, zou de expeditie in die brandend hete woestenij stuklopen en nooit de samenvloeiing van de Nijl, laat staan haar bron, vinden.

Elke keer dat ze hun kamp opsloegen, besteedde Taita uren aan zijn experimenten, daarbij geassisteerd door vier van Merens jongste soldaten die zich daarvoor vrijwillig hadden aangemeld. Ze waren vereerd dat ze met de machtige magiër mochten samenwerken: het was een verhaal dat ze aan hun kleinkinderen zouden vertellen. Wanneer ze met hem samenwerkten, waren ze niet bang voor demonen en vloeken, want ze hadden een blind vertrouwen in Taita's vermogen om hen te beschermen. Ze zwoegden avond aan avond zonder te klagen, maar hoe geniaal de magiër ook was, hij kon geen manier vinden om het stinkende water zoet te maken.

Zeventien dagen nadat ze uit Karnak waren vertrokken, bereikten ze het grote tempelcomplex op de rivieroever bij Kom Ombo dat aan de godin Hathor was gewijd. De hogepriesteres heette de vermaarde magiër hartelijk welkom. Zodra Taita had gezien dat zijn assistenten koperen potten op het vuur zetten om het Nijlwater te koken, liet hij hen achter en ging hij naar het heilige der heiligen van de tempel.

Zodra hij er binnengegaan was, werd hij zich bewust van een weldadige invloed. Hij liep naar het beeld van de koegodin en ging er in kleermakerszit voor zitten. Omdat Demeter hem had gewaarschuwd dat de beelden van Lostris die aan hem verschenen bijna zeker onbetrouwbaar waren en door de heks tevoorschijn waren getoverd om hem te misleiden en in verwarring te brengen, had hij het niet aangedurfd haar aanwezigheid op te roepen. Op deze plek had hij echter het gevoel dat hij de bescherming genoot van Hathor, een van de machtigste godinnen van het pantheon. Als beschermgodin van alle vrouwen zou ze Lostris in haar heiligdom zeker beschermen.

Hij bereidde zich geestelijk voor door drie keer de rites voor het benaderen van een godheid te zeggen; daarna opende hij zijn Innerlijke Oog en wachtte in de schaduwachtige stilte rustig. Geleidelijk werd de stilte verbroken door het kloppen van zijn bloed in zijn oren, de voorbode van een spirituele kracht die hem naderde. Het kloppen werd luider en hij wachtte op de gewaarwording van kou die hem omhulde, gereed om het contact direct te verbreken zodra hij de eerste kou in de lucht zou voelen. Het bleef stil en aangenaam warm in het heiligdom. Zijn gevoel van veiligheid en zijn gemoedsrust namen toe en hij werd slaperig. Hij sloot zijn ogen en aanschouwde een visioen van kristalhelder water.

Daarna hoorde hij een lieve, kinderlijke stem die zijn naam riep: 'Taita, ik kom naar je toe!' Hij zag diep in het water iets flitsen en even dacht hij dat een zilverkleurige vis naar het oppervlak omhoogschoot. Toen zag hij dat hij zich vergist had: het was het slanke, witte lichaam van een kind dat naar hem toe zwom. Een hoofd kwam boven water en hij zag dat het een kind van een jaar of twaalf was. Haar lange, drijfnatte haar viel als een goudkleurige sluier over haar gezicht en haar kleine borsten.

'Ik hoorde je roepen.' Haar lach klonk vrolijk en hij lachte met haar mee. Het meisje zwom naar hem toe, bereikte een witte zandbank net onder het oppervlak en stond op. Het was een meisje: hoewel haar heupen nog geen vrouwelijke welvingen hadden en haar bovenlichaam alleen werd gesierd door de contouren van haar ribben, had ze een kleine, haarloze plooi tussen haar dijen.

'Wie ben je?' vroeg hij. Met een hoofdbeweging schudde ze haar haar naar achteren zodat haar gezicht zichtbaar werd. Zijn hart zwol op tot het zijn ademhaling bemoeilijkte. Het was Lostris.

'Je moest je schamen dat je me niet herkent, want ik ben Fenn,' zei ze. De naam betekende Maanvis.

'Ik wist wel wie je was,' zei Taita. 'Je ziet er precies zo uit als toen ik je voor het eerst ontmoette. Ik zou je ogen nooit kunnen vergeten. Ze waren toen de groenste en mooiste ogen van heel Egypte en dat zijn ze nog steeds.'

'Je liegt, Taita. Je herkende me niet.' Ze stak een puntige, roze tong naar hem uit.

'Ik heb je geleerd om dat niet te doen.'

'Dan heb je het me niet goed geleerd.'

'Fenn was je kindernaam,' bracht hij haar in herinnering. 'Toen je je eerste rode maan kreeg, veranderden de priesters hem in je vrouwennaam.'

'Dochter van de Wateren.' Ze trok een gezicht naar hem. 'Ik heb die naam nooit mooi gevonden. "Lostris" klinkt zo gek en saai. Ik vind "Fenn" veel leuker.'

'Dan ben je voor mij Fenn,' zei hij.

'Ik zal op je wachten,' beloofde ze. 'Ik kwam je een geschenk brengen, maar nu moet ik terug. Ze roepen me.' Ze dook gracieus diep onder water met haar armen langs haar zij en trappend met haar slanke benen om dieper te komen. Haar haar wapperde achter haar aan als een goudkleurige vlag.

'Kom terug!' riep hij haar na. 'Je moet me vertellen waar je op me zult wachten.' Maar ze was weg en slechts een vage echo van gelach zweefde naar hem terug.

Toen hij wakker werd, wist hij dat het laat was, want de tempellampen flakkerden. Hij voelde zich verkwikt en opgetogen. Hij merkte dat hij iets in zijn rechterhand geklemd hield. Hij opende zijn vuist voorzichtig en zag dat zijn hand gevuld was met wit poeder. Hij vroeg zich af of dit Fenns geschenk was. Hij bracht het poeder naar zijn neus en rook er behoedzaam aan.

'Kalk!' riep hij uit. Elk dorp langs de rivier had een primitieve oven waarin de boeren stukken kalksteen tot dit poeder verbrandden. Ze beschilderden de wanden van hun hutten en hun graanschuren ermee: de witte verfkleur weerkaatste de zonnestralen zodat het binnen koeler bleef. Hij wilde het weggooien, maar weerhield zich. 'Het geschenk van een godin dient met respect behandeld te worden.' Hij glimlachte om zijn eigen dwaasheid. Hij vouwde de handvol kalksteenpoeder in de zoom van zijn tuniek, legde er een knoop in en ging naar buiten.

Meren wachtte bij de deur van het heiligdom op hem. 'Uw mannen hebben het riverwater voor u klaargezet, maar ze hebben lang op u gewacht. Ze zijn moe van de reis en hebben slaap nodig.'

Er klonk een licht verwijt in Merens stem. Hij zorgde voor zijn mannen. 'Ik hoop dat u niet van plan bent de hele nacht op te blijven om boven die stinkende waterpotten te hangen. Ik kom u voor middernacht halen, want ik sta het niet toe.'

Taita negeerde het dreigement en vroeg: 'Heeft Shofar de drankjes die ik bereid heb om het water mee te behandelen bij de hand?'

Meren lachte. 'Hij zei dat ze nog erger stinken dan het rode water.' Hij bracht Taita naar de plek waar de vier potten stonden te borrelen en te dampen. Zijn assistenten die om het vuur neergehurkt zaten, krabbelden overeind, staken lange palen door de handvatten van de potten en tilden ze van de vuren. Taita wachtte tot het water voldoende afgekoeld was en liep toen langs de rij potten om zijn drankjes erin te gooien, Shofar roerde erin met een houten spaan. Toen hij de laatste pot wilde behandelen, bleef Taita staan. 'Het geschenk van Fenn,' mompelde hij en hij maakte de knoop in de zoom van zijn tuniek los. Hij goot het kalksteenpoeder in de laatste pot. Voor de zekerheid haalde hij de Amulet van Lostris over het mengsel heen en galmde een krachtwoord: 'Ncube!'

De vier assistenten wisselden een eerbiedige blik.

'Laat de potten tot morgenochtend afkoelen,' beval Taita, 'en ga slapen. Jullie hebben het goed gedaan. Bedankt.'

Zodra Taita zich op de slaapmat had uitgestrekt, viel hij in een coma-achtige slaap, zonder te worden gestoord door dromen of zelfs Merens gesnurk. Toen ze bij zonsopgang ontwaakten, stond Shofar bij de deur met een brede grijns op zijn gezicht. 'Kom snel, machtige Magiër. We hebben iets wat u voldoening zal schenken.'

Ze haastten zich naar de potten naast de koude as van de vuren van vorige avond. Habari en de andere kapiteins stonden in de houding aan het hoofd van hun manschappen die in paradeformatie opgesteld waren. Ze sloegen met hun zwaardscheden tegen hun schilden en juichten alsof Taita een zegevierende generaal was die het slagveld in bezit nam. 'Stilte!' mopperde Taita. 'Jullie splijten mijn schedel nog met die herrie!' Maar ze juichten hem alleen maar luider toe.

De eerste drie potten waren gevuld met een misselijkmakend, zwart brouwsel, maar het water in de vierde was helder. Hij schepte er een handvol uit en proefde het voorzichtig. Het was niet zoet, maar het had de aardesmaak die ze allemaal van kindsbeen af kenden: de vertrouwde smaak van Nijlmodder.

Daarna kookten ze elke avond wanneer ze hun kamp opgeslagen hadden rivierwater in de potten en voegden er kalksteenpoeder aan toe en 's ochtends vulden ze de waterzakken voordat ze vertrokken. Niet langer verzwakt door dorst herstelden de paarden zich en konden ze in een hoger tempo verder reizen. Negen dagen later bereikten ze Assoean. Voor hen lag de eerste van de zes grote stroomversnellingen. Ze vormden een enorm obstakel voor boten, maar paarden konden de karavaanroute nemen die eromheen liep.

In de stad Assoean liet Meren de paarden en de mannen drie dagen uitrusten en ze vulden hun graanzakken aan in de koninklijke graansilo. Hij stond de mannen toe zich te wapenen tegen de ontberingen van het volgende lange deel van de reis door hen de bordelen langs de haven te laten bezoeken. Zich bewust van zijn nieuwe rang en verantwoordelijkheid beantwoordde hij de verleidelijke blikken en de brutale uitnodigingen van de plaatselijke schoonheden met geveinsde onverschilligheid.

De poel onder de eerste stroomversnelling was veranderd in een modderplas, dus Taita had geen jollenman nodig om hem naar het kleine, rotsachtige eiland te roeien waarop de grote tempel van Isis stond. In de muren ervan waren gigantische beelden uitgehouwen van de godin, haar echtgenoot Osiris, en haar zoon Horus. Taita reed er op Windrook naartoe en haar hoeven kletterden op de rotsachtige rivierbedding. Alle priesters waren verzameld om hem te begroeten en hij bracht drie dagen met hen door.

Ze hadden weinig nieuws voor hem over de condities in Nubië in het zuiden. In de goede tijden waarin de overstroming van de Nijl betrouwbaar en krachtig was, voer een grote vloot van handelsvaartuigen regelmatig heen en weer tot aan Qebui bij de samenvloeiing van de twee Nijlen. Ze keerden terug met ivoor, het gedroogde vlees en de huiden van wilde dieren, houten balken, staven koper, en goudklompjes uit de mijnen langs de Athara, de grootste zijrivier van de Nijl. Nu de overstroming was uitgebleven en het water dat in de poelen langs de route was overgebleven bloedrood was geworden, durfden maar weinig reizigers de gevaarlijke weg door de woestijnen te voet of te paard te nemen. De priesters waarschuwden hem dat de zuidelijke weg en de heuvels erlangs het domein van misdadigers en uitgestotenen waren geworden.

Weer informeerde hij naar de predikers van de valse godin. Ze vertelden hem dat het gerucht de ronde deed dat de Soe-profeten uit de woestijn waren gekomen en naar het noorden, naar Karnak en de delta, waren getrokken, maar dat ze geen van allen contact met hen hadden gehad.

Toen de avond viel, trok Taita zich terug in het heilige der heiligen van de moeder-godin en onder haar bescherming voelde hij zich veilig genoeg om te mediteren en te bidden. Hoewel hij zijn beschermgodin opriep, reageerde ze niet direct tijdens de eerste twee nachten van zijn wake. Toch voelde hij zich sterker en beter voorbereid op de uitdagingen die voor hem lagen op de weg naar Qebui en in de nog niet in kaart gebrachte gebieden en moerassen erachter. Zijn onvermijdelijke confrontatie met Eos leek minder angstaanjagend. Zijn sterkere lichaam en zijn vastberadenheid zouden het gevolg kunnen zijn van de zware tocht te paard in het gezelschap van jonge soldaten en officieren en de spirituele oefeningen die hij had gedaan sinds hij uit Thebe was vertrokken, maar hij schepte er genoegen in om te denken dat de nabijheid van de godin Lostris, of Fenn, zoals ze nu genoemd wilde worden, hem voor de strijd had gesterkt.

Op de laatste ochtend, toen hij door het eerste licht van de zonsopgang werd gewekt, vroeg hij weer om Isis' zegen en bescherming en om die van eventuele andere goden die in de buurt waren. Toen hij uit het heiligdom wilde vertrekken, wierp hij nog een laatste blik op het beeld van Isis, dat uit één groot stuk rood graniet was uitgehouwen. Het verrees tot aan het dak, het hoofd ervan was in schaduw gehuld en de stenen ogen staarden onverzoenlijk voor zich uit. Hij boog zich voorover om zijn stok op te pakken die naast het kleed van gevlochten papyrusbladeren stond waarop hij de nacht had doorgebracht. Voordat hij zich kon oprichten, begon het bloed zachtjes in zijn oren te kloppen, maar hij voelde geen kilte op zijn naakte bovenlichaam. Hij keek op en zag dat het beeld hem aanstaarde. De ogen waren tot leven gekomen. Ze glansden en hadden een lichtgevende groene kleur. Het waren Fenns ogen en hun uitdrukking was even teder als die van een moeder die naar een baby kijkt die aan haar borst slaapt.

'Fenn,' fluisterde hij. 'Lostris, bent u daar?' De echo van haar lach kwam uit het stenen gewelf hoog boven zijn hoofd, maar hij zag alleen maar de donkere vormen van vleermuizen die terugvlogen naar hun plek.

Hij richtte zijn blik weer op het beeld. Het stenen hoofd was nu tot leven gekomen en het was dat van Fenn. 'Onthoud dat ik op je wacht,' fluisterde ze.

'Waar kan ik je vinden? Vertel me waar ik moet zoeken,' smeekte hij.

'Waar zou je nu naar een maanvis moeten zoeken,' plaagde ze hem. 'Je zult me tussen de andere vissen vinden.'

'Maar waar zijn de vissen?' vroeg hij smekend. Haar levende gezicht verhardde zich alweer tot steen en de glanzende ogen werden dof.

'Waar?' riep hij. 'Wanneer?'

'Hoed je voor de profeet van de duisternis. Hij draagt een mes. Hij wacht ook op je,' fluisterde ze triest. 'Nu moet ik gaan. Ik mag niet langer van haar blijven.'

'Van wie niet? Van Isis of van iemand anders?' Het zou heiligschennis zijn om de naam van de heks op deze heilige plaats te noemen. Maar de lippen van het beeld waren verstijfd.

Handen trokken aan zijn bovenarm. Hij schrok en keek om zich heen in de verwachting dat er nog een geestverschijning vaste vorm had aangenomen, maar hij zag alleen het bezorgde gezicht van de hogepriester die vroeg: 'Magiër, wat mankeert u? Waarom schreeuwt u?'

'Het was maar een droom, een dwaze droom.'

'Dromen zijn nooit dwaas. Juist u zou dat moeten weten. Het zijn waarschuwingen en boodschappen van de goden.'

Hij nam afscheid van de heilige mannen en ging naar de stallen. Windrook rende naar hem toe en schopte speels haar hoeven omhoog terwijl een bosje hooi uit haar mondhoek hing.

'Ze hebben je verwend, dikke oude sloerie. Je moest jezelf eens zien terwijl je dartelt als een veulen met je dikke buik,' schold Taita liefdevol tegen haar. Tijdens hun verblijf in Karnak had een onvoorzichtige stalknecht een van de lievelingshengsten van de farao de kans gegeven bij haar te komen. Ze werd nu rustig en bleef staan om hem te laten opstijgen en daarna reed Taita naar de plek waar Merens soldaten hun tenten opbraken. Toen de colonne gereed was en de mannen naast het hoofd van hun paard stonden met de reservepaarden en de pakmuilezels aan teugels achter zich, liep Meren langs de gelederen om de wapens en de uitrusting te controleren en zich ervan te vergewissen dat iedere man een koperen waterpot en een zak met kalk op de rug van de muilezel had gebonden.

'Opstijgen!' brulde hij vanaf het hoofd van de colonne. 'Vertrekken! Wandeltempo! Draf!' Een stoet huilende vrouwen volgde hen tot de voet van de heuvels, waar ze terugvielen omdat ze het tempo dat Meren aanhield niet meer konden bijhouden.

'Het afscheid is bitter, maar de herinneringen zijn zoet,' merkte Hilto-bar-Hilto op en zijn peloton grinnikte.

'Nee, Hilto,' riep Meren vanaf het hoofd van de colonne. 'Hoe zoeter het vlees, hoe zoeter de herinneringen!'

Ze brulden van het lachen en trommelden met hun zwaardscheden op hun schilden.

'Nu lachen ze,' zei Taita droogjes, 'maar we zullen zien of ze ook nog lachen in de oven van de woestijn.' Ze keken neer in het ravijn van de stroomversnelling. Ze hoorden geen geruis van woelig water. De scherpe rotsen die gewoonlijk een gevaar vormden voor schepen, waren nu droog en lagen bloot, zwart als de ruggen van een kudde wilde buffels. Aan het boveneinde, op een steile rots die over het ravijn uitkeek, stond een hoge granieten obelisk. Terwijl de mannen hun paarden en muilezels lieten drinken, beklommen Taita en Meren de rots tot aan het monument en bleven aan de voet ervan staan. Taita las de inscriptie hardop voor:

'Ik, koningin Lostris, regente van Egypte en weduwe van farao Mamose, de achtste van die naam, moeder van kroonprins Memnon die na mij de Twee Koninkrijken zal regeren, heb de bouw van dit monument verordineerd.

Dit is het symbool van mijn eed aan het volk van Egypte dat ik naar hen zal terugkeren uit de wildernis waarnaar ik door de barbaren ben verdreven.

Deze steen is hier neergezet in het eerste jaar van mijn bewind, het negenhonderdste na de bouw van de grote piramide van farao Cheops.

Moge deze steen hier onbeweeglijk als de piramide blijven staan tot ik mijn belofte om terug te keren heb ingelost.'

Terwijl de herinneringen terugkwamen, vulden Taita's ogen zich met tranen. Hij zag haar weer voor zich als op de dag waarop de obelisk was opgericht: Lostris was toen twintig geweest, trots in haar koninklijkheid en vrouwelijke schoonheid.

'Op deze plek heeft koningin Lostris het Goud van Verdienste om mijn schouders gehangen,' zei hij tegen Meren. 'Het was zwaar, maar het was me minder dierbaar dan haar genegenheid.' Ze gingen terug naar beneden, naar de paarden, en reden verder.

De woestijn omhulde hen als de vlammen van een reusachtig vreugdevuur. Ze konden overdag niet reizen, dus kookten ze het rivierwater, deden er kalkpoeder bij en gingen, hijgend als jachthonden die hard achter het wild aan hadden gelopen, in de schaduw liggen die ze konden vinden. Wanneer de zon de westelijke horizon raakte, stegen ze op en reden de hele nacht door. Op sommige plaatsen stonden de grimmige rotsen zo dicht bij de rivieroever dat ze alleen achter elkaar over het smalle pad konden rijden. Ze kwamen langs vervallen hutten die eens onderdak hadden geboden aan reizigers die hun waren voorgegaan, maar ze waren verlaten. Ze vonden geen verse sporen van mensen, maar op de tiende dag nadat ze uit Assoean waren vertrokken, kwamen ze weer bij een groepje verlaten hutten dat naast een plek stond waar eens een diepe poel moest zijn geweest. Een ervan moest onlangs gebruikt zijn, want de as in de haard was nog vers en stevig. Zodra Taita de hut binnenging, voelde hij vaag maar onmiskenbaar dat de ruimte door de heks was bezoedeld. Toen zijn ogen aan het halfdonker gewend waren, zag hij dat er met houtskool iets in hiëratisch schrift op de muur was geschreven.

'Eos is groot. Eos komt.' Nog niet lang geleden was een van de aanhangers van de heks hier geweest. Zijn voetafdrukken waren nog zichtbaar in het stof op de vloer op de plaats waar hij had gestaan om de tekst te schrijven. Het was bijna zonsopgang en de hitte van de dag kwam snel opzetten. Meren beval de colonne om het kamp op te slaan. Zelfs de geruïneerde hutten zouden hun nog enige beschutting tegen de meedogenloze zon bieden. Terwijl de mannen bezig waren en voordat de hitte ondraaglijk zou worden, zocht Taita naar andere sporen van de aanbidder van Eos. Op een stukje losse aarde op het steenachtige pad dat naar het zuiden leidde, vond hij hoefafdrukken. Aan de diepte ervan zag hij dat het paard een zware last had gedragen. De sporen leidden naar het zuiden, naar Qebui. Taita riep Meren en vroeg: 'Hoe oud zijn deze sporen?' Meren was een uitstekende verkenner en spoorzoeker.

'Dat valt onmogelijk met zekerheid te zeggen, Magiër. Meer dan drie dagen en minder dan tien.'

'Dan is de aanbidder van Eos al ver vóór ons.'

Toen ze teruggingen om beschutting in de hutten te zoeken, sloeg een paar donkere ogen vanaf de heuvels boven het kamp al hun bewegingen gade. De duistere, broeierige blik was die van Soe, de profeet van Eos die koningin Mintaka had behekst. Hij was degene die de inscriptie op de wand van de hut had geschreven. Nu had hij er spijt van dat hij zijn aanwezigheid verraden had.

Hij lag in het beetje schaduw van de steile rotsen boven hem. Drie dagen geleden was zijn paard in een scheur in een van de stenen op het pad gestapt en had daarbij zijn voorbeen gebroken. Binnen een uur was er een troep hyena's verschenen die het kreupele dier naar de grond hadden getrokken. Terwijl het nog krijste en trapte, scheurden ze stukken vlees van zijn lichaam die ze direct verslonden. Soe had de vorige nacht zijn laatste water opgedronken. Hij was gestrand in dit afschuwelijke oord en had zich erbij neergelegd dat hij binnen niet al te lange tijd zou sterven.

Toen had hij onverwacht en tot zijn grote vreugde hoefslagen gehoord van paarden die het dal in kwamen. In plaats van zich naar beneden te haasten om de nieuwkomers te begroeten en hun te smeken om hem mee te nemen, had hij hen vanuit zijn schuilplaats behoedzaam bespied. Hij herkende de groep mannen zodra deze in zicht kwam als een detachement van de koninklijke cavalerie. Ze waren goed uitgerust en reden op geweldige paarden. Het was duidelijk dat ze een speciale opdracht hadden, misschien zelfs van de farao zelf. Het was zelfs mogelijk dat ze waren gekomen om hem gevangen te nemen en hem mee terug te slepen naar Karnak. Hij wist dat hij bij de doorwaadbare plaats in de Nijl beneden Thebe was gezien door de magiër Taita en dat deze een vertrouweling van koningin Mintaka was. Er was niet veel fantasie voor nodig om te concluderen dat ze hem waarschijnlijk in vertrouwen had genomen en dat hij wist dat de koningin onder Soes invloed stond. Soe was duidelijk schuldig aan opruiing en verraad en hij zou voor een tribunaal van de farao geen schijn van kans hebben. Dat was de reden dat hij uit Karnak was gevlucht. Nu herkende hij Taita tussen de soldaten die hun kamp beneden hadden opgeslagen.

Soe bestudeerde de paarden die tussen de hutten op de rivieroever getuierd waren. Het was niet duidelijk wat hij het meest nodig had om te kunnen overleven: een paard of de uitpuilende waterzakken die een soldaat van zijn pakmuilezel laadde. Wanneer het erom ging een paard te kiezen, dan zou de merrie die Taita voor zijn hut getuierd had het meest in aanmerking komen, want ze was ongetwijfeld het sterkste en mooiste dier van allemaal. Weliswaar was ze drachtig, maar ze zou toch Soes eerste keus zijn als hij bij haar kon komen.

Het kamp bruiste van activiteit. De paarden werden gevoerd en gedrenkt, er werden koperen potten gevuld met water uit de poel en naar boven gedragen en op de vuren gezet waarop de mannen ook hun voedsel aan het bereiden waren. Toen de maaltijd klaar was, splitsten de soldaten zich op in vier pelotons en hurkten in afzonderlijke kringen om de gemeenschappelijke potten neer. De zon stond nog ruim boven de horizon voordat ze een beetje schaduw vonden om zich te installeren voor de nacht. Er daalde een slaperige stilte op het kamp neer. Soe markeerde de posities van de schildwachten nauwkeurig. Er waren er vier die met tussenafstanden aan de rand van het kamp stonden. Het leek hem het beste om het kamp vanuit de droge rivierbedding te benaderen, dus schonk hij de schildwacht aan die kant zijn volle aandacht. Toen de man zich een aanzienlijke tijd niet had bewogen, concludeerde Soe dat hij ingedommeld was. Hij glipte de zijkant van de helling af zodat de waakzamere schildwacht aan de linkerkant van het kamp hem niet zou kunnen zien. Hij bereikte de droge rivierbedding achthonderd meter beneden het kamp en hij bewoog zich daarna geruisloos stroomopwaarts. Toen hij tegenover het kamp was gekomen, stak hij zijn hoofd langzaam boven de oever uit.

Een schildwacht zat in kleermakerszit maar twintig passen van hem vandaan. Zijn kin was op zijn borst gezakt en zijn ogen waren dicht. Soe dook weer onder de oever weg, trok zijn zwarte gewaad uit en stopte het opgerold onder zijn arm. Hij stopte zijn in de schede gestoken dolk in zijn lendendoek, klom naar de top van de oever en liep brutaal naar de hut waarachter de grijze merrie getuierd was. Omdat hij alleen een lendendoek en sandalen droeg, zou hij kunnen proberen zich voor een legionair uit te geven. Als hij staande werd gehouden, zou hij in vloeiend Egyptisch kunnen antwoorden dat hij naar de rivierbedding was geweest om zijn behoefte te doen. Hij kwam bij de hoek van de hut en dook eromheen.

De merrie was vlak voorbij de open deur getuierd en een volle waterzak lag in de schaduw van de wand. Het zou maar een paar seconden kosten om hem over de schoften van de merrie te zwaaien. Hij reed altijd zonder zadel en had geen zadeldeken of stijgbeugels nodig. Hij sloop naar de merrie toe en streelde haar nek. Ze draaide haar hoofd om, snuffelde aan zijn hand en bewoog zich onrustig, maar ze kalmeerde weer toen hij geruststellend tegen haar fluisterde en haar op haar schouder klopte. Toen liep hij naar de waterzak toe. Hij was zwaar, maar hij tilde hem op en gooide hem over haar rug. Hij maakte de knoop van haar halstertouw los en wilde net opstijgen toen een stem vanuit de deuropening naar hem riep: 'Hoed u voor de valse profeet. Ik ben voor je gewaarschuwd, Soe.'

Geschrokken keek hij over zijn schouder. De magiër stond in de deuropening. Hij was naakt. Zijn lichaam was mager en gespierd als dat van een veel jongere man, maar in zijn kruis, rondom het verschrikkelijke litteken van de oude wond van zijn castratie, was het haar grijs. Zijn haar en baard waren verward, maar zijn ogen stonden helder. Hij verhief zijn stem en sloeg luidkeels alarm. 'Hierheen, gardisten! Hilto, Habari, Meren! Shabako, hierheen!' Het alarm werd onmiddellijk overgenomen en door het kamp geschreeuwd.

Soe aarzelde niet langer. Hij zwaaide zich op Windrooks rug en spoorde haar aan. Taita wierp zich in hun pad en greep het halstertouw vast. De merrie kwam zo abrupt tot stilstand dat Soe op haar nek werd geworpen. 'Opzij, oude gek!' riep hij woedend.

Hij draagt een mes. Fenns waarschuwing echode in Taita's hoofd en hij zag de flits van een dolk in Soes rechterhand toen deze zich naar hem vooroverboog. Als hij niet gewaarschuwd was, zou de dolk Taita recht in de keel geraakt hebben, maar nu had hij net genoeg tijd om opzij te duiken. De punt van de dolk trof hem hoog in de schouder. Hij wankelde achteruit, terwijl het bloed over zijn schouder en langs zijn zij stroomde. Soe dreef de merrie naar voren om hem omver te rijden. Terwijl hij de wond omklemde, floot Taita scherp. Windrook werd weer schichtig en steigerde toen zo hevig dat Soe languit in het vuur geworpen werd en een waterpot in een sissende wolk stoom omstootte. Soe kroop van de hete kolen af, maar voordat hij overeind kon komen, werd hij door twee forse soldaten besprongen en in het zand vastgepind.

'Dat is een kunstje dat ik de merrie heb geleerd,' zei Taita zachtjes tegen Soe en hij pakte de dolk die Soe had laten vallen uit het zand op. Hij zette de punt ervan net voor het oor tegen de zachte huid van Soes slaap. 'Blijf stilliggen of ik doorboor je hoofd als een rijpe granaatappel.'

Meren kwam naakt de hut uit rennen, met zijn zwaard in zijn hand. Hij zag met één oogopslag wat er aan de hand was. Hij drukte de bronzen punt van zijn zwaard in Soes nek en keek toen naar Taita op. 'Het zwijn heeft u verwond. Zal ik hem doden, Magiër?'

'Nee!' antwoordde Taita. 'Dit is Soe, de valse profeet van de valse godin.'

'Bij Seths zweterige ballen, nu herken ik hem. Hij was het die de padden bij de doorwaadbare plaats tegen Demeter heeft opgezet.'

'Een en dezelfde,' beaamde Taita. 'Bind hem goed vast. Zodra ik deze wond verzorgd heb, wil ik met hem praten.'

Toen Taita een poosje later de hut uit kwam, was Soe gekneveld en in het volle zonlicht gelegd. Ze hadden hem zijn lendendoek uitgetrokken om er zeker van te zijn dat hij daarin geen ander mes verborgen had en zijn huid begon al rood te worden onder de streling van de zon. Hilto en Shabako stonden met getrokken zwaard bij hem. Meren zette een stoel met een zitting van leren riemen in de schaduw van de hut en Taita ging er op zijn gemak op zitten. Hij nam er de tijd voor om Soe met het Innerlijke Oog te onderzoeken: de aura van de man was onveranderd sinds de laatste keer dat hij ernaar gekeken had: boos en verward.

Ten slotte stelde Taita hem een reeks simpele vragen waarop hij de antwoorden al kende, zodat hij kon zien hoe Soes aura reageerde wanneer de man de waarheid sprak of loog.

'Je staat bekend als Soe?'

Soe keek hem zwijgend en uitdagend aan. 'Prik hem in zijn been, maar niet te diep,' beval Taita Shabako. Shabako diende hem een goed beoordeelde steek toe. Soe kronkelde schreeuwend en rukte aan zijn boeien. Er liep een dun straaltje bloed over zijn dij.

'Ik begin opnieuw,' zei Taita. 'Ben je Soe?'

'Ja,' zei hij met raspende stem tussen zijn opeengeklemde tanden door. Zijn aura brandde gestaag.

Waar, dacht Taita.

'Ben je Egyptenaar?'

Soe hield zijn mond en staarde hem nors aan.

Taita knikte naar Shabako. 'Het andere been.'

'Ja,' antwoordde Soe snel. Zijn aura bleef onveranderd. De waarheid.

'Je geeft koningin Mintaka onderricht in je geloof?'

'Ja.' Weer de waarheid.

'Heb je haar beloofd dat je haar dode kinderen tot leven zal brengen?'

'Nee.' Soes aura was plotseling doorschoten met een groenachtig licht.

Het teken dat hij liegt, dacht Taita. Hij had nu een maatstaf waarmee hij Soes volgende antwoorden kon beoordelen.

'Vergeef me mijn gebrek aan gastvrijheid, Soe. Heb je dorst?'

Soe likte over zijn droge, gebarsten lippen. 'Ja,' fluisterde hij. Duidelijk de waarheid.

'Waar zijn je manieren, kolonel Meren? Breng onze geëerde gast wat water.'

Meren grijnsde en liep naar de waterzak. Hij vulde een houten drinkkom en knielde ermee naast Soe neer. Hij hield de tot de rand gevulde kom aan de uitgedroogde lippen en Soe gulpte het water met grote slokken naar binnen. Hoestend, naar lucht happend en hijgend van gretigheid dronk hij de kom leeg. Taita gaf hem even de tijd om op adem te komen.

'Was je op weg naar je meesteres?'

'Nee,' mompelde Soe. De groene verkleuring van zijn aura bewees dat hij loog.

'Is haar naam Eos?'

'Ja.' De waarheid.

'Geloof je dat ze een godin is?'

'De enige godin. De enige oppergodheid.' Weer de waarheid, heel duidelijk zelfs.

'Heb je haar ooit gezien?'

'Nee.' Een leugen.

'Heeft ze je al toegestaan haar te *gijima*?' Taita gebruikte opzettelijk het grove soldatenwoord om de man te provoceren. De oorspronkelijke betekenis was 'rennen', omdat een soldaat van een zegevierend leger dat moest doen om de vrouwen van de verslagen vijand in te halen.

'Nee!' Het werd woedend geschreeuwd. De waarheid.

'Heeft ze je beloofd dat ze dat met je zal doen wanneer je al haar bevelen hebt gehoorzaamd en Egypte voor haar in de wacht hebt gesleept?'

'Nee.' Het werd zachtjes gezegd. Een leugen. Eos had hem een beloning voor zijn trouw in het vooruitzicht gesteld.

'Weet je waar ze haar schuilplaats heeft?'

'Nee.' Een leugen.

'Woont ze vlak bij een vulkaan?'

'Nee.' Een leugen.

'Woont ze naast een groot meer in het zuiden, voorbij de moerassen?'

'Nee.' Een leugen.

'Is ze een kannibaal?'

'Dat weet ik niet.' Een leugen.

'Verslindt ze baby's?'

'Dat weet ik niet.' Weer een leugen.

'Lokt ze wijze en machtige mannen naar haar schuilplaats om zich al hun kennis en krachten toe te eigenen voordat ze hen doodt?'

'Ik weet daar niets van.' Een grote leugen.

'Met hoeveel mannen heeft ze gecopuleerd, deze hoer van alle werelden? Duizend? Tienduizend?'

'Je vragen zijn godslasterlijk. Je zult ervoor gestraft worden.'

'Zoals ze Demeter, de magiër en ingewijde, heeft gestraft? Heb jij hem, namens haar, door de padden laten aanvallen?'

'Ja! Hij was een afvallige, een verrader. Het was een straf die hij dubbel en dwars verdiende. Ik luister niet meer naar je smerigheid. Dood me maar, als je dat wilt, maar ik zeg niets meer.' Soe rukte aan de touwen waarmee hij vastgebonden was. Zijn ademhaling was hees en hij had een verwilderde uitdrukking in zijn ogen. De ogen van een fanaticus.

'Meren, onze gast is overspannen. Laat hem een poosje uitrusten. Pin hem daarna vast op een plek waar de ochtendzon hem kan verwarmen. Breng hem buiten het kamp, maar niet zo ver ervandaan dat we hem niet kunnen horen zingen wanneer hij weer bereid is om te praten of wanneer de hyena's hem vinden.'

Meren bond het touw om zijn schouders en begon hem weg te slepen. Toen bleef hij staan en keek om naar Taita. 'Weet u zeker dat u hem niet meer nodig hebt, Magiër? Hij heeft ons niets verteld.'

'Hij heeft ons alles verteld,' zei Taita. 'Hij heeft zijn ziel blootgelegd.'

'Pak zijn benen vast,' beval Meren Shabako en Tonka en ze droegen Soe met zijn drieën weg. Taita hoorde dat ze de pinnen vast hamerden waarmee hij op de door de zon gebakken aarde vastgehouden zou worden. Halverwege de middag ging Meren weer met hem praten. Door de zon had Soe witte blaren op zijn buik en in zijn lendenen gekregen en zijn gezicht was gezwollen en ontstoken.

'De machtige magiër nodigt je uit om het gesprek met hem voort te zetten,' zei Meren. Soe probeerde naar hem te spuwen, maar hij had er geen speeksel voor. Zijn paarse tong vulde zijn mond en de punt ervan stak tussen zijn voortanden uit.Meren liet hem liggen.

De troep hyena's vond hem even voor zonsondergang. Zelfs Meren, de geharde, oude veteraan, werd onrustig toen hun krankzinnige gehuil en gelach dichterbij kwam.

'Zal ik hem halen, Magiër?' vroeg hij.

Taita schudde zijn hoofd. 'Laat hem maar liggen. Hij heeft ons verteld waar we de heks kunnen vinden.'

'De hyena's zullen hem een wrede dood bezorgen, Magiër.'

Taita zuchtte en zei toen zacht: 'De padden hebben Demeter een even wrede dood bezorgd. Hij is een volgeling van de heks. Hij ruit het volk in het hele koninkrijk op. Het is passend dat hij sterft, maar niet op deze manier. Zo'n wreedheid zal ons geweten bezwaren. Het zou ons tot zijn niveau van slechtheid verlagen. Ga naar hem toe en snijd zijn keel door.'

Meren stond op en trok zijn zwaard. Toen bleef hij staan en hield zijn hoofd schuin. 'Er is iets mis. De hyena's zijn stil.'

'Snel, Meren! Ga kijken wat er aan de hand is,' beval Taita op scherpe toon.

Meren rende het vallende duister in. Even later weerkaatste zijn wilde schreeuw tegen de heuvels. Taita sprong op en rende achter hem aan. 'Meren, waar ben je?'

'Hier, Magiër.'

Taita zag hem staan op de plek waar ze Soe vastgepind hadden, maar hij was weg. 'Wat is er gebeurd, Meren? Wat heb je gezien?'

'Hekserij!' stamelde Meren. 'Ik zag…' Hij zweeg, niet in staat om te beschrijven wat hij had gezien.

'Wat was het?' drong Taita aan. 'Vertel het me vlug.'

'Een monsterlijke hyena, zo groot als een paard, met Soe op zijn rug.

Het moet zijn beschermgeest zijn geweest. Hij galoppeerde weg de heuvels in. Moet ik hen volgen?'

'Je zult hen niet inhalen,' zei Taita. 'Maar je zult in levensgevaar komen. Eos beschikt over nog grotere krachten dan ik mogelijk had geacht, anders had ze Soe vanaf zo'n grote afstand niet kunnen redden. Laat hem maar gaan. We zullen later op een andere plaats wel met hem afrekenen.'

Ze trokken verder, nacht na verstikkende nacht, week na uitputtende week en maand na slopende maand. De meswond in Taita's schouder genas goed in de droge, hete lucht, maar de paarden werden ziek en zwak en de mannen werden lang voordat ze de tweede stroomversnelling bereikten slap en lusteloos. Dit was de plaats waar Taita en koningin Lostris een seizoen hadden uitgerust om op de nieuwe overstroming van de Nijl te wachten waardoor het water voor de galeien opnieuw diep genoeg zou zijn om door de stroomversnelling te kunnen varen. Taita keek neer op de nederzetting die ze gebouwd hadden: de stenen muren stonden nog steeds – de ruïnes van het primitieve koninklijke paleis dat hij voor Lostris had gebouwd. Dit was het land waar ze de doerra hadden geplant en dat nog steeds gemarkeerd werd door de voren van de houten ploegschaar. Dat waren de groepjes hoge bomen waarvan ze de takken hadden afgehakt om met het hout strijdwagens te bouwen en de gehavende rompen van de galeien te repareren. De bomen leefden nog steeds dankzij de lange wortels die zich uitstrekten in de ondergrondse poelen en stromen. Een eindje verderop stond de smidse die de kopersmeden hadden gebouwd.

'Kijk eens naar de poel onder de stroomversnelling, Magiër.' Meren was naast hem komen rijden en Taita's herinneringen werden door zijn opgewonden kreet verstoord. Hij keek in de richting waarin Meren wees. Was het een speling van het vroege licht? vroeg hij zich af.

'Kijk eens naar de kleur van het water! Het is niet meer bloedrood. De poel is groen – zo groen als een zoete meloen.'

'Het zou weer een list van de heks kunnen zijn.' Taita geloofde zijn ogen niet, maar Meren reed al snel de helling af terwijl hij schreeuwend hoog in de stijgbeugels stond. Zijn mannen volgden hem. Taita en Windrook hielden een rustiger en waardiger tempo aan toen ze naar de rand van de poel reden waar al een dikke rij mannen, paarden en muilezels stond. De koppen van de dieren waren gebogen en ze zogen het groene water op als *shaloofs*, de waterraderen van de boeren. De mannen schepten het met handenvol op en goten het over hun hoofd en in hun keelgat.

Windrook rook achterdochtig aan het water en begon toen te drinken. Taita maakte haar zadeltouw los zodat haar buik kon uitzetten. Ze zwol voor zijn ogen op als een varkensblaas. Hij liet haar haar gang gaan, waadde de poel in en ging zitten. Het lauwe water kwam tot zijn kin en hij sloot zijn ogen met een extatische glimlach op zijn gezicht.

'Magiër!' riep Meren vanaf de oever. 'Dit hebt u vast gedaan. U hebt de rivier van haar smerige ziekte genezen, waar of niet?'

Merens geloof in hem was oneindig en ontroerend. Taita kon het niet over zijn hart krijgen om hem teleur te stellen. Hij opende zijn ogen en zag dat honderd mannen aandachtig op zijn antwoord wachtten. Het was ook verstandig om hun vertrouwen in hem op te bouwen. Hij glimlachte naar Meren en liet toen zijn rechterooglid met een raadselachtige knipoog zakken. Meren keek zelfvoldaan en de mannen juichten. Ze waadden de poel in, nog steeds met hun sandalen en hemden aan, spatten elkaar nat en drukten elkaars hoofd onder water. Taita liet hen plezier maken en waadde naar de oever. Inmiddels was Windrook zo opgeblazen door het water en haar drachtigheid dat ze eerder waggelde dan liep. Hij nam haar mee om haar in het knisperende witte rivierzand te laten rollen en ging zitten. Terwijl hij naar haar keek, vroeg hij zich af hoe het kwam dat het geluk opeens met hen was en dat het water helder was geworden, een wonder dat Meren aan hem had toegeschreven.

De vervuiling heeft zich tot hier verspreid, concludeerde hij. Vanaf dit punt naar het zuiden zal het water helder zijn. Weggekwijnd en verschrompeld, maar helder.

Ze sloegen die ochtend hun kamp op in de schaduw van het bosje bomen.

'Ik ben van plan hier te blijven tot de paarden zich hersteld hebben, Magiër. Als we direct verder trekken, zullen we ze gaan verliezen,' zei Meren.

Taita knikte. 'Dat is verstandig,' zei hij. 'Ik ken deze plek goed. Tijdens de grote exodus heb ik hier een heel seizoen gewoond. Er groeien planten in het bos waarvan de paarden de bladeren zullen eten. Ze zijn rijk aan voedingsstoffen en ze zullen er binnen een paar dagen vet op hun botten en conditie van krijgen.' En Windrook zal snel haar veulen krijgen. Het zal hier een betere kans hebben om te overleven dan in de woestijn, dacht Taita, maar hij zei het niet.

'Ik heb sporen van spiesbokken bij de poel gezien,' zei Meren opgewonden. 'De mannen zullen het leuk vinden om erop te jagen en dankbaar zijn voor het lekkere vlees. We kunnen de rest drogen en roken en meenemen wanneer we verder trekken.'

Taita stond op. 'Ik ga voer voor de dieren zoeken.'

'Ik ga met u mee. Ik wil meer van dit kleine paradijs zien.' Toen ze samen tussen de bomen liepen, wees Taita hem eetbare struiken en klimplanten aan. Ze hadden zich aan de woestijn aangepast en waren gehard door de droogte. Doordat de hoge bomen ze tegen het zonlicht beschermde, gedijden ze. Ze verzamelden er armenvol van en namen ze mee terug naar het kamp.

Taita bood Windrook een paar van de planten aan. Nadat ze er even behoedzaam aan gesnuffeld had, at ze er een op en stootte hem toen met haar snuit aan om meer. Taita verzamelde een grote groep mannen om op foerage uit te gaan en hij liet hun in het bos de eetbare planten zien die ze moesten oogsten. Meren ging er met een tweede groep op uit om aan de rand van het bos naar wild te zoeken. Twee grote antilopen schrokken van het geluid van bijlslagen en renden weg waardoor ze binnen bereik van de pijlen van de jagers kwamen.

Toen de warme karkassen het kamp binnengebracht werden om te worden geslacht, onderzocht Taita ze zorgvuldig. Het mannetje had sterke hoorns en een donkere huid met een prachtig patroon. Het vrouwtje had geen hoorns en was fijner gebouwd en haar huid was rood-bruin en zacht. 'Ik herken deze dieren,' zei hij. 'De mannetjes zijn agressief wanneer ze in het nauw gedreven worden. Tijdens de exodus werd een van onze jagers door een grote bok aan de hoorns geregen. Ze doorboorden een bloedvat in zijn kruis en hij bloedde dood voordat zijn metgezellen me erbij konden halen. Het vlees is echter heerlijk en de lever en de nieren smaken ook heel goed.'

Terwijl ze bij de poelen bivakkeerden, liet Meren zijn mannen weer het normale dag-en-nachtritme aannemen. Nadat ze de paarden hadden gevoerd, zette hij hen aan het werk om een stevige en gemakkelijk verdedigbare omheining van boomstammen uit het bos te bouwen.

Ze deden zich die avond te goed aan boven het vuur geroosterd antilopenvlees met wilde spinazie en kruiden die Taita had geselecteerd en doerrabroden zo van de hete kolen. Voordat hij ging slapen liep Taita naar de poel om de nachthemel te bestuderen. Het laatste restje van de Ster van Lostris was verdwenen en er waren geen andere interessante verschijnselen aan de hemel te zien. Hij mediteerde een poosje, maar hij voelde niet de aanwezigheid van een paranormale kracht. Sinds de ontsnapping van Soe leek de heks het contact met hem verloren te hebben.

Toen hij naar het kamp terugkeerde, zag hij dat alleen de schildwachten nog wakker waren. Om de slapenden niet wakker te maken wenste hij hun een op een fluistertoon een veilige wacht en ging toen naar zijn slaapmat.

Windroos wekte hem door met haar snuit langs zijn gezicht te strijken. Slaperig duwde hij haar hoofd weg, maar ze bleef doorgaan. 'Wat is er, schat? Wat mankeert je?' Ze trapte naar haar buik met een achterbeen en kreunde zacht, wat hem alarmeerde. Hij stond op en streek met zijn handen over haar hoofd en nek en daarna over haar flanken. Diep in haar gezwollen buik voelde hij de sterke contracties van haar baarmoeder. Ze kreunde weer, spreidde haar achterbenen, hief haar staart hoog op en urineerde. Daarna streek ze met haar snuit over haar flank. Taita sloeg een arm om haar nek en leidde haar naar de andere kant van de omheining. Hij wist hoe belangrijk het was om haar rustig te houden. Als ze onrustig of gealarmeerd was, zouden de contracties kunnen ophouden en de geboorte kunnen vertragen. Hij hurkte neer om in het maanlicht op haar te kunnen passen. Ze liep even nerveus en rusteloos heen en weer, ging toen liggen en rolde zich op haar rug.

'Wat een slimme meid,' moedigde hij haar aan. Ze plaatste het veulen instinctief in de juiste positie voor de geboorte. Ze kwam overeind en bleef met haar hoofd naar beneden staan. Toen ging haar buik op en neer en het water brak. Ze draaide zich om en likte aan het gras waarop de vloeistof terechtgekomen was. Haar staart was nu naar hem toegekeerd en hij zag de lichte ondoorschijnende bult van de geboortezak eronder verschijnen. Haar buik ging weer op en neer en ze perste weer krachtig en regelmatig. Door de dunne membraan heen zag hij de contouren van een paar kleine hoeven en daarna verschenen geleidelijk de vetlokken. Ten slotte zag hij tot zijn opluchting een kleine zwarte snuit tevoorschijn komen. Hij zou geen stuitbevalling hoeven te doen.

'*Bak-her*,' riep hij haar toe. 'Goed gedaan, schat.' Hij bedwong de aanvechting om haar te helpen. Ze deed het perfect in haar eentje en de contracties bleven regelmatig en krachtig.

Het hoofd van het veulen kwam plotseling naar buiten. 'Grijs zoals zijn moeder,' fluisterde hij blij. Toen werd plotseling de hele zak met het veulen erin uitgestoten. Toen hij op de grond viel, brak de moederkoek af en was de zak los. Taita was verbaasd. Het was de snelste geboorte van de duizenden die hij bij paarden had meegemaakt. Het veulen probeerde zich al uit de zak los te worstelen.

'Snel als een wervelwind.' Taita glimlachte. 'Dat zal zijn naam worden.' Windrook keek geïnteresseerd naar het geworstel van de pasgeborene. Eindelijk scheurde het vlies en hees het hengstveulen, want dat was het, zich overeind en bleef zwaaiend op zijn poten staan. Hij ademde diep van inspanning en zijn zilverkleurige flanken zwoegden.

'Goed zo!' zei Taita. 'Je bent een dappere jongen.' Windrook verwelkomde haar veulen met een hartelijke moederlijke lik waardoor hij bijna tegen de grond sloeg. Hij wankelde, maar hervond zijn evenwicht. Daarna ging ze serieus aan de slag: met lange, ferme streken van haar tong likte ze het vruchtwater van het veulen af. Daarna ging ze zo staan dat hij gemakkelijk bij haar gezwollen uier kon. De melk druppelde al uit haar gezwollen tepels. Het hengstveulen rook eraan en sloot zijn lippen er toen vast omheen. Toen hij verwoed begon te zuigen, sloop Taita weg. Zijn aanwezigheid was niet langer nodig en wenselijk.

Toen de dag aanbrak, kwamen de soldaten moeder en kind bewonderen. Omdat ze allemaal ruiters waren, wisten ze dat ze niet te dicht bij hen moesten komen. Op een discrete afstand wezen ze elkaar op het welgevormde hoofd en de lange rug van het hengstveulen.

'Een goede, diepe borst,' zei Shabako. 'Dat wijst op een groot uithoudingsvermogen. Hij zal de hele dag kunnen rennen.'

'De voorhoeven zijn niet gespleten, ze hebben geen varkenstenen. Hij zal snel zijn,' zei Hilto.

'Zijn achterhand is mooi in evenwicht en hij heeft geen sikkelvormige spronggewrichten en geen ontwrichte heupen. Ja, zo snel als de wind,' zei Tonka.

'Hoe gaat u hem noemen, Magiër?' vroeg Meren.

'Wervelwind.'

'Ja,' stemden ze allemaal direct in. 'Dat is een goede naam voor hem.'

'Binnen tien dagen dartelde Wervelwind om zijn moeder heen en hij stootte wild met zijn kop tegen haar uier wanneer ze naar zijn smaak niet snel genoeg melk gaf.

'Een gulzig kereltje,' merkte Taita op. 'Hij is al bijna sterk genoeg om haar te volgen wanneer we verder trekken.'

Meren wachtte nog een paar dagen tot het volle maan zou worden voordat hij de weg naar het zuiden weer opging. Toen Taita langs de colonne reed, zag Meren dat hij naar de waterpotten en de zakken met kalksteen keek die op de rug van de pakmuilezels gebonden waren. Haastig zei hij: 'Ik weet zeker dat we ze niet meer nodig zullen hebben, maar…' Hij zocht naar een verklaring.

Taita gaf hem die. 'Ze zijn te waardevol om weg te gooien. We kunnen ze in Qebui verkopen.'

'Dat is precies wat ik dacht.' Meren keek opgelucht. 'Ik heb geen moment getwijfeld aan de doeltreffendheid van uw magie. Ik ben er zeker van dat we van nu af aan alleen goed water zullen vinden.'

Dat bleek ook zo te zijn. Het water van de volgende poel die ze bereikten, was groen en het zat vol enorme meervallen met lange voeldraden rondom hun bek. Doordat de poelen minder water bevatten, waren ze geconcentreerd in dichte scholen, dus ze konden ze gemakkelijk aan hun speren spietsen. Hun vlees was lichtoranje en rijk aan vet. Ze waren heerlijk. Taita's reputatie bij de mannen was nu uit marmer gehouwen. De vier kapiteins en hun manschappen zouden hem naar het einde van de wereld volgen en dat was precies wat de farao hun bevolen had.

Er was altijd een tekort aan voer voor de paarden, maar Taita had deze route al eerder afgelegd en hij zocht ernaar in het omringende land. Hij leidde hen vanaf de rivier naar verborgen dalen waarin bosjes lage, leerachtige struiken groeiden die dood en verdord leken, maar in de grond onder elke struik zat een enorme, met water en voedingsstoffen gevulde knol. Ze waren in zware tijden het basisvoedsel van de kuddes spiesbokken – ze groeven ze met hun hoeven op. De soldaten hakten ze in stukken. Eerst weigerden de paarden om ze te eten, maar de honger overwon al snel hun kieskeurigheid. De mannen begroeven de waterpotten en de zakken met kalksteen en vervingen ze door de knollen.

Ze hielden het tempo van de reis de volgende paar maanden vast, maar de zwakkere paarden begonnen te wankelen. Wanneer ze instortten, maakten de soldaten hen af met een zwaardslag tussen de oren die diep de schedel in drong. Ze lieten hun botten bleken in de zon. In totaal stierven er tweeëntwintig voordat ze het laatste obstakel op hun weg vonden: het smalle Shabuka-ravijn waar de Nijl zich doorheen perste.

Boven het ravijn was de Nijl bij hoog water bijna anderhalve kilometer breed, maar in het ravijn werd de rivier tussen de steile rotsige oevers tot een breedte van honderd meter samengeperst. Toen ze eronder hun kamp opsloegen, zagen ze voor het eerst sinds ze uit Karnak vertrokken stromend water. Een dunne stroom kwam uit de rotsachtige helling tevoorschijn en mondde uit in de poel beneden. Maar voordat het water anderhalve kilometer verder was gestroomd, werd het door het zand opgezogen en was het verdwenen.

Ze beklommen de Shabuka-rug via een geitenpad dat langs de rand van het ravijn liep. Vanaf de top keken ze naar het zuiden uit over de vlakte tot aan een rij lage, blauwe heuvels in de verte. 'De Kerreri-heuvels,' zei Taita. 'Ze bewaken de twee Nijlen. Qebui ligt maar vijfenzeventig kilometer voor ons.'

De loop van de rivier werd op de beide oevers gemarkeerd door bosjes palmbomen en ze volgden de westoever naar de heuvels. De rivier stroomde krachtiger naarmate ze dichter bij Qebui kwamen en dat verbeterde hun humeur. Ze hadden voor het laatste deel van de reis maar één dag nodig en stonden eindelijk bij de samenvloeiing van de beide Nijlen.

Qebui was de buitenpost aan de uiterste grens van het Egyptische domein. Het kleine fort huisvestte de gouverneur van de provincie en een detachement grenswachten. De stad strekte zich uit over de zuidoever. Het was een handelspost en zelfs op deze afstand zagen ze dat veel gebouwen vervallen waren en leegstonden. Alle handel met Moeder Egypte in het noorden was verstikt doordat de Nijl niet buiten zijn oevers trad. Weinigen durfden het aan om met een karavaan de gevaarlijke weg te nemen die Taita, Meren en hun mannen hadden gevolgd.

'Deze rivier komt uit de bergen van Ethiopië.' Taita wees naar de brede, oostelijke tak. Het water stroomde en ze zagen langs de andere oever wielen van de shaloofs ronddraaien die het water in de irrigatiekanalen hevelden. De stad werd omringd door uitgestrekte doerravelden.

'Ik verwacht hier voorraden goed graan te vinden om de paarden weer flink wat vlees op hun botten te geven.' Meren glimlachte tevreden.

'Ja,' beaamde Taita. 'We zullen nu moeten rusten tot ze volledig hersteld zijn. Hij klopte op Windrooks hals. Ze was in slechte conditie: haar ribben waren te zien en haar huid was dof. Hoewel Taita zijn rantsoenen doerra met haar had gedeeld en haar veulen had gevoed, hadden de ontberingen van de reis hun tol van haar geëist.

Taita richtte zijn aandacht op de oostelijke tak van de rivier. 'Koningin Lostris heeft de exodus die kant uit geleid,' zei hij. 'We voeren met de galeien helemaal tot aan de mond van een ander steil ravijn waarin de rivier niet bevaarbaar was. We legden ze daar voor anker en vervolgden de reis met strijd- en goederenwagens. In de bergen hebben de koningin en ik de plaats voor de tombe van farao Mamose uitgekozen. Ik heb hem ontworpen en heel listig verborgen. Ik weet zeker dat hij nooit ontdekt en ontheiligd is. En dat zal ook nooit gebeuren.' Hij dacht even met voldoening over deze prestatie na en vervolgde toen: 'De Ethiopiërs hebben uitstekende paarden, maar het zijn krijgers en ze verdedigen hun versterkingen in de bergen fel. Ze hebben twee van onze legers teruggedreven die gestuurd waren om hen te onderwerpen en bij het imperium in te lijven. Ik vrees dat er nooit een derde poging gedaan zal worden.' Hij draaide zich om en wees recht over de zuidelijke tak van de rivier. Hij was breder dan de oostelijke tak, maar hij lag droog en er bewoog zelfs geen stroompje water in zijn bedding. 'Dat is de richting die we moeten volgen. Na een kilometer of drie komt de rivier uit in het moeras dat al twee legers heeft opgeslokt zonder dat er ooit een spoor van is gevonden. Maar als we geluk hebben, zullen we merken dat het veel kleiner is geworden. Als we het koninklijke Havikszegel oordeelkundig gebruiken, zullen we van de gouverneur inheemse gidsen krijgen om ons de weg te wijzen. Kom, laten we naar Qebui oversteken.'

De gouverneur had in deze buitenpost gedurende de zeven jaren van de droogte vastgezeten. Hij heette Nara en zijn rug was gebogen en zijn huid was geel geworden door de voortdurende aanvallen van moeraskoorts, maar zijn garnizoen was in veel betere conditie. De mannen werden goed gevoed met doerra en hun paarden waren dik. Toen Meren hem het koninklijk zegel had laten zien en hem had verteld wie Taita was, was Nara's gastvrijheid grenzeloos. Hij bracht Taita en Meren naar het gastenverblijf in het fort en stelde de beste kamers tot hun beschikking. Hij stuurde slaven om hen te verzorgen en zijn beste koks om hun maaltijden te bereiden en daarna opende hij het wapenarsenaal zodat ze hun mannen opnieuw konden uitrusten. 'Haal de paarden die u nodig hebt uit het depot en vertel mijn kwartiermeester hoeveel doerra en hooi u nodig hebt. We hoeven niet gierig te zijn. We zijn goed bevoorraad.'

Toen Meren de mannen in hun nieuwe verblijf inspecteerde, merkte hij dat ze heel tevreden waren. 'De rantsoenen zijn uitstekend. Er zijn niet veel vrouwen in de stad, maar degenen die er zijn, zijn toeschietelijk. De paarden en de muilezels vullen hun buik met doerra en groen gras. Niemand heeft klachten,' rapporteerde Hilto.

Na zijn lange onvrijwillige ballingschap wilde gouverneur Nara graag nieuws uit de beschaafde wereld horen en hij snakte naar het gezelschap van ontwikkelde mannen. Vooral Taita's geleerde verhandelingen fascineerden hem. De meeste avonden nodigde hij Taita en Meren uit om bij hem te komen eten. Toen Taita hem vertelde dat ze van plan waren om in zuidelijke richting het moeras door te trekken, keek Nara ernstig.

'Niemand keert terug uit het land voorbij het moeras. Ik geloof onvoorwaardelijk dat het naar het einde van de wereld leidt en dat degenen die daarnaartoe gaan over de rand heen de afgrond in gesleurd worden.' Toen sloeg hij haastig een optimistischere toon aan: deze mannen droegen het koninklijke Havikszegel en hij moest hen aanmoedigen om hun opdracht te vervullen. 'Natuurlijk is er geen reden waarom jullie niet de eersten zullen zijn die het einde van de wereld bereiken en veilig terugkeren. Jullie mannen zijn gehard en jullie hebben de magiër bij jullie.' Hij boog naar Taita. 'Wat kan ik nog meer doen om jullie te helpen? U weet dat u er alleen maar om hoeft te vragen.'

'Hebt u inheemse gidsen die ons de weg kunnen wijzen?' vroeg Taita.

'O ja,' verzekerde Nara hem. 'Ik heb mannen die daar ergens vandaan komen.'

'Weet u tot welke stam ze behoren?'

'Nee, maar ze zijn lang, heel zwart en getatoeëerd met vreemde voorstellingen.'

'Dan zijn het waarschijnlijk Sjilloek,' zei Taita tevreden. 'Tijdens de exodus heeft generaal Heer Tanus verscheidene regimenten bij de Sjilloek gerekruteerd. Het zijn intelligente mannen die hun instructies snel begrijpen. Hoewel ze een opgewekte aard hebben, zijn het geduchte vechters.'

'Dat is een goede beschrijving van hen,' zei gouverneur Nara. 'Van welke stam ze ook zijn, ze lijken het gebied goed te kennen. De twee mannen die ik in gedachten heb, werken al een paar jaar voor het leger en ze hebben een beetje Egyptisch geleerd. Ik zal hen morgenochtend naar u toe sturen.'

Toen Taita en Meren bij zonsopgang hun verblijf verlieten, zaten de beide Nubiërs neergehurkt tegen de muur van de binnenhof. Toen ze opstonden, torenden ze zelfs boven Meren uit. Hun magere lichaam was bedekt met platte, harde spieren en versierd met ingewikkelde patronen van rituele littekens en hun huid glom van olie of vet. Ze droegen een kort rokje van dierenhuid en ze hadden lange speren bij zich waarvan de punten met weerhaken uit bot waren gesneden.

'Ik zie jullie. *Men*!' begroette Taita hen in het Sjilloek. *Men* was een woord dat goedkeuring inhield en dat alleen tussen krijgers werd gebruikt. Hun knappe Nilotische gezichten lichtten op van vreugde.

'Ik zie u, oude, wijze man,' antwoordde de langste van de twee. Dat waren ook woorden die eerbied en respect inhielden. Taita's zilverkleurige baard had een diepe indruk op hen gemaakt. 'Maar hoe komt het dat u onze taal zo goed spreekt?'

'Hebben jullie van Leeuwenlever gehoord?' vroeg Taita. De Sjilloek beschouwden de lever als de zetel van de moed van een man.

'*Hau! Hau!*' Ze waren stomverbaasd. Het was de naam die hun stam aan Heer Tanus had gegeven toen de mannen onder hem dienden. 'Onze grootvader heeft ons over Leeuwenlever verteld, want we zijn neven. Hij heeft voor die man in de koude heuvels in het oosten gevochten. Hij heeft ons verteld dat Leeuwenlever de vader van alle krijgers was.'

'Leeuwenlever was mijn broeder en mijn vriend,' zei Taita.

'Dan bent u echt oud, zelfs nog ouder dan mijn grootvader.' Ze waren nog meer onder de indruk.

'Kom mee, laten we in de schaduw gaan zitten om te praten.' Taita leidde hen naar de reusachtige vijgenboom die in het midden van de binnenhof stond.

Ze hurkten met hun gezicht naar elkaar toe in een kring neer en Taita ondervroeg hen zorgvuldig. De oudste neef voerde het woord voor hen allebei. Hij heette Nakonto, het Sjilloek-woord voor de korte steekspeer. 'Want ik heb in de strijd vele mannen gedood.' Hij snoefde niet, maar deed een feitelijke mededeling. 'Mijn neef heet Nontu, want hij is klein.'

'Alles is relatief.' Taita glimlachte voor zich uit. Nontu was een kop groter dan Meren.

'Waar kom je vandaan, Nakonto?'

'Van voorbij het moeras.' Hij wees met zijn kin naar het zuiden.

'Dus je kent het gebied in het zuiden goed?'

'Dat is ons thuisland.' Er verscheen even een verlangende, nostalgische uitdrukking op zijn gezicht.

'Wil je me naar je thuisland leiden?'

'Ik droom er elke nacht van om bij de graven van mijn vader en grootvader te staan,' zei Nakonto zacht.

'Hun geesten roepen je,' zei Taita.

'U begrijpt het, oude man.' Nakonto keek hem met nog groter respect aan. 'Wanneer u uit Qebui vertrekt, zullen Nontu en ik met u meegaan om u de weg te wijzen.'

Nog twee volle manen hadden de poelen van de Nijl beschenen voordat de paarden en hun berijders genoeg krachten hadden opgedaan om te kunnen reizen. In de nacht voor hun vertrek droomde Taita van enorme scholen vissen met allerlei kleuren, vormen en maten.

Je zult me tussen de andere vissen vinden. Fenns lieve, kinderlijke stem echode door de droom heen. *Onthoud dat ik op je wacht.*

Hij werd bij zonsopgang wakker met een gevoel van geluk en met hooggespannen verwachtingen.

Toen ze bij hem kwamen om afscheid te nemen, zei gouverneur Nara tegen Taita: 'Het doet me verdriet om u te zien gaan, Magiër. Uw gezelschap was een aangename onderbreking van de eentonigheid van mijn werkzaamheden hier in Qebui. Ik hoop dat het niet lang zal duren voordat ik het genoegen zal hebben u weer te mogen verwelkomen. Ik heb een afscheidscadeau voor u waarvan ik denk dat u het heel nuttig zult vinden.' Hij pakte Taita's arm en leidde hem het heldere zonlicht van de binnenhof in. Daar stonden vijf pakmuilezels die allemaal twee zware zakken gevuld met kralen op hun rug hadden. 'Deze kralen zijn zeer gewild bij de primitieve stammen van het binnenland. Voor een handvol ervan zullen de mannen hun lievelingsvrouwen verkopen.' Hij glimlachte. 'Hoewel ik geen reden kan bedenken waarom u goede kralen zou verspillen aan zulke onaantrekkelijke vrouwen.'

Toen de colonne Qebui uit reed, liepen de twee Sjilloek voor hen uit en ze konden de dravende paarden gemakkelijk bijhouden. Ze waren onvermoeibaar en konden uren achter elkaar in hetzelfde tempo blijven lopen. De eerste twee nachten reden de mannen over uitgestrekte, verschroeide vlakten op de oostoever van de brede, droge rivierbedding. In de vroege ochtend van de derde dag, toen de colonne halt hield om het kamp op te slaan, ging Meren in de stijgbeugels staan en keek in de verte. In het schuine zonlicht zag hij een lage, groene muur die zich ononderbroken aan de horizon uitstrekte.

Toen Taita Nakonto riep, ging deze naast Windrooks hoofd staan. 'Wat u ziet, zijn de eerste papyrusvelden, oude man.'

'Ze zijn groen,' zei Taita.

'De moerassen van de grote Sudd komen nooit droog te staan. De poelen zijn te diep en ze worden afgeschermd door het riet.'

'Zullen ze ons de weg versperren?'

Nakonto haalde zijn schouders op. 'We zullen de rietvelden bereiken na nog een nacht reizen. Dan zullen we zien of het water zo ver gedaald is dat ze voor de paarden begaanbaar zijn, of dat we in een grote cirkel naar de oostelijke heuvels moeten trekken.' Hij schudde zijn hoofd. 'In dat geval zal het veel langer duren voordat we onze bestemming bereiken.'

Zoals Nakonto had voorspeld, bereikten ze de papyrusvelden de volgende nacht. De mannen sneden in de rietvelden bundels droge riet-stengels waarmee ze lage hutten bouwden om zich tegen de zon te beschermen. Nakonto en Nontu verdwenen in het papyrusveld en bleven twee dagen weg.

'Zien we hen nog terug?' vroeg Meren nerveus. 'Of zijn ze weggelopen naar hun dorp als de wilde dieren die ze zijn?'

'Ze komen wel terug,' verzekerde Taita hem. 'Ik ken deze mensen goed. Ze zijn loyaal en betrouwbaar.'

Halverwege de tweede nacht werd Taita wakker doordat een van de schildwachten naar iemand riep dat hij tevoorschijn moest komen en hij hoorde Nakonto vanuit het papyrusriet antwoorden. Daarna kwamen de beide Sjilloek tevoorschijn uit het duister waarin ze zo volmaakt opgegaan waren.

'De weg door het moeras is open,' rapporteerde Nakonto.

Bij zonsopgang leidde de twee gidsen hen het papyrusveld in. Daarna was het zelfs voor Nakonto onmogelijk om in het donker de weg te vinden, dus waren ze gedwongen overdag te reizen. Het moeras vormde een vreemde, dreigende wereld. Zelfs vanaf de rug van hun paard konden ze niet over de pluizige zaadkuiven van het papyrusriet uit kijken. Ze moesten in de stijgbeugels gaan staan om de golvende, groene oceaan te kunnen zien die zich voor hen uitstrekte tot aan de oneindige horizon. Erboven hingen zwermen watervogels en de lucht was gevuld met het geluid van hun wiekslagen en hun klaaglijke roep. Af en toe schoten grote beesten ongezien weg en deden de toppen van het riet golven. Ze hadden geen idee wat voor dieren het waren. De Sjilloek keken naar de sporen die ze in de modder achterlieten en Taita vertaalde hun beschrijvingen. 'Dat was een kudde buffels, groot, zwart, wild vee,' of: 'Dat was een watergeit. Een vreemd, bruin dier met spiraalvormige hoorns dat in het water leeft. Het heeft lange hoeven waardoor het kan zwemmen als een waterrat.'

De grond onder het riet was meestal nat en soms alleen maar vochtig, maar vaak kwam het water boven de vetlokken van de paarden uit. Toch kon het kleine hengstveulen, Wervelwind, hen goed bijhouden. Er lagen poelen verborgen tussen het riet: sommige ervan waren klein, maar andere waren uitgestrekte lagunes. Hoewel ze niet over het riet heen konden kijken, leidden de Sjilloek hen er feilloos omheen en ertussendoor. De colonne hoefde geen enkele keer terug te rijden om een andere route te zoeken. Wanneer het tijd was om het kamp op te slaan, wist Nakonto hem steeds naar open plekken in de papyrus te leiden waar de grond droog was. Ze legden hun kookvuren aan met bundels gedroogde rietstengels en ze letten erop dat de vlammen het omringende riet niet konden bereiken.

De paarden en de muilezels liepen rond in het stilstaande water van de poelen om het gras en de planten te eten die erin groeiden.

Elke avond pakte Nakonto zijn speer en waadde een van de poelen in waar hij roerloos als een jagende reiger bleef staan. Wanneer een van de grote meervallen dicht genoeg bij hem kwam, spietste hij hem aan de speer en tilde de spartelende, met zijn staart slaande vis uit het water. Intussen vlocht Nontu een losse mand van riet en zette die over zijn hoofd, waarbij alleen zijn ogen door de openingen in de mand zichtbaar waren. Daarna liep hij van de oever af en liet zich met zijn hele lichaam in het water zakken tot alleen zijn hoofd, gecamoufleerd door de rieten mand, boven het oppervlak uit kwam. Hij bewoog zich dan met eindeloos geduld omzichtig naar een zwerm wilde eenden toe. Wanneer hij vlak bij hen was, stak hij onder water zijn arm uit, greep de poten van een vogel vast en trok hem onder water. De eend had niet eens de kans om te snateren voordat hij zijn nek had omgedraaid. Op deze manier kon hij vijf of zes vogels uit een zwerm halen voordat de andere wantrouwig werden en luid snaterend en met klapperende vleugels opvlogen. De meeste avonden aten ze verse vis en geroosterde eend.

De mannen en de dieren werden geplaagd door stekende insecten. Zodra de zon onderging, stegen ze in een zoemende wolk vanaf het oppervlak van de poelen op en de soldaten kropen dan van ellende in de rook van de kampvuren dicht bij elkaar in de hoop aan hun aanval te kunnen ontkomen. De volgende ochtend waren hun gezichten gezwollen en vlekkerig van de steken.

Ze waren twaalf dagen op weg voordat de eerste man symptomen van de moerasziekte vertoonde en al snel vielen zijn kameraden er een voor een aan ten prooi. Ze hadden barstende hoofdpijn en rilden onbedwingbaar, zelfs in de vochtige lucht, en hun huid voelde heet aan. Maar Meren wilde de reis niet onderbreken om hun de kans te geven te herstellen. Elke ochtend hielpen de sterkere soldaten de zieken opstijgen en vervolgens bleven ze naast hen rijden om hen in het zadel te houden. 's Avonds ijlden velen van hen en de volgende ochtend lagen er doden rondom de vuren. Op de twintigste dag overleed kapitein Tonka. Ze groeven een ondiep graf voor hem in de modder en reden verder.

Sommigen van degenen die de ziekte hadden, herstelden ervan, hoewel hun gezicht geel bleef en ze zwak en uitgeput waren. Een paar mannen, onder wie Taita en Meren, werden door de ziekte gespaard.

Meren spoorde de door koorts geteisterde mannen aan: 'Hoe eerder we uit dit verschrikkelijke moeras en die giftige mist weg zijn, hoe eerder jullie weer gezond zullen worden.' Daarna nam hij Taita in vertrouwen. 'Ik maak me er grote zorgen om dat we verloren zullen zijn als we de Sjilloek kwijtraken aan de moeraskoorts of als ze ons in de steek laten. We zullen nooit uit deze woestenij kunnen ontsnappen en hier allemaal sterven.'

'Dit moeras is hun thuis. Ze zijn immuun voor de ziekten die hier zo veelvuldig voorkomen,' verzekerde Taita hem. 'Ze zullen tot het einde bij ons blijven.'

Terwijl ze verder trokken naar het zuiden, ontrolden zich uitgestrekte nieuwe papyrusvelden voor hen die zich daarna weer achter hen sloten. Ze leken vast te zitten als insecten in honing, niet in staat zich te bevrijden, hoe hevig ze zich ook inspanden. De papyrus hield hen gevangen, nam hen in zich op en verstikte hen. De saaie eentonigheid ervan stompte hen geestelijk af. Toen, op de zesendertigste dag van de reis, verscheen er voor hen uit op de grens van hun gezichtsveld een groepje donkere stippen.

'Zijn dat bomen?' riep Taita naar de Sjilloek. Nakonto sprong op Nontu's schouders en ging helemaal rechtop staan waarbij hij gemakkelijk zijn evenwicht wist te bewaren. Het was een positie die hij vaak innam wanneer het nodig was om over het riet heen te kijken.

'Nee, oude man,' antwoordde hij. 'Dat zijn de hutten van de Luo.'

'Wie zijn de Luo?'

'Het zijn nauwelijks mensen. Het zijn dieren die in het moeras leven en vis, slangen en krokodillen eten. Ze bouwen hun hutten op palen, zoals u daar ziet. Ze smeren hun lichaam in met modder, as en andere vuiligheid om de insecten weg te houden. Ze zijn wreed en wild. We doden hen wanneer we hen zien, want ze stelen ons vee. Ze drijven de dieren die ze van ons gestolen hebben dit bastion van hen binnen en eten ze op. Het zijn geen echte mannen, maar hyena's en jakhalzen.' Hij spuwde minachtend op de grond.

Taita wist dat de Sjilloek nomadische herders waren. Ze koesterden een diepe liefde voor hun vee en zouden de dieren nooit doden. In plaats daarvan doorboorden ze voorzichtig een ader in de keel van het dier, vingen het bloed dat eruit stroomde in een kalebas op en wanneer ze genoeg hadden, smeerden ze de kleine wond met een handvol klei dicht. Ze mengden het bloed met koeienmelk en dronken het op. 'Daarom zijn we zo lang en sterk en zulke geweldige krijgers, Daarom hebben we nooit last van de moerasziekte,' zeiden de Sjilloek altijd.

Ze bereikten het kamp van de Luo en zagen dat de hutten die hoog op palen stonden, verlaten waren. Er waren echter tekenen die erop wezen dat ze recentelijk bewoond waren geweest. Sommige van de vissenkoppen en de schubben die naast het rek lagen waarop ze hun vangst rookten, waren nog heel vers en nog niet opgegeten door zoetwaterkrabben of de buizerds die op de daken zaten en in de donzige, witte as van de vuren gloeiden nog steeds warme kolen. Het stukje grond achter het kamp dat de Luo als latrine hadden gebruikt, was bezaaid met verse uitwerpselen. Nakonto stond ernaast. 'Ze waren hier vanochtend nog. Ze zijn nog in de buurt. Waarschijnlijk houden ze ons vanuit het riet in de gaten.'

Ze verlieten het dorp en reden nog een ogenschijnlijk oneindige afstand verder. Laat in de middag leidde Nakonto hen naar een open plek die iets hoger lag dan de omringende modderbanken, een droog eiland in de woestenij. Ze tuierden de paarden aan houten pinnen die ze in de grond dreven en voerden de dieren doerrameel in leren voederzakken. Intussen verzorgde Taita de zieke soldaten en de andere mannen bereidden hun avondmaaltijd. Kort na het vallen van de avond lagen ze rondom de vuren te slapen.

De vuren waren al lang uitgebrand en de soldaten sliepen nog vast toen ze plotseling wakker schrokken. Het was een heksenketel in het kamp. Er werd geschreeuwd en gekrijst, er klonk het gedreun van galopperende hoeven en gespat in de poelen rondom het eiland. Taita sprong van zijn mat op en rende naar Windrook toe. Ze steigerde en bokte en probeerde de pin die haar vasthield uit de grond te trekken, zoals de meeste andere paarden al hadden gedaan. Taita greep haar halstertouw en hield haar in bedwang. Met opluchting zag hij dat haar veulen, dat beefde van angst, nog naast haar stond.

Vreemde donkere gedaanten schoten om hen heen. Ze sprongen schreeuwend op en neer, stootten schrille, jodelende geluiden uit en prikten met speren naar de paarden om ze aan te sporen zich los te trekken. De uitzinnige dieren bokten en rukten aan hun touwen. Een van de gedaanten stormde op Taita af en stak naar hem met zijn speer. Taita sloeg de speer met zijn stok opzij en dreef de punt ervan in de keel van zijn aanvaller. De man viel neer en bleef stil liggen.

Meren en zijn kapiteins verzamelden hun manschappen en kwamen met getrokken zwaarden aanrennen. Het lukte hun een paar aanvallers neer te sabelen, voordat deze in het donker verdwenen.

'Volg hen! Laat hen niet met de paarden ontsnappen!' brulde Meren.

'Laat uw mannen niet in het donker achter hen aan gaan,' riep Nakonto dringend naar Taita. 'De Luo zijn verraderlijk. Ze zullen hen de poelen in lokken en hen daar overvallen. We moeten wachten tot het licht is voordat we hen volgen.'

Taita haastte zich naar Meren toe om hem tegen te houden. Meren accepteerde de waarschuwing onwillig, want zijn strijdlust was gewekt. Hij riep zijn mannen terug.

Ze controleerden hoe groot hun verliezen waren. Van alle vier de schildwachten was de keel doorgesneden en een andere krijger had een speerwond in zijn dij. Drie Luo waren gedood en een andere was ernstig gewond. Hij lag kreunend in zijn eigen bloed en de smerigheid die uit de steekwond in zijn buik droop.

'Maak hem af!' beval Meren en een van de mannen onthoofdde de Luo met een slag met zijn strijdbijl. Er waren achttien paarden weg.

'We kunnen het ons niet permitteren om er zo veel te verliezen,' zei Taita.

'Dat zal ook niet gebeuren,' zei Meren grimmig. 'We gaan ze terughalen – dat zweer ik op het hoofd van Isis.'

Taita onderzocht een van de lijken van de Luo in het licht van een vuur. Het was het lichaam van een kleine, stevig gebouwde man met een bruut, aapachtig gezicht. Hij had een terugwijkend voorhoofd, dikke lippen en kleine, dicht bij elkaar staande ogen. Hij was naakt op een leren riem om zijn middel na waaraan een buidel hing die een verzameling magische amuletten bevatte, zoals knokkelbotjes en tanden waarvan sommige van mensen waren. Om zijn nek hing aan een koord van gevlochten boomschors een vuurstenen mes dat aangekoekt was met het bloed van een van de schildwachten. Het was een primitief wapen, maar toen Taita de rand ervan op de schouder van de man testte, ging het met weinig druk door de huid heen. Het lichaam van de Luo was bedekt met een dikke laag as en rivierklei. Op zijn borst en gezicht waren met witte klei en rode oker primitieve versieringen in de vorm van stippen, cirkels en golvende lijnen aangebracht. Hij stonk naar houtrook, rotte vis en zijn eigen dierlijke geur.

'Een weerzinwekkend creatuur,' grauwde Meren.

Taita liep naar de gewonde soldaat toe om hem te onderzoeken. De speerwond was diep en hij wist dat het vlees zou gaan versterven. De man zou binnen een paar uur dood zijn, maar Taita keek hem geruststellend aan.

Intussen verzamelde Meren zijn sterkste en fitste mannen voor een strafexpeditie tegen de dieven. De rest van de soldaten zou achterblijven om de bagage, de overgebleven paarden en de zieken te beschermen. Voordat het helemaal licht was, gingen de beide Sjilloek het rietveld in om het spoor van de overvallers te zoeken. Ze waren voor zonsopgang terug.

'De Luo-honden hebben de weggelopen paarden verzameld en ze in een kudde naar het zuiden gedreven,' rapporteerde Nakonto aan Taita. 'We hebben nog twee dode en een gewonde Luo gevonden. De gewonde is nu ook dood.' Nakonto raakte het heft aan van het zware, bronzen mes dat aan zijn riem hing. 'Als uw mannen gereed zijn, kunnen we hen direct volgen, oude, verheven man.'

Taita wilde de grijze merrie niet meenemen: Wervelwind was nog te jong om hard te rennen en Windrook was door een Luo-speer in haar achterhand gewond, maar gelukkig niet ernstig. Daarom besteeg hij zijn reservepaard. Toen ze uitreden, hinnikte Windrook hem na, alsof het haar verontwaardiging wekte dat ze gepasseerd was.

De hoeven van de achttien gestolen paarden hadden een breed spoor in het rietveld achtergelaten. De afdrukken van de blote voeten van de Luo liepen over de sporen van de paarden die ze voortdreven heen. De Sjilloek renden soepel achter hen aan, in draf gevolgd door de ruiters. Het spoor leidde hen die hele dag naar het zuiden. Toen de zon onderging, rustten ze uit om de paarden de kans te geven om op krachten te komen, maar toen de maan opging, was er genoeg licht om verder te kunnen gaan. Ze reden de hele nacht door, met maar korte onderbrekingen om te rusten. Bij zonsopgang zagen ze dat het landschap ver voor hen uit een andere aanblik bood. Nadat ze zo lang in de eentonige zeeën van papyrus waren geweest, was zelfs deze lage, donkere streep oogstrelend voor hen.

Nakonto sprong op de schouders van zijn neef en keek in de verte. Toen grijnsde hij naar Taita, waarbij zijn tanden in het vroege licht glinsterden als parels. 'Wat u ziet, is het einde van het moeras, oude man. Dat zijn bomen en ze staan op droog land.'

Taita gaf dit nieuws door aan Meren en de soldaten. Ze juichten, lachten en sloegen elkaar op de rug. Meren liet hen weer uitrusten, want ze hadden hard gereden.

Uit hun sporen leidde Nakonto af dat de Luo niet ver voor hen uit waren. Toen ze doorreden, werd de rij bomen breder en donkerder, maar er was nog geen spoor van bewoning door mensen te bekennen. Ten slotte stegen ze af en leidden hun paarden te voet voorwaarts, zodat hun hoofd niet boven de papyrus uit zichtbaar zou zijn. Pas lang na de middag stopten ze weer. Ze werden nu nog slechts door een smalle strook papyrus afgeschermd en toen eindigde die ook abrupt bij een lage wal lichtgekleurde aarde die niet meer dan twee el hoog was. Erachter lagen weiden met kort, groen gras die begroeid waren met groepjes bomen. Taita herkende *kigelia*-worstbomen met hun enorme, hangende zaadpeulen en sycomoren met hun gele vruchten die direct aan de dikke grijze stammen groeiden, maar de meeste andere soorten herkende hij niet.

Toen ze de zachte aardwal beklommen, konden ze vanuit de dekking van de bomen duidelijk de sporen zien die de hoeven van de gestolen paarden hadden achtergelaten. Er was echter op de open weide erachter geen spoor van de dieren te bekennen. Ze speurden de bomenrij af.

'Wat zijn dat?' Meren wees naar een verre beweging en een fijne stofnevel tussen de bomen.

Nakonto schudde zijn hoofd. 'Buffels, een kleine kudde. Geen paarden. Nontu en ik gaan het gebied voor ons verkennen. U moet u hier verborgen houden.' De twee Sjilloek gingen de weide in en verdwenen. Hoewel Taita en Meren hen met hun blik probeerden te volgen, zagen ze hen niet meer en ze vingen zelfs geen glimp van hen op toen de beide mannen de open weide overstaken.

Ze trokken zich terug van de rand van het papyrusveld en vonden een stukje open, drogere grond. Ze vulden de voederzakken en lieten de paarden eten terwijl ze zich uitstrekten om te rusten. Taita wikkelde zijn sjaal om zijn hoofd, legde zijn stok binnen handbereik neer en ging achterover liggen. Hij was erg moe en zijn benen deden pijn van het ploeteren door de modder. Hij dommelde in.

'Houd goede moed, Taita. Ik ben dichtbij.' Ze sprak op een zachte fluistertoon, maar haar stem was zo helder en zo onmiskenbaar die van Fenn dat hij met een schok wakker werd en rechtop ging zitten. Hij keek snel en vol verwachting om zich heen, maar hij zag alleen de paarden, de muilezels, de slapende mannen en de eeuwige papyrus. Hij liet zich weer achteroverzakken.

Het duurde even voor hij de slaap weer kon vatten, maar hij was moe en ten slotte droomde hij van vissen die uit het water om hem heen sprongen en glinsterden in het zonlicht. Hoewel het er talloze waren, was geen ervan de vis waarvan hij wist dat die er moest zijn. Toen gingen de scholen vaneen en zag hij haar. Haar schubben glinsterden als edelstenen, haar vlindervormige staart was lang en lenig en de aura die haar omringde was etherisch en subliem. Onder zijn ogen nam de vis een menselijke vorm aan en hij zag het lichaam van een jong meisje. Ze gleed, met haar lange blote benen tegen elkaar gedrukt, door het water en maakte, met de gratie van een dolfijn, pompende bewegingen vanuit de heupen. Door het zonlicht dat van boven op haar viel, was haar bleke lichaam bedekt met schaduwplekken en haar lange glanzende haar wapperde achter haar hoofd. Ze draaide zich op haar rug en glimlachte door het water heen naar hem. Kleine zilverkleurige belletjes stroomden uit haar neusgaten. 'Ik ben dichtbij, lieve Taita. We zullen snel bij elkaar zijn. Heel snel.'

Voordat hij kon antwoorden, spatte het visioen uiteen door een aanraking en een ruwe stem. Hij probeerde zijn vervoering vast te houden, maar het gevoel werd weggerukt. Hij opende zijn ogen en ging rechtop zitten.

Nakonto zat neergehurkt naast hem. 'We hebben de Luo-jakhalzen en de paarden gevonden,' zei hij. 'Nu is het tijd om hen te doden.'

Ze wachtten tot de avond gevallen was voordat ze uit de dekking van het riet tevoorschijn kwamen en over de lage aardwal naar de open weide klommen De paardenhoeven maakten bijna geen geluid op het zachte zand. Nakonto leidde hen in het donker naar de bomen die zich in silhouet tegen de sterrenhemel aftekenden. Toen ze eenmaal onder de uitgespreide, beschermende takken waren, sloeg hij evenwijdig aan de rand van het moeras af. Ze reden maar korte tijd in stilte verder voordat hij het bos in liep waar ze op de rug van de paarden moesten bukken om het overhangende gebladerte te ontwijken. Ze hadden maar een klein stukje gereden toen een roze gloed zich over de nachthemel boven de boomtoppen voor hen verspreidde. Nakonto leidde hen erheen. Ze hoorden nu dat er in een bezeten ritme op trommels geslagen werd. Terwijl ze naar voren reden, werd het geluid luider tot het duister leek te kloppen als het hart van de aarde. Toen ze nog dichterbij kwamen, werd het tromgeroffel aangevuld met een onwelluidend gezang.

Nakonto liet hen aan de rand van het bos halt houden. Taita reed naar voren tot hij naast Meren stond en ze keken over een open plek naar een groot dorp met lemen hutten met primitieve rieten daken dat verlicht werd door de vlammen van vier vreugdevuren waaruit wolken vonken omhoogschoten. Rijen rookrekken stonden voorbij de laatste hutten, bedekt met de opengesneden karkassen van vissen waarvan de schubben in het licht van de vuren glinsterden als zilver. Rondom de vreugdevuren huppelden tientallen mensen op en neer of draaiden kronkelend rond. Ze waren van top tot teen felwit geschilderd en versierd met vreemde patronen die met zwarte, okerkleurige en rode modder waren aangebracht. Taita realiseerde zich dat ze van beide seksen waren en allemaal naakt onder de dikke laag witte klei en as. Terwijl ze dansten, zongen ze in een barbaars ritme. Het geluid leek op het geblaf van een troep wilde honden.

Plotseling kwam er uit de schaduw een andere groep huppelende en springende Luo die een van de gestolen paarden voorttrokken. Alle ruiters herkenden haar; het was een vos die Spreeuw heette. De Luo hadden een touw van boomschors om haar nek gebonden en vijf van hen trokken eraan terwijl een stuk of tien anderen tegen haar flanken en achterhand duwden of haar met puntige stokken prikten om haar aan te sporen. Glinsterend bloed liep uit de wonden die ze haar toebrachten. Een van de Luo hief met beide handen een zware, houten knots op en stormde op haar af. Hij sloeg haar hard op haar hoofd en de knots kraakte toen hij haar schedel raakte. Ze viel direct neer, trapte krampachtig in de lucht en leegde haar darmen in één vloeibare, groene golf. Zwaaiend met hun vuurstenen messen zwermden de Luo over haar lichaam. Ze hakten stukken vlees uit haar nog stuiptrekkende lichaam en propten ze in hun mond. Het bloed droop van hun kin en over hun beschilderde bovenlichaam. Ze leken op een troep wilde honden die huilend om een prooi vechten. De toekijkende soldaten gromden van verontwaardiging.

Meren keek opzij naar Taita die knikte. 'Linker- en rechterflank verspreid optrekken,' beval Meren met zachte, maar duidelijke stem. De beide flanken van de colonne openden zich als vleugels in een verspreide linie. Zodra ze in positie waren, riep Meren: 'Detachement gaat aanvallen! Presenteer wapens!' Ze trokken hun zwaard uit de schede. 'Voorwaarts! Draf! Galop! Aanvallen!'

Ze stormden in gesloten formatie naar voren en de paarden renden schouder aan schouder. De Luo waren zo uitzinnig dat ze de soldaten zelfs niet zagen aankomen tot ze het dorp binnenstormden. Daarna probeerden ze zich te verspreiden en te vluchten, maar het was te laat. De paarden liepen hen onder de voet en verpletterden hen onder hun hoeven. De zwaarden rezen en daalden en doorkliefden bot en vlees. De twee Sjilloek vochten voor de anderen uit, brullend, stekend, springend en weer stekend.

Taita zag dat Nakonto een speer dwars door het lichaam van een van de Luo stak, zodat de speer tussen diens schouderbladen uit kwam. Toen Nakonto de speer terugtrok, leek het alsof het wapen elke druppel bloed uit het lichaam van de man zoog en het spoot als een zwarte straal in het licht van het vuur omhoog.

Een beschilderde vrouw met borsten die tot haar navel hingen, hief beide armen omhoog om haar hoofd te beschermen. Meren ging in de stijgbeugels staan, hakte een van haar armen bij de elleboog af, hief toen het zwaard opnieuw en spleet haar hoofd als een rijpe meloen. Ze had haar mond nog vol rauw vlees en spuwde het uit met haar doodskreet. De soldaten reden in strakke formatie achter de Luo aan terwijl ze hun zwaarden in een dodelijk ritme hieven en lieten neerdalen. De Sjilloek pakten degenen die weg probeerden te komen. De trommelaars die voor de uitgeholde boomstronken van de kigeliaboom zaten, waren zo in vervoering dat ze niet eens opkeken. Ze bleven in hun uitzinnige ritme met hun houten stokken roffelen tot de soldaten naar hen toe reden en hen ter plekke neersabelden. Ze vielen kronkelend en bloedend op hun trommels.

Aan de andere kant van het dorp liet Meren de aanval stoppen. Hij keek om en zag dat er niemand meer overeind stond. De grond rondom Spreeuws karkas was bezaaid met beschilderde naakte lichamen. Een paar van de gewonden probeerden weg te kruipen. De twee Sjilloek renden stekend en brullend in moordzuchtige extase tussen hen in.

'Help de Sjilloek om hen af te maken!' beval Meren. Zijn mannen stegen af en liepen snel naar het slagveld en doodden iedereen die nog tekenen van leven vertoonde.

Taita hield zijn paard in naast Meren. Hij was tijdens de aanval niet in de voorste gelederen geweest, maar had er vlak achter gereden. 'Ik zag er een paar de hutten in vluchten,' zei hij. 'Roei hen uit, maar dood hen niet allemaal. Nakonto kan misschien informatie uit hen loskrijgen over het gebied dat voor ons ligt.'

Meren schreeuwde het bevel naar zijn kapiteins die van hut tot hut gingen om ze te doorzoeken. Twee of drie Luo-vrouwen renden jammerend met jonge kinderen naar buiten. Ze werden naar het midden van het dorp gesleept waar de Sjilloek-gidsen in hun eigen taal bevelen tegen hen schreeuwden. Ze dwongen hen in rijen neer te hurken, met hun handen op hun hoofd. De kinderen klampten zich aan hun moeders vast terwijl de tranen op hun doodsbange gezichten glansden.

'Nu moeten we de overlevende paarden zoeken,' schreeuwde Meren. 'Ze kunnen ze niet allemaal geslacht en opgegeten hebben. Zoek daar eerst.' Hij wees naar het donkere bos waaruit de slagers Spreeuw naar de slachtplaats hadden getrokken. Hilto nam zijn manschappen mee en reed het donker in. Plotseling hinnikte een paard.

'Ze zijn hier!' schreeuwde Hilto opgetogen. 'Breng toortsen!'

'De mannen rukten riet van de daken van de hutten en maakten er ruwe toortsen van. Ze staken ze aan en volgden Hilto het bos in. Meren en Taita lieten vijf man achter om de gevangengenomen vrouwen en kinderen te bewaken en volgden de toortsdragers. Voor hen schreeuwden Hilto en zijn mannen aanwijzingen, zodat ze de weg konden vinden tot ze in het sterker wordende licht de kudde gestolen paarden zagen.

Taita en Meren stegen af en renden naar de dieren toe. 'Hoeveel zijn er over?' vroeg Meren dringend.

'Maar elf. We zijn er zes aan de jakhalzen kwijtgeraakt,' antwoordde Hilto. De Luo hadden ze allemaal met wreed korte touwen aan dezelfde boom vastgebonden. Ze konden hun nek zelfs niet naar de grond uitstrekken.

'Ze hebben niet mogen grazen of drinken,' schreeuwde Hilto verontwaardigd. 'Wat voor beesten zijn deze mensen?'

'Maak ze los,' beval Meren. Drie soldaten stegen af en renden naar de paarden toe, maar de dieren stonden zo dicht op elkaar dat ze zich ertussendoor moesten dringen.

Opeens slaakte een man een kreet van woede en pijn. 'Pas op! Een van de Luo verbergt zich hier. Hij heeft me met zijn speer verwond.'

Plotseling klonken de geluiden van een handgemeen die werden gevolgd door een hoge, kinderlijke kreet die tussen de benen van de paarden uit kwam.

'Grijp hem! Laat hem niet ontkomen!'

'Wat gebeurt daar?' vroeg Meren.

'Een kleine wilde verbergt zich hier. Hij is degene die me met de speer gestoken heeft.'

Op dat moment schoot een kind dat een lichte assegaai droeg tussen de benen van de paarden uit. Een soldaat probeerde hem te grijpen, maar het kind stak naar hem en verdween in de richting van het dorp in het duister. Taita had alleen maar een glimp van hem opgevangen voordat hij verdween, maar hij voelde dat er iets aan dit kind anders was. De Luo, zelfs de kinderen, waren stevig gebouwd en hadden O-benen, maar dit kind was zo slank als een papyrusstengel en zijn benen waren sierlijk recht. Hij rende met de gratie van een angstige gazelle. Plotseling besefte Taita dat onder de witte klei en de stampatronen een meisje schuilging en hij kreeg een intens déjà vu-gevoel. 'Ik zweer bij alle goden dat ik haar eerder heb gezien,' mompelde hij voor zich uit.

'Als ik het kleine zwijn te pakken krijg, maak ik hem heel langzaam dood,' schreeuwde de gewonde soldaat, toen hij tussen de paarden vandaan kwam. Hij had een speerwond in zijn onderarm en het bloed droop van zijn vingertoppen.

'Nee!' schreeuwde Taita dringend. 'Het is een meisje. Ik wil dat ze levend gevangengenomen wordt. Ze is teruggerend naar het dorp. Omsingel het gebied en doorzoek de hutten weer. Ze zal zich in een ervan verstopt hebben.'

Ze lieten een paar mannen achter om zich met de teruggevonden paarden bezig te houden en galoppeerden terug naar het dorp. Meren legde een kordon rondom de hutten en Taita ondervroeg Nakonto en Nontu die de vrouwen en kinderen bewaakten. 'Hebben jullie een kind deze kant uit zien rennen? Ongeveer zo groot en, net als de anderen, bedekt met witte klei?'

Ze schudden hun hoofd.

'Afgezien van de mensen hier' – Nakonto gebaarde naar de gevangenen – 'hebben we niemand gezien.'

'Ze kan niet ver weg zijn,' verzekerde Meren Taita. 'We hebben het dorp omsingeld. Ze kan niet ontsnappen. We vinden haar wel.' Hij stuurde Habari's peloton het dorp in om de hutten een voor een te doorzoeken. Toen hij bij Taita terugkwam, vroeg hij: 'Waarom is dat moordzuchtige rotkind belangrijk voor u, Magiër?'

'Ik weet het niet zeker, maar ik denk dat ze geen Luo is. Ze is anders. Ze zou zelfs Egyptisch kunnen zijn.'

'Dat betwijfel ik, Magiër. Ze is een wilde. Naakt en bedekt met verf.'

'Grijp haar nu maar,' snauwde Taita.

Meren kende die toon en hij liep haastig weg om de zoektocht te gaan leiden. De mannen zochten langzaam en voorzichtig, omdat ze niet het risico wilden lopen om een speer in hun buik te krijgen. Tegen de tijd dat ze het dorp half door waren, ging de zon boven het bos op. Taita was nerveus en rusteloos. Er knaagde iets aan hem, als een rat in de graansilo van zijn geheugen. Er was iets wat hij zich moest zien te herinneren.

Het ochtendbriesje zwenkte naar het zuiden en hij kreeg de stank van de halfrotte vis van de rekken in zijn neusgaten. Hij liep weg om eraan te ontsnappen en op dat moment schoot de herinnering die hij zocht hem te binnen.

Waar zou je nu naar een maanvis moeten zoeken? Je zult me tussen de andere vissen vinden. Het was de stem van Fenn die door de mond van het stenen beeld van de godin sprak. Was het kind dat ze achtervolgden een ziel die gevangenzat in de kringloop van de schepping? De reïncarnatie van iemand die lang geleden geleefd had?

'Ze heeft beloofd dat ze terug zou komen,' zei hij hardop. 'Is het mogelijk – of word ik misleid door mijn verlangen?' Toen antwoordde hij zichzelf: 'Er zijn dingen die de stoutste verbeelding van de mensen te boven gaan. Niets is onmogelijk.'

Taita keek snel om zich heen om er zeker van te zijn dat niemand hem in het oog hield en vervolgens liep hij nonchalant naar de rand van het dorp waar de rookrekken stonden. Zodra hij uit het zicht was, veranderde zijn houding. Hij bleef staan als een hond die de geur van de prooi probeert op te vangen. Zijn zenuwen waren tot het uiterste gespannen. Ze was heel dichtbij en haar aanwezigheid was bijna tastbaar. Hij hield zijn stok gereed om een steek met haar assegaai af te weren en liep naar voren. Om de paar passen liet hij zich op één knie zakken om onder of tussen de rekken door te kunnen kijken waarop de vissen dicht naast elkaar lagen. Af en toe werd zijn zicht belemmerd door bosjes brandhout en wolken rook. Elke keer dat hij bij een stapel hout kwam, moest hij eromheen lopen om er zeker van te zijn dat ze zich er niet achter verstopt had, wat hem ophield. Inmiddels beschenen de eerste stralen van de vroege zon het dorp. Toen hij weer om een stapel hout heen sloop, hoorde hij een heimelijke beweging voor zich. Hij tuurde om de hoek van de stapel. Er was niemand. Hij keek naar de grond en zag de afdrukken van haar kleine, blote voeten in de grijze as. Ze was zich ervan bewust dat ze gevolgd werd en schoot vlak voor hem van de ene stapel hout naar de andere.

'Er is geen spoor van het kind te bekennen. Ze is hier niet,' riep hij naar een denkbeeldige metgezel en daarna liep hij terug in de richting van het dorp. Hij liep lawaaiig en tikte met zijn stok op de rekken, maar na een tijdje kwam hij snel en geruisloos in een grote cirkel terug.

Toen hij vlak bij de plek kwam waar hij haar het laatst had gezien, bleef hij staan en hurkte achter een stapel hout neer om op haar te wachten. Hij lette scherp op of hij een beweging zag of een geluid hoorde. Nu ze hem niet meer kon zien, zou ze nerveus worden en weer van positie wisselen. Hij trok door een toverspreuk een schild om zich heen op om verborgen te blijven. Toen zocht hij van achter dat schild de ether af om haar te vinden.

'Ah!' mompelde hij toen hij haar had geschouwd. Ze was heel dichtbij, maar ze bewoog zich niet. Hij voelde haar angst en onzekerheid: ze wist niet waar hij was. Hij zag dat ze onder een van de stapels hout weggedoken zat. Hij concentreerde nu al zijn krachten op haar en hij stuurde impulsen uit om haar naar zich toe te lokken.

'Magiër! Waar bent u?' riep Meren vanuit de richting van het dorp. Toen hij geen antwoord kreeg, werd zijn stem luider en dringender. 'Hoort u me, Magiër?' Toen liep hij in de richting van de plek waar Taita wachtte.

Goed zo, moedigde Taita hem in stilte aan. Blijf komen. Je zult haar dwingen zich te verplaatsen. Ah! Daar gaat ze al.

Het meisje was weer in beweging gekomen. Ze was onder de stapel uit gekropen en rende nu voor Meren uit zijn kant op.

Kom maar, kleintje. Hij trok de tentakels van zijn bezwering strakker om haar heen. Kom naar me toe.

'Magiër!' riep Meren weer, nu van veel dichterbij. Het meisje verscheen voor Taita bij de hoek van de stapel hout. Toen ze bleef staan en omkeek in de richting waar Merens stem vandaan was gekomen, zag hij dat ze beefde van angst. Daarna keek ze in zijn richting. Haar gezicht was een afschuwelijk masker van klei en haar haar werd boven op haar hoofd in een dichte massa bijeengehouden door iets wat eruitzag als een mengsel van klei en acaciagom. Haar ogen waren zo bloeddoorlopen door de rook van de vuren en de verf die uit haar haar was gelopen dat hij niet kon zien wat voor kleur haar irissen hadden. Haar tanden waren opzettelijk zwartgemaakt. Alle gevangengenomen Luovrouwen hadden hun tanden zwartgemaakt en ze hadden dezelfde lelijke haardracht. Het was duidelijk hun primitieve idee van schoonheid.

Terwijl ze daar met schuin geheven hoofd doodsbang stond, opende

Taita zijn Innerlijke Oog. Haar aura sprong om haar heen op en leek haar te omhullen als een schitterende mantel van levend licht, net zoals hij in zijn dromen had gezien. Onder de groteske laag klei en smerigheid was dit meelijwekkende schepsel Fenn. Ze was naar hem teruggekomen, zoals ze had beloofd. De emotie die hem overspoelde was de sterkste die hij in zijn lange leven had ervaren. In intensiteit oversteeg het gevoel het overweldigende verdriet dat hij had gehad toen haar dood haar andere leven had beëindigd, toen hij haar ingewanden had verwijderd, haar lijk in de linnen zwachtels had gewikkeld en haar in de stenen sarcofaag had gelegd.

Nu kreeg hij haar terug op dezelfde leeftijd die ze had gehad toen ze al die sombere, eenzame jaren geleden voor het eerst aan hem toevertrouwd was. Al die droefenis en al dat verdriet werden nu goedgemaakt door deze ene gebeurtenis en elke pees, spier en zenuw van zijn lichaam trilde van vreugde.

Het schild dat hij om zich heen had opgetrokken om verborgen te blijven, werd erdoor verzwakt. Ze merkte het onmiddellijk. Ze draaide zich om en keek in zijn richting. Haar bloeddoorlopen ogen waren enorm groot in het groteske kleimasker. Ze voelde zijn aanwezigheid, maar ze kon hem niet zien. Hij besefte dat ze over de kracht beschikte. Op dit moment was haar paranormale gave nog onontwikkeld, maar hij wist dat die, onder zijn liefdevolle leiding, in de loop van de tijd even groot zou worden als de zijne. Een straal van de opgaande zon viel in haar ogen en hij zag hun ware glans en hun diepgroene kleur. Het groen van Fenns ogen.

Meren rende hun richting uit en zijn voeten stampten op de harde aarde. De enige vluchtroute die voor Fenn openstond, was de smalle doorgang tussen de stapel hout en de rookrekken. Ze rende recht in Taita's armen. Toen hij ze om haar heen sloot, gilde ze van schrik en angst en ze liet de assegaai vallen. Hoewel ze tegenspartelde en naar zijn ogen klauwde, hield Taita haar dicht tegen zijn borst gedrukt. Haar nagels waren lang en gescheurd, er zat zwart vuil onder de randen en ze lieten bloedige schrammen op zijn voorhoofd en wangen achter. Terwijl hij haar met zijn ene arm nog steeds om haar middel vasthield, pakte hij met zijn andere hand haar armen een voor een vast en drukte ze tussen hun lichamen. Nu ze machteloos was, boog hij zich dichter naar haar gezicht toe en keek in haar ogen om haar onder controle te krijgen. Ze wist instinctief wat hij aan het doen was en bracht haar hoofd naar het zijne toe, maar hij raadde net op tijd haar bedoeling en trok haar hoofd met een ruk naar achteren. Haar scherpe, zwarte tanden klapten een vingerbreedte voor het puntje van zijn neus op elkaar.

'Ik heb die neus nog steeds nodig, licht van mijn leven. Als je honger hebt, zorg ik wel voor smakelijker voedsel.' Hij glimlachte.

Op dat moment dook Meren op met een uitdrukking van ontsteltenis en schrik op zijn gezicht. 'Magiër!' schreeuwde hij. 'Laat dit smerige kreng niet bij u in de buurt komen. Ze heeft al geprobeerd om een van de mannen te vermoorden en nu zal ze proberen om u ernstig te verwonden.' Hij rende naar hen toe. 'Geef haar maar aan mij. Ik neem haar mee naar het moeras en verdrink haar in de eerste de beste poel.'

'Terug, Meren!' Taita verhief zijn stem niet. 'Raak haar niet aan.'

Meren stopte. 'Maar Magiër, ze zal…'

'Dat zal ze niet doen. Ga weg, Meren, laat ons alleen. We houden van elkaar. Ik moet haar er alleen nog van overtuigen.'

Toch aarzelde Meren nog.

'Ga weg, zeg ik. Onmiddellijk.'

Meren ging weg.

Taita keek in Fenns ogen en glimlachte geruststellend. 'Ik heb zo lang op je gewacht, Fenn.' Hij legde zijn magische kracht in zijn stem, maar ze verzette zich fel. Ze spuwde naar hem en druppeltjes van haar speeksel liepen over zijn gezicht en dropen van zijn kin. 'Toen we elkaar voor het eerst ontmoetten, was je zo sterk niet. Je was koppig en rebels, dat kan ik rustig zeggen, maar niet zo sterk als je nu bent.' Hij grinnikte en ze knipperde met haar ogen. Geen enkele Luo had ooit een dergelijk geluid gemaakt. Diep in haar ogen was even een zweempje interesse te zien, maar toen keek ze hem woedend aan.

'Je was toen zo mooi en moet je je nu eens zien.' Hij sprak nog steeds met een hypnotische stembuiging. 'Je bent een visioen uit de leegte.' Hij liet het klinken als een koosnaampje. 'Je haar is smerig.' Hij streelde het, maar ze probeerde weg te duiken. Door de dikke laag klei en acaciagom kon hij niet raden wat haar echte haarkleur was, maar hij bleef op kalme toon praten en geruststellend glimlachen toen een stroom rode luizen uit de geklonterde massa kroop en tegen zijn arm op klom.

'Bij Ahoera Maasda en de Waarheid, je stinkt nog erger dan een bunzing,' zei hij. 'We zullen een maand moeten schrobben om bij je huid te komen.' Ze kronkelde en spartelde om los te komen. 'Nu smeer je je vuiligheid op mij. Ik zal er net zo smerig uitzien als jij wanneer ik je eenmaal gekalmeerd heb. We zullen uit de buurt van Meren en zijn manschappen moeten bivakkeren. Zelfs ruwe soldaten zullen onze gecombineerde geur niet kunnen verdragen.' Hij bleef praten: wat hij zei, was niet belangrijk, maar door zijn toon werd ze geleidelijk rustig. Hij voelde dat ze zich begon te ontspannen en de vijandige glans in haar groene ogen verdween. Ze knipperde bijna slaperig en hij ontspande zijn greep. Toen hij dat deed, schudde ze zichzelf wakker en haar boosaardigheid laaide weer op. Hij moest haar stijf vasthouden toen ze zich weer ging verzetten.

'Je bent ontembaar.' Hij liet de bewondering en de goedkeuring in zijn stem doorklinken. 'Je hebt het hart van een krijger en de vastberadenheid van de godin die je eens was.' Deze keer kalmeerde ze sneller. De verhuizende luizen beten Taita onder zijn tuniek, maar hij negeerde ze en bleef praten.

'Ik zal je wat over jezelf vertellen, Fenn. Je was eens mijn pupil, zoals je nu weer geworden bent. Je was de dochter van een slechte man die weinig om je gaf. Tot op de dag van vandaag kan ik niet begrijpen hoe hij zo'n prachtige dochter heeft kunnen verwekken. Je was onbeschrijflijk mooi, Fenn. En ik weet dat je dat onder het vuil, de vlooien en de luizen nog bent.' Haar verzet werd steeds zwakker toen hij liefdevol en gedetailleerd haar jeugd beschreef en een paar van de grappige dingen ophaalde die ze had gedaan en gezegd. Wanneer hij nu lachte, keek ze hem eerder geïnteresseerd dan woedend aan en ze begon weer met haar ogen te knipperen.

Toen hij deze keer zijn greep liet verslappen, probeerde ze niet te ontkomen, maar bleef ze rustig op zijn schoot zitten. De zon had zijn hoogtepunt bereikt toen hij eindelijk opstond. Ze keek ernstig naar hem op toen hij zijn hand naar haar uitstrekte en ze trok zich niet terug.

'Kom nu maar mee. Jij hebt misschien geen honger, maar ik wel.' Hij liep naar het dorp en ze draafde naast hem mee.

Meren had ruim uit de buurt van het dorp een tijdelijk kamp opgeslagen: de lijken van de Luo zouden in de zon snel gaan rotten en het gebied zou onbewoonbaar worden. Toen ze het kamp naderden, haastte hij zich naar hen toe. 'Ik ben blij u te zien, Magiër. Ik dacht dat het kreng u naar de andere wereld had geholpen,' schreeuwde hij. Fenn verborg zich achter Taita en klemde zich aan zijn been vast toen Meren naar hen toe kwam. 'Bij het gewonde oog van Horus, wat stinkt ze. Ik kan haar hiervandaan ruiken.'

'Praat niet zo hard,' beval Taita. 'Negeer haar. Kijk niet zo naar haar, anders doe je al mijn harde werk in een ogenblik teniet. Loop voor ons uit naar het kamp en zeg tegen je mannen dat ze niet naar haar moeten staren en haar niet mogen laten schrikken. Zorg dat er voedsel voor haar klaarstaat.'

'Dus nu moeten we een wild veulen temmen.' Meren schudde spijtig zijn hoofd.

'O nee! Je onderschat de taak die voor ons ligt,' verzekerde Taita hem.

Taita en Fenn zaten in de schaduw onder de grote worstboom in het midden van het kamp en een van de mannen bracht hun voedsel. Fenn proefde de doerrakoek voorzichtig, maar na de eerste paar happen at ze gulzig, Daarna richtte ze haar aandacht op de plakken eendenborst. Ze propte ze zo snel in haar mond dat ze zich verslikte en hoestte.

'Ik zie dat je les in manieren moet krijgen voordat je met de farao kunt dineren,' merkte Taita op toen ze met haar zwarte tanden de eendenbotjes afkloof. Toen ze haar magere buikje barstensvol had gegeten, riep hij Nakonto. Zoals de meeste mannen had hij vanaf een discrete afstand toegekeken, maar nu hurkte hij voor hen neer. Fenn kroop tegen Taita aan en staarde wantrouwig naar de reusachtige, zwarte man.

'Vraag het kind hoe ze heet. Ik weet zeker dat ze Luo spreekt en verstaat,' beval Taita en Nakonto sprak een paar woorden tegen haar. Het was duidelijk dat ze hem verstond, maar haar gezicht verstrakte en haar lippen vormden een koppige streep. Hij probeerde haar nog een poosje over te halen om hem te antwoorden, maar Fenn zwichtte niet.

'Haal een van de gevangengenomen Luo-vrouwen,' zei Taita tegen Nakonto. Hij liep weg en toen hij even later terugkwam, sleepte hij een jammerende, oude vrouw uit het dorp mee.

'Vraag haar of ze dit meisje kent,' zei Taita.

Nakonto moest op scherpe toon tegen de vrouw spreken voordat ze ophield met jammeren en huilen, maar ten slotte gaf ze uitgebreid antwoord. 'Ze kent haar,' vertaalde Nakonto. 'Ze zegt dat ze een duivelin is. Ze hebben haar uit het dorp verjaagd, maar ze woonde dichtbij in het bos en ze heeft zwarte magie het dorp binnengebracht. Ze denken dat zij jullie gestuurd heeft om hun mannen te doden.'

'Is het kind van haar stam?' vroeg Taita.

De oude vrouw ontkende dat heftig. 'Nee, ze is een vreemde. Een van de vrouwen heeft haar in het moeras gevonden, waar ze ronddreef in een kleine boot die van riet was gemaakt.' Nakonto beschreef een papyruswieg zoals Egyptische boerinnen voor hun baby's vlochten. 'Ze heeft de duivelin naar het dorp gebracht en haar Khona Manzi genoemd, wat "het meisje uit het water" betekent. De vrouw was kinderloos en daarom was ze door haar echtgenoot verstoten. Ze heeft dit vreemde schepsel als haar eigen kind grootgebracht. Ze heeft haar lelijke haar gekapt zoals het hoort en haar spierwitte lichaam bedekt met klei en as om het te beschermen tegen de zon en de insecten, zoals betamelijk en gebruikelijk is. Ze heeft haar gevoed en verzorgd.' De oude vrouw keek met duidelijke afkeer naar Fenn.

'Waar is deze vrouw?' vroeg Taita.

'Ze is overleden aan een vreemde ziekte die dit duivelskind met haar hekserij over ons afgeroepen heeft.'

'Hebben jullie haar daarom uit het dorp verdreven?'

'Niet alleen daarom. Ze heeft vele andere bezoekingen over ons afgeroepen. In hetzelfde seizoen dat ze in het dorp kwam, steeg het water niet en het moeras, dat ons thuis is, begon te verdrogen en te sterven. Het was het werk van het duivelskind.' De oude vrouw schreeuwde nu van verontwaardiging.

'Ze heeft ziekten over ons afgeroepen die onze kinderen blind, onze jonge vrouwen onvruchtbaar en onze mannen impotent hebben gemaakt.'

'En dat heeft dit ene kind allemaal gedaan?' vroeg Taita.

144

Nakonto vertaalde het antwoord van de vrouw. 'Het is geen gewoon kind. Ze is een duivelin en een tovenares. Ze heeft onze vijanden naar onze geheime plaatsen geleid en ervoor gezorgd dat ze over ons gezegevierd hebben, net zoals ze ervoor gezorgd heeft dat jullie ons hebben aangevallen.'

Toen sprak Fenn voor het eerst. Haar stem was vervuld van bittere woede.

'Wat zegt ze?' vroeg Taita.

'Ze zegt dat de vrouw liegt. Ze heeft die dingen allemaal niet gedaan. Ze weet niet hoe ze hekserij moet bedrijven. Ze hield van de vrouw die haar moeder was en ze heeft haar niet gedood.' De oude vrouw antwoordde daar even venijnig op en daarna begonnen ze tegen elkaar te krijsen.

Een tijdje luisterde Taita lichtelijk geamuseerd naar hen en daarna zei hij tegen Nakonto: 'Breng de vrouw terug naar het dorp. Ze is geen partij voor het kind.'

Nakonto lachte. 'U hebt een leeuwenwelp als uw nieuwe huisdier genomen, oude man. We zullen allemaal leren haar te vrezen.'

Zodra ze vertrokken waren, werd Fenn weer rustig.

'Kom mee,' zei Taita tegen haar. Ze begreep wat hij bedoelde, al kende ze het woord niet en ze stond direct op. Toen hij wegliep, holde ze achter hem aan en pakte zijn hand weer vast. Het gebaar was zo ongekunsteld dat Taita diep ontroerd was. Ze begon ongedwongen te babbelen, dus antwoordde hij haar, al begreep hij geen woord van wat ze zei. Hij liep naar zijn zadeltas en haalde de leren rol met zijn chirurgische instrumenten tevoorschijn. Hij stond alleen stil om Meren een bevel te geven. 'Stuur Nontu terug om de rest van de mannen en de paarden uit het moeras te halen en breng hen hier. Houd Nakonto bij ons, want hij is onze ogen en onze tong.'

Toen liep hij, met Fenn nog steeds in zijn kielzog, naar de rand van het moeras en vond een duidelijke opening in het riet. Hij waadde tot zijn knieën het lauwe water in en ging zitten. Fenn keek vanaf de oever geïnteresseerd naar hem. Toen hij handenvol water over zijn hoofd spatte, barstte ze voor het eerst in lachen uit.

'Kom,' riep hij en ze sprong zonder te aarzelen in de poel. Hij zette haar met haar rug naar hem toe tussen zijn knieën en goot water over haar hoofd. Het masker begon op te lossen en het met vuil vermengde water liep over haar nek en schouders. Geleidelijk werden er plekken bleke en met luizenbeten bespikkelde huid zichtbaar. Toen hij de vuiligheid uit haar haar probeerde te wassen, weerstond het gestolde gom al zijn inspanningen om het weg te krijgen. Fenn kronkelde en protesteerde toen hij aan haar haar trok. 'Goed, dat komt later nog wel.' Hij stond op en begon haar haar met handenvol zand van de bodem van de poel schoon te schrobben. Ze giechelde toen hij haar ribben kietelde en ze probeerde halfhartig weg te komen, maar ze giechelde nog steeds toen hij haar terugtrok. Ze genoot van zijn aandacht. Toen hij ten slotte de oppervlakkige lagen vuil had verwijderd, pakte hij een bronzen scheermes uit de rol en begon met de grootst mogelijke voorzichtigheid het geklitte haar weg te scheren.

Ze verdroeg het stoïcijns, ook toen hij haar huid schramde en ze een beetje begon te bloeden. Hij moest het scheermes steeds aanzetten, omdat het door haar geklitte haar al na een paar streken bot werd. Het haar viel in klonten van haar hoofd en geleidelijk kwam haar bleke hoofdhuid bloot te liggen. Toen hij eindelijk klaar was, legde hij het scheermes neer en bestudeerde haar. 'Wat heb je grote oren!' riep hij uit. Haar kale hoofd leek te groot voor de dunne nek waarop het balanceerde. In tegenstelling daarmee leken haar ogen nog groter en haar oren staken uit als die van een babyolifant. 'Ook al geef ik je het voordeel van de twijfel, je bent vanuit elke hoek en in elk licht bekeken toch nog een kleine lelijkerd.' Ze herkende de genegenheid in zijn toon en glimlachte met haar zwarte tanden vol vertrouwen naar hem. Hij voelde de tranen achter zijn ogen prikken en hij verbaasde zich over zichzelf. 'Wanneer heb je voor het laatst een traantje geplengd, oude dwaas?' Hij wendde zich van haar af en pakte de flacon met zijn speciale balsem, een mengsel van olie en kruiden, zijn probate remedie voor alle kleine wondjes, blauwe plekken, zweren en allerlei kwaaltjes. Toen hij de balsem in haar hoofdhuid masseerde, leunde ze met haar hoofd tegen hem aan en sloot haar ogen als een jong katje dat geaaid wordt. Hij bleef zachtjes tegen haar praten en af en toe opende ze haar ogen en sloot ze dan weer. Toen hij klaar was, stapten ze uit de poel en gingen samen op de oever zitten. Toen hun lichaam door de zon en de warme bries droog was geworden, pakte Taita een bronzen pincet en onderzocht hij elke centimeter van haar lichaam. Hoewel de balsem de meeste luizen en ander ongedierte had gedood, waren er nog veel aan haar huid blijven zitten. Hij plukte ze van haar af en verpletterde ze tussen zijn nagels. Tot Fenns plezier maakten ze een bevredigend knalgeluidje wanneer ze ontploften en een bloedvlekje achterlieten. Toen hij de laatste had verwijderd, pakte ze de pincet uit zijn hand en begon de insecten te verwijderen die van haar naar hem overgestapt waren. Haar ogen waren scherper en haar vingers soepeler dan de zijne. Ze voelde in zijn zilvergrijze baard en controleerde zijn oksels op tekenen van leven. Toen zocht ze verder naar beneden. Ze was een wilde en aarzelde niet toen ze haar vingers lichtjes over het zilverkleurige litteken van zijn castratie onder aan zijn buik liet lopen. Taita had zich er altijd voor geschaamd en geprobeerd het voor anderen verborgen te houden, behalve voor Lostris toen ze nog leefde. Nu leefde ze weer en hij voelde geen schaamte. Toch haalde hij haar hand weg, ook al deed ze het onschuldig en ongedwongen.

'Ik denk dat ik kan zeggen dat we elkaar opnieuw goed kennen,' gaf Taita als zijn weloverwogen mening toen ze hem schoongeplukt had.

'Taita!' Hij raakte zijn borst aan. Ze staarde hem ernstig aan. 'Taita.' Hij herhaalde het gebaar.

Ze had het begrepen. 'Taita!' Ze prikte met een vinger in zijn borst en sloeg toen dubbel van het lachen. 'Taita!'

'Fenn!' Hij raakte het puntje van haar neus aan. 'Fenn!'

Dat vond ze nog een betere grap. Ze schudde heftig haar hoofd en sloeg op haar magere borst.' Khona Manzi!' zei ze.

'Nee!' zei Taita. 'Fenn!'

'Fenn,' herhaalde ze onzeker. 'Fenn!' Haar accent was perfect, alsof Egyptisch haar moedertaal was. Ze dacht er even over na, glimlachte toen en zei instemmend: 'Fenn!'

'Bak-her! Slimme meid, Fenn!'

'Bak-her,' herhaalde ze vlekkeloos en ze sloeg weer op haar borst. 'Slimme meid, Fenn.' Hij was weer verbaasd en verrukt omdat ze zo snel leerde.

Toen ze naar het kamp terugkeerden, staarden Meren en alle mannen verbaasd naar Fenn, ook al was hun dat verboden. 'Lieve Isis, ze is een van ons,' riep Meren. 'Ze is helemaal geen wilde, ook al gedraagt ze zich zo. Ze is een Egyptische.' Hij liep haastig naar zijn zadeltas en haalde er een reservetuniek uit die hij naar Taita bracht.

'Hij is bijna schoon,' zei hij, 'en ze zal er haar lichaam fatsoenlijk mee kunnen bedekken.'

Fenn keek naar het kledingstuk alsof het een giftige slang was. Ze was eraan gewend om naakt rond te lopen en ze probeerde te ontkomen toen Taita het over haar hoofd wilde laten glijden. Er was doorzettingsvermogen voor nodig, maar ten slotte kon hij het haar aantrekken. De tuniek was veel te groot voor haar en de zoom hing bijna op haar enkels, maar de mannen verzamelden zich om haar heen en gaven luidkeels uiting aan hun bewondering en goedkeuring. Ze fleurde een beetje op.

'Een vrouw in hart en nieren.' Taita glimlachte.

'Zeg dat wel,' beaamde Meren en hij ging terug naar zijn zadeltas. Hij vond een mooi gekleurd lint en bracht het haar. Meren, de vrouwenliefhebber, had altijd dergelijke dingen bij zich. Ze vergemakkelijkten zijn vluchtige vriendschappen met leden van de andere kunne die hij op hun reizen ontmoette. Hij bond het lint in een strik om haar middel om te verhinderen dat de zoom van haar tuniek door het zand zou slieren. Fenn rekte haar nek uit om het effect te bestuderen.

'Moet je zien hoe trots ze is.' Ze glimlachten. 'Jammer dat ze zo lelijk is.'

'Dat verandert wel,' beloofde Taita en hij dacht eraan hoe mooi ze in het andere leven was geweest.

𓂀

Halverwege de volgende ochtend waren de lichamen van de dode Luo opgeblazen en aan het rotten. Zelfs op een afstand was de stank zo overweldigend dat ze gedwongen waren hun kamp te verplaatsen. Voordat ze het kamp opbraken, stuurde Taita Nontu terug het papyrusveld in om de mannen en de paarden die ze achtergelaten hadden op te halen. Daarna gingen hij en Meren de gevangengenomen Luo-vrouwen inspecteren. Ze werden nog bewaakt in het midden van het dorp waar ze met touwen vastgebonden dicht bij elkaar zaten, naakt en weerzinwekkend.

'We kunnen hen niet meenemen,' zei Meren. 'We hebben verder niets aan hen. Het zijn zulke beesten dat de mannen zelfs geen plezier aan hen kunnen beleven. We moeten van hen af. Zal ik een paar mannen halen om me te helpen? Het zal niet lang duren.' Hij maakte zijn zwaard in de schede los.

'Laat hen gaan,' herhaalde Taita.

Meren keek geschokt. 'Dat is niet verstandig, Magiër. We weten niet of ze dan niet meer van hun broeders uit het moeras zullen halen om onze paarden te stelen en ons verder lastig te vallen.'

'Laat hen gaan,' herhaalde Taita.

Toen de touwen om hun polsen en enkels doorgesneden waren, probeerden de vrouwen niet te vluchten. Nakonto moest een angstaanjagende toespraak vol ernstige bedreigingen houden en vervolgens zwaaiend met zijn speer en strijdkreten schreeuwend op hen af rennen voordat ze hun kinderen oppakten en jammerend het bos in vluchtten.

Ze laadden hun spullen op de paarden, trokken drie kilometer verder langs de rand van het moeras en sloegen toen hun kamp weer op in een bosje lommerrijke bomen. De insecten die opvlogen zodra de duisternis inviel, kwelden hen genadeloos.

Een dag later leidde Nontu de overgebleven paarden en de overlevenden uit het moeras. Shabako die de leiding had, kwam bij Taita en Meren verslag uitbrengen. Het nieuws was niet goed: er waren nog vijf soldaten overleden sinds ze uit elkaar waren gegaan en alle anderen, met inbegrip van Shabako, waren zo ziek en zwak dat ze zonder hulp nauwelijks hun paarden konden bestijgen. De dieren waren er niet veel beter aan toe. Het gras en de planten uit het moeras bevatten weinig voedingsstoffen en sommige dieren hadden maagparasieten uit de stilstaande poelen opgelopen. Ze braakten ballen van kronkelende witte wormen en larven van paardenvliegen uit.

'Ik vrees dat we nog meer mannen en paarden zullen verliezen als we in dit verderfelijke moeras blijven,' zei Taita bezorgd. 'Het gras is zuur en het stinkt en de paarden zullen er niet door in een betere conditie komen. Onze voorraad doerra is bijna uitgeput en we hebben nauwelijks genoeg over voor de mannen, laat staan voor de beesten. We moeten een gezondere omgeving vinden om te herstellen.' Hij riep Nakonto bij zich en vroeg: 'Is er hier in de buurt een hoger gelegen gebied?'

Nakonto raadpleegde zijn neef voordat hij antwoordde: 'Er is een rij heuvels, maar daarvoor moeten we vele dagen naar het oosten reizen. We waren gewend om ons vee daar in het warme seizoen te laten grazen,' zei hij.

'Wijs ons de weg,' zei Taita.

Ze vertrokken de volgende ochtend vroeg. Toen Taita op Windrook zat, strekte hij zijn hand naar beneden uit, pakte Fenns arm vast en zwaaide haar achter zich op Windrooks rug. Hij zag aan haar uitdrukking dat het haar doodsbang had gemaakt, maar ze sloeg haar armen om zijn middel, drukte haar gezicht tegen zijn rug en klampte zich aan hem vast. Taita praatte geruststellend tegen haar en voordat ze anderhalve kilometer hadden gereden, ontspande haar greep zich en keek ze vanuit haar hoge positie naar haar omgeving. Na nog anderhalve kilometer begon ze te piepen van plezier en interesse. Als hij niet onmiddellijk reageerde, sloeg ze met haar kleine vuist op zijn rug en riep ze zijn naam, 'Taita! Taita', en ze wees dan naar datgene wat haar aandacht had getrokken. 'Wat?'

'Boom,' antwoordde hij dan, of 'Paarden' of 'Vogel. Grote vogel.'

'Grote vogel,' herhaalde ze. 'Ze was slim en had een zuiver gehoor. Hij hoefde de woorden maar één of twee keer te herhalen voordat ze de klank en de stembuiging perfect kon reproduceren en daarna vergat ze ze niet meer. Op de derde dag reeg ze woorden aaneen tot eenvoudige zinnen. 'Grote vogel vliegen. Grote vogel snel vliegen.'

'Ja, ja. Wat ben je toch slim, Fenn,' zei hij tegen haar. 'Het is bijna alsof je je iets begint te herinneren wat je eens goed gekend hebt, maar vergeten was. Nu komt het snel terug, hè?'

Ze luisterde aandachtig, pikte toen de woorden eruit die ze al had geleerd en herhaalde ze nadrukkelijk. 'Slim, Fenn. Snel, komt snel.' Toen keek ze om naar het veulen, Wervelwind, dat de merrie volgde. 'Klein paard komt snel.'

Het veulen fascineerde haar. Ze vond de naam 'Wervelwind' moeilijk, dus noemde ze hem Klein Paard. Zodra ze afgestegen waren om het kamp op te slaan, schreeuwde ze: 'Kom, Klein Paard.' Het veulen leek net zo van haar gezelschap te genieten als zij van het zijne. Hij kwam naar haar toe en stond haar toe een arm om zijn nek te slaan en aan hem vast te klitten alsof ze een tweeling in de baarmoeder waren. Ze zag dat de mannen de andere paarden doerra voerden, dus stal ze er wat van en probeerde hem dat te voeren. Ze werd boos toen hij het weigerde. 'Stout paard,' zei ze. 'Stout Klein Paard.'

Ze had al snel de namen van alle mannen geleerd, te beginnen met

Meren die haar het lint had gegeven en bij haar in een goed blaadje stond. De anderen wedijverden om haar aandacht. Ze bewaarden lekkere hapjes van hun karige rantsoenen voor haar en leerden haar de woorden van hun marsliederen. Taita maakte daar een einde aan toen ze enkele van de schunnigere refreinen herhaalde. Ze vonden kleine geschenken voor haar, zoals kleurige veren, stekels van stekelvarkens en mooie stenen die ze opraapten uit het zand of de droge rivierbeddingen die ze overstaken.

Maar de colonne vorderde langzaam. De mannen noch de paarden konden een tocht van een hele dag volhouden. Ze begonnen laat, hielden vroeg op en stopten onderweg vaak. Er overleden nog drie soldaten aan de moerasziekte en de anderen hadden nauwelijks de kracht om graven voor hen te delven.

Van de paarden ging het met Windrook en haar veulen nog het best. De speerwond in de achterhand van de merrie was goed genezen en ondanks de ontberingen van de reis had ze haar melk behouden en kon ze Wervelwind voeden.

Toen ze op een middag hun kamp opsloegen, was de horizon moeilijk te zien door het stof en de hittenevel, maar bij zonsopgang had de nachtelijke koelte de lucht gezuiverd en zagen ze in de verte een lage, blauwe rij heuvels. Toen ze ernaartoe reden, werden de heuvels hoger en uitnodigender. Op de achtste dag nadat ze uit het moeras vertrokken waren, bereikten ze de uitlopers van een groot massief. De hellingen ervan waren licht met bos begroeid en doorsneden door ravijnen waarin kolkende stromen liepen en watervallen zich naar beneden stortten. Ze volgden een stroom en klommen moeizaam omhoog tot ze ten slotte op een uitgestrekt plateau uitkwamen.

De lucht was daar frisser en koeler. Ze vulden opgelucht hun longen en keken om zich heen. Ze zagen groepjes mooie bomen in de savannes. Kuddes antilopen en gestreepte pony's graasden in grote aantallen op de weiden. Niets wees op de aanwezigheid van mensen. Het was een betoverende en uitnodigende wildernis.

Taita koos een plek uit om het kamp op te slaan, na over alle belangrijke aspecten zorgvuldig te hebben nagedacht: de heersende wind en de richting van de zon, de nabijheid van water en weidegrond voor de paarden. Ze hakten takken af, sneden gras voor de daken en bouwden toen comfortabele hutten. Rondom het kamp richtten ze een *zareeba* op, een omheining van stevige palen met scherpe punten, die ze aan het ene uiteinde om een aparte ruimte voor de paarden en de muilezels heen bouwden. Elke avond haalden ze de dieren binnen uit de weide en sloten ze op voor de nacht zodat ze veilig zouden zijn voor leeuwen en wilden.

Op de oever van de stroom waar de aarde zacht en vruchtbaar was, kapten ze de bomen en struiken en woelden ze de aarde om. Ze bouwden nog een stevig hek van doornstruiken en palen om de grazende dieren buiten te houden. Taita doorzocht de zakken met doerrazaden korrel na korrel, koos aan de hand van hun aura de zaden uit die gezond waren en gooide de zieke en beschadigde zaden weg.

Ze plantten ze in de omgewoelde aarde en Taita bouwde een shaloof om het water uit de rivier te hevelen om de zaadbedden te irrigeren. Binnen een paar dagen staken de eerste groene scheuten boven de aarde uit en over een paar maanden zou het graan rijpen. Meren liet de velden constant bewaken door soldaten met trommels om de paarden en apen te verjagen. Ze legden wachtvuren rondom de zareeba aan die ze dag en nacht brandende hielden. Elke ochtend werden de paarden en de muilezels gekluisterd en losgelaten op de rijke graasgronden. Ze vraten zich vol en kregen snel hun gezondheid terug.

Er was volop wild op het plateau. Om de paar dagen reed Meren met een groep jagers uit en kwam terug met een grote zak met antilopen en gevogelte. Ze vlochten visnetten van rietstengels en zetten die uit aan de mond van de rivierpoelen. De vangst was overvloedig en elke avond deden de mannen zich te goed aan wildbraad en verse meerval. Fenn verbaasde hen allemaal doordat ze zo veel vlees op kon.

Taita kende de meeste bomen, struiken en planten die op het plateau groeiden. Hij had ze in zijn jaren op de hoogvlakten van Ethiopië leren kennen. Hij wees de groepen met wie hij ging foerageren aan welke voedzaam waren en onder zijn leiding verzamelden ze wilde spinazie langs de rivieroevers. Ze groeven ook de wortels van wolfsmelkplanten op die er in overvloed groeiden en kookten er een dikke pap van die doerra als hun basisvoedsel verving.

In de koele, zoete lucht van de vroege ochtend gingen Taita en Fenn het bos in en ze verzamelden manden vol bladeren en bessen, wortels en stukken verse, natte boomschors die medicinale eigenschappen had. Wanneer de hitte onaangenaam werd, gingen ze terug naar het kamp. Ze kookten dan een deel van hun oogst of lieten die in de zon drogen. De rest stampten ze tot een pasta of een poeder. Met de drankjes die Taita daarvan maakte, behandelde hij de kwalen van de mannen en de paarden.

Hij gebruikte vooral het gekookte extract van de schors van een doornstruik dat zo bitter en scherp was dat het de mensen pijn deed aan de ogen en hun de adem benam. Taita diende dat in ruime hoeveelheden toe aan degenen die nog steeds symptomen van de moerasziekte vertoonden. Fenn stond erbij en bemoedigde hen wanneer ze kokhalsden en naar lucht hapten. 'Brave Shabako. Slimme Shabako.' Ze lieten zich allemaal door haar lieve woordjes verleiden. Ze slikten het bittere drankje door en hielden het binnen. Ze genazen snel en volledig.

Uit de tot poeder gestampte boomschors en de zaden van een kleine, onopvallende struik maakte Taita een laxeermiddel dat zo krachtig was dat Nakonto, die veel last had van hardlijvigheid, er dolblij mee was. Hij kwam elke dag bij Taita om een dosis te halen en ten slotte gaf Taita hem nog maar één dosis in de drie dagen.

Ondanks haar eetlust bleef Fenn mager en haar buik was strak en op-gezwollen. Taita bereidde een ander drankje van gekookte wortels waarbij ze hem hielp. Toen hij haar vroeg om het op te drinken, nam ze één slokje en wilde zich toen uit de voeten maken. Ze was snel, maar hij was voorbereid. De daaropvolgende strijd om wie de sterkste wil had, duurde bijna twee dagen. De mannen wedden op de uitkomst. Ten slot-te won Taita en ze dronk een hele dosis op zonder dat hij zijn paranor-male krachten hoefde te gebruiken om haar te overreden en daar was hij blij om want hij wilde haar daar niet graag aan onderwerpen. Ze bleef mokken tot de volgende dag toen ze tot haar verbazing een bal kronkelende witte darmwormen uitbraakte die bijna zo groot was als haar hoofd. Ze was zo verschrikkelijk trots op deze prestatie dat ze de bal eerst aan Taita en daarna aan alle anderen liet zien om hem te be-wonderen. Ze waren allemaal gepast onder de indruk en riepen luid-keels dat ze Fenn een slim, dapper meisje vonden. Binnen een paar da-gen kreeg haar buik een aangenamer ogende vorm en begonnen haar ledematen voller te worden. Haar lichamelijke ontwikkeling was verba-zingwekkend: in een paar maanden had ze een vooruitgang geboekt die een normaal meisje jaren gekost zou hebben. Het leek Taita dat ze on-der zijn ogen groeide en opbloeide.

'Ze is geen normaal kind,' hield hij zichzelf voor. 'Ze is de reïncarna-tie van een koningin en een godin.' Als hij daar ooit maar de geringste twijfel over had, hoefde hij alleen zijn Innerlijke Oog te openen en naar haar aura te kijken. Zij was van een goddelijke schoonheid.

'De paarden zouden nu van je prachtige glimlach schrikken,' zei Tai-ta tegen haar en ze liet met een brede grijns haar eens zwarte tanden zien. De verf was verdwenen en haar tanden waren nu hagelwit en per-fect. Taita leerde haar om op het vezelachtige uiteinde van een groene twijg te kauwen tot het een borstel vormde en daar haar tanden mee te poetsen en haar adem zoet te maken. Ze hield van de smaak en sloeg het dagelijks ritueel nooit over.

Haar beheersing van de taal die eerst erbarmelijk was geweest, werd daarna gebrekkig, vervolgens goed en ten slotte perfect. Haar woorden-schat groeide snel: ze wist het juiste woord te kiezen om haar gevoelens te uiten en een voorwerp accuraat te beschrijven. Al snel kon ze woord-spelletjes met Taita spelen en ze bracht hem in verrukking met haar ge-rijm, raadseltjes en woordspelingen.

Fenn was buitengewoon leergierig. Als haar geest niet intensief be-ziggehouden werd, begon ze zich te vervelen en werd ze lastig. Wanneer ze worstelde met een taak die hij haar gegeven had, was ze lief en plooi-baar. Bijna dagelijks moest Taita nieuwe uitdagingen voor haar zoeken.

Hij maakte schrijftabletten van de klei uit de rivieroever en leerde haar hiëroglifen schrijven. Hij tekende op de harde klei voor de deur van hun hut een *bao*-bord en gebruikte gekleurde stenen als stukken. Na een paar dagen had ze de basisprincipes opgepikt en toen ze vooruitgang boekte, leerde hij haar de Regel van Zeven en daarna het Groeperen van Kastelen. Op een gedenkwaardige dag versloeg ze Meren in drie van de vier spelletjes, tot zijn schaamte en tot genoegen van de toeschouwers.

Met de as van het loogkruid maakte Taita zeep van het vet van het wild dat de jagers binnenbrachten. Door het in grote hoeveelheden te gebruiken, wist hij de laatste hardnekkige restanten te verwijderen van de verf en de andere naamloze substanties waarmee haar Luo-adoptiefmoeder haar mooi had gemaakt.

Door niet-aflatend gebruik van Taita's onovertroffen balsem werd het laatste ongedierte uitgeroeid dat ze bij zich droeg. De beten vervaagden en verdwenen ten slotte. Haar huid werd roomkleurig en smetteloos en kreeg een glanzende ambertint wanneer de zon erop scheen. Haar haar groeide tot het ten slotte haar oren bedekte en een schitterende, goudkleurige kroon vormde. Haar ogen die nog steeds groen en enorm groot waren, domineerden niet langer haar andere, fijnere gelaatstrekken, maar vulden ze aan en accentueerden ze. Voor Taita's liefhebbende ogen werd ze even mooi als ze in het andere leven was geweest.

Wanneer hij naar haar keek of 's nachts, wanneer ze naast hem op de slaapmat lag, naar haar ademhaling luisterde, werd zijn genoegen vergald door de angst voor wat de toekomst moest brengen. Hij was zich er scherp van bewust dat ze over een paar jaar een vrouw zou worden en dat haar instincten iets zouden eisen wat hij haar niet kon geven. Ze zou gedwongen worden om elders te zoeken naar een man die deze overweldigende vrouwelijke behoeften zou kunnen bevredigen. Voor de tweede keer in zijn leven zou hij moeten toekijken wanneer ze haar geluk zocht in de armen van een andere man en weer het bittere verdriet van een verloren liefde moeten meemaken.

'Aan de toekomst valt toch niets te veranderen. Ik heb haar nu. Dat moet voldoende zijn,' hield hij zichzelf voor en hij liet zijn angsten varen.

Hoewel iedereen om haar heen gefascineerd was door haar opbloeiende schoonheid, leek Fenn zich daar zelf niet van bewust te zijn. Ze beantwoordde hun bewondering met ongekunstelde charme en vriendelijkheid, maar ze bleef een ongebonden geest. Ze reserveerde haar genegenheid voor Taita.

Windrook was slechts een van de velen die onder Fenns bekoring raakten. Wanneer Taita met chemie bezig was of mediteerde, ging Fenn de weide in om haar te zoeken. De merrie stond Fenn toe om haar manen te gebruiken om op haar rug te klimmen en daarna gaf ze het kind rijles. Eerst liep ze alleen maar in een rustig wandeltempo. Ondanks Fenns aansporingen ging ze pas over op draf toen ze voelde dat haar berijdster een goede balans en een vaste zit had. Binnen een paar weken reed ze voor het eerst met Fenn in een rustige handgalop. Ze negeerde het gebeuk van Fenns kleine hielen in haar flanken en de luide aansporingen en smeekbeden om harder te lopen. Toen Taita op een middag in de schaduw voor hun hut een dutje deed, ging Fenn naar de paarden-zareeba en zwaaide zich op de rug van de grijze merrie. Windrook liep met haar weg. Bij het hek van de zareeba, porde Fenn haar met een teen in de schouder en Windrook ging over op een soepele draf in hoge gang. Toen ze over het goudkleurige savannegras reden, vroeg Fenn het de merrie opnieuw en deze keer verlengde ze haar pas tot een handgalop. Fenn zat vlak achter haar schoften en leunde met haar gewicht naar voren en met haar knieën stevig tegen haar flanken aan gedrukt zodat ze perfect in harmonie met Windrooks pas was. Daarna, meer omdat ze hoopte dan verwachtte dat het dier zou meewerken, greep Fenn een handvol van haar manen beet en riep: 'Kom op, schat, laten we er vaart in zetten!' Onder haar ontplooide Windrook al haar snelheid en kracht. Wervelwind volgde haar op de hielen. Ze vlogen vrolijk over het open grasland.

Taita werd wakker van het geschreeuw van de mannen. 'Rennen, Windrook, rennen!' en 'Rijden, Fenn, rijden!'

Hij holde naar het hek en zag nog net het trio in de verte over de horizon verdwijnen. Hij wist niet op wie hij het eerst zijn woede moest koelen.

Meren koos dat moment uit om te roepen: 'Bij de donderende knallen van Seths scheten, ze rijdt als een echte cavalerist!' waardoor hij zichzelf tot doelwit maakte.

Taita was hem nog aan het uitkafferen toen Windrook over de savanne terugrende met Fenn schreeuwend van opwinding op haar rug en Wervelwind vlak achter haar. Ze stopte voor Taita en Fenn liet zich van haar rug glijden en rende naar Taita toe. 'O, Taita, heb je ons gezien? Was het niet geweldig? Was je niet trots op me?'

Hij keek haar woedend aan. 'Je mag nooit meer zoiets gevaarlijks en doms doen, je hele leven niet.' Ze was uit het veld geslagen. Haar schouders zakten en haar ogen stonden vol tranen. Hij liet zich daardoor stijfjes vermurwen. 'Maar je hebt best goed gereden. Ik ben trots op je.'

'De magiër bedoelt dat je hebt gereden als een cavalerist, maar we vreesden allemaal voor je veiligheid,' verklaarde Meren, 'maar er was geen reden om ons zorgen te maken.'

Fenn fleurde onmiddellijk op en ze veegde de tranen met de rug van haar hand weg.

'Is dat wat je eigenlijk bedoelde, Taita?' vroeg ze.

'Ik denk het wel,' gaf hij nors toe.

Die avond zat Fenn in kleermakerszit op haar slaapmat en keek bij het licht van de olielamp ernstig naar Taita die met uitgeborstelde baard en met zijn handen op zijn borst gevouwen op zijn rug lag en zich voorbereidde om te gaan slapen. 'Je zult nooit weggaan en me alleen laten, maar altijd bij me blijven, hè, Taita?'

'Ja.' Hij glimlachte naar haar. 'Ik zal altijd bij je blijven.'

'Daar ben ik zo blij om.' Ze boog zich naar voren en begroef haar gezicht in zijn zilvergrijze baard. 'Hij is zo zacht als een wolk,' fluisterde ze. Toen werd ze overmand door vermoeidheid van de opwinding van die dag en ze viel uitgestrekt op zijn borst in slaap.

Taita bleef een tijdje naar haar ademhaling liggen luisteren. Zo'n geluk kan niet voortduren, dacht hij. Het is te intens.

Ze waren de volgende ochtend vroeg op. Zodra ze hun ontbijt van doerrapap en paardenmelk gegeten hadden, gingen ze het bos in om kruiden te zoeken. Toen de manden gevuld waren, ging Taita haar voor naar zijn lievelingspoel in de rivier. Ze gingen naast elkaar op de hoge oever zitten en werden weerspiegeld in het water van de poel beneden hen.

'Kijk eens naar jezelf, Fenn,' zei hij. 'Zie je hoe mooi je bent geworden?' Ze keek zonder belangstelling naar beneden, maar ze was onmiddellijk gefascineerd door het gezicht dat naar haar terugkeek. Ze ging op haar knieën zitten, leunde ver over het water heen en bleef staren. Ten slotte fluisterde ze: 'Zijn mijn oren niet te groot?'

'Je oren zijn als de bladeren van een bloem,' zei hij.

'Een van mijn tanden staat scheef.'

'Maar een klein beetje en daardoor wordt je glimlach des te intrigerender.'

'Mijn neus?'

'Het is de volmaaktste neus die ik ooit heb gezien.'

'Echt waar?'

'Ja.'

Ze draaide haar hoofd om en glimlachte naar hem en hij zei: 'Je glimlach verlicht het bos.'

Ze omhelsde hem en haar lichaam was warm, maar plotseling voelde hij een koude wind op zijn wang, hoewel de bladeren van de bomen niet bewogen hadden. Hij huiverde en het bloed begon zachtjes in zijn oren te kloppen. Ze waren niet langer alleen.

Beschermend drukte hij haar dichter tegen zich aan en keek over haar schouder in de poel.

Hij zag een lichte kolking onder het oppervlak, alsof een reusachtige meerval in de diepte bewogen had. Maar de hartslag in zijn oren werd krachtiger en hij wist dat het geen vis was. Hij concentreerde zijn blik en zag een vage schaduw die leek te golven als de bladeren van een waterlelie in een diepe draaikolk in de rivier. Langzaam nam de schaduw een menselijke vorm aan, een ijle gedaante van een in een mantel gehulde figuur met een grote monnikskap om het hoofd. Hij probeerde onder de kap te kijken, maar er was alleen schaduw te zien.

Fenn voelde dat hij verstijfde. Ze keek hem aan, draaide toen haar hoofd om en volgde zijn blik. Ze staarde in de poel en fluisterde angstig: 'Er is daar iets.' Terwijl ze sprak, vervaagde het beeld en het wateroppervlak was weer rimpelloos en kalm. 'Wat was dat, Taita?' vroeg ze.

'Wat heb je gezien?'

'Er was iemand in de poel onder het water.'

Taita was niet verbaasd: hij had de hele tijd geweten dat ze de gave had. Het was niet de eerste keer dat ze hem daar het bewijs van geleverd had.

'Heb je het duidelijk gezien?' Hij wilde geen suggestie in haar hoofd planten.

'Ik zag iemand onder water, helemaal in het zwart gekleed… maar er was geen gezicht te zien.' Ze had het hele visioen gezien, niet alleen maar fragmenten. Het paranormale talent waarmee ze begiftigd was, was groot, misschien even groot als dat van hemzelf. Hij zou met haar kunnen samenwerken, zoals hij nooit met Meren had gekund. Hij zou haar kunnen helpen om haar gave te ontwikkelen en de kracht ervan aan te wenden zoals ze wilde.

'Wat voelde je erbij?'

'Kou,' fluisterde ze.

'Rook je ook iets?'

'De geur van een kat… nee, die van een slang. Ik weet het niet zeker. Maar ik weet dat het slecht was.' Ze klemde zich aan hem vast. 'Wat was het?'

'Wat je rook, was de geur van de heks.' Hij kon niets voor haar verborgen houden. Ze had het lichaam van een kind, maar het bevatte de geest en de ziel van een sterke, veerkrachtige vrouw. Hij hoefde haar niet te beschermen. Behalve haar gave had ze reserves aan kracht en ervaring die ze in het vorige leven verzameld had. Hij hoefde haar alleen maar te helpen om de sleutel te vinden van de kluis in haar geest waar die schatten opgeslagen lagen.

'Wat je zag, was de schaduw van de heks. Wat je rook, was haar geur.'

'Wie is de heks?'

'Dat zal ik je binnenkort vertellen, maar nu moeten we terug naar het kamp. We hebben dringende zaken af te handelen.'

De heks had hen gevonden en Taita besefte dat hij zich had laten verleiden om te lang op die heerlijke plek te blijven. Zijn levenskracht was aangezwollen als een golf en dat had ze gevoeld en ze was hem op het spoor gekomen. Ze moesten verder trekken en snel ook.

Gelukkig waren de mannen uitgerust en volledig hersteld. De stemming was goed en de paarden waren sterk. De doerrazakken waren gevuld. De zwaarden waren scherp en alle uitrustingsstukken waren gerepareerd. Als de heks hen had gevonden, dan had Taita haar ook gevonden. Hij wist in welke richting haar schuilplaats was.

Meren verzamelde de mannen. De tol die het moeras had geëist, was zwaar. Bijna anderhalf jaar geleden waren drieënnegentig officieren en manschappen het fort in Qebui uit gereden. Nu waren er nog maar zesendertig over die konden aantreden. De paarden en de muilezels was het wat beter vergaan. Van de oorspronkelijke driehonderd dieren plus de vijf pakmuilezels die hun geschonken waren, hadden honderdachtenzestig het overleefd.

Niemand keek om toen de colonne het kamp verliet, de helling afdaalde, de vlakte op reed en terugkeerde naar de rivier. Fenn zat niet langer achter Taita op Windrook. Nadat ze had laten zien hoe goed ze kon rijden, had ze om een eigen paard gevraagd en Taita had een robuuste voskleurige ruin met een gelijkmatig karakter voor haar uitgekozen.

Fenn was dolblij met hem. 'Ik noem hem Gans,' zei ze.

Taita keek haar vragend aan. 'Waarom Gans?'

'Ik houd van ganzen. Hij doet me aan een gans denken,' verklaarde ze hooghartig. Hij concludeerde dat het maar het gemakkelijkst was om de naam zonder verdere discussie te accepteren.

Zodra het pad de lage heuvels bereikte en er breed genoeg voor werd, kwam ze zo dicht naast Taita rijden dat hun knieën elkaar bijna raakten, zodat ze konden praten. 'Je hebt me beloofd dat je me over de heks in het water zou vertellen. Dit is een goed moment.'

'Ja, dat is zo. De heks is een heel oude vrouw. Ze leeft al sinds het begin der tijden. Ze is erg machtig en doet slechte dingen.'

'Wat voor slechte dingen?'

'Ze verslindt pasgeboren baby's.' Fenn huiverde. 'En ze lokt wijze mannen in haar klauwen en verslindt hun ziel. Daarna gooit ze hun lichamelijk omhulsel weg.'

'Ik had nooit gedacht dat dergelijke dingen mogelijk waren.'

'Er is nog meer te vertellen, Fenn. Met haar krachten heeft ze de grote rivier die de moeder van de aarde is, laten ophouden met stromen, de rivier die alle volkeren leven, voedsel en drinkwater schenkt.'

Fenn dacht daarover na. 'De Luo dachten dat ik de rivier gedood had. Ze hebben me uit hun dorp verjaagd om in het bos van honger te sterven of door wilde dieren opgegeten te worden.'

'Het zijn wrede, onwetende mensen.'

'Ik ben blij dat Meren en jij hen afgeslacht hebben,' zei ze nuchter en daarna zweeg ze een poosje. 'Waarom zou de heks de rivier willen doden?'

'Ze wilde de macht van onze farao breken en de volkeren van zijn koninkrijk tot slaven maken.'

'Wat is een farao en wat zijn slaven?' Hij legde het haar uit en ze keek ernstig. 'Dan is ze echt slecht. Waar woont ze?'

'Op een berg naast een groot meer in een land ver in het zuiden.' Hij wees voor zich uit.

'Gaan we daarheen?'

'Ja. We gaan proberen haar tegen te houden en het water weer te laten stromen.'

'Als ze zo ver weg woont, hoe is ze dan in de poel van de rivier gekomen waar we haar gezien hebben?'

'We hebben háár niet gezien. Het was haar schaduw.'

Fenn fronste en rimpelde haar brutale neusje, terwijl ze met dit idee worstelde. 'Dat begrijp ik niet.'

Taita stak zijn hand in de leren buidel aan zijn gordel en haalde er de bol van een lelie uit die hij had meegebracht om haar iets te demonstreren. Hij gaf hem aan haar. 'Ken je deze bol?'

Ze bekeek hem even. 'Natuurlijk. We hebben er veel van verzameld.'

'Er binnenin zitten veel lagen, de ene na de andere, en in het midden zit de kleine kern.' Ze knikte en hij vervolgde: 'Zo is ons hele universum gevormd. Wij zijn de kern in het midden ervan. Om ons heen zijn lagen van bestaan die we niet kunnen zien of voelen – tenzij we daarvoor een bijzonder vermogen hebben. Begrijp je dat?'

Ze knikte weer voorzichtig en zei toen eerlijk: 'Nee, ik begrijp het niet, Taita.'

'Droom je wanneer je slaapt, Fenn?'

'O ja!' riep ze enthousiast. 'Prachtige dromen! Ze maken me aan het lachen en zorgen ervoor dat ik me gelukkig voel. Soms kan ik in mijn dromen vliegen als een vogel en ik bezoek dan vreemde, mooie plaatsen.' Toen maakte haar glimlach plaats voor een gekwelde uitdrukking. 'Maar soms heb ik dromen die me bang of triest maken.'

Taita had naar haar nachtmerries geluisterd wanneer ze 's nachts naast hem lag. Hij had nooit aan haar geschud of haar laten schrikken om er een einde aan te maken, maar hij had zijn krachten gebruikt om haar te kalmeren en haar voorzichtig van de duistere plaatsen weg te halen. 'Ja, Fenn, dat weet ik. In je slaap verlaat je deze laag van het bestaan en ga je een volgende binnen.' Ze leek er nu meer van te begrijpen en ze glimlachte. Taita vervolgde: 'Hoewel de meeste mensen geen beheersing over hun dromen hebben, bezitten sommigen de speciale gave om buiten de kleine kern waarin we ingekapseld zitten, te kunnen zien. Sommigen, de wijzen en de magiërs, hebben zelfs het vermogen om in hun geestelijke vorm overal heen te reizen waar ze willen. Om dingen van verre te zien.'

'Kun jij dat ook, Taita?' Hij glimlachte raadselachtig en ze barstte uit: 'Dat moet vreemd en heerlijk zijn. Ik zou dat ook heel graag willen kunnen.'

'Eens zul je dat misschien kunnen. Je hebt namelijk de schaduw van de heks in de poel gezien, wat betekent dat je het vermogen hebt. We hoeven je er alleen in te trainen om het te gebruiken en te beheersen.'

'Is de heks hierheen gekomen om ons te bespieden? Was ze echt hier?'

'Haar geest was hier. Ze hield ons in de gaten.'

'Ik ben bang voor haar.'

'Dat is heel verstandig. Maar je moet je niet aan haar overgeven. We moeten ons met onze eigen krachten tegen haar te weer stellen, jij en ik. We moeten tegen haar strijden en haar boosaardige bezweringen doorbreken. Als we kunnen, zullen we haar vernietigen en dan zal deze wereld daarna een stuk veiliger zijn.'

'Ik zal je helpen,' verklaarde ze dapper. Hij keek haar met ongeveinsde bewondering aan. Ze ontwikkelde al de geest en de spirit van de koningin die ze in het andere leven was geweest. 'Je bent er nu klaar voor om meer te leren,' zei hij. 'We beginnen direct.'

Elke ochtend wanneer ze opstegen en naast elkaar uitreden, begon haar onderricht en het ging de hele, lange dag door. Zijn eerste zorg was haar te doordringen van de plicht van een magiër die inhield dat hij de krachten die hem waren geschonken met zorg en verantwoordelijkheidsgevoel gebruikte. Ze mochten nooit lichtvaardig of voor onbenullige of egoïstische doeleinden worden gebruikt.

Toen ze deze heilige plicht eenmaal had begrepen en met een formele eed die hij haar liet herhalen, had erkend, gingen ze verder met het bestuderen van de eenvoudigste vormen van de kunst van de magie. In het begin lette hij erop dat hij niet te veel van haar concentratievermogen vergde en dat hij een tempo aanhield dat ze kon bijhouden. Maar hij had zich geen zorgen hoeven te maken: ze was onvermoeibaar en haar vastberadenheid was onwrikbaar.

Eerst leerde hij haar hoe ze zichzelf moest beschermen en welke toverspreuken ze moest uitspreken om zichzelf te verbergen, om zich voor de ogen van anderen af te schermen. Ze oefende dit aan het einde van elke dag, wanneer ze veilig binnen de geïmproviseerde omheining waren. Ze zat dan rustig naast Taita en probeerde, met zijn hulp, om zich onzichtbaar te maken door de toverspreuken uit te spreken. Het kostte vele avonden van ijverige oefening, maar uiteindelijk lukte het haar. Toen ze zichzelf eenmaal had afgeschermd, riep Taita Meren. 'Heb je Fenn gezien? Ik wil haar spreken.'

Meren keek in het rond en zijn blik gleed zonder onderbreking over het kind heen. 'Ze was hier net nog. Ze moet de struiken in zijn gegaan. Zal ik haar gaan zoeken?'

'Laat maar. Het was niet belangrijk.' Meren liep weg en Fenn giechelde triomfantelijk.

Meren draaide zich snel om en was volkomen verrast. 'Daar is ze! Ze zit naast u!' Toen grijnsde hij. 'Je bent een slimme meid, Fenn! Het is mij nooit gelukt, hoe ik ook mijn best deed.'

'Nu zie je hoe de betovering als glas verbrijzelt, wanneer je je concentratie verliest,' berispte Taita haar.

Toen ze eenmaal geleerd had hoe ze haar fysieke lichaam moest afschermen, kon hij haar leren hoe ze haar geest en haar aura moest maskeren. Dat was moeilijker. Eerst moest hij er zeker van zijn dat de heks hen niet in de gaten hield: zolang ze de magische technieken nog niet helemaal onder de knie had, zou ze, terwijl ze die oefende, uiterst kwetsbaar zijn voor een kwaadaardige invloed. Hij moest de ether rondom hen afspeuren voordat hij met het onderricht kon beginnen en voortdurend op zijn hoede blijven.

Haar eerste taak was de aura te begrijpen die ieder levend wezen omringde. Ze kon aura's niet zien en dat zou ze ook niet kunnen voordat haar Innerlijke Oog was geopend. Taita was vastbesloten om haar bij de eerste gelegenheid mee te nemen op de zware reis naar de tempel van Saraswati. Intussen moest hij de aura voor haar beschrijven. Als ze het concept eenmaal begreep, zou hij haar kunnen uitleggen wat het Innerlijke Oog was en hoe de ingewijden het konden gebruiken.

'Heb jij het Innerlijke Oog, Taita?'

'Ja, maar de heks ook,' antwoordde hij.

'Hoe ziet mijn aura eruit?' vroeg ze met eerlijke vrouwelijke ijdelheid.

'Jouw aura is een glinsterend gouden licht, zoals ik nog nooit heb gezien en niet verwacht ooit nog te zullen zien. Zij is goddelijk.' Fenn straalde en hij vervolgde: 'Daarin ligt ons probleem. Als je doorgaat met haar te laten schijnen, zal de heks je ogenblikkelijk kunnen schouwen en weten wat een ernstige bedreiging je voor haar kan vormen.'

Ze dacht daarover na. 'Je zegt dat de heks ons in de gaten heeft gehouden. Heeft ze mijn aura dan al niet geschouwd? Is het niet te laat als we nu proberen haar te verbergen?'

'Het is zelfs voor een ingewijde niet mogelijk om van zo ver een aura waar te nemen. Dat kan alleen door iemand direct te zien. We hebben de heks in het water als een geestverschijning gezien, dus zag ze ons op dezelfde manier. Ze kon ons fysieke lichaam zien en ons gesprek afluisteren – ze kon ons zelfs ruiken, net al wij haar – maar ze kon je aura niet zien.'

'En de jouwe? Heb je die voor haar verborgen?'

'Ingewijden zoals de heks en ik verspreiden geen aura.'

'Leer me hoe ik de mijne moet verbergen,' smeekte ze.

Hij boog instemmend het hoofd. 'Dat zal ik ook doen, maar we moeten waakzaam blijven. Ik moet er zeker van zijn dat ze ons niet in de gaten houdt en ons niet afluistert.'

Het was geen gemakkelijke taak. Fenn moest zich op hem verlaten om te weten hoe succesvol haar pogingen waren. In het begin deden haar beste pogingen haar aura flikkeren, maar al snel laaide zij weer even helder op als daarvoor. Ze hielden vol en, door haar inzet en zijn onderricht, werd het geflikker duidelijk zwakker. Maar het duurde nog weken voordat ze haar aura kon onderdrukken tot een niveau dat niet veel opvallender was dan dat van Meren en de andere soldaten en haar voor langere perioden op dat niveau van helderheid te houden.

Negen dagen nadat ze uit het kamp op het plateau waren vertrokken, bereikten ze de rivier. Hoewel de Nijl hier van oever tot oever bijna anderhalve kilometer breed was, stroomde het water erin niet krachtiger dan dat van de bergstroom waarnaast ze de doerra hadden verbouwd. Het dunne stroompje ging bijna verloren in de brede strook van droog zand en modderbanken. Het was echter voldoende voor hun behoeften. Ze sloegen naar het zuiden af en reden snel door over de oostoever zodat ze per dag een flink aantal kilometers aflegden. Olifanten hadden diepe gaten in de rivierbedding gegraven om bij het schonere, onderaardse water te kunnen. De mannen en de paarden dronken daaruit.

Elke dag zagen ze grote kuddes van de oude, grijze dieren uit de gaten drinken. Ze brachten met hun slurf grote hoeveelheden water naar hun bek en spoten die in hun gapende roze keel, maar wanneer de soldaten naderden, stormde de hele kudde trompetterend en met flapperende oren de oever op voordat ze het bos in rende.

Veel van de stieren hadden enorme slagtanden. Het kostte Meren de grootste moeite om zijn jagersinstinct te beheersen en de dieren ongehinderd te laten gaan. Ze ontmoetten nu andere mannen van de Sjilloek-stam die hun kuddes op de rivieroever lieten grazen. Nontu werd meegesleept door zijn emoties. 'Oude, geëerde man, deze mensen komen uit mijn eigen dorp. Ze hebben nieuws van mijn familie,' zei hij tegen Taita. 'Twee seizoenen geleden is een van mijn vrouwen gegrepen door een krokodil toen ze water ging putten uit de rivier, maar met de andere drie gaat het goed en ze hebben veel kinderen gebaard.' Taita wist dat Nontu de afgelopen acht jaar in Qebui was geweest en hij vroeg zich af hoe het met die kinderen zat. 'Ik heb mijn vrouwen onder de hoede van mijn broers achtergelaten,' verklaarde Nontu monter.

'Het lijkt erop dat ze hen goed verzorgd hebben,' merkte Taita droogjes op.

Nontu vervolgde opgewekt: 'Mijn oudste dochter heeft haar eerste rode maan gezien en de leeftijd bereikt waarop ze kinderen kan krijgen. Ze hebben me verteld dat ze een mooie vrouw is geworden en de jongemannen hebben als bruidsschat veel stuks vee voor haar geboden. Ik moet met deze mannen die mijn familie zijn, mee teruggaan naar het dorp om haar huwelijk te regelen en het vee te verzorgen.'

'Je vertrek zal me verdriet doen,' zei Taita. 'En jij, Nakonto? Ga je ons ook verlaten?'

'Nee, oude man. Uw medicijnen zijn een zegen voor mijn darmen.

Bovendien is het eten bij u goed en kan er af en toe lekker gevochten worden. Ik geef daar de voorkeur aan boven het gezelschap van veel vrouwen en hun krijsende kinderen. Ik ben eraan gewend geraakt om zonder die last te leven, Ik reis met u verder.'

Ze bivakkeerden drie dagen naast Nontu's dorp dat bestond uit een paar honderd grote kegelvormige hutten met prachtige rieten daken. Het stond in een cirkel om de uitgestrekte veekralen heen waarin de kuddes elke nacht werden opgesloten. Daar melkten de herders de koeien en onttrokken bloed aan een van de grote aders in de nek van de dieren. Dat leek hun enige voedsel te zijn, want ze verbouwden geen gewassen. De mannen en zelfs de vrouwen waren buitengewoon lang, maar slank en gracieus. Ondanks hun stamtatoeages waren de jongere vrouwen aantrekkelijk en leuk om te zien. Ze verzamelden zich rondom het kamp in giechelende groepjes en ze lonkten brutaal naar de soldaten.

Op de derde dag namen ze afscheid van Nontu en ze bereidden zich voor om te vertrekken toen een delegatie van vijf soldaten naar Meren toe kwam. Ze hadden allemaal een naakt Sjilloek-meisje aan de hand dat boven haar begeleider uittorende.

'We willen deze meisjes meenemen,' verklaarde Shofar, de woordvoerder van de groep.

'Begrijpen ze jullie bedoelingen?' vroeg Meren om zichzelf de tijd te geven om over het voorstel na te denken.

'Nakonto heeft het hun uitgelegd en ze zijn willig.'

'Wat vinden hun vaders en broers ervan? We willen geen oorlog beginnen.'

'We hebben hun ieder een bronzen dolk gegeven en ze lijken tevreden met de ruil.'

'Kunnen de vrouwen paardrijden?'

'Nee, maar ze zullen het noodgedwongen snel moeten leren.'

Meren zette zijn leren helm af, streek met zijn vingers door zijn haar en keek toen Taita vragend aan. Taita haalde zijn schouders op, maar zijn ogen twinkelden. 'Misschien kunnen we hun leren koken of in elk geval om onze kleren te wassen,' opperde hij.

'Als ze problemen veroorzaken of als er geruzied of gevochten wordt om hun gunsten, stuur ik hen terug naar hun vaders, hoe ver we ook gereisd hebben,' zei Meren streng tegen Shofar. 'Houd ze onder controle, dat is alles.'

De colonne trok verder. Toen ze die avond hun kamp opsloegen, kwam Nakonto verslag bij Taita uitbrengen en zoals zijn gewoonte was geworden, een tijdje bij hem zitten. 'We zijn vandaag goed opgeschoten,' zei hij. 'Na nog zo veel dagen reizen' – hij liet al zijn vingers twee keer zien om twintig dagen aan te geven – 'verlaten we het land van mijn volk en gaan we dat van de Chima binnen.'

'Wie zijn dat? Zijn het broeders van de Sjilloek?'

'Ze zijn onze vijand. Ze zijn klein van stuk en niet zo mooi als wij.'

'Zullen ze ons doorlaten?'

'Niet zomaar, oude man.' Nakonto grijnsde wreed. 'Er zal gevochten moeten worden. Ik heb al vele jaren niet meer de kans gehad om een Chima te doden.' Toen voegde hij er achteloos aan toe: 'De Chima zijn menseneters.'

Sinds ze de nederzetting op het hoge plateau hadden verlaten, hadden Taita en Meren de vaste gewoonte aangenomen om vier achtereenvolgende dagen te reizen en de vijfde dag op één plek te blijven. Op die dag werden beschadigde uitrustingsstukken gerepareerd, rustten de mannen en de paarden uit en werden er groepen op uit gestuurd om te jagen en te foerageren zodat de voorraden aangevuld konden worden.

Zeventien dagen nadat ze Nontu bij zijn vrouwen hadden achtergelaten, passeerden ze de laatste veepost van de Sjilloek en gingen ze een gebied binnen dat alleen door grote kuddes antilopen bewoond leek te zijn. De meeste waren soorten die ze tot nu toe niet hadden gezien. Ze zagen ook nieuwe soorten bomen en planten, wat Taita en Fenn in verrukking bracht. Ze was een even enthousiaste botanicus geworden als hij. Ze zochten naar tekenen die op de aanwezigheid van vee of mensen wezen, maar vonden niets.

'Dit is het land van de Chima,' zei Nakonto tegen Taita.

'Ken je het goed?'

'Nee, maar de Chima ken ik wel goed. Ze zijn geheimzinnig en verraderlijk. Ze houden geen vee, wat een duidelijk teken is dat ze wilden zijn. Ze eten het vlees van wilde dieren, maar ze geven de voorkeur aan het vlees van andere mensen. We moeten op onze hoede blijven, anders eindigen we nog op hun kookvuren.'

Met Nakonto's waarschuwing in gedachten besteedde Meren elke avond speciale aandacht aan het bouwen van de zareeba en liet hij de paarden en de muilezels extra goed bewaken wanneer de dieren aan het grazen waren. Toen ze het Chima-territorium verder in trokken, stuitten ze op bewijzen van hun aanwezigheid. Ze vonden holle boomstammen die opengehakt waren om de bijen die erin hadden gezeten uit te kunnen roken. Daarna kwamen ze bij een groepje hutten die al enige tijd niet bewoond waren. Recenter was een rij voetafdrukken in de modderbanken van de rivier waar een groep van dertig mannen achter elkaar van het oosten naar het westen was overgestoken. Ze waren maar een paar dagen oud.

Vanaf het begin waren de nieuwe Sjilloek-vrouwen, van wie er geen enkele veel ouder was dan Fenn, door haar gefascineerd. Ze bespraken onder elkaar de kleur van haar haar en ogen en volgden al haar bewegingen, maar ze hielden wel afstand. Ten slotte deed Fenn vriendelijk toenaderingspogingen en al snel praatten ze vrolijk in gebarentaal met elkaar. Ze voelden aan Fenns haar, gierden van het lachen om vrouwengrapjes en baadden elke avond naakt met elkaar in de ondiepe poelen van de rivier. Fenn vroeg Nakonto of hij haar les wilde geven en ze pikte de Sjilloek-taal even snel op als ze het Egyptisch had geleerd. In sommige opzichten was ze nog een kind en Taita was blij dat ze gezellig kon omgaan met meisjes van haar eigen leeftijd. Hij zorgde er echter voor dat ze nooit te ver uit de buurt van het kamp met de andere meisjes ging rondzwerven. Hij hield haar dicht bij zich, zodat hij haar snel te hulp zou kunnen komen wanneer hij de eerste onnatuurlijke kilte in de lucht of een zweem van een vreemde aanwezigheid voelde. Zij en Taita namen de gewoonte aan om met elkaar in het Sjilloek te spreken wanneer het gevaar bestond dat ze door hun tegenstandster geschouwd werden.

'Misschien is het een taal die zelfs de heks niet verstaat, hoewel ik het betwijfel,' merkte hij op. 'Maar het is in elk geval een goede oefening voor je.'

Ze waren diep in het territorium van de Chima toen ze aan het einde van een zware dagreis de zareeba bouwden in een bosje hoge mahoniebomen waar uitgestrekte weidegronden met gras met pluizige, roze toppen omheen lagen. De paarden vonden dit gras lekker en er graasden al kuddes antilopen. Het was duidelijk dat er nog nooit op de dieren gejaagd was, want ze waren zo tam en vol vertrouwen dat ze de boogschutters zo dichtbij lieten komen dat ze hen gemakkelijk konden doden.

Meren kondigde aan dat ze de volgende dag zouden rusten en vroeg in de ochtend stuurde hij er vier groepen jagers op uit. Toen Taita en Fenn vertrokken om, zoals gewoonlijk, te gaan foerageren, wilde Meren per se dat Shofar en twee andere soldaten met hem meegingen. 'Er hangt iets in de lucht wat me een onbehaaglijk gevoel geeft,' was zijn enige verklaring.

Taita wilde Fenn liever alleen voor zichzelf hebben, maar hij wist dat hij zich er beter bij kon neerleggen wanneer Meren het gevoel had dat er iets in de lucht hing. Hij was weliswaar geen helderziende, maar hij was een krijger en kon onraad ruiken. Ze keerden die middag laat in het kamp terug en merkten dat maar drie van de groepen jagers die Meren erop uit had gestuurd, vóór hen waren teruggekomen. Aanvankelijk waren ze niet gealarmeerd, omdat ze verwachtten dat de laatste groep elk moment zou kunnen aankomen, maar een uur na zonsondergang galoppeerde een paard van een van de vermiste jagers het kamp binnen. Het was bedekt met zweet en gewond aan een schouder. Meren beval al zijn soldaten om zich paraat te houden en liet de paarden extra bewaken en vuren aansteken om de vermiste jagers naar het kamp te leiden.

Bij het aanbreken van de dag, toen het licht genoeg was om het spoor van het gewonde paard terug te volgen, reden Shabako en Hilto met een groep zwaarbewapende soldaten uit om de vermisten te zoeken. Taita liet Fenn onder de hoede van Meren achter en hij en Nakonto vertrokken samen met de anderen. Toen ze een kilometer of drie van het kamp vandaan onder de uitgespreide takken van zilverbladbomen reden, stuitten ze op een afschuwelijk tafereel. Door zijn grote ervaring als spoorzoeker en zijn kennis van de gewoonten van de Chima, wist Nakonto precies wat er gebeurd was. Een grote groep mannen had zich tussen de bomen verborgen en voor de jagers in hinderlaag gelegen. Nakonto raapte een ivoren armband op die een van hen had laten vallen. 'Deze is gemaakt door een Chima. Kijk eens hoe primitief hij is – een Sjilloek-kind zou het beter kunnen,' zei hij tegen Taita. Hij wees naar de sporen op de stammen van de bomen waar sommige Chima in waren geklommen om zich tussen de takken te verbergen. 'Zo vechten de verraderlijke jakhalzen graag, stiekem en sluw, maar niet met moed.'

Toen de vier Egyptische ruiters onder de overhangende takken reden, hadden de Chima zich op hen laten vallen. Tegelijkertijd waren hun kameraden uit hun schuilplaatsen tevoorschijn gekomen en hadden de paarden doodgestoken. 'De Chima-jakhalzen hebben onze mannen van hun paarden getrokken, waarschijnlijk voordat ze hun wapen konden trekken om zich te verdedigen.' Nakonto wees op de sporen van de strijd. 'Hier hebben ze hen met speren doodgestoken – u ziet het bloed op het gras.' Met gevlochten touw van boomschors hadden de Chima de lijken aan hun hielen aan de lage takken van de dichtstbijzijnde zilverbladboom gebonden en hen als antilopen geslacht.

'Ze eten de lever en de ingewanden altijd het eerst op,' zei Nakonto. 'Hier hebben ze de stront uit de darmen geschud voordat ze die op de kolen van het vuur gebraden hebben.'

Daarna hadden ze de lijken in vieren gesneden en de afgesneden ledematen aan draagpalen gebonden. De voeten die bij de enkelgewrichten waren afgesneden, hingen nog aan de takken. Ze hadden de hoofden en handen op de vuren gegooid en toen ze geroosterd waren, hadden ze de handpalmen afgekloven en het vlees van de vingers gezogen. Ze hadden de schedels opengespleten, de gebakken hersens er met hun vingers uitgeschept en daarna de wangen afgeschraapt en de tongen, een grote delicatesse voor de Chima, uitgerukt. De gebroken schedels en kleine botjes lagen overal verspreid. Ze hadden de dode paarden gewoon laten liggen, waarschijnlijk omdat ze zo'n zware lading vlees niet hadden kunnen vervoeren. Daarna waren ze snel in zuidelijke richting vertrokken met de stoffelijke resten, de kleren, wapens en andere uitrustingsstukken van de soldaten die ze hadden vermoord.

'Zullen we hen opsporen?' vroeg Shabako woedend. 'We kunnen deze slachting niet ongewroken laten.'

Nakonto wilde even graag de achtervolging inzetten en zijn ogen schitterden bloeddorstig. Maar nadat hij even nagedacht had, schudde Taita het hoofd. 'Zij zijn met dertig of veertig man en wij zijn maar met zijn zessen. Ze hebben bijna een hele dag voorsprong en ze zullen verwachten dat we achter hen aankomen. Ze zullen ons dieper moeilijk terrein binnenlokken en een hinderlaag voor ons leggen.' Hij keek rond in het bos. 'Ze zullen zeker mannen achtergelaten hebben om ons te bespioneren. Ze houden ons waarschijnlijk op dit moment in de gaten.'

Sommige soldaten trokken hun zwaard, maar Taita hield hen tegen voordat ze het bos in konden rijden om de Chima af te maken. 'Als we hen niet volgen, zullen ze ons volgen en dat is precies wat we willen. We zullen hen naar een slagveld kunnen leiden dat we zelf kiezen.' Ze begroeven de meelijwekkende schedels en afgesneden voeten en keerden terug naar de zareeba.

De volgende ochtend vroeg verzamelden ze zich in colonne en reden weer uit om hun eindeloze reis voort te zetten. Op het middaguur stopten ze om te rusten en de paarden te drenken. Op Taita's bevel glipte Nakonto weg om in een grote cirkel het bos door te trekken. Zo heimelijk als een schaduw kruiste hij het spoor van de colonne. De afdrukken van drie paar blote voeten waren zichtbaar in de paardensporen. Hij keerde weer in een grote cirkel terug om zich bij de colonne te voegen en verslag bij Taita uit te brengen. 'Uw ogen zien ver, oude man. Drie van de jakhalzen volgen ons. Zoals u hebt voorspeld, zal de rest van de groep niet ver achter hen zijn.'

Die avond zaten ze tot laat om het vuur in de zareeba om plannen te maken voor de volgende dag.

De volgende ochtend vertrokken ze in een pittige draf. Binnen een paar honderd meter beval Meren dat het tempo verhoogd moest worden tot handgalop. Snel sloegen ze een gat tussen henzelf en de Chima-verkenners van wie ze wisten dat ze hen zouden volgen. Onder het rijden bestudeerden Taita en Meren het terrein om een plek te zoeken die hun een voordelige uitgangspositie zou bieden. Voor hen uit verrees een kleine geïsoleerde heuvel boven het bos en ze reden er schuin naartoe. Ze reden om de oostelijke helling heen en vonden een glad, veelgebruikt olifantenpad. Toen ze dat volgden, zagen ze dat de helling boven hen steil en dicht met kittardoornstruiken begroeid was. De scherpe doornen en de dicht verstrengelde takken vormden een ondoordringbare muur. Aan de andere kant van de weg was de grond effen en, zo te zien, leek het open bos weinig dekking voor een hinderlaag te bieden. Toen Taita en Meren echter een klein stukje verder tussen de bomen door reden, vonden ze een wadi, een door regenwater uitgesleten droge geul, die diep en breed genoeg was om hun colonne, mannen en paarden, in te verbergen. De rand van de geul was maar veertig meter van het olifantenpad, een afstand die met de boog gemakkelijk te overbruggen was. Ze voegden zich snel weer bij de colonne. Ze reden nog een eindje door op het olifantenpad voordat Meren weer stopte en drie van zijn beste boogschutters bevel gaf om zich naast de weg te verstoppen.

'We worden gevolgd door drie Chima-verkenners. Een voor ieder van jullie,' zei hij tegen hen. 'Laat hen dichtbij komen. Kies jullie schootsafstand zorgvuldig. Er mogen geen fouten gemaakt worden. Dood hen snel met een zuiver schot. Niemand van hen mag ontkomen, anders waarschuwt hij de andere Chima die achter hen aankomen.'

Ze lieten de drie boogschutters achter en reden verder over het olifantenpad. Na ruim tweehonderd meter verlieten ze de weg en reden in een grote cirkel terug naar de geul onder de helling van de heuvel. Ze leidden de paarden ernaartoe en stegen af. Fenn en de Sjilloek-meisjes hielden ze vast en stonden gereed om ze naar voren te brengen wanneer de soldaten ze nodig hadden. Taita wachtte bij Fenn, maar hij zou in een oogwenk naar Meren toe kunnen rennen wanneer de tijd daar was.

De mannen spanden hun boog en vormden een rij naast elkaar onder de rand van de wadi tegenover het olifantenpad. Op Merens bevel hurkten ze uit het zicht neer om hun benen en boogarmen rust te geven en zich op de strijd voor te bereiden. Alleen Meren en de kapiteins hielden de weg in de gaten, maar om het silhouet van hun hoofden te verbergen stonden ze achter graskluiten of struiken.

Ze hoefden niet lang te wachten voordat de drie Chima-verkenners over de weg naderden. Ze hadden hard gelopen om de paarden bij te houden. Hun lichaam glansde van het zweet, hun borst ging hijgend op en neer en hun benen waren tot de knieën bedekt met stof. Meren hief een waarschuwende hand op en geen van de mannen verroerde zich. De verkenners liepen in een snelle draf langs de hinderlaag en verdwenen over de weg het bos in. Meren ontspande zich enigszins. Even later glipten de drie boogschutters die waren achtergebleven om de verkenners voor hun rekening te nemen het bos uit en lieten zich in de wadi zakken. Meren keek hen vragend aan. Hun leider grijnsde en wees naar de verse bloedspatten op zijn tuniek: de verkenners waren gedood. Ze installeerden zich allemaal om de komst van de hoofdmacht van de Chima af te wachten.

Een tijdje later weerklonk in het bos aan hun rechterkant de klaaglijke waarschuwingsroep van de grijze lori: 'Kie-wee! Kie-wee!' Toen blafte een baviaan een uitdaging vanaf de top van de heuvel. Meren hief zijn vuist op als teken voor zijn mannen. Ze zetten hun pijlen op de bogen.

De voorste rij van de hoofdmacht van de Chima draafde de bocht in het olifantenpad om. Toen ze dichterbij kwamen, bestudeerde Meren hen zorgvuldig. Ze waren klein en stevig gebouwd, hadden O-benen en droegen alleen een lendendoek van gelooide dierenhuid. Zelfs toen de hele groep in zicht kwam, was het moeilijk om hen te tellen, want ze liepen dicht op elkaar in een strakke formatie en ze bewogen zich snel voort.

'Minstens honderd en misschien meer. Dat wordt heel leuk, dat garandeer ik jullie,' zei Meren vol verwachting. De Chima waren gewapend met allerlei knotsen en speren met vuurstenen punten. De bogen die ze over hun schouder droegen, waren klein en primitief. Meren vermoedde dat ze niet sterk genoeg waren om er een man op een afstand van meer dan dertig passen mee te doden. Toen kneep hij zijn ogen half dicht: een van de leiders had een Egyptisch zwaard over zijn schouder hangen. De man naast hem droeg een leren helm, maar een met een archaïsch model. Het was raadselachtig, maar er was nu geen tijd om erover na te denken. De kop van de formatie van de Chima kwam op gelijke hoogte met de witte steen die hij langs de weg had neergelegd om de afstand te markeren. De hele linkerflank van de vijand was nu blootgesteld aan een aanval van de Egyptische boogschutters.

Meren keek snel naar links en rechts. De blik van de mannen was op hem geconcentreerd. Hij liet zijn geheven hand abrupt zakken en zijn boogschutters sprongen overeind. Als één man spanden ze hun bogen, wachtten even om goed te kunnen richten en schoten toen een geluidloze wolk van pijlen af die tegen de achtergrond van de hemel een hoge, gebogen baan beschreef. Voordat de eerste pijlen doel troffen, was de tweede wolk al in de lucht. De pijlen zoefden zo zacht dat de Chima niet eens opkeken. Toen vielen ze tussen hen in als regendruppels die op het oppervlak van een vijver neerdalen. De Chima leken niet te begrijpen wat hun overkwam. Een van hen bleef staan en staarde verbijsterd naar de schacht van de pijl die tussen zijn ribben uitstak. Toen knikten zijn knieën en zakte hij op de grond ineen. Een tweede waggelde in kringetjes rond terwijl hij aan de pijl plukte die zich in zijn keel had begraven. De meeste anderen, zelfs degenen die dodelijk gewond waren, leken niet te begrijpen dat ze getroffen waren.

Toen de derde vlucht pijlen op hen neerdaalde, raakten degenen die nog op hun benen stonden in paniek en ze vluchtten schreeuwend en brullend in alle richtingen, als een zwerm parelhoenderen die uiteenvliegt onder de duikvlucht van een adelaar. Sommigen renden recht naar de wadi en de boogschutters mikten niet langer. Op korte afstand miste geen enkele pijl doel en ze boorden zich diep en met een vlezig plofgeluid in de lichamen van de Chima. Sommige gingen dwars door het bovenlichaam van het eerste doelwit heen en verwondden daarna de man achter hem. Degenen die de heuvel op probeerden te vluchten, renden tegen de palissade van doornstruiken aan. Ze stopten abrupt en waren gedwongen de regen van pijlen weer in te gaan.

'Breng de paarden!' schreeuwde Meren. Fenn en de andere meisjes trokken ze aan hun halster naar voren. Taita zwaaide zich op Windrooks rug, terwijl Meren en de mannen hun boog over hun schouder hingen en opstegen.

'Voorwaarts! Aanvallen!' brulde Meren. 'Rijg ze aan het zwaard.' De ruiters beklommen de zijkant van de wadi naar de vlakke grond en stortten zich, schouder aan schouder, op het ongeregelde zootje Chima dat hen zag aankomen en probeerde de helling weer op te vluchten. Ze kwamen klem te zitten tussen de muur van doornstruiken en de glanzende bronzen cirkel van zwaarden. Sommigen deden geen poging om te vluchten. Ze lieten zich op hun knieën vallen en bedekten hun hoofd met hun armen. De ruiters gingen in de stijgbeugels staan om hen te doorsteken. Andere Chima worstelden in de doornstruiken als vissen in een net. De soldaten hakten op hen in alsof ze brandhout waren. Tegen de tijd dat ze klaar waren met hun gruwelijke werk waren de helling en de grond ervoor dicht bezaaid met lijken. Sommige Chima kronkelden en kreunden nog, maar de meesten lagen stil.

'Afstijgen,' beval Meren. 'Maak het karwei af.'

De soldaten liepen snel over het veld en staken iedere Chima dood in wie nog een sprankje leven leek te zitten. Meren ontdekte de man met het bronzen zwaard dat nog over zijn rug hing. Drie pijlschachten staken uit zijn borst. Meren boog zich over hem heen om het zwaard te pakken, maar op dat moment schreeuwde Taita: 'Meren, achter je!' Hij gebruikte zijn krachtstem en Meren stond direct op scherp. Hij sprong op en draaide zich opzij. De Chima die achter hem lag had net gedaan of hij dood was en hij had gewacht tot Meren niet meer op zijn hoede was. Toen was hij overeind gesprongen en nu sloeg hij naar hem met een knots met een vuurstenen kop. De slag miste Merens hoofd maar net en schampte zijn linkerschouder. Meren draaide zich tot hij vlak bij de man stond, blokkeerde de volgende slag met de knots en dreef toen zijn zwaard dwars door de Chima heen waardoor deze van zijn borstbeen tot zijn ruggengraat aan zijn zwaard gespietst was. Met een wrikkende polsbeweging draaide hij het zwaard om de wond te openen en toen hij het terugtrok, gutste het hartenbloed erachteraan.

Terwijl hij zijn gewonde linkerschouder omklemde, brulde Meren: 'Dood hen allemaal nog een keer! Let erop dat jullie het deze keer goed doen.'

Met het beeld van hun kameraden die als schapen aan slachtrekken hingen voor ogen, gingen de soldaten met enthousiasme aan de slag en ze hakten en staken erop los. Ze vonden een paar Chima die zich in de doornstruiken verborgen hadden. Ze gilden als varkens die naar de slachtbank werden geleid toen ze er door de soldaten uit gesleurd werden.

Pas toen hij er helemaal zeker van was dat ze allemaal dood waren, liet Meren zijn mannen de lijken onderzoeken en hun afgeschoten pijlen verzamelen voor hergebruik. Hijzelf was de enige gewonde. Naakt tot het middel ging hij tegen een boomstam zitten, zodat Taita zijn schouder kon onderzoeken. De schouder bloedde niet, maar een donkerblauwe plek verspreidde zich erover. Taita bromde tevreden. 'Geen bot gebroken. Over zes of zeven dagen zal zo'n oude rot als jij weer zo goed als nieuw zijn.' Hij wreef de schouder met balsem in en maakte van een linnen verband een mitella om de arm te ondersteunen. Toen ging hij naast Meren zitten, terwijl de kapiteins de buit brachten die ze bij de dode Chima hadden vergaard. Ze spreidden alles voor hen uit, zodat ze de spullen konden onderzoeken.

Er waren gesneden houten luizenkammen, primitieve ivoren snuisterijen, waterkalebassen en pakketjes gerookt vlees, soms nog aan het bot, dat in groene bladeren was gewikkeld en met touw van boomschors was vastgebonden. Taita onderzocht het vlees. 'Mensenvlees! Bijna zeker de stoffelijke resten van onze kameraden. Begraaf het met respect.'

Toen richtten ze hun aandacht op de wapens van de Chima, hoofdzakelijk knotsen en speren met een punt van vuursteen of obsidiaan. De lemmeten van de messen waren van uitgehouwen vuursteen en de handgrepen waren omwikkeld met repen ongelooid leer. 'Rommel! Niet de moeite van het meenemen waard,' zei Meren.

Taita knikte instemmend. 'Gooi alles in het vuur.'

Ten slotte onderzochten ze de wapens en de versierselen die duidelijk niet van Chima-makelij waren. Sommige ervan waren kennelijk afkomstig van de lijken van de vier overvallen jagers – bronzen wapens en bogen, leren helmen en wambuizen met een beschermende vulling, linnen tunieken en amuletten van turkoois en lapis lazuli. Er waren echter andere voorwerpen die interessanter waren: versleten oude helmen en leren borstplaten van een soort die al tientallen jaren niet meer door Egyptische soldaten werd gebruikt. Dan was er nog het zwaard dat Meren bijna zijn leven had gekost. Het blad ervan was versleten, de randen waren afgebrokkeld doordat ze ruw geslepen waren op graniet of een ander soort rotssteen. Het gevest was echter prachtig bewerkt en ingelegd met zilver. Er waren lege kassen waaruit edelstenen waren gewrikt of misschien gevallen. De gegraveerde hiërogliefen waren bijna uitgewist. Taita hield het in het licht en bewoog het heen en weer, maar hij kon de karakters niet lezen. Hij riep Fenn: 'Gebruik je scherpe, jonge ogen.'

Ze knielde naast hem neer, boog zich over de graveringen en las haperend: 'Ik ben Lotti, zoon van Lotti, Beste van Tienduizend, Metgezel van de Rode Weg, generaal en bevelhebber van de gardisten van de goddelijke farao Mamose. Moge hij eeuwig leven!'

'Lotti!' riep Taita uit. 'Ik heb hem goed gekend. Hij was onderbevelhebber onder Heer Aquer van de expeditie die koningin Lostris vanuit Ethiopië uitzond om de bron van Moeder Nijl te zoeken. Hij was een goede soldaat. Dus het lijkt erop dat hij en zijn mannen in elk geval helemaal tot hier zijn gekomen.'

'Zijn Heer Aquer en de anderen hier overleden en zijn ze misschien door de Chima opgegeten?' vroeg Meren zich hardop af.

'Nee. Volgens Tiptip, de kleine priester van Hathor met de zes vingers, heeft Aquer de vulkaan en het grote meer gezien. Bovendien had koningin Lostris hem het bevel over duizend manschappen gegeven. Ik betwijfel of de Chima hen allemaal hebben afgeslacht,' zei Taita. 'Ik denk dat ze een klein detachement onder bevel van Lotti hebben overrompeld, zoals ze bij onze mannen hebben gedaan. Maar ik denk niet dat de Chima een heel Egyptisch leger hebben vernietigd.' Terwijl de

170

discussie voortgezet werd, keek Taita heimelijk naar Fenns gelaatsuitdrukking. Telkens wanneer koningin Lostris werd genoemd, fronste ze haar voorhoofd, alsof ze naar een vage herinnering zocht die ergens diep in haar geest was weggestopt. Eens zal het allemaal terugkomen, alle herinneringen aan haar andere leven, dacht hij, maar hij zei tegen Meren: 'We zullen waarschijnlijk nooit de waarheid over Lotti's lot te weten komen, maar de vondst van zijn zwaard bewijst dat we inderdaad het pad naar het zuiden volgen dat Heer Aquer zo lang geleden gebaand heeft. We hebben hier al te veel tijd doorgebracht.' Hij stond op. 'Hoe snel kunnen we verder trekken?'

'De mannen zijn gereed,' zei Meren. Ze waren zo vrolijk als jongens die een dag niet naar school hoeven nu ze hier in de schaduw grappen zaten te maken met de Sjilloek-meisjes, die hun voedsel serveerden en ronde kannen doerrabier uitdeelden. 'Kijk eens hoe gretig ze zijn. Een goed gevecht is beter voor hun moreel dan een nacht met de mooiste hoer van Boven-Egypte.' Hij begon te lachen, maar hield toen op en wreef over zijn gewonde schouder. 'De mannen zijn gereed, maar de dag is bijna om. De paarden zouden baat hebben bij een korte rust.'

'En je schouder ook,' zei Taita.

Het felle, kleine gevecht leek de dreiging van meer overvallen door de Chima opgeheven te hebben. Hoewel ze de daaropvolgende dagen tekenen van hun aanwezigheid zagen, waren ze geen van alle recent. Zelfs die aanwijzingen werden geleidelijk zeldzamer en verdwenen ten slotte helemaal. Ze lieten het land van de Chima achter zich en reden een onbewoond gebied binnen. Hoewel de Nijl nog tot een stroompje verschrompeld was, had het in het omringende gebied kennelijk zwaar geregend. Het bos en de savanne wemelden van het wild en de paarden zouden op het hoge, welige gras uitstekend kunnen grazen. Taita had zich er zorgen over gemaakt dat de soldaten na zo'n lange tijd heimwee zouden krijgen en somber zouden worden, maar ze bleven opgewekt en goedgehumeurd.

Fenn en de Sjilloek-meisjes brachten de mannen in verrukking met hun meisjesachtige grappen en hun dolle pret. Twee van de meisjes waren zwanger en Fenn wilde weten hoe ze in deze gelukkige toestand waren gekomen: wanneer ze de meisjes ernaar vroeg, sloegen ze dubbel van het lachen. Fenn was geïntrigeerd en kwam met haar brandende vraag bij Taita. Hij gaf een korte, vage verklaring. Ze dacht er een tijdje over na. 'Dat klinkt als een geweldig tijdverdrijf.' Ze had de uitdrukking van Meren opgepikt.

Taita probeerde ernstig te kijken, maar hij kon een glimlach niet onderdrukken. 'Dat zeggen ze tenminste,' zei hij.

'Wanneer ik groot ben, wil ik ook een baby hebben om mee te spelen,' zei ze.

'Dat geloof ik graag.'

'We kunnen er samen een nemen. Zou dat geen geweldig tijdverdrijf zijn, Taita?'

'Absoluut,' beaamde hij en zijn hart kromp even ineen omdat hij wist dat het nooit zou gebeuren. 'Maar intussen hebben we een heleboel andere belangrijke dingen te doen.'

Taita kon zich niet herinneren dat hij zich, sinds die lang vervlogen tijd waarin hij jong was en Lostris nog leefde, ooit zo goed had gevoeld. Hij was energieker en levendiger en hij werd niet meer zo snel moe als voorheen. Hij schreef dit grotendeels aan Fenns gezelschap toe.

Met haar studies maakte ze zulke snelle vorderingen dat hij gedwongen was om andere manieren te zoeken om haar geest bezig te houden op een niveau dat bij haar intelligentie paste. Als hij haar ook maar even niet genoeg stimuleerde, dwaalde haar aandacht af.

Ze sprak inmiddels vloeiend Sjilloek en Egyptisch.

Als ze ooit een ingewijde zou worden, moest ze de esoterische taal van de magiërs, het Tenmass, leren. Geen enkel ander medium omvatte het geheel van esoterische kennis. Het Tenmass was echter zo gecompliceerd en veelzijdig en het had zo weinig gemeen met andere talen dat alleen mensen met de hoogste intelligentie en de grootste toewijding het onder de knie konden krijgen.

Het was een uitdaging die het beste in Fenn naar boven haalde. Eerst vond ze dat het leek alsof ze een muur van gepolijst glas probeerde te beklimmen die geen enkel houvast bood. Moeizaam klom ze een stukje omhoog en dan verloor ze tot haar woede haar greep en gleed ze naar beneden. Ze vermande zich en probeerde het opnieuw, elke keer met meer inzet. Ze wanhoopte nooit, zelfs niet wanneer ze geen vorderingen leek te maken. Taita wilde haar laten inzien dat ze aan een bijna onmogelijke taak was begonnen: pas dan zou ze er klaar voor zijn om verder te gaan.

Dat moment kwam, maar hij wachtte toch nog tot ze die avond alleen op hun slaapmatten lagen. Toen legde hij zijn hand op haar voorhoofd en sprak kalm tegen haar tot ze wegzakte in een hypnotische trance. Toen ze volledig ontvankelijk was, begon hij de zaadjes van het Tenmass in haar geest te planten. Hij gebruikte niet de Egyptische taal om haar onderricht te geven, maar sprak direct in het Tenmass tegen haar. Er waren veel van deze nachtelijke sessies nodig voordat de zaadjes heel zwakjes begonnen te ontkiemen. Als een baby die voor het eerst gaat staan, deed ze een paar onzekere stappen en viel dan weer op de grond. De volgende keer stond ze vaster en met meer zelfvertrouwen op haar benen. Hij lette erop dat hij niet te veel van haar vergde, maar haar tegelijkertijd wel in beweging hield. Omdat hij zich ervan bewust was dat de spanning haar zou kunnen afmatten en haar geest zou kunnen vervormen, zorgde hij ervoor dat ze nog steeds heerlijke uren aan het *bao*-bord en met sprankelende gesprekken doorbrachten en dat ze samen regelmatig het bos in gingen om zeldzame planten of andere kleine schatten te zoeken.

Telkens wanneer ze langs een met grind bedekt deel van de rivierbedding kwamen, haalde hij zijn goudzeef van de rug van zijn muilezel en gingen ze aan de slag. Terwijl hij het slik ronddraaide dat hij opgeschept had, gebruikte Fenn haar scherpe ogen en soepele vingers om er mooie halfedelstenen uit te halen. Vele ervan waren door het water in een fantastische vorm gepolijst. Toen ze er een zak mee gevuld had, liet ze hem aan Meren zien die een armband en een bijpassende enkelband voor haar maakte. Op een dag haalde ze, onder een opgedroogde waterval, een goudklompje ter grootte van het eerste kootje van haar duim uit de zeef. Het glinsterde in de zon en verblindde haar. 'Maak een sieraad voor me, Taita,' zei ze.

Hoewel hij het had kunnen verbergen, was Taita een beetje jaloers geweest wanneer ze de sieraden droeg die Meren voor haar had gemaakt. Op mijn leeftijd? Hij glimlachte om zijn dwaasheid. Hij leek wel een versmade minnaar. Toch wijdde hij al zijn kunstzinnige en creatieve energie aan de opdracht die ze hem gegeven had. Hij gebruikte het zilver van Lotti's zwaard om een dunne ketting met een vatting te maken waaraan hij het goudklompje hing. Toen het sieraad klaar was, sprak hij er een bezwering over uit om het eigenschappen te geven die de draagster ervan zouden beschermen en hing het om haar hals. Toen ze in het water van een rivierpoel naar haar spiegelbeeld keek, vulden haar ogen zich met tranen. 'Het is zo mooi,' fluisterde ze, 'en het voelt warm op mijn huid aan, alsof het leeft.' De warmte die ze had gevoeld, was de uitstraling van de kracht die hij eraan gegeven had. Het werd haar dierbaarste bezit en ze noemde het de Talisman van Taita.

Hoe verder ze zuidwaarts reden, hoe opgewekter de stemming van de mannen werd. Plotseling viel het Taita op dat het iets onnatuurlijks had. Weliswaar was de reis niet meer zo gevaarlijk als in het grote moeras waar ze verdwaald waren of in het land van de Chima, maar ze waren ver van huis, de weg was eindeloos en de omstandigheden waren moeilijk. Er was geen reden voor hun optimisme en luchthartigheid.

In het zwakker wordende daglicht zat hij met Fenn naast een rivierpoel. Ze bestudeerde de drie elementaire symbolen van het Tenmass die hij voor haar op een kleitablet had getekend. Ze representeerden allemaal een krachtwoord. Wanneer ze met elkaar werden verbonden, werden ze zo ontzagwekkend en geladen dat ze alleen veilig opgenomen konden worden in een geest die er zorgvuldig op was voorbereid om ze te ontvangen. Taita zat dicht bij haar, gereed om haar te beschermen als de schok van de verbinding een reactie zou veroorzaken. Aan de overkant van de poel zweefde een reusachtige zwart-witte ijsvogel met een roodbruine borst boven het water. Hij dook, maar Fenn was zo intens geconcentreerd op de symbolen dat ze niet opkeek toen de vogel met een plons het oppervlak raakte en vervolgens met klapperende vleugels opvloog met een kleine zilverkleurige vis in zijn lange, zwarte snavel geklemd,

Taita probeerde zijn eigen gevoelens scherper te analyseren. Hij kon maar één goede reden voor zijn eigen euforische gemoedstoestand bedenken: zijn liefde voor het kind dat naast hem zat en de vreugde die hij in haar schepte. Aan de andere kant waren er dwingende redenen waarom hij voor hen allebei moest vrezen. Hij had de heilige plicht om zijn farao en zijn vaderland te beschermen. Hij was op reis om, zonder duidelijk plan, de confrontatie aan te gaan met een machtige, kwaadaardige kracht, als een haas die er in zijn eentje op uitging om een hongerige luipaard te doden. Zijn kansen waren uiterst klein en de gevolgen zouden bijna zeker ernstig zijn. Waarom deed hij dat dan, ogenschijnlijk zonder rekening met de consequenties te houden?

Daarna werd hij zich ervan bewust dat hij er moeite mee had om zelfs deze simpele redenering te volgen. Het leek alsof er opzettelijk hindernissen op zijn pad werden gelegd. Hij bleef de sterke aandrang voelen om de teugels te laten vieren en zich weg te laten zakken in een zelfvoldaan gevoel van welzijn en vertrouwen in zijn eigen vermogen om, zonder duidelijk plan, moeilijkheden te kunnen overwinnen wanneer hij erop zou stuiten. Het is een gevaarlijke gemoedstoestand die op roekeloosheid duidt, dacht hij, en toen lachte hij alsof het een grap was.

Hij had Fenns concentratie verstoord: ze keek op en fronste haar voorhoofd. 'Wat is er, Taita?' vroeg ze. 'Je hebt me gewaarschuwd dat het gevaarlijk was om afgeleid te worden wanneer ik probeerde de rationele coëfficiënten van de symbolen met elkaar te verbinden.'

Door haar woorden hield hij abrupt op met lachen en hij besefte wat een ernstige fout hij had gemaakt. 'Je hebt gelijk. Vergeef me.' Ze keek weer naar het kleitablet op haar schoot. Taita probeerde zich weer op het probleem te concentreren, maar het bleef hem vaag en onbelangrijk toeschijnen. Hij beet hard op zijn lip en proefde bloed. De scherpe pijn ontnuchterde hem. Met moeite lukte het hem zich te concentreren.

Er was iets wat hij zich moest zien te herinneren. Hij probeerde het te vangen, maar het bleef een schaduw. Hij probeerde het opnieuw, maar het loste op voordat hij het te pakken had. Naast hem bewoog Fenn zich weer en ze zuchtte. Toen keek ze op en legde het kleitablet neer. 'Ik kan me niet concentreren. Ik voel je verwarring. Je wordt ergens door geblokkeerd.' Ze keek hem met die eerlijke groene ogen aan en fluisterde: 'Ik zie het nu. Het is de heks uit de poel.' Hij haalde snel de halsketting met het goudklompje van haar hals en legde het sieraad in haar hand. Ze strekte haar beide handen uit. Taita legde de Amulet van Lostris in zijn eigen hand. Daarna pakten ze elkaars handen vast en vormden een beschermende cirkel. Bijna onmerkbaar voelde hij de vreemde invloed verdwijnen. De woorden die hij zich niet had kunnen herinneren, schoten hem plotseling te binnen. Het was de waarschuwing van Demeter: *Ze heeft je al met haar kwaad geïnfecteerd. Ze is al begonnen met je aan haar te binden met haar toverkunsten en verleidingen. Ze zal je oordeel vervormen. Binnenkort zul je eraan gaan twijfelen of ze slecht is. Je zult gaan denken dat ze geweldig, nobel en even deugdzaam is als welke vrouw ook die ooit geleefd heeft. Al snel zul je het idee krijgen dat ik degene ben die je tegen haar opgezet heeft. Wanneer dat ge- beurt, zal ze ons gescheiden hebben en zal ik gedood worden. Je zult je- zelf vrijwillig aan haar overgeven. Ze zal dan over ons allebei gezege- vierd hebben.*

Ze bleven in de beschermende cirkel zitten tot Taita zich van de ver- ontrustende invloed van Eos had bevrijd. Hij was verbaasd door de steun die Fenn hem had gegeven. Hij voelde hoe de kracht uit haar klei- ne, zachte handen in zijn verweerde, knoestige handen stroomde. Ze hadden meer dan één leven gedeeld en een geestelijk fort opgebouwd met muren van marmer en graniet.

Het duister viel snel en vleermuizen fladderden boven de poel heen en weer. Ze draaiden rond en doken neer op de insecten die van het wa- teroppervlak opvlogen. Op de andere oever van de rivier krijste een hy- ena treurig. Taita stond op, trok Fenn overeind en leidde haar de oever op naar de zareeba.

Meren begroette hen. 'Ik wilde jullie net laten zoeken,' riep hij opge- wekt.

Later ging Taita bij hem en zijn officieren bij het kampvuur zitten. Zij waren ook opgewekt en hij kon het gelach en de grappen van de man- nen aan het andere einde van de omheining horen. Af en toe overwoog Taita hen met een waarschuwing te ontnuchteren, maar hij liet hen hun gang gaan: zij dansen ook op de sirenenzang van Eos, maar ik zal hen de reis vrolijk laten voortzetten. Zolang ik zelf standvastig blijf, zal er tijd genoeg zijn om hen tot bezinning te brengen.

Elke dag trokken ze dieper het zuiden in en de vastberadenheid van Meren en zijn mannen verslapte geen moment. Toen ze op een avond de zareeba aan het bouwen waren, nam Taita Meren apart en vroeg: 'Wat vind jij van de stemming van de mannen? Het lijkt me dat ze bijna aan het eind van hun Latijn zijn en dat ze graag rechts- omkeert naar het noorden willen maken, naar Assoean en naar huis. Misschien krijgen we binnenkort met muiterij te maken.' Hij had het gezegd om Meren te testen, maar deze was verontwaardigd. 'Dit zijn mijn mannen en ik heb hen goed leren kennen. Het lijkt me dat u dat niet hebt gedaan, Magiër. Er is geen haar op hun hoofd die aan muite- rij denkt. Ze willen even graag dat de onderneming een succes wordt als ik.'

'Vergeef me, Meren. Hoe heb ik aan hen kunnen twijfelen?' mompel- de Taita, maar hij had echo's van de stem van de heks uit Merens keel omhoog horen komen. Het is goed dat ik me niet druk hoef te maken om norse gezichten en slechte humeuren, want ik heb al genoeg aan mijn hoofd. Wat dat betreft maakt Eos het me heel wat gemakkelijker, troostte Taita zichzelf.

Op dat moment kwam Fenn het kamp uit rennen terwijl ze riep: 'Magiër! Taita! Kom snel! De baby van Li-To-Liti barst uit haar lichaam en ik krijg hem niet meer naar binnen!'

'Dan zal ik het arme kindje van je hulp redden.' Taita krabbelde overeind en liep haastig met haar mee terug naar het kamp. Toen Taita naast het Sjilloek-meisje neerknielde en haar kalmeerde, verliep de bevalling snel. Fenn keek er met afgrijzen naar. Elke keer dat Li-To-Liti gilde, schrok ze. In een pauze tussen de persingen, toen het meisje hijgend en badend in het zweet op haar rug lag, zei Fenn: 'Het lijkt me toch niet zo'n geweldig tijdverdrijf. Ik denk niet dat jij en ik eraan moeten beginnen.'

Voor middernacht bracht Li-To-Liti een amberkleurige zoon met een hoofd vol zwarte krullen ter wereld. Voor Taita maakte de komst van het kind de verspilling van andere jonge levens tijdens deze zware reis een beetje goed. Ze waren allemaal blij, net als de vader.

'Het is een goed voorteken,' zeiden de mannen tegen elkaar. 'De goden zijn ons goedgunstig. Van nu af aan zal het met onze onderneming voorspoedig gaan.'

Taita vroeg Nakonto om raad. 'Wat is de gewoonte bij jouw volk? Hoe lang moet de vrouw rusten voordat ze verder kan reizen?'

'Mijn vrouw is bevallen toen we het vee naar nieuwe weidegrond dreven. Het was na de middag toen haar water brak. Ik liet haar bij haar moeder achter om naast de weg te bevallen. Ze hadden me ingehaald voor de avond viel en dat was maar goed ook, want er waren leeuwen in de buurt.'

'Jullie vrouwen zijn flink,' merkte Taita op.

Nakonto keek lichtelijk verbaasd. 'Het zijn Sjilloek,' zei hij.

'Dat verklaart het,' zei Taita.

De volgende ochtend zwaaide Li-To-Liti haar baby op haar heup, waarvandaan hij bij haar borst kon zonder dat ze af hoefde te stijgen en ze reed achter haar man toen de colonne met zonsopgang vertrok.

Ze zetten hun reis voort door een gebied met veel gras en water. De zandachtige grond was zacht voor de benen en hoeven van de paarden. Taita behandelde alle lichte verwondingen en kwalen met zijn balsems, dus ze bleven in prima conditie. Er waren eindeloze kuddes antilopen en buffels, dus er was nooit een tekort aan vlees. De dagen gingen met zo'n regelmaat en zo probleemloos voorbij dat ze met elkaar leken te vervloeien. Ze vraten de kilometers en voor hen strekte zich een enorme vlakte uit.

Eindelijk verscheen er voor hen een steile heuvelrug aan de mistige blauwe horizon. In de loop van de volgende dagen werden de heuvels steeds groter tot ten slotte de halve hemel erdoor gevuld leek te worden en ze de diepe kerf in het hooggelegen gebied zagen waar de Nijl doorheen stroomde. Ze reden er regelrecht naartoe omdat ze wisten dat de rivier de gemakkelijkste doortocht door de heuvels zou bieden. Toen ze nog dichterbij kwamen, konden ze de met dicht bos begroeide helling zien en de olifantenpaden die eroverheen liepen. Ten slotte kon Meren zijn ongeduld niet langer bedwingen. Hij liet de rest van de colonne in zijn eigen tempo doorrijden en ging zelf met een kleine groep vooruit om de boel te verkennen. Natuurlijk ging Fenn met hen mee en ze reed naast Taita. Ze reden de riviergeul in en beklommen het ruwe olifantenpad naar de top van de helling. Ze waren pas halverwege toen Nakonto naar voren rende en zich op een knie liet zakken om de grond te bestuderen.

'Wat is er?' riep Taita. Toen hij geen antwoord kreeg, reed hij naar voren en leunde op Windrooks rug opzij om te zien wat de nieuwsgierigheid van de Sjilloek had gewekt. 'Paardensporen.' Nakonto wees naar een stukje zachte aarde. Ze zijn heel vers. Pas een dag oud.'

'Bergzebra's?' opperde Taita.

Nakonto schudde nadrukkelijk zijn hoofd.

'Paarden met ruiters op hun rug,' vertaalde Fenn voor Meren.

Hij schrok. 'Vreemde ruiters. Wie zouden dat kunnen zijn, zo ver van de beschaafde wereld? Misschien zijn ze vijandig. We moeten niet verdergaan, voordat we weten wie ze zijn.' Hij keek terug over de weg die ze gekomen waren. Op de vlakte beneden zagen ze de gele stofwolk die de rest van de colonne opwierp, nog vier à vijf kilometer van hen verwijderd. 'We moeten op de anderen wachten en dan op volle sterkte verdergaan.' Voordat Taita kon antwoorden klonk vanaf de helling boven hen een luid 'hallo!' dat tegen de heuvels weerkaatste. Ze schrokken er allemaal van.

'We zijn ontdekt! Maar bij Seths smerige adem, wie ze ook zijn, ze spreken Egyptisch,' riep Meren uit. Hij hield zijn handen als een toeter voor zijn mond en brulde omhoog: 'Wie zijn jullie?'

'Soldaten van de goddelijke farao Nefer Seti!'

'Kom naar voren zodat we jullie kunnen zien,' riep Meren.

Ze lachten opgelucht toen drie vreemde ruiters naar beneden kwamen. Zelfs op die afstand zag Meren dat een van hen het blauwe vaandel van het Huis van Mamose droeg en toen ze nog dichterbij kwamen, zagen ze duidelijk aan hun gezichten dat het Egyptenaren waren. Meren reed naar hen toe. Toen de beide groepen bij elkaar kwamen, stegen ze af en omhelsden elkaar warm.

De leider stelde zich voor. 'Ik ben kapitein Rabat, een officier in het legioen van kolonel Ah-Akhton in dienst van farao Nefer Seti.'

'Ik ben kolonel Meren Cambyses. Ik ben op een speciale missie van dezelfde goddelijke farao.' Ter erkenning van zijn hogere rang salueerde Rabat door een gebalde vuist dwars over zijn borst te leggen. 'En dit is de magiër, Taita van Gallala,' vervolgde Meren. Er stond oprecht respect in Rabats ogen te lezen en hij salueerde weer. Taita zag aan zijn aura dat Rabat een man met een beperkte intelligentie was, maar eerlijk en betrouwbaar.

'Uw roem gaat u vooruit, Magiër. Staat u me alstublieft toe u naar ons kamp te brengen waar u onze geëerde gast zult zijn.'

Rabat had Fenn genegeerd, omdat ze een kind was, maar ze voelde zich gekrenkt. 'Ik mag die Rabat niet,' zei ze in het Sjilloek tegen Taita. 'Hij is arrogant.'

Taita glimlachte. Ze was gewend geraakt aan haar bevoorrechte positie. In dit opzicht deed ze hem sterk denken aan Lostris toen ze koningin van Egypte was. 'Het is maar een ruwe soldaat,' zei hij troostend. 'Hij is het niet waard dat je aandacht aan hem besteedt.' Tevredengesteld verzachtte haar uitdrukking zich.

'Wat zijn uw orders, Magiër?' vroeg Rabat.

'De rest van ons contingent komt eraan met een grote groep lastdieren.' Taita wees naar de stofwolk op de vlakte. 'Stuur alstublieft een van uw mannen naar beneden om hen hiernaartoe te leiden.' Rabat stuurde er onmiddellijk een man op uit en leidde hen vervolgens over het steile, rotsachtige pad omhoog naar de top van de pas.

'Waar is kolonel Ah-Akhton, uw bevelhebber?' vroeg Taita, die naast Rabat reed.

'Hij is aan de moerasziekte overleden toen we langs de rivier trokken.'

'Dat was zeven jaar geleden?' vroeg Taita.

'Nee, Magiër. Het was negen jaar en twee maanden geleden,' corrigeerde Rabat hem, 'zo lang zijn we al weg uit ons geliefde vaderland Egypte.'

Taita besefte dat hij was vergeten om de tijd die het had gekost om deze plek te bereiken sinds ze uit Karnak waren vertrokken erbij op te tellen. 'Wie heeft kolonel Ah-Akhton als bevelhebber van het leger vervangen?' vroeg hij.

'Kolonel Tinat Ankut.'

'Waar is hij?'

'Hij leidt het leger langs de rivier naar het zuiden, in overeenstemming met het bevel van de farao. Hij heeft mij hier achtergelaten met maar twintig mannen en een paar vrouwen die heel jonge kinderen hebben die tijdens de reis zijn geboren en vrouwen die te ziek of te zwak waren om de reis voort te zetten.'

'Waarom heeft de kolonel u hier achtergelaten?'

'Ik heb bevel gekregen om gewassen te planten, een kudde paarden voor hem gereed te houden en een basis te bouwen waarop hij kan terugvallen als hij gedwongen zou worden zich terug te trekken uit de wilde gebieden in het zuiden.'

'Hebt u nieuws van hem gekregen sinds hij vertrokken is?'

'Een paar maanden daarna heeft hij drie mannen teruggestuurd met al zijn overlevende paarden. Het lijkt erop dat hij een gebied in het zuiden binnengetrokken is dat geteisterd wordt door een vliegensoort waarvan de steek dodelijk is voor paarden en hij was ze bijna allemaal verloren. Sinds die drie mannen zijn teruggekeerd, hebben we niets meer van hem gehoord. Hij en zijn mannen zijn misschien door de wildernis opgeslokt. Dat was vele jaren geleden. Jullie zijn de eerste beschaafde mensen die we in al die tijd hebben gezien.' Hij klonk wanhopig.

'Hebt u niet overwogen om deze plek te verlaten en terug te keren naar Egypte?' vroeg Taita om zijn moed te peilen.

'Daar heb ik aan gedacht,' gaf Rabat toe, 'maar het is mijn plicht om mijn orders op te volgen en op mijn post te blijven.' Hij aarzelde even en vervolgde toen: 'Bovendien liggen het woongebied van de mensenetende Chima en het grote moeras tussen ons en Egypte in.' En dat is waarschijnlijk de belangrijkste reden dat je op je post gebleven bent, dacht Taita. Al pratend bereikten ze het hoogste punt van de pas waar zich een groot plateau voor hen uitstrekte. Bijna onmiddellijk voelden ze dat de lucht op deze hoge plek aangenamer was dan op de vlakte beneden.

Er liepen verspreide kuddes vee en erachter zag Taita tot zijn verbazing de lemen muren van een vrij groot fort. Het leek misplaatst in dit afgelegen, woeste landschap. Het was het eerste teken van beschaving dat ze zagen sinds ze, meer dan twee jaar geleden, het fort in Qebui hadden verlaten. Dit was een verloren buitenpost van het imperium waar niemand in Egypte iets van wist.

'Hoe heet dit fort?' vroeg Taita.

'Kolonel Tinat heeft het Fort Adari genoemd.'

Ze reden tussen het grazende vee door. Het waren grote, magere dieren met enorme schouderbulten en zware, breed uitstekende hoorns. De huid van elk dier verschilde wat kleur en patroon betrof van die van alle andere: er waren er geen twee gelijk. Ze waren rood, wit, zwart of geel met contrasterende spikkels en vlekken.

'Waar hebt u dit vee vandaan?' vroeg Taita. 'Ik heb zulke dieren nog nooit gezien.'

'We ruilen ze met de inheemse stammen. Ze noemen ze *zebu*. De kuddes leveren ons melk en vlees. Als we die dieren niet hadden, zouden we nog grotere ontberingen lijden dan we al doen.'

Meren fronste zijn voorhoofd en opende zijn mond om Rabat te berispen voor zijn gebrek aan spirit, maar Taita zag wat hij wilde doen en waarschuwde hem door snel nee te schudden. Hoewel Taita het met Fenn en Meren eens was dat de man niet veel waard was, zou het niet in hun voordeel zijn om hem te beledigen. Ze zouden later bijna zeker zijn medewerking nodig hebben. In de velden rondom het fort waren doerra, meloenen en groenten die Taita niet herkende geplant. Rabat vertelde hun wat de inheemse namen ervan waren. Hij steeg af, plukte een grote, glanzende, zwarte vrucht en gaf die aan Taita. 'Wanneer ze in een vleesstoofpot verwerkt worden, zijn ze heel smakelijk en voedzaam.'

Toen ze het fort bereikten, kwamen de vrouwen en kinderen van het garnizoen met kommen zure melk en borden met doerrakoek door de poort naar buiten om hen te verwelkomen. In totaal waren er nog geen vijftig en het was een haveloos, meelijwekkend zootje, al waren ze wel vriendelijk. De accommodatie in het fort was beperkt. De vrouwen boden Taita en Fenn een kleine, raamloze cel aan. De vloer was van aangestampte aarde, mieren bewogen zich in militair gelid over de ruwe, van boomstammen gemaakte muren en glanzende, zwarte kakkerlakken schoten in de kieren erin weg. De geur van de ongewassen lichamen en de nachtspiegels van de vorige bewoners was doordringend. Rabat zei verontschuldigend dat Meren en de anderen, officieren en manschappen, bij zijn soldaten in de gemeenschappelijke kazerne zouden moeten slapen. Met betuigingen van dankbaarheid en spijt weigerde Taita zijn gastvrije aanbod.

Taita en Meren vonden nog geen achthonderd meter voorbij het fort een aangename plek tussen een groepje lommerrijke bomen op de oever van een stroom. Rabat die duidelijk opgelucht was omdat hij hen niet in het fort hoefde onder te brengen, eerde Merens Havikszegel en voorzag hen van verse melk, doerra en, met regelmatige tussenpozen, van een geslachte os.

'Ik hoop dat we hier niet lang hoeven te blijven,' merkte Hilto op de tweede dag tegen Taita op. 'De stemming van deze mensen is zo neerslachtig dat het moreel van onze mannen eronder zal lijden. Ze zijn opgewekt en dat wil ik graag zo houden. Bovendien zijn alle vrouwen getrouwd en de meesten van onze mannen zijn te lang celibatair geweest. Straks willen ze zich met hen vermaken en dan krijgen we problemen.'

'Ik verzeker je dat we verder zullen trekken zodra we de voorbereidingen hebben getroffen, beste Hilto.' Taita en Meren pleegden de volgende paar dagen nauw overleg met de melancholieke Rabat.

'Hoeveel mannen zijn met kolonel Tinat naar het zuiden vertrokken?' wilde Taita weten.

Zoals zo veel analfabeten had Rabat een betrouwbaar geheugen en hij antwoordde zonder aarzeling. 'Zeshonderdrieëntwintig en honderdvijfenveertig vrouwen.'

'Genadige Isis, is dat alles wat er over was van de oorspronkelijke duizend die uit Karnak vertrokken zijn?'

'De moerassen zijn ongebaand en diep,' verklaarde Rabat. 'We zijn zwaar getroffen door de moeraziekte. Onze gidsen waren onbetrouwbaar en we werden aangevallen door inheemse stammen. We hebben veel mannen en paarden verloren. U zult vast dezelfde ervaring gehad hebben, want u moet dezelfde route gevolgd hebben om Adari te bereiken.'

'Ja, inderdaad, maar het water stond lager en onze gidsen waren perfect.'

'Dan hebt u meer geluk gehad dan wij.'

'U zei dat kolonel Tinat mannen en paarden hiernaartoe teruggestuurd heeft. Hoeveel paarden waren dat?' Taita stapte op een prettiger onderwerp over.

'Ze hebben er zesenvijftig teruggebracht, allemaal ziek van de vliegensteken. De meeste stierven daarna. Er zijn er maar achttien in leven gebleven. Toen ze de paarden afgeleverd hadden, zijn kolonel Tinats mannen weer naar het zuiden vertrokken om zich bij hem te voegen. Ze hebben de dragers meegenomen die ik voor hen gerekruteerd had.'

'Dus geen van Tinats mannen is bij u gebleven?'

'Een van hen was zo ziek dat ik hem hier gehouden heb. Hij is nog steeds in leven.'

'Ik zou hem graag willen ondervragen,' zei Taita.

'Ik zal hem direct laten halen.'

De enige overlevende was lang, maar broodmager. Taita zag onmiddellijk dat zijn lichaam uitgemergeld en zijn haar dun en witgrijs was ten gevolge van ziekte en dat het geen tekenen van ouderdom waren. Desondanks was hij weer gezond geworden. Hij was opgewekt en bereidwillig, in tegenstelling tot de meeste andere mannen die onder Rabats bevel stonden.

'Ik heb over je beproeving gehoord,' zei Taita, 'en ik bewonder je moed en wilskracht.'

'U bent de enige die dat ooit tegen me heeft gezegd, Magiër, en ik dank u daarvoor.'

'Hoe heet je?'

'Tolas.'

'Wat is je rang?'

'Ik ben paardendokter en sergeant van het zuiverste water.'

'Hoe ver waren jullie naar het zuiden gereisd toen kolonel Tinat je met de overlevende paarden terugstuurde?'

'We waren ongeveer twintig dagen onderweg, Magiër, en we hadden misschien driehonderd kilometer afgelegd. Kolonel Tinat was vastbesloten om snel te reizen – te snel. Ik denk dat we daardoor meer paarden verloren hebben.'

'Waarom had hij zo'n haast?' vroeg Taita.

Tolas glimlachte flauwtjes. 'Hij heeft me niet in vertrouwen genomen, Magiër, en me ook niet om raad gevraagd.'

Taita dacht een poosje na. Het leek mogelijk dat Tinat onder invloed van de heks was gekomen en dat ze hem naar het zuiden had gelokt. 'Vertel me dan nu eens over de ziekte waardoor de paarden getroffen zijn, beste Tolas. Kapitein Rabat heeft me erover verteld, maar hij heeft geen bijzonderheden gegeven. Waarom denk je dat de ziekte door deze vliegen veroorzaakt werd?'

'Tien dagen nadat we de insecten voor het eerst zagen, brak de ziekte uit. De paarden begonnen hevig te zweten en hun ogen vulden zich met bloed zodat ze halfblind werden. De meeste stierven binnen tien tot vijftien dagen nadat de eerste symptomen zichtbaar werden.'

'Je bent paardendokter. Ken je een remedie?'

Tolas aarzelde, maar hij beantwoordde de vraag niet. In plaats daarvan merkte hij op: 'Ik heb de grijze merrie gezien die u berijdt. Ik heb in mijn leven tienduizenden paarden gezien, maar ik denk dat die merrie tot de beste daarvan behoort. U zult misschien nooit meer een paard als zij vinden.'

'Het is duidelijk dat je veel verstand van paarden hebt, Tolas, maar waarom vertel je me dit?'

'Omdat het zonde zou zijn om zo'n paard aan de vliegen op te offeren. Als u vastbesloten bent om verder te gaan, en ik denk dat u dat bent, moet u de merrie en haar veulen bij mij achterlaten. Ik zal haar verzorgen alsof ze mijn eigen kind is.'

'Ik zal erover nadenken,' zei Taita. 'Maar om op mijn vraag terug te komen: ken je een remedie tegen de vliegenziekte?'

'De inheemse stammen hier in de buurt hebben een drankje dat ze uit wilde bessen distilleren. Ze behandelen hun vee ermee.'

'Waarom hebben ze kolonel Tinat niet voor deze ziekte gewaarschuwd voordat hij uit Fort Adari vertrok?'

'In die tijd hadden we geen contact met de stammen. Pas toen ik met de zieke paarden terugkeerde, kwamen ze naar voren om ons het medicijn te verkopen.'

'Is het werkzaam?'

'Het is niet onfeilbaar,' antwoordde Tolas. 'Ik heb de indruk dat het zes van de tien paarden die de vliegenziekte hebben, kan genezen. Maar misschien waren de paarden waarbij ik het heb uitgeprobeerd al te lang geïnfecteerd.'

'Hoe groot zouden de verliezen zijn geweest als je het niet gebruikt had?'

'Dat kan ik niet met zekerheid zeggen.'

'Schat het dan eens.'

'Het lijkt me dat sommige paarden een natuurlijke weerstand tegen de ziekte hebben. Heel weinige, laten we zeggen vijf op de honderd, vertonen geen nadelige effecten. Andere, misschien dertig of veertig op de honderd, worden ziek, maar herstellen zich. De rest sterft. Elk dier dat geïnfecteerd is maar geneest, is daarna immuun voor de ziekte.'

'Hoe weet je dit?'

'Dat heb ik van de inlanders gehoord.'

'Hoeveel van de paarden die je onder je hoede had, waren geïnfecteerd, maar zijn genezen?'

'De meeste waren al te ver heen voordat we ze konden behandelen. Achttien ervan zijn behandeld,' antwoordde Tolas prompt en toen verduidelijkte hij: 'Ze zijn immuun.'

'Dan zal ik een flinke voorraad van dit inheemse medicijn nodig hebben, Tolas. Kun je daar aankomen?'

'Ik kan zelfs meer doen. Ik heb bijna negen jaar de tijd gehad om de boel te bestuderen. Hoewel de stamleden het recept geheim willen houden, heb ik zelf de plant ontdekt die ze gebruiken. Ik heb hen bespied toen hun vrouwen ze verzamelden.'

'Wil je me de plant laten zien?'

'Natuurlijk, Magiër,' stemde Tolas onmiddellijk in. 'Maar nogmaals, ik waarschuw u dat veel paarden zullen sterven, ook al zijn ze behandeld. Uw grijze merrie is een te mooi dier om aan zo'n risico bloot te stellen.'

Taita glimlachte. Het was duidelijk dat Tolas verliefd was geworden op Windrook en een manier probeerde te bedenken om haar bij zich te houden. 'Ik zal over alles wat je me verteld hebt zorgvuldig nadenken, maar nu is mijn belangrijkste doel om het geheim van de remedie te leren kennen.'

'Als kapitein Rabat me toestemming geeft, zal ik u morgen meenemen naar het bos om de bessen te verzamelen. Het is een rit van een paar uur naar het gebied waarin ze groeien.'

'Uitstekend.' Taita was verheugd. 'Beschrijf dan nu de route naar het zuiden eens die je met kolonel Tinat gevolgd hebt.' Tolas vertelde hun alles wat hij zich kon herinneren, terwijl Fenn aantekeningen op een kleitablet maakte. Toen hij uitgesproken was, zei Taita: 'Wat je me verteld hebt, is van onschatbare waarde, Tolas, maar nu moet je me vertellen hoe we de grens van het territorium van de vlieg kunnen herkennen.'

Tolas zette zijn wijsvinger op de schetskaart die Fenn op de tablet getekend had. 'Ongeveer op de twintigste dag van de reis naar het zuiden komt u bij een paar heuvels die op de borsten van een maagd lijken. Ze zijn vanaf een kilometer of drie zichtbaar. Die heuvels markeren de grens. Ik raad u aan de grijze merrie niet verder mee te nemen. U zult haar verliezen in het treurige gebied dat erachter ligt.'

Toen ze de volgende ochtend de bessen gingen zoeken, ging kapitein Rabat met hen mee en hij reed naast Taita. Het tempo was laag en ze hadden alle gelegenheid om te praten.

Na een paar uur leidde Tolas hen een klein bos met enorme vijgenbomen in die diep in het ravijn in een rij op de oever van de rivier stonden. Om de meeste takken kronkelden zich slangachtige klimplanten waaraan bosjes kleine, paarszwarte bessen hingen. Fenn, Tolas en drie mannen die Tolas uit het fort had meegenomen, klommen in de bomen. Ze hadden allemaal een leren oogstzak om hun nek hangen waarin ze de vruchten stopten. Toen ze uit de bomen naar beneden klauterden, waren hun handen paars en de bessen verspreidden een weeë, bedorven geur. Fenn bood Wervelwind er een handvol van aan, maar het hengstveulen weigerde. Windrook was even kieskeurig.

'Ze vinden ze van nature niet lekker, dat geef ik toe, maar als je de bessen met doerrameel mengt en er koeken van bakt, eten ze ze graag,' zei Tolas. Hij stak een vuur aan en legde platte rivierstenen in de vlammen. Terwijl ze heet werden, liet hij zien hoe de vruchten tot een pasta gestampt en met het doerrameel vermengd moesten worden. 'De verhouding van de hoeveelheid pasta tot de hoeveelheid meel is belangrijk en die is een op vijf. Als er een grotere hoeveelheid bessen in zit, eten de paarden het mengsel niet en als ze het wel eten, werkt het uitermate laxerend,' verklaarde hij. Toen de stenen zo heet waren dat ze knetterden, legde hij er handenvol van het mengsel op en liet het tot harde koeken bakken. Hij legde ze naast het vuur om af te koelen en begon aan een volgend baksel. 'De koeken blijven zonder te bederven maanden goed, zelfs in de slechtste omstandigheden. De paarden eten ze zelfs nog wanneer ze met groene schimmel bedekt zijn.'

Fenn pakte er een op en verbrandde haar vingers. Ze nam hem beurtelings in de ene en de andere hand, blies erop om hem af te laten koelen en bracht hem toen naar Windrook. De merrie rook er met trillende neusgaten aan. Toen nam ze de koek tussen haar lippen en rolde met haar ogen naar Taita.

'Schiet op, dom dier,' zei hij streng. 'Eet op. Het is goed voor je.'

Windrook kauwde op de koek. Er vielen een paar stukjes uit haar mond, maar ze slikte de rest door.

Daarna liet ze haar hoofd zakken om de stukjes uit het gras op te pakken. Wervelwind keek geïnteresseerd naar haar. Toen Fenn hem ook een koek bracht, volgde hij Windrooks voorbeeld en at hem met smaak op. Toen duwde hij met zijn snuit tegen Fenn aan omdat hij meer wilde.

'Welke hoeveelheid geef je ze?' vroeg Taita aan Tolas.

'Dat was een kwestie van uitproberen,' antwoordde Tolas. 'Zodra ze symptomen van de vliegenziekte vertonen, geef ik ze vier à vijf koeken per dag tot de symptomen verdwijnen en die hoeveelheid blijf ik ze geven tot lang nadat ze volledig hersteld zijn.'

'Hoe noem je de vruchten?' vroeg Fenn.

Tolas haalde zijn schouders op. 'De Ootasa hebben er een vreemde naam voor, maar ik heb ze nooit een Egyptische naam gegeven.'

'Dan noem ik ze de Tolas-vrucht,' zei Fenn en Tolas glimlachte gestreeld.

De volgende dag gingen Taita en Fenn met Shofar, vier soldaten en de spullen die ze nodig hadden om een grote hoeveelheid koeken te bakken terug naar het bosje. Ze sloegen hun kamp er middenin op, op een open plek die uitzicht bood op de droge bedding van de Nijl. Ze bleven daar tien dagen en vulden twintig grote leren zakken met de koeken. Toen ze met paars gekleurde handen en tien volgeladen muilezels terugkeerden, merkten ze dat Meren en zijn mannen popelden om te vertrekken.

Toen ze afscheid van Rabat namen, zei hij somber tegen Taita: 'We zullen elkaar in dit leven waarschijnlijk nooit meer ontmoeten, Magiër, maar het is een grote eer voor me geweest om u een paar kleine diensten te mogen bewijzen.'

'Ik ben dankbaar voor uw bereidwillige hulp en opgewekt gezelschap. De farao zelf zal ervan horen,' verzekerde Taita hem.

Met Tolas als hun gids vertrokken ze weer in zuidelijke richting, naar de heuvels die de vorm van maagdenborsten hadden en het gebied van de vlieg. In de tijd in Fort Adari hadden de mannen en de dieren nieuwe energie opgedaan en ze schoten goed op. Taita beval de jagers om de staarten te bewaren van het wild dat ze schoten. Hij liet de mannen zien hoe de dieren gevild, van het vlees ontdaan en gezouten en gedroogd moesten worden. Intussen sneden ze houten handvatten die ze in de hulzen van gedroogde huid stopten in plaats van het bot dat ze eruit verwijderd hadden. Ten slotte zwaaide Taita met een van de vliegenmeppers en zei tegen hen: 'Binnenkort zullen jullie hier dankbaar voor zijn. Het is waarschijnlijk het enige wapen dat de vlieg zal ontmoedigen.'

Op de twintigste ochtend nadat ze uit Fort Adari waren vertrokken, begonnen ze, zoals gewoonlijk, vroeg aan de tocht van die dag. Even na het middaguur zagen ze, zoals Taita had voorspeld, de twee tepels van de heuvels die op de borsten van een maagd leken boven de horizon uitsteken.

'We gaan niet verder. Geef bevel om halt te houden,' riep Taita naar Meren. Voordat ze uit Fort Adari vertrokken, had hij besloten om Tolas' advies niet slaafs op te volgen. Hij had Windrook en Wervelwind de koeken al laten eten in de hoop dat het medicijn zich, lang voordat ze voor het eerst gestoken zouden worden, al in hun bloed zou concentreren. Op de laatste avond voordat ze het territorium van de vlieg binnengingen, had hij Fenn meegenomen naar de plek waar de paarden getuierd waren. Toen Windrook hen zag aankomen, hinnikte ze. Taita wreef over haar voorhoofd, krabde haar achter haar oren en voerde haar een Tolaskoek. Fenn deed hetzelfde bij Wervelwind. Ze waren de koeken allebei lekker gaan vinden en aten ze met smaak op. Tolas had vanuit de schaduw toegekeken. Hij kwam nu naar Taita toe en groette hem schuchter. 'Dus u neemt de grijze merrie en het veulen mee?' vroeg hij.

'Ik zou het niet kunnen verdragen om ze achter te laten,' antwoordde Taita.

Tolas zuchtte. 'Ik begrijp het, Magiër. Misschien zou ik hetzelfde gedaan hebben, want ik houd al van ze. Ik bid tot Horus en Isis dat ze zullen overleven.'

'Dank je, Tolas. We zullen elkaar allemaal weer terugzien, daar ben ik zeker van.'

De volgende ochtend namen ze afscheid. Tolas kon hun niet verder leiden en hij keerde terug naar Fort Adari. Nakonto ging hun voor om het pad te banen en Meren en drie secties volgden hem. Daarna kwamen Taita en Fenn op Windrook en Wervelwind. De achttien paarden die immuun waren, liepen in een losse kudde achter hen en Shabako en de vierde sectie vormden de achterhoede.

Ze bivakkeerden die avond aan de voet van de heuvels. Toen ze bij de vuren het avondmaal nuttigden, hoorden ze het gebrul van een troep jagende leeuwen op de donkere vlakte voorbij de heuvels, een dreigend geluid. Taita en Meren gingen de halsters van de getuierde paarden controleren, maar de leeuwen kwamen niet dichterbij en geleidelijk stierf hun gebrul weg en daalde de stilte van de nacht op hen neer.

Toen de colonne zich de volgende ochtend verzamelde, voerden Taita en Fenn de paarden hun Tolas-koeken. Daarna stegen ze op en reden verder tussen de twee heuvels door. Taita was net gewend aan het tempo en had zich in het zadel ontspannen toen hij plotseling rechtop ging zitten en naar Windrooks nek staarde. Een groot, donker insect was vlak bij haar manen op haar zachte nek neergestreken. Hij kromde zijn rechterhand en wachtte tot het insect zich had genesteld en zijn scherpe, zwarte snuit had uitgestoken om de bloedvaten onder de huid van de merrie te zoeken. Doordat de angel onder de huid begraven was, zat het insect vast, dus kon hij het in zijn tot een kom gevormde handen oppakken. Het zoemde schril terwijl het probeerde te ontsnappen, maar hij verstevigde zijn greep en drukte zijn kop en lichaam plat. Daarna hield hij het tussen twee vingers en liet het aan Fenn zien. 'Dit is het insect dat de stammen de tseetseevlieg noemen. Het is de eerste, maar er zullen er nog veel volgen,' voorspelde hij. Terwijl hij dit zei, streek een andere vlieg op zijn nek neer en drukte zijn angel in de zachte huid achter zijn oor. Hij vertrok zijn gezicht en sloeg ernaar. Hoewel hij de vlieg hard raakte, vloog het insect ogenschijnlijk ongedeerd weg.

'Haal jullie vliegenmeppers tevoorschijn,' beval Meren. Al snel sloegen ze allemaal, als religieuze geselbroeders, naar zichzelf en hun paarden om de stekende zwermen te verjagen. De volgende dagen waren een kwelling, want de vliegen plaagden hen onophoudelijk. Ze hadden er in de hitte van de dag het meest last van, maar ze bleven hen 's nachts bij het licht van de maan en de sterren ook belagen en de mannen en de paarden werden er gek van.

De paarden sloegen met hun staart voortdurend tegen hun flanken en achterhand. Ze schudden hun hoofd en vertrokken hun huid om de vliegen af te schudden die in hun ogen en oren kropen.

De gezichten van de mannen zwollen op tot ze op groteske vuurrode vruchten leken en hun ogen werden spleetjes in het opgezette vlees. Hun nek zat vol bulten en de jeuk was onverdraaglijk. Met hun nagels krabden ze de huid achter hun oren open. 's Avonds legden ze smeulende vuren van gedroogde olifantenmest aan en ze zaten hoestend en naar lucht happend neergehurkt in de scherpe rook om verlichting te vinden. Maar wanneer ze even van de vuren vandaan liepen om een frisse neus te halen, vlogen de vliegen op hen af en dreven hun angel diep in hun vlees, zodra ze op hen landden. Hun schild was zo sterk dat een harde klap met de hand hen nauwelijks deerde. Zelfs wanneer ze van hun plekje geslagen werden, kwamen ze in dezelfde beweging terug en staken ze opnieuw toe op een ander onbedekt lichaamsdeel. De vliegenmeppers waren het enige effectieve wapen. Ze doodden ze niet, maar hun poten en vleugels bleven vastzitten in de lange staartharen zodat de mannen ze tussen hun vingers plat konden drukken.

'Er is een grens aan het verspreidingsgebied van deze monsters,' zei Taita bemoedigend tegen de mannen. 'Nakonto kent hun gewoonten goed. Hij zegt dat we er even plotseling van bevrijd zullen zijn als we ze zijn tegengekomen.'

Meren gaf bevel om de snelheid te verhogen. Hij ging aan het hoofd van de colonne rijden en legde hun een moordend tempo op. Beroofd van slaap en verzwakt door het gif dat de vliegen in hun bloed pompten, zaten de mannen te zwaaien in hun zadel. Wanneer een soldaat in elkaar zakte, gooiden zijn kameraden hem over de rug van zijn paard en reden verder.

Alleen Nakonto was gehard tegen de insecten. Zijn huid bleef glad en glanzend en werd niet ontsierd door steken. Hij gaf de insecten de kans om zich vol te zuigen met zijn bloed, zodat ze niet meer konden vliegen. Daarna bespotte hij ze wanneer hij hun vleugels uittrok: 'Ik ben gestoken door mannen, gebeten door luipaarden en opengehaald door leeuwen. Wie zijn jullie dat jullie me durven te irriteren? Nu kunnen jullie naar de hel lopen, waar jullie vandaan komen.'

Op de tiende dag nadat ze de heuvels achter zich gelaten hadden, reden ze het territorium van de vliegen uit. Het gebeurde zo abrupt dat ze erdoor verrast werden. Het ene moment sloegen ze nog vloekend naar de rondwervelende insecten en vijftig passen verder werd de stilte van het bos niet langer verstoord door hun kwaadaardige gezoem. Nog geen anderhalve kilometer nadat ze van de tirannie van de vliegen waren bevrijd, kwamen ze bij een geïsoleerde rivierpoel. Meren kreeg medelijden met zijn mannen. 'Halt houden!' brulde hij. 'De laatste die in het water is, is een mietje.'

Naakt renden ze naar het water en het bos weergalmde van de kreten van opluchting en vreugde. Toen ze de poel uit kwamen, verzorgden Taita en Fenn de zwellingen die de mannen aan de vliegensteken hadden overgehouden door hen in te smeren met een van de balsems van de magiër. Die avond waren het gelach en de grappen rondom het kampvuur niet van de lucht.

Het was donker toen Fenn zich over Taita heen boog en hem wakker schudde. 'Kom vlug, Taita! Er gebeurt iets vreselijks.' Ze pakte zijn hand vast en trok hem naar de plek waar de paarden getuierd waren. 'Ze hebben het allebei.' Fenns stem sloeg over van verdriet. 'Windrook en Wervelwind.'

Toen ze bij de paarden kwamen, lag het veulen op de grond en zijn borst ging op en neer op het snelle ritme van zijn ademhaling. Windrook stond bij hem en likte zijn hoofd met lange halen van haar tong. Ze wankelde zwakjes terwijl ze probeerde haar evenwicht te bewaren. De haren op haar huid stonden overeind en ze baadde in het zweet dat van haar buik droop en langs alle vier haar benen liep.

'Roep Shofar en zijn mannen. Zeg dat ze haast moeten maken en vraag hun de grootste pot die ze hebben met warm water te vullen en bij me te brengen.' Taita's eerste doel was om Wervelwind weer op haar benen te krijgen en Windrook op de hare te houden. Als een paard eenmaal lag, had het de wil om te vechten verloren en zich aan de ziekte overgegeven.

Shofar en zijn mannen tilden Wervelwind overeind en zetten hem op zijn benen. Daarna sponste Taita hem met warm water af. Fenn stond naast zijn hoofd en blies zachtjes in zijn neusgaten en fluisterde aanmoedigingen en lieve woordjes tegen hem terwijl ze hem overhaalde om de ene Tolas-koek na de andere te eten.

Zodra hij het hengstveulen gewassen had, richtte Taita zijn aandacht op Windrook. 'Wees dapper, schat,' fluisterde hij en hij veegde met een natte linnen lap het zweet weg. Meren hielp hem door haar krachtig droog te wrijven met schone doeken en daarna spreidden ze Taita's tijgervel over haar rug uit. 'Jij en ik gaan deze ziekte samen verslaan.' Hij bleef zachtjes tegen haar praten en hij gebruikte zijn krachtstem wanneer hij haar naam uitsprak. Ze spitste haar oren om naar hem te luisteren, spreidde haar benen en zette zich schrap om in evenwicht te blijven. '*Bak-her*, Windrook. Niet opgeven.'

Hij voerde haar de Tolas-koeken die hij in honing had gedoopt. Zelfs in haar ellende kon ze deze delicatesse niet weerstaan. Daarna haalde hij haar over een bak met zijn speciale remedie tegen koorts en paardenziekte te eten. Fenn en hij pakten elkaars handen vast om de bescherming van Horus in zijn hoedanigheid van god van de paarden in te roepen. Meren en zijn mannen vielen in met de gebeden en ze bleven ze de rest van de nacht zeggen. Tegen de ochtend stonden Windrook en haar veulen nog steeds, maar hun hoofd hing en ze wilden de koeken niet meer eten. Ze vergingen echter van de dorst en ze dronken gretig uit de potten met schoon water die Fenn en Taita voor hen ophielden. Net voor de middag hief Windrook haar hoofd op, hinnikte naar haar veulen, liep toen wankelend naar hem toe en duwde met haar snuit tegen zijn schouder. Hij hief ook zijn hoofd op en keek naar haar.

'Hij heeft zijn hoofd opgeheven,' zei een van de mannen opgewonden.

'Ze staat steviger,' merkte een ander op. 'Ze vecht voor zichzelf en haar veulen.'

'Ze zweet niet meer. De koorts is gedaald.'

Die avond at Windrook nog vijf Tolas-koeken met honing. De volgende ochtend volgde ze Taita in het rivierbed en ze rolde zich in het witte zand. Ze had altijd een voorkeur gehad voor een bepaald soort zacht gras met pluizige roze zaadkuiven dat op de oevers van de Nijl groeide, dus maaiden Taita en Fenn er bossen van en zochten de lekkerste halmen uit. Op de vierde dag vulden Windrook en Wervelwind allebei hun lege buik ermee.

'Ze zijn buiten gevaar,' verklaarde Taita en Fenn omhelsde Wervelwind en huilde alsof haar hart gebroken was en nooit meer zou helen.

Ondanks de Tolas-koeken vertoonden veel andere paarden de symptomen van de ziekte. Twaalf dieren stierven, maar Meren verving ze door paarden uit de kleine kudde die immuun was. Sommige mannen leden ook aan de gevolgen van het vliegengif: ze werden gekweld door zware hoofdpijn en hun gewrichten waren zo stijf dat ze amper konden lopen. Het duurde nog vele dagen voordat de dieren en de mannen voldoende hersteld waren om de reis te hervatten. Zelfs toen wilden Taita en Fenn Windrook en Wervelwind niet met hun gewicht belasten. Ze reden op reservepaarden en voerden ze aan hun halster mee. Meren liet hen minder uren per dag reizen en hij verlaagde het tempo om hun allemaal de kans te geven volledig te herstellen. In de daaropvolgende dagen verhoogde hij het tempo tot ze weer even snel reisden als daarvoor.

De eerste driehonderd kilometer voorbij het territorium van de vliegen was het gebied onbewoond. Toen kwamen ze bij een vissersdorpje. De bewoners vluchtten zodra de colonne ruiters verscheen. De aanblik van deze mannen met hun lichte huid en vreemde bronzen wapens die op vreemd vee zonder hoorns reden, was hun kennelijk te veel. Taita bekeek hun rookrekken en zag dat ze bijna leeg waren. De Nijl voorzag het dorp niet langer van voldoende vis. De vissers waren duidelijk aan het verhongeren.

Op de vlakte langs de rivieroever waren kuddes grote, stevige antilopen met hoorns als kromzwaarden en witte vlekken rondom hun ogen aan het grazen. De mannetjes waren zwart en de vrouwtjes donkerrood. Meren stuurde vijf van zijn bereden boogschutters de vlakte op. De antilopen waren nieuwsgierig naar de paarden en kwamen hun tegemoet. Het eerste salvo pijlen doodden er vier en het volgende evenveel. Ze legden de kadavers aan de rand van het dorp als vredesaanbod en installeerden zich toen om te wachten. De uitgehongerde dorpelingen konden de verleiding niet lang weerstaan en ze slopen voorzichtig naderbij, gereed om bij het eerste teken van agressie van de vreemdelingen weer te vluchten. Toen ze de dode dieren eenmaal geslacht hadden en ze het vlees boven een stuk of tien rokerige vuren roosterden, ging Nakonto naar hen toe om hen te begroeten. Hun woordvoerder was een eerbiedwaardige grijsaard die met een hoge, schelle piepstem antwoordde.

Nakonto kwam terug om bij Taita verslag uit te brengen. 'Deze mensen zijn verwant aan de Ootasa. Hun talen lijken zoveel op elkaar dat ze elkaar goed kunnen verstaan.'

De dorpelingen waren nu zo stoutmoedig geworden dat ze met zijn allen terugkwamen om de mannen en hun wapens en paarden te bekijken. De ongetrouwde meisjes droegen alleen een snoer kralen om hun middel en ze sloten bijna onmiddellijk vriendschap met de soldaten die geen Sjilloek-vrouw hadden.

De getrouwde vrouwen brachten Taita, Meren en de kapiteins kalebassen met zuur, inheems bier terwijl de oude man, die Poto heette, trots naast Taita zat en bereidwillig de vragen beantwoordde die Nakonto hem stelde.

'Ik ken het land in het zuiden goed,' pochte hij. 'Mijn vader en mijn grootvader woonden aan de grote meren die vol vis zaten. Sommige vissen waren zo groot waren dat er vier mannen voor nodig waren om ze op te tillen. 'Ze waren zo dik.' Hij vormde een cirkel met zijn dunne, oude armen. 'En zo lang.' Hij sprong op en trok met zijn grote teen een streep in het zand, deed toen vier grote passen en trok een tweede streep. 'Van hier tot daar!'

'Vissers zijn overal hetzelfde,' merkte Taita op, maar hij maakte toepasselijk verbaasde geluiden. Poto leek door zijn stam verwaarloosd te worden en nu had hij voor één keer ieders aandacht. Hij genoot van het gezelschap van zijn nieuwe vrienden.

'Waarom heeft uw stam zulke goede visgronden verlaten?' vroeg Taita.

'Een ander, sterker en talrijker volk kwam uit het oosten en we konden er niet tegenop. Ze hebben ons in noordelijke richting langs de rivier verdreven tot deze plek.' Hij leek even terneergeslagen, maar fleurde toen weer op. 'Toen ik ingewijd en besneden werd, nam mijn vader me mee naar de grote waterval die de geboorteplaats van onze rivier is.' Hij gebaarde naar de Nijl op de oever waarvan ze zaten. 'De waterval heet Tungula Madzi, het Water dat Dondert.'

'Waarom zo'n ongebruikelijke naam?'

'Het geraas van het vallende water en het geluid van de grote stenen die het naar beneden doet storten, is op een afstand van twee dagen reizen te horen. De opstuivende druppels hangen boven de waterval in de lucht als een zilverkleurige wolk.'

'Hebt u dat zelf gezien?' vroeg Taita en hij richtte zijn Innerlijke Oog op de oude man.

'Met mijn eigen ogen!' riep Poto. Zijn aura brandde fel, als de vlam van een olielamp voordat hij uitgaat door gebrek aan brandstof. Hij sprak de waarheid.

'U denkt dat dat de geboorteplaats van de rivier is?' Taita's hart begon sneller te kloppen van opwinding.

'Op de geest van mijn vader, de waterval is de plek waar de rivier ontspringt.'

'Wat is erboven en erachter?'

'Water,' zei Poto op vlakke toon. 'Niets dan water. Water tot aan het einde van de wereld.'

'U hebt achter de waterval geen land gezien?'

'Niets dan water.'

'U hebt geen brandende berg gezien die een wolk van rook de lucht in blaast?'

'Niets,' zei Poto. 'Niets dan water.'

'Wilt u ons naar deze waterval brengen?' vroeg Taita.

Toen Nakonto de vraag voor hem vertaalde, keek Poto geschrokken. 'Ik kan niet terugkeren. De mensen daar zijn mijn vijanden en ze zullen me doden en opeten. Ik kan de rivier niet volgen omdat ze, zoals u ziet, vervloekt en stervende is.'

'U krijgt een volle zak glazen kralen van me als u met ons meegaat,' beloofde Taita. 'U zult de rijkste man van uw hele stam zijn.'

Poto werd door het aanbod niet aan het weifelen gebracht. Hij was lijkbleek geworden en beefde van angst. 'Nee! Nooit! Nog voor geen honderd zakken kralen. Als ze me opeten, zal mijn ziel nooit door de vlammen heen komen. Ze zal een hyena worden en tot in de eeuwigheid in het donker ronddolen en rottende karkassen en afval eten.' Hij maakte aanstalten om op te springen en weg te lopen, maar Taita weerhield hem met een zachte aanraking en oefende daarna zijn invloed uit om hem te kalmeren en gerust te stellen. Hij liet hem twee grote slokken bier nemen, voordat hij weer tegen hem sprak.

'Is er iemand anders die ons erheen kan brengen?'

Poto schudde heftig zijn hoofd. 'Ze zijn allemaal bang, zelfs nog erger dan ik.'

Ze bleven een poosje zwijgend zitten en daarna begon Poto nerveus met zijn voeten te schuifelen. Taita wachtte geduldig tot hij kennelijk een moeilijk besluit had genomen. Ten slotte hoestte hij en spuwde een grote klodder geel slijm in het zand. 'Misschien is er toch iemand,' zei hij voorzichtig. 'Maar nee, hij moet dood zijn. Hij was al een oude man toen ik hem voor het laatst heb gezien en dat was lang geleden. Zelfs toen was hij al ouder dan u, geëerde, oude man.' Hij boog eerbiedig zijn hoofd voor Taita. 'Hij is een van de laatsten van ons volk die over is uit de tijd dat we een belangrijke stam waren.'

'Wie is hij? Waar kunnen we hem vinden?' vroeg Taita.

'Hij heet Kalulu. Ik zal u laten zien waar u hem kunt vinden.' Weer begon Poto met zijn teen in het zand te tekenen. 'Als u de grote rivier volgt die stervende is, komt u uiteindelijk bij een plek waar ze in een van de vele meren uitkomt. Het is een uitgestrekt water. We noemen het Semliki Nianzu.' Hij tekende het als een afgeplatte ellips.

'Vinden we daar de waterval die de geboorteplaats van de Nijl is?' vroeg Taita.

'Nee, de rivier snijdt door het meer heen als de punt van een speer door een vis.' Hij trok met zijn teen een lijn door de ellips. 'Onze rivier is de uitstroom, de instroom is op de zuidoever van het meer.'

'Hoe vind ik het?'

'U kunt het alleen vinden als iemand als Kalulu u ernaartoe brengt. Hij woont in het moeras, op een drijvend eiland van riet aan het meer.'

'Hoe vind ik hem?'

'Door ijverig te zoeken en door geluk.' Poto haalde zijn schouders op. 'Of misschien vindt hij u wel.' Toen voegde hij eraan toe alsof het hem net te binnen schoot: 'Kalulu is een sjamaan met grote mystieke krachten, maar hij heeft geen benen.'

Toen ze het dorp verlieten, gaf Taita Poto twee handenvol glazen kralen. De oude man begon te huilen en zei: 'U hebt me rijk gemaakt en ik zal een gelukkige oude dag hebben. Nu kan ik twee jonge vrouwen kopen om me te verzorgen.'

De Nijl stroomde wat krachtiger toen ze langs de oever ervan naar het zuiden trokken, maar ze zagen aan de hoogwaterlijn dat het niveau veel lager was dan het vroeger was geweest.

'Ze is geslonken tot een twintigste van haar normale niveau,' berekende Meren en Taita was het met hem eens, al zei hij het niet. Soms moest Meren eraan herinnerd worden dat hij geen deskundige was en dat hij sommige zaken beter kon overlaten aan degenen die gekwalificeerd waren om erover te oordelen.

Terwijl ze langs de westoever reisden, werden de mannen en de paarden met de dag sterker. Ze waren allemaal volledig hersteld van de gevolgen van de vliegensteken tegen de tijd dat ze aankwamen bij het meer dat er precies zo uitzag als Poto het had beschreven. Het was enorm groot.

'Het moet de zee zijn, niet alleen maar een meer,' verklaarde Meren en Taita liet hem er een kan water uit halen.

'Proef het nu eens, beste Meren,' beval hij. Meren nam voorzichtig een slokje en liet het water in zijn mond ronddraaien. Toen dronk hij de kan leeg.

'Zout zeewater?' Taita glimlachte vriendelijk.

'Nee, Magiër, zo zoet als honing. Ik heb me vergist en u hebt gelijk.'

Het meer was zo groot dat het zijn eigen windsysteem leek te creëren. In de vroege ochtend was de lucht stil en koel. Iets wat op rook leek, steeg van het oppervlak op. De mannen bespraken dit geanimeerd.

'Het water wordt verhit door een vulkaan,' zei er een.

'Nee,' zei een ander. 'Het water stijgt op als mist en het valt ergens anders als regen neer.'

'Nee, het is de vurige adem van een zeemonster dat in het water leeft,' zei Meren met gezag.

Ten slotte keken ze Taita aan om de waarheid te horen.

'Spinnen,' zei Taita, wat opnieuw tot een heftige discussie leidde.

'Spinnen vliegen niet. Hij bedoelt libellen.'

'Hij speelt in op onze lichtgelovigheid,' zei Meren. 'Ik ken hem. Hij maakt graag grapjes.'

Twee dagen later ruimde de wind en een van de rookachtige wolken zweefde naar het kamp. Toen hij het land bereikte, begon hij neer te dalen. Fenn sprong hoog in de lucht en griste er iets uit.

'Spinnen!' gilde ze. 'Taita heeft altijd gelijk.' De wolk werd gevormd door talloze pas uitgekomen spinnetjes die zo onvolgroeid waren dat ze bijna doorzichtig waren. Ze hadden allemaal een zeil van spinrag geweven dat ze gebruikten om de ochtendbries op te vangen en zich door de lucht naar een ander deel van het meer te laten blazen.

Zodra de zonnestralen op het oppervlak vielen, nam de wind toe tot hij tegen de middag het schuimende water tot razernij opzweepte. In de middag nam de wind af en tegen de avond was alles rustig en sereen. Vluchten flamingo's verspreidden zich in golvende roze strepen boven de horizon. Nijlpaarden wentelden zich als granieten stenen kreunend en loeiend in de ondiepten, met hun roze, grotachtige muilen opengesperd om rivalen met hun lange snijtanden te bedreigen. Grote krokodillen strekten zich uit op de zandbanken om te zonnen. Ze hielden hun bek wijd open zodat de watervogels de restjes vlees tussen hun stompe, gele tanden uit konden pikken. De nachten waren stil en het licht van de sterren weerkaatste op het fluweelachtige, zwarte water.

In het westen was het meer zo uitgestrekt dat er geen land te bekennen was, behalve een paar kleine eilandjes die als dhows over het door de wind geteisterde water leken te zeilen. In het zuiden konden ze nog net de andere oever van het meer zien.

Poto had hen gewaarschuwd voor de agressiviteit van de lokale stammen, dus bouwden ze een veilig kamp met takken van de doornige acaciabomen die aan de oever van het meer groeiden. Overdag graasden de paarden en de muilezels op het welige gras dat op de kuststrook groeide of ze waadden het meer in om zich op de ondiepe plaatsen te goed te doen aan waterlelies en andere waterplanten.

'Wanneer gaan we Kalulu, de sjamaan, zoeken?' vroeg Fenn.

'Vanavond nog, nadat je gegeten hebt.'

Zoals hij had beloofd, nam hij haar mee naar het strand waar ze drijfhout verzamelden en een klein vuur aanlegden. Ze hurkten erbij neer en Taita pakte haar handen vast om de beschermende cirkel te vormen. 'Als Kalulu een ingewijde is, zoals Poto beweerde, kunnen we hem via de ether opsporen,' zei Taita.

'Kun je dat, Taita?' vroeg Fenn vol ontzag.

'Volgens Poto woont hij in het moeras hier heel dichtbij, misschien maar een kilometer of drie verwijderd van de plek waar we nu zijn. Hij kan gemakkelijk opgeroepen worden.'

'Is afstand belangrijk?' vroeg Fenn.

Taita knikte. 'We kennen zijn naam. We weten hoe hij eruitziet met zijn geamputeerde benen. Natuurlijk zou het gemakkelijker zijn als we zijn geestesnaam kenden of als we iets persoonlijks van hem in bezit hadden – een haar, afgeknipte nagels, zweet, urine of ontlasting. Maar ik zal je leren hoe je hem kunt opsporen met wat we hebben.' Taita haalde een plukje kruiden uit zijn buidel en gooide dat op het vuur. Het flakkerde op in een wolk van scherpe rook. 'Dit zal een eventuele kwade invloed verdrijven die misschien vlakbij op de loer ligt,' verklaarde hij. 'Kijk in de vlammen. Als Kalulu komt, zie je hem in de vlammen.'

Terwijl ze nog steeds elkaars hand vasthielden, begonnen ze heen en weer te zwaaien op de maat van een zacht zoemend geluid dat Taita diep in zijn borst maakte. Toen Fenn haar geest leeggemaakt had, zoals Taita haar had geleerd, riepen ze de drie krachtsymbolen op en verbonden ze zwijgend met elkaar.

'Mensaar!'

'Kylash!'

'Ncube!'

De ether zong om hen heen. Taita riep hem op.

'Kalulu, hoor mij aan! O, beenloze, open uw oren!'

Hij herhaalde de uitnodiging met tussenpozen terwijl de maan opging en tot halverwege zijn hoogtepunt opsteeg.

Plotseling voelden ze de klap. Fenns adem stokte door de trilling die leek op een stroom statische elektriciteit door haar vingertoppen. Ze staarde in het vuur en zag de contouren van een gezicht. Het leek op dat van een oude, maar oneindig wijze aap.

'Wie roept me?' De vurige lippen vormden de vraag in het Tenmass. 'Wie roept Kalulu?'

'Ik ben Taita van Gallala.'

'Als u van de Waarheid bent, toon me dan uw geestesnaam.' Taita liet hem als een symbool boven zijn hoofd verschijnen: een valk met een gebroken vleugel. Het kon levensgevaarlijk zijn om hem in de ether uit te spreken omdat hij daar door een kwaadaardige entiteit gegrepen zou kunnen worden.

'Ik zie u, broeder in de Waarheid,' zei Kalulu.

'Onthul uw eigen geestesnaam,' zei Taita. Langzaam werden de contouren van een hurkende Afrikaanse haas boven het gezicht in het vuur zichtbaar. Het was de mythologische wijze, Kalulu de Haas, wiens kop en lange oren in de schijf van de volle maan waren afgebeeld.

'Ik zie u, broeder van de rechterhand. Ik heb u opgeroepen om u om hulp te vragen,' zei Taita.

'Ik weet waar u bent en ik ben dichtbij. Binnen drie dagen zal ik bij u komen,' antwoordde Kalulu.

Fenn was verrukt van de kunst van het oproepen van een persoon via de ether. 'O, Taita, ik had nooit durven dromen dat dat mogelijk was. Leer het me alsjeblieft.'

'Eerst moet je je eigen geestesnaam leren.'

'Ik denk dat ik die ken,' antwoordde ze. 'Je hebt me één keer bij die naam genoemd, hè? Of was het een droom, Taita?'

'Dromen en werkelijkheid vervloeien vaak met elkaar, Fenn. Wat is de naam die je je herinnert?'

'Kind van het Water,' antwoordde ze verlegen. 'Lostris.'

Taita staarde haar vol verbazing aan.

Ze demonstreerde onbewust haar paranormale krachten zoals ze nog zelden had gedaan. Het was haar gelukt in het andere leven door te dringen. Zijn ademhaling ging sneller van opwinding en vreugde. 'Ken je ook het symbool van je geestesnaam, Fenn?'

'Nee, ik heb het nog nooit gezien,' fluisterde ze. 'Of wel, Taita?'

'Denk eraan,' zei hij. 'Houd het op de voorgrond van je geest.' Ze sloot haar ogen en pakte instinctief de talisman die om haar hals hing vast. 'Heb je het in je geest?' vroeg hij.

'Ik heb het,' fluisterde ze en hij opende zijn Innerlijke Oog. Haar aura schitterde verblindend en omhulde haar van top tot teen. Het symbool van haar geestesnaam hing boven haar hoofd, geëtst in hetzelfde hemelse vuur.

De vorm van de nimfenbloem, de waterlelie, dacht hij. Ze is tot volle bloei gekomen, net als haar geestessymbool. Zelfs in haar jeugd is ze al een ingewijde van het zuiverste water geworden. 'Fenn, je geest en je ziel zijn volledig voorbereid. Je bent er klaar voor om alles te leren waarin ik je kan onderwijzen en misschien zelfs meer.'

'Leer me dan om mensen via de ether op te roepen zodat ik jou, zelfs wanneer we door een grote afstand gescheiden worden, zal kunnen bereiken.'

'We gaan direct beginnen,' zei hij. 'Ik heb al iets van jou.'

'Wat is het? Waar?' vroeg ze gretig. Ten antwoord raakte hij de Amulet van Lostris aan die om zijn nek hing. 'Laat het me zien,' zei ze en hij opende het medaillon om haar de haarlok te laten zien die het bevatte.

'Haar,' zei ze, 'maar niet van mij.' Ze raakte het met haar wijsvinger aan. 'Dit is het haar van een oude dame. Kijk maar! Er zitten grijze draden tussen het goud.'

'Je was oud toen ik het van je hoofd sneed,' beaamde hij. 'Je was al dood. Je lag op de balsemtafel, koud en stijf.'

Ze huiverde van afgrijzen, maar ze vond het tegelijkertijd heerlijk spannend. 'Was dat in het andere leven?' vroeg ze. 'Vertel me er eens over. Wie was ik?'

'Het zou een leven kosten om het allemaal te vertellen,' zei hij, 'maar ik wil je om te beginnen zeggen dat je de vrouw was van wie ik hield, zoals ik nu van jou houd.' Verblind door tranen, pakte ze zijn hand vast.

'Je hebt iets van mij,' fluisterde ze. 'Nu heb ik iets van jou nodig.' Ze stak haar hand in zijn baard en draaide een dikke streng om haar vinger. 'Je baard viel me op toen je me achtervolgde op de eerste dag dat we elkaar ontmoetten. Hij glanst als zuiver zilver.' Ze trok de kleine bronzen dolk uit de schede aan haar gordel en sneed de streng dicht bij de huid af. Daarna bracht ze hem dicht bij haar neus en rook eraan alsof het een geurige bloem was. 'Het is jouw geur, Taita, je wezen.'

'Ik zal een medaillon voor je maken om het in te bewaren.'

Ze lachte blij. 'Ja, dat wil ik graag. Maar je moet het haar van het levende kind bij dat van de dode vrouw hebben.' Ze sneed een haarlok af en gaf hem die. Hij rolde hem zorgvuldig op en legde hem in het compartiment van de Amulet boven op de haarlok die hij al meer dan zeventig jaar had.

'Zal ik je altijd kunnen oproepen?' vroeg Fenn.

'Ja, en ik jou ook,' antwoordde Taita, 'maar eerst moet ik je leren hoe je dat moet doen.'

In de loop van de volgende dagen oefenden ze de kunst. In het begin gingen ze in het zicht, maar buiten gehoorsafstand, van elkaar zitten. Binnen een paar uur was ze in staat de beelden te ontvangen die hij in haar geest plantte en erop te reageren met haar eigen beelden. Toen ze dit hadden geperfectioneerd, keerden ze elkaar de rug toe zodat ze geen oogcontact meer hadden. Ten slotte liet Taita haar in het kamp achter en reed in het gezelschap van Meren een kilometer of drie langs de oever van het meer. Daarvandaan bereikte hij haar bij zijn eerste poging.

Elke keer dat hij haar opriep, reageerde ze sneller en de beelden die ze hem aanbood waren scherper en vollediger. Voor hem droeg ze haar symbool op haar voorhoofd en na vele pogingen kon ze de kleur van de lelie naar believen veranderen, van roze tot lila tot vuurrood. Toen ze die nacht voor bescherming dicht bij hem op haar slaapmat lag, fluisterde ze voordat ze in slaap viel: 'Nu zullen we nooit meer van elkaar gescheiden worden, want ik zal je altijd kunnen vinden, waar je ook bent.'

Bij zonsopgang gingen ze zwemmen in het meer, voordat de wind opstak. Voordat ze het water in gingen, sprak Taita een bezwering uit om krokodillen en eventuele andere monsters die in de diepte op de loer konden liggen op afstand te houden. Daarna doken ze het water in. Fenn zwom met de lenige gratie van een otter. Haar naakte lichaam glansde als gepolijst ivoor wanneer ze de diepte in dook. Hij kon er nooit aan wennen dat ze zo lang onder water bleef en hij werd ongerust wanneer hij vanaf het oppervlak naar de groene wereld beneden staarde. Na wat wel een eeuwigheid leek, zag hij de bleke glans van haar lichaam wanneer ze uit de diepte naar hem toe kwam, net zoals ze in zijn dromen had gedaan. Daarna schoot ze lachend naast hem boven het oppervlak uit en schudde het water uit haar haar. Andere keren zag hij haar niet terugkomen. Hij merkte het dan pas wanneer ze zijn enkels vastpakte en probeerde hem onder water te trekken.

'Hoe heb je zo goed leren zwemen?' vroeg hij.

'Ik ben het kind van het water.' Ze lachte naar hem. 'Weet je dat niet meer? Ik ben geboren om te zwemmen.' Toen ze het meer uit gingen, zochten ze een plekje in het vroege zonlicht om zich te laten drogen. Hij ging achter haar zitten, hij legde vlechten in haar haar en vlocht er waterleliebloesems doorheen. Terwijl hij bezig was, vertelde hij haar over het leven dat ze had geleid als koningin van Egypte, over de anderen die van haar hadden gehouden en de kinderen die ze ter wereld had gebracht. Vaak riep ze uit: 'O ja! Dat herinner ik me nu. Ik herinner me dat ik een zoon had, maar ik kan zijn gezicht niet zien.'

'Stel je geest open, dan plant ik er een beeld van hem uit mijn eigen geheugen in.' Ze sloot haar ogen en hij bedekte haar oren met zijn handen. Ze zwegen een poosje. Ten slotte fluisterde ze: 'O, wat een mooi kind. Zijn haar is goudkleurig. Ik zie zijn cartouche boven hem. Zijn naam is Memnon.'

'Dat was zijn kindernaam,' mompelde hij. 'Toen hij de troon besteeg en de dubbele kroon van Boven- en Beneden-Egypte opzette, werd hij farao Tamose, de eerste van die naam. Daar! Zie hem in al zijn macht en majesteit.' Taita plantte het beeld in haar geest.

Ze zweeg lange tijd. Toen zei ze: 'Zo knap en edel. O, Taita, ik wou dat ik mijn zoon had kunnen zien.'

'Je hebt hem ook gezien, Fenn. Je hebt hem de borst gegeven en je hebt eigenhandig de kroon op zijn hoofd gezet.'

Weer zweeg ze en toen zei ze: 'Laat me jezelf eens zien op de dag dat we elkaar in het andere leven voor het eerst hebben ontmoet. Kun je dat, Taita? Kun je een beeld van jezelf voor me laten verschijnen?'

'Ik zou het niet durven proberen,' antwoordde hij snel.

'Waarom niet?' vroeg ze.

'Dat zou gevaarlijk zijn,' antwoordde hij. 'Je moet me geloven. Het zou veel te gevaarlijk zijn.'

Als hij haar dat beeld zou laten zien, zou het haar na verloop van tijd achtervolgen met onvervulbare dromen. Hij zou het zaad geplant hebben voor haar ontevredenheid, want toen ze elkaar in het andere leven voor het eerst hadden ontmoet, was Taita een slaaf en de mooiste jongeman van Egypte. Dat was zijn ondergang geworden. Zijn meester, Heer Intef, was de gouverneur van Karnak en alle tweeëntwintig provincies van Boven-Egypte. Hij was ook een pederast en waanzinnig jaloers op zijn jonge slaaf. Taita werd verliefd op een slavinnetje in het huishouden van zijn meester dat Alyda heette. Toen dit aan Heer Intef gerapporteerd werd, beval hij Rasfer, zijn beul, om Alyda's schedel langzaam te verpletteren. Taita werd gedwongen om haar te zien sterven. Zelfs daarna was Heer Intef niet tevredengesteld. Hij had Rasfer bevolen de maagd Taita te castreren.

Er was nog een ander aspect aan deze kwestie. Heer Intef was de vader van het kleine meisje dat jaren later koningin Lostris werd. Hij was niet geïnteresseerd in zijn dochter en had de eunuch Taita tot haar leraar en mentor benoemd. Dat kind was nu gereïncarneerd als Fenn.

Het was zo gecompliceerd dat Taita maar moeilijk de woorden kon vinden om Fenn dit allemaal uit te leggen en voorlopig werd hij van deze verplichting verlost door een luide kreet uit het kamp. 'Er komen boten uit het oosten! Grijp de wapens!' Het was Merens stem die zelfs op deze afstand duidelijk herkenbaar was. Ze sprongen op, trokken hun tuniek over hun nog vochtige lichamen aan en haastten zich terug naar het kamp.

'Daar!' Fenn wees over het groene water. Het duurde een paar seconden voordat Taita de donkere stipjes zag tegen de achtergrond van de witte golven die al door de toenemende wind werden opgejaagd.

'Inheemse strijdkano's! Kun je het aantal roeiers tellen, Fenn?'

Ze hield haar hand boven haar ogen tegen de zon, tuurde ingespannen in de verte en zei toen: 'De voorste kano heeft er elf aan elke kant. De andere lijken even groot te zijn. Wacht! De tweede boot is verreweg het grootst en heeft twintig roeiers aan de linkerkant.'

Meren had zijn mannen voor het hek van de palissade in dubbel gelid opgesteld. Ze waren volledig bewapend en gereed om elke noodsituatie het hoofd te bieden. Ze keken toe toen de kano's beneden hen het strand op getrokken werden. De bemanningen stapten uit en verzamelden zich rondom het grootste vaartuig. Een groep muzikanten sprong aan land en begon op het strand te dansen. De trommelaars roffelden een woest ritme en de trompetters bliezen schetterend op de lange, spiraalvormige hoorns van de een of andere antilope.

'Maskeer je aura,' fluisterde Taita tegen Fenn. 'We weten niets van deze kerel.' Hij zag haar aura vervagen. 'Goed. Genoeg.' Als Kalulu een ingewijde was, zou het nog grotere achterdocht wekken wanneer ze haar aura volledig maskeerde.

Acht dragers tilden een draagbaar uit de boot en droegen hem het strand op. Het waren forse jonge vrouwen met gespierde armen en benen die rijk met glazen kralen geborduurde lendendoeken droegen. Hun borsten waren ingesmeerd met gezuiverd vet en ze glansden in het zonlicht. Ze kwamen direct naar de plaats toe waar Taita stond en zetten de draagbaar voor hem neer. Daarna knielden ze ernaast in een houding van diepe eerbied.

In het midden van de draagbaar zat een dwerg. Fenn herkende hem van het beeld in de vlammen, het gezicht van de oude aap met uitstekende oren en een glimmend kaal hoofd. 'Ik ben Kalulu,' zei hij in het Tenmass, 'en ik zie u, Taita van Gallala.'

'Ik heet u welkom,' zei Taita. Hij zag direct dat Kalulu geen ingewijde was, want hij werd omhuld door een intense, krachtige aura. Daaraan kon Taita zien dat hij een wijze en een volgeling van de Waarheid was. 'Laten we ergens heen gaan waar we op ons gemak onder vier ogen met elkaar kunnen praten.'

Kalulu zwaaide zich omhoog tot hij op zijn handen stond waarbij de stompjes van zijn afgehakte benen naar de hemel wezen, en sprong uit de draagbaar. Hij liep op zijn handen alsof het voeten waren en hij draaide zijn hoofd opzij, zodat hij Taita kon aankijken wanneer hij met hem praatte. 'Ik heb u verwacht, Magiër. Uw nadering heeft een scherpe verstoring van de ether teweeggebracht. Ik voelde uw aanwezigheid sterker worden toen u langs de rivier hierheen reisde.' De vrouwen volgden hem met de lege draagbaar.

'Deze kant op, Kalulu,' zei Taita. Toen ze bij Taita's hut kwamen, zetten de vrouwen de draagbaar neer en liepen daarna achteruit weg tot ze buiten gehoorsafstand waren. Kalulu hupte er weer op en nam zijn normale positie met zijn hoofd omhoog weer in terwijl hij op zijn stompjes neerhurkte.

Hij keek opgewekt het kamp rond, maar toen Fenn voor hem neerknielde om hem een beker honingwijn aan te bieden, richtte hij zijn aandacht op haar.

'Wie ben je, kind? Ik heb je in het licht van het vuur gezien,' zei hij in het Tenmass. Ze deed of ze hem niet verstond en keek Taita aan.

'Je mag antwoorden,' zei hij. 'Hij is van de Waarheid.'

'Ik ben Fenn, een leerlinge van de magiër.'

Kalulu keek Taita aan. 'Staat u garant voor haar?'

'Ja,' zei Taita en de kleine man knikte.

'Kom naast me zitten, Fenn, want je bent mooi.' Ze ging vol vertrouwen op de draagbaar zitten. Kalulu keek Taita met zijn doordringende zwarte ogen aan. 'Waarom hebt u me opgeroepen, Magiër? Wat is de dienst die ik u moet bewijzen?'

'Ik wil dat u me naar de plek brengt waar de Nijl geboren wordt.'

Kalulu toonde geen verbazing. 'U bent degene die ik in mijn dromen heb gezien. U bent degene op wie ik gewacht heb. Ik zal u naar de Rode Stenen brengen. We vertrekken vanavond wanneer de wind gaat liggen en het water kalm is. Met zijn hoevelen bent u?'

'Achtendertig personen, met Fenn en mij meegerekend, maar we hebben veel voorraden en uitrusting bij ons.'

'Er komen nog vijf grote kano's. Ze komen hier aan voor de avond valt.'

'Ik heb veel paarden,' voegde Taita eraan toe.

'Ja.' De dwerg knikte. 'Ze kunnen achter de boten aan zwemmen. Ik heb blazen van dierenmagen bij me om ze te ondersteunen.'

Toen de laatste windvlagen wegstierven, leidden enkele soldaten de paarden in de korte Afrikaanse schemering naar de oever van het meer en bonden in het ondiepe water een opgepompte blaas aan weerskanten van hun buikgordel. Terwijl ze hiermee bezig waren, laadden de anderen hun uitrusting in de kano's. Kalulu's vrouwelijke lijfwachten droegen hem op zijn draagbaar naar de grootste kano en zetten hem erin. Toen het oppervlak van het meer glad en kalm was, duwden ze zich van de oever af en voeren het duister in naar het grote kruis van sterren dat in de zuidelijke hemel hing. Achter elke kano waren tien paarden gebonden. Fenn zat op de achtersteven waar ze Windrook en Wervelwind kon aanmoedigen die achter de kano aan zwommen. De rijen roeiers trokken aan de riemen en de lange, smalle kano's doorkliefden geruisloos het zwarte water. Taita ging naast de draagbaar zitten waarop Kalulu lag en ze praatten een tijdje zachtjes met elkaar. 'Hoe heet dit meer?'

'Semliki Nianzu. Het is er een van vele.'

'Hoe wordt het gevoed?'

'Vroeger kwamen er twee grote rivieren op uit, de Semliki en onze Nijl. Ze komen allebei uit het zuiden, de Semliki uit de bergen en de Nijl uit het grote water. Daar breng ik u heen.'

'Is het een ander meer?'

'Niemand weet of het echt een meer is of het begin van de grote leegte.'

'Wordt daar onze Moeder Nijl geboren?'

'Ja,' zei Kalulu.

'Hoe wordt dit grote water genoemd?'

'We noemen het Nalubaale.'

'Beschrijf onze route eens, Kalulu.'

'Wanneer we de andere oever van Semliki Nianzu bereiken, vinden we de zuidelijke tak van de Nijl.'

'Het beeld dat ik in mijn hoofd heb, is dat de zuidelijke tak van de Nijl in Semliki Nianzu uitkomt. De noordelijke tak verlaat dit meer en stroomt in noordelijke richting naar de grote moerassen. Dat is de tak van de Nijl waarlangs we hiernaartoe zijn gereisd.'

'Ja, Taita. Dat beeld klopt in grote lijnen. Natuurlijk zijn er andere kleine rivieren, zijrivieren en kleinere meren, want dit is het land van vele wateren, maar ze komen allemaal op de Nijl uit en stromen naar het noorden.'

'Maar de Nijl is stervende,' zei Taita zacht.

Kalulu zweeg een poosje en toen hij knikte, liep er een traan over zijn gerimpelde wang die in het maanlicht fonkelde. 'Ja,' beaamde hij. 'De rivieren die haar voeden, zijn allemaal afgesloten. Onze moeder is stervende.'

'Vertel me eens hoe dat is gebeurd, Kalulu.'

'Er zijn geen woorden om het te verklaren. Wanneer we bij de Rode

Stenen aankomen, zult u het met eigen ogen zien. Ik kan het niet beschrijven. Woorden schieten tekort.'

'Ik zal mijn ongeduld bedwingen.'

'Ongeduld is een ondeugd van een jonge man.' De dwerg glimlachte en zijn tanden glinsterden in het maanlicht. 'En slaap is de troost van een oude man.' Het gekabbel van het water onder de kano werkte rustgevend en na een tijdje vielen ze in slaap.

Taita werd wakker van een zachte kreet in de voorste kano. Hij leunde over de zijkant van de kano en spatte een paar handenvol water in zijn gezicht om helder in zijn hoofd te worden. Toen knipperde hij de druppels uit zijn ogen en keek voor zich uit. Hij zag de donkere contouren van land opdoemen.

Ten slotte voelden ze het strand onder de romp toen ze aan de grond liepen. De roeiers lieten de riemen zakken en sprongen aan land om de kano's omhoog te trekken. De paarden voelden grond onder hun hoeven en sprongen aan land terwijl het water van hun lijf stroomde. De vrouwen tilden Kalulu op zijn draagbaar en droegen hem het strand op.

'Uw mannen moeten nu gaan ontbijten,' zei Kalulu tegen Taita, 'zodat we bij het eerste licht kunnen vertrekken. We hebben een lange tocht voor de boeg voordat we de Stenen bereiken.'

Ze keken toe toen de roeiers in de kano's stapten, ze afduwden en het meer op roeiden. De silhouetten van de snelle vaartuigen vervloeiden met het duister tot hun positie alleen nog gemarkeerd werd door het witte schuim dat de riemen in het water achterlieten. Al snel was dit ook verdwenen.

Bij het licht van de vuren aten ze gerookte vis uit het meer en doerrakoeken en bij zonsopgang gingen ze op weg langs de oever van het meer. Binnen een kilometer kwamen ze bij een droge, witte rivierbedding.

'Welke rivier was dit?' vroeg Taita aan Kalulu hoewel hij al wist wat het antwoord zou zijn.

'Dit was en is de Nijl,' antwoordde Kalulu simpelweg.

'Ze is volledig verdroogd!' riep Taita uit toen hij over de rivierbedding uitkeek. Ze was van oever tot oever vierhonderd passen breed, maar er stroomde geen water door. Ze was gevuld met olifantsgras dat twee keer zo hoog was als een lange man. 'We hebben de rivier vanuit Egypte tot hier drieduizend kilometer gevolgd. De hele weg hebben we in elk geval nog wat water gevonden in stilstaande poelen en zelfs in stroompjes en kleine riviertjes, maar hier is de Nijl zo droog als de woestijn.'

'Het water dat u verder naar het noorden bent tegengekomen, was de overstroming van het meer Semliki Nianzu die veroorzaakt was door de rivieren die erop uitkomen,' verklaarde Kalulu. 'Dit was de Nijl, de grootste rivier van de wereld. Nu is het niets meer.'

'Wat is ermee gebeurd?' vroeg Taita. 'Welke helse kracht kan zo'n enorme stroom stopgezet hebben?'

'Het is iets wat zelfs uw grenzeloze fantasie te boven gaat, Magiër. Wanneer we bij de Rode Stenen aankomen, zult u het allemaal voor u zien.'

Fenn had voor Meren vertaald wat er gezegd werd en nu kon hij zich niet langer bedwingen. 'Als we een droge rivier moeten volgen,' vroeg hij, 'waar vinden we dan water voor mijn mannen en paarden?'

'Je zult het op dezelfde manier vinden als de olifanten, door ernaar te graven,' antwoordde Taita.

'Hoe lang gaat deze reis duren?' vroeg Meren.

Toen dit vertaald was, glimlachte Kalulu ondeugend naar hem en hij antwoordde: 'Er hangt veel af van het uithoudingsvermogen van jullie paarden en de kracht van jullie benen.'

Ze reden snel en kwamen langs stilstaande poelen van lagunes die eens tot de rand vol waren geweest en ze klommen door droge rotsachtige geulen waar eens watervallen hadden geraasd. Zestien dagen later kwamen ze bij een lage bergkam die evenwijdig aan de Nijl liep. Het was voor het eerst sinds vele kilometers dat de monotonie van het bos doorbroken werd.

'Op dat hoge terrein staat het dorp Tamafupa waar mijn volk woonde,' zei Kalulu. 'Vanuit de hoogte kun je het uitgestrekte water van Nalubaale zien.'

'Laten we ernaartoe gaan,' zei Taita. Ze reden door een bosje koortsbomen met heldergele stammen dat op de helling boven de rivierbedding stond. Door watergebrek waren de bomen afgestorven en hun takken waren bladerloos en verwrongen als reumatische ledematen. Toen ze boven op de kam kwamen, sperde Windrook haar neusgaten open en gooide haar hoofd in haar nek. Wervelwind was even opgewonden en hij steigerde en sprong een aantal keren omhoog.

'Stout paard!' Fenn sloeg hem lichtjes op zijn nek met de papyruszweep die ze droeg. 'Gedraag je!' Toen riep ze naar Taita: 'Waarom zijn ze zo opgewonden, Magiër?'

'Ruik je dat niet?' riep hij terug. 'Koel en zoet als de geur van kigeliabloemen.'

'Nu ruik ik het,' zei ze, 'maar wat is het?'

'Water,' antwoordde hij en hij wees voor zich uit. In het zuiden hing een zilveren wolk en eronder was een etherisch blauw, gewelfd oppervlak dat zich over de hele breedte van de horizon uitstrekte.

'Nalubaale, eindelijk!'

Een stevige palissade van hardhouten palen domineerde de top van de kam. De poort stond open en ze reden het verlaten dorp Tamafupa in. Kennelijk was het eens het centrum van een welvarende, bloeiende gemeenschap geweest – de verlaten hutten waren schitterend en hun rieten daken waren prachtig gemaakt – maar de broeierige stilte die er hing, was griezelig. Ze reden terug naar de poort en riepen de rest van de groep.

Kalulu werd door de zwetende en hijgende lijfwachten op de draagbaar naar hen toe gedragen. Ze hadden allemaal een ernstige en bedachtzame uitdrukking op hun gezicht toen ze zich voor de poort van Tamafupa verzamelden en naar het blauwe water in de verte staarden.

Taita verbrak de stilte. 'De bron van Moeder Nijl.'

'Het einde van de aarde,' zei Kalulu. 'Voorbij dat water is er niets dan de leegte en de Leugen.'

Taita keek om naar de versterkingen van Tamafupa. 'We zijn in een gevaarlijk gebied en we worden omringd door vijandige stammen. We zullen het dorp als ons bastion gebruiken tot we verdergaan,' zei hij tegen Meren. 'We laten Hilto en Shabako hier met hun mannen achter om de palissade te versterken voor het geval dat we aangevallen worden. Terwijl ze dat doen, brengt Kalulu ons naar de mysterieuze Rode Stenen.'

De volgende ochtend trokken ze verder en ze begonnen aan het laatste korte deel van de reis die meer dan twee jaar had geduurd. Ze volgden de rivierbedding en reden in het midden van de brede, droge geul. Toen ze weer een flauwe bocht hadden gerond, zagen ze voor zich een glooiing van door het water geërodeerde rotsen. Erbovenuit stak, als de versterking van een grote stad, een muur van massief rood graniet.

'In de heilige namen van Horus, de zoon, en Osiris, de goddelijke vader!' riep Meren uit. 'Wat is dit voor een fort? Is het de citadel van de een of andere Afrikaanse keizer?'

'Wat jullie zien, zijn de Rode Stenen,' zei Kalulu zacht.

'Wie heeft ze daar neergezet?' vroeg Taita, die even verbaasd was als de anderen. 'Welke man of demon heeft dit gedaan?'

'Geen man,' zei Kalulu. 'Dit is geen mensenwerk.'

'Wat dan?'

'Kom mee, dan laat ik het u eerst zien. We kunnen er later over praten.'

Voorzichtig naderden ze de Rode Stenen. Toen ze ten slotte voor de grote rotswand stonden die de loop van de Nijl van de ene oever tot de andere blokkeerde, steeg Taita af en liep er langzaam langs. Fenn en Meren volgden hem. Af en toe bleven ze staan om de muur beter te bekijken. Hij had de vorm van de uitgelopen was van een kaars.

'Dit rotssteen is eens gesmolten,' merkte Taita op. 'Toen het afkoelde, heeft het deze fantastische vorm gekregen.'

'U hebt gelijk,' zei Kalulu. 'Zo is het precies gegaan.'

'Het lijkt onmogelijk, maar dit is één massieve steenmassa. Er zijn geen voegen van afzonderlijke blokken te zien.'

'Er is minstens één scheur, Magiër.' Fenn wees voor zich uit. Met haar scherpe ogen had ze een smalle spleet ontdekt die van boven naar beneden door het midden van de muur liep. Toen ze erbij waren, haalde Taita zijn dolk tevoorschijn en probeerde het lemmet erin te wrikken, maar de opening was te smal. Het lemmet ging er maar zo diep in als het eerste kootje van zijn pink lang was.

'Daarom noemt mijn volk de muur de Rode Stenen in plaats van de Rode Steen,' zei Kalulu, 'want hij bestaat uit twee delen.'

Taita ging op één knie zitten om de basis van de muur te onderzoeken. 'Hij is niet op de oude rivierbedding gebouwd. Het lijkt alsof hij uit het centrum van de aarde is gegroeid als een monsterlijke paddenstoel. Het steen van deze muur verschilt van alle andere steensoorten eromheen.'

'U hebt weer gelijk,' zei Kalulu. 'Het kan niet stukgeslagen of uitgehouwen worden, zoals het steen eromheen. Als u goed kijkt, ziet u de rode kristallen die erin zitten en daaraan heeft de muur zijn naam te danken.'

Taita boog zich voorover tot de minuscule kristallen waaruit de muur bestond het zonlicht opvingen en glinsterden als kleine robijnen. 'De muur heeft niets weerzinwekkends of onnatuurlijks,' zei hij zacht. Hij liep terug naar de plek waar Kalulu op zijn draagbaar zat. 'Hoe is dit ding hier gekomen?'

'Dat kan ik niet met zekerheid zeggen, Magiër, hoewel ik hier was toen het gebeurde.'

'Als u het gezien hebt, hoe komt het dan dat u niet weet wat er gebeurd is?'

'Dat vertel ik u later wel,' zei Kalulu. 'Het volstaat nu om te zeggen dat een heleboel anderen het ook hebben gezien en toch beschrijven ze het op vijftig verschillende manieren.'

'De hele stenen muur is een hersenschim,' bracht Taita naar voren. 'Misschien zitten er kiemen van de waarheid in de verhalen en fantasieën.'

'Dat zou kunnen.' Kalulu boog instemmend zijn hoofd. 'Maar laten we eerst naar de top van de muur klimmen. Er is nog veel dat u moet zien.' Ze moesten door de rivierbedding teruglopen om een plaats te vinden waar ze de oever konden beklimmen. Daarna gingen ze terug naar de roodstenen muur.

'Ik wacht hier op jullie,' zei Kalulu. 'De weg omhoog is te moeilijk voor me.' Hij gebaarde naar het glasachtige rotsgesteente dat bijna verticaal omhoogliep naar de top. Ze lieten hem achter en klommen voorzichtig naar boven. Op sommige plaatsen moesten ze op handen en knieën kruipen, maar uiteindelijk stonden ze op de ronde top van de Rode Stenen en keken ze uit over het meer. Taita hield zijn hand boven zijn ogen tegen het verblindende zonlicht dat op het wateroppervlak danste. Vlakbij was een aantal kleine eilandjes, maar erachter was er geen spoor van land te bekennen. Hij draaide zich om en keek langs de muur naar beneden. Hij zag de verkleinde gestalte van de dwerg in de diepte. Kalulu keek naar hen omhoog.

'Heeft iemand ooit geprobeerd om naar de andere kant van het meer over te steken?' riep Taita naar beneden.

'Er is geen andere kant,' schreeuwde Kalulu terug. 'Er is alleen de leegte.'

Het water klotste maar vier of vijf el onder hun voeten tegen de muur. Taita keek om naar de rivierbedding en maakte een schatting van het verschil in de waterstand aan weerskanten van de muur.

'De muur houdt water van veertig tot vijftig el diep tegen.' Hij maakte een breed gebaar naar het zich eindeloos uitstrekkende meer. 'Zonder deze muur zou al dat water via de stroomversnelling de Nijl in zijn gelopen en naar Egypte zijn gestroomd. Geen wonder dat ons land in zulke moeilijkheden verkeert.'

'We kunnen het omliggende gebied in trekken, een heleboel slaven vangen en hen aan het werk zetten,' stelde Meren voor.

'Wat zouden ze dan moeten doen?' vroeg Taita.

'We laten hen deze muur slopen, zodat de Nijl Egypte weer zal binnenstromen.'

Taita glimlachte en stampte met een in een sandaal gestoken voet op de muur onder hem. 'Kalulu heeft ons verteld hoe verschrikkelijk hard dit gesteente is. Kijk eens hoe groot de muur is, Meren. Hij is vele malen groter dan alle drie de piramides van Gizeh bij elkaar. Ik denk dat er nog maar een klein deel van gesloopt zal zijn als je iedere man in Afrika gevangenneemt en de komende honderd jaar laat werken.'

'Die vreemde man zegt dat het steen keihard is, maar we hoeven hem niet zomaar op zijn woord te geloven. Ik zal het gesteente door mijn mannen met brons en vuur laten testen. Bedenk dat de technische kennis waarmee de piramides gebouwd zijn ook gebruikt kan worden om ze af te breken. Ik zie geen reden waarom wij dezelfde prestatie niet zouden kunnen leveren, want we zijn Egyptenaren en hebben de meest ontwikkelde cultuur ter wereld.'

'Je argumenten hebben wel enige grond,' gaf Taita toe. Toen trok iets aan het andere einde van de muur zijn aandacht. Hij fronste zijn voorhoofd. 'Is dat een gebouw op de rots die op de muur uitkijkt? Ik zal het Kalulu vragen.'

Ze klauterden de gladde rotswand af naar de plek waar de dwerg omringd door zijn lijfwachten op zijn draagbaar zat. Toen Taita hem naar de ruïne op de rots vroeg, knikte hij opgewekt. 'U hebt gelijk, Magiër. Dat is een tempel die door mensen is gebouwd.'

'Uw stam bouwt toch niet met steen?'

'Nee, die tempel is door vreemdelingen gebouwd.'

'Wie waren die vreemdelingen en wanneer hebben ze hem gebouwd?' vroeg Taita.

'Het is bijna vijftien jaar geleden dat ze de eerste steen legden.'

'Wat voor mannen waren het?' vroeg Taita.

Kalulu aarzelde voordat hij antwoordde. 'Het waren geen mannen uit het zuiden. Ze hadden net zulke gezichten als u en de mannen die u bij u hebt. Ze droegen dezelfde kleren en hadden dezelfde wapens.'

Taita staarde hem in stomme verbazing aan. Ten slotte zei hij: 'Wilt u beweren dat het Egyptenaren waren? Dat lijkt onmogelijk. Weet u zeker dat ze uit Egypte kwamen?'

'Ik weet niets over het land waaruit ze zijn gekomen. Ik ben zelfs nog nooit zo ver als het grote moeras langs de Nijl gereisd. Ik kan het niet met enige zekerheid zeggen, maar ze leken me mannen van uw ras.'

'Hebt u met hen gesproken?'

'Nee,' zei Kalulu beslist. 'Ze waren erg op zichzelf en spraken met niemand.'

'Met hoeveel waren ze en waar zijn ze nu?' vroeg Taita gretig. Hij leek aandachtig in de ogen van de kleine man te kijken, maar Fenn wist dat hij zijn aura las.

'Het waren er meer dan dertig en minder dan vijftig. Ze verdwenen even geheimzinnig als ze gekomen waren.'

'Zijn ze verdwenen nadat de rivier door de Rode Stenen afgesloten is?'

'Tegelijkertijd, Magiër.'

'Dat is buitengewoon vreemd,' zei Taita. 'Wie woont er nu in de tempel?'

'Hij is verlaten, Magiër,' antwoordde Kalulu, 'net als al het land in een omtrek van honderdvijftig kilometer. Mijn stam en alle andere stammen zijn gevlucht uit angst voor deze en andere vreemde gebeurtenissen. Zelfs ik heb mijn toevlucht in het moeras gezocht. Dit is de eerste keer dat ik teruggekomen ben en ik geef toe dat ik dat zonder uw bescherming nooit gedaan zou hebben.'

'We moeten de tempel bezoeken,' zei Taita. 'Wilt u ons het gebouw laten zien?'

'Ik ben er nog nooit binnen geweest,' zei Kalulu zacht. 'En ik zal er nooit binnengaan. U moet me niet vragen om met u mee te gaan.'

'Waarom niet, Kalulu?'

'Het is een plek van het grootste kwaad, van de kracht die over ons allemaal rampspoed afgeroepen heeft.'

'Ik respecteer uw voorzichtigheid. Bij deze onbegrijpelijke zaken moeten we geen lichtvaardige beslissingen nemen. Keer met Meren terug. Ik ga alleen naar de tempel.' Hij richtte zich tot Meren. 'Spaar geen mankracht om het kamp veilig te maken. Versterk het goed en laat het streng bewaken. Wanneer je dat gedaan hebt, keren we terug om vast te stellen hoe hard de Rode Stenen zijn.'

'Ik smeek u om naar het kamp terug te keren voor het duister valt, Magiër.' Meren keek nijdig van bezorgdheid. 'Als u bij zonsondergang niet terug bent, kom ik u zoeken.'

Toen de lijfwachten de draagbaar optilden en Meren volgden, keek Taita Fenn aan. 'Ga met Meren mee. Haast je, anders haal je hem niet meer in.'

Ze richtte zich met een koppige trek om haar mond en met haar armen achter haar rug in haar volle lengte op. Hij had die uitdrukking goed leren kennen. 'Je kunt me met geen enkele toverkunst dwingen om je alleen te laten,' verklaarde ze.

'Wanneer je zo koppig kijkt, ben je niet mooi meer,' waarschuwde hij haar goedmoedig.

'Je kunt je niet voorstellen hoe lelijk ik kan zijn,' zei ze. 'Probeer me maar kwijt te raken, dan zal ik het je laten zien.'

'Je dreigementen jagen me angst aan.' Hij kon een glimlach nauwelijks bedwingen. 'Maar blijf dicht bij me en houd je gereed om bij de eerste kwaadaardige uitstraling die we tegenkomen de cirkel te vormen.'

Ze vonden een pad dat over de rots omhoogliep. Toen ze de tempel bereikten, zagen ze dat het metselwerk prachtig uitgevoerd was. Over het hele gebouw was een dak van houten planken gelegd dat was bedekt met riet uit de rivier dat op sommige plaatsen weggezakt was. Ze liepen langzaam om het gebouw heen. De tempel was gebouwd op een rond fundament met een doorsnee van ongeveer vijftig passen. Met gelijke tussenafstanden was op vijf plaatsen een hoge granieten stèle in de muur ingebouwd. 'De vijf punten van het pentagram van de zwarte magie,' zei Taita zachtjes tegen Fenn. Ze kwamen terug bij de toegangspoort van de tempel. De deurstijlen waren versierd met bas-reliëfs van esoterische symbolen.

'Kun je ze lezen?' vroeg Fenn.

'Nee,' zei Taita. 'Ik heb dergelijke symbolen nog nooit gezien.' Toen keek hij in haar ogen om te zien of er een spoor van angst in te lezen stond. 'Wil je met me mee naar binnen?'

Ze antwoordde door zijn hand vast te pakken. 'Laten we de cirkel vormen,' stelde ze voor. Samen stapten ze door de poort de cirkelvormige buitenste zuilengang in die geplaveid was met platte, grijze stenen. Lichtbundels vielen door gaten in het dak naar binnen. Er was geen opening in de binnenmuur. Naast elkaar liepen ze door de ronde zuilengang. Telkens wanneer ze bij een van de stèles kwamen, zagen ze dat de vijf punten van het pentagram in wit marmer onder hun voeten aangelegd waren. Elke punt omsloot een ander geheimzinnig symbool, een slang, een *crux ansata*, een aasgier in vlucht en een andere die sliep en ten slotte een jakhals. Toen ze over een stapel los riet heen stapten, hoorde ze een scherp gesis en daarna een hevig geritsel onder hun voeten. Taita sloeg een arm om Fenns middel en tilde haar van de grond. Achter hen verrees de kop van een zwarte Egyptische cobra met opgezet schild uit het gevallen riet. Hij staarde fel naar hem met zijn kleine, zwarte knikkers van ogen en liet zijn lange tong uitschieten om hun geur in de lucht te ruiken. Taita zette Fenn neer, hief zijn stok en wees naar de kop van de slang. 'Schrik maar niet,' zei hij. 'Dit is geen verschijning. Het is een gewoon dier.' Hij begon de punt van de stok ritmisch heen en weer te bewegen en de cobra zwaaide met de beweging mee. Geleidelijk werd hij in slaap gesust, het schild liep leeg en de slang zakte weg in de rietkluwen. Taita leidde Fenn weg door de gang. Ten slotte bleven ze voor een sierlijke poort staan.

'De tegengestelde deuropening,' zei Taita. 'Deze poort staat diametraal tegenover de buiteningang. Daardoor wordt het vreemde invloeden moeilijk gemaakt om het heilige der heiligen binnen te komen of te verlaten.' De poort tegenover hen had de vorm van een bloem met bloembladeren. De deurstijlen waren bedekt met tegels van gepolijst ivoor, malachiet en tijgeroog. De gesloten deuren waren bekleed met gelakte krokodillenhuid. Taita gebruikte zijn stok om met zijn volle gewicht tegen de ene deur te leunen. Hij zwaaide open en zijn bronzen scharnieren knarsten. De ruimte erachter werd alleen verlicht door een bundel zonlicht die door één opening in het koepeldak naar binnen viel en de vloer van het heiligdom in een uitbarsting van kleuren raakte.

De vloer was versierd met een ingewikkeld pentagram waarvan het patroon in tegels van marmer en halfedelstenen was verwerkt. Taita herkende rozenkwarts, rotskristal, beryllium en rode toermalijnsteen. Het vakmanschap was indrukwekkend. Het hart van het patroon was een cirkel van tegels die zo fantastisch op elkaar aansloten en zo prachtig gepolijst waren dat de voegen onzichtbaar waren. Het leek één schild van glanzend ivoor te zijn.

'Laten we naar binnen gaan, Magiër.' Fenns kinderlijke sopraan weerkaatste tegen de rode muren.

'Wacht!' zei hij. 'Er is hier binnen iets aanwezig, de geest van deze plek. Ik denk dat hij gevaarlijk is en dat Kalulu voor hem zo bang was.' Hij wees naar het zonlicht dat op de tempelvloer viel. 'Het is bijna middag. De lichtstraal zal direct op het hart van het pentagram vallen. Dat zal het beslissende moment zijn.'

Ze keken toe terwijl het zonlicht over de vloer kroop. Toen het de rand van de ivoren cirkel raakte en tegen de omringende muren weerkaatste, werd de straling tienmaal zo sterk. Het leek nu sneller te vorderen en plotseling vulde het de ivoren cirkel. Onmiddellijk hoorden ze sistrums zoemen en rinkelen. Ze hoorden de vleugelslag van vleermuizen en aasgieren in de lucht om hen heen. Wit licht vulde het heiligdom en het was zo fel dat ze hun ogen met hun handen moesten beschermen. Door het felle licht heen zagen ze het geestessymbool van Eos in de cirkel verschijnen, de kattenpoot die gevangen was in vuur.

De heks vulde hun neusgaten met de geur van wilde dieren. Ze deinsden terug van de deuropening, maar toen was het zonlicht over de cirkel heen en de vurige letters werden uitgewist. De stank verdween en alleen de geur van beschimmeld riet en vleermuizenkeutels bleef hangen. Het zonlicht stierf weg en het werd weer halfdonker in het heiligdom. Zwijgend liepen ze terug de gang door en stapten het zonlicht weer in.

'Ze was daar,' fluisterde Fenn. Ze ademde de koele lucht van het meer diep in, alsof ze haar longen wilde reinigen.

'Haar invloed is daar gebleven.' Taita wees met zijn stok naar de bultige Rode Stenen. 'Ze houdt nog steeds toezicht op haar duivelse werken.'

Fenn keek achterom naar het gebouw. 'Als we haar tempel verwoesten, zouden we haar daarmee dan ook doden?'

'Nee,' zei Taita vastbesloten. 'Haar invloed is sterk binnen het heilige der heiligen van haar bastion. Het zou levensgevaarlijk zijn om haar daar uit te dagen. We moeten een andere tijd en een andere plaats vinden om haar aan te vallen.' Hij pakte Fenns hand vast en leidde haar weg. 'We komen morgen terug om de sterkte van de muur te testen en meer van Kalulu aan de weet te komen over de manier waarop de Rode Stenen dwars over de rivierbedding zijn geplaatst.'

M eren wees naar de scheur die de Rode Stenen in tweeën deelde. 'Dit is ongetwijfeld het zwakste punt van de muur. Het zou een schuiflijn kunnen zijn.'

'Dat lijkt inderdaad het beste punt om met het experiment te beginnen,' beaamde Taita. 'Er is geen tekort aan brandhout.' De meeste bomen die de hellingen van het ravijn bedekten, waren gestorven toen het water werd tegengehouden. 'Zeg de mannen dat ze kunnen beginnen.'

Ze keken toe toen ze zich in het bos verspreidden. Al snel weergalmde het geluid van hun bijlen door het ravijn en het echode tegen de klippen. Toen de bomen geveld waren, lieten ze die door de paarden naar de voet van de rode muur slepen. Daarna hakten ze de stammen in stukken die ze tegen de stenen muur opstapelden zodat ze een schoorsteenpijp vormden waardoorheen lucht zou worden gezogen om de vlammen te voeden. Het duurde verscheidene dagen om deze gigantische berg brandstof op zijn plaats te krijgen. Intussen leidde Taita de bouw van vier afzonderlijke shaloof-raderen om het water uit het meer naar de top van de muur te hevelen om het over de andere kant ervan te gieten wanneer het gesteente eenmaal gloeiend heet was.

Toen alles klaar was, stak Meren de berg hout aan. De vlammen vonden voedsel en sprongen omhoog. Binnen een paar minuten was de berg hout een brullende vlammenzee. Niemand kon er dichter dan honderd meter bij komen zonder dat de huid van zijn lichaam werd geschroeid.

Terwijl ze wachtten tot het vuur zou doven, zaten Taita en Fenn met Kalulu op de rots boven het ravijn naar de tempel van Eos aan de overkant te kijken. Ze waren beschut tegen de zon door een klein bouwvallig paviljoen dat daar stond. De lijfwachten hadden het rieten dak ervan gerepareerd.

'Toen de rivier nog stroomde en mijn stam hier nog woonde, had ik de gewoonte om hierheen te gaan in het warme seizoen wanneer de hele aarde zucht onder de gesel van de zon,' zei Kalulu. 'Je kunt hier het briesje vanaf het meer voelen. Bovendien was ik gefascineerd door de activiteit van de vreemdelingen in de tempel aan de overkant van de rivier. Ik gebruikte dit als een uitkijkpost vanwaaruit ik hen kon bespieden.' Hij wees naar de tempel hoog op de rots aan de andere kant van het ravijn. 'U moet proberen u voor te stellen hoe het er hier toen uitzag. Waar de muur van rood steen nu staat, was een diepe riviergeul met een reeks stroomversnellingen en kleine watervallen. De hoeveelheid die naar beneden stortte, was zo groot dat het geraas oorverdovend was. Een hoge wolk van opstuivend water torende erboven uit.' Hij hief zijn armen hoog boven zijn hoofd en beschreef de hangende wolk met een welsprekend, gracieus gebaar. 'Wanneer de wind draaide, werd het opstuivende water hier over ons heen geblazen, zo koel en heerlijk als regen.' Hij glimlachte bij de herinnering. 'Dus hiervandaan had ik het uitzicht van een aasgier en kon ik alles zien wat er in die tijd aan belangrijks gebeurde.'

'Hebt u gezien dat de tempel werd gebouwd?' vroeg Fenn. 'Wist u dat er in het gebouw veel ivoor en edelstenen verwerkt zijn?'

'Inderdaad, lief kind. Ik heb gezien dat de vreemdelingen ze aanvoerden. Ze gebruikten honderden slaven als lastdieren.'

'Uit welke richting zijn ze gekomen?' vroeg Taita.

'Ze kwamen uit het westen.' Kalulu wees in de nevelige, blauwe verte.

'Welk land ligt daar?' vroeg Taita.

De dwerg antwoordde niet direct. Hij zweeg een poosje en antwoordde toen aarzelend. 'Toen ik een jongeman was en ik nog sterke benen had, ben ik daarheen gereisd. Ik was op zoek naar wijsheid en kennis, want ik had gehoord van een wonderbaarlijke wijze die in dat verre land in het westen woonde.'

'Wat hebt u ontdekt?'

'Ik heb bergen gezien, reusachtige bergen die het grootste deel van het jaar verborgen waren door massa's dichte wolken. Wanneer ze uiteengingen, werden er toppen zichtbaar die tot aan de hemel verrezen en glinsterend wit waren.'

'Bent u naar de toppen geklommen?'

'Nee, ik heb ze alleen vanaf een grote afstand gezien.'

'Hebben die bergen een naam?'

'De mensen die in het zicht ervan wonen, noemen ze de Bergen van de Maan, want hun toppen glanzen zo helder als de volle maan.'

'Vertel me eens, mijn geleerde en geëerde vriend, of u nog andere wonderen op die reizen gezien hebt.'

'De wonderen waren talloos,' antwoordde Kalulu. 'Ik heb rivieren gezien die uit de aarde barstten en dampend kolkten alsof ze uit een ziedende kookpot kwamen. Ik heb de heuvels horen kreunen en ze onder mijn voeten voelen schudden, alsof een monster zich in zijn diepe grot bewoog.' De herinneringen deden zijn donkere ogen oplichten. 'Er zat zo'n kracht in de bergketen dat een van de toppen in brand vloog en rookte als een gigantische oven.'

'Een brandende berg!' riep Taita uit. 'U hebt een bergtop gezien die vuur en rook uitbraakte! U hebt een vulkaan ontdekt?'

'Als dat de naam is die u zo'n wonder geeft,' antwoordde de kleine man. 'De stammen die in het zicht van de berg woonden, noemden hem de Toren van Licht. Het was een aanblik die me met ontzag vervulde.'

'Hebt u ooit de beroemde wijze gevonden die u ging zoeken?'

'Nee.'

'Kwamen de mannen die deze tempel hebben gebouwd uit de Bergen van de Maan? Is dat wat u gelooft?' Taita kwam weer terug op zijn oorspronkelijke vraag.

'Wie weet? Ik weet het in elk geval niet. Maar ze kwamen uit die richting. Ze waren hier twintig maanden aan het werk. Eerst voerden ze met hun slaven de bouwmaterialen aan. Daarna trokken ze de muren op en legden er een dak van hout en riet op. Mijn stam voorzag hen van voedsel in ruil voor kralen, kleren en metalen gereedschappen. We begrepen niet waar dat gebouw toe diende, maar het leek onschadelijk en het vormde geen bedreiging voor ons.' Kalulu schudde zijn hoofd bij de herinnering aan hun naïveteit. 'Ik was geïnteresseerd in het werk. Ik probeerde bij de bouwers in het gevlij te komen om uit te kunnen vinden wat ze aan het doen waren, maar ze stuurden me op een uiterst vijandige manier weg. Ze zetten bewakers rondom hun kamp, zodat ik niet dichtbij kon komen. Ik was gedwongen om hun werk vanaf deze plek in de gaten te houden.' Kalulu verzonk in stilzwijgen.

Taita moedigde hem aan met een nieuwe vraag. 'Wat gebeurde er toen de tempel klaar was?'

'De bouwers en de slaven vertrokken. Ze reisden terug naar het westen via de weg die ze gekomen waren. Ze lieten negen priesters achter om in de tempel te dienen.'

'Negen maar?' vroeg Taita.

'Ja. Ik raakte vertrouwd met hun uiterlijk, vanaf deze afstand natuurlijk.'

'Waarom denkt u dat het priesters waren?'

'Ze droegen religieuze gewaden die rood van kleur waren. Ze voerden godsdienstige rituelen uit. Ze offerden dieren en brachten brandoffers.'

'Beschrijf de rituelen eens.' Taita luisterde zeer aandachtig. 'Elk detail kan belangrijk zijn.'

'Elke dag daalden drie van de priesters op het middaguur in processie af naar de kop van de waterval. Ze putten water in kannen en namen het dansend en in een vreemd dialect jubelend mee terug naar de tempel.'

'Niet in het Tenmass?' vroeg Taita.

'Nee, Magiër. Ik herkende het niet.'

'Is dat alles wat er gebeurd is? Of herinnert u zich nog iets anders? U had het over offers.'

'Ze kochten zwarte geiten en zwarte vogels van ons. Ze waren erg kieskeurig wat de kleur betrof. Ze moesten zuiver zwart zijn. Ze namen ze mee de tempel in. Ik hoorde hen dan zingen en daarna zag ik rook en kreeg ik de geur van verbrand vlees in mijn neusgaten.'

'Wat nog meer?' hield Taita aan.

Kalulu dacht even na. 'Een van de priesters is overleden. Ik weet niet waaraan. De andere acht droegen zijn lichaam naar de oever van het meer en legden het naakt in het zand. Daarna trokken ze zich terug op de helling van de rots. Daarvandaan keken ze toe terwijl de krokodillen uit het meer kwamen en het lijk onder water trokken. Dat was het. Binnen een paar weken arriveerde er een andere priester bij de tempel.'

'Kwam hij ook uit het westen?' vroeg Taita.

'Dat weet ik niet. Ik heb hem niet zien aankomen. Op een avond waren er nog acht priesters en de volgende dag waren er weer negen.'

'Dus het aantal priesters was belangrijk. Negen. Het getal van de Leugen.' Taita dacht een tijdje na en vroeg toen: 'Wat gebeurde er daarna?'

'Meer dan twee jaar deden de priesters elke dag hetzelfde. Toen merkte ik dat er iets belangrijks te gebeuren stond. Ze legden vijf bakenvuren rondom de tempel aan en hielden ze vele maanden dag en nacht brandende.'

'Vijf vuren,' zei Taita. 'Op welke plaatsen hebben ze die aangelegd?'

'Er zijn vijf stèles in de buitenmuur gebouwd. Hebt u die gezien?' vroeg Kalulu.

'Ja. Ze vormen de punten van een groot pentagram, het mystieke symbool waar de tempel overheen gebouwd is.'

'Ik ben nooit in de tempel geweest. Ik weet niets van een pentagram. Ik weet alleen dat de vuren bij de vijf punten rondom de tempel waren aangelegd,' zei Kalulu.

'Was dat het enige wat er gebeurde?'

'Daarna voegde zich iemand anders bij de broederschap.'

'Een andere priester?'

'Dat denk ik niet. Deze persoon was in het zwart gekleed, niet in het rood. Het gezicht van de nieuwkomer was bedekt met een zwarte sluier, dus ik kan niet met zekerheid zeggen of het een man of een vrouw was, maar door de vorm van het lichaam onder het gewaad en de gracieuze manier van bewegen, dacht ik dat het een vrouw was. Ze kwam elke ochtend bij zonsopgang de tempel uit. Ze bad voor elk van de vijf vuren en ging daarna de tempel weer binnen.'

'Hebt u ooit haar gezicht gezien?'

'Ze was altijd gesluierd. Ze bewoog zich met een etherische, fascinerende gratie. De andere priesters behandelden haar met de grootste eerbied en wierpen zich voor haar ter aarde. Ze moet de hogepriesteres van hun sekte zijn geweest.'

'Hebt u nog opvallende tekenen in de hemel of de natuur waargenomen terwijl ze in de tempel verbleef?'

'Inderdaad, Magiër, er waren vele hemelse tekenen. Op de dag waarop ik haar voor het eerst bij de vuren zag bidden, volgde de avondster een tegenovergestelde baan door de hemel. Kort daarna zwol een onbelangrijke, naamloze ster op tot monsterlijke proporties en werd vervolgens door vlammen verteerd.'

'Denkt u dat dat het werk van de gesluierde vrouw was?'

'Ik zeg alleen dat die dingen gebeurden, nadat ze aangekomen was. Het kan toeval zijn geweest, dat weet ik niet.'

'Was dat alles?' vroeg Taita.

Kalulu schudde resoluut het hoofd. 'Er was meer. De natuur leek van slag te raken. Onze gewassen op de velden werden geel en kwijnden weg. Het vee verloor zijn kalveren. Het opperhoofd van onze stam werd gebeten door een slang en overleed bijna onmiddellijk. Zijn hoofdvrouw bracht een zoon met twee hoofden ter wereld.'

'Onheilspellende voortekenen,' zei Taita ernstig.

'Het zou nog erger worden. Het weer raakte verstoord. Een zware storm raasde door ons dorp op de heuvel en rukte de daken van de hutten. Een brand verwoestte de totemhut van onze stam en de vlammen verteerden de relikwieën en amuletten van onze voorouders. Hyena's groeven het lijk van ons opperhoofd op en verslonden het.'

'Dat was een rechtstreekse aanval op uw volk, uw voorouders en uw religie,' mompelde Taita.

'Daarna bewoog de aarde en ze schudde zichzelf als een levend beest onder onze voeten. Het water van het meer sprong woest en wit kolkend in de lucht. De scholen vis verdwenen. De vogels van het meer vlogen weg naar het westen. De golven verpletterden onze kano's terwijl ze op het strand lagen en rukten onze visnetten los. De mensen smeekten me om mijn voorspraak bij de boze goden van onze stam.'

'Wat kon u doen tegen de elementen?' vroeg Taita. 'Dat was een zware opgave.'

'Ik ben naar de plek gegaan waar we nu zitten. Ik heb een bezwering uitgesproken, de krachtigste die ik ken. Ik heb de schimmen van onze voorouders opgeroepen om de goden van het meer gunstig te stemmen. Maar ze waren doof voor mijn smeekbeden en blind voor het lijden van mijn stam. Ze schudden de heuvels waarop we zitten, zoals een mannetjesolifant een ngongnotenboom schudt. De aarde danste, zodat de mannen niet op hun benen konden blijven staan. Diepe scheuren openden zich als de kaken van een hongerige leeuw en verzwolgen mannen en vrouwen die hun kinderen nog op hun rug gebonden hadden.' Kalulu huilde nu en de tranen dropen van zijn kin op zijn blote borst. Een van de lijfwachten veegde ze weg met een linnen doek.

'Terwijl ik toekeek, begon het water van het meer met toenemende kracht en donderend geraas over het strand te rollen. Het sprong omhoog tot halverwege de rots onder ons. Het opstuivend water sloeg in golven over me heen. Ik was verblind en verdoofd. Ik keek naar de tempel. Door de wolken en de nevel heen zag ik de gedaante in het zwarte gewaad in haar eentje voor de poort staan. Ze had haar armen uitgestrekt naar het woelige meer als een vrouw die haar geliefde man verwelkomt die uit de oorlog terugkeert.' Kalulu hapte naar adem en hij moest moeite doen om zijn lichaam onder controle te houden. Zijn armen bewogen zich schokkend en zijn hoofd schudde alsof hij aan een spierziekte leed. Zijn gezicht was vertrokken alsof hij een toeval had.

'Rustig!' Taita legde zijn hand op zijn hoofd en geleidelijk kalmeerde de dwerg en hij ontspande zich, maar de tranen stroomden nog over zijn gezicht. 'U hoeft niet door te gaan als dit te pijnlijk voor u is.'

'Ik moet het u vertellen. Alleen u zal het begrijpen.' Hij zoog zijn longen vol lucht en ratelde toen verder: 'Het water ging uiteen en donkere massa's drongen zich door de golven heen omhoog. Eerst dacht ik dat het levende monsters uit de diepte waren.' Hij wees naar het dichtstbijzijnde eiland. 'Daar was geen eiland. Het water van het meer was open en leeg. Toen drong die rotsmassa zich door het oppervlak heen. Het eiland dat u daar ziet, is geboren als een baby die uit de baarmoeder van het meer is geperst.' Zijn handen trilden hevig toen hij ernaar wees. 'Maar daarmee was het nog niet afgelopen. Opnieuw werd het water uiteengetrokken en een andere grote steenmassa verrees uit de bodem van het meer. Dat was de muur! De Rode Stenen! Ze glansden als metaal uit de vlammen van de smidse. Het water siste en veranderde in stoom toen het opzij geduwd werd. Het steen was half gesmolten en werd hard toen het uit de diepte omhoogkwam. De wolken stoom die het opwekte, waren zo dicht dat je bijna niets meer kon zien, maar toen ze uiteengingen, zag ik dat de tempel onberoerd was. Elke steen van de muren zat nog op zijn plaats en het dak lag stevig. Maar de gedaante in het zwarte gewaad was verdwenen. De priesters waren ook weg. Ik heb hen nooit meer gezien. De Rode Stenen bleven zwellen, als een reusachtige, zwangere buik, tot ze hun huidige omvang en vorm hadden en ze de

214

mond van de Nijl afsloten. De rivier verschrompelde tot er bijna niets meer van over was en de rotsen en de zandbanken in de bedding ervan werden zichtbaar.'

Kalulu gebaarde naar zijn lijfwachten. Een van hen rende naar voren en ondersteunde zijn hoofd terwijl een ander een kalebas aan zijn lippen hield. Hij slikte luidruchtig. De drank had een doordringende geur en leek hem direct te kalmeren. Hij duwde de kalebas weg en praatte verder tegen Taita.

'Ik was zo overweldigd door deze rampzalige gebeurtenissen dat ik uit dit paviljoen de helling van de rots af rende.' Hij wees naar de route die hij had genomen. 'Ik was op gelijke hoogte met dat bosje bomen toen de grond spleet en ik in de diepe geul werd geslingerd die zich voor me opende. Ik probeerde eruit te klauteren, maar een van mijn benen was gebroken. Ik was bijna boven toen de aarde zich, als de kaken van een mensenetend monster, even snel om me heen sloot als ze zich geopend had. Allebei mijn benen zaten klem en de botten werden verbrijzeld. Ik lag daar twee dagen voordat de overlevenden uit Tamafupa me vonden. Ze probeerden me te bevrijden, maar mijn benen zaten vast tussen twee platte rotsblokken. Ik vroeg hun me een mes en een bijl te brengen. Terwijl ze me vasthielden, hakte ik mijn benen af en verbond de stompen met doek van boomschors. Toen mijn stam van deze vervloekte plek naar de moerassen van Kioga vluchtte, droegen de mannen me mee.'

'U hebt de verschrikkelijke gebeurtenissen van die dagen opnieuw beleefd,' zei Taita. 'Dat heeft het uiterste van uw krachten gevergd. Ik ben diep ontroerd door alles wat u me hebt verteld. Roep uw vrouwen. Laat hen u veilig naar Tamafupa dragen, zodat u kunt uitrusten.'

'Wat gaat u doen, Magiër?'

'Kolonel Meren is gereed om de verhitte rotswand met water af te koelen om uit te vinden of hij zal verbrijzelen. Ik ga hem helpen.'

De berg hout die tegen de muur was opgestapeld, was opgebrand tot een hoop gloeiende as. Het rode rotssteen was zo heet dat de lucht eromheen glinsterde en trilde als een fata morgana. Vier groepen mannen verzamelden zich rondom de shaloof-raderen boven op de Rode Stenen. Ze hadden geen van allen ervaring met het verbrijzelen van rotssteen, maar Taita had hun uitgelegd hoe ze het moesten doen.

'Bent u gereed, Magiër?' Merens stem echode vanuit het ravijn omhoog.

'Ja!' schreeuwde Taita terug.

'Pompen maar!' riep Meren.

De mannen grepen de hendels van de shaloofs vast en trokken er met hun volle gewicht aan. Hun hoofden deinden op en neer op het ritme dat Habari op een inheemse trommel sloeg. De rij lege emmers zakte in het meer, vulde zich met water en steeg naar de bovenkant van de muur. Daar leegden ze zich in de houten goot die het water over de muur voerde waarna het als een waterval langs de verhitte rotswand aan de andere kant stroomde. De lucht werd direct gevuld met dichte, witte wolken sissende stoom die de muur en de mannen erop omhulden. De mannen aan de hendels versaagden geen moment en het water bleef over de rand stromen. De stoom walmde omhoog en het zich samentrekkende rotssteen kreunde en knarste.

'Breekt het?' schreeuwde Taita.

Meren was onder aan de muur in de dichte stoom niet meer te zien. Zijn antwoord werd bijna overstemd door het geruis van het water en het gesis van de stoom. 'Ik zie niets. Laat hen blijven pompen, Magiër.'

De mannen aan de shaloofs werden moe en Taita verving hen door verse ploegen. Het water bleef over de rotswand stromen en geleidelijk begonnen de sissende stoomwolken op te lossen en zich te verspreiden.

'Pompen!' brulde Meren. Taita verving de ploegen opnieuw en daarna liep hij voorzichtig naar de rand en tuurde eroverheen, maar de welving van de wand verborg de voet ervan. 'Ik ga naar beneden,' riep hij naar de mannen aan de pompen. 'Stop pas met pompen wanneer ik het bevel geef.' Hij haastte zich naar het pad dat het ravijn in leidde en liep zo snel mogelijk naar beneden. De stoom was al voor een flink deel opgetrokken, zodat hij de gedaanten van Meren en Fenn beneden kon zien. Ze stonden nu veel dichter bij de muur en ze bespraken het resultaat van het experiment.

'Kom niet te dicht bij de muur,' riep Taita, maar ze leken hem niet te horen. Het water stroomde er nog steeds langs en het had de as in de droge rivierbedding gespoeld.

'Hallo, Meren! Is het gelukt?' riep Taita terwijl hij zich het pad af spoedde.

Meren keek naar hem op met zo'n komisch treurige uitdrukking op zijn gezicht dat Taita in de lach schoot. 'Waarom zo somber?'

'Er is niets gebeurd,' riep Meren klaaglijk. 'Al die inspanning is tevergeefs geweest.' Hij liep de kolkende stoom in en stak zijn hand naar de rotswand uit.

'Voorzichtig!' schreeuwde Taita. 'Hij is nog heet.' Meren haalde zijn hand terug, trok zijn zwaard en stak de punt van het bronzen blad naar voren.

Fenn was dicht naast hem gaan staan. 'Het steen is nog intact,' riep ze. 'Geen scheuren.' Meren en zij stonden nog maar een armlengte van de wand vandaan toen Taita hen bereikte. Hij zag dat Fenn gelijk had: de rode rotswand was zwartgeblakerd door de vlammen, maar verder intact.

Meren tikte er met de punt van zijn zwaard op. Het steen klonk massief. Boos hief hij zijn zwaard om er harder op te slaan en zijn frustratie af te reageren. De stoomwolken waardoor ze omhuld werden, waren warm en vochtig, maar Taita voelde plotseling een scherp contrast, een ijzige kilte op zijn armen en gezicht. Hij opende onmiddellijk zijn Innerlijke Oog. Hij zag op het zwart beroete steen een kleine vlek verschijnen op de plaats die Meren met zijn zwaard had geraakt. De vlek gloeide rood op en nam daarna de vorm aan van de kattenpoot, het symbool van Eos van de Dageraad.

'Ga terug!' beval Taita, die zijn krachtstem gebruikte om het bevel te versterken. Tegelijkertijd dook hij naar voren, greep Fenns arm vast en slingerde haar opzij, maar voor Meren was de waarschuwing te laat gekomen. Hoewel hij probeerde zijn slag in te houden, raakte het zwaard de gloeiende plek weer. Met het geluid van verbrijzelend glas explodeerde het rotssteen recht onder het symbool van Eos en spatte naar buiten. Een stroom splinters trof Meren recht in het gezicht. Hoewel de meeste splinters klein waren, waren ze zo scherp als naalden. Zijn hoofd sloeg naar achteren, hij liet zijn zwaard vallen en omklemde zijn gezicht met beide handen. Het bloed stroomde tussen zijn vingers door en liep over zijn borst.

Taita rende naar hem toe en greep zijn arm vast om hem te ondersteunen. Fenn was op de grond geworpen, maar nu krabbelde ze overeind en holde naar hen toe om te helpen. Samen leidden ze Meren van het dampende steen vandaan. Ze brachten hem naar een schaduwrijke plek en zetten hem op de grond.

'Achteruit!' beval Taita de mannen die hen waren gevolgd en nu naar voren drongen. 'Geef ons ruimte om te werken.' Tegen Fenn zei hij: 'Ga water halen.'

Ze rende naar een kalebas en bracht die bij hem. Taita trok Merens handen van zijn verwoeste gezicht vandaan. Fenn slaakte een kreet van ontzetting, maar Taita maande haar met een frons tot stilte.

'Ben ik nog steeds even mooi?' Meren probeerde te grijnzen, maar zijn ogen waren stijf gesloten en de oogleden waren gezwollen en bedekt met bloed.

'Het is een grote verbetering,' verzekerde Taita hem en hij begon het bloed weg te wassen. Sommige sneden waren oppervlakkig, maar drie ervan waren diep. Eén snee liep door de brug van zijn neus en de tweede door zijn bovenlip, maar de derde en ernstigste was veroorzaakt door een splinter die zijn rechterooglid had doorboord. Taita zag dat een steenscherf in de oogholte vastzat.

'Haal mijn medicijntas,' beval hij Fenn. Ze rende weg en kwam even later terug met de leren tas.

Taita opende de rol met chirurgische instrumenten en pakte er een ivoren tang uit. 'Kun je je ogen openen?' vroeg hij.

Meren probeerde het en het linkerooglid ging een stukje open, maar het rechteroog bleef gesloten, ook al trilde het beschadigde ooglid.

'Nee, Magiër.' Zijn stem klonk gedempt.

'Doet het pijn?' vroeg Fenn bezorgd. 'O, arme Meren.' Ze pakte zijn hand vast.

'Pijn? Absoluut niet. Je aanraking heeft voor een hele verbetering gezorgd.'

Taita stopte een stukje leer tussen Merens tanden. 'Bijt daarop!' Hij sloot de kaken van de tang om het steenscherfje heen en trok het er met één vastberaden beweging uit. Meren kreunde en hij vertrok zijn gezicht. Taita legde de tang neer, legde een vinger op beide oogleden van het rechteroog en trok ze langzaam vaneen. Hij hoorde achter zich dat Fenns adem stokte.

'Is het ernstig?' vroeg Meren.

Taita zweeg. De oogbal was gebarsten en de bloedige gelei droop over zijn wang. Taita wist direct dat Meren met dat oog nooit meer zou zien. Voorzichtig duwde hij het linkerooglid omhoog en keek in het oog. Hij zag dat de pupil zich verwijdde en zich normaal focuste. Hij hield zijn andere hand omhoog. 'Hoeveel vingers?' vroeg hij.

'Drie,' antwoordde Meren.

'Dan ben je niet volledig blind,' zei Taita. Meren was een geharde soldaat. Het was nodig noch raadzaam de waarheid voor hem verborgen te houden.

'Maar wel voor de helft?' vroeg Meren met een scheve grijns.

'Daarom hebben de goden je twee ogen gegeven,' zei Taita en hij begon het verwoeste oog met een witlinnen verband te verbinden.

'Ik haat de heks. Dit heeft zij gedaan,' zei Fenn en ze begon te huilen. 'Ik haat haar. Ik haat haar.'

'Maak een draagbaar voor de kolonel,' beval Taita de mannen die vlakbij wachtten.

'Die heb ik niet nodig,' protesteerde Meren. 'Ik kan wel lopen.'

'De eerste wet van de cavalerie,' bracht Taita hem in herinnering. 'Loop nooit wanneer het niet nodig is.'

Zodra de brancard klaar was, hielpen ze Meren erop en gingen ze terug naar Tamafupa. Ze waren een klein stukje onderweg toen Fenn naar Taita riep: 'Er staan daarboven vreemde mannen naar ons te kijken.' Ze wees over de verdroogde rivierbedding. Op de heuveltop stond een klein groepje mannen. Fenn telde hen snel. 'Vijf.'

Ze hadden een lendendoek om, maar hun bovenlichaam was bloot. Ze droegen allemaal een speer en een knots. Twee van hen waren bewapend met een boog. De langste van hen stond aan het hoofd van het groepje. Hij droeg een hoofdtooi van rode flamingoveren en zijn houding was hooghartig en vijandig. Twee van de mannen achter de hoofdman leken gewond te zijn, want ze werden door hun kameraden ondersteund.

'Ze hebben gevochten, Magiër,' zei Shofar, een van de dragers van de draagbaar.

'Begroet hen!' beval Taita. Shofar schreeuwde en zwaaide. Geen van hen reageerde. Shofar schreeuwde weer. De hoofdman met de flamingohoofdtooi hief zijn speer met een gebiedend gebaar en de mannen verdwenen direct van de top van de heuvel en lieten de helling verlaten achter. In de verte verbrak een geschreeuw uit vele kelen de stilte die op hun vertrek volgde.

'Dat komt uit het dorp.' Fenn draaide zich snel in die richting. 'Er zijn problemen.'

Toen Kalulu Taita bij de Rode Stenen achtergelaten had, droegen zijn lijfwachten hem door de riviervallei naar Tamafupa. Hij was zo van streek dat ze langzaam en voorzichtig met hem liepen. Ze bleven om de paar honderd meter staan om hem uit zijn kalebas met zijn medicijn te laten drinken en zijn natte gezicht met een vochtige lap af te vegen. Gelet op de stand van de zon duurde het bijna twee uur voordat ze aan de klim uit de vallei naar de poort van Tamafupa begonnen.

Toen ze een dicht bosje kittardoornstruiken in liepen, stapte een lange man het pad op. Kalulu en zijn vrouwen herkenden hem direct en niet alleen aan zijn hoofdtooi van flamingoveren. De vrouwen zetten de draagbaar neer en wierpen zichzelf voor hem ter aarde. 'We zien u, grote hoofdman,' zeiden ze in koor. Kalulu kwam moeizaam op één elleboog omhoog en staarde angstig naar de nieuwkomer. Basma was het opperhoofd van alle Basmara-stammen die het land tussen Tamafupa en Kioga bewoonden. Voor de komst van de vreemdelingen die de tempel hadden gebouwd en de Rode Stenen uit de Nijl omhoog hadden laten komen, was hij een machtige heerser geweest. Nu waren zijn stammen verspreid en was zijn heerschappij ontwricht.

'Gegroet, machtige Basma,' zei Kalulu respectvol. 'Ik ben uw hond.'

Basma was een bittere rivaal en vijand van hem. Tot nu toe was Kalulu beschermd geweest door zijn reputatie en zijn status. Zelfs het opperhoofd van de Basmara had het niet aangedurfd om een sjamaan met zoveel macht en invloed kwaad te doen. Kalulu wist echter dat Basma op zijn kans had gewacht sinds de Nijl afgesloten was.

'Ik heb je in de gaten gehouden, tovenaar,' zei Basma op koude toon.

'Ik ben vereerd dat zo'n machtig opperhoofd mijn nederige bestaan zelfs maar opmerkt,' mompelde Kalulu. Tien Basmara-krijgers kwamen uit het bosje en stelden zich achter hun opperhoofd op.

'Je hebt die vijanden van de stam naar Tamafupa gebracht. Ze hebben mijn dorp overgenomen.'

'Ze zijn geen vijanden,' antwoordde Kalulu. 'Ze zijn onze vrienden en bondgenoten. Hun leider is een grote sjamaan, veel geleerder en machtiger dan ik. Hij is hierheen gestuurd om de Rode Stenen te vernietigen en de Nijl weer te laten stromen.'

'Wat een slappe leugens, zielig beenloos schepsel! Die mannen zijn dezelfde tovenaars die de tempel aan de mond van de rivier hebben gebouwd, de toorn van de geesten van de duisternis hebben gewekt en ervoor hebben gezorgd dat het water van het meer is gaan koken en dat de aarde opengebarsten is. Zij zijn degenen die de rotsen uit de diepte tevoorschijn getoverd hebben en de grote rivier die onze moeder en onze vader is, hebben geblokkeerd.'

'Dat is niet waar.' Kalulu hupte van zijn draagbaar en balanceerde tegenover Basma op zijn stompen. 'Die mensen zijn onze vrienden.'

Langzaam hief Basma zijn speer en richtte hem op de dwerg. Dit was een gebaar waarmee hij hem ter dood veroordeelde. Kalulu keek naar zijn lijfwachten. Het waren geen leden van een stam die ondergeschikt aan Basma was, een van de vele redenen waarom hij hen uitgekozen had. Ze kwamen uit een krijgerstam ver in het noorden, maar als het op een keus tussen hemzelf en Basma zou aankomen, wist hij niet waar hun loyaliteit zou liggen. Alsof ze op zijn onuitgesproken vraag antwoordden, gingen de acht vrouwen dichter om hem heen staan. Imbali, de bloem, was hun leidster. Haar lichaam leek uit antraciet gehouwen en haar pikzwarte huid was ingesmeerd met olie zodat hij glansde in het zonlicht. Haar armen en benen waren bedekt met sterke platte spieren. Haar borsten waren hoog en hard en versierd met een ingewikkeld patroon van rituele kervingen. Haar nek was lang en trots en haar blik was fel. Ze maakte de strijdbijl los die aan een lus om haar middel hing. De anderen volgden haar voorbeeld.

'Je hoeren kunnen je nu niet redden, Kalulu,' zei Basma minachtend. 'Dood de tovenaar,' schreeuwde hij tegen zijn krijgers en hij wierp zijn speer naar Kalulu.

Imbali verwachtte de worp. Ze sprong naar voren, zwaaide de strijdbijl in haar rechterhand en raakte de speer in de lucht waardoor ze hem recht omhoogsloeg. Toen de speer naar beneden kwam, ving ze hem handig met haar linkerhand op en richtte de punt op de aanstormende krijgers. De eerste man rende ertegenaan en spietste zichzelf er onder zijn borstbeen aan vast. Hij wankelde achteruit tegen de man aan die achter hem rende en stootte hem uit zijn evenwicht. Toen viel hij op zijn rug en bleef met zijn benen trappelend liggen, terwijl de speer uit zijn buik stak. Imbali sprong gracieus over zijn lijk heen en viel de man achter hem aan voordat deze zich kon herstellen. Ze zwaaide de bijl met een opwaartse beweging en hakte zijn speerarm keurig bij de elleboog af. Ze draaide om haar as rond en gebruikte haar snelheid om een derde man te onthoofden toen hij naar voren stormde. Het hoofdloze lijk viel in een zittende houding neer terwijl een hoge fontein van helderrood bloed uit de open aderen spoot. Toen plofte hij neer en zijn bloed kleurde de aarde rood.

Terwijl ze Kalulu afschermden, lieten Imbali en de andere vrouwen zich snel terugvallen en pakten de draagbaar aan de draagriemen van ongelooid leer op. Ze gebruikten hem als een stormram en vielen de Basmara aan. Hun strijdkreet was schril terwijl hun bijlen door de lucht suisden en in vlees en bot wegzonken.

Basma's mannen herstelden zich snel. Ze traden de vrouwen tegemoet met een muur van aaneengesloten schilden en wierpen hun lange speren naar hun hoofden. Een van de vrouwen viel neer, ter plekke gedood doordat de vuurstenen punt van een speer zich in haar keel boorde. De anderen brachten de draagbaar omhoog en beukten ermee tegen de rij schilden. De linies duwden tegen elkaar aan. Een van de Basmara liet zich op zijn knieën zakken en stak onder de onderkant van de draagbaar door in de buik van het meisje in het midden van de linie. Ze liet de draagbaar los en wankelde achteruit. Ze probeerde zich af te wenden, maar de Basmara rukte zijn speer los en stak opnieuw toe. Hij richtte op haar nieren en de speer drong diep haar lichaam binnen. Het meisje schreeuwde toen de punt ervan langs haar ruggengraat gleed en haar onmiddellijk verlamde.

Kalulu's lijfwachten trokken zich een paar passen terug, vulden het gat dat door het gewonde meisje was achtergelaten en hielden de draagbaar recht. De Basmara hieven hun schilden en vielen, schouder aan schouder, opnieuw aan. Toen ze tegen de draagbaar aan beukten, staken ze onder hun schilden door naar het kruis en de buik van de vrouwen. De rij schilden deinde naar voren en naar achteren. Er vielen nog twee meisjes neer: de ene werd boven in haar dij geraakt waardoor de dijader openbarstte. Ze liet zich terugvallen en probeerde het bloeden te stelpen door haar vingers in de wond te steken en de ader dicht te knijpen. Terwijl ze voorovergebogen stond, was haar rug onbeschermd en een van de Basmara stak haar in haar ruggengraat. De speerpunt vond het gewricht tussen haar wervels en ze zakte door haar verlamde benen. De man stak haar nog een keer, maar terwijl hij haar probeerde te doden, dook Imbali onder de draagbaar door en sloeg de bijl diep in zijn schedel.

Door de ongelijke druk op de draagbaar, draaide hij opzij en was Kalulu op dé ene flank onbeschermd. Opperhoofd Basma greep zijn kans: hij schoot tussen de rij schilden uit, dook om de draagbaar heen en rende naar hem toe. Kalulu zag hem aankomen en zwaaide zichzelf in de handstand omhoog. Met verbazingwekkende lenigheid schoot hij naar het nabije bosje kittardoornstruiken om dekking te zoeken. Hij had het bijna bereikt toen Basma hem inhaalde en hem twee keer doorstak. 'Verrader!' schreeuwde het opperhoofd en de speerpunt raakte Kalulu in het midden van zijn rug. Met een enorme inspanning slaagde hij erin op zijn handen in evenwicht te blijven. Hij hupte verder, maar Basma haalde hem weer in. 'Verspreider van onheil!' schreeuwde hij en hij stak weer, ditmaal dwars door het omgekeerde kruis van de kleine man heen in zijn buik. Kalulu brulde en viel in de struiken. Basma probeerde zijn aanval voort te zetten, maar uit een ooghoek zag hij dat Imbali met haar bijl boven haar hoofd geheven op hem af rende. Hij dook opzij en toen de bijl langs zijn oor suisde, zwenkte hij weg van haar volgende slag en vluchtte. Zijn mannen zagen hem gaan en renden achter hem aan de helling af.

'De tovenaar is dood!' schreeuwde Basma.

Zijn krijgers namen de kreet over: 'Kalulu is dood! De vriend van duivels en demonen is gedood!'

'Laat ze maar terugrennen naar de teven die hen geworpen hebben.' Imbali weerhield haar meisjes ervan hen te achtervolgen. 'We moeten onze meester redden.'

Toen ze hem in de struiken vonden, was Kalulu tot een bal opgerold en hij jammerde van pijn. Teder maakten ze hem los uit de puntige doorntakken en zetten hem op zijn draagbaar. Op dat moment hoorden ze verder beneden op de helling een kreet en ze stopten.

'Het is de stem van de oude man.' Imbali had Taita's stem herkend en ze maakte een jodelend geluid om hem de weg te wijzen naar de plek waar ze stonden. Al snel kwamen Fenn en Taita in zicht, gevolgd door de mannen die Meren op zijn draagbaar droegen.

'Kalulu, u bent ernstig gewond,' zei Taita zacht.

'Nee, Magiër, niet gewond.' Kalulu schudde moeizaam zijn hoofd. 'Ik vrees dat ik gedood ben.'

'Snel. Breng hem naar het kamp!' zei Taita tegen Imbali en haar drie overlevende metgezellinnen. 'En jullie, mannen!' Hij koos vier mannen uit die Merens draagbaar volgden. 'Jullie hulp is hier nodig!'

'Wacht!' Kalulu pakte Taita's hand vast om te verhinderen dat hij zou vertrekken. 'De man die dit heeft gedaan, is Basma, het opperhoofd van de Basmara.'

'Waarom heeft hij u aangevallen? U bent toch zijn onderdaan?'

'Basma denkt dat u van dezelfde stam bent die de tempel heeft gebouwd en dat u hier bent gekomen om nog meer onheil en rampen te veroorzaken. Hij denkt dat ik me bij u aangesloten heb om het land, de rivieren en de meren te vernietigen en alle Basmara te doden.'

'Hij is nu weg. Uw vrouwen hebben hem verdreven.' Taita probeerde hem gerust te stellen en te kalmeren.

Kalulu wilde er niets van weten. 'Hij zal terugkomen.' Hij pakte Taita's hand vast toen deze zich over de draagbaar boog. 'U moet naar het dorp gaan en voorbereidingen treffen om u te verdedigen. Basma zal met al zijn regimenten terugkomen.'

'Wanneer ik uit Tamafupa wegga, neem ik u mee, Kalulu. Onze jacht op de heks kan niet slagen zonder uw hulp.'

'Ik voel dat ik diep in mijn buik bloed. Ik ga niet met u verder.'

Kalulu overleed voor zonsondergang. De vier lijfwachten groeven een gang in de zijkant van een grote verlaten mierenhoop buiten de palissade van Tamafupa. Taita wikkelde het lijk in een laken van ongebleekt linnen en vervolgens legden ze het in de vochtige kleitunnel.

Daarna sloten ze de gang met grote stenen af om te verhinderen dat hyena's het lijk naar buiten zouden slepen.

'Uw voorouderlijke goden zullen u verwelkomen, sjamaan Kalulu, want u was van de Waarheid.' Taita nam afscheid van hem.

Toen hij zich van de tombe afwendde, gingen de vier lijfwachten voor hem staan en Imbali sprak uit naam van hen allemaal in het Sjilloek. 'Onze meester is dood. We zijn ver van ons land en alleen. U bent een grote sjamaan, zelfs nog groter dan Kalulu. We willen u volgen.'

Taita keek Nakonto aan. 'Wat vind je van deze vrouwen? Als ik hen in dienst neem, neem jij hen dan onder je bevel?' vroeg hij.

Nakonto dacht ernstig over de vraag na. 'Ik heb hen zien vechten. Ik zal me graag door hen laten volgen.'

Met een koninklijke hoofdknik liet Imbali blijken dat ze zijn woorden had gehoord. 'Zolang we dat willen, zullen we schouder aan schouder optrekken met deze opgeblazen Sjilloek-haan, maar we gaan niet achter hem aan lopen,' zei ze tegen Taita.

Haar ogen waren bijna op gelijke hoogte met die van Nakonto. Het schitterende tweetal keek elkaar met duidelijke geringschatting aan. Taita opende zijn Innerlijke Oog en hij glimlachte toen hij zag hoe de aantrekkingskracht die ze op elkaar uitoefenden door hun aura's weerspiegeld werd. 'Ga je akkoord, Nakonto?' vroeg hij.

'Ja.' Nakonto maakte een hooghartig gebaar van instemming. 'Voorlopig.'

Fenn en de Sjilloek-vrouwen maakten een van de grootste hutten voor Meren schoon. Daarna verbrandde Fenn een handvol van Taita's speciale kruiden in de open haard. De geur verdreef de insecten en spinnen die zich in de hut hadden genesteld. Ze maakten een matras van vers gesneden gras en legden Merens slaapmat erop. Hij had zo'n pijn dat hij amper zijn hoofd kon opheffen om uit de kom te drinken die Fenn aan zijn lippen hield. Taita benoemde Hilto-bar-Hilto tot zijn plaatsvervanger als leider van de vier divisies tot Meren voldoende hersteld zou zijn om het bevel weer op zich te nemen.

Taita en Hilto maakten een ronde door het dorp om de versterkingen te inspecteren. Allereerst wilden ze zich verzekeren van een veilige watervoorraad. In het midden van het dorp was een diepe bron met een smalle lemen wenteltrap die afdaalde naar het water dat van goede kwaliteit was. Taita gaf Hilto bevel om Shofar en een groep mannen alle kalebassen en waterzakken te laten vullen en klaar te laten zetten voor de verwachte aanval van de Basmara. In het heetst van de strijd zouden de dorstige mannen geen gelegenheid hebben om water uit de bron te putten.

Taita's tweede zorg was de conditie van de palissade. Ze zagen dat hij nog in een redelijk goede staat was, behalve een paar gedeeltes waar de termieten de palen doorgevreten hadden. Het was echter direct duidelijk dat ze zo'n verspreide linie niet zouden kunnen verdedigen. Tamafupa was een groot dorp dat eens een grote stam had gehuisvest. De palissade had een omtrek van bijna zevenhonderdvijftig meter. 'We zullen de verdedigingslinie moeten bekorten,' zei hij tegen Hilto, 'en daarna de rest van het dorp moeten verbranden om de toegangswegen te kunnen overzien en onze boogschutters een vrij schootsveld te geven.'

'U hebt ons een zware taak opgedragen, Magiër,' merkte Hilto op. 'We kunnen maar beter direct beginnen.'

Toen Taita eenmaal de nieuwe omtrek van de palissade had gemarkeerd, gingen de mannen en de vrouwen aan de slag. Ze groeven de best bewaard gebleven palen van de palissade uit en plaatsten die langs de linie die Taita had uitgezet. Er was geen tijd om een permanente versterking te maken, dus vulden ze de openingen op met kittardoornstruiken. Ze richtten hoge uitkijktorens op de vier kompaspunten van de nieuwe palissade op die een goed uitzicht over de vallei en alle toegangswegen boden.

Taita liet vuren rondom de palissade aanleggen. Wanneer ze aangestoken waren, zouden ze de palissade verlichten voor het geval de aanval 's nachts zou plaatsvinden. Toen dit was gedaan, liet hij een binnenbolwerk rondom de bron bouwen, hun laatste verdedigingslinie als de Basmara-regimenten door de palissade heen zouden breken. In dit binnenbolwerk liet hij de overgebleven zakken doerra, de reservewapens en alle andere waardevolle voorraden opslaan. Ze bouwden stallen voor de overgebleven paarden. Windrook en haar veulen waren nog in goede conditie maar vele andere dieren waren ziek of stervende na de lange, zware reis.

Nadat ze Meren te eten had gegeven en Taita had geholpen met het verversen van het verband over de lege kas van Merens rechteroog, ging Fenn elke avond bij Wervelwind langs en voerde hem dan de doerrakoeken waar hij zo van hield.

Taita wachtte tot de wind gunstig was voordat hij het deel van het dorp dat buiten de nieuwe palissade lag in brand liet steken. Het riet en de houten omheining waren verdroogd en brandden snel en de wind blies de vlammen van de nieuwe palissade vandaan.

Tegen de avond was het oude dorp platgebrand tot een veld met smeulende as.

'Laat de Basmara maar over dat open terrein aanvallen,' zei Hilto tevreden, 'dan zullen we hun eens wat laten zien.'

'Nu kun je voor de palissade merktekens uitzetten,' zei Taita. Ze legden hopen witte rivierstenen op een afstand van twintig, vijftig en honderd passen zodat de boogschutters het schootsbereik accuraat konden schatten wanneer de vijand de aanval inzette.

Taita stuurde Imbali en haar metgezellinnen en de andere vrouwen naar de droge rivierbedding om riet te snijden om pijlen van te maken. Hij had van het wapenarsenaal in Qebui zakken reservepijlpunten gekocht en toen ze op waren, had hij een laag vuursteen in de helling voor de palissade ontdekt. Hij liet de vrouwen zien hoe ze uit de stukken vuursteen pijlpunten moesten beitelen. Ze hadden het snel onder de knie en bevestigden de punten met draad van boomschors aan de rietstengels en dompelden ze in water onder om ze stijf en hard te maken. Ze stapelden bundels reservepijlen op in het oog springende plaatsen langs de palissade.

Binnen tien dagen waren ze klaar met de voorbereidingen. De mannen en Imbali's vrouwen slepen hun wapens en inspecteerden hun uitrusting voor wat de laatste keer zou kunnen zijn.

Toen de mannen op een avond rondom de vuren zaten te eten, ontstond er plotseling commotie en er klonk gejuich toen een slecht bij elkaar passend stel het licht van de vuren binnenkwam. Merens benen waren nog wankel, maar hij steunde met een hand op Fenns schouder toen hij naar Taita en de kapiteins toe liep. Ze sprongen allemaal op, dromden lachend om hem heen en feliciteerden hem met zijn snelle herstel. Een linnen verband bedekte zijn lege oogkas en hij was bleek en magerder, maar hij deed moeite om enigszins met zijn oude zwier te lopen en hij beantwoordde het gejen van zijn officieren met grove grappen.

Ten slotte ging hij voor Taita staan en begroette hem.

'Hallo, Meren. Verveelt het je om in bed te liggen en door alle vrouwen van het kamp verzorgd te worden?' Taita zei het met een glimlach, maar het kostte hem moeite om zijn jaloezie te onderdrukken toen hij de eeltige krijgershand op Fenns tengere schouder zag liggen. Hij wist dat zijn jaloezie sterker zou worden naarmate ze volwassener en mooier zou worden. Hij had die negatieve emotie ook tijdens haar andere leven gekend.

De volgende ochtend was Meren op de schietbaan bij de boogschutters. In het begin kostte het hem moeite om met zijn ene oog zijn evenwicht te bewaren, maar door zich scherp te concentreren wist hij ten slotte zijn zintuigen onder controle te krijgen en ze opnieuw te trainen. Zijn volgende probleem was dat hij de afstand niet goed kon schatten en niet zuiver kon aanleggen. Zijn pijlen vielen neer voordat ze het doelwit bereikten of vlogen er hoog overheen. Hij hield vastberaden vol. Taita, die kampioenboogschutter van het hele leger van koningin Lostris was geweest, leerde hem om de eerste pijl af te schieten als markering en die te gebruiken om de baan van de tweede pijl, die hij onmiddellijk daarna afschoot, te corrigeren. Al snel kon Meren een tweede pijl afschieten terwijl de eerste nog in de lucht was. Fenn en de Sjilloek-vrouwen maakten een leren ooglap voor hem om de afzichtelijke oogkas te bedekken. Zijn gezicht kreeg zijn gezonde natuurlijke kleur terug en in het overgebleven oog verscheen de oude schittering weer.

Elke ochtend stuurde Taita er een bereden patrouille op uit, maar de mannen keerden elke avond terug zonder een spoor van de Basmararegimenten ontdekt te hebben. Taita raadpleegde Imbali en haar vrouwen.

'We kennen opperhoofd Basma goed. Hij is een wraakzuchtige, genadeloze man,' zei Imbali. 'Hij is ons niet vergeten. Zijn regimenten zijn verspreid over de heuvels van de Vallei van het Grote Rif, in de riviergeulen en in de moerassen van de meren. Het zal hem tijd kosten om ze te verzamelen, maar uiteindelijk zal hij komen, dat is zeker.'

Nu de belangrijkste voorbereidingen getroffen waren, had Taita tijd voor minder belangrijk werk. Hij liet de vrouwen zien hoe ze namaakhoofden konden maken van brokken klei en gras die ze op lange palen zetten. Ze beschilderden ze met natuurlijke kleuren tot het resultaat vanuit de verte gezien overtuigend was. Ze vonden dit leuker dan pijlen maken, maar het wachten begon op hun zenuwen te werken.

'Zelfs als we de afstand die de Basmara van hier naar Kioga moeten afleggen in aanmerking nemen, hadden ze allang moeten arriveren,' zei Taita tegen Meren toen ze 's avonds om het kampvuur zaten te eten. 'Morgen rijden we samen uit om zelf het terrein te verkennen.'

'En ik ga met jullie mee,' zei Fenn.

'Dat zien we nog wel als het zover is,' zei Taita bars.

'Dank je, lieve Taita,' zei ze met een lieve, zonnige glimlach.

'Dat bedoelde ik niet,' antwoordde hij, maar ze wisten allebei dat hij dat wel bedoelde.

Het kind was oneindig fascinerend en Taita genoot van haar gezelschap. Hij had het gevoel dat ze een verlengstuk van zijn eigen wezen was geworden.

Toen de patrouille vertrok, reed Fenn tussen Taita en Meren in. Nakonto en Imbali draafden als spoorzoekers voor hen uit. Met haar lange benen kon Imbali Nakonto goed bijhouden. Habari en twee soldaten vormden de achterhoede. Voor één keer droeg Taita een zwaard dat in de schede aan de gordel om zijn middel hing, maar hij had zijn stok in zijn hand.

Ze reden over de top van de heuvels waar ze over de hele vallei konden uitkijken. Links van hen was het terrein glooiend en begroeid met dicht bos. Ze zagen talrijke grote kuddes olifanten die onder de heuveltop verspreid waren. De reusachtige, grijze lichamen waren op elke open plek duidelijk te zien en af en toe duwden ze een grote vruchtboom met hun enorme kracht omver zodat hij krakend tegen de grond sloeg.

Wanneer een boom te sterk was om door één dier omvergeduwd te kunnen worden, kwamen de andere stieren hem helpen. Geen enkele boom was tegen hun gebundelde krachten bestand.

Sinds de stammen uit dit gebied waren gevlucht, waren de olifanten niet meer lastiggevallen en ze waren niet gealarmeerd door de nabijheid van mensen. Ze vluchtten niet wanneer ze naderden en ze weken geen duimbreed wanneer de ruiters vlak langs hen reden. Af en toe kwam een chagrijnig vrouwtje dreigend op hen af, maar ze zetten hun aanval geen van alle door. Fenn was verrukt door de capriolen van de kalveren en ze bestookte Taita met vragen over de dieren en hun gedrag.

De olifanten waren niet de enige wilde dieren die ze tegenkwamen. Er waren ook kuddes antilopen en gele bavianen zochten voedsel op de open plekken of klommen in groepen soepel naar de toppen van de hoogste bomen. Eén troep bavianen barstte plotseling los in een gekrijs van paniek. De moeders gristen hun kleintjes op, slingerden hen onder hun buik en vluchtten met grote sprongen. De grote mannetjes vormden een strijdlustige achterhoede en ze zetten hun manen op en blaften van woede.

'Wat is er met hen aan de hand?' vroeg Fenn.

'Waarschijnlijk is er een luipaard of een ander roofdier in de buurt.' Terwijl Taita dit zei, sloop een prachtige goud met zwart gevlekte luipaard vlak voor hen uit het hoge gras. De tekening van de luipaard versmolt perfect met de achtergrond.

'Je had weer gelijk, Taita. Je moet alles weten wat er in de wereld te weten valt,' zei Fenn bewonderend.

Ze reden de helling van de volgende heuvelrij diagonaal op, maar voordat ze de top bereikten, denderde een enorme kudde zebra's over de heuveltop. Ze besteedden weinig aandacht aan de paarden en accepteerden kennelijk dat ze tot hun eigen soort behoorden. Ze liepen op een afstand van een paar passen langs hen heen.

'Ze moeten ergens van geschrokken zijn,' zei Meren.

'Vuur of mensen,' zei Taita. 'Verder is er niets waardoor ze zo op hol slaan.'

'Ik zie geen rook van een bosbrand,' zei Meren. 'Dus moeten het mensen zijn geweest.' Ze reden voorzichtig door en naderden de heuveltop in een wandeltempo.

Plotseling slaakte Fenn een kreet en ze wees naar links. 'Een kind! Een klein, zwart kind.'

Het was een naakte peuter van een jaar of drie, vier. Hij waggelde met zijn O-beentjes de helling op en zijn dikke billetjes wiebelden bij elke pas.

'Ik ga hem halen,' riep Fenn. Ze spoorde Wervelwind aan tot draf, maar Taita greep haar teugel vast.

'Dit riekt naar een lokaas.'

'We kunnen hem niet laten gaan,' protesteerde Fenn toen het kind over de heuveltop verdween. 'Hij is verdwaald en helemaal alleen.'

'We zullen hem volgen,' zei Taita, 'maar wel voorzichtig.' Hij liet Wervelwinds teugel niet los toen ze verder reden. Hij hield een paar honderd passen onder de heuveltop halt.

'Kom, Meren,' beval hij. Ze stegen af en overhandigden Fenn hun teugels.

'Blijf hier en houd de paarden vast, maar zorg dat je klaar bent om snel weg te rijden,' zei Taita tegen haar. Meren en hij gingen te voet verder. Ze gebruikten een kleine struik om de contouren van hun hoofden te maskeren toen ze over de helling aan de andere kant tuurden. Het kind stond net beneden hen en keek hen aan met een vrolijke grijns op zijn ronde gezicht. Hij hield zijn kleine penis met beide handen vast en een gele straal spetterde op de door de zon hard geworden aarde. Het was zo'n alledaags tafereel dat ze hun waakzaamheid er even door lieten varen. Meren begon welwillend te grijnzen, maar Taita greep zijn arm vast. 'Kijk daar!'

Ze staarden nog een ogenblik naar beneden en toen reageerde Meren. 'De Basmara-*impi's*,' riep hij. 'Die kleine deugniet was het lokaas.'

Nog geen vijftig passen voorbij het kind, hurkten ze in dichte gelederen neer. Ze waren bewapend met houten knotsen, lange werpspiezen en kortere steekassegaaien met scherpe vuurstenen punten. Hun schilden van ongelooid leer hingen op hun rug en hun gezichten waren besmeerd met gekleurde klei en vormden krijgshaftige maskers. Ze droegen hoofdtooien van bont en veren, hun neusvleugels en oren waren doorboord met ivoren pinnen en arm- en enkelbanden van eierschalen van struisvogels en ivoren kralen sierden hun ledematen.

Terwijl Taita en Meren naar hen keken, steeg er een gezoem als dat van een verstoorde bijenkorf uit hun opeengepakte gelederen op. Met één gezamenlijke beweging zwaaiden ze hun schilden van hun rug en begonnen er met hun speren op te trommelen. Daarna barstten ze los in hun strijdlied. Het geluid van hun diepe, melodieuze stemmen zwol aan op het ritme van het getrommel. Toen werd het kabaal doorbroken door een schrille stoot op een fluit die van een antilopehoorn was gemaakt. Dit was voor de krijgers het signaal om op te springen en en masse de helling op te rennen.

'Terug naar de paarden,' zei Taita.

Fenn zag hen aankomen en galoppeerde met Windrook en Merens paard naar hen toe. Ze stegen snel op en hadden net de hoofden van de paarden gekeerd toen het eerste gelid van de Basmara-krijgers achter hen de heuveltop over stormde. Ze galoppeerden terug naar de plek waar Habari en de rest van de patrouille op hen wachtten.

'Ze hebben er al mannen op uitgestuurd om ons de pas af te snijden,' riep Fenn, die in de stijgbeugels ging staan en naar het bos wees. Ze zagen rennende gedaanten tussen de bomen die probeerden hen te omsingelen.

'Pak mijn stijgbeugeltouw!' riep Taita naar Nakonto en hij schopte zijn voet uit de lus. Nakonto greep het touw vast.

'Meren, haal Imbali op om je blinde kant te beschermen!' Meren zwenkte en Imbali greep de rechterlus vast. Nakonto en zij werden meegedragen door de paarden terwijl hun voeten over de grond scheerden.

'Rijd zo hard mogelijk!' schreeuwde Taita. 'We moeten erdoorheen zijn voordat ze ons omsingeld hebben.' De snelste lopers van de Basmara renden voor hun stamgenoten uit. 'Fenn, blijf tussen Meren en mij in rijden. Zorg dat je niet van ons gescheiden raakt.'

Vier van de rennende Basmara sneden hun pad recht voor hen af en dichtten de opening waardoorheen Taita had willen ontsnappen. Ze draaiden zich naar de aanstormende ruiters toe met hun hoge schilden op hun rug zodat ze hun handen vrij hadden om hun wapens te gebruiken. Taita en Meren lieten de korte teruggebogen cavaleriebogen die ervoor waren gemaakt om ermee vanaf de rug van een paard te schieten van hun schouders glijden toen ze dichterbij kwamen. Ze lieten de teugels op de nek van hun paard zakken en terwijl ze hen met de druk van hun knieën en enkels stuurden, reden ze recht op de speerdragers af. Een Basmara wierp zijn speer. Hij richtte op Meren, maar de afstand was te groot en Meren had tijd om te reageren. Met een aanraking van zijn teen liet hij de vos opzij draaien en de speer vloog langs zijn rechterschouder. Hij bracht zijn boog omhoog en schoot snel achter elkaar twee pijlen af. De ene vloog bijna een armlengte over het hoofd van de man heen en zweefde nog vijftig passen verder – van zo dichtbij was de boog enorm krachtig – maar de tweede trof de Basmara recht in de borst en vloog dwars door hem heen. Hij kwam tussen zijn schouderbladen in een nevel van bloed naar buiten. De man was dood voordat hij de grond raakte.

Aan de rechterkant bracht de tweede speerdrager zijn werparm naar achteren. Hij concentreerde zich ook op Meren en hij stond aan diens blinde kant. Meren zag hem niet, dus deed hij geen moeite om zich te verdedigen. Imbali zwaaide zich aan de stijgbeugel opzij en wierp de bijl die door de lucht ronddraaide. Het gewicht van de Basmara steunde op zijn achterste voet – hij wilde net zijn speer werpen en kon niet opzij springen of wegduiken. De bijl trof hem in het midden van zijn voorhoofd en begroef zich diep in zijn schedel. Imbali boog zich naar de grond om het wapen terug te pakken toen ze langs hem reden. Taita schoot een pijl in het lichaam van een derde speerdrager die het wapen liet vallen dat hij net had willen werpen en probeerde om de pijl uit zijn buik te trekken, maar de weerhaken zaten er diep in.

De vierde en laatste krijger hield stand. Hij stond in de werphouding en de schacht van zijn speer rustte op zijn schouder. Zijn ogen waren bloeddoorlopen van strijdlust en Taita zag dat zijn blik op Fenn was gericht. Ze zat hoog op Wervelwinds rug en vormde een perfect doelwit. De Basmara vertrok zijn gezicht van inspanning toen hij de zware speer naar achteren bracht om hem te werpen.

Taita zette nog een pijl uit zijn pijlenkoker op de boog. 'Liggen, Fenn,' beval hij met zijn krachtstem. 'Ga plat liggen!' Ze liet zich voorovervallen en drukte haar gezicht in Wervelwinds manen. Taita bracht de boog omhoog, spande hem tot de pees zijn neus en lippen raakte en schoot de pijl toen af. De speerdrager zwaaide zijn lichaam al in de voorwaartse beweging, maar Taita's vuurstenen pijlpunt trof hem in de inkerving onder aan zijn keel en doodde hem onmiddellijk. De speer was echter al in de lucht. Taita keek hulpeloos toe terwijl hij recht op Fenn af vloog. Ze lag nog met haar gezicht in Wervelwinds manen en zag hem niet aankomen, maar Wervelwind wel. Terwijl de speer langs zijn neus schoot, sprong hij schichtig opzij en gooide zijn hoofd omhoog zodat Taita de speer een ogenblik uit het oog verloor. Hij dacht dat het wapen haar gemist had en hij slaakte een zucht van verlichting, maar toen hoorde hij haar schreeuwen van pijn en schrik en hij zag haar op de rug van het hengstveulen kronkelen.

'Ben je geraakt?' schreeuwde Taita, maar ze antwoordde niet. Toen zag hij de schacht van de speer langs Wervelwinds flank bungelen en achter hem over de grond slepen. Taita liet Windrook opzij draaien en toen hij achter het hengstveulen reed, zag hij onmiddellijk dat de punt van de speer in Fenns dij vastzat. Ze had de teugels laten vallen en klemde zich met beide handen aan de nek van het hengstveulen vast. Ze draaide zich naar hem om en Taita zag dat ze lijkbleek was en haar groene ogen leken de helft van haar gezicht in beslag te nemen toen ze hem aanstaarde. De schacht van de speer hobbelde en stuiterde over de grond en hij wist dat de vlijmscherpe randen ervan zich bruut in haar vlees drongen en de wond dieper en groter maakten. De speerpunt zat dicht bij de dijader in haar bovenbeen. Als hij dat grote bloedvat had doorgesneden, zou ze binnen een paar minuten dood zijn.

'Hou je taai, schat,' riep hij en hij keek over zijn schouder. Hij zag dat ze achtervolgd werden door een groep Basmara die brullend door het bos renden. 'We kunnen niet stoppen. Als we dat doen zijn ze direct bij ons. Ik kom je halen.'

Taita trok zijn zwaard en ging naast haar rijden. Hij mat zijn slag zorgvuldig af. Doordat hij zag hoeveel pijn Fenn leed, leek hij de kracht terug te krijgen die hij zo lang geleden verloren was. Hij concentreerde zich op de stuiterende, schokkende speer. Toen hij het zware, bronzen zwaard zwaaide, schreeuwde hij een krachtwoord: 'Kydash!'

Het wapen leek in zijn greep een eigen leven te leiden. Aan de scherpe kant van een uitgebalanceerd zwaard zit een plek waarin het hele gewicht en alle energie van de slag geconcentreerd zijn. Daarmee raakte hij de hardhouten schacht precies een vingerlengte boven de leren windsels waarmee de speerpunt bevestigd was en hij sneed erdoorheen alsof het een groene twijg was. De schacht viel neer en hij zag direct de opluchting op Fenns gezicht.

'Ik haal je eraf,' zei hij tegen haar, terwijl hij het zwaard in de schede terugstak. 'Houd je gereed.' Hij ging dicht naast het hengstveulen rijden en Fenn spreidde vol vertrouwen haar armen. Hij liet een arm om haar middel glijden en tilde haar over de opening heen. Ze sloeg haar armen om zijn nek en hij zette haar schrijlings op Windrooks schoften.

'Ik was zo bang tot je kwam, Taita,' fluisterde ze. 'Nu weet ik dat alles goed zal komen.'

'Houd je goed vast,' zei hij, 'anders gaat alles verkeerd.' Met zijn tanden trok hij een strook linnen van de zoom van haar tuniek, drukte toen de stomp van de schacht van de speer plat tegen het bovenste deel van haar dij en bond hem met het linnen vast. 'Het is niet erg netjes en mooi,' zei hij, 'maar je bent het dapperste meisje dat ik ken en dat verband houdt het wel tot we terug zijn in Tamafupa.'

De Basmara die hen achtervolgden, lieten zich terugzakken en verdwenen al snel tussen de bomen uit het zicht. Ze konden de paarden tot draf intomen en bereikten toch de poort van Tamafupa voordat de zon op zijn hoogste punt stond.

'Roep het garnizoen te wapen,' beval Taita Meren. 'Die schoften zullen binnen een uur hier zijn.' Hij tilde Fenn van Windrooks rug, droeg haar naar de hut die ze deelden en legde haar voorzichtig op haar slaapmat.

Taita praatte geruststellend tegen Fenn terwijl hij het geronnen bloed rondom de speerpunt wegwaste. Daarna onderzocht hij haar been grondig. Hij zou de linnen strook waarmee hij de speerpunt vastgezet had pas weghalen wanneer hij klaar was om te opereren.

'Je was altijd een lieveling van de goden,' zei hij ten slotte. 'De speer heeft de grote ader op de breedte van je pinknagel na gemist. Als we er niet voor gezorgd hadden dat de scherpe randen ophielden met in je vlees te zagen, zouden ze hem doorgesneden hebben. Blijf rustig liggen, terwijl ik een drankje voor je klaarmaak.' Hij goot een flinke hoeveelheid van het rode sheppen-poeder in een aarden kom en deed er heet water bij uit de pan die op de kolen van de haard stond. 'Drink dit op. Het zal je slaperig maken en de pijn verdoven.'

Terwijl het verdovingsmiddel zijn werk deed, zocht hij in zijn leren medicijntas. Er was een apart vakje waarin hij zijn zilveren lepels bewaarde. Voor zover hij wist had maar één andere heelkundige ooit een set bezeten en deze was dood. Toen hij klaar was, riep hij Meren die bij de deur van de hut rondhing. 'Je weet wat je moet doen,' zei hij.

'Natuurlijk. U weet hoe vaak ik dit al gedaan heb,' antwoordde Meren.

'Je hebt natuurlijk je handen gewassen?' vroeg Taita.

Merens uitdrukking veranderde. 'Ja,' zei hij weifelend.

'Wanneer?'

'Voordat we met de patrouille uitreden.'

'Was ze dan nog maar een keer.'

'Daar zie ik geen reden voor,' mompelde Meren, zoals hij altijd deed, maar hij ging naar de pan op het vuur en vulde een schaal.

'We hebben nog een paar handen nodig,' zei Taita toen hij de zilveren lepels in de vlammen hield. 'Roep Imbali.'

'Imbali! Ze is een wilde. Waarom niet een van onze eigen mannen?'

'Ze is sterk en intelligent,' wierp Taita tegen. Maar waar het hem eigenlijk om ging, was dat ze een vrouw was. Taita wilde niet dat een andere man Fenns naakte lichaam zou aanraken. Het was al erg genoeg dat hij zich door Meren moest laten helpen, maar hij wilde er niet nog een ruwe soldaat bij hebben – en de Sjilloek-vrouwen waren onberekenbaar. 'Roep Imbali,' herhaalde hij, 'en laat haar ook haar handen wassen.'

Hoewel de rode sheppen Fenn verdoofd had, kreunde ze en ze bewoog zich toen hij de speerpunt aanraakte. Taita knikte naar Meren en samen tilden ze Fenn in een zittende houding overeind. Daarna hurkte Meren achter haar neer, vouwde haar armen over haar borst en bond ze vast.

'Klaar,' zei hij.

Taita keek Imbali aan die voor Fenns voeten neergeknield zat. 'Houd haar benen recht. Zorg ervoor dat ze zich niet beweegt.' Imbali leunde naar voren en greep Fenns enkels vast. Taita haalde diep adem en concentreerde zich.

Terwijl hij zijn lange benige vingers boog en strekte, nam hij alles door wat hij moest doen. Snelheid en gedecideerdheid waren de sleutel tot succes. Hoe langer de patiënt leed, hoe meer schade er aan lichaam en geest toegebracht werd en hoe kleiner de kans op herstel was. Hij sneed snel de linnen strook door die de speerpunt op zijn plaats hield en trok het verband omhoog. Fenn kreunde weer. Meren had de leren prop gereedgehouden en hij liet hem nu tussen haar tanden glijden om te voorkomen dat ze haar tong zou doorbijten.

'Let erop dat ze hem niet uitspuwt,' zei Taita tegen hem. Hij boog zich verder naar voren en bestudeerde de wond. De bewegingen van het vuursteen hadden hem al aanzienlijk vergroot, maar niet genoeg om de zilveren lepels erin te kunnen drukken. Hij palpeerde het gezwollen vlees en volgde de regelmatig kloppende grote ader met zijn vingers. Daarna liet hij zijn wijs- en middelvinger in de wond glijden om hem open te trekken en drukte ze toen heel voorzichtig in het warme, rauwe vlees om de scherpe punten van de weerhaken te zoeken die zich erin begraven hadden. Fenn schreeuwde en spartelde en Meren en Imbali verstevigden hun greep. Taita trok de wond nog een stukje verder open. Ondanks de snelheid van zijn bewegingen waren ze beheerst en nauwkeurig: binnen een paar seconden had hij de punten van de weerhaken

232

gelokaliseerd. Fenns vlees en spiervezels kleefden eraan vast. Met zijn vrije hand pakte hij de beide lepels op, zette ze over de speerpunt heen en drukte ze aan weerszijden ervan in de wond. Hij schoof ze over het scherpe vuursteen heen om het af te dekken zodat hij de speerpunt eruit zou kunnen trekken zonder dat hij bleef haken.

'Je vermoordt me!' schreeuwde Fenn. Meren en Imbali gebruikten al hun kracht, maar ze konden haar nauwelijks in bedwang houden, terwijl ze kronkelde en spartelde. Twee keer lukte het Taita om de lepels over de weerhaken heen te krijgen, maar beide keren schoten ze door haar wilde bewegingen los. Bij zijn volgende poging voelde hij dat ze op hun plaats gleden. Hij sloot het gepolijste metaal over de weerhaken en trok ze in dezelfde beweging naar boven. Hij hoorde een zuigend geluid doordat de bloedige randen van de wond weerstand boden. Hij had zijn vingertoppen diep in Fenns vlees en hij voelde de ader gestaag kloppen. Het geluid leek door zijn ziel te weergalmen. Hij concentreerde zich erop om de lepels erlangs te leiden. Als er zelfs maar een klein uitsteek-seltje van het vuursteen onder het metaal uit zou komen, kon het in de ader blijven haken en hem opensnijden. Hij oefende geleidelijk meer druk uit. Hij voelde dat de mond van de wond mee begon te geven en toen kwamen de met bloed besmeurde zilveren lepels en de vuurstenen speerpunt abrupt naar buiten. Hij trok snel zijn vingers uit de wond en drukte de randen van rauw vlees tegen elkaar.

Met zijn vrije hand pakte hij het dikke linnen kussen aan dat Meren hem overhandigde en drukte het op de wond om het bloeden te stelpen. Fenns hoofd viel achterover. Haar geschreeuw ging over in een zacht gekreun, de spanning verdween uit haar ledematen en haar krampach-tig gewelfde rug ontspande zich.

'Uw kunde blijft me verbazen,' fluisterde Meren. 'Elke keer dat ik u zo aan het werk zie, ben ik vol bewondering. U bent de grootste heel-kundige die ooit geleefd heeft.'

'Daar hebben we het later nog wel over,' zei Taita. 'Nu kun je me hel-pen met het hechten van de wond.'

Toen Taita de laatste paardenharen hechtdraad had vastgenaaid, hoorden ze een kreet vanaf de noordelijke uitkijktoren. Hij keek niet op naar Meren toen hij de knoop legde om de wond te sluiten. 'Ik denk dat de Basmara gearriveerd zijn. Je kunt nu je plicht gaan doen en neem Im-bali mee. Bedankt voor je hulp, beste Meren. Als de wond niet gaat ver-sterven, is het kind jou ook veel dank verschuldigd.'

Nadat hij Fenns been had verbonden, liep Taita naar de deur en riep Lala, de betrouwbaarste en verstandigste van de Sjilloek-vrouwen. Ze kwam met haar naakte baby op haar heup naar hem toe. Fenn en zij wa-ren dikke vriendinnen. Ze brachten veel tijd met elkaar door waarin ze met elkaar praatten en met de baby speelden. Lala begon luid te wee-klagen toen ze Fenn bleek en met bloed besmeurd op de slaapmat zag liggen. Taita nam er de tijd voor om haar te kalmeren en te vertellen wat ze moest doen. Daarna liet hij haar achter om over Fenn te waken tot de verdoving van de rode sheppen uitgewerkt was en ze wakker zou worden.

Taita klauterde de geïmproviseerde ladder op om zich op de noordwand van de palissade bij Meren te voegen. Meren begroette hem ernstig en wees zonder verder iets te zeggen naar de vallei. De Basmara trokken in drie afzonderlijke formaties in een gestage draf op. Hun hoofdtooien deinden en wuifden in het briesje dat hun eigen snelheid opwekte en hun colonnes kronkelden zich als zwarte slangen door het bos. Ze zongen weer. Het was een diep, steeds opnieuw herhaald gezang dat de verdedigers de stuipen op het lijf joeg en hun kippenvel bezorgde. Taita draaide zijn hoofd opzij en keek uit over de borstwering. Hun hele strijdmacht was daar verzameld en het was ontnuchterend om te zien met hoe weinigen ze waren.

'We zijn met zijn tweeëndertigen,' zei hij zacht, 'en zij zijn met minstens zeshonderd man.'

'Dan zijn we aan elkaar gewaagd, Magiër. Ik durf te wedden dat we heel wat plezier gaan beleven,' zei Meren. Taita schudde quasiongelovig zijn hoofd om zo'n koelbloedigheid nu de ongelijke strijd op het punt stond om te ontbranden.

Nakonto stond met Imbali en haar vrouwen aan het uiteinde van de borstwering. Taita liep naar hen toe. Zoals altijd had Imbali een kalme, afstandelijke uitdrukking op haar nobele, Nilotische gezicht.

'Jij kent deze mensen, Imbali. Hoe zullen ze aanvallen?' vroeg hij.

'Eerst kijken ze met hoevelen we zijn en stellen ze onze kracht op de proef,' antwoordde ze zonder te aarzelen.

'Hoe doen ze dat?'

'Ze bestormen de palissade om ons te dwingen ons te laten zien.'

'Zullen ze proberen de palissade in brand te steken?'

'Nee, Sjamaan. Dit is hun eigen dorp. Hun voorouders zijn hier begraven. Ze zouden hun graven nooit verbranden.'

Taita ging terug naar Meren. 'Het is tijd om de namaakhoofden langs de borstwering te zetten,' zei hij en Meren gaf het bevel door aan de Sjilloek-vrouwen. Ze hadden de namaakhoofden al beneden de borstwering klaargelegd. Nu holden ze ermee langs de palissade zodat de Basmara ze erbovenuit zouden zien komen.

'We hebben ogenschijnlijk de kracht van ons garnizoen in één keer verdubbeld,' merkte Taita op. 'Daardoor zullen de Basmara ons met iets meer respect behandelen.'

Ze keken toe terwijl de formaties van speerdragers manoeuvreerden over de met as bedekte grond waarop de hutten waren verbrand. De Basmara hadden hun drie regimenten gegroepeerd in duidelijk te onderscheiden colonnes, met hun kapiteins voorop.

'Ze zijn ongedisciplineerd en hun formaties zijn slordig en verward,' zei Meren minachtend. 'Dit is een ongeregeld zootje, geen leger.'

'Maar wel een groot ongeregeld zootje, terwijl wij een heel klein leger zijn,' bracht Taita naar voren. 'Laten we niet te vroeg juichen. We hebben de overwinning nog niet in de wacht gesleept.'

Het zingen hield op en er daalde een diepe stilte op het veld neer. Eén man verliet de gelederen van de Basmara en liep tot halverwege de palissade. Hij droeg de hoge hoofdtooi van roze flamingoveren. Hij bleef even staan om de verdedigers zijn krijgshaftige voorkomen te laten bewonderen en sprak hen vervolgens op een hoge, schrille toon toe, waarbij hij elke bewering accentueerde door hoog in de lucht te springen en met zijn speer een klap op zijn schild te geven.

'Wat zegt hij?' vroeg Meren.

'Ik kan alleen maar raden dat hij niet erg vriendelijk tegen ons is,' antwoordde Taita glimlachend.

'Ik zal hem met een pijl aanmoedigen.'

'Hij is zeventig passen buiten ons maximale schootsbereik,' weerhield Taita hem. 'We moeten geen pijlen verspillen.'

Ze zagen hoe Basma, het opperhoofd van de Basmara, naar zijn wachtende regimenten terugschreed. Deze keer nam hij een commandopositie achter de achterste gelederen in. Er daalde weer een stilte op het veld neer. Er bewoog niets. Zelfs de wind was gaan liggen. De spanning was even drukkend als de stilte voor een tropische onweersbui. Toen krijste opperhoofd Basma '*Hau! Hau!*' en zijn regimenten trokken op.

'Rustig!' waarschuwde Meren zijn mannen. 'Laat hen dichtbij komen. Niet schieten!'

De geconcentreerde gelederen van de Basmara renden langs de eerste merktekens en begonnen hun strijdkreet te scanderen. Ze trommelden met hun speren op hun schilden en bij elke vijftigste pas stampten ze allemaal tegelijk met hun voeten op de grond. De ratels om hun enkels ratelden dan en de grond leek onder het gedreun te schudden. Het fijne stof van de as van het verbrande dorp dwarrelde tot hun middel omhoog zodat het leek alsof ze door water waadden. Ze kwamen bij de merktekens op honderd passen. Het gescandeer en het getrommel werden uitzinnig.

'Rustig!' Meren brulde nu om boven het lawaai uit te komen.

'Houd je in!' Het voorste gelid bereikte nu het merkteken op vijftig passen afstand. Hij kon elk detail zien van de vreemde patronen die op de gezichten van de Basmara geschilderd waren. De leiders waren nu langs de merktekens en zo dichtbij dat de boogschutters op de palissade op hen neerkeken.

'Opzetten en richten!' bulderde Meren. De bogen kwamen omhoog en de boogschutters spanden ze. Ze knepen hun ogen half dicht terwijl ze langs de pijlschachten richtten. Meren was wel zo verstandig om hen de boog niet gespannen te laten houden tot hun armen begonnen te trillen. Zijn volgende bevel volgde bijna direct op het vorige. Precies op dat moment bereikten de dichte gelederen het merkteken op twintig passen afstand.

'Schieten!' schreeuwde hij en ze schoten de pijlen als één man af. Ze vlogen in een dichte, stille wolk door de lucht en op die afstand miste geen enkele pijl doel.

Het was een teken van hun ervaring dat alle boogschutters op een andere Basmara richtten. Het eerste gelid ging neer alsof het in een gat in de grond was gevallen.

'Schiet naar goeddunken!' brulde Meren. Zijn boogschutters zetten de tweede pijl op met een handigheid die alleen oefening kan schenken. Ze brachten hun boog omhoog, spanden hem en schoten en dat alles deden ze in één beweging waardoor het gemakkelijk en ongehaast leek. Het volgende gelid van de Basmara viel neer en even later viel het volgende erbovenop. Degenen die hen volgden, struikelden over de groeiende bergen lijken.

'Pijlen!' De kreet plantte zich voort over de borstwering en de Sjilloek-vrouwen haastten zich naar voren, gebogen onder de bundels pijlen die ze op hun schouders droegen. De Basmara bleven komen en de boogschutters bleven op hen schieten tot ze ten slotte voor de palissade door elkaar heen liepen en probeerden een van de palen vast te pakken om zich eraan op te hijsen. Sommigen van hen bereikten de top, maar Nakonto, Imbali en de vrouwen wachtten op hen. De strijdbijlen gingen omhoog en omlaag alsof ze brandhout hakten. Nakonto slaakte moordzuchtige kreten terwijl hij zijn steekspeer gebruikte.

Ten slotte maakte het schrille geluid van ivoren fluiten abrupt een einde aan het bloedbad. De regimenten trokken zich over het met as bedekte veld terug naar de plek waar Basma wachtte om de overlevenden te hergroeperen.

Meren liep over de borstwering. 'Is er iemand gewond? Nee! Mooi zo. Wanneer jullie je pijlen gaan ophalen, kijk dan uit voor degenen die doen of ze dood zijn. Het is een bekende truc van die schurken.'

Ze openden de poort en renden naar buiten om de pijlen te verzamelen. De weerhaken van veel pijlpunten hadden zich in het dode vlees begraven en moesten met het zwaard en de bijl losgehakt worden. Het was een gruwelijk karwei en al snel waren ze met bloed bespat als slagers. Toen ze de pijlen hadden, verzamelden ze de speren van de gevallen Basmara. Daarna renden ze het dorp weer binnen en sloegen de poort achter hen dicht.

De vrouwen brachten hun waterzakken en manden met gedroogde vis en doerrakoeken. Terwijl de meeste mannen nog aten, riepen hun kapiteins hen terug de borstwering op toen de Basmara hun strijdkreet weer begonnen te scanderen. 'Te wapen!' riepen ze.

236

De Basmara trokken weer in een strakke slagorde op, maar deze keer droegen de leiders lange dikke takken die ze in het bos hadden gehakt. Wanneer ze neergeschoten waren door de boogschutters op de palissade, pakten de mannen die hen volgden de takken op die ze hadden laten vallen en liepen ermee door. Vijftig of meer Basmara sneuvelden voordat de mannen met de takken de palissade bereikten. Ze drongen naar voren, tilden het ene uiteinde van een tak op en zetten hem tegen de palissade overeind. Ze klommen er direct in naar boven, met hun korte steeksperen tussen hun tanden geklemd.

Wanneer de takken eenmaal het gewicht van de Basmara droegen, was het voor de verdedigers onmogelijk om ze omver te duwen. Ze moesten een gevecht van man tegen man met de krijgers aangaan wanneer deze eenmaal de bovenkant van de palissade hadden bereikt. Imbali en haar vrouwen stonden zij aan zij met de mannen en deelden dodelijke slagen uit met hun strijdbijlen, maar de Basmara leken ongevoelig voor hun verliezen. Ze klauterden over de lijken van hun kameraden en wierpen zich gretig en onverschrokken in de strijd.

Uiteindelijk had een klein groepje zich de borstwering op gevochten en pas na zware, bittere strijd kon de laatste van hen naar beneden gegooid worden. Nieuwe golven krijgers zwermden echter toe om hun plaats in te nemen. Net toen het erop leek dat de verdedigers puur door het gewicht van de beschilderde lichamen overweldigd zouden worden, klonk weer het schrille geluid van de fluiten en trokken de aanvallers zich abrupt terug.

Ze dronken water, verbonden hun wonden en verwisselden hun bot geworden zwaarden voor scherpere, maar hun werd maar een kort respijt gegund voordat er weer geroepen werd: 'Te wapen! Daar komen ze weer.'

Merens mannen moesten voor zonsondergang nog twee aanvallen het hoofd bieden, maar de laatste eiste een hoge prijs. Acht mannen en twee van Imbali's vrouwen waren op de borstwering met een speer doorstoken of doodgeknuppeld voordat de Basmara teruggeslagen werden.

Slechts weinigen van de soldaten hadden de dag ongedeerd overleefd. Sommigen hadden alleen lichte verwondingen of blauwe plekken. Twee van hen hadden gebroken ribben door slagen met de zware knotsen van de Basmara. Twee anderen zouden de ochtend niet halen: de een was met een speer door de buik gestoken en de ander door de longen. Velen waren te moe om te eten en zelfs om zich naar de hutten te slepen. Zodra ze hun dorst gelest hadden, lieten ze zich op de borstwering neerploffen en vielen ze in hun van zweet doordrenkte wapenrusting en met hun bebloede verbanden om in slaap.

'We kunnen het niet nog een dag volhouden,' zei Meren tegen Taita. 'We zitten in dit dorp in de val. Ik had niet gedacht dat de Basmara zo vasthoudend zouden zijn. We zullen hen allemaal moeten doden voordat we hier weg kunnen.' Hij zag er vermoeid en terneergeslagen uit. Zijn oogkas deed pijn en hij schoof de ooglap steeds omhoog om er met zijn knokkels over te wrijven.

Taita had hem zelden zo neerslachtig gezien. 'We hebben niet meer genoeg mannen om de palissade te verdedigen,' zei hij. 'We zullen ons naar de binnenlinie moeten terugtrekken.' Ze keken naar de laatste verdedigingslinie rondom de bron. 'We kunnen dat onder dekking van het donker doen. We steken de palissade in brand zodra ze morgen weer aanvallen. Dat zal hen een paar uur ophouden, tot de vlammen uitdoven.'

'En dan?'

'We zorgen dat de paarden gezadeld zijn en wachtten op onze kans om uit te breken en te ontsnappen.'

'Waar gaan we dan naartoe?'

'Dat vertel ik je wanneer ik het weet,' zei Taita en hij stond stijfjes op. 'Zorg ervoor dat de mannen die de palissade verdedigen vuurpotten hebben. Ik ga nu naar Fenn.'

Ze sliep toen hij de hut binnenkwam. Hij wilde haar niet wakker maken om haar even te onderzoeken, maar hij voelde dat haar wang koel was en niet rood of koortsig. De wond is niet verstorven, verzekerde hij zichzelf. Hij stuurde Lala weg en ging naast Fenn liggen. Voordat hij drie keer geademd had, viel hij in een diepe, donkere slaap.

Hij werd wakker in het onzekere licht van de zonsopgang. Fenn zat bezorgd over hem heen gebogen. 'Ik dacht dat je dood was,' riep ze toen hij zijn ogen opende.

'Ik ook.' Taita ging rechtop zitten. 'Laat me eens naar je been kijken.' Hij maakte het verband los en constateerde dat de wond slechts licht ontstoken was, maar niet warmer dan zijn hand. Hij boog zich voorover en rook aan de hechtingen. Hij rook geen rottingsgeur. 'Je moet je aankleden. Misschien moeten we snel vertrekken.' Toen hij haar in haar tuniek en lendendoek hielp, zei hij: 'Ik ga een kruk voor je maken, maar je zult weinig gelegenheid hebben om hem te leren gebruiken. De Basmara zullen bijna zeker bij zonsopgang weer aanvallen.' Hij maakte snel een kruk van een lichte stok en een uitgesneden dwarsstuk dat hij met boomschors bekleedde. Ze leunde er zwaar op toen ze met zijn hulp naar de paarden hinkte. Samen deden ze Wervelwind het hoofdstel om en zadelden hem. Op dat moment klonk er een waarschuwingskreet op de palissade.

'Blijf bij Wervelwind,' zei Taita. 'Ik kom je wel halen.' Hij haastte zich naar de palissade waar Meren op hem wachtte.

'Hoe is het met Fenn?' waren zijn eerste woorden.

'Ze kan rijden en wacht bij de paarden,' zei Taita. 'Wat gebeurt hier?'

Meren wees over het open terrein. Tweehonderd passen van hen vandaan verzamelden de regimenten van de Basmara zich bij de rand van het bos.

'Wat weinig,' merkte Taita op. 'Half zoveel als gisteravond.'

'Kijk eens naar de zuidelijke wand,' zei Meren.

Taita draaide zich om en keek in de richting van het grote meer. 'Ze doen gewoon wat ze gisteren al hadden moeten doen,' merkte hij droogjes op. 'Ze lanceren een aanval op twee punten.' Hij dacht even na en vroeg toen: 'Hoeveel mannen zijn vanochtend fit genoeg om een wapen vast te houden?'

'Er zijn vannacht drie mannen overleden en vier van onze soldaten hebben hun Sjilloek-hoeren en hun kinderen meegenomen en zijn in het donker gedeserteerd. Ik betwijfel of ze ver zullen komen voordat de Basmara hen vinden. Dus we zijn nog met zijn zestienen, met inbegrip van Nakonto en Imbali en haar vriendin.'

'We hebben vijftien paarden die sterk genoeg zijn om een man en zijn uitrusting te dragen,' zei Taita.

'Wachten we nog een aanval van de Basmara af of steken we de palissade in brand en proberen we onder dekking van de rook te paard te vluchten?'

Taita had niet lang nodig om een besluit te nemen. 'Als we hier blijven, stellen we het onvermijdelijke alleen maar uit,' zei hij. 'We zullen ons geluk met de paarden beproeven en ervandoor gaan. Vertel de mannen wat we van plan zijn.'

Meren liep langs de linie om de mannen op de hoogte te brengen en kwam toen snel terug. 'Ze weten allemaal wat ze moeten doen, Magiër. De vuurpotten zijn klaar. De dobbelstenen liggen in de beker gereed om geworpen te worden.' Taita zweeg en keek naar de vijandelijke regimenten. Ze hoorden weer het bekende strijdgezang, het getrommel op de schilden en het gestamp van honderden blote voeten.

'Ze komen,' zei Meren zacht.

'Steek de palissade in brand,' beval Taita. De mannen bij de stapels droog brandhout gooiden de smeulende inhoud van de vuurpotten eroverheen en wakkerden het vuur aan met hun slaapmatten. De vlammen schoten bijna onmiddellijk omhoog.

'Terugtrekken!' brulde Meren en de overlevenden sprongen van de brandende borstwering. Sommigen renden terwijl anderen mank liepen of hinkten en elkaar moeizaam ondersteunden. Toen hij naar hen keek, voelde Taita zich plotseling moe, oud en zwak. Zou het hier in deze afgelegen, wilde uithoek van de aarde allemaal eindigen? Zouden zo veel inspanning, leed en dood uiteindelijk nergens toe leiden? Meren keek naar hem. Hij rechtte zijn schouders en richtte zich in zijn volle lengte op. Hij mocht de moed nu niet verliezen: hij was het aan Meren en de overgebleven mannen, maar nog meer aan Fenn, verplicht om vol te houden.

'Het is tijd om te gaan, Magiër,' zei Meren zacht en hij pakte zijn arm vast om hem de ladder af te helpen. Tegen de tijd dat ze de paarden hadden bereikt, was de hele palissade omhuld door een muur van dansende, loeiende vlammen. Ze deinsden terug van de felle, verschroeiende hitte.

De soldaten leidden de paarden naar buiten. Meren liep langs de colonne om de paarden toe te wijzen. Natuurlijk zou Fenn op Wervelwind rijden en Imbali op haar stijgbeugel nemen, zodat deze haar zou kunnen beschermen. Taita zou Windrook krijgen en Nakonto zou aan zijn stijgbeugeltouwen hangen. Meren zou op zijn vos rijden en Imbali's vriendin zou zijn blinde kant dekken. Alle andere soldaten zouden op hun eigen paard rijden. Nu er geen muilezels meer in leven waren, werden de twee reservepaarden beladen met voedsel en uitrustingsstukken. Hilto en Shabako voerden ze aan de teugel mee.

Onder dekking van de brandende palissade stegen ze met hun gezicht naar de poort op. Taita bracht de Amulet van Lostris omhoog en sprak de toverspreuk om verborgen te blijven over hen uit, zodat ze voor de ogen van de vijand afgeschermd zouden zijn. Hij was zich er terdege van bewust hoe moeilijk het was om zo'n grote groep paarden en mannen te verbergen, maar de primitieve Basmara zouden zeer vatbaar zijn voor de illusie die hij wekte.

De Basmara deden geen moeite om door de brandende palissade heen te breken. Kennelijk dachten ze dat hun slachtoffers binnen vastzaten en wachtten ze op de kans om hen af te maken. Ze zongen en schreeuwden aan de andere kant van de vuurzee.

Taita wachtte tot de poort door de vlammen doorgebrand was en tegen de grond knalde.

'Nu,' beval hij. Habari en Shabako galoppeerden de rook in en gooiden lussen van touw om de gevallen deuren van de poort. Voordat het vuur de touwen kon verbranden, trokken ze de deuren opzij. De weg was nu vrij en de beide mannen galoppeerden terug naar de anderen.

'Blijf zo dicht mogelijk bij elkaar en volg me,' zei Taita. Hoe goed de toverspreuk werkte, zou blijken wanneer ze eenmaal de poort uit en op het open terrein waren. De poortopening was omlijst door vlammen en ze moesten er snel doorheen, voordat ze levend geroosterd zouden worden.

'Voorwaarts in galop,' beval Taita zacht, maar hij gebruikte de krachtstem die voor iedereen in de rij duidelijk te verstaan was. Ze galoppeerden naar de brandende poort. Toen ze de muur van hitte bereikten, bokten sommige paarden, maar hun berijders dwongen hen met sporen en zwepen om door te lopen terwijl de hitte hun huid en manen verschroeide. De hitte verschroeide ook de gezichten van de mannen en stak in hun ogen voordat ze, nog steeds in een strakke formatie, op het open terrein kwamen.

De Basmara dansten overal om hen heen brullend rond. Hoewel

sommigen van hen naar hen keken, gleed hun blik uitdrukkingsloos over hen heen voordat ze weer omhoogkeken naar de brandende palissade. Taita's toverspreuk hield stand.

'Rustig en langzaam,' waarschuwde Taita. 'Blijf dicht bij elkaar. Maak geen plotselinge bewegingen.' Hij hield de Amulet hoog geheven. Naast hem volgde Fenn zijn voorbeeld. Ze bracht haar eigen gouden talisman omhoog en haar lippen bewogen terwijl ze de woorden reciteerde die hij haar had geleerd. Ze hielp Taita en versterkte de toverspreuk. Ze reden over het open terrein tot ze bijna in veiligheid waren. De rand van het bos was nog geen tweehonderd passen voor hen uit en nog steeds was hun aanwezigheid door de stamleden niet ontdekt. Toen voelde Taita een koude luchtstroom in zijn nek. Fenns adem stokte en ze liet haar talisman aan de ketting vallen. 'Hij brandde me!' riep ze uit en ze staarde naar de rode plek op haar vingertoppen. Toen keek ze Taita geschrokken aan. 'Iets verbreekt de werking van onze toverspreuk.' Ze had gelijk. Taita voelde dat de tovermantel die hen verborg aan flarden werd gescheurd als een verrot zeil in een windvlaag. Een andere invloed werkte op hen in en hij kon hem niet afweren of ombuigen.

'Voorwaarts in galop!' schreeuwde hij en de paarden renden naar de rand van het bos. Een luid geschreeuw steeg op uit de legioenen van de Basmara. Hun beschilderde gezichten draaiden zich in hun richting en hun ogen lichtten op van bloeddorst. Ze zwermden uit alle hoeken van het veld naar de kleine groep ruiters toe.

'Sneller!' spoorde Taita Windrook aan, maar ze droeg twee grote mannen. Alles leek vertraagd te gebeuren, als in een droom. Hoewel ze voor de krijgers die hen volgden uit galoppeerden, kwam er vanaf de rechterflank nog een formatie speerdragers aanrennen.

'Kom op! Zo snel je kunt!' spoorde Taita Windrook opnieuw aan. Hij zag dat Basma de groep aanvoerde die hun de pas wilde afsnijden. Hij rende met grote sprongen voor zijn mannen uit terwijl hij zijn speer op zijn rechterschouder balanceerde, gereed om te werpen. Zijn mannen gingen tekeer als honden op het spoor van een prooi.

'Kom op!' schreeuwde Taita. Hij beoordeelde de hoeken en de respectieve snelheden. 'We komen erdoor!'

Basma maakte dezelfde berekening als Taita toen de groep ruiters op een afstand van dertig passen langs hem heen galoppeerde. Basma gebruikte zijn voorwaartse snelheid en de kracht van zijn frustratie en wierp de speer achter hen aan. Hij gooide hem hoog en de speer daalde neer naar Merens zwaarbeladen vosruin.

'Meren!' schreeuwde Taita om hem te waarschuwen, maar de speer kwam van zijn blinde kant. Hij trof het paard vlak achter het zadel en raakte de ruggengraat. De achterbenen van de ruin zakten in elkaar. Meren en de vrouw die bij hem op de stijgbeugel meereed, werden in een kluwen op de verschroeide aarde geworpen. De Basmara die op het punt hadden gestaan om de achtervolging op te geven, vatten moed en renden naar voren, aangevoerd door hun opperhoofd. Meren rolde zich overeind en hij zag de gezichten van de andere ruiters die naar hem omkeken terwijl ze op hun eigen paarden van hem vandaan reden.

'Rijd door!' schreeuwde hij. 'Red jezelf, want ons kunnen jullie niet redden!' De Basmara sloten hem snel in.

Fenn raakte Wervelwinds nek aan en riep tegen hem: 'Ho, Wervelwind, ho!' Het grijze hengstveulen draaide zich om als een zwaluw in de lucht en voordat iemand van hen besefte wat er gebeurde, galoppeerde Fenn terug naar de plek waar Meren en de vrouw stonden. Even was hij te verbaasd om iets te zeggen toen hij Fenn naar hem terug zag rijden, terwijl Imbali aan haar stijgbeugel hing en haar strijdbijl zwaaide. Hij gebaarde dat ze terug moest gaan. 'Ga weg!' Maar zodra Fenn zich had omgedraaid, had Taita dezelfde suïcidale actie ondernomen. De rest van de groep was in verwarring. De paarden bokten en steigerden. Ze botsten tegen elkaar en liepen door elkaar heen tot hun berijders ze onder controle hadden. Toen reden ze allemaal snel terug.

De dichtstbijzijnde Basmara waren, geleid door hun opperhoofd, bijna bij hen. Ze wierpen hun speren terwijl ze naderden. Eerst werd Hilto's paard en daarna dat van Shabako getroffen. Ze vielen zwaar op de grond en wierpen de mannen af.

Met een snelle blik beoordeelde Taita hun veranderde omstandigheden: er waren niet langer genoeg paarden voor hen allemaal. 'Vorm de verdedigingscirkel!' schreeuwde hij. 'We moeten hier de strijd met hen aangaan.'

De mannen die afgeworpen waren, kwamen moeizaam overeind en strompelden naar hen toe. Degenen op de niet-gewonde paarden, sprongen eraf en trokken de dieren mee in het centrum van de cirkel. De boogschutters haalden hun boog van hun schouder en Imbali en haar vriendin hieven hun strijdbijlen. Toen ze naar de geconcentreerde formaties speerdragers keken die op hen afkwamen, twijfelden ze niet aan de uiteindelijke afloop.

'Dit is het laatste gevecht. Zorg dat ze ons nooit zullen vergeten!' riep Meren vrolijk en ze bonden direct de strijd aan met de eerste golf Basmara. Ze vochten met de felheid en de overgave van de wanhoop. Ze drongen de aanvallers terug, maar opperhoofd Basma verzamelde hen springend en krijsend en ze vielen weer aan met hem aan het hoofd. Hij viel Nakonto aan, dook onder zijn dekking door en stak hem in de dij.

Imbali stond naast Nakonto, maar toen ze het bloed uit de wond zag spuiten, wierp ze zich op Basma als een leeuwin die haar mannetje beschermt. Hij draaide zich opzij om zich te verdedigen en hij bracht zijn speer omhoog om de bijlslag af te weren. Imbali's bijl doorkliefde de schacht alsof het een rietstengel was en daarna zonk hij weg in Basma's rechterschouder. Hij wankelde achteruit en zijn half doorgesneden arm hing slap langs zijn zij. Imbali rukte het blad van de bijl los en sloeg opnieuw, deze keer naar zijn hoofd. Het blad sneed dwars door de kroon van flamingoveren heen en spleet vervolgens Basma's hoofd tot aan zijn tanden. Een ogenblik keken de gescheiden ogen om het blad heen schuin naar elkaar en toen trok Imbali het eruit. Het metaal knarste scherp over bot toen het loskwam en de gele hersenmassa sijpelde erachteraan.

Toen de Basmara zagen dat hun opperhoofd geveld was, trokken ze zich met een wanhopig geschreeuw terug. De strijd was hard geweest. Ze hadden zware verliezen geleden – de grond rondom de kleine cirkel was bezaaid met lijken. De Egyptenaren waren met weinigen, maar ze aarzelden om naar voren te stormen en er een einde aan te maken. Taita maakte gebruik van het respijt om hun positie te versterken. Hij dwong de paarden plat te gaan liggen, een truc die aan alle cavaleriepaarden werd geleerd. Hun lichamen boden enige bescherming tegen de werpspiezen van de Basmara. Hij zette zijn boogschutters erachter, hield Imbali, haar vriendin en Fenn bij zich in het midden en nam daarna zijn plaats naast Fenn in. Hij zou aan het einde bij haar zijn, net zoals in het andere leven. Maar deze keer was hij vastbesloten om het gemakkelijker voor haar te maken en het korter te laten duren.

Hij keek naar de anderen in de cirkel. Habari, Shofar en de laatste twee soldaten waren dood. Shabako en Hilto stonden nog overeind, maar ze waren gewond. Ze hadden niet de moeite genomen om hun wonden te verzorgen en alleen het bloeden gestelpt door er een handvol aarde op te drukken. Achter hen knielde Imbali neer om de wond in Nakonto's dij te verbinden. Toen ze klaar was, keek ze naar hem op met een uitdrukking in haar ogen die meer die van een vrouw dan van een krijger was.

Meren was op zijn gezicht gevallen toen zijn paard hem afwierp. Zijn wang was geschramd en zijn oogkas bloedde weer. Een dun straaltje bloed liep onder de leren ooglap uit en droop over de zijkant van zijn neus op zijn bovenlip. Hij likte het weg terwijl hij de slijpsteen over zijn zwaard haalde. Gewond en gebroken als ze waren en omringd door de dichte gelederen van de vijand, hadden ze niets heldhaftigs meer.

Als ik door een wonder deze dag mocht overleven, zal ik een strijdgedicht over hen schrijven dat iedereen die het hoort tot tranen toe zal ontroeren, beloofde Taita zichzelf grimmig.

Eén stem verbrak de stilte met een schrille uitdaging: 'Zijn we oude vrouwen of zijn we krijgers van de Basmara?' De massa begon opnieuw te zingen, heen en weer te zwaaien en te stampen. Een andere stem beantwoordde de vraag. 'We zijn mannen en we zijn gekomen om hen te doden!'

'Dood hen! Gebruik de speer! Dood hen!' De strijdkreet werd gescandeerd en de gelederen kwamen dansend en stampend naar voren. Imbali ging naast Nakonto staan met een wreed glimlachje om haar lippen. Hilto en Shabako streken hun haar glad en zetten hun helm weer op. Meren veegde het bloed van zijn lip en knipperde met zijn goede oog om beter te kunnen zien. Daarna liet hij zijn zwaard in de schede glijden, pakte zijn boog op en leunde erop terwijl hij naar de naderende vijand keek. Fenn kwam stijfjes overeind en ontzag haar gewonde been. Ze pakte Taita's hand vast.

'Wees niet bang, kleintje,' zei hij.

'Ik ben niet bang,' zei ze, 'maar ik wou dat je me boogschieten had geleerd zodat je nu meer aan me zou hebben.'

De *induna's* bliezen schril op hun fluiten en de hordes stortten zich op hen. Het kleine groepje verdedigers schoot een salvo pijlen op hen af en toen nog een en daarna zetten ze weer een pijl op en schoten zo snel als ze hun boog konden spannen, maar ze waren met zo weinigen dat ze nauwelijks een rimpeling in de golven dansende, zwarte lichamen veroorzaakten.

De Basmara doorbraken de cirkel en het werd weer een gevecht van man tegen man. Shabako werd in de keel geraakt en terwijl hij stierf, spoot het bloed eruit als uit een geharpoeneerde walvis. De zwakke cirkel brak onder de aanstormende lichamen. Nakonto en Imbali stonden rug aan rug en hakten en staken. Meren trok zich terug tot hij en Taita Fenn tussen hen in hadden. Ze zouden nog een poosje door kunnen vechten, maar Taita wist dat hij Fenn spoedig een genadig einde zou moeten schenken. Hij zou haar snel volgen en ze zouden verenigd blijven.

Meren doodde een man met een steek dwars door het hart terwijl Taita tegelijkertijd de krijger naast hem doodde.

Meren keek hem even aan. 'Het is tijd, Magiër, maar ik zal het voor u doen als u wilt,' bracht hij schor uit door een keel die rauw was van dorst en het stof.

Taita wist dat Meren van Fenn was gaan houden en dat het hem heel zwaar zou vallen om haar te doden. 'Nee, beste Meren, maar ik dank je voor je aanbod. Dat is mijn plicht.' Taita keek vol liefde op Fenn neer. 'Kus Meren ten afscheid, liefste, want hij is een echte vriend van je.' Dat deed ze en daarna keek ze Taita vol vertrouwen aan. Ze boog haar hoofd en sloot haar ogen. Daar was Taita blij om: hij zou het nooit kunnen doen wanneer die groene ogen hem aankeken. Hij hief het zwaard, maar hield de slag in. Het strijdgezang van de Basmara was overgegaan in een luid gekreun van angst en wanhoop. Ze verbraken hun gelederen en verspreidden zich als een school sardines voor een barracuda.

Het kleine groepje bleef verbijsterd in de cirkel achter. Ze baadden in hun eigen zweet en bloed en in dat van hun vijanden. Ze keken elkaar stomverbaasd aan, niet in staat om te begrijpen waarom ze nog leefden. Het veld was bijna aan het zicht onttrokken door de wolken stof die voeten en hoeven deden opstuiven en de dichte kolkende rook die vanaf de brandende palissade naar beneden zweefde. Ze konden de rand van het bos amper zien.

'Paarden!' zei Meren met raspende stem. 'Ik hoor hoeven.'

'Dat verbeeld je je maar,' zei Taita even schor. 'Dat is onmogelijk.'

'Nee, Meren heeft gelijk,' zei Fenn en ze wees naar de bomen. 'Paarden!'

Taita knipperde met zijn ogen tegen het stof en de rook, maar hij kon niet goed zien. Hij zag alles vaag en dof. Hij veegde met de mouw van zijn tuniek over zijn ogen en keek toen opnieuw.

'Cavalerie!' mompelde hij ongelovig.

'Egyptische cavalerie,' juichte Meren. 'Elitetroepen! Ze voeren een blauw vaandel.' De cavalerie sneed door de linies van de Basmara heen, reeg hen aan de lans en keerde vervolgens om het werk met het zwaard af te maken. De Basmara wierpen hun wapens neer en vluchtten in wanorde.

'Het bestaat niet,' mompelde Taita. 'We zijn vierenhalfduizend kilometer van Egypte vandaan. Hoe komen die mannen hier? Het is onmogelijk.'

'Nou, ik geloof mijn ogen – of, beter gezegd, mijn ene goede oog,' riep Meren vrolijk. 'Dit zijn onze landgenoten!' Binnen een paar minuten waren de Basmara die nog op het veld overbleven dood of zouden dat snel zijn. De gardisten draafden terug en leunden uit het zadel om de gewonden ter plekke met de lans dood te steken. Een drietal hoge officieren maakte zich los uit de hoofdmacht van de cavaleristen en kwam in handgalop naar het kleine groepje overlevenden toe.

'De hoogste officier is een kolonel van de Blauwen,' zei Taita.

'Hij draagt het Goud van Verdienste en het Kruis van de Broederschap van de Rode Weg,' zei Meren. 'Hij is een echte soldaat!'

De kolonel stopte voor Taita en bracht de militaire groet door zijn rechterhand omhoog te brengen. 'Ik vreesde dat we te laat zouden zijn, verheven Magiër, maar ik zie dat u in goede gezondheid verkeert en ik dank alle goden voor die zegen.'

'Kent u mij?' Taita's verbazing was nog groter geworden.

'De hele wereld kent Taita van Gallala. Ik heb u echter na de nederlaag van de valse farao ontmoet aan het hof van koningin Mintaka, maar dat was vele jaren geleden, toen ik nog maar vaandrig was. Geen wonder dat het u ontschoten is.'

'Tinat! Kolonel Tinat Ankut?' Taita diepte de herinnering aan het gezicht van de man uit zijn geheugen op.

De kolonel glimlachte dankbaar. 'U doet me eer aan door me te herkennen.'

Tinat Ankut was een knappe man met een krachtig, intelligent gezicht en een eerlijke blik. Taita bekeek hem door zijn Innerlijke Oog en hij zag geen bezoedeling of gebrek in zijn aura, hoewel hij diep erin een sombere, blauwe flikkering zag die op een ernstige, emotionele stoornis duidde. Hij wist onmiddellijk dat Tinat geen tevreden man was. 'We hebben over u gehoord toen we in Fort Adari waren,' zei Taita, 'maar de mannen die u daar hebt achtergelaten, dachten dat u vele jaren geleden in de wildernis omgekomen was.'

'Zoals u ziet, hadden ze het bij het verkeerde eind.' Tinat glimlachte niet. 'Maar we moeten hier weg. Mijn verkenners hebben nog vele duizenden van deze wilden ontdekt die hiernaartoe optrekken. Ik heb gedaan wat me opgedragen is en u staat nu onder onze bescherming. We mogen geen tijd verliezen, dus we vertrekken direct.'

'Waar brengt u ons naartoe, kolonel Tinat? Hoe wist u dat we hier waren en hulp nodig hadden? Wie heeft u gestuurd om ons te redden?' vroeg Taita.

'Uw vragen zullen allemaal te zijner tijd beantwoord worden, Magiër, maar helaas niet door mij. Ik laat kapitein Onka hier achter om u verder behulpzaam te zijn.' Hij salueerde weer en reed weg.

Ze lieten de paarden overeind komen. De meeste waren gewond en twee zo ernstig dat ze afgemaakt moesten worden, maar Windrook en Wervelwind waren ongedeerd gebleven. Hoewel ze nog maar weinig te dragen overhadden, was Taita's medische uitrusting zwaar en omvangrijk. Ze hadden niet genoeg lastdieren om alles te dragen, dus liet kapitein Onka nog twee pakpaarden halen. Inmiddels verzorgde Taita de verwondingen van zijn mensen en hun paarden. Onka was ongeduldig, maar het werk kon niet haastig gedaan worden en het duurde een tijdje voordat ze konden vertrekken.

Toen ze vertrokken, werden ze geleid door een eskadron van Tinats cavalerie. Taita's kleine groep reed in het midden en was goed beschermd. Achter hen liep een grote, zwoegende colonne die grotendeels bestond uit weeklagende gevangenen van wie de meesten Basmara-vrouwen waren.

'Slaven,' vermoedde Meren. 'Tinat combineert slaven halen met het redden van onschuldige reizigers.'

Taita gaf geen commentaar en hij overdacht hun eigen positie en status. Zijn wij ook gevangenen of geëerde gasten? vroeg hij zich af. We werden op een onduidelijke manier begroet. Hij overwoog om kapitein Onka de vraag te stellen, maar hij wist dat het verspilde moeite zou zijn. Onka was even zwijgzaam als zijn commandant was geweest.

Toen ze Tamafupa eenmaal verlaten hadden, trokken ze in zuidelijke richting en ze volgden de droge bedding van de Nijl naar het meer. Al snel kwamen de Rode Stenen en de tempel op de rots erboven in zicht, maar op dat punt verlieten ze de bedding en vervolgden hun weg naar het oosten over een pad naast het meer. Taita probeerde met Onka over de tempel en de stenen te praten, maar Onka had daar een standaardantwoord op: 'Ik weet er niets van, Magiër. Ik ben maar een gewone soldaat en geen grote wijze.'

Toen ze na een kilometer of drie een andere rots boven het meer beklommen, keken ze uit op een beschutte baai. Taita en Meren waren stomverbaasd toen ze een vloot van zes oorlogsgaleien en verscheidene grote transportboten zagen die maar een paar el van het witte strand vandaan in het rustige water voor anker lagen. De vaartuigen waren gebouwd naar een ontwerp dat ze in Egyptische wateren nog nooit hadden gezien: ze hadden een open dek en waren vóór en achter gelijk. Het was duidelijk dat de lange mast uit het spoor genomen en plat op de romp gelegd kon worden. De scherpe boegen en achterstevens waren erop gebouwd om door het woelige water van de stroomversnellingen van een snelstromende rivier te varen. Het was een slim ontwerp, moest Taita toegeven. Hij kwam later aan de weet dat de rompen demontabel waren en in vier afzonderlijke delen om watervallen of andere obstakels heen gedragen konden worden.

De vloot die in de baai voor anker lag, zag er mooi en efficiënt uit. Het water was zo schoon en zuiver dat het leek alsof de boten in de lucht hingen en hun schaduwen tekenden zich duidelijk af op de bodem van het meer. Taita kon zelfs de scholen vissen zien die eromheen zwommen, aangetrokken door het afval dat de bemanningen overboord gooiden.

'Het ontwerp van deze rompen is buitenlands,' merkte Meren op. 'Het is niet Egyptisch.'

'Op onze reizen in de Oriënt hebben we soortgelijke boten gezien in de landen voorbij de Indus,' zei Taita.

'Hoe zijn zulke vaartuigen op deze afgelegen, onbekende binnenzee terechtgekomen?'

'Eén ding weet ik zeker,' merkte Taita op. 'Het heeft geen zin om het aan kapitein Onka te vragen.'

'Want hij is maar een gewone soldaat en geen grote wijze.' Meren lachte voor het eerst sinds ze uit Tamafupa waren vertrokken. Ze volgden hun gids naar het strand waar de inscheping bijna onmiddellijk begon. De gevangengenomen Basmara werden op twee van de transportboten gezet en de paarden en Tinats manschappen op de andere.

Kolonel Tinat Ankut werd heel enthousiast toen hij Windrook en Wervelwind bestudeerde. 'Wat een schitterend paar. Hij is duidelijk haar veulen,' merkte hij tegen Taita op. 'Ik heb in mijn leven misschien drie paarden gezien die zich met hen kunnen meten. Ze hebben de goede benen en de sterke borst die je alleen bij paarden van Hettitische afkomst ziet. Ik zou zeggen dat deze van de vlakte van Ecbatana komen.'

'U slaat de spijker op de kop.' Taita applaudisseerde. 'Gefeliciteerd. U hebt verstand van paarden.'

Tinat was duidelijk ingenomen met dit compliment en Taita, Meren en Fenn mochten van hem aan boord van zijn galei verblijven. Toen iedereen ingescheept was, werden de trossen losgegooid en voeren ze het meer op. Na korte tijd sloegen ze evenwijdig aan de oever naar het westen af. Tinat nodigde hen uit om met hem samen op het open dek te eten. Vergeleken met het karige voedsel dat ze hadden gegeten in de jaren sinds ze uit Qebui waren vertrokken, was de maaltijd die zijn kok had klaargemaakt gedenkwaardig. Vers gevangen, geroosterde vis uit het meer werd gevolgd door een stoofschotel van exotische groente en de kruik rode wijn was van een kwaliteit die de tafel van de farao gesierd zou hebben.

Toen de zon in het water voor hen uit in het water zonk, kwam de vloot op gelijke hoogte met de Rode Stenen aan de mond van de Nijl en ze voeren langs de hoge rots waarop de tempel van Eos stond. Tinat was na het drinken van twee bekers wijn een hoffelijke, innemende gastheer geworden. Taita probeerde van zijn stemming gebruik te maken. 'Wat is dat voor een gebouw?' Hij wees over het water. 'Het lijkt wel een tempel of een paleis, maar dan van een bouwstijl die ik nog nooit in Egypte heb gezien. Ik vraag me af wat voor mannen het gebouwd hebben.'

Tinat fronste zijn voorhoofd. 'Daar heb ik weinig over nagedacht, omdat ik niet bijzonder in architectuur geïnteresseerd ben, maar misschien hebt u gelijk, Magiër. Het is waarschijnlijk een heiligdom of een tempel, of wellicht een graansilo.' Hij haalde zijn schouders op. 'Kan ik u nog wat wijn aanbieden?' De vraag had hem kennelijk geërgerd en hij werd weer afstandelijk en op een koele manier beleefd. Bovendien was het duidelijk dat de bemanning van de galei instructies had om niet met hen te praten en hun vragen niet te beantwoorden.

Dag in dag uit voer de vloot in westelijke richting langs de oever van het meer. Op Taita's verzoek zette de kapitein een zeil op om hun schaduw en privacy te geven. Afgeschermd van de ogen van Tinat en de bemanning gaf Taita Fenn onderricht en ze maakten goede vorderingen. Tijdens de lange reis naar het zuiden hadden ze niet vaak de gelegenheid gehad om met zijn tweeën te zijn. Nu werd hun afgescheiden hoek van het dek hun toevluchtsoord en leslokaal waarin hij haar waarneming, concentratievermogen en intuïtie steeds meer verbeterde.

Hij introduceerde haar niet in nieuwe aspecten van de esoterische kunsten, maar liet haar elke dag urenlang de vaardigheden oefenen die ze al verworven had. In het bijzonder werkte hij aan communicatie via telepathische uitwisseling van geestelijke beelden en gedachten. Hij werd gekweld door het voorgevoel dat ze in de nabije toekomst van elkaar gescheiden zouden worden. Als dat zou gebeuren, zou zo'n contact hun reddingslijn zijn. Wanneer de verbinding tussen hen eenmaal snel en zeker zou zijn geworden, zou zijn eerste zorg zijn om haar te leren hoe ze haar aura moest onderdrukken. Pas wanneer hij zeker wist dat ze die disciplines onder de knie had, zouden ze verdergaan met het repeteren van het verbinden van de krachtwoorden.

De dagenlange oefening was zo veeleisend en vermoeiend dat Fenn geestelijk en spiritueel uitgeput had moeten zijn: ze was een novice in de esoterische kunsten, een meisje in lichaam en geest. Hoewel hij in aanmerking genomen had dat ze een oude ziel was die al een ander leven achter de rug had, verbaasde haar veerkracht hem. Haar energie leek zich te voeden met haar inspanningen, op dezelfde manier waarop de waterlelie, haar levenssymbool, zich voedt met de modder uit de rivierbedding.

Het was verbazingwekkend dat ze in een oogwenk van een serieuze leerlinge kon veranderen in een levendig meisje wanneer ze de duistere raadsels van de verbindingen even liet voor wat ze waren en genoot van de schoonheid van de overvliegende flamingo's met hun robijnrode vleugels. Wanneer ze 's nachts op de slaapmatten die op het dek waren uitgespreid onder de luifel naast hem lag te slapen, wilde hij haar oppakken en haar zo dicht tegen zich aandrukken dat zelfs de dood hen niet van elkaar zou kunnen losrukken.

De kapitein van de galei vertelde hun dat er af en toe zonder enige waarschuwing hevige stormen boven het meer opstaken en dat vele vaartuigen die in de stormen waren vergaan nu op de bodem van het meer lagen. Wanneer 's avonds het duister over het uitgestrekte meer viel, ging de vloot voor anker in een beschutte baai of inham. Pas wanneer de opgaande zon zijn eerste stralen boven de oostelijke horizon liet zien als een pauw die zijn staart opzet, hesen de schepen hun zeilen, werden de doften uitgeschoven en de voorstevens opnieuw naar het oosten gewend. De uitgestrektheid van het meer verbaasde Taita. De oever leek eindeloos.

Is het zo groot als de Middelzee of de grote Indische Oceaan of is het grenzeloos? vroeg hij zich af. Wanneer ze even tijd hadden, tekenden Fenn en hij kaarten op papyrusvellen of ze maakten aantekeningen over de eilanden waar ze langskwamen en over de natuur die ze op de oever zagen.

'We brengen deze bij de geografen in de tempel van Hathor. Ze weten niets van deze geheimen en wonderen,' zei hij tegen haar.

Er verscheen een dromerige uitdrukking in haar groene ogen. 'O, Magiër, ik verlang er zo naar om met jou naar het land van mijn andere leven terug te gaan. Je hebt ervoor gezorgd dat ik me zo veel dierbare dingen herinner. Je neemt me daar toch eens mee naartoe, hè?'

'Daar kun je zeker van zijn, Fenn,' zei hij.

Aan de hand van waarnemingen van de zon, de maan en andere hemellichamen berekende Taita dat de oever geleidelijk naar het zuiden afhelde. 'Dat geeft me reden om te denken dat we de westgrens van het meer hebben bereikt en dat we snel pal naar het zuiden zullen varen,' zei hij.

'Dan zullen we na verloop van tijd het einde van de aarde bereiken en er vanaf in de hemel vallen.' Het vooruitzicht van zo'n ramp leek

Fenn geen angst in te boezemen. 'Zullen we dan eeuwig blijven vallen of uiteindelijk in een andere wereld en een andere tijd tot stilstand komen? Wat denk jij, Magiër?'

'Ik hoop dat onze kapitein zo verstandig zal zijn om terug te keren zodra hij de gapende leegte die voor ons ligt ziet, zodat we niet door ruimte en tijd zullen hoeven te vallen. Ik ben in het hier en nu heel tevreden.' Taita grinnikte, verrukt omdat haar verbeelding zo opbloeide.

Die avond onderzocht hij de wond in haar dij en hij was blij toen hij zag dat hij mooi genezen was. De huid rondom de hechtingen van paardenhaar was felrood geworden, een teken dat het tijd was om ze te verwijderen. Hij sneed de knopen door en trok ze er met zijn ivoren tang uit. Een paar druppels gele pus dropen uit de gaatjes die ze achterlieten. Taita rook eraan en glimlachte. 'Zoet en goedaardig. Ik had me geen beter resultaat kunnen wensen. Kijk eens wat een mooi litteken je eraan overhoudt. Het heeft de vorm van een blad van de waterlelie, je symbool.'

Ze hield haar hoofd schuin en bestudeerde het litteken dat niet groter was dan de nagel van haar pink. 'Wat ben je toch knap, Magiër. Ik weet zeker dat je dat met opzet hebt gedaan. Ik vind het mooier dan Imbali haar tatoeages vindt. Wat zal ze jaloers zijn!'

Ze voeren verder door een doolhof van eilanden waarop bomen groeiden met stammen die zo dik en hoog waren dat het leek alsof het pilaren waren die de omgekeerde blauwe schaal van hemel omhooghielden. Adelaars zaten op de ruige nesten die ze in de hoge takken hadden gebouwd. Het waren schitterende vogels met witte koppen en roodbruine vleugels. In vlucht stootten ze een wilde, monotone kreet uit: daarna doken ze neer op het meer en vlogen omhoog met een grote vis in hun klauwen.

Op elk strand lagen monsterlijke krokodillen te zonnen en ze zagen groepen nijlpaarden in de ondiepten. Hun ronde, grijze ruggen leken op grote granieten rotsblokken. Toen ze het open water weer op voeren draaide de oever pal naar het zuiden, zoals Taita had voorspeld, en ze vervolgden hun weg naar het einde van de wereld. Ze voeren langs eindeloze bossen die bevolkt werden door grote kuddes zwarte buffels en grijze olifanten en enorme varkensachtige dieren die een scherpe hoorn op hun neus hadden. Het waren de eerste dieren van deze soort die ze tegenkwamen en Taita maakte er tekeningen van die Fenn een wonder van nauwkeurigheid noemde.

'Mijn vrienden de priesters zullen nauwelijks in het bestaan van zulke wonderbaarlijke dieren kunnen geloven,' merkte Taita op. 'Meren, zou jij misschien een van deze dieren kunnen doden zodat we zijn neushoorn mee kunnen nemen als geschenk voor de farao?' Hun stemming was zo opgewekt geworden dat ze waren gaan geloven dat ze uiteindelijk naar hun land in het verre noorden zouden terugkeren.

Zoals altijd wilde Meren graag op jacht gaan en hij reageerde enthousiast op het voorstel. 'Als u Tinat en de kapitein kunt overhalen om één of twee dagen voor anker te gaan, ga ik met een paard en een boog aan land.'

Taita benaderde Tinat met de suggestie dat de paarden die zo lang te weinig beweging hadden gehad in de beperkte ruimte van de transport-boot er veel baat bij zouden hebben als ze eens flink konden galopperen en de kolonel bleek verrassend inschikkelijk te zijn.

'U hebt gelijk, Magiër, en een flinke voorraad vers vlees zou ook niet ongelegen komen. Met al die soldaten en slaven moeten er heel wat ma-gen gevuld worden.'

Die avond kwamen ze bij een grote vlakte op de oever van het meer. Op de open plekken krioelde het van het wild, van de grijze olifanten tot de kleinste, meest gracieuze antilopen. De vlakte werd doorsneden door een kleine rivier die uit het oosten kwam en in het meer uitmondde. Ze was een korte afstand bevaarbaar en bood de vloot een veilige haven. Ze brachten de paarden aan land en de mannen sloegen een kamp op de rivieroever op. Ze waren allemaal dolblij dat ze vaste grond onder de voeten hadden en toen ze de volgende ochtend uitreden was de stem-ming feestelijk. Tinat gaf zijn jagers opdracht zich op de kuddes buffels te richten en de koeien en de vaarzen uit te kiezen omdat hun vlees sma-kelijker was dan dat van de oude stieren dat zo taai en onwelriekend was dat het bijna oneetbaar was.

Meren en Hilto waren inmiddels hersteld van de verwondingen die ze in Tamafupa hadden opgelopen. Zij zouden de jacht op de monster-lijke dikhuiden met de neushoorn leiden. Nakonto en Imbali zouden te voet volgen en Taita en Fenn zouden als toeschouwers achterblijven. Op het laatste moment reed kolonel Tinat naar Taita toe en zei: 'Ik zou graag samen met u naar de jacht kijken. Ik hoop dat u geen bezwaar te-gen mijn aanwezigheid hebt.'

Taita was verbaasd. Hij had van de norse man zo'n vriendelijk gebaar niet verwacht. 'Ik stel uw gezelschap zeer op prijs, kolonel. Zoals u weet, willen we een van die vreemde dieren met een hoorn op hun neus do-den.'

Inmiddels zwierven groepen cavaleristen over de vlakte. Ze tartten de kuddes buffels met opgewonden kreten en reden tot zo dicht bij de dieren dat ze hen met de lans konden steken. Wanneer de dappere run-deren zich tegen de jagers keerden, werden ze met een salvo pijlen ge-dood. Al snel was het gras bezaaid met zwarte kadavers en de in paniek geraakte kuddes stormden over de vlakte in een wanhopige poging om aan de jagers te ontkomen.

Om de op hol geslagen kuddes en de ruiters die de dieren achtervolg-den te mijden en om open terrein te vinden waar hij speciaal op de neus-hoorns kon jagen, stak Meren de kleine rivier over en reed over de oe-ver. De anderen volgden hem tot ze uit het zicht van de vaartuigen waren en de vlakte voor zichzelf hadden. Voor hen zagen ze een aantal neushoorns die in kleine groepjes van vrouwtjes en kalveren over het grasland verspreid waren. Meren was echter vastberaden om de hoorn van een patriarch te bemachtigen, een trofee die een waardig geschenk voor de farao zou zijn.

Terwijl hij hen verder van de voor anker liggende schepen vandaan leidde, merkte Taita dat het gedrag van kolonel Tinat geleidelijk veranderde. Hij werd minder terughoudend en hij glimlachte af en toe zelfs om Fenns gebabbel. 'Uw pupil is een intelligent meisje,' merkte hij op, 'maar is ze ook discreet?'

'Ze is een jong meisje, zoals u zei, en ze is gespeend van wrok en boosaardigheid.' Tinat ontspande zich nog wat meer en Taita opende zijn Innerlijke Oog om de gemoedstoestand van de man te beoordelen. Hij voelt zich onvrij, dacht hij. Hij wil niet dat zijn officieren zien dat hij vrijuit met me praat. Hij is bang voor een van zijn mannen. Ongetwijfeld is dat kapitein Onka die waarschijnlijk opdracht heeft om hem in de gaten te houden en bij een van zijn meerderen verslag over hem uit te brengen. Tinat heeft me iets te vertellen, maar hij is bang.

Taita maakte geestelijk contact met Fenn en hij zag dat ze ontvankelijk werd. Hij stuurde haar een boodschap in het Tenmass: 'Ga naar Meren toe. Laat me alleen met Tinat.'

Ze keek hem onmiddellijk aan en glimlachte. 'Excuseer me alsjeblieft, Magiër,' zei ze lief. 'Ik zou een stukje met Meren samen rijden. Hij heeft beloofd een boog voor me te maken.' Ze spoorde Wervelwind met haar knieën aan tot handgalop en liet Taita alleen met Tinat.

De twee mannen reden zwijgend door tot Taita zei: 'Uit mijn gesprek met farao Nefer Seti heb ik begrepen dat hij u al die jaren geleden, toen hij uit Egypte vertrok, heeft bevolen om naar de bron van Moeder Nijl te reizen en daarna naar Karnak terug te keren om hem van uw bevindingen op de hoogte te brengen.'

Tinat keek hem scherp aan, maar hij antwoordde niet.

Taita zweeg eventjes tactvol en vervolgde toen: 'Het lijkt vreemd dat u niet bent teruggekeerd om hem over uw succes te vertellen en de beloning van hem op te eisen die u ruimschoots verdiend hebt. Het verbaast me dat we niet naar Egypte reizen, maar in een diametraal tegenovergestelde richting.'

Tinat zweeg nog even en zei toen zacht: 'Farao Nefer Seti is mijn koning niet meer. Egypte is niet langer mijn vaderland. Mijn mannen en ik hebben een mooier, rijker en gezegender land tot vaderland gekozen. Er rust een vloek op Egypte.'

'Ik had nooit kunnen geloven dat een officier van uw kaliber zich aan zijn patriottische plicht zou onttrekken,' zei Taita.

'Ik ben niet de eerste Egyptische officier die dat doet. Negentig jaar geleden was er een andere officier die nooit naar Egypte teruggekeerd is nadat hij dit nieuwe land had ontdekt. Hij was door koningin Lostris op eenzelfde missie uitgestuurd. Ook hij moest de bron van de Nijl gaan

252

zoeken. Zijn naam was generaal Heer Aquer.'

'Ik heb hem goed gekend,' onderbrak Taita hem. 'Hij was een goede soldaat, maar onvoorspelbaar.'

Hoewel Tinat hem achterdochtig aankeek, trok hij Taita's bewering niet in twijfel. Hij vervolgde: 'Heer Aquer heeft de weg bereid voor de vestiging van Jarri, het land van de Bergen van de Maan. Zijn directe afstammelingen hebben het opgebouwd tot een sterke, moderne staat. Het is mij een eer om hen te dienen.'

Taita keek met zijn Innerlijke Oog naar hem en zag dat deze bewering onwaar was: hij voelde zich bij lange na niet vereerd omdat hij deze buitenlandse regering diende. Tinat was in grote verwarring. 'Brengt u ons daar nu naartoe? Naar die staat Jarri?'

'Dat zijn mijn orders, Magiër,' zei Tinat.

'Wie is de koning van dat land?' vroeg Taita.

'We hebben geen koning. We worden geregeerd door een oligarchie van nobele, wijze mannen.'

'Wie kiest hen?'

'Ze worden uitgekozen op grond van hun kwaliteiten.'

Weer zag Taita dat Tinat dit niet echt geloofde. 'Bent u een van de oligarchen?'

'Nee, Magiër. Die eer zal mij nooit te beurt vallen omdat ik niet van adellijke geboorte ben. Ik ben een betrekkelijke nieuwkomer in Jarri. Een immigrant.'

'Dus Jarri heeft een gelaagde maatschappij?' vroeg Taita. 'Verdeeld in edelen, burgers en slaven?'

'Dat klopt in grote lijnen wel. Hoewel we bekendstaan als immigranten, niet als burgers.'

'Aanbidden jullie Jarrianen nog steeds het pantheon van Egyptische goden?'

'Nee, Magiër. We aanbidden maar één god.'

'Wie is hij?'

'Dat weet ik niet. Alleen de ingewijden in het geloof kennen zijn naam. Ik bid dat die gunst me eens verleend zal worden.' Taita zag weer tegenstrijdige stromingen in zijn aura toen hij dit zei: er was iets wat Tinat niet over zijn lippen kon krijgen, ook al was hij juist aan het toezicht van Onka ontsnapt om het te zeggen.

'Vertel me eens wat meer over dit land dat zo geweldig is dat het de loyaliteit van een man van uw kaliber heeft weten te winnen.' Taita moedigde hem aan om vrijuit te spreken.

'Daar zijn geen woorden voor,' antwoordde Tinat, 'maar we zullen er binnenkort zijn en dan kunt u zich een eigen oordeel vormen.' Hij liet de gelegenheid om vrijuit te spreken lopen.

'Toen u ons van de Basmara redde, zei u iets wat me deed geloven dat u daar speciaal voor dat doel naartoe gestuurd was, kolonel Tinat. Was dat juist?'

'Ik heb al te veel gezegd... omdat ik u zo respecteer en hoogacht. Maar ik moet u vragen me niet onder druk te zetten. Ik weet dat u een superieure en onderzoekende geest hebt, maar u gaat een land binnen dat andere gewoonten en wetten heeft. In deze fase bent u een gast, dus het zou voor ons allemaal nuttig zijn als u de mores van uw gastheren respecteert.' Tinat trok zich nu helemaal terug.

'En dat betekent dat ik me niet moet bemoeien met zaken die me niet aangaan?'

'Precies,' zei Tinat. Het was een sobere waarschuwing en hij kon zich er niet toe brengen meer te zeggen.

'Ik heb altijd het standpunt gehuldigd dat nuttigheid een rechtvaardiging is voor tirannie en een zoethoudertje voor slaven.'

'Een gevaarlijk standpunt dat u maar beter voor u kunt houden zolang u in Jarri bent, Magiër.' Tinat sloot zijn mond zoals hij het vizier van zijn bronzen helm zou sluiten en Taita wist dat hij nu niets meer aan de weet zou komen, maar hij was niet teleurgesteld. Hij was eerder verbaasd dat hij zoveel te horen had gekregen.

Ze werden onderbroken door de vage kreten van de jagers. Ver voor hen uit had Meren een prooi gevonden die zijn pijlen waardig was.

Het voorwereldlijke monster verdedigde zich snuivend als een vuurspuwende draak en het deed korte, woeste uitvallen naar zijn kwelgeesten. Het schopte met zijn grote hoeven het stof op en zwaaide zijn gehoornde neus heen en weer. Zijn varkensoogjes glinsterden en zijn oren stonden naar voren. Zijn neushoorn was zo lang als een man en doordat het dier hem voortdurend scherpte aan boomstammen en termietenheuvels was hij gepolijst tot hij glansde als een zwaard.

Toen zag Taita Fenn en de gal kwam in zijn keel omhoog. Ze daagde het dier uit. Kalm en vol vertrouwen in haar rijkunst en Wervelwinds snelheid, stak ze schuin voor het beest over en daagde het uit om aan te vallen. Taita drukte zijn hielen in Windrooks flanken en galoppeerde naar haar toe om haar tegen te houden. Tegelijkertijd zond hij haar een dringende astrale impuls toe. Hij voelde dat ze hem met de handigheid van een ervaren zwaardvechter afweerde en dat ze daarna haar geest voor hem sloot. Zijn woede en bezorgdheid laaiden hoog op. 'De kleine duivelin!' mompelde hij.

Op dat moment werd de aandacht van de neushoorn getrokken door Wervelwinds glanzende grijze huid en hij ging op Fenns uitdaging in. Hij stormde knorrend, snuivend en met zijn grote hoeven op de grond stampend op hen af. Fenn raakte de nek van het hengstveulen aan en ze gingen abrupt over in volle galop. Ze zat half omgedraaid in het zadel om de afstand te schatten tussen de punt van de hoorn en Wervelwinds wapperende staart. Toen ze een beetje te ver uitliepen, liet ze Wervelwind inhouden om het gat te dichten en het beest op te hitsen.

Ondanks zijn angst om haar veiligheid kon Taita er niets aan doen dat hij haar vaardigheid en lef bewonderde toen ze het dier tot dicht voor Meren lokte. Hij schoot snel achter elkaar drie pijlen af die het dier allemaal achter de schouder troffen en zich tot aan de bevedering in de dikke grijze huid begroeven. De neushoorn wankelde en Taita zag bloedig schuim uit zijn bek komen. Minstens een van Merens pijlen had een long doorboord. Fenn lokte het beest verder mee, leidde het handig in een cirkel tot voor Merens gespannen boog en dwong het op die manier de andere flank bloot te geven. Meren schoot steeds opnieuw. Zijn pijlen gingen diep en ze boorden zich door het hart en beide longen.

De neushoorn ging langzamer lopen terwijl zijn longen zich met bloed vulden. De lethargie van de dood maakte zijn enorme poten loodzwaar. Ten slotte bleef hij met hangende kop staan terwijl het bloed uit zijn open bek en neus stroomde. Nakonto kwam van de zijkant aanrennen en dreef de punt van zijn speer vlak achter zijn oor schuin naar voren in zijn kop om de hersens te bereiken. Het zware lichaam van de neushoorn viel met zo'n klap neer dat de aarde schudde en een wolk stof opstoof.

Tegen de tijd dat Taita hen bereikte, waren ze allemaal afgestegen en hadden ze zich rondom het kadaver verzameld. Fenn danste van opwinding en de anderen lachten en klapten in hun handen. Taita was vastbesloten haar te straffen omdat ze niet naar hem geluisterd had en haar te vernederen door haar naar de galei terug te sturen, maar toen hij met een strak gezicht afsteeg, rende ze op hem af en sprong ze omhoog om haar armen om zijn nek te slaan. 'Heb je alles gezien, Taita? Was het niet prachtig? Was je niet trots op Wervelwind en mij?' Voordat hij haar daarna de scherpe berisping kon geven die op zijn lippen brandde, drukte ze haar lippen tegen zijn oor en fluisterde: 'Je bent zo aardig en lief voor me. Ik houd van je, lieve Taita!'

Hij voelde zijn woede wegebben en hij vroeg zich met enige zelfspot af wie wie nu trainde. Dit zijn de kunsten waarin ze zich in het andere leven perfect bekwaamd heeft. Ik ben er nog steeds weerloos tegen.

De jagers hadden meer dan veertig grote dieren gedood, dus duurde het een paar dagen voordat alle kadavers geslacht waren en het vlees gerookt en aan boord van de transportboten gebracht was. Pas toen konden ze aan boord van de galeien gaan en de reis naar het zuiden voortzetten. Toen Tinat terug was bij zijn officieren, werd hij weer afstandelijk en onbenaderbaar. Taita keek met zijn Innerlijke Oog naar hem en zag dat hij dat hij spijt had van hun gesprek en van de onthullingen die hij had gedaan. Hij vreesde de consequenties van zijn indiscretie.

De wind ruimde naar het noorden en werd frisser. De bemanningen van de galeien haalden de riemen binnen en hesen de grote latijnzeilen.

Wit water krulde onder hun voorstevens en de oever schoot aan stuurboord voorbij. Op de vijfde ochtend na de jacht op de neushoorn bereikten ze de mond van een andere zijrivier die van het hoogland in het westen kwam en een enorme hoeveelheid water in het meer loosde. Taita hoorde de bemanningsleden onder elkaar praten en de naam 'Kitangule' werd regelmatig genoemd. Dat was kennelijk de naam van de rivier. Hij was niet verbaasd dat de kapitein het zeil liet strijken en de riemen weer liet uitleggen. Hun galei leidde de vloot de Kitangule op en vocht tegen de sterke stroming.

Binnen een kilometer of drie kwamen ze bij een grote nederzetting die langs de rivieroever gebouwd was. Er waren scheepswerven met de onafgebouwde rompen van twee grote vaartuigen die op de helling lagen. Werklieden zwermden eroverheen en Taita wees Meren de opzichters aan. 'Dat verklaart het buitenlandse ontwerp van de schepen in dit eskader. Ze moeten allemaal op deze werven gebouwd zijn en degenen die ze gebouwd hebben, zijn ongetwijfeld afkomstig uit de landen voorbij de Indus.'

'Hoe komen ze hier, zo ver van hun eigen land?' vroeg Meren zich af.

'Er is hier iets waardoor talentvolle mannen van verre aangetrokken worden, zoals bijen door een veld bloemen.'

'Zijn wij ook bijen, Magiër? Worden wij hier ook door aangetrokken?'

Taita keek hem verbaasd aan. Dit was ongewoon opmerkzaam van Meren. 'We zijn hier gekomen om een heilige eed in te lossen die we de farao gezworen hebben,' bracht hij hem in herinnering. 'Maar nu we hier aangekomen zijn, moeten we op onze hoede blijven. We mogen ons niet laten veranderen in dromers en lotuseters zoals zo veel van deze Jarrianen lijken te zijn.'

De vloot voer verder de rivier op. Binnen een paar dagen kwamen ze bij de eerste watervallen met wit water die de rivier van oever tot oever versperden. Dit ontmoedigde Tinat en zijn kapiteins niet, want aan de voet van de watervallen lag nog een dorpje en erachter waren uitgestrekte omheinde weiden met kuddes bultossen.

Passagiers, paarden en slaven werden ontscheept. Met alleen de bemanningen nog aan boord werden er zware touwen van vervlochten lianen aan de schepen gebonden en vervolgens werden ze door spannen ossen door de watervallen getrokken. Op het land beklommen de mannen en de paarden het pad dat naast de waterval liep tot ze het hogere gebied bereikten. Boven de watervallen was het water diep en kalm en de galeien reden licht voor anker. Ze scheepten zich allemaal in om verder te reizen tot ze bij de volgende waterval kwamen waar de procedure werd herhaald.

Drie keer kwamen ze bij watervallen die te steil en te wild waren om de vaartuigen erdoorheen te slepen. Het Egyptische technische genie sprak duidelijk uit de uitgebreide waterwerken waarmee de obstakels omzeild werden: naast de watervallen was een reeks zigzag aangelegde kanalen gegraven die aan beide uiteinden schutsluizen met houten deuren hadden om de vaartuigen naar het volgende niveau te tillen. Het duurde vele dagen en het kostte veel moeite om de vloot de waterladders op te krijgen, maar uiteindelijk waren ze weer in de diepe, rustig stromende hoofdrivier.

Sinds ze het meer hadden verlaten, was het gebied waar ze doorheen waren gekomen van een schitterende diversiteit. Ongeveer honderdvijftig kilometer nadat ze de Kitangule waren opgevaren liep de rivier door dicht oerwoud. De takken raakten elkaar bijna boven hen en het leek alsof er geen twee bomen van dezelfde soort waren. Ze waren behangen met lianen en bloeiende klimplanten. Hoog in het bladerdak kwetterden troepen apen luidruchtig tussen bloeiende orchideeën en vruchten. Glinsterende varanen lagen te zonnen op takken die over de rivier heen hingen. Bij de nadering van de boten wierpen ze zich naar beneden en kwamen met zo'n plons in het water terecht dat de mannen aan de riemen natgespat werden.

Wanneer ze 's avonds langs de oever afmeerden en de boten aan de stammen van de grote bomen vastbonden, hoorden ze in het donker de roep en het geschuifel van ongeziene dieren en het gebrul van de roofdieren die erop jaagden. Sommige bemanningsleden zetten vislijnen in het zwarte water uit en ze deden slachtafval als lokaas aan de bronzen haken. Aan één lijn moesten drie mannen zich inspannen om de reusachtige meerval die toegehapt had aan boord te trekken.

De vegetatie langs de oever veranderde langzaam, terwijl ze via de watervallen omhoogklommen. De drukkende hitte verdween en de lucht werd koeler en gezonder. Toen ze de laatste waterladder beklommen hadden, kwamen ze in een glooiend landschap met grazige open plekken en open bossen die gedomineerd werden door vele acaciasoorten: sommige waren bladloos en doornig, andere waren bedekt met zacht, veerachtig gebladerte en weer andere hadden enorme, zwarte stammen en donkere takken. In de hoogste ervan hingen lavendelvruchten in trossen als druiven.

Het was een vruchtbaar, goed van water voorzien land waar de open plekken bedekt waren met weelderig zoet gras en waar tientallen stromen op de Kitangule uitkwamen. De vlakte krioelde van de kuddes grazende dieren en er ging geen dag voorbij zonder dat ze troepen leeuwen zagen die op jacht waren of in de openlucht rustten. 's Nachts was hun donderende gebrul angstaanjagend. Hoe vaak ze de roofdieren ook hoorden, het werkte elke keer op hun zenuwen en hun hart begon telkens sneller te kloppen.

Ten slotte verrees een hoge helling aan de horizon en ze hoorden een geruis dat luider werd naarmate ze dichterbij kwamen. Toen ze nog een bocht in de rivier hadden gerond, zagen ze een enorme waterval voor zich die donderend en vol wit schuim vanaf de top van een klip in een kolkende groene poel aan de voet ervan stortte.

Op de stranden rondom de waterval stonden spannen ossen gereed om de schepen aan land te trekken. Ze werden weer ontscheept, maar dit was de laatste keer. Geen enkel door mensenhanden gemaakt apparaat zou de vaartuigen naar de top van die klippen kunnen tillen. De officieren en Taita's gezelschap werden in de nederzetting op de rivieroever in gastenverblijven ondergebracht terwijl de rest van de mannen de paarden en de bagage aan land bracht. De slaven werden in barakken opgesloten.

Het duurde drie dagen voordat kolonel Tinat gereed was om de reis voort te zetten. Al hun spullen werden nu op pakossen geladen. De slaven werden de barakken uit geleid en in lange rijen aan elkaar vastgebonden. De soldaten en Taita's groepje stegen op en reden in een lange karavaan langs de voet van de klip. Binnen anderhalve kilometer klom de weg steil en in een serie haarspeldbochten tegen de helling omhoog en versmalde zich daarna tot een pad. De helling werd zo steil dat ze gedwongen waren om af te stijgen en de paarden, de zwaarbeladen ossen en de ploeterende slaven achter hen naar boven te leiden.

Halverwege de klip kwamen ze bij een plek waar een diepe kloof overspannen werd door een smalle hangbrug van touw. Kapitein Onka nam de leiding over de oversteek op zich en hij liet maar een klein aantal mannen en pakdieren tegelijk over de gevaarlijke brug naar de andere kant gaan. Zelfs met een beperkte belasting zwaaide de brug alarmerend heen en weer en zakte angstaanjagend door en pas halverwege de middag was de karavaan over het ravijn heen.

'Is dit de enige weg naar de top van de klippen?' vroeg Meren aan Onka.

'Er is een gemakkelijkere weg die zestig kilometer naar het zuiden over de helling omhoogloopt, maar dan zou de reis een paar dagen langer duren.'

Toen ze aan de andere kant kwamen, keken ze naar beneden en het uitzicht leek de wereld te omvatten. Vanuit de hoogte keken ze uit over goudkleurige savannes waarover de rivieren als donkere slangen leken te kruipen, verre blauwe heuvels, en groene oerwouden. Aan de mistige horizon glansde het water van het grote meer Nalubaale, waarover ze waren gevaren, als gesmolten metaal.

Ten slotte bereikten ze het grensfort dat op de bergkam stond en de Kitangule-pas en de toegang tot Jarri bewaakte. Het was donker tegen de tijd dat ze ervoor hun bivak opsloegen. Het regende die nacht, maar 's ochtends scheen de zon weldadig. Toen ze over het landschap uitkeken, werden Taita en Fenn verrast door een uitzicht dat zo schitterend was dat daarbij vergeleken alles wat ze tot nu toe gezien hadden alledaags leek. Onder hen lag een groot plateau dat zich tot de verre horizon uitstrekte. Ernaast verrees een keten van ruige bergen die zo hoog waren dat ze het verblijf van de goden moesten zijn. Drie centrale toppen glansden met de etherische helderheid van de volle maan. Taita en

258

Meren hadden door de bergen langs de Khorosan-route gereisd, maar Fenn had nog nooit sneeuw gezien. Ze was sprakeloos door het prachtige panorama. Toen ze eindelijk haar stem terugvond, riep ze: 'Kijk! De bergen staan in brand.'

Uit de top van elke glanzende berg walmden zilverkleurige rookwolken.

'U zocht één vulkaan, Magiër,' zei Meren zacht, 'maar u hebt er drie gevonden.' Hij draaide zich om en wees naar het Nalubaale-meer aan de andere kant van de pas dat in de verte glansde. 'Vuur, lucht, water en aarde…'

'… maar de heer daarvan is vuur.' Taita vulde de spreuk van Eos aan. 'Dit moet het bastion van de heks zijn.' Zijn benen trilden en hij was overmand door emotie. Ze waren van zo ver gekomen en hadden zo veel ontberingen geleden om deze plek te bereiken. Hij moest even gaan zitten, want zijn benen konden zijn gewicht nauwelijks meer dragen. Hij vond een plek waarvandaan hij over het panorama kon uitkijken. Fenn ging op de steen naast hem zitten om zijn emoties te delen.

Ten slotte reed kapitein Onka vanaf het hoofd van de karavaan terug om hen te zoeken. 'Jullie mogen hier niet langer blijven rondhangen. We moeten verdergaan.'

De weg helde nu minder steil af. Ze bestegen de paarden, reden de lage heuvels door en vervolgens het plateau op. De rest van de dag reden ze door een betoverend landschap in de richting van de bergen. Ze waren nu boven het meer, de oerwouden en de woestijnen uit geklommen en hadden een gebied met een heerlijk, weldadig klimaat bereikt. Elke ademhaling leek hun lichaam nieuwe energie te geven en hun geest helderder te maken. Riviertjes met helder water stroomden vanaf de bergen naar beneden. Ze kwamen langs arbeidershuisjes en stenen hoeves met goudkleurige, rieten daken die omringd waren door boomgaarden en bosjes olijfbomen. Er waren zorgvuldig onderhouden wijngaarden met wijnranken die vol rijpende druiven hingen. Op de velden werd doerra verbouwd en de groentetuinen stonden vol meloenen, bonen, linzen, rode en groene pepers, pompoenen en andere groenten die Taita niet herkende. De weiden waren groen en kuddes runderen, schapen en geiten graasden erop. Vette varkens wroetten in de bossen in de grond, eenden en ganzen zwommen rond in de rivierpoelen en zwermen kippen scharrelden op elk erf.

'We hebben tijdens onze reizen zelden zo'n rijk land gezien,' zei Meren.

Wanneer ze langsreden, kwamen de boeren en hun gezinnen naar buiten om hen te verwelkomen met bekers sorbet en rode wijn. Ze spraken Egyptisch met het accent van de Twee Koninkrijken. Ze waren allemaal goed gevoed en droegen kleren van leer en linnen. De kinderen leken gezond, maar ze waren op een vreemde manier stil. De vrouwen hadden rode wangen en waren aantrekkelijk.

'Wat een mooie meisjes,' merkte Meren op. 'Er zit geen lelijke tussen.'

Ze kwamen er al snel achter waarom de weiden zo groen waren. Plotseling waren de drie toppen van de met sneeuw bedekte vulkanen verborgen achter een zwaar wolkendek. Onka reed naar hen terug en zei tegen Taita: 'Jullie moeten je cape omdoen. Het gaat binnen een uur regenen.'

'Hoe weet u dat?' vroeg Taita.

'Omdat het elke middag om deze tijd regent.' Hij wees voor zich uit naar de zich samenpakkende wolken. 'De drie bergtoppen die Jarri domineren, hebben vele namen en een daarvan is de Regenmakers. Zij zijn de reden dat er in het land zo'n overvloed heerst.' Toen hij uitgesproken was, daalde de regen op hen neer en ondanks hun capes werden ze door en door nat, maar binnen een paar uur werden de wolken weggeblazen en scheen de zon weer. Het land was glanzend schoongewassen. De bladeren aan de bomen glinsterden en de aarde rook naar doerrakoeken.

Ze kwamen bij een tweesprong. De colonne slaven nam het linkerpad en toen ze wegliepen, hoorde Taita een sergeant van het escorte zeggen: 'Ze zijn hard nodig in de nieuwe mijnen bij Indebbi.'

De rest van het konvooi trok verder over het rechterpad. Met tussenpozen kwamen de soldaten kolonel Tinat de militaire groet brengen. Daarna verlieten ze de colonne en reden ze in verschillende richtingen weg naar de boerderijen waar ze woonden. Tinat en Onka bleven met een escorte van tien man bij hen. Toen ze laat in de middag op de top van een lage heuvel kwamen, zagen ze beneden hen nog een dorpje dat omringd was door groene bomen en weiden.

'Dat is Mutangi,' zei Tinat tegen Taita. 'Het is de lokale marktplaats en zetel van de rechtbank. Het zal voorlopig jullie thuis zijn. Er zijn woningen voor jullie gereedgemaakt die jullie vast en zeker comfortabel zullen vinden. U hebt het al eerder gehoord, maar jullie zijn geëerde gasten in Jarri.'

De rechter, een man van middelbare leeftijd die Bilto heette, kwam hen persoonlijk verwelkomen. Zijn volle baard was vermengd met grijs, maar hij was oprecht en sterk en hij had een vaste blik en een warme glimlach. Taita keek naar hem met zijn Innerlijke Oog en zag dat hij eerlijk was en goede bedoelingen had, maar evenals kolonel Tinat Ankut was hij niet gelukkig en tevreden. Hij begroette Taita met het grootste respect, maar hij keek hem op een vreemde manier aan, alsof hij iets van hem verwachtte. Een van zijn vrouwen bracht Hilto en de anderen, met inbegrip van Nakonto en Imbali, naar een ruim stenen huis aan de andere kant van het dorp waar slavinnetjes op hen wachtten om hen te verzorgen. Bilto leidde Taita, Fenn en Meren naar een groter gebouw aan de overkant van de weg. 'Ik denk dat u hier alles zult vinden wat u nodig hebt. Rust uit en verfris u. Binnen een paar dagen zal de raad van oligarchen u laten halen. Intussen ben ik uw gastheer en sta ik volledig tot uw beschikking.' Voordat hij vertrok, keek Bilto Taita weer aan met een zorgelijke, onderzoekende blik, maar hij zei niets meer.

Toen ze het huis binnengingen, stonden een majordomus en vijf huisslaven in een rij op hen te wachten. De kamers waren groot en fris, maar er konden leren gordijnen voor de ramen getrokken worden en in de grootste kamers was een haard waarin het vuur al brandde. Hoewel de zon nog boven de horizon stond, was het al een beetje kil, dus de vuren zouden welkom zijn wanneer de zon onderging. Er waren schone kleren en sandalen voor hen klaargelegd en de slaven brachten kannen heet water zodat ze zich konden wassen. De avondmaaltijd die bij het licht van olielampen werd geserveerd, was een stevige stoofpot van varkenskarbonades die ze wegspoelden met een robuuste rode wijn.

Pas toen beseften ze hoe uitgeput ze van de reis waren. Merens oog deed pijn, dus goot Taita een warme balsem van olijfolie en pijnstillende kruiden in de oogkas en gaf hem daarna een dosis rode sheppen.

Ze sliepen de volgende ochtend allemaal uit. Het ging beter met Merens oog, maar hij had nog steeds pijn.

Na het ontbijt gaf Bilto hun een rondleiding door het dorp, waarop hij duidelijk trots was, en hij vertelde hun hoe de gemeenschap leefde. Hij stelde hen voor aan de leiders en Taita constateerde dat ze over het algemeen eerlijk en ongecompliceerd waren. Hij had verwacht dat hij, net als bij Bilto en kolonel Tinat, iets dubbelzinnigs in hun psyche zou bespeuren dat aan de nabijheid en invloed van Eos toegeschreven zou kunnen worden, maar er was niets bijzonders te zien, alleen de kleine zwakheden en tekortkomingen die iedereen heeft. Een van hen was ontevreden met zijn vrouw, een ander had een bijl van zijn buurman gestolen en werd verteerd door schuldgevoel, terwijl een derde zijn jonge stiefdochter begeerde.

Vroeg op de ochtend van de vijfde dag kwam kapitein Onka in Mutangi terug om te zeggen dat ze door de Opperste Raad waren ontboden. Ze moesten direct vertrekken, zei hij.

'De citadel waarin de audiëntiezaal van de Opperste Raad gevestigd is, ligt hier bijna zestig kilometer vandaan in de richting van de Bergen van de Maan. Het is een lange rit,' zei Onka tegen Taita. Het was mooi, zonnig weer en de lucht was fris en verkwikkend. Fenns wangen gloeiden en haar ogen schitterden. Op Taita's bevel liet ze zich met hem terugzakken naar de achterhoede van de groep en hij praatte zachtjes tegen haar in het Tenmass. 'Dit zal de cruciale test worden,' waarschuwde hij haar. 'Ik denk dat we op weg zijn naar het bastion van de heks. Je moet je aura nu onderdrukken en dat blijven doen tot we naar Mutangi terugkeren.'

'Dat begrijp ik, Magiër, en ik zal doen wat je zegt,' antwoordde ze.

Bijna ogenblikkelijk werd haar gelaatsuitdrukking neutraal en haar ogen werden doffer. Hij zag haar aura vervagen en de kleuren ervan zwakker worden tot ze weinig verschilden van die van Imbali's aura.

'Hoe je ook geprikkeld of geprovoceerd wordt, je mag haar nooit toestaan om op te flakkeren. Je weet nooit van welke kant je geobserveerd wordt. Je mag je geen moment ontspannen.'

Het was halverwege de middag toen ze een dal met steile wanden binnengingen dat het centrale massief van de bergketen doorsneed. Nog geen vijf kilometer verder kwamen ze bij de buitenmuur van de citadel die was opgetrokken uit grote, rechthoekige blokken vulkanisch steen die door vakkundige metselaars uit een andere tijd aan elkaar waren gemetseld. Het steen was door de tijd verweerd. De poort stond open: het leek waarschijnlijk dat hij al vele jaren niet meer gesloten was om een vijand tegen te houden. Toen ze de citadel binnenreden, zagen ze dat de gebouwen groter en sterker waren dan alle gebouwen die ze hadden gezien sinds ze uit Egypte vertrokken waren. Het grootste deed hen zelfs sterk denken aan de tempel van Hathor in Karnak.

Stalknechten stonden te wachten om de paarden over te nemen en functionarissen in rode gewaden leidden hen door zuilengangen tot ze een kleine deur in een loggia bereikten. Ze kwamen in een antichambre waarin op de lange tafel schalen met fruit, taarten en kannen met rode wijn neergezet waren, maar eerst gingen ze de aangrenzende kamers in om zich na hun reis op te frissen. Alles was met zorg geregeld om het hun naar de zin te maken.

Toen ze een lichte maaltijd hadden genuttigd, leidde een lakei hen de audiëntiezaal van de raad binnen. De ruimte werd verwarmd door houtskoolkomforen en er lagen met kussens bedekte matten op de stenen vloer. Hij vroeg hun plaats te nemen en wees hun de plaatsen aan waar ze moesten gaan zitten. Hij zette Taita aan het hoofd van de groep en Meren en Hilto achter hem. Hij stuurde Fenn en de anderen naar de achterste rij. Taita was opgelucht dat hij geen speciale belangstelling voor haar toonde. Hij keek vanuit zijn ooghoek naar haar toen ze ingetogen naast Imbali zat en haar aura onderdrukte tot zij even zwak was als die van de lange vrouw.

Taita richtte zijn aandacht weer op de indeling en het meubilair van de zaal. Voor hem was een verhoogd, stenen podium waarop drie stoelen stonden. Ze waren van een ontwerp dat hij in de paleizen van Babylon had gezien, maar niet ingelegd met ivoor en halfedelstenen. De muur achter hen was bedekt met een beschilderd leren scherm dat vanaf het hoge stenen plafond tot aan de stenen vloer hing en dat was versierd met patronen in aardachtige kleuren. Toen Taita ze bestudeerde, zag hij dat het geen esoterische symbolen, maar slechts versieringen waren.

Ze hoorden het geluid van bespijkerde sandalen op de stenen vloer. Een rij gewapende soldaten kwam via een zijdeur de zaal binnen. Ze gingen voor het podium staan en zetten hun speren neer. De lakei kwam terug en richtte zich met een sonoor stemgeluid tot hen. 'Toon alstublieft respect voor de edele heren van de Opperste Raad.' Ze volgden allemaal Taita's voorbeeld. Ze bogen zich voorover en legden hun voorhoofd op de grond. Drie mannen kwamen van achter het leren scherm vandaan. Er was geen twijfel aan dat zij de oligarchen waren. Hun gewaden waren respectievelijk geel, vuurrood en lichtblauw en ze droegen een eenvoudige zilveren kroon op hun hoofd. Hun gedrag was statig en waardig. Taita bestudeerde hun aura's en zag dat ze divers en complex waren. Het waren sterke, karaktervolle mannen, maar het indrukwekkendst was de man in het blauwe gewaad die in het midden plaatsnam. Zijn karakter had een diepgang en schakeringen die Taita verontrustend vond.

De man gebaarde hun dat ze zich moesten ontspannen en Taita richtte zich op.

'Gegroet, Magiër Taita van Gallala. We heten u welkom in Jarri, het land van de Bergen van de Maan,' zei de leider in het blauwe gewaad.

'Gegroet, Oligarch Heer Aquer van de Opperste Raad,' antwoordde Taita.

Aquer knipperde met zijn ogen en boog zijn hoofd. 'U kent me?'

'Ik heb uw grootvader goed gekend,' verklaarde Taita. 'Hij was jonger dan u nu bent toen ik hem voor het laatst zag, maar uw gezicht lijkt sprekend op het zijne.'

'Dan is veel van wat ik over u gehoord heb dus waar. U bent een Langlevende en een wijze. U zult een geweldige bijdrage aan onze gemeenschap leveren. Zou u zo vriendelijk willen zijn om ons voor te stellen aan uw metgezellen, die we minder goed kennen?'

Taita riep hen bij hun naam naar voren. Meren was de eerste en hij ging voor het podium staan. 'Dit is kolonel Meren Cambyses, drager van het Goud voor Moed en Metgezel van de Rode Weg.' De raad bestudeerde hem zwijgend. Plotseling werd Taita zich ervan bewust dat er iets ongebruikelijks aan de gang was. Hij verplaatste zijn aandacht van de drie oligarchen naar het leren scherm achter hen. Hij onderzocht het om erachter te komen of iets zich erachter verborg, maar hij vond niets. Het leek alsof de ruimte achter het scherm een leegte was. Dat alleen was genoeg om hem te alarmeren. Een of andere paranormale kracht verborg zich in dat deel van de kamer.

Eos is hier! dacht hij. Ze verspreidt geen aura en heeft zich verborgen achter een scherm dat ondoordringbaarder is dan leer. Ze kijkt naar ons. Hij was zo geschokt dat hij moeite moest doen om zichzelf onder controle te houden. Ze was het ultieme roofdier en zou bloed of zwakheid ruiken.

Ten slotte begon Aquer weer te spreken. 'Hoe bent u uw oog verloren, kolonel Cambyses?'

'Dat soort dingen overkomen een soldaat. We lopen in ons leven veel risico.'

'We zullen er te zijner tijd iets aan doen,' zei Aquer.

Taita begreep deze raadselachtige bewering niet. 'Gaat u alstublieft weer zitten, kolonel.' De ondervraging was oppervlakkig geweest, maar Taita wist dat ze alle informatie van Meren hadden gekregen die ze wilden hebben.

Daarna riep Taita Hilto naar voren. De oligarchen besteedden aan hem nog minder tijd. Taita zag dat Hilto's aura eerlijk brandde, behalve de wapperende linten van blauw licht aan de randen die zijn opwinding verraadden. De oligarchen stuurden hem terug naar zijn plaats. Ze behandelden Nakonto en Imbali op dezelfde manier.

Ten slotte riep Taita Fenn. 'Mijne heren, dit is een oorlogswees over wie ik me heb ontfermd. Ik heb haar tot mijn pupil gemaakt en haar Fenn genoemd. Ik weet weinig van haar. Omdat ik zelf nooit een kind heb gehad, ben ik erg op haar gesteld geraakt.'

Toen ze voor de Opperste Raad stond, zag Fenn eruit als een in de steek gelaten kind. Ze liet haar hoofd hangen en wipte verlegen van de ene voet op de andere. Het leek alsof ze zich er niet toe kon brengen om haar ondervragers aan te kijken. Taita keek met zijn Innerlijke Oog bezorgd naar haar. Haar aura bleef onderdrukt en ze speelde de rol die ze van hem moest spelen perfect. Nadat er nog een stilte was gevallen, vroeg Aquer: 'Wie was uw vader, meisje?'

'Ik ken hem niet, heer.' Taita zag geen flikkering in haar aura die erop duidde dat ze loog.

'Je moeder?'

'Die herinner ik me ook niet, heer.'

'Waar ben je geboren?'

'Vergeef me, heer, maar dat weet ik niet.'

Het viel Taita op dat ze zich zo goed onder controle wist te houden.

'Kom hier,' beval Aquer. Verlegen sprong ze op het podium en ging naar hem toe. Hij pakte haar arm vast en trok haar dichter naar zijn stoel toe. 'Hoe oud ben je, Fenn?'

'U zult me wel dom vinden, maar dat weet ik niet.' Aquer draaide haar om, liet zijn hand in haar tuniek glijden en voelde aan haar borst onder het linnen.

'Er zit al iets.' Hij grinnikte. 'En er zal snel veel meer zijn.' Fenns aura begon met een zachtroze kleur te gloeien en Taita vreesde dat ze haar zelfbeheersing zou verliezen. Toen besefte hij dat ze alleen maar de schaamte liet zien die elk jong meisje zou voelen wanneer er op een manier die ze niet begreep met haar omgesprongen werd. Het kostte hem meer moeite om zijn eigen woede te bedwingen. Ze voelde echter aan dat Aquers optreden een test was. Aquer probeerde Fenn of Taita een reactie te ontlokken. Taita bleef onbewogen kijken, maar hij dacht: wanneer het tot een afrekening komt, zul je daarvoor boeten, Heer Aquer.

De oligarch bleef Fenn liefkozen. 'Ik weet zeker dat je een jonge vrouw van een buitengewone schoonheid zult worden. Als je geluk hebt, zul je hier in Jarri uitgekozen worden voor een zeer eervolle en verheven taak,' zei hij. Hij kneep haar in een van haar kleine, ronde billen en lachte weer: 'Ga nu maar, kleintje. Over een paar jaar zullen we je opnieuw bekijken.'

Hij stuurde hen weg, maar vroeg Taita om te blijven. Toen de anderen de kamer verlaten hadden, zei Aquer beleefd: 'Wij van de raad moeten onderling overleggen, Magiër. Neemt u ons niet kwalijk dat we ons terugtrekken. We zullen u niet lang alleen laten.'

Toen ze terugkeerden, waren de drie oligarchen ontspannener en vriendelijker, maar ze bleven respectvol.

'Vertel me eens wat u van mijn grootvader weet,' zei Heer Aquer. 'Hij is overleden voordat ik geboren was.'

'Hij was een trouw en geëerd lid van het hof van regentes koningin Lostris in de periode van de exodus en de invasie van de Twee Koninkrijken door de Hyksos. Hare Majesteit had zo veel vertrouwen in hem dat ze hem vele belangrijke taken opdroeg. Hij ontdekte de weg die de grote bocht in de Nijl afsnijdt. Die weg wordt nog steeds gebruikt en verkort de reis van Assoean naar Qebui met honderden kilometers. De koningin heeft hem voor deze en andere prestaties eretekens toegekend.'

'Ik heb nog steeds het Eregoud dat ik van hem geërfd heb.'

'De koningin vertrouwde hem zelfs zo dat ze hem uitkoos om ten zuiden van Qebui een leger van tweeduizend man te leiden om de bron van de Nijl te vinden en de loop ervan in kaart te brengen. Er is maar één man teruggekeerd, maar hij was gek geworden van de koorts en de ontberingen die hij had doorstaan. Van de rest van het leger en van de echtgenotes en andere vrouwen die de soldaten vergezelden, is nooit meer iets gehoord. Er werd aangenomen dat ze door het enorm uitgestrekte Afrika opgeslokt waren.'

'De overlevenden van het leger van mijn grootvader die het gered hebben en uiteindelijk Jarri bereikten, waren onze voorouders.'

'Waren zij de pioniers die dit kleine land opgebouwd hebben?' vroeg Taita.

'Ze hebben er een bijdrage van onschatbare waarde aan geleverd,' zei Aquer. 'Anderen waren hier echter allang voor hen. Er wonen in Jarri al mensen sinds het begin der tijden. We noemen hen de Stichters.' Hij keek naar de man aan zijn rechterkant. 'Dit is Heer Caithor. Hij kan zijn rechtstreekse afstamming vijfentwintig generaties terugvoeren.'

'Dan is het terecht dat u hem eert.' Taita boog naar de oligarch met de zilvergrijze baard. 'Maar ik weet dat anderen zich sinds de tijd van uw grootvader bij u gevoegd hebben.'

'U bedoelt kolonel Tinat Ankut en zijn legioen. U hebt natuurlijk al kennis met hem gemaakt.'

'Ja, de kolonel heeft mij en mijn mensen in Tamafupa gered van de Basmara-wilden,' beaamde Taita.

'Tinat Ankuts mannen en hun vrouwen zijn een welkome toevoeging aan onze gemeenschap geweest. Ons land is groot en we zijn maar met weinigen. We hebben hen hier nodig, Ze zijn van ons bloed, dus ze hebben zich soepel aan onze maatschappij aangepast. Veel van hun jonge mensen zijn met die van ons getrouwd.'

'Natuurlijk aanbidden ze hetzelfde pantheon van goden,' zei Taita voorzichtig, 'geleid door de heilige drie-eenheid van Osiris, Isis en Horus.'

Hij zag dat Aquers aura boos opflakkerde en dat hij daarna zijn woede bedwong. Zijn antwoord was mild: 'Onze religie zullen we later nog uitgebreider bespreken. Op dit moment is het voldoende om te zeggen dat nieuwe landen beschermd worden door nieuwe goden of misschien zelfs door één enkele god.'

'Eén enkele god?' Taita deed of hij verbaasd was.

Aquer hapte niet toe, maar kwam in plaats daarvan terug op het vorige onderwerp. 'Afgezien van kolonel Tinat Ankuts legioen hebben vele duizenden immigranten in de loop van de eeuwen grote afstanden over de aarde afgelegd om Jarri te bereiken. Zonder uitzondering waren het mannen en vrouwen van grote verdienste. Onder degenen die we hebben mogen verwelkomen, zijn wijzen en heelkundigen, alchemisten en ingenieurs, geologen en mijnwerkers, botanici en boeren, architecten en metselaars, scheepsbouwers en anderen met speciale kundigheden.'

'Uw land lijkt op een stevig fundament gebouwd te zijn,' zei Taita.

Aquer zweeg even en leek het toen over een andere boeg te gooien. 'Uw metgezel, Meren Cambyses. Het scheen ons toe dat u een grote genegenheid voor hem koestert.'

'Hij is al bij me sinds hij een melkmuil was,' antwoordde Taita. 'Hij is meer dan een zoon voor me.'

'Hij heeft veel last van zijn beschadigde oog, nietwaar?' vervolgde Aquer.

'Het is niet zo goed genezen als ik had gewenst,' zei Taita.

'Ik weet zeker dat u er zich, met uw gaven, van bewust bent dat uw protegé stervende is,' zei Aquer. 'Er zit koudvuur in het oog. Na verloop van tijd zal hij eraan sterven... tenzij hij behandeld wordt.'

Taita was geschokt. Hij had deze dreigende ramp niet aan Merens aura afgelezen, maar toch twijfelde hij niet aan wat Aquer had gezegd. Misschien had hij het zelf al die tijd al geweten, maar zo'n onaangename waarheid niet onder ogen willen zien. Maar hoe kon Aquer iets weten wat hijzelf niet wist? Hij zag aan zijn aura dat de man niet over bijzondere kundigheden of inzichten beschikte. Hij was geen wijze, ziener of sjamaan. Natuurlijk had Aquer de zaal niet verlaten om met de andere oligarchen te overleggen. Hij was bij iemand anders geweest, dacht Taita. Hij vermande zich en antwoordde: 'Nee, mijn heer, ik heb enige ervaring als heelkundige, maar ik vermoedde niet dat de verwonding zo ernstig was.'

'Wij van de Opperste Raad zijn overeengekomen om u en uw protegé een speciaal privilege toe te kennen. Een dergelijke gunst wordt niet vaak verleend, zelfs niet aan vooraanstaande leden van onze adel. We doen dit om blijk te geven van het diepe respect dat we voor u hebben en van onze welwillendheid jegens u. Het zal ook een demonstratie zijn van de hoge ontwikkeling van onze staat, onze wetenschap en onze kennis. Misschien zult u daardoor overgehaald worden om bij ons in Jarri te blijven. Meren Cambyses zal naar een sanatorium in de Wolkentuinen gebracht worden. Het zal een tijdje duren voordat dit geregeld is, want de medicijnen om hem te behandelen, moeten nog bereid worden. Wanneer dat gebeurd is, mag u hem vergezellen om zijn behandeling te observeren, Magiër. Wanneer u terugkomt uit het sanatorium zullen we u graag weer ontmoeten om uw standpunt te bespreken.'

Zodra ze naar Mutangi teruggekeerd waren, onderzocht Taita Merens oog en zijn algemene gezondheidstoestand. Zijn conclusies waren verontrustend. Er leek een diepgewortelde infectie in de wond in de oogkas te zitten die de steeds terugkerende pijn, het bloeden en het etteren verklaarde. Toen Taita stevig op het gebied rondom de wond drukte, verdroeg Meren het stoïcijns, maar door de pijn flakkerde zijn aura op als een vlam in de wind. Taita vertelde hem dat de oligarchen van plan waren hem te laten behandelen.

'U verzorgt mij en mijn verwondingen. Ik vertrouw deze afvallige Egyptenaren, deze verraders van ons land en de farao, niet. Als iemand me kan genezen, bent u het,' verklaarde Meren. Hoe Taita ook probeerde hem te overreden, Meren hield voet bij stuk.

Bilto en de andere dorpelingen waren gastvrij en vriendelijk en Taita en zijn mensen raakten betrokken bij het dagelijkse leven van de gemeenschap. De kinderen waren gefascineerd door Fenn en al snel had ze drie vriendinnen gemaakt met wie ze blij leek te zijn. In het begin bracht ze veel tijd met hen door: ze ging met hen paddenstoelen zoeken in het bos en leerde hun liedjes, dansen en spelletjes. Over *bao* konden ze haar niets leren en ze was al snel kampioen van het dorp. Wanneer ze niet bij de kinderen was, ging ze vaak naar de stallen om Wervelwind te verzorgen en te trainen. Hilto gaf haar les in boogschieten en hij sneed een boog voor haar. Nadat ze op een middag een uur met Imbali had zitten kletsen en lachen, kwam ze bij Taita en zei: 'Imbali zegt dat alle mannen iets tussen hun benen hebben bungelen dat, als een jong katje of een puppy, een eigen leven leidt. Als het je leuk vindt, verandert het van vorm en grootte. Waarom heb jij dat niet, Taita?'

Taita kon geen passend antwoord bedenken. Hoewel hij nooit geprobeerd had het voor haar te verbergen, had ze nog niet de leeftijd waarop hij zijn verminking met haar kon bespreken. Die tijd zou maar al te snel komen. Hij overwoog om zijn beklag te doen bij Imbali, maar hij zag ervan af. Als enige vrouw in hun groep, was ze een even goede instructrice als wie ook. Hij maakte zich er met een neutraal antwoord vanaf, maar daarna was het besef van zijn gebrek sterker. Hij begon moeite te doen om zijn lichaam bedekt te houden wanneer zij in de buurt was. Zelfs wanneer ze samen zwommen in de stroom voorbij het dorp, deed hij zijn tuniek niet uit. Hij had gedacht dat hij zich bij zijn lichamelijke gebrek neergelegd had, maar daar kwam met de dag meer verandering in.

Het kon niet lang meer duren voordat Onka zou arriveren om Meren naar het mysterieuze sanatorium in de Wolkentuinen te brengen en Taita wendde al zijn overredingskracht aan om hem over te halen om de behandeling te ondergaan, maar Meren kon vreselijk koppig zijn en hij bleef voet bij stuk houden, wat Taita ook zei.

Op een avond werd Taita wakker van een zacht gekreun in Merens kamer. Hij stak de lamp aan, liep erheen en zag dat Meren met zijn hoofd in zijn handen dubbelgevouwen op zijn slaapmat lag. De ene kant van zijn gezicht was afschuwelijk gezwollen, de lege oogkas was een strakke spleet en zijn huid was gloeiend heet. Taita legde er warme kompressen op en smeerde er pijnstillende balsem op, maar tegen de ochtend was de oude verwonding er niet veel beter op geworden. Het leek meer dan toevallig dat Onka diezelfde dag nog voor de middag arriveerde.

Taita probeerde Meren om te praten. 'Oude vriend, ik kan niets doen om je te genezen. Je hebt de keus: of je verdraagt dit lijden dat volgens mij binnen niet al te lange tijd tot je dood zal leiden of je kunt de Jarriaanse heelkundigen laten proberen je te genezen, nu ik gefaald heb.'

Meren was zo zwak en hij had zo'n hoge koorts dat hij zich niet meer verzette. Imbali en Fenn hielpen hem met aankleden en pakten toen een kleine tas met zijn bezittingen in. De mannen leidde hem naar buiten en hielpen hem in het zadel. Taita nam haastig afscheid van Fenn en vertrouwde haar toe aan de zorg van Hilto, Imbali en Nakonto. Hij besteeg Windrook en ze verlieten Mutangi over de weg naar het westen. Fenn rende nog zevenhonderd meter naast Windrook met hem mee, bleef toen langs de weg staan en zwaaide naar hen tot ze uit het zicht verdwenen waren.

Opnieuw reden ze in de richting van de drie bergtoppen van de vulkanen, maar voordat ze de citadel bereikten, namen ze een zijweg die in een meer noordelijke richting liep. Ten slotte gingen ze via een smalle pas de bergen in en klommen omhoog tot ze op de citadel ver in het zuiden konden neerkijken. Op deze afstand leek de raadzaal waarin ze de oligarchen hadden gesproken klein. Ze reden omhoog over het bergpad. De lucht werd kouder en de wind kreunde treurig langs de bergwanden. Ze klommen steeds hoger. Witte rijp vormde zich op hun baard en wenkbrauwen. Ze doken weg in hun capes en bleven klimmen. Meren zwaaide nu heen en weer in het zadel. Taita en Onka gingen aan weerskanten van hem rijden om hem te ondersteunen en te verhinderen dat hij zou vallen.

Plotseling verscheen voor hen in de bergwand de mond van een tunnel achter een poort van zware, houten balken. Toen ze dichterbij kwamen, zwaaiden de deuren log open om hen door te laten. Ze zagen vanuit de verte dat er bewakers bij de ingang stonden. Taita was zo bezorgd om Meren dat hij weinig aandacht aan hen besteedde. Toen ze nog dichterbij kwamen zag hij dat ze klein van gestalte waren, ongeveer half zo groot als een normale man, maar dat ze enorm ontwikkelde borstspieren en lange zwaaiende armen hadden die bijna tot de grond kwamen. Ze stonden met een kromme rug en gebogen benen. Plotseling besefte hij dat het geen mensen waren, maar grote apen. Wat hij voor bruine uniformjassen had aangezien, was een ruige vacht. Hun voorhoofd liep bijna recht naar achteren boven borstelige wenkbrauwen en hun kaken waren zo overontwikkeld dat hun lippen niet helemaal over hun tanden sloten. Ze beantwoordden zijn onderzoekende blik door hem met een starende, onverzoenlijke uitdrukking in hun dicht bij elkaar staande ogen aan te kijken. Taita opende snel zijn Innerlijke Oog en zag dat hun aura rudimentair en dierlijk was en dat ze hun moordzuchtige instincten maar ternauwernood konden bedwingen. 'Kijk hen niet aan,' waarschuwde Onka. 'Provoceer hen niet. Het zijn sterke, gevaarlijke dieren en ze vatten hun bewakingstaak zeer serieus op. Ze kunnen een man aan stukken scheuren zoals u de poten van een gebraden kwartel lostrekt.' Hij leidde hen de mond van de tunnel binnen en de zware deuren sloten zich onmiddellijk met een dreunend geluid achter hen. Brandende toortsen rustten in armaturen die aan de muur waren bevestigd en de hoeven van de paarden kletterden op de rotsige bodem. De tunnel was zo smal dat er maar twee paarden naast elkaar konden lopen en de ruiters waren gedwongen om in het zadel te bukken om hun hoofd niet tegen het dak te stoten. Om hen heen hoorden ze het ruisende geluid van onderaardse rivieren en kokendhete lavaleidingen. Ze konden niet bepalen hoe lang de tocht door de tunnel duurde en welke afstand ze hadden afgelegd, maar ten slotte zagen ze een nimbus van daglicht voor zich uit. Het licht werd sterker en ze naderden eenzelfde poort als die welke de ingang van de tunnel had afgesloten. De poort zwaaide ook open voordat ze hem bereikt hadden en ze zagen nog een contingent apen. Ze reden langs hen heen en knipperden met hun ogen tegen het felle zonlicht.

Het duurde een tijdje voordat hun ogen aan het licht gewend waren en toen keken ze vol verwondering en ontzag om zich heen. Ze waren in een enorme vulkanische krater die zo groot was dat zelfs een snel paard een halve dag nodig zou hebben om hem van de ene verticale wand naar de andere te doorkruisen. Zelfs een lenige steenbok zou die lavawanden niet kunnen beklimmen. De bodem van de krater was een hol, groen schild. In het midden ervan was een klein meer met melkachtig, saffier-kleurig water. Rookslierten dreven boven het oppervlak. Een ijsschilfer smolt van Taita's wenkbrauw en raakte zijn wang toen hij viel. Hij knipperde met zijn ogen en realiseerde zich dat de lucht in de krater even zwoel was als die van een eiland in een tropische zee. Ze deden hun leren capes af en zelfs Merens conditie leek in de warme lucht te verbeteren.

'Het is het water uit de ovens van de aarde dat deze plek verwarmt. Hier bestaat geen strenge winter.' Met een breed armgebaar wees Onka naar het onvoorstelbaar mooie bos dat hen omringde. 'Ziet u de bomen en planten die hier overal gedijen? Die vindt u nergens op de wereld.'

Ze reden verder over het duidelijk gemarkeerde pad en Onka wees hun op opvallende kenmerken van de krater. 'Kijk eens naar de kleuren van de wanden,' zei hij tegen Taita, die zijn nek uitstrekte om naar de hoge wanden omhoog te kijken. Ze waren niet grijs of zwart, de natuurlijke kleur van vulkanisch gesteente, maar bedekt met een mengeling van zachtblauw en een roodachtige goudkleur met hemelsblauwe strepen. 'Wat veelkleurig gesteente lijkt, zijn mossen die zo lang en dik zijn als het haar van een mooie vrouw,' zei Onka tegen hem.

Taita wendde zijn blik van de wand af en keek uit over het bos in de kom beneden hem.

'Dat zijn dennenbomen,' riep hij verbaasd toen hij de torenhoge groene speren zag die tussen de goudkleurige bosjes bamboe uit omhoogschoten, 'en gigantische lobelia's.' Lichtgevende bloemen hingen aan de dikke, vlezige stammen. 'Ik gok erop dat die planten daar een vreemd soort wolfsmelk zijn en de bosjes die bedekt zijn met roze bloesem zijn protea's. De hoge bomen erachter zijn aromatische ceders en de kleinere zijn tamarindes en *khaya*-mahoniebomen.' Ik wou dat Fenn hier was om er samen met me van te genieten, dacht hij.

De stoom van het hete water van het meer zweefde tussen de met mos begroeide takken omhoog als rook. Ze sloegen af om een stroom te volgen, maar voordat ze een paar honderd passen gereden hadden, hoorden ze gespat en het gelach en de stemmen van vrouwen. Ze kwamen uit op een open plek en zagen drie vrouwen zwemmen en zich vermaken in het dampende, blauwe water van de poel beneden hen. De vrouwen keken zwijgend toe toen de mannen voorbijreden. Ze waren jong, hadden een donkere huid en hun lange, natte haar was pikzwart. Taita dacht dat ze waarschijnlijk uit de landen aan de overkant van de oostelijke zee kwamen. Ze leken zich niet bewust van hun naaktheid. Ze waren alle drie zwanger en ze leunden vanuit hun heupen achterover om tegenwicht te geven aan het gewicht van hun gezwollen buik.

Terwijl ze verder reden, vroeg Taita: 'Hoeveel gezinnen wonen er in deze krater? Waar zijn de mannen van deze vrouwen?'

'Ze werken in het sanatorium, misschien zelfs als heelkundige.' Onka toonde weinig interesse. 'We moeten het sanatorium kunnen zien wanneer we daar op de oever van het meer uitkomen.'

Toen ze op de oever over het rokerige, saffierkleurige water van het meer uitkeken, zagen ze het sanatorium aan de andere kant. Het was een complex van lage, onopvallende stenen gebouwen. Het was duidelijk dat de steenblokken waaruit de muren opgetrokken waren uit de rotswand waren uitgehakt. Ze waren niet gewit en hadden hun natuurlijke, donkergrijze kleur behouden. Ze werden omringd door goed onderhouden, groene grasvelden waarop zwermen wilde ganzen graasden. Watervogels van wel twintig verschillende soorten deinden op het meer terwijl ooievaars en reigers in de ondiepten liepen. Toen ze om het kiezelstrand heen reden, merkte Taita een paar grote krokodillen op die als boomstammen in het water dreven.

Ze verlieten het strand, staken de grasvelden over en reden de binnenhof van het hoofdgebouw op door een prachtige zuilengang die bedekt was met in bloei staande kruipplanten. Er stonden paardenknechten te wachten om de paarden over te nemen en vier stevig gebouwde broeders tilden Meren uit het zadel en legden hem op een brancard. Terwijl ze hem het gebouw binnendroegen, liep Taita naast hem. 'Je bent nu in goede handen,' troostte hij Meren, maar de rit in de wind en de kou hoog in de bergen had zijn tol geëist en Meren was nog maar net bij bewustzijn.

De broeders brachten hem naar een grote spaarzaam gemeubileerde kamer met een grote deur die uitzicht bood op het meer. De muren en het plafond waren bedekt met lichtgele, marmeren tegels. Ze tilden hem op een matras in het midden van de witmarmeren vloer, kleedden hem uit en brachten zijn vuile kleren weg. Daarna sponsden ze hem af met warm water uit een koperen leiding die uitkwam in een betegelde wasbak die in een hoek van de kamer was gebouwd. Het water had een zwavelachtige geur en Taita realiseerde zich dat het uit een van de warmwaterbronnen kwam. De marmeren vloer onder hun voeten was aangenaam warm en hij vermoedde dat hetzelfde water er door leidingen heen onder liep. De warmte in de kamer en het water leken Meren te kalmeren. De broeders droogden hem met linnen doeken af en daarna hield een van hen een beker aan zijn lippen en liet hem een kruidenaftreksel drinken dat naar dennen rook. Ze vertrokken en lieten Taita, die naast het matras zat, achter. Al snel viel Meren in zo'n diepe slaap dat Taita wist dat het door het drankje veroorzaakt moest zijn.

Dit was de eerste kans die hij had om hun nieuwe omgeving te onderzoeken. Toen hij naar de hoek van de muur naast de deur van het toilet keek, bespeurde hij de straling van een menselijke aura die erachter vandaan kwam. Hij concentreerde zich er onopvallend op en besefte dat er een verborgen kijkgaatje in de muur zat waardoor ze geobserveerd werden. Hij zou Meren ervoor waarschuwen zodra deze wakker was. Hij wendde zijn blik af, alsof hij zich er niet van bewust was dat hij in de gaten gehouden werd.

Korte tijd later kwamen een man en een vrouw, die gekleed waren in schone witte tunieken die tot hun knieën kwamen, de kamer binnen. Hoewel ze geen halskettingen of armbanden van magische kralen en uitgesneden beeldjes droegen en evenmin andere accessoires van de esoterische kunsten, herkende Taita hen als heelkundigen. Ze begroetten hem beleefd bij zijn naam en stelden zich voor.

'Ik heet Hannah,' zei de vrouw.

'En ik heet Gibba,' zei de man.

Ze begonnen direct met hun onderzoek van de patiënt. Aanvankelijk negeerden ze zijn verbonden hoofd en bestudeerden in plaats daarvan zijn handpalmen en voetzolen. Ze palpeerden zijn buik en borst. Hannah kraste met de punt van een scherp stokje op de huid van zijn rug om de aard van de striem die dat naliet te onderzoeken.

Pas toen ze tevredengesteld waren, richtten ze hun aandacht op Merens hoofd. Gibba nam het tussen zijn blote knieën en klemde het stevig vast. Ze keken in Merens keel, oren en neusgaten. Daarna wikkelden ze het verband los waarmee Taita het oog had bedekt. Hoewel het nu met opgedroogd bloed en pus bevuild was, merkte Hannah goedkeurend op dat het zeer kundig aangelegd was. Ze knikte naar Taita om uiting aan haar bewondering te geven.

Daarna concentreerden ze zich op de lege oogkas waarbij ze een zilveren dilatator gebruikten om de oogleden uit elkaar te houden. Hannah stak een vingertop in de oogkas en betastte de holte stevig. Meren kreunde en probeerde zijn hoofd weg te draaien, maar Gibba hield het stevig tussen zijn knieën geklemd. Ten slotte stonden ze op. Hannah boog voor Taita met haar vingertoppen tegen elkaar gedrukt en daarna raakte ze haar lippen aan. 'Wilt u ons alstublieft even excuseren? We moeten de toestand van de patiënt bespreken.'

Ze gingen door de open deur naar buiten en bleven, verzonken in hun gesprek, op het grasveld heen en weer lopen. Door de deuropening bestudeerde Taita hun aura. Die van Gibba had de glinstering van een zwaard dat in het zonlicht wordt gehouden en Taita zag dat zijn hoge intelligentie koud en emotieloos was.

Toen hij Hannah bestudeerde, zag hij direct dat ze een Langlevende was. Haar geaccumuleerde kennis was enorm en ze beheerste talloze medische technieken. Hij besefte dat haar medische kwaliteiten de zijne waarschijnlijk overtroffen, maar toch ontbrak het haar aan compassie. Haar aura was steriel en scherp. Hij zag eraan dat ze rechtlijnig was in haar toewijding aan haar roeping en dat ze daarin niet door vriendelijkheid of mededogen geremd zou worden.

Toen het tweetal naar de ziekenkamer terugkeerde, leek het vanzelfsprekend dat Hannah voor hen beiden het woord zou doen. 'We moeten direct opereren, voordat het verdovende middel uitgewerkt is,' zei ze.

De vier gespierde broeders kwamen terug en gingen gehurkt bij Merens armen en benen zitten. Hannah zette een blad met zilveren chirurgische instrumenten klaar.

Gibba maakte Merens oogkas en de omringende huid met een aromatische kruidenoplossing schoon en daarna drukte hij de oogleden wijd uit elkaar en zette de zilveren dilatator ertussen. Hannah pakte een scalpel met een smal, puntig blad en hield het boven de oogholte. Met de wijsvinger van haar linkerhand voelde ze achter in de oogkas alsof ze een bepaalde plek in de ontstoken binnenkant ervan zocht en daarna gebruikte ze dezelfde vinger om het scalpel naar het punt te leiden dat ze had gevonden. Voorzichtig prikte ze in het vlees. Het bloed welde rondom het metaal op en Gibba veegde het weg met een wattenprop die hij in de spleet aan het eind van een ivoren staafje had gedrukt. Hannah sneed dieper tot de helft van het scalpel in het vlees begraven was. Plotseling barstte er groene pus uit de wond die ze aangebracht had. De etter spoot in een dunne fontein tegen het betegelde plafond van de ziekenkamer omhoog. Meren schreeuwde en zijn hele lichaam bokte en schokte zodat de mannen die hem vasthielden al hun kracht nodig hadden om te voorkomen dat hij zich uit hun greep zou losrukken.

Hannah liet de scalpel op het blad vallen en drukte een katoenen kussentje op de oogkas. De pus die van het plafond droop, verspreidde een smerige stank. Meren zakte ineen onder het gewicht van de mannen boven hem. Hannah haalde snel het kussentje van zijn oog en liet de open armen van een bronzen tang in de insnijding glijden. Taita hoorde de punten van de tang over iets heen schrapen wat in de wond begraven was. Hannah kneep de tang dicht tot ze er een stevige greep op had en trok haar hand toen zachtjes maar vastberaden terug. Samen met nog een stroom waterige, groene pus kwam het vreemde voorwerp naar buiten. Ze hield het in de tang omhoog en onderzocht het nauwkeurig. 'Ik weet niet wat het is. Weet u het misschien?' Ze keek Taita aan die zijn tot een kom gevormde hand naar voren stak. Ze liet het voorwerp erin vallen.

Hij stond op en liep de kamer door om het in het licht van de open deur te onderzoeken. Het was zwaar voor zijn omvang en ongeveer even groot als een plakje van een pijnboompit. Hij hield het tussen zijn vingers en veegde het bloed en de pus eraf waarmee het bedekt was. 'Een splinter van de Rode Stenen!' riep hij uit.

'Herkent u het?' vroeg Hannah.

'Een stukje steen. Ik begrijp niet hoe ik het over het hoofd heb kunnen zien. Ik heb alle andere stukjes wel gevonden.'

'Verwijt het uzelf niet, Magiër. Het zat diep begraven. Als we niet door de infectie geleid waren, zouden we het misschien ook niet gevonden hebben.' Hannah en Gibba maakten de oogkas schoon en stopten er een prop watten in. Meren was buiten bewustzijn geraakt en de forse broeders ontspanden hun greep.

'Hij zal nu beter kunnen slapen,' zei Hannah, 'maar het zal een paar dagen duren voordat de wond droog is en we het oog kunnen vervangen. Tot dan moet hij rusten.'

Hoewel hij er nooit getuige van was geweest, had Taita gehoord dat heelkundigen uit Indië een ontbrekend oog konden vervangen door een kunstoog van glas of marmer. Al was het dan geen perfect surrogaat, het was minder afzichtelijk dan een gapende, lege oogkas.

Hij bedankte de heelkundigen en hun assistenten toen ze vertrokken. Bedienden verwijderden de pus van het plafond en de marmeren vloer en vervingen het vuile beddengoed. Ten slotte kwam er een vrouw van middelbare leeftijd binnen die op Meren zou passen tot hij weer bij bewustzijn zou komen. Taita liet hem onder haar hoede achter om een tijdje aan de ziekenkamer te ontsnappen. Hij liep over de grasvelden naar het strand en vond een bank waarop hij kon uitrusten.

Hij was moe en gedeprimeerd door de lange, zware reis door de bergen en de spanning die het toekijken bij de operatie had veroorzaakt. Hij pakte het stukje rood steen uit de buidel aan zijn riem en bestudeerde het opnieuw. Het leek doodgewoon, maar hij wist dat dat bedrieglijk was. De kleine, rode kristallen glinsterden en leken een warme gloed uit te stralen die zijn afkeer wekte. Hij stond op, liep naar de rand van het water en bracht zijn arm naar achteren om het stukje steen in het meer te gooien. Maar voordat hij dat kon doen, zag hij een sterke beroering in de diepte alsof daar een monster op de loer lag. Hij sprong geschrokken achteruit. Op datzelfde moment blies een koude wind in zijn nek. Hij huiverde en keek om, maar hij zag niets alarmerends. De windvlaag was even snel voorbij als hij gekomen was en de stille lucht was weer zacht en warm.

Toen hij weer naar het water keek, verspreidde zich een kring van golfjes over het oppervlak. Hij herinnerde zich de krokodillen die ze eerder hadden gezien. Hij keek naar het stukje rood steen in zijn hand. Het leek onschuldig, maar hij had de koude wind gevoeld en hij was verontrust. Hij liet het in zijn buidel vallen en liep terug over het grasveld.

Halverwege bleef hij weer staan. Door alle afleiding was dit de eerste gelegenheid die hij had om de voorkant van het sanatorium te bestuderen. Het blok waarin Merens kamer was, bevond zich aan het ene uiteinde van het complex. Hij zag nog vijf andere grote blokken. Ze waren allemaal van de naburige blokken gescheiden door een terras met een latwerken dak dat wijnranken met trossen druiven ondersteunde. In deze krater leek alles vruchtbaar te zijn. Hij was er zeker van dat deze gebouwen vele buitengewone wetenschappelijke wonderen bevatten die hier in de loop van de eeuwen waren ontdekt en ontwikkeld. Hij zou de eerste gelegenheid te baat nemen om ze grondig te verkennen.

Plotseling werd hij afgeleid door vrouwenstemmen. Toen hij omkeek, zag hij de drie meisjes met de donkere huid die ze eerder hadden gezien over het strand terugkomen. Ze waren volledig gekleed en droegen bloemenkronen in hun haar. Ze leken nog steeds in een vrolijke stemming te zijn. Hij vroeg zich af of ze tijdens hun picknick in het bos niet te veel van de goede wijn van Jarri hadden gedronken. Ze negeerden hem en liepen door over het strand tot ze tegenover het laatste blok gebouwen uitkwamen. Vervolgens staken ze het grasveld over en verdwenen naar binnen. Hun ongeremde gedrag intrigeerde hem. Hij wilde met hen praten: misschien zouden ze hem kunnen helpen om te begrijpen wat er in deze vreemde, kleine wereld aan de hand was.

De zon verdween echter al en de wolken pakten zich samen. Er begon een lichte motregen te vallen die koud aanvoelde op zijn opgeheven gezicht. Als hij de vrouwen wilde spreken, moest hij snel zijn. Hij liep achter hen aan. Toen hij halverwege het grasveld was, verloor hij zijn interesse in hen en hij vertraagde zijn pas. Ze zijn niet belangrijk, dacht hij. Het is beter om bij Meren te zijn. Hij stond stil en keek naar de hemel. De zon was achter de kraterwand weggezakt. Het was bijna donker. Het verlangen om met de vrouwen te praten dat daarnet nog zo dringend had geleken, verdween uit zijn hoofd alsof het uitgewist was. Hij wendde zich van het gebouw af en haastte zich naar Merens ziekenkamer. Meren ging rechtop zitten toen Taita binnenkwam en hij glimlachte warm.

'Hoe voel je je?' vroeg Taita.

'Misschien had u gelijk, Magiër. Deze mensen lijken me geholpen te hebben. Ik heb weinig pijn en ik voel me sterker. Vertel me eens wat ze bij me gedaan hebben.'

Taita opende de buidel en liet hem het stukje steen zien. 'Ze hebben dat uit je hoofd gehaald. Het heeft koudvuur veroorzaakt en daardoor ontstonden je problemen.'

Meren strekte zijn hand uit om het stukje steen aan te pakken, maar toen trok hij zijn hand snel terug. 'Zo klein en toch zo kwaadaardig. Dit smerige ding heeft me van mijn oog beroofd. Ik wil er niets mee te maken hebben. Gooi het in Horus' naam weg, heel ver weg.' Maar Taita liet het in zijn buidel terugglijden.

Een bediende bracht hun hun avondmaaltijd. Het eten was heerlijk en ze aten met smaak. Ze beëindigden de maaltijd met een beker met de een of andere warme drank die hen hielp om goed te slapen. De volgende ochtend vroeg kwamen Hannah en Gibba terug. Toen ze het verband van Merens oog optilden, zagen ze tot hun tevredenheid dat de zwelling was geslonken en dat de wond minder ontstoken was.

'We zullen over drie dagen verder kunnen gaan,' zei Hannah tegen hen. 'De wond zal dan tot rust zijn gekomen, maar nog voldoende open zijn om het zaad te accepteren.'

'Het zaad?' vroeg Taita. 'Ik begrijp de procedure die u beschrijft niet, geleerde zuster. Ik dacht dat u van plan was om het ontbrekende oog te vervangen door een oog van glas of steen. Over wat voor zaden hebt u het nu?'

'Ik mag de details niet met u bespreken, broeder Magiër. Alleen deskundigen van het Gilde van de Wolkentuinen mogen deze speciale kennis deelachtig worden.'

'Ik ben vanzelfsprekend teleurgesteld omdat ik niet meer te weten kan komen, want ik ben onder de indruk van de kundigheid die u hebt gedemonstreerd. Deze nieuwe ontdekking klinkt nog opwindender. Ik zie ernaar uit om in elk geval het eindresultaat van uw nieuwe procedure te mogen zien.'

Hannah fronste lichtjes haar wenkbrauwen toen ze antwoordde: 'Het is niet juist om dit als een nieuwe procedure te beschrijven, broeder Magiër. Er is het toegewijde werk van vijf generaties heelkundigen hier in de Wolkentuinen voor nodig geweest om zo ver te komen. Zelfs nu is de methode nog niet geperfectioneerd, maar elke dag brengt ons dichter bij ons doel. Ik ben er echter zeker van dat het niet lang meer zal duren voordat u zich bij ons Gilde zult aansluiten en aan dit werk deel zult nemen. Ik weet ook zeker dat uw bijdrage uniek en van onschatbare waarde zal zijn. Mocht er iets anders zijn dat u wilt weten en dat geen verboden kennis is voor degenen buiten de Kring van Ingewijden, dan zal ik dat graag met u bespreken.'

'Er is inderdaad iets wat ik wil vragen.' De gedachte aan de meisjes die hij voor het eerst bij de poel in het bos had gezien en daarna toen ze in de regen over het strand terugkeerden naar het sanatorium, was nog steeds in zijn achterhoofd aanwezig. Dit leek een goede gelegenheid om meer over hen aan de weet te komen, maar voordat de vraag over zijn lippen kon komen, begon hij te vervagen. Hij probeerde hem vast te houden. 'Ik wilde u vragen…' Hij wreef over zijn slapen terwijl hij zich de vraag probeerde te herinneren. Iets over vrouwen… Hij probeerde de woorden te achterhalen, maar ze werden weggeblazen als ochtendmist bij zonsopgang. Hij zuchtte geïrriteerd om zijn domheid. 'Vergeef me. Ik ben vergeten wat het was.'

'Dan kan het niet erg belangrijk zijn geweest. Het schiet u later nog wel te binnen,' zei Hannah en ze stond op. 'O, een ander onderwerp, Magiër. Ik heb gehoord dat u een botanicus en een kruidkundige met een enorme kennis bent. We zijn trots op onze tuinen. Als u ze wilt bezoeken, dan zal ik met alle plezier uw gids zijn.'

Taita bracht de volgende dagen grotendeels in het gezelschap van Hannah door met het verkennen van de Wolkentuinen. Hij verwachtte dat hij veel interessants te zien zou krijgen, maar zijn verwachtingen werden ver overtroffen. De tuinen, die de helft van de krater besloegen, stonden vol met talloze plantensoorten uit alle klimaatgordels van de wereld.

'Onze tuinlieden hebben ze in de loop der eeuwen verzameld,' verklaarde Hannah. 'Ze hebben al die tijd tot hun beschikking gehad om hun vaardigheden te ontwikkelen en de behoeften van elke soort te leren begrijpen. Het water dat in de bronnen opborrelt, is zeer rijk aan voedingsstoffen en we hebben speciale schuren gebouwd waarin we het klimaat kunnen beheersen.'

'Er komt vast nog meer bij kijken.' Taita was niet helemaal tevreden. 'Dat verklaart niet dat reusachtige lobelia's en boomheide, planten uit het hooggebergte, kunnen groeien naast teak- en mahoniebomen die uit het tropische oerwoud afkomstig zijn.'

'U bent opmerkzaam, broeder,' zei Hannah, 'en u hebt gelijk. Er komt veel meer bij kijken dan warmte, zonlicht en voedingsstoffen. Wanneer u zich bij het Gilde aansluit zult u gaan inzien hoe groot de wonderen zijn die we hier in Jarri verricht hebben. Maar u moet niet verwachten dat u direct alles te horen krijgt. We hebben het over kennis en wijsheid die in de loop van duizend jaar is verzameld. Iets wat zo kostbaar is, kunt u zich niet in een dag eigen maken.' Ze draaide zich naar hem om. 'Weet u hoe lang ik in dit leven geleefd heb, Magiër?'

'Ik kan zien dat u een Langlevende bent,' antwoordde hij.

'Net als u, broeder,' zei ze, maar ik was al oud op de dag dat u geboren werd en ik ben nog steeds een novice als het om de Mysteriën gaat. Ik heb de afgelopen paar dagen van uw gezelschap genoten. We staan onszelf te vaak toe om geïsoleerd te raken in het esoterische intellectuele klimaat van de Tuinen, dus het praten met u is een tonicum geweest dat even werkzaam is als onze kruidenpreparaten. Maar we moeten nu teruggaan. Ik moet de laatste voorbereidingen treffen voor de procedure van morgen.'

Ze namen afscheid bij de poort van de tuin. Het was nog vroeg in de middag en Taita liep op zijn gemak om het meer heen. Vanaf een bepaalde plek was het uitzicht over de hele krater bijzonder mooi. Toen hij er aankwam, ging hij op een omgevallen boomstam zitten en opende zijn geest. Als een antilope die de lucht opsnuift om te ruiken of er een luipaard in de buurt is, speurde hij de ether af naar een spoor van een kwaadaardige kracht. Hij kon niets vinden. Het was rustig, maar hij wist dat het een illusie zou kunnen zijn: hij moest dicht bij de schuilplaats van de heks zijn, want alle occulte tekenen en omina wezen op haar aanwezigheid. Deze verborgen krater zou een perfect bastion voor haar zijn. De vele wonderen die hij hier al had ontdekt, zouden door haar magie voortgebracht kunnen zijn. Hannah had er nog geen uur geleden op gezinspeeld toen ze zei: 'Er komt veel meer bij kijken dan warmte, zonlicht en voedingsstoffen.'

Voor zijn geestesoog zag hij Eos die als een monsterlijke, zwarte spin geduldig in het midden van haar web zat te wachten op een zwakke trilling van het spinrag voordat ze haar prooi besprong. Hij wist dat het onzichtbare web voor hem gesponnen was, dat hij al tussen de draden gevangenzat.

Tot nu toe had hij de ether passief en stilletjes afgespeurd. Hij was in de verleiding gekomen om Fenn op te roepen, maar hij wist dat hij dan de heks in haar plaats zou kunnen uitnodigen. Hij kon Fenn niet aan dat gevaar blootstellen en hij wilde net zijn geest sluiten toen hij werd getroffen door een vloedgolf van paranormale energie. Hij slaakte een kreet en drukte zijn handen tegen zijn slapen. Hij wankelde en viel bijna van de boomstam.

Ergens dicht bij de plek waar hij zat, vond een tragedie plaats. Het was moeilijk voor zijn geest om zo'n verdriet, zo'n leed en zo'n ultiem kwaad als nu door de ether op hem afkwamen en hem bijna overweldigden te accepteren. Hij vocht ertegen als een drenkeling die tegen een getijdenstroom in de open oceaan vecht. Hij dacht dat hij ten onder zou gaan, maar toen ebde de vloedgolf weg. Hij hield er het sombere, treurige gevoel aan over dat zo'n verschrikkelijke gebeurtenis hem had beroerd en dat hij niet in staat was geweest om in te grijpen.

Het duurde lang voordat hij zich voldoende had hersteld om op te kunnen staan en over het pad naar de kliniek te kunnen lopen. Toen hij op het strand uitkwam, zag hij in het midden van het meer weer een beweging in het water. Deze keer was hij er zeker van dat het een fysieke realiteit was, want hij zag de geschubde ruggen van krokodillen boven water komen terwijl hun staarten in de lucht sloegen. Ze leken een kadaver aan het eten te zijn en ze vochten er met een felle begerigheid om. Hij bleef staan en zag een mannetjeskrokodil boven het water uit komen. Met een schuddende beweging van zijn kop gooide hij een brok rauw vlees hoog de lucht in. Toen het naar beneden kwam, greep het beest het opnieuw en verdween kronkelend onder water.

Taita bleef kijken tot het bijna donker was en liep toen, ernstig verontrust, terug over het grasveld.

Meren werd wakker zodra Taita de kamer binnenkwam. Hij leek verkwikt en Taita's sombere stemming had geen invloed op hem. Toen ze samen de avondmaaltijd nuttigden, maakte hij morbide grappen over de operatie die Hannah voor de volgende dag gepland had. Hij noemde zichzelf 'de cycloop die een glazen oog zou krijgen'.

Hannah en Gibba kwamen de volgende ochtend met hun team van assistenten naar hun kamer. Nadat ze Merens oogkas hadden onderzocht, concludeerden ze dat hij klaar was voor de volgende stap. Gibba bereidde een drankje van het kruidenopiaat terwijl Hannah haar blad met instrumenten klaarzette en daarna naast Meren op de slaapmat ging zitten. Af en toe tilde ze het lid van het goede oog omhoog om de verwijding van de pupil te bestuderen. Ten slotte constateerde ze dat het verdovende middel zijn werk had gedaan en dat hij vredig sliep. Ze knikte naar Gibba.

Hij stond op, verliet de kamer en kwam even later terug met een albasten pot. Hij droeg hem alsof het een uiterst heilige relikwie was. Hij wachtte tot de vier broeders Merens polsen en enkels stevig vasthadden en zette de pot toen vlak bij Hannahs rechterhand. Hij nam Merens hoofd weer tussen zijn knieën, trok de leden van zijn ontbrekende oog vaneen en zette de zilveren dilatator ertussen.

'Dank u, dokter Gibba,' zei Hannah en ze begon lichtjes op haar hurken heen en weer te wiegen. Op het ritme van haar bewegingen, begonnen Gibba en zij een bezwering te psalmodiëren. Taita herkende een paar woorden die dezelfde stam leken te hebben als sommige werkwoorden in het Tenmass. Hij vermoedde dat het een hogere, meer ontwikkelde vorm van de taal was.

Toen ze klaar waren, pakte Hannah een scalpel van haar blad, hield het even in de vlam van de olielamp en maakte toen snel een paar ondiepe evenwijdige insnijdingen in de binnenwand van de oogholte. Het deed Taita denken aan een stukadoor die het oppervlak van een muur prepareert voordat hij er natte klei op aanbrengt. Er kwam een beetje bloed uit de lichte insnijdingen, maar ze sprenkelde er een paar druppels uit een flesje over en het bloeden hield onmiddellijk op. Gibba veegde het geronnen bloed weg.

'Niet alleen stelpt deze balsemolie het bloeden, maar hij vormt ook een plakkende ondergrond voor het zaad,' lichtte Hannah toe.

Met dezelfde eerbiedige voorzichtigheid die Gibba eerder had getoond, tilde Hannah het deksel van de albasten pot. Taita strekte zijn nek uit om beter in de pot te kunnen kijken en hij zag dat er een kleine hoeveelheid lichtgele, doorzichtige gelei in zat, amper genoeg om de nagel van zijn pink mee te bedekken. Met een kleine, zilveren lepel schepte Hannah het spul op en bracht het met uiterste zorgvuldigheid aan op de insnijdingen in Merens oogholte.

'We zijn klaar om het oog te sluiten, dokter Gibba,' zei ze zacht. Gibba trok de dilatator tussen de oogleden vandaan en kneep ze toen tussen zijn duim en wijsvinger dicht. Hannah pakte een dunne zilveren naald met een fijne draad die van de darmen van een schaap was gemaakt en bracht handig drie hechtingen in de oogleden aan. Terwijl Gibba Merens hoofd vasthield, verbond ze het met hetzelfde ingewikkelde patroon van verstrengelde linnen stroken als de balsemers in de Egyptische begrafenistempels gebruikten. Ze hield openingen vrij voor Merens neusgaten en mond. Toen leunde ze tevreden op haar hurken achterover. 'Dank u, dokter Gibba. Zoals gewoonlijk is uw hulp van onschatbare waarde geweest.'

'Is dat alles?' vroeg Taita. 'Is de operatie afgelopen?'

'Als er geen koudvuur ontstaat en er geen andere complicaties optreden, zal ik de hechtingen over twaalf dagen verwijderen,' antwoordde Hannah. 'Tot die tijd is het van het grootste belang dat we het oog beschermen tegen licht en dat we ervoor zorgen dat de patiënt er niet aan komt. Hij zal in die periode veel ongemak ervaren. Het brandende en jeukende gevoel zal zo intens zijn dat het niet gemakkelijk door verdovende middelen verlicht zal kunnen worden. Hoewel hij zich zal kunnen beheersen wanneer hij wakker is, zal hij in zijn slaap proberen om over het oog te wrijven. Getrainde assistenten zullen hem dag en nacht in de gaten moeten houden en zijn handen zullen vastgebonden moeten worden. Hij moet overgebracht worden naar een donkere cel zonder ramen om te voorkomen dat het licht de pijn verergert en verhindert dat het zaad ontkiemt. Het zal een moeilijke tijd voor uw protegé worden en hij zal uw hulp nodig hebben om erdoorheen te komen.'

'Waarom is het nodig om beide ogen te sluiten, ook het goede oog?'

'Wanneer hij het gezonde oog beweegt om het te richten op voorwerpen die hij waarneemt, zal het andere oog meebewegen. We moeten het zo stil mogelijk houden.'

Hannah en Gibba kwamen de volgende ochtend met hun team van assistenten naar hun kamer. Nadat ze Merens oogkas hadden onderzocht, concludeerden ze dat hij klaar was voor de volgende stap. Gibba bereidde een drankje van het kruidenopiaat terwijl Hannah haar blad met instrumenten klaarzette en daarna naast Meren op de slaapmat ging zitten. Af en toe tilde ze het lid van het goede oog omhoog om de verwijding van de pupil te bestuderen. Ten slotte constateerde ze dat het verdovende middel zijn werk had gedaan en dat hij vredig sliep. Ze knikte naar Gibba.

Hij stond op, verliet de kamer en kwam even later terug met een albasten pot. Hij droeg hem alsof het een uiterst heilige relikwie was. Hij wachtte tot de vier broeders Merens polsen en enkels stevig vast hadden en zette de pot toen vlak bij Hannahs rechterhand. Hij nam Merens hoofd weer tussen zijn knieën, trok de leden van zijn ontbrekende oog vaneen en zette de zilveren dilatator ertussen.

'Dank u, dokter Gibba,' zei Hannah en ze begon lichtjes op haar hurken heen en weer te wiegen. Op het ritme van haar bewegingen, begonnen Gibba en zij een bezwering te psalmodiëren. Taita herkende een paar woorden die dezelfde stam leken te hebben als sommige werkwoorden in het Tenmass. Hij vermoedde dat het een hogere, meer ontwikkelde vorm van de taal was.

Toen ze klaar waren, pakte Hannah een scalpel van haar blad, hield hem even in de vlam van de olielamp en maakte toen snel een paar ondiepe evenwijdige insnijdingen in de binnenwand van de oogholte. Het deed Taita denken aan een stukadoor die het oppervlak van een muur prepareert voordat hij er natte klei op aanbrengt. Er kwam een beetje bloed uit de lichte insnijdingen, maar ze sprenkelde er een paar druppels uit een flesje over en het bloeden hield onmiddellijk op. Gibba veegde het geronnen bloed weg.

'Niet alleen stelpt deze balsemolie het bloeden, maar hij vormt ook een plakkende ondergrond voor het zaad,' lichtte Hannah toe.

Met dezelfde eerbiedige voorzichtigheid die Gibba eerder had getoond, tilde Hannah het deksel van de albasten pot. Taita strekte zijn nek uit om beter in de pot te kunnen kijken en hij zag dat er een kleine hoeveelheid lichtgele, doorzichtige gelei in zat, amper genoeg om de nagel van zijn pink mee te bedekken. Met een kleine, zilveren lepel schepte Hannah het spul op en bracht het met uiterste zorgvuldigheid aan op de insnijdingen in Merens oogholte.

'We zijn klaar om het oog te sluiten, dokter Gibba,' zei ze zacht. Gibba trok de dilatator tussen de oogleden vandaan en kneep ze toen tussen zijn duim en wijsvinger dicht. Hannah pakte een dunne zilveren naald met een fijne draad die van de darmen van een schaap was gemaakt en bracht handig drie hechtingen in de oogleden aan. Terwijl Gibba Merens hoofd vasthield, verbond ze het met hetzelfde ingewikkelde patroon van verstrengelde linnen stroken als de balsemers in de Egyptische begrafenistempels gebruikten. Ze hield openingen vrij voor Merens neusgaten en mond. Toen leunde ze tevreden op haar hurken achterover. 'Dank u, dokter Gibba. Zoals gewoonlijk is uw hulp van onschatbare waarde geweest.'

'Is dat alles?' vroeg Taita. 'Is de operatie afgelopen?'

'Als er geen koudvuur ontstaat en er geen andere complicaties optreden, zal ik de hechtingen over twaalf dagen verwijderen,' antwoordde Hannah. 'Tot die tijd is het van het grootste belang dat we het oog beschermen tegen licht en dat we ervoor zorgen dat de patiënt er niet aan komt. Hij zal in die periode veel ongemak ervaren. Het brandende en jeukende gevoel zal zo intens zijn dat het niet gemakkelijk door verdovende middelen verlicht zal kunnen worden. Hoewel hij zich zal kunnen beheersen wanneer hij wakker is, zal hij in zijn slaap proberen om over het oog te wrijven. Getrainde assistenten zullen hem dag en nacht in de gaten moeten houden en zijn handen zullen vastgebonden moeten worden. Hij moet overgebracht worden naar een donkere cel zonder ramen om te voorkomen dat het licht de pijn verergert en verhindert dat het zaad ontkiemt. Het zal een moeilijke tijd voor uw protégé worden en hij zal uw hulp nodig hebben om erdoorheen te komen.'

'Waarom is het nodig om beide ogen te sluiten, ook het goede oog?'

'Wanneer hij het gezonde oog beweegt om het te richten op voorwerpen die hij waarneemt, zal het andere oog meebewegen. We moeten het zo stil mogelijk houden.'

Ondanks Hannahs waarschuwing ervoer Meren weinig ongemak gedurende de eerste drie dagen nadat het zaad in zijn oogholte was ingebracht. Het enige wat hem zwaar viel, was dat hij van zijn gezichtsvermogen was beroofd en zich daardoor vreselijk verveelde. Taita probeerde hem te vermaken met het ophalen van herinneringen aan de avonturen die ze samen in de loop van de jaren hadden beleefd, de plaatsen die ze hadden bezocht en de mannen en vrouwen die ze gekend hadden. Ze bespraken het effect van de droogte van de Nijl op hun vaderland en de ellende waaronder hun landgenoten gebukt gingen en ze vroegen zich af hoe Nefer Seti en de koningin met de ramp omgingen. Ze praatten over hun huis in Gallala en over wat ze daar zouden aantreffen wanneer ze van hun odyssee zouden terugkeren. Ze hadden deze onderwerpen al heel vaak besproken, maar het geluid van Taita's stem was rustgevend voor Meren.

Op de derde dag werd hij wakker van een scherpe pijn die zijn oogkas leek te doorboren. Hij voelde de pijn met de regelmaat van zijn hartslag en zo intens dat zijn adem bij elke steek stokte en hij instinctief met beide handen naar zijn oog greep. Taita stuurde de assistent weg om Hannah te halen. Ze kwam direct en wikkelde het verband los. 'Geen koudvuur,' zei ze onmiddellijk en ze verving het oude verband. 'Dit is het resultaat waarop ik heb gehoopt. Het zaad is geënt en begint wortel te schieten.'

'U gebruikt dezelfde woorden als een tuinman,' zei Taita.

'Dat zijn we ook,' zei ze. 'Tuinlieden van mensen.'

Meren kon de volgende drie dagen niet slapen. Wanneer de pijn heviger werd, kreunde hij en lag hij te draaien op zijn matras. Hij at niet en kon alleen elke dag een paar bekers water drinken. Toen hij ten slotte door slaap overmand werd, lag hij op zijn rug met zijn armen langs zijn zij met stroken leer vastgebonden en hij snurkte door het mondgat in het verband. Hij sliep een dag en een nacht door.

Toen hij wakker werd, begon het jeuken. 'Ik heb het gevoel alsof er vuurmieren in mijn oog kruipen.' Hij kreunde en probeerde met zijn gezicht langs de ruwe stenen muur van de cel te wrijven. De assistent moest er twee collega's bij roepen om hem in bedwang te houden, want Meren was een sterke kerel. Door het gebrek aan voedsel en slaap leek het vlees echter van zijn lichaam te smelten. Zijn ribben waren door de huid van zijn borst heen duidelijk te zien en zijn buik slonk tot hij tegen zijn ruggengraat leek te rusten.

In de loop van de jaren was hun vriendschap zo hecht geworden dat Taita met hem mee leed. De enige keren dat hij de cel uit kon, was wanneer Meren korte tijden onrustig sliep. Dan kon Taita hem aan de zorg van een assistent overlaten en in de botanische tuinen gaan ronddwalen.

Taita vond een bijzonder soort rust in deze tuinen waardoor hij er steeds weer naartoe getrokken werd. De tuinen waren niet in een bepaalde volgorde aangelegd: ze waren eerder een doolhof van lanen en paden waarvan sommige dicht overwoekerd waren. Elke bocht leidde naar een nieuw verrukkelijk uitzicht. In de warme, zoete lucht waren de vermengde geuren van de bloemen bedwelmend. Het gebied was zo uitgestrekt dat hij maar een paar van de tuinlieden tegenkwam die dit paradijs onderhielden. Als ze hem zagen, glipten ze weg, eerder als geesten dan als mensen. Bij elk bezoek ontdekte hij prachtige nieuwe priëlen en schaduwrijke wandelpaden die hij de vorige keer over het hoofd had gezien, maár wanneer hij ze bij zijn volgende bezoek terug probeerde te vinden, waren ze verdwenen en vervangen door andere die even prachtig en aanlokkelijk waren.

Op de tiende dag na de inplanting van het zaad leek Meren zich beter te voelen. Hannah verbond het oog opnieuw en ze zei dat ze tevreden was. 'Zodra de pijn helemaal ophoudt, zal ik de hechtingen uit het ooglid verwijderen en kunnen zien hoeveel vooruitgang hij heeft geboekt.'

Meren had nog een rustige nacht en hij werd wakker met een flinke eetlust en een hernieuwd gevoel voor humor. Het was zelfs zo dat Taita zich uitgeputter en afgetobder voelde dan de patiënt. Hoewel zijn ogen nog bedekt waren, leek Meren aan te voelen hoe Taita eraan toe was en hij besefte dat de Magiër behoefte aan rust had en alleen wilde zijn. Taita verbaasde zich vaak over de intuïtie die zijn over het algemeen bruuske, ongecompliceerde metgezel bij vlagen tentoonspreidde en hij was geroerd toen Meren zei: 'U bent nu lang genoeg mijn kindermeisje geweest, Magiër. Laat me nu maar alleen, dan plas ik wel in de matras als ik nodig moet. Ga maar slapen. U ziet er vast vreselijk uit.'

Taita pakte zijn stok op, hees de rok van zijn tuniek onder zijn gordel en liep naar het bovenste deel van de tuinen dat het verst van het sanatorium lag. Hij vond dit het aantrekkelijkste gebied. Hij wist niet waarom, behalve dat het het wildste en minst onderhouden deel van de krater was. Enorme brokken steen waren van de rotswand afgebroken en naar beneden gevallen en nu leken ze op de ruïnes van monumenten voor koningen en helden. In bloei staande planten met een overdaad aan bloemen kronkelden eroverheen. Hij liep over een pad waarvan hij dacht dat hij het goed kende, maar op het punt waarop het tussen twee van de grote steenblokken een scherpe bocht maakte, viel hem voor het eerst op dat een ander duidelijk zichtbaar pad rechtdoor liep naar de steile kraterwand. Hij was er zeker van dat het er bij zijn vorige bezoek niet was geweest, maar hij was gewend geraakt aan de illusoire eigenschappen van de tuinen en hij volgde het zonder te aarzelen. Toen hij een kort stukje gelopen had, hoorde hij rechts van hem het geluid van stromend water. Hij volgde het geluid en toen hij zich ten slotte door een scherm van bladeren en groene takken drong, ontdekte hij een verborgen hoekje. Hij stapte de kleine open plek op en keek nieuwsgierig om zich heen. Een kleine stroom kwam uit de mond van een grot, liep over een reeks met mos begroeide richels en mondde uit in een poel.

Het was allemaal zo aantrekkelijk en rustgevend dat Taita zich op een plekje met zacht gras installeerde en met een zucht tegen een omgevallen boomstam achteroverleunde. Een tijdje bleef hij in het donkere water kijken. Diep in de poel zag hij de schaduw van een grote vis die half verborgen was door een uitstekende rand en de varens die over het water heen hingen. Zijn staart bewoog zich hypnotiserend heen en weer als een vlag in een trage wind. Terwijl hij ernaar keek, besefte hij hoe moe hij was en hij sloot zijn ogen. Hij wist niet hoe lang hij had geslapen toen hij wakker werd van zachte muziek.

Degene die de muziek maakte, zat aan de andere kant van de poel. Het was een jongen van een jaar of drie, vier, een deugniet met een grote bos krullen die op zijn borst deinde wanneer hij zijn hoofd op de maat van het wijsje dat hij op zijn fluit blies heen en weer bewoog. De zon had zijn huid een gouden kleur gegeven, hij had een engelachtig gezicht en zijn ledematen waren mollig en volmaakt gevormd. Hij was mooi, maar toen Taita met zijn Innerlijke Oog naar hem keek, zag hij dat de jongen geen aura om zich heen had.

'Hoe heet je?' vroeg Taita.

De deugniet liet de fluit los, die aan het koord om zijn nek bleef bungelen. 'Ik heb veel namen,' antwoordde hij. Zijn stem was kinderlijk en lispelend en zelfs nog mooier dan de betoverende muziek die hij had gemaakt.

'Als je me geen naam kunt geven, zeg me dan wie je bent,' hield Taita aan.

'Ik ben velen,' zei de jongen. 'Ik ben talrijk.'

'Dan weet ik wie je bent. Je bent niet de kat, maar de afdruk van de poot,' zei Taita. Hij wilde haar naam niet hardop zeggen, maar hij vermoedde dat deze cherubijn een manifestatie van Eos was.

'En ik weet wie u bent, Taita de Eunuch.'

Taita's gelaatsuitdrukking bleef ondoorgrondelijk, maar de schimpscheut doorboorde het schild dat zijn kern beschermde als een pijl van ijs. Het kind kwam overeind met de gratie van een reekalf dat uit zijn leger in het bos opstaat. Hij bleef tegenover Taita staan en bracht de fluit weer naar zijn lippen. Hij speelde een zachte kwelende noot en liet de fluit toen weer zakken. 'Sommigen noemen u Taita de Magiër, maar een halve man kan nooit meer dan een halve magiër zijn.' Hij speelde een zilveren triller. De schoonheid van de muziek kon de pijn die zijn woorden Taita hadden gedaan niet verlichten. Hij liet de fluit weer zakken en wees in de donkere poel. 'Wie zie je daar, Taita de Misvormde? Herken je dat beeld, Taita die man noch vrouw is?'

Taita staarde in het donkere water. Uit de diepte zag hij een jongeman omhoogkomen met dik glanzend haar, een breed, hoog voorhoofd en ogen die glansden van wijsheid en humor, begrip en compassie. Het was het uiterlijk van een geleerde en een kunstenaar. Hij was groot en had lange, welgevormde ledematen. Zijn tors was licht gespierd. Zijn houding was trots en gracieus. Zijn kruis was bedekt door een korte rok van gebleekt, wit linnen. Het was het lichaam van een atleet en een krijger.

'Herken je die man?' hield de jongen aan.

'Ja,' wist Taita met schorre stem uit te brengen.

'Dat ben jij,' zei de jongen. 'Dat ben jij zoals je al die jaren geleden geweest bent.'

'Ja,' fluisterde Taita.

'Zie jezelf nu eens zoals je geworden bent,' zei het duivelskind. De rug van de jonge Taita kromde zich en zijn ledematen werden dun en stokachtig. De mooie spieren werden pezig en zijn buik puilde uit. Zijn haar werd grijs, lang, sluik en dun. Zijn witte tanden werden geel en gingen scheef staan. Er verschenen diepe rimpels in zijn wangen en de huid onder zijn kin zakte in plooien uit. De ogen verloren hun glinstering. Hoewel het beeld een karikatuur was, werd de werkelijkheid maar licht overdreven.

Toen werd plotseling de lendendoek als door een windvlaag weggerukt en zijn kruis werd zichtbaar. Een dunne rand van grijs schaamhaar omringde het glanzend roze, gerimpelde litteken dat het mes waarmee hij gecastreerd was en het gloeiend hete brandijzer hadden achtergelaten. Taita kreunde zacht.

'Herken je jezelf zoals je nu bent?' vroeg de jongen. Vreemd genoeg was zijn stem vervuld van oneindige compassie.

Het medelijden deed Taita meer pijn dan de spot. 'Waarom laat je me die dingen zien?' vroeg hij.

'Ik kom je waarschuwen. Je leven was al eenzaam en onvruchtbaar, maar het zal binnenkort duizendmaal zo erg worden. Opnieuw zul je liefde en verlangen kennen, maar die gevoelens zullen nooit beantwoord worden. Je zult branden in de hel van een onmogelijke liefde.' Taita had geen woorden om hem tegen te spreken, want de pijn waarmee het duivelskind dreigde, had hem al in zijn greep. Hij wist dat dit slechts een voorproefje was van wat er zou volgen en hij kreunde.

'De tijd zal komen dat je ervoor zult bidden om door de dood verlost te worden,' vervolgde de jongen meedogenloos, 'maar denk hier eens over na, Taita de Langlevende. Hoe lang zul je moeten lijden voordat de dood je genade toont?'

In de poel vervaagde het beeld van de oude man en het werd vervangen door dat van de mooie, krachtige jongeman. Hij glimlachte uit het donkere water naar Taita. Zijn tanden glinsterden en zijn ogen schitterden.

'Wat er van je afgenomen is, kan ik je teruggeven,' zei het kind en zijn stem klonk als het gespin van een kat. De linnen rok om het middel van de jongeman viel weg en er werden volmaakt gevormde geslachtsdelen zichtbaar, majestueus en zwaar.

'Ik kan je je mannelijkheid teruggeven. Ik kan je even compleet maken als het beeld dat ik je heb laten zien.' Taita kon zijn blik er niet van losrukken. Terwijl hij ernaar staarde, zwol de fallus van de fantoomjongeman op en werd langer. Taita werd vervuld van verlangens die hij in zijn lange leven nog nooit had gekend. Ze waren zo walgelijk wellustig dat hij wist dat ze niet uit zijn eigen geest konden voortkomen, maar daar door het duivelskind in waren geplant. Hij probeerde ze te onderdrukken, maar ze stroomden terug als de smerigheid uit een beerput.

Het mooie kind hief een hand op en wees naar Taita's kruis. 'Alles is mogelijk, Taita. Je hoeft alleen maar in me te geloven.'

Plotseling kreeg Taita een krachtige gewaarwording in zijn kruis. Hij had geen idee wat hem overkwam – tot hij besefte dat de gewaarwording die de fantoomjongeman ervoer in zijn eigen lichaam weerspiegeld werd. Hij voelde het gewicht van die schitterende fallus aan zijn buik trekken. Toen hij zag dat hij stijf werd en zich welfde als een gespannen strijdboog, voelde hij dat de spanning in zijn zenuwen tot het uiterste toenam. Toen hij zag dat de eikel van de jongeman opzwol van het bloed en donkerrood werd, resoneerde dat in elke vezel van zijn lichaam. Het zaad spoot rijkelijk uit de gapende spleet en hij voelde de exquise pijn van elke hete straal. Zijn rug welfde zich onwillekeurig en zijn lippen vertrokken zich in een starre grijns terwijl hij zijn tanden op elkaar klemde. Een schorre kreet ontsnapte aan zijn keel. Zijn hele lichaam schokte en beefde als dat van een spasticus en daarna zakte hij hijgend terug op het gras alsof hij net een groot stuk hardgelopen had en volkomen uitgeput was.

'Was je dat vergeten? Had je de herinnering aan het hoogtepunt van fysiek genot verdrongen? Wat je net hebt ervaren, is slechts een zandkorreltje vergeleken met de berg die ik je kan geven,' zei het kind en hij rende naar het eind van de stenen richel. Hij bleef daar staan en keek Taita voor de laatste keer aan. 'Denk erover na, Taita. Het is van jou als je je hand naar me uit durft te strekken.' Hij dook sierlijk de poel in.

Taita zag zijn bleke lichaam opflitsen toen hij de diepte in schoot en verdween. Pas toen de zon zijn halve baan langs de hemel had beschreven, wist hij de kracht op te brengen om op te staan.

Het was laat in de middag toen hij het sanatorium bereikte. Meren zat met zijn verpleger in zijn donkere cel. Toen hij Taita's stem hoorde, was zijn blijdschap aandoenlijk en Taita voelde zich schuldig omdat hij hem zo lang in zijn cel alleen had gelaten met de duisternis en de twijfels die hem moesten verteren.

'De vrouw is weer geweest toen u weg was,' riep Meren. 'Ze zei dat ze morgen het verband helemaal zal weghalen. Ik kan zo lang nauwelijks meer wachten.'

Taita was nog steeds zo opgewonden door de herinneringen aan de gebeurtenissen van die middag dat hij wist dat hij die nacht niet zou kunnen slapen. Nadat ze de avondmaaltijd hadden genuttigd, vroeg hij de verpleger of deze misschien aan een luit zou kunnen komen die hij kon lenen.

'Dokter Gibba is een luitspeler,' antwoordde de man. 'Zal ik hem uw verzoek doorgeven?'

Hij ging weg en kwam een tijdje later terug met het instrument. Er was een tijd waarin Taita's stem iedereen die hem hoorde zingen vreugde verschafte en hij klonk nog steeds welluidend en zuiver. Hij zong tot Merens hoofd op zijn borst viel en hij begon te snurken. Zelfs daarna bleef Taita zachtjes tokkelen tot hij merkte dat hij de melodie naspeelde die het duivelskind op zijn fluit had gespeeld. Hij stopte met spelen en borg de luit op.

Hij ging aan de andere kant van de cel tegenover Meren op zijn matras liggen en probeerde tot rust te komen, maar hij kon de slaap niet vatten. In het donker rende zijn geest door en sloeg toen op hol als een wild paard dat hij niet onder controle kon krijgen. De beelden en gewaarwordingen die het duivelskind in zijn geest had geprent, drongen zich zo levendig aan hem op dat hij eraan moest zien te ontsnappen. Hij pakte zijn cape, glipte de cel uit en stak het in het heldere maanlicht badende grasveld over om langs de rand van het meer te gaan wandelen. Hij voelde de kou op zijn wangen, maar deze keer waren het zijn eigen tranen en niet een vreemde kracht die hem had verkild.

'Taita die man noch vrouw is.' Hij herhaalde de schimpscheut van de jongen en veegde zijn tranen met de wollen cape weg. 'Moet ik tot in de eeuwigheid opgesloten blijven in dit oude verminkte lichaam?' vroeg hij zich af. 'Eos' verleidingen zijn een even grote kwelling als lichamelijke marteling. Horus, Isis en Osiris, geef me de kracht om ze te weerstaan.'

'We hebben uw verplegers vandaag niet nodig,' zei Hannah toen ze naast Meren neerknielde en het kousje van de kleine olielamp afknipte die de enige verlichting in de cel was. 'We zullen u niet nog meer pijn laten lijden, maar we hopen wel dat we de pijn die u al geleden hebt, kunnen goedmaken.' Ze zette de lamp neer en hij bescheen Merens hoofd met een zacht licht. 'Bent u klaar, dokter Gibba?' Terwijl Gibba Merens hoofd ondersteunde, maakte ze de knoop van het verband los en verwijderde het. Daarna overhandigde ze Taita de lamp. 'Laat het licht alstublieft op zijn oog schijnen.'

Taita hield de gepolijste zilveren schijf achter de vlam om een straal op Merens gezicht te laten weerkaatsen. Hannah boog zich verder naar voren om de hechtingen te bekijken die het ooglid gesloten hielden. 'Goed,' zei ze opbeurend. 'De wond is perfect genezen.' Ik denk dat we de hechtingen nu veilig kunnen verwijderen. Houd de lamp alstublieft stil.'

Ze knipte de hechtingen door en trok de draden van schapendarm door de gaatjes van de naald. De oogleden zaten aan elkaar geplakt door opgedroogd slijm en geronnen bloed. Ze waste ze voorzichtig schoon met een doek die in geurig warm water was gedoopt.

'Probeert u nu alstublieft uw ogen te openen, kolonel Cambyses,' zei ze. De oogleden trilden en gingen toen knipperend open. Taita voelde dat zijn hart luider en sneller klopte toen hij in de oogkas keek die niet langer leeg was.

'In naam van de heilige drie-eenheid, Osiris, Isis en Horus,' fluisterde hij, 'u hebt een perfect nieuw oog laten groeien.'

'Nog niet perfect,' wierp Hannah tegen. 'Het is nog maar voor de helft gegroeid en nog steeds veel kleiner dan het andere. De pupil is troebel.' Ze pakte de zilveren schijf uit Taita's hand en liet de lichtstraal direct in het onvolwassen oog schijnen. 'Daarentegen trekt de pupil wel goed samen. Kijkt u maar. Hij begint al goed te functioneren.' Ze bedekte Merens goede oog met een katoenen kussentje. 'Vertelt u ons eens wat u ziet, kolonel,' beval ze.

'Een helder licht,' antwoordde hij.

Hannah bewoog haar hand met gespreide vingers voor zijn gezicht heen en weer. 'En wat ziet u nu?'

'Schaduwen,' zei hij weifelend, maar toen vervolgde hij zelfverzekerder: 'Nee, wacht! Ik zie vingers, de contouren van vijf vingers.'

Het was voor het eerst dat Taita Hannah zag glimlachen en in het gele lamplicht zag ze er jonger en zachtaardiger uit. 'Nee, beste Meren,' zei hij. 'Vandaag heb je meer gezien dan vijf vingers. Je hebt een wonder gezien.'

'Ik moet het oog opnieuw verbinden.' Hannahs optreden werd weer bruusk en zakelijk. 'Het zal nog vele dagen duren voordat het tegen het daglicht zal kunnen.'

H et beeld van de jongen in de grot achtervolgde Taita. Hij voelde de met de dag sterker wordende aandrang om naar de tuinen terug te gaan en naast de verborgen poel op hem te wachten. Maar hij wist heel goed dat deze aandrang niet uit hemzelf voortkwam: hij kwam rechtstreeks van Eos.

Wanneer ik eenmaal haar territorium binnenga, ben ik machteloos. Ze is in alle opzichten in het voordeel. Zij is de grote zwarte kat en ik ben de muis, dacht hij.

Toen antwoordde zijn innerlijke stem: 'Wat dan, Taita? Je bent toch naar Jarri gekomen om de strijd met haar aan te binden? Wat is er van je grote plannen overgebleven? Wil je laf wegsluipen nu je haar gevonden hebt?'

Hij zocht een ander excuus voor zijn lafheid. Als ik maar een schild had om haar kwaadaardige pijlen op te vangen.

Hij probeerde afleiding van deze kwellende angsten en verleidingen te zoeken door Meren te helpen om zijn onvolgroeide oog volledig te leren gebruiken. In het begin verwijderde Hannah het verband maar voor een paar uur en zelfs dan stond ze hem niet toe daglicht te zien en ze hield hem binnen.

De lens van het oog was nog troebel en de kleur van de iris was ook licht en melkachtig. Taita hielp hem met het richten van zijn blik: hij hield de Amulet van Lostris voor Meren omhoog en bewoog hem heen en weer, op en neer en naar voren en naar achteren.

In het begin werd het nieuwe oog snel moe. Het traande en het ooglid knipperde onwillekeurig. Het werd bloeddoorlopen en het jeukte. Meren klaagde erover dat de beelden vaag en verwrongen bleven.

Taita besprak dat met Hannah. 'Het oog heeft een andere kleur dan het origineel. Het is niet even groot en het beweegt anders. U hebt eens gezegd dat u een tuinman van mensen bent. Misschien is het oog dat u geënt hebt van een andere soort.'

'Nee, Magiër. Het nieuwe oog is afkomstig van dezelfde stam als het origineel. We hebben ledematen vervangen die in de strijd zijn afgehakt. Ze lijken aanvankelijk ook niet volledig ontwikkeld. Net als het oog van uw protegé beginnen ze als zaailingen en krijgen ze geleidelijk hun volwassen vorm. Het menselijk lichaam heeft het vermogen om zichzelf in de loop van de tijd te vormen en te ontwikkelen tot het origineel gekopieerd is. Een blauw oog wordt niet vervangen door een bruin oog. Een hand wordt niet vervangen door een voet. In ieder van ons schuilt een levenskracht die in staat is zichzelf te repliceren. Hebt u zich nooit afgevraagd hoe het komt dat een kind op zijn ouders lijkt?' Ze zweeg even en keek hem doordringend aan. 'Op dezelfde manier wordt een geamputeerde arm vervangen door een perfecte kopie van de ontbrekende ledemaat. Een gecastreerde penis zou opnieuw groeien met dezelfde vorm en grootte als de penis die afgesneden is.' Taita staarde haar ontzet aan. Ze had het gesprek op een wrede en kwetsende manier op hem gebracht.

Ze heeft het over mijn gebrek, dacht hij. Ze weet van de verminking die ik heb ondergaan. Hij sprong overeind en haastte zich de kamer uit. Hij strompelde blindelings naar de oever van het meer en knielde op het strand neer. Hij voelde zich machteloos en verslagen. Toen de tranen ten slotte niet meer in zijn ogen prikten en hij weer beter kon zien, keek hij op naar de rotsen die boven de tuinen uittorenden. Hij voelde dat Eos dichtbij was. Hij was te vermoeid en te bedroefd om door te vechten.

Je hebt gewonnen, dacht hij. De strijd was voorbij voordat hij was begonnen. Ik zal me aan je onderwerpen. Toen voelde hij dat haar invloed veranderde. Hij leek niet langer volkomen slecht en kwaadaardig, maar vriendelijk en welwillend. Hij had het gevoel alsof ze hem verlossing van pijn en emotionele strijd aanbood. Hij wilde de tuinen ingaan om zich aan haar over te geven en zich aan haar genade over te leveren. Toen hij moeizaam overeind kwam werd hij getroffen door de ongerijmdheid van zijn gedachten en daden. Hij rechtte zijn rug en stak zijn kin naar voren. 'Nee!' fluisterde hij. 'Dit is geen overgave. Je hebt de strijd nog niet gewonnen. Je hebt alleen de zege behaald bij de eerste schermutseling.' Hij pakte de Amulet van Lostris en voelde de kracht eruit in hem vloeien. 'Ze heeft Meren zijn oog afgenomen. Ze heeft mij mijn geslachtsdelen ontnomen. Ze is in alle opzichten in het voordeel. Had ik maar iets van haar om tegen haar te gebruiken, een wapen waarmee ik de tegenaanval kon inzetten. Wanneer ik er een gevonden heb, zal ik het weer tegen haar opnemen. Hij keek naar de toppen van de hoge, bloeiende bomen in haar tuinen beneden de geruïneerde rotsen en voordat hij zich kon weerhouden had hij een stap in die richting gedaan. Hij wist zich met moeite af te wenden. 'Nog niet. Ik ben er nog niet klaar voor.'

Zijn tred was vastberadener toen hij naar het sanatorium terugkeerde. Hij ontdekte dat Hannah Meren van de donkere cel overgebracht had naar hun ruimere en comfortabelere voormalige verblijf. Meren sprong op zodra hij binnenkwam en greep de mouw van zijn tuniek vast. 'Ik heb een hele rol hiërogliefen gelezen die de vrouw me gegeven heeft,' riep hij barstend van trots op zijn laatste prestatie uit. Zelfs nu kon hij zich er niet toe brengen Hannahs naam of titel te noemen. 'Morgen verwijdert ze het verband voorgoed. Dan zal ik u ermee verbazen hoe de kleur van het oog met die van het andere overeenstemt en hoe soepel het beweegt. Bij de zoete adem van Isis, ik durf te beweren dat ik spoedig de baan van mijn pijlen even goed kan beoordelen als voorheen.' Zijn welsprekendheid was een duidelijk teken van zijn opwinding. 'Dan zullen we aan deze helse plek ontsnappen. Ik haat het hier. Het land en de mensen hebben iets smerigs en walgelijks.'

'Maar kijk eens wat ze voor je gedaan hebben,' bracht Taita naar voren.

Meren leek een beetje in verlegenheid gebracht. 'Daarvoor geef ik u de meeste eer, Magiër. U hebt me hier gebracht en me door deze beproeving heen geholpen.'

Die avond strekte Meren zich op zijn matras uit en viel als een kind in slaap. Zijn gesnurk was luid en zorgeloos. Taita was er in de loop van tientallen jaren zo aan gewend geraakt dat het een soort slaapliedje voor hem was geworden.

Toen hij zijn ogen sloot, kwamen de dromen terug die het duivelskind in zijn geest had geplant. Hij probeerde zichzelf te dwingen om weer wakker te worden, maar ze waren te dwingend. Hij kon zich er niet van losmaken. Hij rook de geur van warm vrouwenvlees, voelde zijdezachte welvingen en holtes tegen zich aan wrijven en hoorde zoete, van verlangen vervulde stemmen die wellustige uitnodigingen fluisterden. Hij voelde de aanraking en de streling van ondeugende vingers, snelle likkende tongen, zachte, zuigende monden en geheime warme openingen die hem verzwolgen. De onmogelijke gevoelens in zijn ontbrekende geslachtsdelen zwollen aan als een storm. Ze bleven op het randje hangen en vervaagden dan. Hij wilde dat ze terugkwamen, zijn hele lichaam snakte naar ontlading, maar die bleef buiten zijn bereik en dat pijnigde en kwelde hem.

'Laat me met rust!' Met grote moeite wist hij zich los te rukken. Hij werd nat van het zweet wakker en zijn adem ruiste scherp in zijn oren.

Een bundel maanlicht viel door het hoge raam in de andere muur schuin naar binnen. Hij stond wankel op, liep naar de waterkan en nam een paar grote slokken. Terwijl hij dat deed, viel zijn blik op zijn gordel en buidel die hij had afgelegd toen hij zich gereedmaakte om te gaan slapen. Het maanlicht viel direct op de buidel. Het leek bijna alsof een invloed van buitenaf zijn aandacht erop richtte. Hij pakte hem op, maakte het trektouw los, stak zijn hand erin en raakte iets aan wat zo warm was dat het leek te leven. Het bewoog onder zijn vingertoppen. Hij trok zijn hand snel terug. Hij was inmiddels helemaal wakker. Hij hield de buidel open en draaide hem opzij zodat het maanlicht de binnenkant ervan verlichtte. Er gloeide iets op de bodem. Hij staarde ernaar en zag dat de gloed een etherische vorm aannam. Het was het teken van de kattenpoot met de vijf zoolkussentjes.

Taita stak zijn hand opnieuw in de buidel en haalde het kleine stukje rode steen eruit dat Hannah uit Merens oogholte had verwijderd. Het voelde nog steeds warm aan en het gloeide ook nog steeds, maar de kattenpoot was verdwenen. Toen hij het stevig in zijn hand klemde, ebde het gevoel van verontrusting dat de dromen hadden achtergelaten onmiddellijk weg.

Hij ging naar de olielamp in de hoek van de kamer en draaide de pit omhoog. In het licht ervan bestudeerde hij het stukje steen. De robijnrode schittering van de kristallen leek te leven. Langzaam drong tot hem door dat het stukje steen iets van de essentie van Eos bevatte. Toen ze het scherfje in Merens oog had gedreven, moest ze er een spoor van haar magie aan geschonken hebben.

Ik had het bijna in het meer gegooid. Nu weet ik zeker dat er iets wachtte om het te ontvangen. Hij herinnerde zich de monsterlijke kolking die hij onder het wateroppervlak had gezien. Hij wist niet of het een krokodil of een vis was geweest, maar hij wist wel dat het in werkelijkheid een van haar manifestaties moest zijn geweest. Het lijkt erop dat ze aan dit onbeduidende stukje steen een grote waarde toekent. Ik zal het hetzelfde respect betonen.

Taita opende het dekseltje van het medaillon van de Amulet en legde het stukje steen in het nest van haar dat hij bij Lostris in haar beide levens had afgesneden. Hij voelde zich sterker en zelfverzekerder. Nu ben ik beter bewapend om het tegen de heks op te nemen.

D
e volgende ochtend waren zijn moed en vastberadenheid nog even groot.

Zodra ze ontbeten hadden, arriveerde Hannah om Merens nieuwe oog te onderzoeken. De kleur van de iris was donkerder geworden en stemde overeen met die van het andere oog. Toen Meren zijn blik concentreerde op haar vinger die heen en weer en op en neer ging, bewogen zijn ogen zich op dezelfde manier.

Toen ze weg was, pakte Meren zijn boog en de gebosseleerde leren pijlenkoker en ging hij met Taita naar het open veld naast het meer. Taita zette een doelwit op, een beschilderde schijf op een korte paal, en ging opzij toen Meren een nieuwe pees voor de boog uitzocht en een pijl tussen zijn handpalmen rolde om de symmetrie en het evenwicht ervan te testen.

'Klaar!' riep hij en hij richtte op het doelwit. Hij spande de boog en schoot. Hoewel het briesje vanaf het meer waarneembaar invloed op de vlucht van de pijl had, miste hij de roos op nog geen duimlengte na.

'Houd rekening met de wind,' riep Taita. Hij had Meren les in boogschieten gegeven sinds deze met Nefer Seti de Rode Weg had gelopen. Meren knikte, spande de boog opnieuw en schoot een tweede pijl af. Deze keer was het midden in de roos.

'Draai je om!' beval Taita en Meren gehoorzaamde. Taita zette het doelwit twintig passen dichterbij. 'Draai je nu om en schiet direct.'

Licht op zijn voeten voor zo'n grote man, gehoorzaamde Meren. Hij had het evenwicht en het zelfvertrouwen terug die hij verloren was toen hij het licht in zijn oog was kwijtgeraakt. De pijl draaide lichtjes met het briesje mee, maar hij had daar bij het richten rekening mee gehouden. Zijn elevatiehoek was perfect. Weer kwam de pijl in de roos terecht. Ze oefenden de rest van de ochtend. Geleidelijk zette Taita het doelwit verder weg tot het ten slotte op een afstand van tweehonderd passen stond. Zelfs toen schoot Meren drie van de vier pijlen in een gebied dat zo groot was als de borst van een man. Toen ze ophielden om de eenvoudige maaltijd te nuttigen die een bediende hun bracht, zei Taita: 'Dat is genoeg voor één dag. Laat je arm en je ogen rusten. Ik moet vandaag nog veel doen.'

Hij pakte zijn stok op, keek of de Amulet van Lostris aan zijn gouden halsketting hing en ging met energieke tred op weg naar de hoogstgelegen poort van de tuinen. Hij keerde op zijn schreden terug naar de grot van de jongen. Hoe dichter hij erbij kwam, hoe intenser zijn gevoelens van verwachting werden. Ze waren zo ongerechtvaardigd dat hij wist dat hij nog steeds door invloeden van buitenaf werd geleid. Hij was lichtelijk verbaasd omdat hij de grot zo gemakkelijk terugvond. In deze tuin vol verrassingen had hij verwacht dat hij voor hem verborgen zou zijn, maar alles was nog precies als de vorige keer.

Hij ging op de grazige oever zitten en wachtte zonder te weten waarop. Alles leek vredig en normaal. Hij hoorde het getjilp van een goudkleurige zonnevogel en toen hij opkeek, zag hij hem boven een vuurrode bloem hangen en voorzichtig zijn lange, gebogen snavel in de trompet van bloembladeren steken om de nectar eruit te zuigen. Toen schoot hij weg als een flits zonlicht. Taita wachtte terwijl hij zich voorbereidde en zijn krachten verzamelde om wat het ook mocht zijn dat hem te wachten stond het hoofd te bieden.

Hij hoorde een regelmatig tikkend geluid dat hem bekend voorkwam, al kon hij het niet direct thuisbrengen. Het kwam van het pad achter hem. Hij keek die richting uit. Het getik hield op, maar na korte tijd begon het weer.

Een lange, gebogen gedaante kwam het pad af met een lange stok in zijn hand. Het getik daarvan op de steenachtige grond was het geluid dat Taita had gehoord. De man had een lange zilvergrijze baard, maar hoewel hij krom en oud was, bewoog hij zich met de energie van een veel jongere man. Hij leek Taita die stilletjes aan de rand van de poel zat niet op te merken en hij volgde de oever in de tegenovergestelde richting. Toen hij de andere kant van de poel bereikte, ging hij zitten. Pas toen hief hij zijn hoofd op en keek Taita recht aan. Taita staarde zwijgend terug. Hij voelde het bloed uit zijn gezicht wegtrekken en hij omklemde de Amulet van Lostris stom van verbazing. Ze keken diep in elkaars ogen en zagen allebei hun identieke tweelingbroer naar hen terugstaren.

'Wie ben je?' fluisterde Taita ten slotte.

'Ik ben jou,' zei de vreemde met een stem die Taita als de zijne herkende.

'Nee,' barstte Taita uit. 'Van mij is er maar een en van jou zijn er velen. Je draagt het zwarte teken van de kattenpoot. Ik ben gemerkt met het witte teken van de Waarheid. Je bent een fantasie die gecreëerd is door Eos van de Dageraad. Ik ben de werkelijkheid.'

'Je brengt ons allebei in verwarring met je koppigheid, want we zijn een en dezelfde,' zei de oude man aan de andere kant van de poel. 'Wat je jezelf ontzegt, ontzeg je mij. Ik kom je de schat laten zien die van ons zou kunnen zijn.'

'Ik zal niet kijken,' zei Taita, 'want ik heb de giftige beelden die je creëert al gezien.'

'Je durft geen nee te zeggen, want door dat te doen ontken je jezelf,' zei zijn spiegelbeeld. 'Wat ik je wil laten zien, is nog nooit door een sterveling gezien. Kijk in de poel, jij die mij bent.'

Taita staarde in het donkere water. 'Er is daar niets,' zei hij.

'Alles is daar,' zei de andere Taita. 'Alles wat we ooit echt gewild hebben, jij en ik. Open je Innerlijke Oog en laten we er samen naar kijken.' Toen Taita dat deed, verscheen er een schaduwachtig vergezicht voor hem. Het leek alsof hij over een grote woestijn met kale duinen uitkeek.

'Die woestijn is ons bestaan zonder kennis van de Waarheid,' zei de andere Taita. 'Zonder de Waarheid is alles steriel en monotoon. Maar kijk eens voorbij de woestijn, mijn hongerige ziel.'

Taita gehoorzaamde. Aan de horizon zag hij een reusachtig baken, een goddelijk licht, een berg die uit één enkele zuivere diamant gesneden was.

'Dat is de berg waarnaar alle zieners en magiërs streven. Ze doen dat tevergeefs. Geen enkele sterveling kan het goddelijke licht bereiken. Het is de berg van alle kennis en wijsheid.'

'Hij is prachtig,' fluisterde Taita.

'Wij kijken er op grote afstand naar. De geest van een sterveling kan zich niet voorstellen hoe mooi hij is wanneer je op de top ervan staat.' Taita zag dat de oude man huilde van vreugde en eerbied. 'Wij kunnen samen op die top staan, mijn andere zelf. Wij kunnen krijgen wat geen ander mens ooit heeft gehad. Er is geen grotere beloning.'

Taita stond op en liep langzaam naar de rand van de poel. Hij keek neer op het visioen en voelde een verlangen dat alle verlangens overtrof die hij ooit gekoesterd had. Het was geen schandelijke begeerte, geen lage fysieke drift. Het was een verlangen dat zo rein, nobel en zuiver was als de diamantberg zelf.

'Ik ken je gevoelens,' zei zijn dubbelganger, 'want ze zijn exact hetzelfde als de mijne.' Hij stond op. 'Kijk naar het zwakke, oude lichaam dat ons gevangenhoudt. Vergelijk het met het perfecte lichaam dat we eens hadden en dat we weer kunnen hebben. Kijk in het water en zie wat niemand voor ons heeft gezien en nooit meer iemand zal zien. Dit wordt ons allemaal aangeboden. Is het geen heiligschennis om zulke geschenken te weigeren?' Hij wees naar het visioen van de diamantberg. 'Kijk eens hoe het vervaagt. Zullen we het ooit weer te zien krijgen? De keus is aan ons, aan jou en mij.' Het visioen van de glinsterende berg loste in het donkere water op en Taita bleef met een beroofd en leeg gevoel achter.

Zijn spiegelbeeld stond op en liep om de poel heen naar hem toe. Hij spreidde zijn armen om Taita te omhelzen. Er liep een huivering van afkeer over Taita's rug, maar desondanks bracht hij zijn armen omhoog om het broederlijke gebaar te beantwoorden. Voordat ze elkaar aanraakten, knetterde een blauwe vonk tussen hen in en Taita kreeg een schok alsof er statische elektriciteit werd ontladen toen zijn andere zelf in hem verdween en ze één werden.

De pracht van de diamantberg die hij had gezien, bleef hem lang bij nadat hij de magische poel had verlaten en door de tuinen teruggegaan was.

Meren wachtte beneden bij de poort op hem en hij haastte zich naar Taita toe. 'Ik heb u urenlang gezocht,' zei hij, 'maar er is hier iets vreemds aan de hand. Er zijn talloze paden, maar ze eindigen allemaal op deze plek.'

'Waarom ben je me gaan zoeken?' Het had geen zin om te proberen Meren uit te leggen hoe gecompliceerd de tuin van de heks in elkaar zat.

'Kolonel Tinat Ankut is korte tijd geleden bij de kliniek gearriveerd. Kapitein Onka was gelukkig nergens te bekennen. Ik had geen gelegenheid om met de brave kolonel te praten en dat zou ook niet veel opgeleverd hebben. Hij heeft nooit veel te zeggen.'

'Was hij alleen?'

'Nee, hij had anderen bij zich. Een escorte van zes cavaleristen en ongeveer tien vrouwen.'

'Wat voor vrouwen?'

'Ik heb hen alleen vanuit de verte gezien – ik was aan deze kant van het meer. Er was niets bijzonders aan hen te zien. Ze leken jong, maar ze zaten een beetje ongemakkelijk op hun paarden. Ik vond dat ik u voor zijn komst moest waarschuwen.'

'Je hebt natuurlijk het juiste gedaan, maar ik kan er altijd op rekenen dat je dat doet.'

'Wat is er met u aan de hand? U hebt een vreemde uitdrukking op uw gezicht – die half verdoofde glimlach en die dromerige ogen. Wat voor kattenkwaad hebt u uitgehaald, Magiër?'

'Deze tuinen zijn erg mooi,' zei Taita.

'Ik veronderstel dat ze op een afstotelijke manier mooi zijn.' Hij grijnsde verlegen. 'Ik kan het niet verklaren, maar het bevalt me hier helemaal niet.'

'Laten we dan weggaan,' zei Taita.

Toen ze bij hun verblijf in het sanatorium kwamen, wachtte er een bediende op hen. 'Ik heb een uitnodiging voor u van dokter Hannah. Omdat u binnenkort de Wolkentuinen gaat verlaten, zou ze graag vanavond samen met u willen eten.'

'Zeg haar dat we haar uitnodiging graag accepteren.'

'Ik kom u even voor zonsondergang halen.'

De zon was net onder de toppen van de klippen gezakt toen de bediende terugkwam. Hij leidde hen door een reeks binnenhoven en overdekte gangen. Ze kwamen anderen tegen die zich door de gangen haastten, maar ze passeerden elkaar zonder te groeten. Taita herkende sommigen van hen als bedienden die tijdens Merens behandeling bij hen waren geweest.

Waarom is het me niet eerder opgevallen hoe uitgestrekt deze gebouwen zijn? Waarom heb ik niet eerder de neiging gehad om ze te verkennen? vroeg hij zich af. Hannah had hun verteld dat de tuinen en de kliniek in de loop van vele eeuwen waren aangelegd en gebouwd, dus was het geen wonder dat ze zo groot waren, maar waarom hadden ze zijn nieuwsgierigheid niet gewekt? Toen herinnerde hij zich dat hij had geprobeerd de drie meisjes in een van de blokken te volgen, maar dat hij er plotseling geen zin meer in had gehad.

Ze hebben geen hekken of bewakers nodig, besefte hij. Ze kunnen verhinderen dat vreemden ergens naar binnen gaan waar ze niet welkom zijn door geestelijke barrières in hun hoofd op te trekken – zoals ze bij mij hebben gedaan en ook bij Meren toen hij me ging zoeken.

Ze passeerden een groepje jonge vrouwen dat op een van de binnenhoven naast een fontein zat. Een van hen bespeelde een luit en twee anderen zwaaiden met een sistrum. De rest zong zoetgevooisd droevig en meerstemmig mee.

'Dat zijn enkelen van de vrouwen die ik vanmiddag heb gezien,' fluisterde Meren. Hoewel de zon al achter de klippen onder was gegaan, was de lucht nog warm en zwoel en de vrouwen waren licht gekleed.

'Ze zijn allemaal zwanger,' fluisterde Taita.

'Net als de vrouwen die we de eerste dag in de krater hebben gezien,' zei Meren. Even leek het Taita dat dat iets te betekenen moest hebben, maar voordat hij kon bedenken wat het was, waren ze de binnenhof overgestoken en hadden ze een zuilengang aan de andere kant bereikt.

'Ik laat u hier achter,' zei hun gids, 'maar ik kom u na het eten weer ophalen. De dokter wacht op u met haar andere gasten. Gaat u alstublieft naar binnen. Ze verwacht u.'

Ze gingen een grote en artistiek ingerichte kamer binnen die werd verlicht door lampen in speelgoedbootjes die in een sierpoel in het midden van de kamer dreven. Prachtige bloemen zaten in manden die aan de muren hingen of groeiden in keramische en aardewerken potten die op de mozaïekvloer stonden.

Hannah kwam vanaf de andere kant van de kamer naar hen toe. Ze pakte hen allebei bij een hand en leidde hen naar de andere gasten die op lage banken of in kleermakerszit op stapels kussens zaten. Gibba was er ook, samen met twee anders dokters, twee mannen en een vrouw. Ze leken heel jong om zo'n belangrijke positie te bekleden en ingewijd te zijn in de buitengewone medische wonderen die in de Wolkentuinen verricht werden. De andere gast was kolonel Tinat. Hij stond op toen Taita naar zijn bank toe kwam en salueerde ernstig en respectvol. Hij glimlachte niet, maar dat had Taita ook niet verwacht.

'U en kolonel Cambyses gaan over een paar dagen de berg af,' vertelde Hannah aan Taita. 'Kolonel Tinat is hiernaartoe gekomen om u te escorteren en uw gids te zijn.'

'Het zal me een eer en een genoegen zijn,' verzekerde Tinat Taita.

De andere dokters dromden om Meren heen om zijn nieuwe oog te bekijken en ze uitten hun bewondering. 'Ik ken uw andere prestaties, dokter Hannah,' zei de vrouw, 'maar dit is vast het eerste oog dat u succesvol vervangen hebt.'

'Dat is al vaker gebeurd, maar dat was voor uw tijd,' corrigeerde Hannah haar. 'Ik heb er nu vertrouwen in dat we in de toekomst met succes elk lichaamsdeel kunnen vervangen. De dappere kolonels die hier vanavond te gast zijn, zullen dat kunnen bevestigen.' De drie dokters keken Tinat aan.

'U ook, kolonel?' vroeg de jongere vrouw. Ten antwoord hief Tinat zijn rechterhand en boog en strekte de vingers.

'De eerste hand is afgehakt door een woeste krijger die met een bijl zwaaide. Deze heb ik te danken aan de bekwaamheid van dokter Hannah.' Hij salueerde voor haar met de hand. De andere dokters bestudeerden de hand even geïnteresseerd als ze Merens oog hadden bekeken.

'Is er geen enkel lichaamsdeel dat u niet kunt vervangen? Zijn er geen beperkingen?' vroeg een van de mannelijke dokters.

'Ja, die zijn er wel. Ten eerste moet de operatie door de oligarchen van de Opperste Raad goedgekeurd worden. Ten tweede moeten de andere lichaamsdelen blijven functioneren. We kunnen geen hart of hoofd vervangen, omdat de patiënt zonder die lichaamsdelen zou sterven voordat we het zaad hebben kunnen inbrengen.'

Taita genoot zeer van de avond. In de conversatie van de dokters werden vele medische wonderen aangeroerd waarover hij daarvoor niet had horen spreken. Toen hun terughoudendheid eenmaal door een paar bekers van de heerlijke wijn uit de wijngaarden van de Wolkentuinen was afgebrokkeld, vermaakten Meren en Taita hen met verhalen over de vreemde dingen die ze hadden gezien tijdens hun veldslagen en reizen. Na de maaltijd speelde Gibba op de luit en Taita zong erbij.

Toen de bediende Taita en Meren kwam halen om hen naar hun verblijf terug te brengen, liep Tinat een eindje met hen mee.

'Wanneer bent u van plan ons de berg af te brengen, kolonel?' vroeg Taita.

'Dat duurt nog wel een paar dagen. Ik moet nog andere zaken regelen voordat we vertrekken. Ik zal u ruim van tevoren waarschuwen.'

'Hebt u mijn pupil, het meisje Fenn, nog gezien sinds we uit Mutangi vertrokken zijn?' vroeg Taita. 'Ik mis haar erg.'

'Ze lijkt even sterk aan u gehecht te zijn. Ik ben op weg hiernaartoe door het dorp gekomen. Toen ze me zag, rende ze achter mijn paard aan om naar u te informeren. Toen ik haar vertelde dat ik u ging halen, was ze dolblij. Ze heeft me gevraagd u de groeten te doen. Ze verkeert in de beste gezondheid en is heel vrolijk. Het is een mooi meisje. U moet wel trots op haar zijn.'

'Dat is ze,' beaamde Taita, 'en ik ben ook trots op haar.'

Die nacht waren Taita's dromen gecompliceerd en ze hadden veel lagen. In de meeste gevallen werden ze bevolkt door mensen die hij had gekend. Anderen waren vreemden, maar de beelden waren zo scherp dat ze mensen van vlees en bloed leken en geen wezens waren die uit zijn fantasie voortkwamen. Er liep een rode draad doorheen: in alle dromen werd hij voortgedreven door de verwachting dat er iets heerlijks ging gebeuren – hij zocht naar een fabelachtige schat die bijna binnen zijn bereik was.

Hij werd bij het ochtendgloren wakker met een opgetogen gevoel dat hij niet kon verklaren. Hij liet Meren snurkend achter en liep het grasveld op dat met dauw bepareld was. De zon had net de klippen verguld. Hij controleerde alleen even of de Amulet van Lostris aan de gouden ketting om zijn nek hing en liep toen, zonder er verder over na te denken, opnieuw naar het bovenste deel van de tuin.

Toen hij de tuinen binnenliep, werd zijn gevoel van welbehagen sterker. Hij leunde niet op zijn stok, maar zwaaide hem over zijn schouder en hij liep met vastberaden tred. Het pad naar de grot van de jongen was niet aan het zicht onttrokken. Toen hij er aankwam, zag hij dat de plek verlaten was. Toen hij eenmaal vastgesteld had dat hij alleen was, speurde hij de grond snel af naar sporen van een levend wezen. Er was niemand geweest. Zelfs op de grond waarover zijn andere zelf had gelopen, waren geen voetafdrukken te vinden, ook al was de bodem daar vochtig. Hij begreep er niets van. Het werd steeds moeilijker voor hem om op zijn gezonde verstand te vertrouwen en de bewijzen te accepteren die zijn geest en zijn zintuigen hem leverden. De heks leidde hem naar de rand van de waanzin.

Geleidelijk werd hij zich ervan bewust dat er muziek gespeeld werd: hij hoorde het zilverachtige gerinkel van sistrums en het staccato getik op een vingertrommel. Hij omklemde de Amulet stevig en draaide zich langzaam naar de ingang van de grot toe, tegelijkertijd bang voor wat hij zou kunnen zien en vol verzet ertegen.

Een plechtige ceremoniële processie kwam uit de mond van de grot en daalde de met mos begroeide richels af. Vier vreemde schepsels droegen een draagstoel van goud en ivoor op hun schouders. De eerste drager was Thoth met de ibiskop, de god van de geleerdheid. De tweede was Anuke, de godin van de oorlog die haar schitterende gouden wapenrusting droeg en bewapend was met haar pijl-en-boog. De derde was Heh, de god van de oneindigheid en het lange leven: zijn gezicht was smaragdgroen en zijn ogen waren glanzend geel en hij droeg de Palmbladeren van een Miljoen Jaar. De laatste was Min, de god van de viriliteit en de vruchtbaarheid; zijn fallus was helemaal stijf en verrees uit zijn lendenen als een marmeren zuil.

Op de draagstoel stond een schitterende figuur die twee keer zo lang was als een sterfelijke man. Zijn rok was van goudlaken. Zijn arm- en enkelbanden waren van zuiver goud, zijn borstplaat was van goud dat ingelegd was met lapis lazuli, turkooizen en kornalijnen en op zijn hoofd rustte de dubbele kroon van Egypte, met de koppen van de koninklijke cobra en de aasgier op de rand. De figuur hield de symbolische dorsvlegel van de macht voor zijn borstplaat gekruist.

'Gegroet, farao Tamose!' riep Taita. 'Ik ben Taita die uw aardse lichaam van de ingewanden heeft ontdaan en tijdens de negentig dagen van rouw bij u is gebleven. Ik heb de mummificatiezwachtels om uw lijk gewikkeld en u in uw gouden sarcofaag gelegd.'

'Ik zie je, Taita van Gallala, jij die eens de onderdaan van de farao was, maar die machtiger zal worden dan alle farao's die ooit hebben geleefd.'

'U was farao van heel Egypte, het grootste koninkrijk dat ooit heeft bestaan. Er zal nooit een farao kunnen bestaan die machtiger is dan u was.'

'Ga naar de poel, Taita. Kijk erin en zie welk lot je wacht.'

Taita stapte naar de rand van de poel en keek in het water. Even wankelde hij van duizeligheid. Hij leek op de top van de hoogste berg ter wereld te staan. De oceanen, woestijnen en lagere bergketens strekten zich ver beneden hem uit.

'Aanschouw alle koninkrijken van de aarde,' zei het beeld van de farao. 'Aanschouw alle steden en tempels, groene gebieden, bossen en weiden. Aanschouw de mijnen en steengroeven waaruit de slaven edelmetalen en edelstenen opgraven. Aanschouw de schatkamers en arsenalen waarin opgeslagen ligt wat er in de loop van de eeuwen verzameld is. Dit zal allemaal van jou zijn om te bezitten en over te heersen.' De farao zwaaide met de gouden dorsvlegel en het tafereel veranderde onder Taita's ogen.

Machtige legers marcheerden over de vlakten. De paardenstaartpluimen op de bronzen helmen van de krijgers leken op zeeschuim. De wapenrustingen, zwaarden en speerpunten glinsterden als de sterren aan de hemel. De strijdrossen steigerden en bokten in de teugels van de strijdwagens. De zware tred van in maliënkolder gestoken, marcherende voeten en het gerommel van wielen deden de aarde trillen. De achterste gelederen van deze onafzienbare legioenen waren gehuld in het stof dat hun opmars deed opstuiven, dus het leek of ze met talloos velen waren.

'Dat zijn de legers die je onder je bevel zult hebben,' riep de farao. Weer zwaaide hij met de met juwelen bezette dorsvlegel en het tafereel veranderde weer.

Taita aanschouwde een vergezicht over alle oceanen en zeeën. Over deze reusachtige wateren voeren eskaders oorlogsschepen. Er waren galeien en biremes met dubbele rijen riemen waarvan de zeilen verfraaid waren met schilderingen van draken en everzwijnen, leeuwen, monsters en mythische dieren. Het geroffel op de trommels gaf het ritme aan voor de roeiers en het water schuimde en krulde op voor de lange bronzen snavels van hun ramstevens. Het aantal oorlogsschepen was zo groot dat ze de oceanen van horizon tot horizon vulden.

'Ziedaar, Taita! Dat zijn de zeemachten waarover je het bevel zult voeren. Geen enkele man of natie zal je kunnen overwinnen. Je zult de macht en de heerschappij hebben over de hele aarde en al haar volkeren.' De farao wees recht naar hem met de dorsvlegel. Zijn stem leek de lucht te vullen en de zintuigen te verdoven als de donder.

'Deze dingen liggen binnen je bereik, Taita van Gallala. De farao zweeg en hij raakte met de dorsvlegel Mins schouder aan. De grote fallus van de god werd nog stijver. 'Je zult een onuitputtelijke viriliteit en potentie hebben.'

Toen raakte hij de schouder aan van Heh, de god van de oneindigheid en het lange leven, en deze zwaaide met de Palmbladeren van een Miljoen Jaar. 'Je zult gezegend worden met de eeuwige jeugd in een heel en volmaakt lichaam.'

Vervolgens raakte hij Thoth aan, de god van de wijsheid en de geleerdheid, die zijn lange gebogen snavel opende en een langgerekte, weergalmende roep liet horen. 'Je zult de sleutel krijgen van alle wijsheid, geleerdheid en kennis.'

Toen de farao de laatste goddelijke figuur aanraakte, sloeg Anuke met haar zwaard op haar koperen schild. 'Je zult triomferen in oorlogen en de heerschappij voeren over de aarde, de zeeën en de hemel. De rijkdom van alle naties zal tot je beschikking staan en hun volkeren zullen voor je buigen. Al deze dingen worden je aangeboden, Taita van Gallala. Je hoeft alleen je hand maar uit te strekken en ze te grijpen.'

De farao richtte zich helemaal op en hij keek Taita met een brandende blik recht aan. Toen droegen de dragers de draagstoel plechtig en waardig terug de donkere grot in. Het visioen vervaagde en verdween.

Taita zonk neer op het gras en fluisterde: 'Niet meer. Ik kan geen verleidingen meer weerstaan. Ze zijn een onderdeel van de grote Leugen, maar geen sterveling kan ze weerstaan. Tegen beter weten in verlangt mijn geest ernaar ze als de Waarheid te accepteren. Ze wekken een honger en een verlangen in me die mijn gezonde verstand zullen vernietigen en die mijn eeuwige ziel zullen corrumperen.'

Toen hij ten slotte de grot verliet en naar beneden ging, zag hij dat Meren bij het hek op hem wachtte. 'Ik heb geprobeerd u te vinden, Magiër. Ik had het angstige gevoel dat u in gevaar was en mijn hulp nodig zou hebben, maar ik ben in deze jungle verdwaald.'

'Alles is in orde, Meren. Je hoeft je geen zorgen te maken, hoewel ik jouw hulp boven die van alle anderen waardeer.'

'De vrouwelijke dokter vraagt naar u. Ik weet niet wat ze van u wil, maar mijn intuïtie zegt me dat we haar niet te veel moeten vertrouwen.'

'Ik zal je advies in gedachten houden, maar tot dusver heb je toch niet over haar te klagen, beste Meren.'

'Misschien zit er meer achter haar vriendelijkheid dan we weten.'

Hannah kwam ter zake zodra ze elkaar begroet hadden. 'Kolonel Tinat Ankut heeft me een door Heer Aquer ondertekend decreet van de Opperste Raad gegeven. Ik verontschuldig me ervoor dat ik u misschien ongemak bezorg of u in verlegenheid breng, maar ik heb opdracht gekregen om u te onderzoeken en daarvan bij de Raad onmiddellijk volledig verslag uit te brengen. Dit kan enige tijd kosten. Ik zou u daarom zeer verplicht zijn, als u nu met me mee wilt gaan naar mijn kamer, zodat we direct kunnen beginnen.'

Taita was verbaasd door Hannahs gebiedende toon tot hij besefte dat een decreet van de Opperste Raad in Jarri dezelfde kracht en urgentie moest hebben als een bevel van de farao onder het Havikszegel in Karnak.

'Natuurlijk, dokter. Ik zal met genoegen mijn medewerking verlenen.'

Hannahs ruime kamer was in een van de verste gebouwen van het sanatorium en de muren bestonden uit blokken witte kalksteen. Ze waren verrassend sober en er lag nergens rommel. Een aantal grote glazen potten stond op een rij stenen planken tegen de achterste muur. In elke pot dreef een menselijke foetus in een heldere vloeistof die kennelijk een soort conserveringsmiddel was. Op de onderste plank waren negen normale foetussen gerangschikt naar de maand waarin ze uit de baarmoeder waren gehaald. De kleinste was niet meer dan een bleek kikkervisje en de grootste was nog net niet voldragen.

De foetussen op de bovenste plank waren allemaal zwaar misvormd. Sommigen hadden meer dan twee ogen, anderen misten ledematen en een ervan had twee groteske hoofden. Taita had nog nooit zo'n verzameling gezien. Als heelkundige was hij eraan gewend om verminkte en misvormde mensen te zien, maar deze expliciete uitstalling van meelijwekkende relikwieën boezemde hem afkeer in.

Ze moet een bijzondere interesse in het baren van kinderen hebben, dacht hij en hij herinnerde zich het ongewoon grote aantal zwangere vrouwen dat hij had gezien sinds hij in de Wolkentuinen was. De rest van de kamer werd gedomineerd door een grote onderzoektafel die uit één blok kalksteen was gehouwen. Taita realiseerde zich dat Hannah hem waarschijnlijk voor operaties en bevallingen gebruikte, omdat er groeven in het stenen dekblad waren gebeiteld die uitkwamen op een afvoergat aan het uiteinde ervan waardoorheen lichaamsvochten in een schaal zouden lopen die eronder op de vloer stond.

Voordat Hannah aan haar onderzoek begon, vroeg ze Taita om monsters van zijn urine en ontlasting. Hij was maar een klein beetje verrast. Hij had in Ecbatana een dokter ontmoet die ziekelijk gefascineerd was door uitscheidingsprocessen, maar hij had niet verwacht dat iemand van

Hannahs kaliber dezelfde interesse zou hebben. Toch liet hij zich naar een hokje brengen waar een van de assistenten hem een grote schaal en een kan water gaf zodat hij zich zou kunnen wassen wanneer hij aan haar verzoek had voldaan.

Toen hij naar Hannah terugging, onderzocht ze zijn uitscheidingen en rook eraan. Daarna vroeg ze hem of hij op zijn rug op de tafel wilde gaan liggen. Toen hij eenmaal languit op de tafel lag, verplaatste ze haar aandacht van de inhoud van zijn darmen naar zijn neus, ogen, oren en mond. Haar assistent gebruikte een gepolijste zilveren schijf om het licht van een olielamp erin te laten schijnen. Daarna legde ze haar oor op zijn borst en luisterde aandachtig naar zijn ademhaling en hartslag.

'U hebt het hart en de longen van een jonge man. Geen wonder dat u een Langlevende bent. Mochten we maar allemaal deelhebben aan de Bron.' Ze leek meer tegen zichzelf dan tegen hem te praten.

'De Bron?' vroeg hij.

'Dat is niet belangrijk.' Ze besefte dat ze een vergissing had gemaakt en probeerde het te verbloemen. 'Besteed maar geen aandacht aan het gekwebbel van een oude vrouw.' Ze keek niet op, maar ging door met haar onderzoek.

Taita opende zijn Innerlijke Oog en zag dat de randen van haar aura verwrongen waren, een teken dat ze er spijt van had dat ze de Bron had genoemd. Toen zag hij dat de verwringing verdween en dat haar aura zich verhardde toen ze haar geest afsloot voor verdere vragen die hij erover zou kunnen stellen. Het was duidelijk een van de diepere geheimen van het Gilde. Hij zou zijn tijd afwachten.

Hannah voltooide haar onderzoek van zijn borst, stapte toen naar achteren en keek hem recht in de ogen. 'Nu moet ik de verwondingen aan uw mannelijkheid onderzoeken,' zei ze.

Instinctief strekte hij zijn handen naar beneden uit om zijn kruis te beschermen.

'U bent in uw geest en ziel compleet, Magiër. Uw vlees is beschadigd. Ik denk dat ik het kan repareren. Ik heb van een autoriteit die ik niet tegen durf te spreken bevel gekregen om dat te doen. U kunt zich verzetten, maar in dat geval zal ik gedwongen zijn om mijn assistenten, en zo nodig kapitein Tinat Ankut en zijn mannen, te roepen om me te helpen. U kunt het ook voor ons allebei gemakkelijker maken.' Toch aarzelde Taita nog en ze vervolgde met zachte stem: 'Ik heb alleen maar het diepste respect voor u. Ik heb geen enkele behoefte om u te vernederen. Integendeel, ik wil u tegen vernedering beschermen. Niets zou me meer voldoening geven dan dat ik uw verwondingen zou kunnen repareren zodat u ieders respect zou afdwingen voor zowel uw perfecte lichaam als uw perfecte geest.'

Hij wist dat hij aan een nieuwe verleiding blootgesteld werd, maar er leek geen manier te zijn om zich ertegen te verzetten. Maar goed, als hij meewerkte, zou hij misschien een stap dichter bij Eos kunnen komen.

Hij sloot zijn ogen en haalde zijn handen voor zijn kruis weg. Hij vouwde zijn armen over zijn borst en bleef stil liggen. Hij voelde dat ze de rok van zijn tuniek optilde en hem daar lichtjes aanraakte. Ongevraagd kwamen de wellustige beelden terug die het duivelskind in zijn geest had geplant. Hij klemde zijn tanden op elkaar om te voorkomen dat hij zou kreunen.

'Ik ben klaar,' zei Hannah. 'Ik dank u voor uw moed. Ik zal mijn rapport voor de Raad aan kolonel Tinat Ankut meegeven wanneer u morgen vertrekt.'

Morgen, dacht hij. Hij wist dat hij opgelucht zou moeten zijn omdat hij aan deze hel die zich voordeed als paradijs zou kunnen ontsnappen, maar hij voelde het tegenovergestelde.

Hij wilde niet vertrekken en hij keek ernaar uit om terug te mogen komen. Eos speelde nog steeds een schimmenspel met zijn geest.

Het zou nog een uur duren voordat de zon boven de kraterwand te zien zou zijn, maar kolonel Tinat en zijn escorte wachtten al op het stalerf toen Taita en Meren hun verblijf uit kwamen. Meren droeg hun bagage. Hij zwaaide zijn eigen spullen over de rug van de vos, liep toen naar Windrook toe en bond Taita's bagage achter haar zadel. Toen Taita naar haar toe ging, begroette de merrie hem met gehinnik en ze knikte heftig. Taita streelde haar nek. 'Ik heb jou ook gemist, maar ze moeten je te veel doerra gevoerd hebben,' zei hij. 'Of anders ben je weer drachtig.'

Ze stegen op en volgden Tinats troep door de zuilengang en over de grasvelden naar het strand van het meer. Taita keek in het zadel om toen ze het punt bereikten waar het pad het bos in liep. De sanatoriumgebouwen leken verlaten: behalve de stoompluimen die opstegen uit de luchtopeningen van de pijpen die het warme water uit de bronnen onder de vloeren aanvoerden, was er geen teken van leven te bespeuren. Hij had verwacht dat Hannah hen uitgeleide zou komen doen en hij was lichtelijk teleurgesteld. Ze hadden de afgelopen weken bijzondere ervaringen gedeeld. Hij respecteerde haar geleerdheid en haar toewijding aan haar roeping en hij had sympathie voor haar opgevat. Hij keek weer naar voren en volgde het escorte het bos in.

Tinat reed met de voorhoede voor hen uit. Hij had maar één keer tegen Taita gesproken sinds ze de kliniek hadden verlaten en dan alleen nog maar om een bruuske, formele groet uit te wisselen.

Taita voelde dat zijn onnatuurlijke verlangen om in de Wolkentuinen te blijven, verdween toen ze de ingang van de tunnel door de kraterwand naderden die naar de buitenwereld leidde. Toen hij eraan dacht dat hij met Fenn herenigd zou worden, maakte een blij gevoel zich van hem meester. Meren floot monotoon en vals zijn favoriete marslied, maar het was duidelijk een teken dat hij goedgehumeurd was. Taita was eraan gewend geraakt tijdens de vele duizenden kilometers dat hij ernaar geluisterd had en het irriteerde hem niet langer.

Toen de poort van de tunnel in zicht kwam, liet Tinat zich terugzakken en ging naast hem rijden. 'U en Meren kunnen nu maar beter uw cape omdoen. Het zal koud zijn in de tunnel en ijskoud aan de andere kant ervan. We moeten bij elkaar blijven wanneer we de ingang bereiken. Blijf niet achter. De apen zijn onvoorspelbaar en kunnen gevaarlijk zijn.'

'Wie is er de baas over hen?' vroeg Taita.

'Dat weet ik niet. De vorige keren dat ik de poort doorging, was er nooit een mens te zien.' Taita bestudeerde zijn aura en zag dat hij de waarheid sprak.

Hij meed de dreigende blikken van de apen toen ze bij hen kwamen. Een van hen hupte naar voren en snuffelde aan zijn voet, maar Windrook begon nerveus te bokken. De andere twee bewogen hun kop agressief op en neer, maar ze lieten hen passeren. Taita voelde hoe snel ze gewelddadig konden worden en hoe gemakkelijk ze om een kleinigheid tot de aanval over zouden gaan. Als ze dat eenmaal deden zou niets hen meer tegen kunnen houden.

Taita boog zich voorover in het zadel toen ze de mond van de tunnel binnengingen en de kap van zijn cape streek langs het steen. Net als de vorige keer leek de tunnel eindeloos, maar uiteindelijk hoorden ze het afschuwelijke gehuil van de wind en zagen ze met tussenpozen grauw licht voor hen uit.

Ze kwamen naar buiten in de grimmige, schitterende grootsheid van de bergen die zo verschilde van de schoonheid en sereniteit van de Wolkentuinen. De apen verdrongen zich om hen heen, maar toen schuifelden ze onwillig opzij en lieten hen langs. Ze reden het pad op waar de wind hen geselde. Ze doken ineen in hun leren capes en de paarden lieten hun hoofd zakken en ploeterden tegen de storm in. Hun staarten wapperden achter hen aan, hun adem veranderde in stoom in de ijskoude lucht en hun hoeven gleden uit op het ijs.

Tinat reed nog naast Taita en nu leunde hij naar hem toe tot zijn lippen op gelijke hoogte met Taita's oor waren. 'Ik heb hiervoor niet met u kunnen praten, maar nu zal de wind onze stemmen verhullen,' zei hij. 'Ik weet niet wie van mijn mannen me bespioneert. Het hoeft geen betoog dat we in het sanatorium niemand kunnen vertrouwen, van Hannah tot en met de laagste bedienden. Het zijn allemaal spionnen voor de oligarchen.'

Taita bestudeerde hem aandachtig van onder zijn leren kap. 'Ik weet dat u iets dwarszit, kolonel, en ik denk dat u me inmiddels bent gaan vertrouwen.'

'Het zit me dwars dat u me als een afvallige Egyptenaar beschouwt, als een verrader van mijn farao en mijn land.'

'Is dat geen accurate beschrijving?'

'Nee. Ik verlang er met heel mijn hart naar om uit dit spookachtige land te vluchten en te ontkomen aan het grote kwaad dat in dit land en de zielen van zijn bewoners zo diep wortel geschoten heeft.'

'Dat is niet wat u me eerder verteld hebt.'

'Nee. Dat was toen Onka dicht in de buurt was. Het was niet mogelijk mijn hart bij u te luchten. Deze keer ben ik aan zijn toeziend oog ontsnapt. Hij heeft een vrouw die een van ons is. Ze heeft iets in zijn wijn gedaan om te verhinderen dat hij als uw gids naar Mutangi zou optreden. Ik heb me in zijn plaats aangeboden.'

'Wat voor rol speelt Onka?'

'Hij is een van de belangrijkste spionnen voor de Opperste Raad. Hij heeft opdracht om ons allemaal in de gaten te houden, maar u in het bijzonder. Ze zijn zich ervan bewust hoe belangrijk u bent. Hoewel u het misschien niet weet, bent u naar Jarri gelokt.'

'Waarom?'

'Dat kan ik u niet vertellen, omdat ik het niet weet. Ik ben hier nog geen tien jaar, maar ik heb vele belangrijke mannen met speciale talenten naar dit land zien komen alsof het puur toeval was. Maar de oligarchen wisten dat u zou komen. U bent niet de eerste die ik moest gaan ophalen. Kunt u zich voorstellen hoeveel van deze superieure mannen en vrouwen in de loop van de eeuwen hier op deze manier naartoe zijn gebracht?'

'Deze maatschappij lijkt vele lagen te hebben,' zei Taita. 'U praat over hen en ons alsof we aparte groepen zijn. Wie zijn "zij" en wie zijn 'wij'? Zijn we niet allemaal Egyptenaren? Rekent u mij bij uw groep of ben ik een van hen?'

'Ik beschouw u als een van ons omdat ik nu genoeg over u weet om te geloven dat u een goede en rechtvaardige man bent,' antwoordde Tinat eenvoudigweg. 'Ik zie dat u begaafd bent. U bent een machtig man. Ik geloof dat u misschien de redder bent die gestuurd is om een eind te maken aan dit allesdoordringende kwaad dat leiding geeft aan de oligarchen en alles in Jarri beheerst. Ik hoop dat u, als dat tenminste mogelijk is, het grootste kwaad aller tijden zult vernietigen.'

'Wat is dat dan?' vroeg Taita.

'Het is de reden waarom ik oorspronkelijk hiernaartoe ben gestuurd en waarom u achter me aan bent gezonden,' antwoordde Tinat. 'Ik denk dat u begrijpt wat ik bedoel.'

'Vertel het me maar,' drong Taita aan.

Tinat knikte. 'U hebt gelijk dat u me nog niet vertrouwt. De reden dat farao Nefer Seti u naar het zuiden heeft gestuurd, was om de barrières te vinden en te vernietigen die in de rivieren zijn geplaatst die onze Moeder Nijl voeden, zodat ze weer naar Egypte zal stromen en ons land zal doen opbloeien en herleven. Dus moet het uw doel zijn degene te vernietigen die die barrières opgetrokken heeft.'

'Ik neem terug wat ik eerder over u gezegd heb. U bent een trouwe soldaat en een patriot. We hebben hetzelfde doel en het is een rechtvaardig doel. Hoe moeten we verdergaan? Wat stelt u voor?'

'Het belangrijkste is dat we onze vijand identificeren.'

'De oligarchen?' vroeg Taita om te testen hoeveel hij wist.

'De oligarchen zijn niet alleen. Ze zijn slechts marionetten die met opgezette borst op het podium van de Opperste Raad paraderen. Er is iets wat achter hen staat. Een onzichtbaar ding of persoon. Ze voeren zijn bevelen uit en de eredienst voor deze naamloze macht is de godsdienst van Jarri.'

'Hebt u enig idee wat dit ding kan zijn? Is het een god of denkt u dat het sterfelijk is?'

'Ik ben een soldaat. Ik weet hoe ik tegen mannen en legers moet vechten. Ik begrijp deze duistere kracht niet. U bent de magiër. U begrijpt de andere wereld. Het is mijn vurige hoop dat u het bevel over ons zult voeren, dat u ons zult leiden en adviseren. Zonder iemand als u zijn we geen krijgers, maar verdwaalde kinderen.'

'Waarom bent u niet tegen de oligarchen in opstand gekomen om hun de macht te ontnemen?'

'Omdat het al eerder is geprobeerd. Tweehonderdtwaalf jaar geleden was er een opstand in Jarri die de eerste dagen succesvol was. De oligarchen werden opgepakt en geëxecuteerd. Toen trok er een verschrikkelijke plaag over het land. De slachtoffers stierven een zeer pijnlijke dood. Ze bloedden uit hun mond, oren, neus en de geheime openingen van hun lichaam. Het was een ziekte die alleen de bevrijders trof en degenen spaarde die trouw waren aan de Opperste Raad en die de geheime godheid aanbaden.'

'Hoe weet u dit?'

'De geschiedenis van de opstand is in de muren van de raadkamer gegraveerd als waarschuwing voor alle burgers van Jarri,' antwoordde Tinat. 'Nee, Magiër, ik ben me volledig bewust van de macht van degene die we willen vernietigen en het risico dat we zullen lopen. Ik heb er onophoudelijk over nagedacht sinds ik u bij Tamafupa heb gevonden. Onze enige hoop op succes is dat u de duistere macht in bedwang kunt houden, terwijl wij de oligarchen en hun menselijke aanhangers doden. Ik weet niet of u dat kwaad zelf kunt vernietigen, maar ik bid tot alle goden van Egypte dat u, met uw wijsheid en magische krachten, in staat zult zijn om ons lang genoeg tegen de wraak ervan te beschermen om ons de kans te geven uit Jarri te vluchten. Ik bid ook dat u die krachten kunt gebruiken om de barrières te verbrijzelen die dat wezen in de zijrivieren van de Nijl heeft opgetrokken.'

'Meren en ik hebben geprobeerd om de muur van de Rode Stenen te vernietigen. Bij die poging heeft Meren zijn oog verloren.'

'Dat kwam omdat u de vernietiging ervan als een fysiek probleem zag. In die fase besefte u nog niet wat de diepere en meer sinistere implicaties ervan waren. We weten dat onze kans op succes oneindig klein is, maar mijn volgelingen en ik zijn bereid ons leven ervoor op te offeren. Wilt u de poging wagen? Wilt u ons leiden?'

'Daarom ben ik naar Jarri gekomen,' zei Taita. 'Als we die oneindig kleine kans willen benutten, moeten we nog veel werk verzetten. Zoals u al naar voren hebt gebracht, zal het niet gemakkelijk zijn om te voorkomen dat onze plannen ontdekt worden. We moeten profiteren van deze zeldzame gelegenheid om alleen en onbespied te zijn. Eerst moet u me alles vertellen wat ik moet weten over de voorbereidingen die u tot nu toe getroffen hebt. Hoeveel mannen en vrouwen staan aan uw kant? Wat voor strategieën hebt u bedacht? Daarna zal ik u vertellen wat ik zelf heb waargenomen en wat mijn conclusies daaruit zijn.'

'Dat is een verstandige handelwijze.'

Om de reis zo lang mogelijk te rekken en hun zo veel mogelijk tijd te geven om met zijn tweeën te zijn, wendde Taita voor dat hij zwak en uitgeput was. Hij wilde dat er vaak gestopt werd om te rusten en zelfs wanneer hij op Windrooks rug zat, liet hij haar zo langzaam mogelijk lopen. Tinat, die zich duidelijk op deze bespreking had voorbereid, bracht volledig verslag bij hem uit over zijn plannen en de samenstelling van zijn strijdmacht.

Toen hij klaar was, zei Taita: 'Het lijkt me dat u niet sterk genoeg bent om het bewind van de oligarchen omver te werpen, laat staan dat u het kunt opnemen tegen de macht die achter hen staat. Uit uw verslag blijkt dat de meesten van uw getrouwen in de gevangenis zitten of als slaaf in de mijnen of de steengroeven werken. Hoeveel van hen zullen in staat zijn om te reizen, laat staan om te vechten, wanneer u hen bevrijdt?'

'We kunnen zeker niet de strijdmacht verzamelen om een geregelde veldslag tegen de oligarchen te winnen en daarna het hele land te veroveren en bezet te houden. Dat is nooit mijn plan geweest. Ik dacht eraan om de oligarchen door middel van een list of een truc gevangen te nemen en hen dan te gijzelen en hen vrij te laten in ruil voor de vrijlating van onze landgenoten in gevangenschap en een vrije aftocht uit Jarri. Ik weet dat dit maar een zeer summier basisplan is en dat het, zonder uw hulp, waarschijnlijk op een mislukking en onze dood zal uitdraaien.'

Taita riep Meren erbij. 'Meren is, zoals u weet, mijn vertrouwde metgezel en een dappere en intelligente soldaat. Ik zou graag willen dat u hem tot uw onderbevelhebber benoemt.'

Tinat aarzelde niet. 'Ik ga akkoord met uw aanbeveling.'

Terwijl ze over het steile pad verder reden, bespraken ze gedrieën het basisstrijdplan en ze probeerden manieren te bedenken om het uit te breiden en te verbeteren. De tijd ging te snel voorbij en voor ze het wisten kwamen de gebouwen en de daken van de citadel ver beneden hen in zicht. Ze lieten de paarden stoppen en stegen af om hun zware, leren capes en andere bergkleding uit te trekken.

'We hebben weinig tijd meer om te praten,' zei Taita tegen Tinat. 'U en Meren weten wat jullie moeten doen. Nu zal ik vertellen wat ik van plan ben. Alles wat u me tot nu toe verteld hebt, kolonel Tinat, klinkt oprecht gemeend en stemt overeen met alles wat ik heb waargenomen en ontdekt. Ik ben door een ziener en magiër die veel groter was dan ik op de hoogte gebracht van het bestaan van de duistere kracht waarover u het gehad hebt. Ze is goddelijk noch sterfelijk, maar ze is zo onnoemelijk oud dat ze krachten heeft kunnen verzamelen die vóór haar een sterveling nog nooit bezeten heeft. Ze heeft de naam Eos, de Dochter van de Dageraad, aangenomen, en ze heeft een monsterlijke, meedogenloze honger naar macht. Dit heb ik allemaal gehoord van de magiër Demeter die Meren en ik goed gekend hebben.' Taita keek zijn metgezel aan om het hem te laten bevestigen.

Meren knikte. 'Hij was inderdaad een groot man, maar ik moet u tegenspreken, Magiër. Hij was niet groter dan u.'

Taita glimlachte toegeeflijk om het compliment. 'Trouwe Meren, ik hoop dat je nooit mijn ware tekortkomingen ontdekt. Maar om verder te gaan, Demeter had Eos persoonlijk ontmoet en ondanks zijn macht en wijsheid vernietigde ze hem bijna bij hun eerste ontmoeting en ze slaagde daar bij de tweede in. Meren en ik waren getuige van zijn dood, maar hij heeft nog lang genoeg geleefd om me cruciale informatie over Eos te geven. Hij vertelde me dat haar doel bij het indammen van de Nijl is om Egypte in zo'n hachelijke situatie te brengen dat de bevolking haar als redder in de nood zal verwelkomen. Dat zou haar in staat stellen zich de troon van de Twee Koninkrijken toe te eigenen. Met de macht en de rijkdom van Egypte achter haar, zou ze zich op de andere landen storten als een valk op een zwerm spreeuwen. Haar ultieme plan is ze allemaal onder haar juk te brengen.'

Tinat had tot dit moment geboeid geluisterd, maar nu onderbrak hij Taita: 'Waar heeft Demeter die Eos ontmoet? Was dat hier in Jarri?'

'Nee, het was in een ver land waar ze eens in de grotten van een vulkaan woonde. Het lijkt erop dat ze daarvandaan hierheen gevlucht is. Ze moet haar levenskracht onttrekken aan ondergrondse vuren en kokende rivieren. Demeters aanwijzingen hebben me naar Jarri geleid.' Ze draaiden zich alle drie in het zadel om en keken naar de hoge gepluimde toppen.

Ten slotte vroeg Tinat: 'Er zijn daar drie grote vulkanen. Welke is haar thuis?'

'De Wolkentuinen zijn haar bastion,' antwoordde Taita.

'Hoe weet u dat zo zeker?'

'Ze heeft zich aan me onthuld toen ik daar was.'

'Hebt u haar gezien?' riep Meren uit.

'Niet Eos zelf, maar ze is aan me verschenen in enkele van haar vele manifestaties.'

'Heeft ze u niet aangevallen zoals ze gedaan heeft bij Demeter, de magiër over wie u het had?' vroeg Tinat.

'Nee, want ze wil iets van me. Wanneer ze dat heeft, zal ze me zonder aarzeling doden. Maar tot dan ben ik veilig – althans zo veilig als iemand maar kan zijn die bij haar in de buurt is.'

'Wat wil ze dan van u?' vroeg Tinat. 'Ze lijkt bijna alles al te hebben.'

'Ze wil de kennis en de wijsheid hebben die ik bezit en zij niet.'

'Dat begrijp ik niet. Wilt u beweren dat ze onderricht van u wil hebben?'

'Nee, ze lijkt op een vampier, maar in plaats van bloed zuigt ze het wezen en de ziel uit haar slachtoffers. Ze heeft dat in de loop der eeuwen bij duizenden zieners en magiërs gedaan. U hebt me verteld over de mannen die u naar Jarri hebt gebracht, kolonel Tinat. Wat is er van hen geworden nadat u hen afgeleverd had?'

'Kapitein Onka ging met hen de bergen in, over dit pad. Ik weet niet wat er daarna met hen gebeurd is. Misschien zijn ze ergens in de Wolkentuinen en wonen ze in het sanatorium. Misschien werken ze met dokter Hannah samen.'

'U zou gelijk kunnen hebben, maar ik denk het niet. Ik denk dat ze door de heks van hun kennis en wijsheid zijn beroofd.'

Tinat staarde hem vol afgrijzen aan. Toen hij de volgende vraag stelde, klonk zijn stem angstig. 'Wat denkt u dan dat er van hen geworden is, Magiër?'

'U hebt de krokodillen in het meer gezien. Hebt u gezien hoe gigantisch ze zijn?'

'Ja,' zei Tinat met hetzelfde kleine stemmetje.

'Ik denk dat dat uw vraag beantwoordt.'

Tinat zweeg een tijdje en vroeg toen: 'Wilt u het risico nemen dat u dat lot ook treft, Magiër?'

'Het is de enige manier waarop ik dicht bij haar kan komen. Ik moet haar persoonlijk kunnen zien, niet een van haar manifestaties. Dan geeft ze me misschien zonder het te weten mijn kans. Wellicht onderschat ze me en is ze daardoor niet op haar hoede.'

'Wat gebeurt er met mijn mensen als u faalt?'

'Dan moeten jullie allemaal uit Jarri vluchten. Als jullie blijven, zal dat een zekere dood voor jullie betekenen.'

'Liever dood dan een leven van slavernij,' zei Tinat met zijn gebruikelijke ernst. 'Dus u bent vastbesloten om naar de Wolkentuinen terug te keren?'

'Ja, ik moet het hol van de heks weer binnengaan.'

'Hoe wilt u daar komen?'

'Op bevel van de Opperste Raad. Ik denk dat Eos de oligarchen zal bevelen om me naar haar toe te sturen. Ze hunkert naar mijn ziel.'

Toen ze de laatste hellingen van de berg afdaalden, zagen ze een grotere groep ruiters naar hen toe komen. Toen de beide groepen nog maar een paar honderd passen van elkaar verwijderd waren, reed een van de vreemde ruiters in handgalop naar voren. Toen hij dichterbij kwam, riep Meren uit: 'Het is Onka.'

'Je nieuwe oog werkt even goed als het oude,' merkte Taita op en hij keek naar de naderende ruiter met zijn Innerlijke Oog. Onka's aura leek in brand te staan en kolkte als het inwendige van een actieve vulkaan.

'De kapitein is boos,' zei Taita.

'Daar heb ik hem een goede reden voor gegeven,' zei Tinat. 'U en ik zullen niet meer onder vier ogen met elkaar kunnen praten. Maar als u me een boodschap wilt sturen, kan dat via Bilto, de rechter uit Mutangi. Hij is een van ons. Maar nu hebben we gezelschap van kapitein Onka.'

Onka toomde vlak voor hen in en dwong hen om te stoppen. 'Kolonel Tinat, ik ben u dankbaar dat u mijn taak hebt overgenomen.' Hij salueerde niet voor zijn superieur en zijn sarcasme kwam dicht in de buurt van insubordinatie.

'Ik zie dat je volledig hersteld bent van je ongesteldheid,' antwoordde Tinat.

'De Opperste Raad is u minder dankbaar dan ik. U bent uw boekje te buiten gegaan door het escorte van de magiër over te nemen.'

'Ik zal me graag tegenover Heer Aquer verantwoorden.'

'Dat zult u misschien wel moeten doen. Intussen heeft hij u bevel gegeven om de Magiër, Taita van Gallala, onder mijn hoede te plaatsen. U moet me ook dokter Hannahs verslag overhandigen. Ik zal het aan hem geven. Verder hebt u orders om deze andere reizigers naar de Wolkentuinen te brengen.' Hij gebaarde naar de groep die hem volgde. 'Wanneer u hen eenmaal aan dokter Hannah hebt overgedragen, moet u onmiddellijk terugkeren.' Tinat pakte de papyrusrol met Hannahs verslag uit zijn buidel en gaf hem aan Onka. Ze salueerden stijfjes naar elkaar. Tinat knikte ten afscheid koeltjes naar Taita en Meren en reed toen over het pad weg om zijn plaats aan het hoofd van de tweede colonne in te nemen en de berg weer op te gaan.

Ten slotte wendde Onka zich tot Taita. 'Gegroet, geëerde Magiër. Gegroet, kolonel Cambyses. Ik zie dat uw oogoperatie succesvol is geweest. Gefeliciteerd. Ik heb bevel u naar uw verblijf in Mutangi te brengen. U moet daar wachten tot de Opperste Raad u laat halen. Het zal niet langer dan twee dagen duren voordat dat gebeurt.' Onka's aura stond nog in lichterlaaie van woede. Hij spoorde zijn paard tot draf aan en hij reed verder de berg af.

Tinat en Onka negeerden elkaar toen de beide groepen elkaar passeerden en de ene de berg afdaalde en de andere de berg beklom. Taita negeerde Tinat ook, maar hij keek wel naar de leden van de groep die de kolonel naar de Wolkentuinen leidde. Het waren zes cavaleristen in volledig uniform, drie in de voorhoede en drie in de achterhoede. Ertussenin reden zes jonge vrouwen, allemaal aantrekkelijk en allemaal zwanger. Ze glimlachten naar Taita en Meren toen ze langsreden, maar geen van hen zei iets.

Ze waren nog achthonderd meter van Mutangi verwijderd toen een kleine gedaante op een grijs hengstveulen uit het bos tevoorschijn schoot en met hoge snelheid over het groene veld naar hen toe reed, terwijl haar lange, blonde haar achter haar aan wapperde als een banier in de wind.

'Daar komt onze lastpak en zoals gewoonlijk is ze goed bij stem,' zei Meren lachend. Zelfs op deze afstand hoorden ze Fenn gillen van opwinding.

'Het is een hartverwarmend gezicht,' zei Taita met een liefdevolle en tedere blik in zijn ogen.

Fenn toomde naast hem in en wierp zich over de opening tussen hun paarden. 'Vang me!' riep ze hijgend.

Taita werd erdoor overvallen, maar hij hervond zijn evenwicht. Ze sloeg haar armen om zijn nek en drukte haar wang tegen de zijne.

'Je wordt te groot voor die grappen. Je had ons allebei kunnen verwonden,' protesteerde Taita, maar hij hield haar stevig tegen zich aangedrukt terwijl ze hem omhelsde.

'Ik dacht dat je nooit terug zou komen. Ik heb me zo verveeld.'

'Je hebt alle dorpskinderen als gezelschap gehad,' zei Taita.

'Het zijn kinderen en daarom zijn ze kinderlijk.' Terwijl ze zich nog steeds aan Taita vastklampte, keek ze Meren aan. 'Ik heb jou ook gemist, lieve Meren. Het zal je verbazen hoe goed Hilto me heeft leren boogschieten. We gaan een boogschietwedstrijd houden, jij en ik, om een enorme prijs…' Ze zweeg en staarde hem stomverbaasd aan. 'Je oog!' riep ze. 'Ze hebben je oog gerepareerd! Je bent weer zo knap.'

'En jij bent groter en nog mooier dan je was toen ik je voor het laatst zag,' antwoordde Meren.

'O, gekke Meren!' Ze lachte en opnieuw voelde Taita een steek van jaloezie.

Toen ze het dorp bereikten, bleken Hilto, Nakonto en Imbali even blij te zijn dat ze terug waren. Als welkomstgeschenk had Bilto vier grote kannen uitstekende wijn en een vet schaap gestuurd. Hilto en Nakonto slachtten het, terwijl Imbali en Fenn doerra en groente klaarmaakten. Later aten en dronken ze de halve nacht rondom het vuur om hun hereniging te vieren.

Het was allemaal zo gezellig en vertrouwd na de vreemde, andere wereld van de Wolkentuinen dat de dreiging van Eos even ver weg en gering leek.

Ten slotte verlieten ze het vuur en gingen naar hun slaapvertrekken.

Taita en Fenn waren voor het eerst alleen sinds Meren en hij bij haar weggegaan waren.

'O, Taita, ik heb me zo veel zorgen gemaakt. Ik verwachtte dat je me zou oproepen en ik kon amper slapen uit angst dat ik het zou missen als je het deed.'

'Het spijt me als ik je verdriet heb gedaan, kleintje. Ik ben in een vreemd gebied geweest waar vreemde dingen gebeuren. Je kent de goede redenen waarom ik je niet opgeroepen heb.'

'Goede redenen zijn net zo moeilijk te accepteren als slechte redenen,' zei ze met vroeg ontwikkelde vrouwenlogica. Hij grinnikte en keek toe toen ze haar tuniek uittrok, zich waste en daarna haar mond spoelde met water uit de grote aardewerken kan. Ze werd zo buitengewoon snel volwassen dat het hem pijn deed.

Fenn stond op, droogde zich af met de tuniek en gooide hem over de latei om te drogen. Ze kwam op de mat naast hem liggen, sloeg een arm om zijn borst en nestelde zich tegen hem aan. 'Het is zo koud en eenzaam wanneer jij er niet bent,' fluisterde ze.

Deze keer ben ik misschien niet gedwongen om haar aan een ander op te geven, dacht hij. Misschien is er een kans dat Hannah een volledige man van me kan maken. Misschien worden Fenn en ik eens man en vrouw en zullen we elkaar niet alleen geestelijk kennen en van elkaar houden, maar ook lichamelijk. Hij stelde zich haar voor in haar prachtige vrouwelijkheid en zichzelf als even jeugdig en viriel als hij was geweest in het visioen dat de jongen hem in de poel had laten zien. Als de goden ons goedgunstig zijn en we die gelukkige toestand zullen bereiken, wat zullen we dan een geweldig stel zijn. Hij streelde haar haar en zei: 'Nu moet ik je vertellen wat ik allemaal ontdekt heb. Luister je of slaap je al half?'

Ze ging rechtop zitten en keek hem streng aan. 'Natuurlijk luister ik. Wat ben je toch wreed! Ik luister altijd wanneer je tegen me praat.'

'Goed, ga dan liggen en blijf luisteren.' Hij zweeg even en toen hij verderging, was zijn toon niet luchtig meer. 'Ik heb het hol van de heks gevonden.'

'Vertel me er alles over. Houd niets achter.'

Dus vertelde hij haar over de Wolkentuinen en de magische grot. Hij beschreef het sanatorium en het werk dat Hannah daar deed. Hij vertelde haar gedetailleerd over Merens oogoperatie. Toen aarzelde hij, maar ten slotte verzamelde hij de moed om haar te vertellen over de operatie die Hannah voor hem gepland had.

Fenn zweeg zo lang dat hij dacht dat ze in slaap gevallen was, maar toen ging ze weer rechtop zitten en keek hem ernstig aan. 'Je bedoelt dat ze je zo'n bungelend ding gaat geven waarover Imbali me heeft verteld, zo'n ding dat van vorm en grootte kan veranderen?'

'Ja.' Hij kon er niets aan doen dat hij moest glimlachen om haar beschrijving en even keek ze verbijsterd. Toen glimlachte ze engelachtig, maar de hoeken van haar groene ogen gingen ondeugend omhoog. 'Ik zou het geweldig vinden als wij er zo een hadden. Het lijkt me fantastisch amusement, veel leuker dan een puppy.'

Taita lachte omdat ze het gezamenlijke eigenaarschap had opgeëist, maar zijn schuldgevoel sneed als een scheermes door hem heen. De jongen uit de grot had de beelden in zijn geest geplant, maar Taita stelde zich dingen voor die beter verborgen hadden kunnen blijven en waarover nooit gesproken hoorde te worden. In de tijd dat Fenn bij hem was, had ze zich veel sneller ontwikkeld dan een normaal kind. Maar ze was geen normaal kind: ze was de reïncarnatie van een grote koningin en ze werd niet beheerst door de natuurlijke orde van deze wereld. Zo snel als haar lichaam veranderde, veranderde hun relatie ook. Zijn liefde voor haar werd met de dag sterker, maar het was niet langer alleen maar de liefde van een vader voor een dochter. Wanneer ze hem op die nieuwe manier aankeek, met de hoeken van haar groene ogen schuin omhooggetrokken als die van een Perzische kat, was ze geen meisje meer: de vrouw lag net onder het onschuldige oppervlak, als een vlinder in haar pop. De eerste scheuren verschenen in het omhulsel en het zou snel openbarsten en de vlinder zou vrij zijn en wegvliegen. Voor het eerst sinds ze samen waren, dachten ze geen van beiden aan de heks in haar Wolkentuinen en hielden ze zich uitsluitend met elkaar bezig.

Terwijl ze op de oproep van de Opperste Raad wachtten, vielen ze in de daaropvolgende dagen terug in hun oude routine. Taita en Fenn studeerden van de vroege ochtend tot na het middaguur en in de middagen oefenden ze met de boog of ze reden met Meren en de anderen uit om op de enorme bosvarkens te jagen die in de omringende bossen in overvloed aanwezig waren. Nakonto en Imbali deden dienst als honden. Ze gingen te voet en alleen bewapend met een speer en een bijl het dichtste struikgewas in om de dieren het open terrein op te jagen. Hilto doorstak ze met de lans en Meren scherpte het zicht in zijn nieuwe oog door met zijn boog op ze te schieten. Daarna maakte hij ze met zijn zwaard af. Ze kozen de grote, oude beren uit die woest en onbevreesd waren en een man met hun slagtanden aan stukken konden rijten. De zeugen waren weliswaar veel kleiner, maar ze hadden scherpere slagtanden en waren even agressief als de beren – en ze waren ook lekkerder. Taita hield Fenn bij zich en hij hield haar in toom wanneer ze op Wervelwind naar voren wilde rijden om haar kleine boog uit te proberen op een van de grote beren. Ze hadden een korte nek en een borst als een bierton en hun huid was zo dik en taai dat ze alle pijlen behalve de zwaarste tegenhielden of deden afschampen. Hun bultrug met de rechtovereind staande, zwarte manen kwam tot Wervelwinds stijgbeugel. Met een beweging van hun kop konden ze de dij van een man tot op het bot openrijten en de dijader doorsnijden.

Toch trokken Meren en Hilto zich terug toen een dikke zeug knorrend en snuivend het struikgewas uit kwam en ze schreeuwden: 'Die is voor jou, Fenn!'

Na de prooi snel te hebben beoordeeld, besloot Taita haar te laten gaan. Hij had haar laten zien hoe ze schuin van achteren op het dier af moest rijden en uit het zadel moest leunen om haar korte teruggebogen cavalerieboog te spannen tot de pees haar lippen raakte. 'De eerste pijl telt,' had hij gezegd. 'Zorg dat je dichtbij komt en schiet hem in het hart.'

Toen de zeug getroffen werd, draaide ze zich in één keer om en liet haar kop zakken voor de aanval. Haar scherpe, witte slagtanden staken aan de zijkant van haar kaken uit. Fenn liet Wervelwind keurig ronddraaien en reed voor de aanvallende zeug uit om haar mee te lokken zodat de pijlpunt zich dieper in haar borst zou dringen en de scherpe randen ervan door aderen, longen en hart zouden snijden. Taita en de anderen juichten haar luidkeels toe.

'Nu het Perzische schot!' schreeuwde Taita. Hij had het geleerd van de ruiters van de grote vlakte van Ecbatana en het op zijn beurt aan haar geleerd. Handig draaide ze de boog naar achteren, hield hem in haar rechterhand en spande hem met haar linkerhand zodat de pijl over haar schouder gericht was. Daarna drukte ze haar knieën in Wervelwinds flanken om hem langzamer te laten lopen en de zeug binnen een bepaalde afstand te laten komen. Zonder zich in het zadel om te draaien, schoot ze pijl na pijl in de borst en keel van de zeug. Het dier gaf niet op, maar bleef vechten tot het in volle ren in elkaar zakte en stierf. Fenn liet Wervelwind keren en blozend en lachend van opwinding reed ze terug om de staart en de oren als trofee op te eisen.

De zon stond niet ver boven de horizon toen Taita riep: 'Genoeg voor vandaag! De paarden zijn moe en dat zouden jullie ook moeten zijn. Terug naar Mutangi.' Ze waren bijna drie kilometer van het dorp vandaan en het pad kronkelde zich door dicht bos. De schaduwen van de bomen vielen eroverheen en het licht was schemerig. Ze reden in een rij achter elkaar, Taita en Fenn voorop en Nakonto en Imbali achteraan met de pakpaarden met de kadavers van de vijf bosvarkens die ze hadden gedood op hun rug gebonden.

Plotseling schrokken ze allemaal van een doodsbang geschreeuw in het bos aan de rechterkant van het pad. Ze toomden hun paarden in en grepen naar hun wapens. Een meisje rende voor hen uit het pad op. Haar tuniek was gescheurd en bedekt met modder, haar knieën waren geschaafd en haar blote voeten bloedden doordat ze opengehaald waren door doornen en stenen. Haar haar was dik en zwart en er klitten twijgen en bladeren in. Haar grote, donkere ogen schitterden van angst. Haar huid was maanbleek en haar lichaam was lenig en welgevormd. Toen ze de paarden zag, draaide ze zich, als een zwaluw in vlucht, naar hen toe. 'Help me!' schreeuwde ze. 'Laat ze me niet te pakken krijgen!' Meren reed snel naar haar toe.

'Pas op!' schreeuwde het meisje. 'Ze zitten vlak achter me!'

Op dat moment renden twee enorme, ruige gedaanten op handen en voeten het bos uit. Even dacht Meren dat het bosvarkens waren, maar toen zag hij dat ze zich op lange armen voortbewogen en zich na elke grote, springende pas met hun knokkels van de grond afzetten. Ze haalden het meisje in.

'Apen!' schreeuwde Meren. Hij zette een pijl op zijn boog en spoorde de vos tot volle galop aan om de voorste aap de pas af te snijden voordat het dier het meisje kon grijpen. Hij spande de boog volledig en schoot. De pijl trof de aap hoog in de borst. Hij brulde, greep de pijl vast, brak hem af als een strohalm en slingerde hem in dezelfde beweging weg. Hij minderde amper snelheid en rende weer naar voren, maar een paar meter achter het meisje. Meren schoot nog een pijl af en trof het beest dicht bij de plek waar de stomp van de eerste pijl uit zijn harige torso stak.

Hilto galoppeerde nu ook naar voren om te helpen. Hij schoot en raakte hem weer. De aap was nu zo dicht achter het meisje dat haar knieën knikten toen hij brulde. Hij strekte zijn arm uit om haar te grijpen, maar Meren dreef de vos tussen hen in, leunde uit het zadel, greep haar om haar middel vast en zwaaide haar voor zijn zadel op de vos. Daarna galoppeerde hij weg. De aap rende achter hem aan, krijsend van pijn en woede omdat hij van zijn prooi beroofd was. De tweede aap zat vlak achter hem en won snel terrein.

Hilto velde zijn lange lans en galoppeerde naar voren om hem de pas af te snijden. De aap zag hem aankomen en draaide zich naar hem toe. Toen Hilto vlak bij hem was, liet hij de punt van de lans zakken. De aap zette zich krachtig van de grond af sprong recht op hem af. Hilto ving hem met zijn lans op en dreef de bronzen punt midden in zijn borst tot aan de kruisvormige beugel die verhinderde dat het wapen dieper dan een el het lichaam van een vijand zou binnendringen. De aap krijste toen Hilto zijn gewicht en voorwaartse snelheid gebruikte om hen op de grond vast te pinnen.

Hoewel de eerste aap dodelijk gewond was, gebruikte hij zijn laatste krachten om Meren en het meisje te achtervolgen. Meren had het meisje vast zodat hij geen pijl kon opzetten en het dier haalde hen in. Voordat Taita doorhad wat ze van plan was, liet Fenn Wervelwind keren en galoppeerde weg om hen te helpen.

'Kom terug! Wees voorzichtig!' riep Taita haar tevergeefs na. Met de stompen van de afgebroken pijlen in zijn borst en terwijl het bloed uit de wonden spatte, sprong de aap hoog op en landde op de romp van Merens paard. Zijn kaken waren opengesperd en hij stak zijn kop naar voren om zijn lange gele tanden in Merens nek te zetten. Meren draaide zich om zodat hij zich kon verdedigen. Terwijl hij het meisje nog steeds met zijn linkerarm vasthield, stootte hij met zijn rechterhand zijn boog in de open bek van de aap en duwde zijn kop naar achteren. De aap sloot zijn kaken om het hout en beet er splinters van af.

'Wees voorzichtig!' schreeuwde Taita weer toen Fenn met haar kleine boog volledig gespannen naast Meren ging rijden. 'Kijk uit dat je Meren niet raakt!' Ze liet niet blijken dat ze hem gehoord had en zodra ze de juiste hoek had gevonden, schoot ze. De schootsafstand was kleiner dan twee armlengten. De pijl trof de aap in de zijkant van zijn nek, sneed beide halsslagaders door en kwam aan de andere kant van zijn nek half naar buiten. Het was een perfect schot.

De aap liet Merens boog los en buitelde achterover van de rug van de vos. Hij rolde gillend van woede over de grond rond en rukte met beide handen aan de pijl. Imbali rende naar hem toe, hief haar bijl hoog op en zwaaide hem naar beneden. Ze versplinterde het bot van de schedel alsof het een eierschaal was. Nakonto liet de teugels van de pakpaarden los die er direct vandoor gingen en rende langs haar heen naar Hilto die nog steeds de andere aap met het uiteinde van zijn lans vastgepind hield. Hij stak de aap met zijn korte assegaai twee keer door de keel en het dier brulde nog een laatste keer voordat het stierf.

Fenn hield nog steeds gelijke tred met Merens vos, maar nu gingen ze langzamer rijden. Meren hield het meisje teder tegen zijn borst. Haar gezicht was in zijn nek begraven en ze huilde uitzinnig. Hij klopte haar op de rug en fluisterde geruststellend tegen haar. 'Het is allemaal voorbij, schoonheid. Je hoeft niet meer te huilen, lieveling. Je bent nu veilig. Ik zorg wel voor je.' Zijn pogingen om bezorgdheid en medeleven te tonen, werden enigszins bedorven door zijn zelfvoldane grijns.

Fenn ging aan de ene kant naast hem rijden en Taita die naar hen toe was gereden, aan de andere.

'Ik weet niet wie er een groter gevaar voor je vormt, jongedame, de aap of de man die je van hem gered heeft,' merkte hij op. Met een laatste snik keek het meisje op, maar ze hield haar arm om Merens nek en hij maakte geen aanstalten om zich van haar los te maken. Haar neus liep en de tranen stroomden uit haar ogen. Ze bestudeerden haar allemaal geïnteresseerd.

Ondanks haar tranen is ze een schoonheid, concludeerde Taita. Toen vroeg hij haar op vriendelijke toon: 'Wat deed je alleen in het bos toen je door die beesten aangevallen werd?'

'Ik ben ontsnapt en de trogs kwamen achter me aan.' Het meisje hikte.

'Trogs?' vroeg Meren.

Ze keek hem weer met haar donkere ogen aan. 'Zo worden ze genoemd. We zijn allemaal doodsbang voor ze.'

'Je antwoord wekt een heleboel vragen, maar laten we proberen de eerste te beantwoorden. Waar ging je naartoe?' onderbrak Taita haar. Het meisje rukte haar blik van Meren los en keek Taita aan. 'Ik kwam naar u toe, Magiër. Ik heb uw hulp nodig. U bent de enige die me kan redden.'

'Dat wekt weer een heleboel vragen. Zullen we met een eenvoudige vraag beginnen? Hoe heet je, kind?'

'Ik heet Sidudu, Magiër,' zei ze en ze begon hevig te beven.

'Je hebt het koud, Sidudu,' zei Taita. 'Geen vragen meer voordat we je thuisgebracht hebben.' Taita keek Meren aan en hij hield zijn gezicht in de plooi toen hij vroeg: 'Veroorzaakt de dame je last of ongemak? Denk je dat je haar te paard naar het dorp kunt brengen of zullen we haar neerzetten en haar laten lopen?'

'Ik ben bereid om alle ongerief te verdragen dat ze me kan veroorzaken,' antwoordde Meren even ernstig.

'Dan denk ik dat we hier klaar zijn. Laten we verdergaan.'

Het was donker toen ze het dorp binnenkwamen. De huizen waren grotendeels in het donker gehuld en niemand leek te zien dat ze langskwamen. Tegen de tijd dat ze op het stalerf afstegen, had Sidudu zich opvallend goed hersteld. Toch nam Meren geen risico en hij droeg haar de huiskamer binnen. Toen Fenn en Imbali de lampen hadden aangestoken en een stevige wildstoofpot op het haardvuur opwarmden, onderzocht Taita Sidudu's verwondingen. Het waren allemaal oppervlakkige schrammen en schaafwondjes en er waren een paar doornen in haar vlees blijven steken. Toen hij de laatste uit haar mooie kuit had gehaald, smeerde hij zalf op de wond, leunde achterover en bestudeerde haar. Hij zag een maalstroom van angst en haat. Ze was een verward en ongelukkig kind, maar onder haar kolkende ellende was haar aura helder en zuiver. Ze was in wezen een lief, onschuldig meisje dat te vroeg met haar neus op het kwaad en de slechtheid van de wereld gedrukt was.

'Kom, kind,' zei hij. 'Je moet eten, drinken en slapen voordat we verder praten.' Ze at de stoofpot en het doerrabrood dat Fenn haar bracht en toen ze de schaal met het laatste stukje brood had schoongeveegd en het in haar mond had gestoken, stelde Taita haar nog één vraag. 'Je zei toch dat je naar mij op zoek was?'

'Ja, Magiër,' fluisterde ze.

'Waarom?' vroeg hij.

'Kan ik ergens met u praten waar niemand anders ons kan horen?' vroeg ze verlegen en ze keek onwillekeurig naar Meren.

'Natuurlijk. We gaan wel naar mijn kamer.' Taita pakte een van de olielampen op. 'Kom maar mee.' Hij leidde haar naar de kamer die hij met Fenn deelde, ging op zijn mat zitten en gebaarde haar dat zij die van Fenn moest nemen. Sidudu kruiste haar benen onder zich en trok haar gescheurde rok preuts naar beneden. 'Vertel het me nu maar,' zei hij.

'Iedereen in Jarri zegt dat u een beroemde dokter bent en dat u mensen met allerlei kruiden en drankjes kunt helpen.'

'Ik weet niet wie "iedereen" is, maar ik ben wel dokter.'

'Ik wil dat u me iets geeft om het kind uit mijn baarmoeder te drijven,' fluisterde ze.

Taita was van zijn stuk gebracht. Hij had zoiets niet verwacht. Het duurde even voor hij wist wat hij moest antwoorden. Ten slotte vroeg hij vriendelijk: 'Hou oud ben je, Sidudu?'

'Zestien, Magiër.'

'Ik dacht dat je jonger was,' zei hij, 'maar dat doet er niet toe. Wie is de vader van het kind dat je draagt? Houd je van hem?'

Haar antwoord was bitter en fel. 'Ik houd niet van hem. Ik haat hem en ik wou dat hij dood was,' flapte ze eruit.

Hij staarde haar aan voordat hij zijn volgende vraag stelde. 'Als je hem zo haat, waarom heb je dan met hem geslapen?'

'Dat wilde ik niet, Magiër. Ik had geen keus. Hij is een wrede, koude man. Hij slaat me en hij neemt me zo gewelddadig als hij te veel wijn op-heeft dat hij me tot bloedens toe openscheurt.'

'Waarom ga je dan niet bij hem weg?' vroeg hij.

'Dat heb ik geprobeerd, maar hij stuurt de trogs achter me aan om me terug te halen. Daarna slaat hij me weer. Ik hoopte dat hij me zo zou slaan dat ik het kind zou verliezen, maar hij let erop dat hij me niet in mijn buik stompt.'

'Wie is hij? Hoe heet hij?'

'Belooft u me dat u het aan niemand doorvertelt?' Ze aarzelde even en praatte toen snel door. 'Zelfs niet aan de goede man die mijn leven heeft gered en me uit het bos hiernaartoe heeft gebracht? Ik wil niet dat hij me veracht.'

'Meren? Natuurlijk vertel ik het hem niet. Maar je hoeft je geen zor-gen te maken. Niemand zal je ooit verachten. Je bent een goed, dapper meisje.'

'De man heet Onka – kapitein Onka. U kent hem wel, denk ik. Hij heeft me over u verteld.' Ze greep Taita's hand vast. 'Help me, alstu-blieft!' Ze schudde er wanhopig aan. 'Alstublieft, Magiër! Ik smeek het u! Help me alstublieft! Als ik de baby niet kwijtraak, doden ze me. Ik wil niet sterven voor Onka's bastaard.'

Taita begon de situatie te begrijpen. Als Sidudu Onka's vrouw was dan was zij degene over wie kolonel Tinat het had gehad, degene die met Onka's voedsel had geknoeid om hem tijdelijk uit te schakelen zodat Ti-nat Taita vanuit de Wolkentuinen naar Mutangi kon escorteren. Ze was een van hen en ze moest beschermd worden. 'Ik moet je eerst onderzoe-ken, maar ik zal mijn best doen. Heb je er bezwaar tegen dat ik Fenn, mijn pupil, erbij haal?'

'Het mooie, blonde meisje dat de trog van Merens rug heeft gescho-ten? Ik mag haar. Roept u haar maar.'

Fenn kwam onmiddellijk. Zodra Taita haar had uitgelegd wat er van haar verwacht werd, ging ze naast Sidudu zitten en pakte haar hand vast. 'De magiër is de knapste dokter van de wereld,' zei ze. 'Je hoeft niet bang te zijn.'

'Ga op je rug liggen en til je tuniek op,' zei Taita tegen Sidudu. Toen ze gehoorzaamde, onderzocht hij haar snel, maar grondig. 'Heb je die blauwe plekken overgehouden aan de klappen die Onka je heeft gegeven?' vroeg hij.

'Ja, Magiër,' antwoordde ze.

'Ik zal hem voor je doden,' bood Fenn aan. 'Ik mocht Onka al niet, maar nu haat ik hem.'

'Wanneer de tijd rijp is, dood ik hem zelf.' Sidudu kneep in haar hand. 'Maar bedankt, Fenn. Ik hoop dat je mijn vriendin wilt worden.'

'We zijn al vriendinnen,' zei Fenn.

Taita was klaar met zijn onderzoek. 'Je kunt je weer bedekken,' zei hij.

Ze ging rechtop zitten en streek haar kleren glad. 'Ik ben zwanger, hè, Magiër?' Haar glimlach verdween en ze keek weer triest.

'Onder de omstandigheden spijt het me dat ik "ja" moet zeggen. Je bent twee of drie maanden zwanger.'

'Ik heb mijn laatste twee manen gemist.'

'Het enige goede hiervan is dat je niet te lang hebt gewacht. Zo vroeg in je zwangerschap zal het niet moeilijk voor ons zijn om de foetus weg te krijgen.' Hij stond op en liep naar zijn dokterstas. 'Ik ga je een drankje geven. Het is heel sterk en je zult ervan moeten overgeven en je darmen legen, maar tegelijkertijd zal het ook dat andere naar buiten drijven.' Hij mat een dosis groen poeder uit een flesje met een stop af, goot het in een aardewerken beker en voegde er kokend water aan toe. 'Drink dit op zodra het afgekoeld is en je moet proberen het binnen te houden,' zei hij.

Ze bleven bij haar zitten toen ze zichzelf dwong het slokje voor slokje op te drinken, terwijl ze kokhalsde door de bittere smaak. Toen ze het ophad, bleef ze een tijdje hijgend en krampachtig kokhalzend zitten. Uiteindelijk kwam ze tot rust. 'Het gaat nu verder wel,' fluisterde ze hees.

'Je moet vannacht bij ons blijven slapen,' zei Fenn resoluut. 'Je hebt misschien onze hulp nodig.'

In het donkerste uur van de nacht werden ze wakker van Sidudu's gekreun. Fenn sprong op van haar mat en stak de olielamp aan. Daarna hielp ze Sidudu overeind en leidde het meisje dat dubbelgevouwen liep van de krampen, naar de pot in de kleine aangrenzende kamer. Ze bereikten de pot vlak voordat Sidudu haar darmen in één keer spetterend leegde. Haar krampen en haar pijn werden met het uur heviger en ze hing zwoegend boven de pot. Fenn bleef bij haar. Ze masseerde haar buik wanneer de krampen een hoogtepunt bereikten en sponsde haar bezwete gezicht en borst na elke aanval af. Vlak nadat de maan onderging, trok Sidudu's lichaam zich samen in een kramp die veel krachtiger was dan alle vorige. Op het hoogtepunt ervan, riep ze uitzinnig: 'O, help me, moeder Isis! Vergeef me wat ik heb gedaan.' Ze viel uitgeput achterover en de foetus vormde een zielig bergje bloedige gelei op de bodem van de pot. Met schoon water en een linnen doek waste Fenn Sidudu's lichaam en wreef het droog. Daarna hielp ze haar overeind en leidde haar terug naar de slaapmat. Taita haalde de foetus uit de pot, waste hem zorgvuldig en wikkelde hem toen in een schone linnen hoofddoek. Hij was nog niet ver genoeg ontwikkeld om te kunnen zeggen of het een jongen of een meisje was geweest. Hij droeg hem naar het stalerf en riep Meren om hem te helpen. Ze tilden een tegel in de hoek van het erf op, schepten een holte in de aarde en daarna legde Taita het bundeltje erin.

Toen Meren de tegel had teruggelegd, zei Taita zacht: 'Moeder Isis, ontferm u over deze ziel. Hij is in pijn en haat verwekt. Hij is gestorven in schaamte en ellende. Hij was niet bedoeld voor dit leven, Heilige Moeder. We smeken u het arme kleintje in het volgende leven beter te behandelen.'

Toen hij in de kamer terugkwam, keek Fenn vragend naar hem op. 'Hij is weg,' zei hij. 'Het bloeden zal snel ophouden en Sidudu zal over een paar dagen beter zijn. Ze heeft niets meer te vrezen.'

'Behalve die afschuwelijke man die haar slaat,' bracht Fenn hem in herinnering.

'Inderdaad, maar zij is niet de enige: we hebben allemaal reden om bang te zijn voor kapitein Onka.'

Hij knielde naast de slaapmat en bestudeerde Sidudu's uitgeputte gezicht. Ze sliep vast. 'Blijf bij haar, Fenn, maar laat haar zo lang mogelijk slapen. Ik heb van alles te doen.'

Zodra hij de kamer uit was, liet Taita Nakonto en Imbali komen. 'Ga terug naar de plek waar we de apen gedood hebben. Verberg de kadavers in het bos, ga dan de pakpaarden zoeken en loos de varkens. Raap de verschoten pijlen op en wis alle sporen uit die erop duiden dat we daar geweest zijn. Kom terug wanneer jullie klaar zijn.' Zodra ze vertrokken waren, zei hij tegen Meren en Hilto: 'Kolonel Tinat zei dat de hoofdman Bilto zijn agent in Mutangi is. Hij zal een boodschap aan Tinat doorgeven. Ga in het geheim naar Bilto toe. Zeg hem dat hij Tinat moet laten weten dat we het meisje Sidudu bij ons hebben…' Hij wilde verdergaan toen ze over het weggetje dat langs de voorkant van het huis liep vele paarden hoorden galopperen. Luide intimiderende kreten weergalmden door het dorp en daarna hoorden ze het geluid van klappen, het geweeklaag van vrouwen en het gejammer van kinderen.

'Te laat, vrees ik,' zei Taita. 'De soldaten zijn al hier. Ik twijfel er niet aan dat ze Sidudu zoeken.'

'We moeten haar verbergen.' Meren sprong overeind. Op dat moment hoorden ze het geluid van spijkersandalen op het plaveisel van het stalerf en daarna werd er op de deur gebonkt. Meren trok zijn zwaard half uit de schede.

'In naam van de Opperste Raad, doe open!' Het was Onka's boze stem.

'Stop je zwaard weg,' zei Taita zacht tegen Meren. 'Doe de deur open en laat hen binnen.'

'Maar Sidudu dan?' Meren keek met een bezorgde uitdrukking op zijn gezicht naar de deur van de binnenkamer.

'We moeten op Fenns gezonde verstand vertrouwen,' antwoordde Taita. 'Doe de deur open voordat Onka echt wantrouwig wordt.' Meren liep naar de deur en tilde de grendel omhoog. Onka stormde naar binnen.

'Ah, kapitein Onka!' begroette Taita hem. 'Waaraan hebben we het onverwachte genoegen van uw gezelschap te danken?'

Onka herwon met moeite zijn kalmte. 'Ik vraag om uw begrip, Magiër, maar we zoeken een vermist meisje. Ze is gestoord en raaskalt misschien.'

'Hoe oud is ze en hoe ziet ze eruit?'

'Ze is jong en knap. Hebt u haar gezien?'

'Tot mijn spijt niet.' Taita keek Meren vragend aan. 'Hebt u iemand gezien die aan deze beschrijving beantwoordt, kolonel?'

'Nee.' Meren kon niet zo goed liegen en Onka keek hem achterdochtig aan. 'U stoort de huishouding van de magiër. Had u daarmee niet tot de ochtend kunnen wachten?' bulderde Meren.

'Ik verontschuldig me nogmaals,' zei Onka die geen moeite deed om de indruk te wekken dat hij het meende, 'maar de kwestie is dringend en kan niet tot morgen wachten. Mag ik dit huis doorzoeken?'

'Ik begrijp dat u dat in elk geval zult doen, wat ik ook zeg.' Taita glimlachte. 'Maar doe het snel en laat ons dan met rust.'

Onka beende naar de deur van de binnenkamer, gooide hem open en marcheerde naar binnen.

Taita volgde hem en bleef in de deuropening staan. Onka liep naar de stapel slaapmatten en bontdekens in het midden van de vloer en draaide ze met de punt van zijn zwaard om. Er lag niemand onder. Hij keek boos in de kamer rond, liep toen snel naar het toilethokje en tuurde in de pot. Hij vertrok zijn gezicht, liep terug de slaapkamer in en keek weer rond, ditmaal zorgvuldiger.

Meren ging achter Taita in de deuropening staan. 'Hij is leeg!' riep hij uit.

Onka keerde zich woedend naar hem om. 'U klinkt verbaasd.'

'Helemaal niet.' Meren herstelde zich. 'Ik bevestigde alleen wat de magiër u al verteld heeft.'

Onka staarde hem nog even aan en richtte zijn aandacht toen weer op Taita. 'U begrijpt dat ik alleen maar mijn plicht doe, Magiër. Wanneer ik de rest van het huis heb doorzocht, moet ik u op bevel van de Opperste Raad meenemen naar de citadel, waar de oligarchen u zullen ontvangen. Zorg alstublieft dat u gereed bent om direct te vertrekken.'

'Goed. Het komt me om deze tijd van de nacht niet gelegen, maar ik zal me bij het bevel van de Opperste Raad neerleggen.'

Zodra ze weg waren, opende Taita zijn Innerlijke Oog. Hij zag onmiddellijk de glinstering van twee afzonderlijke aura's in de verste hoek van de kamer. Toen hij zich erop concentreerde, verschenen de gedaanten van Fenn en Sidudu. Fenn had haar linkerarm beschermend om het meisje heen geslagen. In haar andere hand hield ze het goudklompje van de Talisman van Taita. Ze had haar aura tot een lichte gloed onderdrukt. Die van Sidudu danste en vlamde van angst, maar ondanks dat was het Fenn gelukt hen te verbergen door de toverspreuk die ze van Taita had geleerd uit te spreken. Taita keek in Fenns ogen en stuurde haar een astrale boodschap. 'Je hebt het goed gedaan. Blijf onzichtbaar. Wanneer het veilig is, stuur ik Meren naar jullie toe. Hij zal jullie naar een betere plek brengen.'

Fenns ogen gingen wijder open toen ze Taita's boodschap ontving en daarna vernauwde haar blik zich weer toen ze antwoordde: 'Ik zal doen wat je zegt. Ik heb Onka horen zeggen dat de Opperste Raad je ontboden heeft. Ik zal een wake voor je houden terwijl je weg bent.'

Taita hield haar blik nog even vast. Hij gebruikte al zijn krachten om zijn angst om haar veiligheid voor haar te verbergen en op haar over te brengen dat hij van haar hield en haar zou beschermen. Ze glimlachte vol vertrouwen en haar aura nam haar gebruikelijke vurige uitstraling en schoonheid weer aan. Met de talisman in haar rechterhand beschreef ze een cirkel om hem te zegenen.

'Blijf verborgen,' herhaalde hij en hij liep de kamer uit.

Meren wachtte alleen in de huiskamer op hem, maar Taita hoorde Onka en zijn mannen achter in het huis rondstampen. 'Luister goed, Meren.' Taita ging dicht bij hem staan en praatte zacht. 'Fenn en Sidudu zijn nog in mijn kamer.' Meren opende zijn mond om iets te zeggen, maar Taita hief zijn hand om hem tot stilte te manen. 'Fenn heeft hen met een toverspreuk onzichtbaar gemaakt. Wanneer Onka en ik naar de citadel vertrokken zijn om aan het bevel van de oligarchen te voldoen, kun je naar hen toe gaan. Je moet Tinat via Bilto een boodschap brengen. Zeg hem hoe hachelijk de positie van de meisjes is geworden. Hij moet een veiligere schuilplaats voor hen vinden terwijl ik weg ben en dat kan lang duren. Ik denk dat de oligarchen van plan zijn me direct terug te sturen naar de Wolkentuinen.' Meren keek bezorgd. 'Ik zal alleen astraal contact met Fenn maken als het uitermate dringend is of als ons doel bereikt is. Intussen moeten Tinat en jij doorgaan met het treffen van voorbereidingen voor onze vlucht uit Jarri. Is dat duidelijk?'

'Ja, Magiër.'

'Er is nog één andere kwestie, beste Meren. Er is alle kans dat ik Eos niet zal overwinnen. Misschien doodt ze me zoals ze alle anderen gedood heeft die ze aan zich onderworpen heeft. Als dat gebeurt, zal ik Fenn waarschuwen voordat het voorbij is. Je moet niet proberen me te redden. Je moet Fenn en de anderen van onze groep meenemen en uit Jarri vluchten. Probeer de weg naar Karnak terug te vinden en vertel de farao wat er gebeurd is.'

'Ja, Magiër.'

'Bescherm Fenn met je leven. Laat haar niet levend in handen van Eos vallen. Je begrijpt wat ik daarmee bedoel.'

'Ja, Magiër. Ik zal tot Horus en de drie-eenheid bidden dat het niet nodig zal zijn, maar ik zal Fenn en Sidudu tot het einde verdedigen.'

Taita glimlachte. 'Ja, mijn oude, vertrouwde vriend. Sidudu is misschien degene op wie je zo lang gewacht hebt.'

'Ze doet me zo sterk aan prinses Merykara denken toen ik pas verliefd op haar werd,' zei Meren simpelweg.

'Je verdient alle vreugde die Sidudu je kan schenken en meer,' fluisterde Taita. 'Maar wees nu stil. Daar komt Onka.'

Onka stormde de kamer binnen. Hij deed geen moeite om zijn gevoelens te verbergen.

'Hebt u haar gevonden?' vroeg Taita.

'U weet dat dat niet zo is.' Onka liep weer naar de open deur van de slaapkamer en bleef daar een tijdje staan, terwijl hij argwanend de lege kamer in staarde. Toen schudde hij boos zijn hoofd en kwam terug naar Taita. 'We moeten onmiddellijk naar de citadel vertrekken.'

'Ik zal warme kleren nodig hebben voor het geval de oligarchen me naar de Wolkentuinen sturen.'

'Daar wordt voor gezorgd,' zei Onka. 'Komt u maar mee.'

Taita pakte ten afscheid Merens bovenarm vast. 'Wees vastberaden en moedig,' zei hij zacht en daarna volgde hij Onka het stalerf op. Een van Onka's mannen hield een gezadelde vosmerrie vast. Taita bleef abrupt staan. 'Waar is mijn merrie, Windrook?' vroeg hij.

'De stalknechten hebben me verteld dat ze kreupel is en niet bereden kan worden,' antwoordde Onka.

'Ik moet haar zien voor we vertrekken.'

'Dat is onmogelijk. Ik heb bevel u onverwijld naar de citadel te escorteren.'

Taita drong nog een poosje aan, maar het was tevergeefs. Hij draaide zich om en keek Meren wanhopig aan.

'Ik zorg wel voor Windrook, Magiër. U hoeft u geen zorgen te maken.'

Taita besteeg het vreemde paard en ze reden de poort uit.

Halverwege de volgende ochtend bereikten ze het paleis van de oligarchen. Opnieuw werd Taita naar de antichambre gebracht. Er stond een kom met heet water gereed waarmee hij zich opknapte terwijl een van de paleisbedienden een schone linnen handdoek voor hem vasthield. Dezelfde bediende gaf hem een bord met gekruide kip en een beker rode wijn.

Toen kwam de lakei binnen om hem naar de zaal van de Opperste Raad te brengen. Met het grootste respect liet de man hem plaatsnemen op een wollen mat voor in de zaal, vlak voor het podium. Taita keek zorgvuldig om zich heen en concentreerde zich op het leren gordijn, maar er was geen spoor van Eos te bekennen. Hij ontspande zich en bereidde zich voor, want hij verwachtte dat hij lang zou moeten wachten.

Korte tijd later kwamen de gardisten echter al binnen en namen hun positie voor het podium in.

De lakei kondigde de komst van de oligarchen aan: 'Toon alstublieft respect voor de edele heren van de Opperste Raad.'

Taita maakte een buiging, maar hij keek van onder zijn oogharen naar de oligarchen toen ze achter elkaar van achter het leren scherm binnenkwamen. Weer werden ze geleid door Heer Aquer. Het verbaasde Taita dat ze maar met zijn tweeën waren: Heer Caithor was er niet bij. Aquer en zijn metgezel gingen op hun stoelen zitten en lieten de derde stoel onbezet.

Aquer glimlachte. 'U bent welkom. Maak het u alstublieft gemakkelijk, Magiër. U bent onder uw gelijken.'

Zijn woorden verbaasden Taita, maar hij probeerde het niet te laten blijken. Hij richtte zich op en leunde achterover tegen de kussens. 'Dat is vriendelijk van u, Heer Aquer,' zei hij.

Aquer glimlachte weer en daarna richtte hij zich tot de lakei en de commandant van de paleisgarde: 'We willen graag alleen zijn. Gaat u alstublieft weg en kom pas terug wanneer u ontboden wordt. Zorg ervoor dat er geen vreemde aan de deur luistert.'

De gardisten stampten met hun speer op de vloer en liepen toen achter elkaar naar buiten. De lakei volgde hen achteruitlopend, met zijn hele lichaam dubbelgevouwen in een diepe buiging.

Zodra ze weg waren en de lakei de grote deuren gesloten had, zei Aquer: 'Bij onze vorige bespreking heb ik u niet formeel voorgesteld aan de edele Heer Ek-Tang.' Taita en het raadslid wisselden zittend een buiging uit.

Ek-Tang was een kleine, gezette man van onbestemde leeftijd met een Aziatisch uiterlijk. Zijn ogen waren koolzwart en ondoorgrondelijk.

Heer Aquer vervolgde: 'We hebben uitstekende rapporten van de artsen in de Wolkentuinen ontvangen. We hebben gehoord dat kolonel Cambyses' oogoperatie een groot succes was.'

'Het was een verbazingwekkende prestatie,' beaamde Taita. 'Hij heeft het gezichtsvermogen in dat oog volledig teruggekregen. En dat niet alleen, maar het oog ziet er ook volkomen normaal uit. Het verschilt op geen enkele manier van het andere.'

'Onze artsen zijn de besten ter wereld, maar hun grootste prestatie moet nog komen,' zei Aquer.

Taita boog vragend zijn hoofd, maar hij zei niets.

'We komen daar later nog op terug,' zei Aquer met een geheimzinnige glimlach die bedoeld was om Taita nieuwsgierig te maken. Toen veranderde hij abrupt van onderwerp. 'U ziet dat Heer Caithor er niet is,' zei hij.

'Inderdaad, mijn heer. Ik was verbaasd door zijn afwezigheid.'

'Hij was een oude man en de last van de jaren drukte op hem. Helaas is hij tien dagen geleden in zijn slaap overleden. Hij is vredig en zonder te lijden aan zijn eind gekomen.'

'Daar zouden we allemaal voor tekenen,' zei Taita, 'maar ik betreur zijn dood, net als u.'

'U bent een man met compassie,' zei Aquer, 'maar het feit blijft dat er nu een lege zetel in de Opperste Raad is. We hebben uitgebreid overlegd en zeer ernstig gebeden om raad van de enige ware godin wier naam u spoedig onthuld zal worden.'

Taita boog om voor deze gunst te bedanken.

Aquer vervolgde: 'We zijn tot de conclusie gekomen dat één man uitermate geschikt is om in Heer Caithors plaats in de Raad te worden gekozen. Die man bent u, Taita van Gallala.'

Weer boog Taita, maar deze keer was hij echt sprakeloos.

Aquer vervolgde hartelijk: 'De Opperste Raad verordonneert dat u in de adelstand verheven zult worden en de titel Heer Taita zult krijgen.' Weer boog Taita. 'Er is echter één obstakel voor uw verkiezing. Het is gebruikelijk dat de leden van de Raad gezond en zonder lichamelijke gebreken zijn. U, Heer Taita, hebt buiten uw schuld een ernstige verminking opgelopen die u diskwalificeert voor deze positie. Dat hoeft echter niet definitief te zijn. Uw protegé, kolonel Cambyses, werd naar de Wolkentuinen gestuurd om daar behandeld te worden, maar niet omdat zijn geval op zichzelf daar aanleiding toe gaf. Toegang tot deze buitengewone procedures is meestal voorbehouden aan de belangrijkste leden van onze maatschappij. Het is moeilijk om een waarde toe te kennen aan de immense kosten van de behandelingen. U zult daar later meer over te horen krijgen. Officieren van het lagere en middenkader komen meestal niet in aanmerking. Cambyses is uitgekozen om u te laten zien welke mogelijkheden er bestaan. Zonder deze demonstratie zou u zeker sceptisch zijn geweest en u zou hoogstwaarschijnlijk hebben geweigerd om behandeld te worden.'

'Wat u zegt is ongetwijfeld waar, maar ik ben toch blij voor Meren Cambyses dat hij uitgekozen is.'

'Dat zijn we allemaal,' zei Aquer weinig overtuigend. 'Maar dat doet er nu niet meer toe. Wat er wel toe doet, is dat u door de artsen bent onderzocht en dat u, als edelman en gekozen lid van de Opperste Raad, recht hebt op een voorkeursbehandeling. De artsen van de Wolkentuinen zijn op de hoogte gesteld van uw komst. Ze zijn al vergevorderd met hun voorbereidingen, wat verklaart waarom u pas nu op de hoogte wordt gebracht. Het kost tijd om dergelijke voorbereidingen te treffen, maar nu zijn de zaden geoogst. De artsen wachten op uw komst. Bent u bereid om de gelegenheid die u geboden wordt te benutten?'

Taita sloot zijn ogen en drukte zijn vingertoppen tegen zijn oogleden terwijl hij nadacht. Onze hele onderneming hangt hiervan af, bracht hij zichzelf in herinnering. Er is geen andere manier waarop ik dicht genoeg bij Eos kan komen om te kunnen proberen haar te doden. De kaarten zijn echter in het voordeel van de heks geschud. Mijn kans op succes is uiterst klein. De afloop valt niet te voorspellen, maar ik moet het risico nemen. De enige zekerheid is dat alles gedoopt is in het gif van de heks en daarom zal het buitengewoon gevaarlijk zijn. Hij masseerde zijn gesloten ogen terwijl hij met zijn geweten worstelde. Rechtvaardig ik een lager motief? Als ik dit doe, doe ik het dan voor de farao en Egypte, of voor Taita de man en zijn eigen egoïstische verlangens? vroeg hij zich met wrede zelfkritiek af. Toen antwoordde hij zichzelf met een even wrede eerlijkheid. Voor allebei. Het zal voor de Waarheid en tegen de Leugen zijn, maar ook voor Fenn en mezelf. Ik wil graag weten hoe het is om een volledige man te zijn. Ik verlang naar de kracht om haar met een alles verterende hartstocht lief te hebben.

Hij liet zijn hand zakken en opende zijn ogen. 'Ik ben gereed,' zei hij.

'Het was verstandig van u om zo zorgvuldig over uw antwoord na te denken, maar ik ben blij met uw beslissing. U zult vannacht onze geëerde gast in het paleis zijn. Morgenochtend zult u naar de Wolkentuinen vertrekken en op weg gaan naar een nieuw leven.'

Er woedde een sneeuwstorm toen ze de volgende ochtend vertrokken. Terwijl ze het pad beklommen, daalde de temperatuur meedogenloos. Met de leren cape strak om zich heen getrokken, volgde Taita de contouren van Onka's paard die bijna uitgewist werden door de rondwervelende sneeuw en de glanzende wolken ijskristallen die over het pad geblazen werden. De reis leek veel langer te duren dan de vorige keer, maar uiteindelijk zagen ze de ingang van de tunnel door de sneeuwstorm heen verschijnen. Zelfs de trogs die de tunnel bewaakten, hurkten neer tegen de wind en ze knipperden met hun ogen waarvan de leden bedekt waren met sneeuw naar Taita toen hij langskwam. Opgelucht volgde hij Onka de tunnel in.

Toen ze de tunnel door waren, lieten ze de vochtige duisternis en het flakkerende licht van de toortsen achter zich en reden de warme zonneschijn van de krater in. Ze passeerden de trogs voor de tunnel en zagen de prachtige Wolkentuinen die zich beneden voor hen uitstrekten. Taita kreeg een blij gevoel, zoals altijd wanneer hij in de betoverende krater was. Ze namen het inmiddels bekende pad door het bos en kwamen aan de andere kant uit op het strand van het dampende, azuurblauwe meer. De krokodillen lagen op de zandbanken te zonnen. Het was de eerste keer dat Taita de dieren buiten het water zag en het verbaasde hem dat ze zo groot waren. Toen de paarden naderden, kwamen de krokodillen op hun kromme poten overeind, waggelden naar de rand van het water, plonsden het meer in en gleden sierlijk onder water weg.

Toen ze het stalerf op reden, stonden bedienden en stalknechten te wachten om hen te verwelkomen. De stalknechten namen de paarden van hen over en de majordomus leidde Taita naar de kamers die hij met Meren had gedeeld. Er werden weer schone kleren voor hem neergelegd, een houtvuur brandde in de haard en er stonden grote kannen warm water klaar.

'Ik hoop dat alles in orde en naar uw zin is, geëerde Magiër. Als u iets nodig mocht hebben, hoeft u alleen maar te bellen.' Hij gebaarde naar de trekbel die naast de deur hing. 'Dokter Hannah heeft u uitgenodigd om vanavond in haar privévertrekken bij haar te komen eten.' De majordomus liep achteruit naar de deur en boog diep bij elke tweede pas. 'Wanneer de zon ondergaat, zal ik u bij haar brengen.'

Toen Taita zich had gewassen, ging hij liggen om te slapen, maar hij kon de slaap niet vatten. Weer was hij vervuld van rusteloze opwinding en een ongericht gevoel van verwachting. Zoals eerder besefte hij dat het gevoel niet uit hemzelf kwam, maar dat het een externe bron had. Hij probeerde rustig te worden, maar het wilde niet lukken. Toen de majordomus hem kwam halen, zat Taita al in een schone tuniek op hem te wachten.

Dokter Hannah kwam naar de deur om hem te verwelkomen alsof hij een oude vriend was. Ze had het nieuws van zijn verheffing in de adelstand al gehoord en ze begroette hem als 'Heer Taita'. Ze informeerde allereerst naar Meren en ze was zeer verheugd toen Taita haar vertelde dat hij nog steeds heel goed vooruitging. Er waren drie andere gasten: Gibba was er een van en, net als dokter Hannah, begroette hij Taita hartelijk. De andere twee gasten kende hij niet.

'Dit is dokter Assem,' zei Hannah. 'Hij is een vooraanstaand lid van ons Gilde. Hij is gespecialiseerd in het gebruik van kruiden en plantaardige stoffen bij operaties en in medicijnen.'

Assem was een kleine, vrolijke man met een levendig, intelligent gezicht. Taita zag aan zijn aura dat hij een Langlevende met een enorme kennis was, maar geen wijze.

'Mag ik u ook aan dokter Rei voorstellen? Ze is een expert in het weer aan elkaar laten groeien van beschadigde en doorgesneden zenuwen en pezen. Ze begrijpt meer van de benige structuren van het menselijk lichaam dan welke levende arts ook, vooral van de schedel en de tanden, de ruggenwervels en de beenderen van de handen en voeten. Dokter Assem en dokter Rei zullen bij uw operatie assisteren.'

Rei had een krachtig, bijna mannelijk gezicht en grote, sterke handen. Taita zag dat ze intelligent was en volledig in haar werk opging.

Toen ze eenmaal rondom de tafel zaten, bleek het gezelschap aangenaam en de conversatie boeiend te zijn. Taita genoot van de discussies tussen deze mensen met hun superieure intelligentie. Hoewel de bedienden de bekers steeds bijvulden, waren het allemaal matige drinkers en ze nipten alleen aan hun wijn.

Op een bepaald moment kwam het gesprek op de ethiek van hun beroep. Rei haalde het voorbeeld van een koninkrijk in het verre oosten aan. Ze vertelde dat de koning daar de gevangenen die hij in de strijd had gemaakt aan zijn chirurgen overdroeg en hen aanmoedigde de gevangenen levend te ontleden en experimenten op hen uit te voeren. Het gezelschap was het erover eens dat de koning een man met visie en inzicht was.

'De overgrote meerderheid van de mensen staat maar één trapje hoger dan huisdieren,' zei Hannah. 'Een goede heerser zal zijn uiterste best doen om in hun noodzakelijke levensbehoeften te voorzien en ervoor te zorgen dat ze, afhankelijk van de middelen die hij tot zijn beschikking heeft, een zo comfortabel mogelijk bestaan hebben. Hij moet zich echter niet laten wijsmaken dat elk leven heilig is en ten koste van alles behouden moet blijven. Zoals een generaal niet mag aarzelen om zijn mannen een zekere dood tegemoet te sturen om de strijd te winnen, moet een koning bereid zijn om over leven en dood te beschikken volgens de behoeften van de staat en niet volgens de een of andere kunstmatige standaard van zogenaamde menselijkheid.'

'Ik ben het volkomen met u eens, maar ik zou nog verder willen gaan,' zei Rei. 'Er zou rekening met de waarde van het individu gehouden moeten worden wanneer het besluit wordt genomen. Het leven van een slaaf of een brute soldaat kan in waarde niet opwegen tegen dat van een wijze of een wetenschapper wiens kennis in de loop van de eeuwen is verzameld. De slaaf, de soldaat en de idioot zijn geboren om te sterven. Als ze dat om een goede reden kunnen doen, is het des te beter. Het leven van de wijze en de wetenschapper wier waarde voor de maatschappij oneindig veel groter is, dient behouden te blijven.'

'Ik ben het met u eens, dokter Rei. Kennis en geleerdheid zijn onze grootste schatten die veel meer waard zijn dan alle goud en zilver op de aarde,' zei dokter Assem. 'Onze intelligentie, ons vermogen om logisch na te denken en ons dingen te herinneren, verheft ons boven de andere dieren en zelfs boven de massa's mensen van een laag niveau bij wie deze eigenschappen ontbreken. Hoe denkt u daarover, Heer Taita?'

'Er is geen duidelijke of voor de hand liggende oplossing,' antwoordde Taita voorzichtig. 'We zouden eindeloos over de kwestie kunnen discussiëren. Maar ik geloof dat datgene wat in het algemeen belang is, bewaard moet blijven, ook al betekent dat dat er hardvochtige offers gebracht moet worden. Ik heb in de strijd mannen onder mijn bevel gehad. Ik weet hoe bitter het besluit kan zijn om hen de dood in te jagen. Maar ik heb niet geaarzeld om het te nemen wanneer de vrijheid of het welzijn van allen op het spel stond.' Hij had hun niet verteld wat hij geloofde, maar wat ze wilden horen. Ze hadden aandachtig geluisterd en ontspanden zich nu en hun houding jegens hem leek ongedwongener en meer open. Het was alsof hij zijn geloofsbrieven had laten zien en zij een barrière hadden opgeheven en hem in hun broederschap hadden toegelaten.

Ondanks het lekkere eten en de goede wijn bleven ze niet lang zitten. Gibba was de eerste die opstond. 'We moeten morgen vroeg op,' zei hij en ze stonden allemaal op om Hannah te bedanken en afscheid te nemen.

Voordat ze Taita liet vertrekken, zei ze: 'Ik wilde dat u hen ontmoette omdat ze me morgen zullen assisteren. Uw verminkingen zijn veel uitgebreider dan die van uw protegé en bovendien hebben ze zich in de loop van de jaren gestabiliseerd. Het zal aanzienlijk meer werk zijn en we zullen extra handen en ervaring nodig hebben. Bovendien zullen we niet in uw verblijf kunnen werken, zoals bij kolonel Cambyses. De operatie zal uitgevoerd worden in de kamer waar ik mijn eerste onderzoek heb gedaan.' Ze pakte zijn arm vast en leidde hem naar de deur. 'De anderen zullen zich morgenochtend bij me voegen om het laatste onderzoek uit te voeren en onze strategie voor de operatie te bepalen. Ik wens u een rustige nacht, Heer Taita.'

De majordomus stond te wachten om Taita naar zijn verblijf terug te brengen en Taita volgde hem zonder erop te letten welke route ze namen door het complex van gangen en zuilengangen. Hij dacht aan de gesprekken waaraan hij die avond had deelgenomen, toen zijn gemijmer werd onderbroken doordat hij iemand hoorde huilen. Hij bleef staan om te luisteren. Het was duidelijk een vrouw die huilde en het geluid kwam niet van ver. Ze klonk alsof ze totaal wanhopig was. Toen de majordomus merkte dat Taita was blijven staan en niet meer vlak achter hem liep, kwam hij terug.

'Wie is die vrouw?' vroeg Taita.

'Dat zijn de cellen van de huisslavinnen. Misschien is er een gestraft omdat ze iets fout heeft gedaan.' De man haalde onverschillig zijn schouders op. 'Maakt u zich er niet druk om, Heer Taita. We moeten doorlopen.'

Taita zag dat het geen zin had om door te vragen. De aura van de man liet zien dat hij koppig was en alleen maar de bevelen van zijn superieuren opvolgde.

'Goed,' zei Taita, maar daarna lette hij er zorgvuldig op welke route ze namen. Wanneer hij me alleen gelaten heeft, ga ik terug om het te onderzoeken, besloot hij. Zijn interesse in de huilende vrouw ebde echter snel weg en voordat ze bij zijn verblijf aankwamen, was hij haar vergeten. Hij ging op zijn slaapmat liggen en viel bijna onmiddellijk in een diepe, ongestoorde slaap.

De majordomus kwam hem halen zodra hij ontbeten had. Hij bracht Taita naar Hannahs kamers waar alle vier de chirurgen op hem wachtten. Ze begonnen direct. Het was een vreemde ervaring voor Taita dat hij niet geconsulteerd werd en in plaats daarvan behandeld werd als een stuk dood vlees op het snijblok van de slager.

Ze begonnen met het voorbereidende onderzoek waarbij ze ook aandacht besteedden aan het product van zijn spijsverteringsproces, de geur van zijn adem en de conditie van zijn huid en zijn voetzolen. Dokter Rei opende zijn mond en keek naar zijn tong, tandvlees en tanden. 'Heer Taita's tanden zijn erg versleten en aangetast, dokter Hannah, en de wortels zijn voor een groot deel afgestorven door gangreen. Ze moeten hem veel pijn berokkenen. Is dat niet zo, mijn heer?' Taita's gekreun was nietszeggend en dokter Rei vervolgde: 'Het zal niet lang duren voordat ze een ernstige bedreiging voor zijn gezondheid en uiteindelijk voor zijn leven gaan vormen. Ze moeten zo snel mogelijk verwijderd worden en in het tandvlees moet gezaaid worden.'

Hannah was het direct met haar eens. 'Ik heb met dergelijke eventualiteiten rekening gehouden en geregeld dat er meer essence geoogst zou worden dan we nodig hebben om het beschadigde gebied van het kruis opnieuw te laten groeien. Er zal voldoende overblijven om voor zijn tanden te kunnen gebruiken.'

Ten slotte kwamen ze bij het gedeelte van zijn lichaam dat verminkt was. Ze bogen zich over zijn onderlichaam heen en raakten het gebied van zijn litteken aan. Rei mat het met een krompasser op en maakte met kleine, prachtig getekende hiëroglifen aantekeningen op een papyrusrol. Terwijl ze bezig waren, bespraken ze het verminkte gebied gedetailleerd, maar emotieloos.

'Al het littekenweefsel zal weggesneden moeten worden. We moeten bij het rauwe vlees en de open bloedvaten kunnen zodat de zaden een stevige ondergrond hebben om op te groeien,' verklaarde Hannah en daarna richtte ze zich tot Rei. 'Wilt u de grote zenuwen traceren en vaststellen hoeveel levensvatbaarheid ze nog hebben?'

Rei traceerde de zenuwuiteinden met een bronzen naald. Het was een marteling om zich aan haar onderzoek te moeten onderwerpen. Taita bracht snel zijn geest onder controle om de pijn uit te filteren. Rei besefte wat hij deed en ze zei streng tegen hem: 'Ik bewonder uw vermogen om pijn te onderdrukken, Heer Taita, en dat zal u later goed van pas komen. Maar tijdens mijn onderzoek moet u de pijn toelaten. Als u hem blijft blokkeren, kan ik niet ontdekken welk deel van uw kruis dood is en welk deel nog leeft zodat we erop kunnen voortbouwen.'

Ze tekende met zwarte verf lijnen en symbolen op zijn onderlichaam om Hannahs scalpel te leiden. Tegen de tijd dat ze de verf neerzette, bloedde Taita uit honderden kleine pijnlijke naaldenprikken. Hij zag bleek en zweette van de pijn die ze hem had gedaan. Terwijl hij zich herstelde, bespraken de vier geneeskundigen haar conclusies.

'Het is maar goed dat we meer dan de gebruikelijke hoeveelheid zaad tot onze beschikking hebben. Het gebied dat we moeten terughalen, is veel groter dan ik aanvankelijk berekend had. Als we rekening houden met de hoeveelheid die we voor de nieuwe tanden nodig hebben, zullen we alles wat er geoogst is, moeten gebruiken,' zei Hannah tegen hen.

'Dat is inderdaad zo. Het open gebied zal groot zijn en veel meer tijd nodig hebben om te genezen dan de reconstructies die we tot nu toe uitgevoerd hebben. Hoe kunnen we ervoor zorgen dat de urine en ontlasting door dat gebied afgevoerd worden zonder dat we de wond vervuilen?' vroeg dokter Gibba.

'De anus zal niet bij de operatie betrokken zijn en normaal blijven functioneren, Ik ben echter van plan een koperen buis in het urinekanaal te plaatsen. Aanvankelijk zal de urine erdoor afgevoerd worden, maar zodra het zaad zich begint te stabiliseren en de open wond gaat bedekken, zal hij verwijderd worden om de normale groei van het orgaan mogelijk te maken.'

Hoewel Taita zelf het onderwerp van hun gesprek was, slaagde hij erin een objectieve interesse in de discussie te bewaren en hij leverde zelfs bijdragen die de anderen op prijs stelden. Toen elk facet van de procedure uitputtend besproken was, richtte dokter Assem zich nog een laatste keer tot hem: 'Ik heb kruiden die de pijn kunnen onderdrukken, maar misschien hoef ik ze niet te gebruiken. Toen dokter Rei u onderzocht, was ik verbaasd door uw techniek om pijn te beheersen. Kunt u die ook tijdens de operatie toepassen of moet ik mijn drankjes gebruiken?'

'Ik weet zeker dat ze zeer effectief zijn, maar ik zou de pijn liever zelf beheersen,' antwoordde Taita.

'Ik zal uw techniek met de grootst mogelijke aandacht observeren.'

Het was al halverwege de middag toen Hannah de bespreking beëindigde en Taita naar zijn verblijf mocht terugkeren. Voordat hij vertrok, zei Hannah: 'Dokter Assem heeft ervoor gezorgd dat er een kruidendrankje in een groen glazen flesje naast uw slaapmat staat. Drink dat op in een volle beker warm water. Het zal uw blaas en darmen zuiveren voor de operatie. Drinkt of eet u vanavond en morgenochtend alstublieft niets meer. Ik wil graag morgenochtend beginnen zodra het licht goed genoeg is. We moeten onszelf ruimschoots de tijd geven. We weten niet op wat voor onverwachte problemen we zullen stuiten. Het is van cruciaal belang dat we klaar zijn wanneer het nog licht is. Olielampen geven onvoldoende licht om bij te kunnen opereren.'

'Ik zal gereed zijn,' verzekerde Taita haar.

Toen Taita de volgende ochtend in Hannahs kamer aankwam, stond haar team van artsen al klaar om te beginnen. Twee mannelijke verpleeghulpen die Taita herkende van zijn vorige bezoek met Meren, hielpen hem met uitkleden. Toen hij naakt was, tilden ze hem op en legden hem op zijn rug op de stenen tafel. De stenen tafel was hard en koel onder hem, maar de lucht was aangenaam warm omdat hij verwarmd werd door de warmwaterleidingen onder de vloer. Alle vier de dokters waren tot hun middel naakt en droegen alleen een witte, linnen lendendoek. De borsten en het bovenlichaam van Hannah en Rei waren stevig en rond als die van jonge vrouwen en hun huid was glad en rimpelloos. Hij veronderstelde dat ze van hun esoterische vaardigheden gebruikgemaakt hadden om zichzelf in deze conditie te houden en hij glimlachte flauwtjes om de eeuwige ijdelheid van de vrouw. Maar toen dacht hij: ik lig hier te wachten tot ik onder het mes ga. Ben ik minder ijdel dan zij? Zijn glimlach verdween en hij keek nog een laatste keer in de kamer rond. Hij zag dat op een andere tafel die vlakbij stond een grote verzameling zilveren, koperen en bronzen chirurgische instrumenten klaarlag. Ertussen lagen tot zijn verbazing minstens vijftig glimmende scalpels in keurige rijen op het witte marmer.

Hannah zag zijn geïnteresseerde blik. 'Ik werk graag met scherpe messen,' zei ze. 'Dat is zowel voor u als voor mij prettiger.' Ze wees naar twee ambachtslieden die aan een werktafel in de andere hoek van de kamer zaten. 'Die mannen zijn ervaren messenslijpers. Ze slijpen elke scalpel bij zodra hij bot wordt. U zult hun dankbaar zijn voor de dag om is.' Ze wendde zich tot haar assistenten. 'Als alles klaar is, kunnen we beginnen.'

De twee verplegers wasten Taita's onderlichaam met een doordringend ruikende vloeistof. Tegelijkertijd wasten de artsen hun handen en onderarmen in een schaal met dezelfde vloeistof. Dokter Rei kwam naast Taita staan. De markeringen die ze de vorige dag had aangebracht waren zo vervaagd dat ze nauwelijks meer zichtbaar waren. Ze vernieuwde ze en stapte toen achteruit om plaats te maken voor Hannah.

'Ik ga nu de eerste incisie maken, Heer Taita. Wilt u zich alstublieft opmaken om de pijn te weerstaan?'

Taita pakte de Amulet van Lostris vast die op zijn blote borst lag. Hij vulde zijn geest met een zachte nevel en liet de kring van hun gezichten terugwijken tot ze nog maar vage contouren waren.

Hannahs stem weergalmde vreemd in zijn oren en leek van ver te komen. 'Bent u voorbereid?' vroeg ze.

'Ja, u kunt beginnen.' De eerste insnijding veroorzaakte een trekkend gevoel en toen ze dieper sneed, voelde hij de eerste pijn, maar het was niet onverdraaglijk. Hij liet zichzelf nog een niveau lager zakken tot hij zich nog net bewust was van haar aanraking en de scherpte van haar scalpel. Hij kon hun stemmen horen. Een paar keer laaide de pijn hoog op wanneer Hannah in een gevoelig gebied werkte, maar Taita liet zich dan dieper wegzakken. Wanneer de pijn wegebde, liet hij zich tot net onder het oppervlak stijgen zodat hij kon luisteren naar hun gesprekken die hem in staat stelden om hun vorderingen te volgen.

'Goed,' zei Hannah, duidelijk tevreden. 'We hebben al het litteken-weefsel verwijderd en we zijn klaar om de katheter in te brengen. Kunt u me horen, Heer Taita?'

'Ja,' fluisterde Taita en zijn stem echode in zijn oren.

'Alles gaat beter dan ik had gehoopt. Ik breng de buis nu in.'

Taita voelde dat de buis naar binnen geschoven werd. Het was een lichtelijk onaangenaam gevoel dat hij niet hoefde te onderdrukken.

'Er stroomt al verse urine uit uw blaas,' zei Hannah. 'Alles is in ge-reedheid. U kunt u ontspannen terwijl we wachten tot de zaden uit het laboratorium worden gebracht.'

Er volgde een lange stilte. Taita liet zich dieper wegzakken tot hij zich nog maar nauwelijks van zijn omgeving bewust was. De stilte duurde voort, maar hij raakte niet gealarmeerd en voelde geen aandrang om te vragen wat er aan de hand was. Toen werd hij zich geleidelijk bewust van de aanwezigheid van een vreemde kracht in de kamer. Hij hoorde een stem waarvan hij wist dat hij van Hannah was, maar hij klonk nu heel an-ders: zacht en bevend van angst of een andere sterke emotie. 'Dit is de essence,' zei ze.

Taita bracht zichzelf op het niveau van draaglijke pijn. Hij opende zijn ogen tot spleetjes, zodat hij door zijn wimpers heen kon kijken. Hij zag Hannahs handen boven zich. Ze waren om de albasten pot geslagen die precies leek op die waarin het zaad voor Merens oog had gezeten, al-leen was deze veel groter. Hannah liet hem tot buiten zijn gezichtsveld zakken en Taita hoorde het lichte schrapende geluid van een lepel die langs het albast streek, terwijl Hannah een deel van de inhoud eruit schepte. Even later voelde hij iets kouds in het gebied van de open wond en een lichte aanraking toen het zaad erover uitgesmeerd werd. Daarna kreeg hij acuut een prikkend gevoel in hetzelfde gebied. Hij onderdruk-te het en toen hij daarna door zijn halfopen ogen rondkeek, viel hem iets anders op.

Hij besefte voor het eerst dat er een vreemde verschijning tegen de andere muur geleund stond. Ze was geruisloos verschenen. Ze was lang, maar statig en van top tot teen gehuld in een sluier van doorzichtige, zwarte zijde. Haar enige beweging was een lichte golving van haar borst die bij elke ademhaling op en neer ging. De boezem onder de sluier was van een trotse vrouwelijkheid en perfect van vorm en grootte.

Een overweldigend gevoel van ontzag en angst maakte zich van Tai-ta meester. Hij opende zijn Innerlijke Oog en zag dat de gesluierde ge-daante geen aura had. Hij wist zeker dat dit Eos was en dan niet een van haar vluchtige manifestaties, maar de Eos voor wie hij hier was gekomen en met wie hij de strijd wilde aanbinden.

Hij wilde rechtop gaan zitten om haar te vragen wie ze was, maar zodra hij zijn trance probeerde te verbreken om bij zijn volle bewustzijn te komen, werd de pijn te hevig en moest hij zich laten terugzakken. Hij wilde iets zeggen, maar hij kon geen woord over zijn lippen krijgen. Hij kon alleen maar naar haar staren. Toen voelde hij dat zijn slapen zo licht aangeraakt werden dat het leek alsof het plagerige feeënvingers waren. Hij wist dat het niet Hannah was. Eos probeerde zijn geest binnen te dringen en zijn gedachten eruit te halen. Hij trok zijn geestelijke barrières op om haar tegen te werken. De feeënaanraking verdween: Eos had zijn verzet gevoeld en zich, als een geoefend zwaardvechter, teruggetrokken. Hij stelde zich voor dat ze zich voorbereidde op een riposte. Ze had de eerste test van zijn verdediging uitgevoerd. Hij wist dat hij zich door haar aanwezigheid bedreigd en geïntimideerd moest voelen, dat hij hoorde te walgen van haar slechtheid en kwaadaardigheid, maar in plaats daarvan voelde hij zich sterk en op een onnatuurlijke manier tot haar aangetrokken. Demeter had hem gewaarschuwd voor haar schoonheid en het effect ervan op alle mannen die haar zagen. Hij probeerde zijn dekking hoog te houden, maar hij merkte dat hij er nog steeds naar verlangde om haar fatale schoonheid te zien.

Op dat moment kwam Hannah naar het uiteinde van de tafel toe en belemmerde zijn zicht. Hij wilde tegen haar schreeuwen dat ze opzij moest gaan, maar nu hij Eos niet recht in het oog had, herstelde zijn zelfbeheersing zich weer. Het was een waardevolle ontdekking. Hij had geleerd dat ze onweerstaanbaar was wanneer hij naar haar keek. Als hij zijn blik afwendde, kon hij de aantrekkingskracht weerstaan, ook al bleef die sterk. Hij staarde roerloos naar het plafond en liet de pijn toenemen tot deze een tegenwicht vormde tegen het dierlijke verlangen dat ze bij hem wekte. Hannah verbond nu de open wond en hij concentreerde zich op de aanraking van haar handen en het gevoel van de linnen stroken op zijn lichaam. Toen ze klaar was, kwam Hannah weer naast hem staan. Taita keek naar de achtermuur, maar Eos was er niet meer. Er bleef alleen een vaag psychisch spoor van haar achter, een zweem van een zoete kwelling die in de lucht hing als een dierbaar parfum.

Dokter Rei nam Hannahs plaats aan het hoofd van de tafel in, opende zijn mond en zette houten wiggen tussen zijn kaken. Hij voelde dat ze de eerste tand in de tang nam en hij maskeerde de pijn voordat ze begon te trekken. Rei was vakkundig: ze trok zijn tanden er snel achter elkaar uit. Daarna voelde Taita een lichte bijtende pijn van het zaad dat in de open wonden werd gelegd en de prikken van de naald toen ze de wonden hechtte.

De twee verplegers tilden hem voorzichtig van de stenen tafel af en legden hem op een lichte draagbaar. Hannah liep naast hem toen ze hem naar zijn verblijf droegen. Toen ze bij zijn kamer waren, zag ze erop toe dat hij veilig van de draagbaar naar zijn slaapmat werd overgebracht. Daarna regelde ze dat hij goed verzorgd zou worden.

Ten slotte knielde ze op de vloer naast hem neer. 'Een van de verplegers zal dag en nacht bij u blijven. Ze zullen me laten halen zodra er een negatieve verandering in uw toestand optreedt. Als u iets nodig hebt, hoeft u het hun alleen maar te laten weten. Ik kom elke ochtend en elke avond bij u om het verband om uw wond te verwisselen en te controleren of u vooruit bent gegaan,' zei ze. 'Ik hoef u niet te vertellen wat u te wachten staat. U was erbij toen de zaden in de oogkas van uw protegé geënt werden. U zult u herinneren hoeveel pijn en ongemak hij te verduren heeft gehad. U weet wat de gebruikelijke fasen zijn van het proces dat volgt – drie dagen relatief vrij van pijn, zes dagen hevige pijn en verlichting op de tiende dag. Maar omdat uw wond zo veel groter is dan die van kolonel Cambyses, zal uw pijn intenser zijn. U zult al uw krachten nodig hebben om hem onder controle te houden.'

Opnieuw bleken Hannahs voorspellingen te kloppen. De eerste drie dagen gingen voorbij met slechts gering ongemak: een doffe pijn in het kuiltje van zijn maag en een brandend gevoel bij het plassen. Zijn mond deed meer pijn. Hij kon maar moeilijk met zijn tong van de hechtingen afblijven die ze in zijn tandvlees had gezet. Hij kon geen vast voedsel eten en dronk alleen een lichte bouillon van gestampte groente. Hij kon alleen met de grootste moeite lopen. Ze hadden hem een paar krukken gegeven, maar hij had de hulp van een verpleger nodig om het toilet te bereiken wanneer hij de pot moest gebruiken.

Toen Hannah het verband kwam verwisselen, keek hij naar beneden terwijl ze bezig was en hij zag dat de wond bedekt was met een plakkerige, zachte roof die eruitzag als de Arabische gom die uit een snee of een kerf in de bast van de *Acacia seyal*-boom stroomt. Hannah lette erop dat ze de wond niet aanraakte en om te voorkomen dat hij aan het linnen verband zou blijven plakken, bedekte ze hem met een vette zalf die ze van dokter Assem had.

Toen hij op de vierde ochtend wakker werd, was hij in de greep van een pijn die zo hevig was dat hij onwillekeurig schreeuwde voordat hij zijn geestelijke krachten kon aanwenden om hem te beteugelen. De verplegers renden naar hem toe en lieten direct dokter Hannah komen. Tegen de tijd dat ze verscheen, had hij zijn krachten verzameld en de pijn zó laten afnemen dat hij verstaanbaar kon praten.

'Het is erg,' zei ze, 'maar dat wist u van tevoren.'

'Ik heb nog nooit zo'n pijn gehad. Ik heb het gevoel alsof er gesmolten lood over mijn buik is gegoten,' fluisterde hij.

'Ik kan dokter Assem laten komen om u een drankje te geven.'

'Nee,' antwoordde hij. 'Ik red het in mijn eentje wel.'

'Nog zes dagen,' waarschuwde ze hem. 'Misschien langer.'

'Ik overleef het wel.' De pijn was afschuwelijk en constant en het leek alsof er niets anders meer bestond. Hij dacht niet aan Eos en zelfs niet aan Fenn. De pijn was alles.

Met grote moeite lukte het hem de pijn onder controle te houden wanneer hij wakker was, maar zodra hij door slaap werd overmand, glipte de pijn door zijn verdediging heen en kwam in volle hevigheid terug. Hij werd dan jammerend en kreunend wakker. Hij kwam voortdurend in de verleiding om te zwichten en dokter Assem met zijn verdovingsmiddelen te laten komen, maar hij verzette zich er met al zijn geestelijke en fysieke kracht tegen. Het gevaar dat hij zou lopen als hij volkomen verdoofd zou zijn, woog zwaarder dan de pijn. Zijn vastberadenheid was de enige bescherming die hij nog had tegen Eos en de Leugen.

Op de zesde dag begon de pijn af te nemen, maar hij werd direct vervangen door een jeuk die bijna nog moeilijker te onderdrukken was dan de pijn. Hij wilde het verband afrukken en met zijn nagels aan zijn vlees klauwen. Hij had alleen verlichting wanneer Hannah het verband kwam verwisselen. Wanneer ze het vuile verband eenmaal verwijderd had, waste ze de wond met een warm kruidenaftreksel dat de jeuk verzachtte.

Tegen die tijd was de enorme roof die het onderste deel van zijn buik en zijn kruis bedekte zo hard en zwart geworden als de huid van een grote krokodil uit het azuurblauwe meer. De perioden van verlichting waren echter kort. Zodra Hannah een nieuw verband had aangelegd, kwam de jeuk weer in volle hevigheid terug. Hij werd erdoor tot op de rand van de waanzin gedreven. Er leek geen eind aan te komen. Hij wist niet eens meer welke dag het was.

Op een bepaald moment kwam Rei bij hem. Terwijl de verplegers zijn mond openhielden, verwijderde ze de hechtingen uit zijn tandvlees. Hij was ze vergeten door de overweldigende pijn van de grote wond. De geringe verlichting die de verwijdering ervan hem schonk, was echter voldoende om zijn vastberadenheid te versterken.

Toen hij op een ochtend wakker werd, voelde hij zo'n opluchting dat hij ervan kreunde. De pijn en de jeuk waren verdwenen. Het vredige gevoel dat daarop volgde, was zo ontspannend dat hij in een diepe, heilzame slaap viel die een dag en een nacht duurde. Toen hij wakker werd, zag hij dat Hannah naast zijn slaapmat neerknielde. Ze had zijn verband losgewikkeld terwijl hij nog sliep. Hij was zo uitgeput geweest dat hij niet eens gemerkt had wat ze deed. Toen hij zijn hoofd ophief, glimlachte ze met bezitterige trots naar hem.

'Afsterving met gangreen is altijd het grootste gevaar, maar daarvan is geen spoor te bekennen. Uw lichaam is niet heet van de koorts. Het zaad is over het hele gebied geënt. U bent de zee van pijn overgestoken en u hebt de andere oever bereikt,' zei ze. 'Gezien de diepte en de omvang van uw wond, zijn uw moed en kracht voorbeeldig geweest, hoewel ik niet anders van u had verwacht. Ik kan nu de katheter verwijderen.'

De koperen buis gleed er gemakkelijk uit en weer had hij een heerlijk gevoel van verlichting. Het verbaasde hem dat hij na de beproeving zo zwak en uitgeput was. Hannah en de verplegers moesten hem helpen om rechtop te gaan zitten. Hij keek naar zijn lichaam. Het was voor de operatie al mager geweest, maar nu was het uitgemergeld. Het vlees was weggesmolten tot elke rib te zien was.

'De roof begint los te komen,' zei Hannah. 'Kijk maar eens hoe hij omhoogkomt en langs de randen loslaat. Ziet u hoe het eronder geneest?' Met een wijsvinger traceerde ze de lijn waarlangs de oude en de nieuwe huid elkaar raakten. Ze gingen naadloos in elkaar over. De oude huid was van ouderdom gerimpeld als crêpe en het haar dat erop groeide was sliertig en grijs. De smalle strook zichtbare nieuwe huid was glad en stevig als gepolijst ivoor. Er groeide fijn donshaar op dat vanaf zijn navel naar beneden dichter werd. Het was de eerste pluizige belofte van de weelderige bos schaamhaar die het zou worden. In het midden van de roof was de opening waardoorheen Hannah de koperen buis naar buiten had getrokken. Hannah bedekte die plek met een dikke laag van dokter Assems kruidenzalf.

'De zalf verzacht de pijn en helpt om de droge roof los te maken zonder het nieuwe weefsel eronder te beschadigen,' verklaarde ze toen ze hem opnieuw verbond.

Voor ze klaar was, kwam dokter Rei de kamer binnen en ze knielde naast Taita's hoofd neer. Ze liet een vinger in zijn mond glijden. 'Gebeurt er hier iets?' vroeg ze. Ze was ontspannen en vriendelijk in tegenstelling tot de ernstige en professionele houding die ze daarvoor had gehad.

Taita's stem klonk gedempt doordat ze haar vinger in zijn mond had. 'Ik voel dat er iets groeit. Er zitten harde bulten onder mijn tandvlees die gevoelig zijn voor aanraking.'

'Tandjes krijgen doet pijn.' Rei grinnikte. 'U maakt uw tweede kindertijd door, Heer Taita.' Ze liet haar vinger in zijn mond naar achteren glijden en lachte weer. 'Ja, een volledig gebit, met inbegrip van verstandskiezen. U zult ze binnen een paar dagen kunnen zien. Dan zult u vaster voedsel kunnen eten dan pap en bouillon.'

Binnen een week kwam Rei terug. Ze had een spiegel van gepolijst zilver bij zich.

Het oppervlak ervan was zo recht dat het spiegelbeeld dat Taita van het binnenste van zijn mond zag, maar heel licht vervormd was. 'Als een rij parels uit de Arabische Zee,' zei ze, terwijl Taita voor het eerst naar zijn nieuwe tanden keek. 'Waarschijnlijk regelmatiger en mooier ge-

337

vormd dan de eerste tanden die u zo lang geleden hebt gekregen.' Voordat ze vertrok, zei ze: 'Accepteer de spiegel alstublieft als een geschenk. Ik garandeer u dat u binnen niet al te lange tijd meer te bewonderen zult hebben.'

De maan was toegenomen en weer afgenomen voordat de laatste schilfers van de roof onder aan Taita's buik afbrokkelden. Hij at inmiddels normaal en begon weer aan te komen. Hij oefende met zijn lange stok een paar uur bewegingen die hij had bedacht om zijn kracht en souplesse op te bouwen. Dokter Assem had hem een dieet voorgeschreven dat grote hoeveelheden kruiden en groente bevatte. Al deze maatregelen bleken zeer heilzaam te zijn. Zijn holle wangen werden voller, zijn kleur werd gezonder en het leek of de nieuwe spieren die de oude vervingen die hij kwijtgeraakt was, steviger en sterker waren. Al snel kon hij om het meer lopen zonder dat hij moest stoppen om te rusten. Hannah stond hem echter niet toe om onbegeleid het sanatorium te verlaten en een van de verplegers ging altijd met hem mee. Naarmate zijn kracht toenam, werd het moeilijker voor hem om het constante toezicht en de beperking van zijn bewegingsvrijheid te verdragen.

Hij begon zich steeds meer te vervelen en werd steeds rustelozer. Hij vroeg aan Hannah: 'Wanneer mag ik mijn cel verlaten en naar de wereld terugkeren?'

'De oligarchen hebben me opdracht gegeven u hier te houden tot u volledig hersteld bent. U hoeft uw tijd echter niet te verspillen. Ik zal u iets laten zien wat u kan helpen de tijd te doden.' Ze bracht hem naar de bibliotheek van het laboratorium die een eindje van het hoofdcomplex vandaan in het bos stond. Het was een groot gebouw dat bestond uit een serie met elkaar verbonden zalen. Langs de muren ervan liepen van de vloer tot het plafond stenen planken die vol stonden met papyrusrollen en kleitabletten.

'Op onze planken staan meer dan tienduizend boeken en evenveel wetenschappelijke studies,' zei Hannah trots. 'De meeste zijn uniek. Er zijn geen andere exemplaren van. Het zou een normaal leven kosten om er zelfs maar de helft van te lezen.' Taita liep langzaam door de zalen, pakte willekeurig hier en daar een rol of een tablet op en bekeek de inhoud. De ingang van de laatste zaal was afgesloten met een zwaar bronzen traliewerk. Hij keek Hannah van opzij aan.

'Helaas is die zaal alleen toegankelijk voor leden van het Gilde, heer,' zei ze.

'Ik begrijp het,' verzekerde Taita haar en daarna keek hij om naar de zaal waar ze net doorheen waren gelopen. 'Dit moet de grootste schat zijn die de beschaafde mens ooit heeft verzameld.'

'Daar ben ik het mee eens, mijn heer. U zult veel interessants vinden dat uw geest zal prikkelen en misschien zelfs nieuwe wegen voor u zal openen in uw filosofisch denken.'

'Ik zal beslist van de gelegenheid gebruikmaken.' De volgende weken bracht Taita elke dag vele uren in de bibliotheek door. Pas wanneer het licht dat door de hoge ramen naar binnen viel te zwak werd om nog gemakkelijk te kunnen lezen, keerde hij terug naar zijn verblijf in het hoofdgebouw.

Toen hij op een ochtend net ontbeten had, was hij verbaasd en enigszins geïrriteerd omdat er een vreemde voor zijn deur stond. 'Wie bent u?' vroeg hij ongeduldig. Hij wilde graag naar de bibliotheek gaan om een rol over astraal reizen en astrale communicatie uit te lezen waaraan hij in de afgelopen dagen zijn volle aandacht geschonken had. 'Zeg op, man.'

'Ik ben hier in opdracht van dokter Hannah.' De kleine man bleef buigen en grijnzen. 'Ik ben uw barbier.'

'Ik heb geen behoefte aan uw ongetwijfeld uitstekende diensten,' zei Taita bruusk en hij probeerde zich langs hem te dringen.

De barbier ging voor hem staan. 'Alstublieft, mijn heer. Dokter Hannah heeft sterk aangedrongen. Als u weigert, krijg ik er last mee.'

Taita aarzelde. Al veel langer dan hij zich kon en wilde herinneren, had hij geen bijzondere belangstelling voor zijn uiterlijk gehad. Hij streek met zijn vingers door zijn lange haar en zijn zilverkleurige baard die bijna tot zijn middel kwam. Hij waste en kamde ze, maar afgezien daarvan liet hij ze maar lekker groeien. Eerlijk gezegd had hij niet eens een spiegel gehad voordat dokter Rei hem er onlangs een cadeau had gedaan. Hij keek de barbier twijfelachtig aan. 'Ik vrees dat er niet veel van te maken valt, tenzij je wonderen kunt verrichten.'

'Alstublieft, mijn heer. Als ik u niet knip, zal dokter Hannah zeer misnoegd zijn.'

De geagiteerdheid van de kleine barbier was komisch. Hij moest doodsbang zijn voor de geduchte Hannah. Taita zuchtte en stemde toen schoorvoetend in. 'Goed dan, maar doe het snel.'

De barbier leidde hem het terras op waar hij al een kruk in de zon had gezet. Zijn gereedschap lag binnen handbereik. Na de eerste paar minuten vond Taita het knippen heel kalmerend en hij ontspande zich. Terwijl de barbier knipte en kamde, richtte Taita zijn gedachten op de rol die in de bibliotheek op hem wachtte en hij nam in zijn hoofd de hoofdstukken door die hij de vorige dag had gelezen. Hij concludeerde dat de kennis van de auteur leemten vertoonde en dat hij zelf het ontbrekende materiaal zou moeten leveren zodra hij de gelegenheid had. Toen dacht hij aan Fenn. Hij miste haar vreselijk. Hij vroeg zich af hoe het met haar ging en wat er van Sidudu was geworden. Hij lette niet op de overvloedige haarlokken die als herfstbladeren op de plaveien vielen.

Ten slotte onderbrak de kleine barbier zijn gedachten door een grote bronzen spiegel voor zijn gezicht te houden. Taita knipperde met zijn ogen. Zijn spiegelbeeld beefde en werd vervormd door het oneffen oppervlak van het metaal, maar plotseling werd het heel even scherp en hij schrok van wat hij zag. Hij herkende het gezicht dat hooghartig naar hem terugkeek nauwelijks. Het leek veel jonger dan het was. De barbier had zijn haar tot schouderlengte afgeknipt en het achter zijn hoofd met een leren riempje samengebonden. Hij had zijn baard kort en vierkant geknipt.

'Uw schedel heeft een mooie vorm,' zei de barbier. 'U hebt een breed, hoog voorhoofd. U hebt het hoofd van een filosoof. De manier waarop ik uw haar naar achteren heb gekamd, laat uw nobele trekken het best uitkomen. Hiervoor verhulde de baard uw krachtige kin, maar die wordt geaccentueerd nu ik hem korter heb geknipt.'

In zijn jeugd was Taita tevreden geweest over zijn uiterlijk – misschien te tevreden. Toentertijd had het een beetje het verlies van zijn mannelijkheid goedgemaakt. Nu zag hij dat hij, zelfs na al die tijd, zijn knappe uiterlijk niet helemaal was kwijtgeraakt.

Fenn zal verbaasd zijn, dacht hij en hij glimlachte verheugd. Zijn nieuwe tanden glinsterden in de spiegel en de uitdrukking in zijn ogen was levendiger. 'Je hebt het goed gedaan,' gaf hij toe. 'Ik had niet gedacht dat het mogelijk was om van zulk weinig belovend materiaal zoveel te maken.'

Toen Hannah hem die avond bezocht, bestudeerde ze zijn gezicht peinzend. 'Lang geleden heb ik de conclusie getrokken dat flirten tijd opslokt die beter op een nuttigere en productievere manier gebruikt zou kunnen worden,' zei ze. 'Ik begrijp echter waarom sommige vrouwen u knap zullen vinden, mijn heer. Met uw toestemming en in het belang van de wetenschap wil ik een paar zorgvuldig geselecteerde leden van het Gilde uitnodigen om u te ontmoeten, zodat ze met eigen ogen kunnen zien wat u gepresteerd hebt.'

'Wat u en uw collega's gepresteerd hebben,' corrigeerde Taita haar. 'Het minste wat ik kan doen, is toch wel dat ik u die eer geef.'

Een paar dagen later werd hij weer naar Hannahs operatiekamer gebracht die was omgetoverd tot een geïmproviseerd collegezaaltje. Krukken waren in een halve cirkel voor de stenen tafel neergezet. Acht mensen zaten er al, onder wie Gibba, Rei en Assem.

Hannah leidde Taita naar de tafel en vroeg hem of hij met zijn gezicht naar het kleine gehoor wilde gaan zitten. Behalve de artsen die hem vanaf het begin hadden behandeld, kende Taita niemand van de aanwezigen. Dat was vreemd, in aanmerking genomen hoe lang hij al in de Wolkentuinen was. Het sanatorium moest een groter gebied beslaan dan hij gedacht had, of misschien waren er afdelingen die niet in de hoofdgebouwen waren ondergebracht en, net als de bibliotheek, in een eigen gebouw in het bos waren weggestopt. Het was echter veel waarschijnlijker dat een groot deel van de Wolkentuinen voor hem verborgen was door de zwarte magie van Eos. Zoals bij een kinderpuzzel waren er doosjes in doosjes verborgen.

Een van de onbekenden was een vrouw. De anderen waren mannen, maar ze leken allemaal eminente wetenschappers. Hun houding was aandachtig en serieus. Nadat ze Taita in de meest vleiende bewoordingen had voorgesteld, vertelde Hannah in grote lijnen welke behandeling hij had ondergaan. Rei beschreef hoe ze Taita's versleten en rotte tanden had verwijderd en zaad in de holten in zijn tandvlees had gesmeerd. Nadat ze iedereen om de beurt had uitgenodigd om naar voren te komen en de nieuwe tanden te bekijken, bleef Taita tijdens het hele onderzoek stoïcijns zitten en beantwoordde hij de vragen die ze hem stelden. Toen ze weer op hun krukken waren gaan zitten, kwam Hannah weer naast hem staan.

Ze beschreef Taita's castratie en de omvang van de verminking. De toehoorders waren ontzet. Vooral de vrouwelijke arts was erdoor aangegrepen en ze gaf op een welsprekende manier uiting aan haar medeleven.

'Bedankt voor uw bekommernis,' zei Taita, 'maar het is lang geleden gebeurd. In de loop van de jaren is mijn herinnering eraan vervaagd. De menselijke geest heeft de neiging om pijnlijke dingen te verdringen.' Ze knikten allemaal en mompelden instemmend.

Hannah beschreef vervolgens de tests die ze van tevoren had uitgevoerd en de voorbereidingen die ze voor de operatie had getroffen.

Taita verwachtte dat ze in dit stadium van haar voordracht het oogsten en het prepareren van het zaad voor de enting zou beschrijven. Hijzelf was hierover in onwetendheid gelaten en hij wilde heel graag dat ze de procedure zou uitleggen. Hij was teleurgesteld dat ze dat niet deed. Hij nam aan dat haar toehoorders volledig geïnformeerd waren en dat ze waarschijnlijk dezelfde technieken bij hun eigen werk hadden gebruikt. In elk geval ging Hannah verder met een verslag van de operatie en ze beschreef hoe ze het littekenweefsel had weggesneden om een fundament te vormen waarop de enting kon plaatsvinden. Haar toehoorders stelden vele diepgaande, erudiete vragen waarop ze uitgebreid antwoordde. Ten slotte zei ze: 'Zoals u allemaal heel goed weet, is Heer Taita een magiër van het hoogste niveau en hij is ook een eminent arts met een grote wetenschappelijke interesse. De reconstructie van zijn voortplantingsorganen was een buitengewoon intieme en gevoelig liggende ingreep. Ik hoef u niet te vertellen dat hij tijdens de procedure heel veel pijn heeft geleden. Het was allemaal een grove inbreuk op de waardigheid en privacy van zo'n bijzonder persoon. Desondanks was hij bereid ons toe te staan om het resultaat te onderzoeken en te evalueren. Ik weet zeker dat u allemaal beseft dat dit geen gemakkelijke beslissing voor hem was. We moeten dankbaar zijn voor de gelegenheid die hij ons biedt.'

Ten slotte richtte ze zich tot Taita: 'Staat u me toe, Heer Taita?'

Taita knikte en strekte zich op de tafel uit. Gibba ging aan de andere kant van de tafel tegenover Hannah staan en samen tilden ze de rok van Taita's tuniek op. 'U kunt naar voren komen om het beter te kunnen zien,' zei Hannah tegen haar gehoor. Ze kwamen van hun krukken af en vormden een kring om de tafel heen.

Taita was er zo aan gewend geraakt om bestudeerd te worden dat hij zich onder hun blik niet bijzonder geneerde. Hij kwam op een elleboog overeind en keek op zijn lichaam neer toen Hannah haar uiteenzetting vervolgde.

'U ziet hoe de nieuwe huid de wond heeft bedekt. Hij heeft dezelfde souplesse en elasticiteit die u bij een jongen in de puberteit zou aantreffen. Het haar in de schaamstreek is daarentegen al in een verder stadium. Het is verbazingwekkend snel gegroeid.' Ze legde haar hand op het gebied dat ze bedoelde. 'Dit hele vlezige uitsteeksel vormt de schaamheuvel. U kunt voelen dat het kussen van vlees zich al boven het bekken heeft gevormd. U ziet dat de algehele ontwikkeling die van een tienjarige jongen benadert. De voorhuid is goed gevormd, niet te strak zoals bij veel jonge jongens. Ze pakte de voorhuid beet en trok hem voorzichtig terug. Taita's eikel kwam uit zijn muts van losse huid tevoorschijn. Hij was niet veel groter dan een druif en zacht en glanzend roze. 'Let op de opening van de urinebuis. We hebben die gevormd door tijdens de operatie een katheter in te brengen. Toen we hem verwijderden was de opening rond, maar nu heeft hij de karakteristieke spleetvorm aangenomen.' Hannah schoof de voorhuid terug.

Ze richtte vervolgens haar aandacht op de balzak onder de onvolwassen penis. De zak ontwikkelt zich normaal, maar met de buitengewone snelheid die ons bij al ons zaad is opgevallen.' Ze kneep er zachtjes in. 'Ziet u wel! Hij bevat de onvolgroeide ballen al.' Ze keek over de tafel heen naar de enige vrouwelijke aanwezige. 'Dokter Lusulu, wilt u ze zelf onderzoeken?'

'Dank u, dokter Hannah,' zei de vrouw. Ze leek een jaar of vijfendertig te zijn, maar toen Taita haar aura bestudeerde, zag hij dat dat bedrieglijk was en dat ze veel ouder was. Haar ingetogen houding weerspiegelde haar ware aard niet accuraat, want ze had een wellustige inslag. Ze pakte zijn balzak beet en lokaliseerde snel de twee kleine ballen die hij bevatte. Ze rolde ze nadenkend tussen haar vingers. 'Ja,' zei ze ten slotte. 'Ze lijken perfect gevormd. Hebt u er enig gevoel in, Heer Taita?'

'Ja.' Zijn stem klonk hees.

De vrouw beef hem aanraken, terwijl ze zijn gezicht bestudeerde. 'U hoeft u niet te generen, mijn heer. U moet leren om te genieten van de geslachtsdelen die dokter Hannah u heeft teruggegeven en om er trots op te zijn.' Ze bewoog haar vingers over zijn penis omhoog. 'Hebt u hier al gevoel?' Ze bewoog haar vingers op en neer. 'Kunt u voelen dat ik deze bewegingen maak?'

'Heel duidelijk,' zei Taita met een nog hesere stem. Dit nieuwe gevoel was veel sterker dan de gevoelens die hij tot nu toe had ervaren. In de korte tijd sinds het kleine aanhangsel was verschenen, had hij het voorzichtig en terughoudend behandeld. Hij had het alleen maar vastgepakt als hij daartoe gedwongen was omdat de hygiëne of de natuur dat eisten. Zelfs dan was zijn aanraking onhandig en onbeholpen geweest en had beslist de zelfverzekerdheid en de deskundigheid gemist die dokter Lusulu demonstreerde.

'Hoe groot denkt u dat de organen worden wanneer ze volledig ontwikkeld zijn?' vroeg dokter Lusulu aan Hannah.

'Daarover hebben we even weinig zekerheid als in het geval van een kind. Ik verwacht echter dat ze uiteindelijk een bijna exacte kopie van het origineel zullen worden.'

'Wat interessant,' mompelde dokter Lusulu. 'Denkt u dat het in de toekomst mogelijk zal zijn om organen te laten groeien die superieur zijn aan het origineel? Zou bijvoorbeeld een horrelvoet of een gespleten verhemelte vervangen kunnen worden door een perfect lichaamsdeel of een abnormaal kleine penis door een grotere? Of is dat onmogelijk?'

'Onmogelijk? Nee, dokter, niets is onmogelijk totdat het tegendeel bewezen is. Zelfs als ik mijn doeleinden nooit bereik, zullen degenen die na mij komen dat misschien wel kunnen.'

Hun discussie ging nog even door tot dokter Lusulu ermee ophield en haar aandacht weer op Taita richtte. Ze streelde nog steeds zijn geslachtsdelen en ze keek nu tevreden. 'O, heel goed,' zei ze. 'Het lid functioneert. De patiënt heeft bijna een volledige erectie. Dat is echt een bewijs van uw kunde, dokter Hannah. Denkt u dat hij al een orgasme kan krijgen? Of is het daarvoor nog te vroeg?' De penis in haar hand was nu bijna twee keer zo groot en de voorhuid was helemaal teruggetrokken. Beide vrouwen bestudeerden hem aandachtig.

Hannah dacht serieus over de vraag na en antwoordde toen: 'Ik denk dat een orgasme al mogelijk is, maar het zal nog enige tijd duren voordat er een zaadlozing kan plaatsvinden.'

'Misschien moeten we het testen. Wat vindt u, dokter?'

Ze voerden de discussie op een koele, onpersoonlijke toon, maar de onbekende gewaarwordingen die dokter Lusulu met haar simpele handbewegingen wekte, waren zo intens dat Taita compleet in verwarring raakte. Hij had geen idee hoe dit zou eindigen. Voor iemand die gewend was zichzelf en degenen om hem heen volledig onder controle te hebben, was dat een alarmerend vooruitzicht. Hij strekte zijn arm uit en trok haar hand weg. 'Dank u, dokter,' zei hij. 'We zijn allemaal onder de indruk en we weten allemaal dat dokter Hannah een briljante chirurg is. Dat geldt zeker voor mij. Toch vind ik dat de test die u voorstelt beter in de privésfeer kan plaatsvinden.' Hij trok de rok van zijn tuniek naar beneden en ging rechtop zitten.

Dokter Lusulu glimlachte naar hem en zei: 'Dan wens ik u veel plezier.' Aan de uitdrukking in haar ogen zag hij dat ze dokter Hannahs ideeën over flirten niet deelde.

Nu Taita toegang tot de grote bibliotheek had, gingen de dagen snel voorbij. Zoals dokter Hannah opgemerkt had, zou een heel leven nog te kort zijn om alle kennis op te nemen die hier opgeslagen was. Vreemd genoeg nam zijn interesse voor de met een traliedeur afgesloten kamer niet toe. Net als bij de vrouw die hij 's nachts had horen huilen en vele andere onverklaarbare gebeurtenissen trok de gedachte zich terug in de nevel van zijn geheugen.

Wanneer hij niet studeerde, bracht hij veel tijd door met het voeren van discussies met Hannah, Rei en Assem. Ze leidden hem om de beurt rond in enkele van de andere laboratoria waar ze aan een aantal bijzondere projecten werkten.

'Herinnert u zich dokter Lusulu's vraag over het vervangen van lichaamsdelen door verbeterde versies?' vroeg Hannah. 'Laten we ons eens een soldaat voorstellen met benen waarmee hij even hard kan lopen als een paard. Of stelt u zich eens voor dat we hem meer dan één paar armen zouden kunnen geven. Een paar om een boog mee af te schieten, een paar om met een strijdbijl te hakken, een paar om een zwaard te hanteren en een laatste paar om een schild vast te houden. Niemand zou tegen zo'n krijger opgewassen zijn.'

'Een slaaf met vier sterke armen en extreem korte benen zou in de kleinste winplaatsen in de mijnen gebruikt kunnen worden om grote hoeveelheden goud naar buiten te scheppen,' zei Rei. 'En het zou nog veel beter zijn als zijn intelligentie verlaagd werd tot die van een os zodat hij ongevoelig was voor ontberingen en zonder te klagen onder de zwaarste omstandigheden kon werken. Dokter Assem heeft kruiden gekweekt die dat effect op de geest hebben. In de toekomst zullen dokter Hannah en ik misschien de fysieke verbeteringen kunnen creëren.'

'Ongetwijfeld hebt u de getrainde apen gezien die op wacht staan bij de ingang van de tunnel die naar deze tuinen leidt,' zei Hannah.

'Ja, die heb ik gezien en ik heb gehoord dat ze "trogs" genoemd worden,' antwoordde Taita.

Hannah keek een beetje geïrriteerd. 'Een naam die door het gewone volk bedacht is. Wij noemen ze *Pan troglodieten*. Ze zijn oorspronkelijk een in bomen levende apensoort uit de grote bossen in het zuiden. In de loop van de eeuwen waarin we ze in gevangenschap gefokt hebben, is het ons gelukt hun intelligentie en agressie door middel van chirurgische procedures en het gebruik van kruiden te vergroten tot een niveau waarop ze het nuttigst voor ons zijn. Door vergelijkbare technieken hebben we hen kunnen manipuleren tot ze zich volledig onderwierpen aan de wil van degene die hun baas is. Natuurlijk is hun geest rudimentair en dierlijk, waardoor ze gevoeliger voor manipulatie zijn dan mensen. We experimenteren echter met dezelfde technieken met sommigen van onze slaven en gevangenen en daarmee hebben we opwindende resultaten geboekt. Wanneer u lid van het Gilde bent, zal ik ze u graag laten zien.'

Taita werd misselijk van deze onthullingen. Ze hebben het over het construeren van schepsels die geen mensen meer zijn, maar monstruositeiten, dacht hij, maar hij lette erop dat hij zijn afgrijzen niet liet blijken. Deze mensen zijn besmet met het kwaad van Eos. Hun briljante intellect is ontaard en gecorrumpeerd door haar gif. Wat mis ik het gezelschap van fatsoenlijke, eerlijke mannen als Meren en Nakonto. Wat verlang ik naar de frisse onschuld van Fenn.

Toen ze enige tijd later uit de bibliotheek terugkwamen, vroeg hij Hannah weer wanneer hij de Wolkentuinen zou mogen verlaten om naar Mutangi terug te keren, al was het maar voor korte tijd. 'Mijn metgezellen moeten zich ernstig zorgen maken over mijn langdurige afwezigheid. Ik zou hun graag willen laten zien dat het lichamelijk en geestelijk goed met me gaat. Daarna zal ik met genoegen hierheen terugkeren om met mijn inwijding in het Gilde te beginnen.'

'Helaas is die beslissing niet aan mij, mijn heer,' antwoordde ze. 'Het lijkt erop dat de Opperste Raad wenst dat u in de Wolkentuinen blijft tot u volledig ingewijd bent.' Ze glimlachte naar hem. 'Laat dat u niet somber stemmen, mijn heer. Het zal niet langer dan een jaar duren. Ik verzeker u dat we alles zullen doen wat in ons vermogen ligt om de tijd die u bij ons doorbrengt zo vruchtbaar en productief mogelijk te maken.'

Taita vond het een verschrikkelijk vooruitzicht dat hij Meren en Fenn nog een jaar niet zou zien, maar hij troostte zich met de gedachte dat de heks niet zo lang zou wachten voordat ze haar beslissende zet zou doen in het spel dat ze met hem speelde.

Zijn geënte geslachtsdelen bleven met verrassende snelheid groeien. Hij herinnerde zich dokter Lusulu's advies: 'U moet leren om te genieten van de geslachtsorganen die dokter Hannah u heeft teruggegeven en om er trots op te zijn.' Wanneer hij 's nachts alleen op zijn slaapmat lag, begon hij zichzelf te verkennen. De gevoelens die door zijn eigen aanraking gewekt werden, waren zo intens dat ze zijn dromen binnendrongen. De wellustige duivels die de jongen uit de grot in zijn geest had losgelaten werden vasthoudender en veeleisender. De dromen waren tegelijk schokkend en fascinerend. Hij werd erin bezocht door een beeldschone *houri*. Ze toonde hem schaamteloos haar geslachtsdelen en hij zag dat ze even volmaakt gevormd waren als een orchidee. De geur en de smaak van de vrouw waren zoeter dan welke vrucht ook.

Voor het eerst in bijna een eeuw voelde hij hoe zijn lendenen explodeerden. Het was zo'n intens gevoel dat het extase en zelfs pijn ver te boven ging. Hij werd hijgend en bevend wakker, alsof hij koorts had. Hij baadde in het zweet en zijn eigen lichaamsvocht. Het leek een eeuwigheid te duren voordat hij kon terugkeren van de uiterste grenzen van zijn fantasie waarnaar de droomvrouw hem had gevoerd.

Hij stond op en stak de olielamp aan. Hij pakte de zilveren spiegel die Rei hem had gegeven, liep ermee terug naar zijn mat en knielde erop neer. In het licht van de lamp keek hij vol ontzag naar het spiegelbeeld van zijn geslachtsdelen. Ze waren nog gezwollen en, zoals de jongen hem in het water van de poel had laten zien, ze waren perfect gevormd, majestueus en zwaar.

Nu begrijp ik de verlangens waardoor alle normale mannen beheerst worden. Nu ben ik een van hen geworden. Het geslacht dat ik heb gekregen, is mijn geliefde vijand, een beest met twee gezichten. Als ik het kan beheersen, zal het me alle vreugde en genot schenken waar Lusulu het over had. Als het mij beheerst, zal het me even zeker vernietigen als Eos van plan is.

Toen hij later die ochtend naar de bibliotheek terugging, kon hij zich aanvankelijk maar moeilijk concentreren op de rol die hij op de lage werktafel vóór hem had uitgerold. Hij was zich sterk bewust van het warme gevoel in het kuiltje van zijn maag en van datgene wat er onder de rok van zijn tuniek zat. Het lijkt alsof iemand anders mijn leven met me is gaan delen, dacht hij, een verwende snotaap die eindeloos aandacht vraagt. Hij voelde er een toegeeflijke, bezitterige genegenheid voor. Dit zal een krachtmeting worden, dacht hij, een strijd waarin het erom gaat wie de sterkste wil heeft en wie de baas is. Maar iemand als hij met een geest die zo'n perfectie had bereikt dat hij intense pijn kon onderdrukken en met een intelligentie die erop was getraind om enorme hoeveelheden informatie op te nemen, moest in staat zijn om deze veel kleinere afleiding het hoofd te bieden. Hij richtte zijn volle aandacht weer op de rol. Al snel ging hij er zo in op dat hij zich nog maar vaag van zijn directe omgeving bewust was.

Het was rustig in de bibliotheek en de sfeer was bevorderlijk voor serieuze studie. Hoewel andere bezoekers aan de werktafels in de aangrenzende zalen zaten, had hij deze voor zichzelf. Het leek alsof tegen de anderen gezegd was dat ze een respectvolle afstand tot hem moesten bewaren. Af en toe liepen de bibliothecaressen met manden met rollen door de zaal waarin hij zat om ze op de planken terug te leggen. Taita besteedde weinig aandacht aan hen. Hij hoorde dat de traliedeur openging waarmee de verboden zaal was afgesloten en hij keek net op tijd op om te kunnen zien dat er een bibliothecaresse door naar binnen ging. Het was een vrouw van middelbare leeftijd met een onopvallend uiterlijk. Hij dacht er verder niet over na en ging verder met lezen. Even later hoorde hij dat de traliedeur weer openging. Dezelfde vrouw kwam naar buiten en deed de deur achter zich op slot. Ze liep geruisloos door de zaal en bleef toen onverwacht naast Taita's tafel staan. Hij keek vragend op. Ze legde een rol op de tafel. 'Ik vrees dat u zich vergist,' zei Taita. 'Ik heb hier niet om gevraagd.'

'Dat had u wel moeten doen,' zei de vrouw zo zacht dat hij haar amper kon verstaan. Ze strekte de pink van haar rechterhand en raakte toen haar onderlip ermee aan.

Taita schrok. Het was het herkenningsteken dat kolonel Tinat hem had laten zien. De vrouw was een van zijn mensen. Zonder verder nog iets te zeggen, liep ze door en ze liet de rol op de tafel achter. Taita wilde haar naroepen, maar hij beheerste zich en keek haar na tot ze de kamer uit was. Hij bleef in zijn eigen rol lezen tot hij er zeker van was dat hij alleen was en dat niemand naar hem keek. Toen rolde hij hem op, legde hem opzij en opende de rol die de bibliothecaresse hem had gegeven. Hij had geen titel en de naam van de auteur was niet vermeld. Toen herkende hij het handschrift waarmee de buitengewoon kleine en artistiek getekende hiërogliefen waren geschreven.

'Dokter Rei,' fluisterde hij en hij las snel door. Het onderwerp dat ze behandelde, was de vervanging van menselijke lichaamsdelen door middel van het proces van zaaien en enten. Hij keek het papyrusvel snel door. Alles wat dokter Rei had geschreven, wist hij uit eigen ervaring: haar behandeling van het onderwerp was indrukwekkend gedetailleerd en helder, maar hij las niets nieuws tot dokter Rei beschreef hoe het zaad werd geoogst en voor aanwending op de wond werd geprepareerd. Het hoofdstuk was getiteld: 'Het selecteren en cultiveren van het zaad.' Terwijl hij zijn blik eroverheen liet dwalen, trof de gruwelijkheid van datgene wat ze zo koud noteerde hem als een lawine. Met een door de schok verdoofde geest ging hij terug naar het begin van het hoofdstuk en las, deze keer heel langzaam, opnieuw de alinea's door die het redelijke verstand te boven gingen.

De donor moet jong en gezond zijn. Ze moet minstens vijf keer gemenstrueerd hebben. Zij noch haar directe familie mag een geschiedenis van ernstige ziekten hebben. Haar uiterlijk moet bevallig zijn. Om redenen van beheersbaarheid moet ze gehoorzaam en meegaand zijn. Als er zich op dit terrein problemen voordoen, wordt het gebruik van kalmerende middelen aanbevolen. Deze dienen zorgvuldig toegediend te worden om het eindproduct niet te vervuilen. Een lijst met aanbevolen middelen kunt u in de appendix achter in deze these vinden. Het dieet is ook belangrijk. Het mag niet te veel rood vlees en melkproducten bevatten omdat die het bloed verhitten.

Er was nog veel meer dat dezelfde geest ademde. Toen kwam hij bij het volgende hoofdstuk dat simpelweg 'Fokken' heette.

Net als de donor moeten de bevruchters jong en gezond en zonder gebrek of onvolkomenheid zijn. In het huidige systeem worden ze meest-

347

al geselecteerd als beloning voor de een of andere dienst die ze de staat bewezen hebben. Vaak is dit een militaire prestatie. Er dient scherp op toegezien te worden dat er geen emotionele band met de donor ontstaat. Ze dienen met korte intervallen geroteerd te worden. Zodra de zwangerschap van de donor bevestigd is, dient elk verder contact met haar bevruchter afgesneden te worden.

Taita staarde nietsziend naar de plank vol kleitabletten voor hem. Hij herinnerde zich de pure angst van de kleine Sidudu. Hij hoorde weer haar meelijwekkende smeekbede: 'Alstublieft, Magiër! Ik smeek het u! Help me alstublieft! Als ik de baby niet kwijtraak, doden ze me. Ik wil niet sterven voor Onka's bastaard.'

De weggelopen Sidudu was een van de donors geweest. Geen echtgenote of moeder, maar een donor. Onka was een van haar bevruchters. Niet haar echtgenoot, minnaar of vriend, maar haar bevruchter. Taita's afgrijzen werd gestaag groter, maar hij dwong zichzelf om door te lezen. De volgende paragraaf droeg het kopje 'Oogsten'. Sommige zinsneden leken vanuit de tekst op hem af te springen.

Het oogsten moet plaatsvinden tussen de twintigste en de vierentwintigste week van de zwangerschap. De foetus moet intact en in zijn geheel uit de baarmoeder verwijderd worden. Een natuurlijke geboorte mag niet plaatsvinden omdat gebleken is dat dit schadelijk is voor de kwaliteit van het zaad.

Omdat de kans dat de donor de verwijdering van de foetus overleeft bijna nihil is, dient haar leven onmiddellijk beëindigd te worden. De chirurg dient hierbij maatregelen te treffen om onnodig lijden te voorkomen. De methode die de voorkeur geniet, is dat de donor volledig in bedwang gehouden wordt. Haar ledematen worden geboeid en ze krijgt een prop in haar mond om te voorkomen dat haar geschreeuw de andere donors alarmeert. De foetus wordt dan snel verwijderd door frontale sectie van de buik. Direct nadat dit is gebeurd, moet het leven van de donor door wurging beëindigd worden. Het wurgkoord wordt op zijn plaats gehouden tot het hart ophoudt met kloppen en het lichaam is afgekoeld.

Taita ging haastig verder met het volgende hoofdstuk dat 'De foetus' als titel had. Zijn hart sloeg zo snel dat hij het in zijn oren hoorde resoneren.

Het geslacht van de foetus lijkt niet van belang te zijn, hoewel het logisch en wenselijk is dat het overeenstemt met het geslacht van de ontvanger. De foetus moet gezond en welgevormd zijn en geen zichtbare misvorming of gebrek hebben. Als hij niet aan deze criteria voldoet, moet hij weggegooid worden. Om deze redenen is het raadzaam om meer dan één donor beschikbaar te hebben. Als het gebied waarin

geënt moet worden groot is, dienen er minstens drie donors beschik-
baar te zijn. Vijf zou een wenselijker aantal zijn.

Taita wiegde naar achteren op zijn hielen. Drie donors. Hij herinnerde zich de drie meisjes bij de waterval op de dag dat ze hier de eerste keer waren gekomen. Ze waren als offerlammeren hierheen gebracht om Meren een nieuw oog te kunnen geven. Vijf donors. Hij herinnerde zich de vijf meisjes die Onka de berg op had gebracht toen ze hem op het pad tegenkwamen. Waren ze allemaal op de goedgekeurde wijze door wurging gedood? Was het een van hen geweest die hij in de nacht had horen huilen? Had ze geweten wat haar en de baby in haar baarmoeder te wachten stond? Had ze daarom gehuild? Hij stond op van de tafel en holde het gebouw uit en het bos in. Zodra hij tussen de bomen verborgen was, sloeg hij dubbel en kotste pijnlijk zijn schaamte en schuldgevoel uit. Hij leunde tegen een van de boomstammen en staarde naar de bobbel onder zijn tuniek.

'Is dit de reden waarom die onschuldige meisjes afgeslacht zijn?' Hij trok het kleine mes uit de schede aan zijn gordel. 'Ik hak hem af en prop hem in Hannahs keel. Ik zal haar ermee verstikken!' tierde hij. 'Het is een giftig geschenk dat me alleen schuldgevoel en pijn zal opleveren.'

Zijn hand beefde zo hevig dat het mes uit zijn vingers gleed. Hij bedekte zijn ogen met beide handen. 'Ik haat het – ik haat mezelf,' fluisterde hij. Zijn hoofd was gevuld met gewelddadige, verwarde beelden. Hij herinnerde zich de woeste vreetpartij van de krokodillen in het azuurblauwe meer. Hij hoorde het gehuil van vrouwen en het gejammer van baby's, de geluiden van verdriet en wanhoop.

Toen verdween de verwarring en hij hoorde weer de stem van Demeter, de wijze: *Deze Eos is de volgelinge van de Leugen. Ze is de doortrapte bedriegster, de overweldigster, de dievegge, de verslindster van baby's.*

'Ze is de verslindster van baby's,' herhaalde hij. 'Zij is degene die bevel geeft tot deze gruwelijkheden. Ik moet de haat jegens mezelf op haar richten. Zij is degene die ik echt haat. Zij is degene voor wie ik hiernaartoe ben gekomen om haar te doden. Misschien heeft ze me, door dit ding op me te enten, zonder het te weten het wapen in handen gegeven om haar te doden.' Hij haalde zijn handen voor zijn ogen vandaan en staarde ernaar. Ze beefden niet meer.

'Verzamel je moed en je vastberadenheid, Taita van Gallala,' fluisterde hij. 'De schermutseling is voorbij. De echte strijd staat op het punt om te beginnen.'

Hij verliet het bos en ging terug naar de bibliotheek om verder te lezen in dokter Reis rol. Hij wist dat hij elk detail moest lezen en onthouden. Hij moest weten hoe ze de lichamen van de kleintjes ontheiligden om er het smerige zaad van te maken. Hij moest ervoor zorgen dat het offer van de baby's niet vergeten zou worden. Hij liep naar de werktafel waarop hij de rol had achtergelaten, maar hij was weg.

Tegen de tijd dat hij zijn eigen kamer in het sanatorium bereikte, was de zon al achter de kraterwand gezakt. De bedienden hadden olielampen aangestoken en de schaal met zijn avondmaal werd verwarmd boven het gloeiende houtskool in het koperen komfoor. Hij at weinig, dronk daarna een beker van de koffie die dokter Assem verbouwde, ging toen in kleermakerszit op de slaapmat zitten en bracht zichzelf tot rust om te gaan mediteren. Dit was zijn avondroutine en degene die door het verborgen kijkgat toekeek, zou er niets ongebruikelijks aan zien.

Ten slotte doofde hij de lamp en de kamer was in het duister gehuld. Na korte tijd verdween de aura van de man achter het kijkgat toen hij zijn post verliet om te gaan slapen. Taita wachtte nog wat langer en stak toen de lamp weer aan, maar hij draaide de pit lager tot deze nog maar een zacht schijnsel verspreidde. Hij hield de Amulet in zijn tot een kom gevormde handen en concentreerde zich op het geestelijke beeld van Lostris die Fenn was geworden. Hij opende het medaillon en haalde haar haarlokken eruit, de oude en de nieuwe. Zijn liefde voor haar was het centrale punt waar zijn verdediging tegen Eos om draaide. Hij hield de lokken tegen zijn lippen en bevestigde die liefde.

'Bescherm me, mijn geliefde,' bad hij. 'Geef me kracht.' Hij voelde dat de kracht die uit het warme, zachte haar stroomde zijn ziel verwarmde, legde het toen terug in het medaillon en haalde het stukje rode steen tevoorschijn dat ze uit Merens oog hadden gehaald. Hij legde het in zijn handpalm en concentreerde zich erop.

'Het is koud en hard,' fluisterde hij, 'net als mijn haat jegens Eos.' Liefde was het schild, haat het zwaard. Hij bevestigde ze allebei. Toen legde hij het stukje steen terug bij het haar in het medaillon en hing de Amulet weer om zijn nek. Hij blies de lamp uit en ging liggen, maar de slaap wilde niet komen.

Losse herinneringen aan Fenn achtervolgden hem. Hij herinnerde zich hoe ze lachte en huilde. Hij herinnerde zich hoe ze glimlachte en hem plaagde. Hij herinnerde zich haar ernstige gelaatsuitdrukking wanneer ze een probleem bestudeerde dat hij haar had voorgelegd. Hij herinnerde zich haar warme, zachte lichaam dat 's nachts naast hem lag, het lichte zuchten van haar ademhaling en het kloppen van haar hart tegen het zijne.

Ik moet haar nog één keer zien. Het is misschien de laatste keer. Hij ging rechtop op zijn mat zitten. Ik durf haar niet op te roepen, maar ik kan haar schouwen. Deze twee astrale technieken waren vergelijkbaar, maar in wezen heel verschillend. Oproepen kwam erop neer dat hij door de ether naar haar schreeuwde en een luistervink zou de verstoring kunnen opmerken. Schouwen kwam erop neer dat hij haar heimelijk bespiedde, zoals de man achter het kijkgat bij hem deed. Alleen een wijze en een ziener, zoals Eos, zou het kunnen bespeuren, zoals hij de man achter het kijkgat had bespeurd. Hij had echter al zo lang afgezien van astrale activiteiten dat de heks misschien niet waakzaam meer was.

Ik moet Fenn zien. Ik moet het risico nemen.

Hij hield de Amulet in zijn rechterhand. De haarlokken waren een deel van Fenn en zouden hem naar haar toe leiden. Hij drukte de Amulet tegen zijn voorhoofd en sloot zijn ogen. Hij begon heen en weer te wiegen. Het medaillon in zijn rechterhand leek een vreemd eigen leven te gaan leiden. Taita voelde dat het zachtjes klopte in het ritme van zijn eigen hartslag. Hij stelde zijn geest open en liet de stromingen van het bestaan vrijelijk naar binnen komen en om hem heen draaien als een grote rivier. Zijn geest kwam los van zijn lichaam en zweefde door de lucht alsof hij werd gedragen door de vleugels van een reusachtige vogel. Ver beneden zag hij verwarde beelden van bossen en vlakten. Hij zag iets wat op een optrekkend leger leek, maar toen hij dichterbij kwam, zag hij dat het een zich langzaam voortbewegende colonne vluchtelingen was, honderden mannen, vrouwen en kinderen die over een stoffige weg voortsjokten of in logge ossenwagens samengepakt waren. Er waren soldaten en mannen te paard bij hen, maar Fenn bevond zich niet tussen de massa.

Zijn geest zweefde verder en met de Amulet als leidster in zijn hand bleef hij zoeken tot het kleine groepje gebouwen van Mutangi voor hem in de verte verscheen. Toen hij dichterbij kwam, zag hij geschokt dat het dorp in puin lag en dat de gebouwen zwartgeblakerd en verkoold waren. De astrale herinnering aan een slachting hing als mist boven het dorp. Hij doorzocht de resten, maar zag met toenemende opluchting dat Fenn noch andere leden van zijn groep onder de doden waren. Ze moesten uit Mutangi gevlucht zijn voordat het dorp was verwoest.

Hij liet zijn geest verder rondzwerven tot hij de bleke glinstering van haar aanwezigheid in de uitlopers van de Bergen van de Maan bespeurde. Hij volgde het schijnsel en bleef ten slotte hangen boven een smal dal dat verborgen was in de bossen die de lagere hellingen van de bergen bedekten.

Ze is daar beneden. Hij zocht van nog dichterbij tot hij een patrouille paarden ontdekte. Windrook was erbij en Wervelwind ook. Vlak achter de paarden viel het licht van een vuur uit de smalle ingang van een grot. Taita liet zijn geest naar binnen zweven. Daar is ze. Hij zag Fenn op een slaapmat naast het kleine vuur liggen. Sidudu lag aan haar ene kant, Meren lag naast Sidudu en Hilto lag naast hem. Taita was nu zo dicht bij Fenn dat hij haar kon horen ademen. Hij zag dat ze haar wapens binnen handbereik had gelegd. Alle andere leden van de kleine groep waren ook volledig bewapend. Fenn lag op haar rug. Ze droeg alleen een linnen lendendoek en ze was tot het middel naakt. Hij keek vertederd naar haar. Sinds hij haar voor het laatst had gezien, was haar lichaam nog vrouwelijker geworden. Haar borsten waren veel groter en ronder, haar tepels waren nog klein, maar ondeugend en de roze kleur ervan was nu donkerder. De laatste restjes babyvet waren van haar buik gesmolten. De holtes en welvingen van haar lichaam werden beschaduwd en verlicht door de flakkerende, lage vlammen van het vuur. In rust was haar gezicht mooier dan in zijn liefdevolste herinneringen. Taita realiseerde zich met verbazing dat ze nu minstens zestien moest zijn. De jaren die hij met haar had doorgebracht, waren zo snel voorbijgegaan.

Het patroon van haar ademhaling veranderde en ze opende langzaam haar ogen. Ze waren groen in het licht van het vuur, maar ze werden donkerder toen ze zijn aanwezigheid voelde.

Ze kwam op één elleboog overeind en hij voelde dat ze zich gereedmaakte om hem op te roepen. Ze waren dicht bij de Wolkentuinen. Hij moest haar tegenhouden voordat ze zich zou verraden aan het vijandige wezen daar boven op de berg. Hij liet zijn geestesteken voor haar ogen verschijnen. Ze keek omhoog toen ze besefte dat hij naar haar keek. Hij staarde recht naar het teken en beval haar te zwijgen. Ze glimlachte en knikte. Ze vormde haar eigen geestesteken in reactie op het zijne en de delicate lijnen van haar nimfenbloem verstrengelden zich met zijn valk in een liefdevolle omhelzing. Hij bleef nog een ogenblik bij haar. Het contact was vluchtig geweest, maar het zou dodelijk kunnen zijn om het langer te laten duren. Hij plantte nog een laatste boodschap in haar geest: 'Ik zal snel bij je terugkomen, heel snel.' Toen begon hij zich terug te trekken.

Ze voelde dat hij wegging en de glimlach bestierf op haar lippen. Ze strekte een hand uit alsof ze hem tegen wilde houden, maar hij durfde niet te blijven.

Met een schok keerde hij terug in zijn lichaam en hij zag dat hij in kleermakerszit op de slaapmat in zijn kamer in de Wolkentuinen zat. Het verdriet van het afscheid, nadat hij zo kort contact met haar had gehad, drukte als een loden last op zijn schouders.

In de loop van de volgende maanden worstelde hij met zijn nieuwe vlees. Omdat hij altijd een ruiter was geweest, behandelde hij het alsof het een ongetemd hengstveulen was en hij boog het naar zijn wil door kracht en overreding. Sinds zijn jeugd had hij veel zwaardere eisen aan zijn lichaam gesteld dan nu. Hij trainde en drilde zichzelf genadeloos. Eerst oefende hij ademhalingstechnieken die hem een buitengewoon uithoudingsvermogen en concentratievermogen gaven.

Daarna was hij gereed om zijn pas verkregen geslachtsdelen onder controle te krijgen. Binnen korte tijd was hij in staat om, zonder zijn handen te gebruiken, van de schemering tot zonsopgang een volledige erectie te behouden. Hij trainde zichzelf tot hij in staat was om zijn zaad-lozing voor onbepaalde tijd te beheersen en precies op het moment dat hij wilde te ejaculeren.

Demeter had beschreven wat hij had ervaren toen Eos hem in haar macht had en had verteld over hun 'helse coïtus'. Taita wist dat hij bin-nenkort het slachtoffer van haar vleselijke invasie zou worden en als hij die wilde overleven, moest hij leren haar te weerstaan. Al zijn voorbe-reidingen voor de strijd leken futiel. Hij zou zich moeten meten met een van de vraatzuchtigste roofdieren aller tijden en toch was hij een maagd.

Ik heb een vrouw nodig om me te helpen mezelf te bewapenen, be-sloot hij. Het liefst een met een uitgebreide ervaring.

Sinds hun eerste ontmoeting had hij dokter Lusulu meer dan eens in de bibliotheek gezien. Net als hij leek ze veel van haar vrije tijd met stu-deren door te brengen. Ze hadden korte begroetingen uitgewisseld, maar hoewel ze bereid leek om hun vriendschap te verdiepen, had hij haar niet aangemoedigd. Nu keek hij naar haar uit en op een ochtend zag hij haar aan een werktafel in een van de zalen van de bibliotheek zit-ten.

'Moge de vrede van de godin met u zijn,' begroette hij haar zachtjes. Hij had Hannah en Rei dezelfde groet horen gebruiken. Lusulu keek op en glimlachte warm. Haar aura laaide op met vurige zigzaglijnen. Ze kreeg een kleur en haar ogen gloeiden. Wanneer ze opgewonden raak-te, was ze een knappe vrouw.

'Vrede zij met u, mijn heer,' antwoordde ze. 'Ik vind het nieuwe mo-del van uw baard heel mooi. Het staat u erg goed.' Ze spraken nog een paar minuten met elkaar en toen nam Taita afscheid en ging naar zijn ei-gen tafel. Hij keek pas veel later weer in haar richting toen hij hoorde dat ze de rol die ze bestudeerde oprolde en opstond. Haar sandalen kletterden op de stenen vloer toen ze de zaal door liep en ze keken el-kaar aan. Ze wees met haar hoofd naar de deur en glimlachte weer. Hij volgde haar naar buiten en het bos in. Ze liep langzaam over het pad in de richting van het sanatorium. Hij haalde haar in voordat ze honderd meter gelopen had. Ze praatten wat en ten slotte vroeg ze: 'Ik vraag me vaak af hoe u zich hersteld hebt van de operatie die dokter Hannah bij u uitgevoerd heeft. Is het even goed blijven gaan als in het begin?'

'Absoluut,' verzekerde hij haar. 'Herinnert u zich nog dat u met dok-ter Hannah mijn vermogen om te ejaculeren besprak?'

Hij zag dat haar aura oplichtte toen hij het suggestieve woord ge-bruikte en haar stem was lichtelijk hees toen ze antwoordde. 'Ja.'

'Welnu, ik kan u verzekeren dat het nu regelmatig gebeurt. Als arts en als wetenschapper bent u misschien beroepsmatig geïnteresseerd in een demonstratie.'

Ze bleven het voorwendsel dat ze collega's waren gebruiken tot ze zijn kamer binnengingen. Het duurde even voordat hij het kijkgat in de hoek met zijn cape had bedekt en toen kwam hij naar haar toe.

'Ik zal uw hulp weer nodig hebben,' zei hij en hij trok zijn tuniek uit.

'Natuurlijk,' zei ze en ze kwam bereidwillig naar hem toe. Ze strekte haar hand uit en na een paar strelingen, zei ze: 'Hij is flink gegroeid sinds onze eerste ontmoeting.' Even later vroeg ze: 'Mijn heer, mag ik u vragen of u ooit een vrouw bekend hebt?'

'Helaas.' Hij schudde treurig zijn hoofd. 'Ik zou niet weten hoe ik moest beginnen.'

'Laat me u dan instrueren.'

Naakt was ze nog mooier dan met haar kleren aan. Ze had brede heupen, grote veerkrachtige borsten en grote, donkere tepels. Toen ze op haar rug op zijn slaapmat lag, haar dijen spreidde en hem bij haar naar binnen leidde, werd hij overrompeld door de warmte en de strakke, glibberige omhelzing van haar geheime vlees. Hij kwam al gevaarlijk dicht bij een ejaculatie voordat ze zelfs maar begonnen waren. Met een enorme inspanning kreeg hij zichzelf en zijn lichaam weer onder controle. Hij kon nu profiteren van zijn oefening en de manier waarop hij zichzelf getraind had. Hij blokkeerde zijn eigen gevoelens en concentreerde zich op het lezen van haar aura zoals een zeeman een kaart van de oceanen leest. Hij gebruikte het om haar behoeften en verlangens te raden voordat ze zich er zelf bewust van was. Hij liet haar schreeuwen en jammeren. Hij liet haar krijsen als een veroordeelde vrouw op een marteltafel. Ze verkrampte en haar hele lichaam schokte. Ze smeekte hem om op te houden en smeekte hem daarna om nooit meer te stoppen. 'Je vermoordt me,' snikte ze uiteindelijk. 'In de heilige naam van de godin, ik kan niet meer.' Maar hij bleef doorgaan.

Ze verzwakte en kon zijn stoten niet meer beantwoorden. Haar gezicht was nat van de tranen en het zweet. Donkere schaduwen van angst vielen over haar ogen. 'Je bent een duivel,' fluisterde ze. 'Je bent de duivel zelf.'

'Ik ben de duivel die jij, Hannah en anderen zoals jullie hebben gecreëerd.'

Eindelijk was ze gereed. Er zat geen verzet meer in haar. Hij hield haar neergedrukt en pinde haar vast. Haar lichaam en geest waren open voor hem. Hij bedekte haar mond met de zijne, drukte haar lippen vaneen, welfde toen zijn rug en, als een pareldduiker die voor het laatst diep ademhaalt voor hij onderduikt, trok hij alles uit haar, haar kracht, haar wijsheid, haar kennis, haar triomfen en nederlagen, haar angst en haar diep begraven schuldgevoel. Hij nam haar alles wat ze had af en liet haar leeg op de mat achter. Haar ademhaling was snel en oppervlakkig en haar huid was bleek en doorzichtig als was. Haar ogen staarden zonder te knipperen voor zich uit, maar ze zagen niets. Hij bleef de rest van de nacht naast haar zitten. Hij las haar herinneringen, kwam achter haar geheimen en leerde haar door en door kennen.

Het licht van de opgaande zon sijpelde de kamer binnen toen ze zich eindelijk bewoog en haar hoofd heen en weer rolde. 'Wie ben ik?' fluisterde ze zwakjes. 'Waar ben ik? Wat is er met me gebeurd? Ik kan me niets herinneren.'

'Je bent een vrouw die Lusulu heet, maar je hebt in je leven veel kwaad aangericht. Je werd gekweld door schuldgevoel. Dat en al het andere heb ik van je afgenomen, maar er is niets wat ik wil houden. Ik geef het aan je terug, vooral het schuldgevoel. Uiteindelijk zal dat je dood worden en die verdien je ten volle.'

Toen hij haar benen weer spreidde en over haar heen neerknielde, probeerde ze hem weg te duwen, maar ze had er de kracht niet meer voor. Toen hij voor de tweede keer bij haar binnendrong, schreeuwde ze, maar de schreeuw bleef in haar keel steken en bereikte haar lippen niet.

Toen hij weer diep in haar was, haalde hij opnieuw diep adem, spande zijn spieren en stortte alles met één lange ejaculatie in haar terug. Toen hij klaar was, maakte hij zich van haar los en ging zich wassen.

Toen hij in de slaapkamer terugkwam, was ze haar tuniek aan het aantrekken. Ze wierp hem een blik van pure angst toe en hij zag dat haar aura aan flarden gescheurd was. Ze strompelde naar de deur, trok hem open en holde de gang in. Het geluid van haar rennende voeten stierf weg.

Hij voelde voor het eerst een beetje medelijden met haar, maar toen hij aan haar gruwelijke misdaden dacht, verdween het. Maar ze heeft voor een klein deel geboet door me te leren hoe ik moet omgaan met haar meesteres, de grote heks, dacht hij toen.

Dag na dag en week na week wachtte hij geduldig op de uitnodiging van Eos die, zoals hij wist, zeker zou komen. Op een ochtend werd hij wakker met het bekende gevoel van welbehagen en verwachting. 'De heks ontbiedt me in haar hol,' zei hij bij zichzelf. Hij at op het terras dat uitzicht op het meer bood een karig ontbijt van dadels en vijgen terwijl hij zag hoe de zon door de ochtendmist heen brak en de wanden van de krater een gouden kleur gaf. Behalve de bedienden zag hij niemand: Hannah, Rei en Assem waren nergens te bekennen. Dat was een opluchting voor hem: hij wist niet of hij het aan zou kunnen om zo kort nadat hij de onthullingen in de rol uit de geheime zaal had gelezen met een van hen te spreken. Niemand klampte hem aan of probeerde hem tegen te houden toen hij het gebouw verliet en op weg ging naar het hek van het hogere deel van de tuinen.

Hij liep langzaam en nam er de tijd voor om zijn krachten te verzamelen en te inventariseren. De enige betrouwbare informatie die hij over Eos had, was de beschrijving die Demeter hem had gegeven. Hij nam die onder het lopen in gedachten woord voor woord door. Hij herinnerde het zich allemaal zo scherp dat het leek alsof de oude man weer tegen hem sprak.

Als ze bedreigd wordt, kan ze van uiterlijk veranderen als een kameleon, zei Demeters stem in zijn oren. Taita herinnerde zich de manifestaties van haar die hij bij de grot had gezien: de jongen, de farao, de goden en godinnen en zijn zelf.

Toch is ijdelheid een van haar talrijke ondeugden. Je kunt je niet voorstellen wat een schoonheid ze kan aannemen. Het brengt de zintuigen in verwarring en laat het verstand stilstaan. Wanneer ze van deze gave gebruikmaakt, kan geen man haar weerstaan. Haar aanblik verlaagt zelfs de nobelste man tot het niveau van een beest.' Taita dacht terug aan de keer dat hij Eos in de operatiekamer in het sanatorium had gezien. Doordat ze de zwarte sluier droeg, had hij geen glimp van haar gezicht kunnen opvangen, maar haar schoonheid was, zelfs ongezien, zo groot dat de kamer ervan vervuld was geweest.

Ondanks al mijn training als ingewijde was ik niet in staat mijn lagere instincten te beheersen. Demeter sprak verder en Taita luisterde naar hem. *Ik verloor het vermogen en de wil om met de gevolgen rekening te houden. Op dat moment bestond er voor mij niets anders dan zij. Ik werd verteerd door begeerte. Ze speelde met me als de herfstwind met een dood blad. Voor mij leek het alsof ze me alles gaf, elke verrukking die deze aarde te bieden heeft. Ze gaf me haar lichaam.'* Hij kreunde zacht. *'Zelfs nu nog drijft de herinnering me tot de rand van de waanzin. Elke welving en glooiing, elke betoverende opening en elk geurig kuiltje... Ik probeerde niet haar te weerstaan, want geen enkele sterfelijke man zou dat kunnen.'*

'Zal ik dat kunnen?' vroeg Taita zich af.

Toen weergalmde Demeters ernstigste waarschuwing in zijn hoofd. *'Je hebt gezegd dat de oorspronkelijke Eos een onverzadigbare nymfomane was, Taita, maar deze andere Eos overtreft haar geslachtsdrift. Wanneer ze je kust, zuigt ze de vitale sappen uit je, zoals jij en ik het sap uit een rijpe sinaasappel zuigen. Wanneer ze bij die verrukkelijke, maar helse coitus een man tussen haar dijen neemt, trekt ze zijn wezen uit hem. Ze neemt hem zijn ziel af. Zijn wezen is het ambrozijn dat haar voedt. Ze lijkt op een monsterlijke vampier die zich voedt met mensenbloed. Ze kiest alleen superieure wezens als slachtoffer uit, mannen en vrouwen met een Juiste Geest, dienaren van de Waarheid, magiërs met een grote reputatie of begaafde zieners. Wanneer ze haar slachtoffer eenmaal heeft bespeurd, achtervolgt ze het zo meedogenloos als een wolf een hert.*

Zoals ze bij mij heeft gedaan, dacht Taita.

Ze is een alleseter. Dat waren de woorden van Demeter die haar had gekend zoals niemand haar ooit zou kennen. *Het maakt haar niet uit hoe oud haar slachtoffers zijn en evenmin of ze mooi, lelijk of lichamelijk zwak zijn. Het is niet hun vlees dat haar lust opwekt, maar hun ziel. Ze verslindt jong en oud, mannen en vrouwen. Wanneer ze hen eenmaal in haar ban heeft, verstrikt in haar zijden web, onttrekt ze alle geleerdheid,*

*wijsheid en ervaring die ze vergaard hebben aan hen. Ze zuigt die uit hen
met haar vervloekte kussen. Ze trekt ze uit hun lendenen met haar walgelijke omarming. Ze laat alleen een verdroogd omhulsel achter.'*

De volgelingen van de heks, Hannah, Rei en Assem, hadden Taita's
geslachtsdelen maar om één reden hersteld; om Eos in staat te stellen
hem totaal te vernietigen, zijn lichaam, zijn geest en zijn ziel. Hij onderdrukte de angst die als een vloedgolf op hem af dreigde te komen om
hem mee te sleuren.

Ik ben klaar voor haar, dacht hij. Helemaal klaar. Maar zal dat genoeg zijn?

Het hek van de tuinen was wijd open, maar toen hij ervoor stond,
daalde er een stilte op de krater neer. De zachte wind ging liggen. Een
paar buulbuulklauwieren die een duet met elkaar hadden gezongen
zwegen. De hoge takken van de bomen verstijfden en tekenden zich
roerloos als op een schilderij tegen het blauwe hemelgewelf af. Hij luisterde nog even naar de stilte en stapte toen door het hek de tuin in.

De aarde bewoog trillend onder zijn voeten en de takken van de bomen trilden. Het getril werd scherper en heviger. Hij hoorde het steen
onder zijn voeten kreunen. Een deel van de kraterwand brak af en viel
met een luid geraas in het bos ervoor. De aarde helde onder hem over
als het dek van een schip in een storm. Hij verloor bijna zijn evenwicht
en greep een van de spijlen van het hek vast om te voorkomen dat hij tegen de grond zou slaan. De wind stak weer op, maar hij kwam nu uit de
richting van de grot van de jongen. Hij raasde over de toppen van de bomen en kolkte om hem heen in een werveling van dode bladeren. Hij
was zo koud als de hand van een lijk.

Eos probeert me te intimideren. Ze is de meesteres van de vulkanen.
Ze beheerst de aardbevingen en de lavarivieren die uit de hel omhoog-
stromen. Ze laat zien hoe nietig ik ben tegenover haar macht. Toen
schreeuwde hij: 'Luister, Eos! Ik neem je uitdaging aan.'

De aarde hield op met trillen en weer daalde de geheimzinnige stilte
op de krater neer. Het pad lag nu duidelijk afgetekend en uitnodigend
voor hem. Toen hij ten slotte de opening tussen de hoge steenblokken
door liep, hoorde hij het geklater van het water dat de grot uit stroomde. Hij drong zich tussen het groene gebladerte door en stapte de open
plek naast de poel op. Alles zag er precies uit zoals hij het zich herinnerde. Hij ging op zijn vaste plek met zijn rug tegen de stam van de omgevallen boom op het gras zitten en wachtte af.

De eerste waarschuwing die hij voor haar komst kreeg, was een ijskoud briesje dat in zijn nek kietelde en hij voelde dat het haar op zijn
onderarmen te berge rees. Hij hield de ingang van de grot in de gaten en
zag dat er een fijne, zilverkleurige mist naar buiten golfde. Toen doemde
een donkere figuur in de mist op en kwam met statige gratie over de met
mos bedekte richels naar hem toe. Het was de gesluierde vrouw die hij
het laatst in Hannahs kamer had gezien en ze droeg hetzelfde wijde,
doorzichtige gewaad van zwarte zijde.

Toen Eos uit de zilverkleurige mist stapte, zag hij dat haar voeten bloot waren. Haar tenen staken onder de rok van haar gewaad uit en ze waren het enige deel van haar lichaam dat zichtbaar was. Ze waren nat en glanzend van het bronwater dat eroverheen liep en klein en volmaakt gevormd, alsof ze door een groot kunstenaar uit roomkleurig ivoor waren gesneden. Haar teennagels glansden als parels. Die voeten waren het enige deel van haar lichaam dat hij ooit had gezien en ze waren verfijnd erotisch. Hij kon zijn blik er niet van losrukken. Hij voelde dat zijn mannelijkheid opzwol en hij slaagde er met moeite in het bloed terug te dringen.

Als ze me al zo kan beïnvloeden door me haar tenen te laten zien, wat voor kans heb ik dan als ze haar hele lichaam aan me vertoont?

Eindelijk lukte het hem zijn ogen op te slaan. Hij probeerde door haar sluier heen te kijken, maar hij was ondoordringbaar voor zijn ogen. Toen voelde hij de aanraking van haar blik alsof er een vlinder op zijn huid was neergedaald. Toen ze begon te spreken, stokte zijn adem. Hij had nog nooit een geluid gehoord dat de muziek van haar stem kon evenaren. Het was zilverachtig als het gelui van kristallen klokken. Het deed de fundamenten van zijn ziel beven.

'Ik heb eeuwenlang gewacht tot je zou komen,' zei Eos en hoewel hij wist dat ze de grote Leugen belichaamde, kon hij er niets aan doen dat hij haar geloofde.

Fenn en Meren hadden Sidudu maandenlang verborgen gehouden nadat Taita door kapitein Onka naar de Wolkentuinen was gebracht. In het begin was ze verzwakt door haar beproeving en ze was verward en van streek. Meren en Fenn waren aardig voor haar en al snel werd ze meelijwekkend afhankelijk van hen. Een van hen moest de hele tijd bij haar blijven. Langzaam herstelde ze zich en haar zelfvertrouwen begon terug te komen. Ten slotte was ze in staat om haar ervaringen te beschrijven en hun over de Tempel der Liefde te vertellen.

'Hij is gewijd aan de enige ware godin,' verklaarde ze. 'Alle tempelmeisjes worden gekozen uit de immigranten, nooit uit de adellijke families. Elke immigrantenfamilie moet een van haar dochters offeren. Het is voor hen een grote eer en het levert hun vele voorrechten op wanneer een van hun dochters wordt gekozen. De mensen in ons dorp gaven een feest om de godin te loven. Ze kleedden me in de mooiste gewaden, zetten een bloemenkroon op mijn hoofd en brachten me naar de tempel. Mijn ouders gingen lachend en huilend van vreugde met me mee. Ze droegen me aan de moeder-overste over en lieten me daar achter. Ik heb hen nooit meer gezien.'

'Wie heeft je uitgekozen om de godin te dienen?' vroeg Fenn.

'Ze hebben ons verteld dat het de oligarchen waren,' antwoordde ze.
'Vertel ons eens over de Tempel der Liefde,' zei Meren.

Ze zweeg een poosje terwijl ze erover nadacht. Toen vervolgde ze zacht en aarzelend: 'Het was er heel mooi. Er waren veel andere meisjes toen ik er aankwam. De priesteressen waren aardig voor ons. We kregen prachtige kleren en heerlijk voedsel. Ze vertelden dat we, wanneer we bewezen hadden dat we de eer waardig waren, de berg van de godin zouden opgaan en door haar verheven zouden worden.'

'Was je gelukkig?' vroeg Fenn.

'In het begin wel. Natuurlijk miste ik mijn ouders, maar elke ochtend kregen we een heerlijke sorbet te drinken die ons vreugdevol en vrolijk stemde. We lachten, zongen en dansten.'

'Wat gebeurde er toen?' vroeg Meren.

Ze wendde haar gezicht af en sprak zo zacht dat hij haar nauwelijks kon verstaan. 'De mannen kwamen ons bezoeken. We dachten dat ze onze vrienden zouden zijn. We dansten met hen.' Sidudu begon zachtjes te huilen. 'Ik durf je uit schaamte niet meer te vertellen.'

Ze zwegen en Fenn pakte haar hand vast. 'Wij zijn je echte vrienden, Sidudu,' zei ze. 'Je kunt met ons praten. Je kunt ons alles vertellen.'

Het meisje snikte even hartverscheurend en sloeg haar armen om Fenns nek. 'De priesteressen bevalen ons om geslachtsgemeenschap te hebben met de mannen die ons bezochten.'

'Welke mannen waren dat?' vroeg Meren grimmig.

'De eerste was Heer Aquer. Hij was verschrikkelijk. Daarna waren er anderen, vele anderen, en vervolgens Onka.'

'Je hoeft ons niet meer te vertellen.' Fenn streelde haar haar.

'Ja! Ik moet het doen. De herinnering brandt als een vuur binnen in me. Ik moet het jullie vertellen.' Sidudu haalde diep en bevend adem. 'Eén keer per maand kwam een vrouwelijke dokter die Hannah heette ons bezoeken. Elke keer koos ze een of meer van de meisjes uit. Ze werden meegenomen naar de berg om door de godin verheven te worden. Ze kwamen nooit meer naar de tempel terug.' Ze zweeg weer en Fenn gaf haar een linnen doekje om haar neus te snuiten. Toen ze dat had gedaan, vouwde Sidudu het doekje zorgvuldig op en vervolgde: 'Een van de andere meisjes werd mijn beste vriendin. Ze heette Litane. Ze was heel lief en mooi, maar ze miste haar moeder en ze haatte wat we met de mannen moesten doen. Op een nacht vluchtte ze uit de tempel. Ze had me verteld wat ze van plan was en ik probeerde haar tegen te houden, maar ze was vastbesloten. De volgende ochtend legden de priesteressen haar dode lichaam op het altaar. Als waarschuwing moesten we er allemaal langslopen. Ze vertelden ons dat de trogs haar in het bos te pakken hadden gekregen. Toen ze op het altaar lag, was Litane niet mooi meer.'

Ze lieten haar een poosje huilen en toen zei Meren: 'Vertel ons eens over Onka.'

'Onka is een edelman. Heer Aquer is zijn oom. Hij is ook het hoofd van Aquers spionnen. Om deze redenen geniet hij speciale privileges. Ik beviel hem. Vanwege zijn positie mocht hij me meer dan één keer bezoeken. Daarna stonden ze hem toe om me uit de tempel mee te nemen om als huisslavin bij hem te gaan wonen. Ik was een beloning voor de diensten die hij de staat had bewezen. Wanneer hij dronken was, sloeg hij me. Hij schepte er genoegen in om me pijn te doen. Zijn ogen glinsterden dan en hij glimlachte wanneer hij me mishandelde. Toen Onka een dag weg was om zijn militaire plicht te doen, kwam er in het geheim een vrouw bij me. Ze vertelde me dat ze in een grote bibliotheek in de Wolkentuinen werkte. Ze vertelde me wat er gebeurde met de meisjes die de berg op gebracht werden. Ze werden niet verheven door de godin. Hun baby werd, lang voordat hij voldragen was, uit hun baarmoeder gesneden en als voedsel aan de godin gegeven. Daarom staat de godin in het geheim bekend als de Verslindster van Baby's.'

'Wat gebeurde er met de meisjes die de baby's ter wereld brachten?'

'Ze verdwenen,' zei Sidudu simpelweg. Ze snikte weer. Ik hield van sommigen van de meisjes die verdwenen zijn en er zijn nog anderen in de tempel van wie ik ook houd. Zij zullen ook de berg opgaan wanneer ze een baby in hun buik hebben.'

'Rustig maar, Sidudu,' zei Fenn. 'Dit is allemaal te erg om te vertellen.'

'Nee, Fenn, laat het arme kind praten,' kwam Meren tussenbeide. 'Wat ze zegt, maakt me razend. De Jarrianen zijn monsters. Mijn woede bewapent me tegen hen.'

'Wil je me dan helpen om mijn vriendinnen te bevrijden, Meren?' Sidudu keek hem aan met meer dan vertrouwen in haar grote, donkere ogen.

'Ik zal alles doen wat je van me vraagt,' antwoordde hij onmiddellijk. 'Maar vertel me meer over Onka. Hij zal de eerste zijn die mijn wraak zal voelen.'

'Ik dacht dat hij me zou beschermen. Ik dacht dat ik nooit naar de berg gestuurd zou worden als ik bij hem bleef. Maar nog niet zo lang geleden kwam dokter Hannah me op een dag onderzoeken. Ik verwachtte haar niet, maar ik wist wat haar bezoek betekende. Toen ze klaar was, zei ze niets, maar ik zag dat ze Onka aankeek en knikte. Het was genoeg. Toen wist ik dat ik de berg op gebracht zou worden wanneer de baby in me groter zou zijn. Een paar dagen later had ik een andere bezoekster. Ze kwam me in het geheim bezoeken toen Onka met kolonel Tinat in Tamafupa was. Ze was de vrouw van Bilto. Ze vroeg me of ik wilde samenwerken met de immigranten die uit Jarri wilden vluchten. Ik stemde natuurlijk in en toen ze me dat vroegen, heb ik Onka een drankje gegeven dat hem ziek maakte. Daarna verdacht Onka me. Hij behandelde me nog wreder en ik wist dat hij me snel naar de tempel zou terugsturen. Toen hoorde ik dat de Magiër in Mutangi was. Ik dacht dat hij Onka's baby zou kunnen weghalen en ik besloot alles te riskeren om hem te vinden. Ik vluchtte, maar de trogs kwamen achter me aan. Toen heb je me gered.'

'Het is een verschrikkelijk verhaal,' zei Fenn. 'Je hebt veel geleden.'

'Ja, maar niet zoveel als de meisjes die nog in de tempel zijn,' bracht Sidudu hun in herinnering.

'We zullen hen redden,' flapte Meren er impulsief uit. 'Wanneer we uit Jarri vluchten, zullen die meisjes bij ons zijn, dat zweer ik!'

'O, Meren, ik heb er nooit van durven dromen dat ik iemand als jij zou leren kennen, iemand die zo dapper en nobel is.'

Daarna herstelde Sidudu snel. De band tussen Fenn en haar werd met de dag sterker. Alle anderen, Hilto, Nakonto en Imbali, waren op haar gesteld, maar Meren meer dan de rest. Met hulp van Bilto en de andere dorpelingen van Mutangi konden ze overdag aan het huis ontsnappen om tijd in het bos door te brengen. Meren en Hilto bleven Fenn in boogschieten trainen en al snel nodigden ze Sidudu uit om mee te doen. Meren maakte een boog voor haar die hij nauwkeurig aanpaste aan haar kracht en de spanwijdte van haar armen. Sidudu was weliswaar klein en tenger, maar ze was verrassend sterk en ze had een aangeboren aanleg voor boogschieten. Meren zette op een open plek in het bos een doelwit voor hen op en de meisjes schoten met vriendschappelijke rivaliteit tegen elkaar.

'Stel je maar voor dat Onka's hoofd het doelwit is,' zei Fenn tegen haar en daarna miste ze zelden. Haar armen werden sterker en ze ontwikkelden zich zo snel dat Meren een nieuwe boog voor haar moest maken waar een grotere spanning op stond. Na veel toegewijde oefening kon ze een pijl afschieten op een doelwit dat op een afstand van tweehonderd passen stond.

Meren, Hilto en Nakonto waren allemaal verstokte gokkers en ze wedden op de meisjes wanneer ze tegen elkaar schoten. Ze spoorden hun favoriete aan en marchandeerden erover op welke afstand Sidudu van het doelwit mocht staan. Omdat Fenn al veel langer met de boog schoot dan Sidudu lieten ze haar vanaf een grotere afstand schieten. In het begin was dit vijftig passen verder, maar naarmate Sidudu beter ging schieten, werd de afstand korter.

Op een ochtend hielden ze weer een toernooi op de open plek, waarbij Meren en Sidudu tegen Hilto en Fenn schoten. De competitie was fel en de spot ruw toen een vreemdeling op een vreemd paard tussen de bomen uit kwam rijden. Hij was gekleed als een landarbeider, maar hij reed als een krijger. Op een zacht bevel van Meren zetten ze nieuwe pijlen op hun boog en hielden ze zich gereed om zich te verdedigen. Toen de vreemdeling zag wat ze van plan waren, toomde hij in en trok de hoofddoek weg die zijn gezicht bedekte.

'Bij Seths met stront besmeurde billen!' riep Meren uit. 'Het is Tinat.' Hij rende naar voren om hem te begroeten. 'Er is iets mis. Wat is het? Vertel het me onmiddellijk.'

'Ik ben blij dat ik jullie gevonden heb,' zei Tinat. 'Ik kom jullie waarschuwen dat jullie in groot gevaar zijn. De oligarchen hebben ons allemaal gedagvaard om voor hen te verschijnen. Onka en zijn mannen zijn overal op zoek naar ons. Op dit moment doorzoeken ze alle huizen in Mutangi.'

'Wat betekent dat?' vroeg Meren.

'Maar één ding,' antwoordde Tinat somber. 'We staan onder verdenking. Ik denk dat Onka me ervan beschuldigd heeft dat ik een verrader ben en dat ben ik naar Jarriaanse maatstaven natuurlijk ook. Hij heeft de lijken van de trogs gevonden die jullie hebben gedood toen jullie Sidudu redden. Hij is daar woedend om en hij is ervan overtuigd dat jullie haar verborgen houden.'

'Wat voor bewijs heeft hij?'

'Dat heeft hij niet nodig. Hij is nauw verwant aan Heer Aquer. Zijn woord is genoeg om ons allemaal te laten veroordelen,' antwoordde Tinat. 'Het vonnis van de oligarchen staat vast. We zullen onder marteling ondervraagd worden. Als we dat overleven, worden we naar de mijnen of de steengroeven gestuurd... of erger.'

'Dus nu zijn we allemaal vluchtelingen.' Het vooruitzicht leek Meren geen zorgen te baren. 'In elk geval weten we nu waar we aan toe zijn. Ze houden de schijn niet langer op.'

'Ja,' beaamde Tinat. 'We zijn vogelvrij verklaarden. Jullie kunnen niet naar Mutangi terugkeren.'

'Natuurlijk niet,' zei Meren. 'Er is daar niets wat we nodig hebben. We hebben de paarden en onze wapens. We moeten de bossen in vluchten. Terwijl we wachten tot Taita uit de Wolkentuinen terugkomt, zullen we de laatste voorbereidingen treffen voor onze vlucht uit dit vervloekte land en onze terugkeer naar Egypte.'

'We moeten direct vertrekken,' stemde Tinat in. 'We zijn veel te dicht bij Mutangi. Er zijn in de afgelegen heuvels veel plaatsen waar we ons kunnen verbergen. Als we flink doorrijden, zal Onka ons moeilijk kunnen inhalen.' Ze stegen op en reden naar het oosten. Laat in de middag hadden ze dertig kilometer afgelegd. Toen ze de uitlopers van de bergketen beneden de Kitangule-pas beklommen, kwam een grote kudde grijze antilopen met schroefvormige hoorns en grote oren uit hun dekking tevoorschijn en rende voor hen langs. Ze zwaaiden direct hun boog van hun schouder en zetten de achtervolging in. Fenn, die Wervelwind bereed, haalde de dieren als eerste in en ze schoot een dik vrouwtje zonder hoorns dood.

'Genoeg!' riep Meren. 'Er zit genoeg vlees aan dit dier om er dagen mee te kunnen doen.' Ze lieten de rest van de kudde ontsnappen en stegen af om de dode antilope te slachten. Toen de zon onderging, leidde

Sidudu hen naar een stroom met helder, zoet water. Ze sloegen hun bivak ernaast op en roosterden voor hun avondmaaltijd antilopenkoteletten boven de kolen van het vuur.

Terwijl ze de botten afkloven, bracht Tinat bij Meren verslag uit over de meest recente inventarisatie van de strijdkrachten die trouw waren aan de zaak van de immigranten. 'Mijn eigen regiment is de Rode Standaard en alle officieren en manschappen zullen naar ons overlopen wanneer ik hen te wapen roep. Ik kan ook rekenen op twee divisies van de Gele Standaard die onder bevel staat van mijn collega, kolonel Sangat. Hij is een van ons. Dan zijn er nog drie divisies die verantwoordelijk zijn voor de bewaking van de gevangenen die in de mijnen werken. Ze weten uit eigen ervaring hoe wreed en onmenselijk de gevangenen behandeld worden. Ze wachten op mijn orders. Zodra we met de strijd beginnen zullen ze de gevangenen vrijlaten en bewapenen en hen zo snel mogelijk bij ons brengen.' Vervolgens bespraken ze waar het verzamelpunt moest zijn en besloten uiteindelijk dat elke eenheid zich op eigen houtje naar de Kitangule-pas moest begeven waar ze allemaal samen zouden komen.

'Hoe groot is de strijdmacht die de Jarrianen tegen ons kunnen inzetten?' vroeg Meren.

'Hoewel ze tien keer zo veel manschappen op de been kunnen brengen als wij, zal het de oligarchen vele dagen kosten om hun troepen te verzamelen en tegen ons te laten optrekken. Zolang we het verrassingselement aan onze kant hebben en een voorsprong op onze achtervolgers houden, zal onze strijdmacht sterk genoeg zijn om een achterhoedegevecht te leveren tot aan de scheepswerven aan het begin van de Kitangule-rivier. Wanneer we daar aankomen, zullen we de vaartuigen die we nodig hebben confisqueren. Wanneer we eenmaal op de rivier zijn, zullen we gemakkelijk stroomafwaarts naar het grote Nalubaalemeer kunnen varen.' Hij zweeg en keek Meren sluw aan. 'We kunnen binnen tien dagen gereed zijn om te vertrekken.'

'We kunnen niet zonder de Magiër Taita vertrekken,' zei Meren snel.

'Taita is één man,' bracht Tinat naar voren. 'Honderden van onze mensen zijn in gevaar.'

'Het zal u zonder hem niet lukken,' zei Meren. 'Zonder zijn krachten zullen u en al uw mensen verdoemd zijn.'

Tinat dacht daarover na, fronste stuurs zijn voorhoofd en trok aan zijn stoppelbaard. Toen leek hij tot een conclusie te komen. 'We kunnen niet eeuwig op hem wachten. Als hij nu al dood is? Ik kan het risico niet nemen.'

'Kolonel Tinat!' barstte Fenn uit. 'Wilt u dan in elk geval tot de oogstmaan op Taita wachten?'

Tinat staarde haar aan en knikte toen bruusk. 'Maar niet langer. Als de magiër daarvoor niet van de berg af is gekomen, kunnen we er zeker van zijn dat hij dat nooit meer zal doen.'

'Dank u, kolonel. Ik bewonder uw moed en gezonde verstand.' Fenn glimlachte lief naar hem. Hij mompelde verlegen iets en keek in de vlammen. Ze ging meedogenloos verder. 'Weet u van de meisjes in de Tempel der Liefde, kolonel?'

'Natuurlijk weet ik dat er tempelmeisjes zijn. Wat is daarmee?'

Fenn keek Sidudu aan. 'Vertel hem wat je ons verteld hebt.'

Tinat luisterde met stijgende ontzetting naar Sidudu's relaas. Toen ze klaar was, keek hij somber. 'Ik had geen flauw idee dat onze jonge vrouwen aan dergelijke gruwelijkheden werden onderworpen. Natuurlijk wist ik dat sommigen van de meisjes naar de Wolkentuinen gebracht worden. Ik heb sommigen van hen zelfs geëscorteerd, maar ze gingen er gewillig heen. Ik had geen idee dat ze aan de godin geofferd werden of dat er kannibalistische rituelen op de berg werden uitgevoerd.'

'We moeten hen meenemen, kolonel. We kunnen hen niet aan de Jarrianen overlaten,' zei Meren. 'Ik heb al een eed gezworen dat ik alles zal doen wat in mijn vermogen ligt om hen te bevrijden en mee te nemen wanneer we uit Jarri vluchten.'

'Dan zweer ik hier en nu dezelfde eed,' grauwde Tinat. 'Ik zweer in de naam van alle goden dat ik dit land niet zal verlaten voordat we deze jonge vrouwen bevrijd hebben.'

'Als we moeten wachten tot de oogstmaand, hoeveel meer zullen er dan daarvoor de berg op gestuurd worden?' vroeg Fenn.

De mannen vielen stil door haar vraag.

'Als we te snel handelen, verliezen we het verrassingselement. De Jarrianen zullen dan onmiddellijk hun hele strijdmacht op ons afsturen. Wat stel je voor, Fenn?' Het was Tinat die de stilte verbrak.

'Alleen de zwangere meisjes worden de berg op gestuurd,' zei Fenn.

'Ik weet uit eigen waarneming dat dat waar is,' gaf Tinat toe. 'Maar wat hebben we aan die kennis? We kunnen niet voorkomen dat ze zwanger worden als zo veel mannen hun gang met hen gaan.'

'Misschien kunnen we dat niet voorkomen, zoals u zegt, maar we kunnen er wel voor zorgen dat de foetus niet doorgroeit.'

'Hoe dan?' vroeg Meren.

'Zoals Taita bij Sidudu heeft gedaan, met een drankje dat een miskraam veroorzaakt.' De mannen dachten na over wat Fenn had gezegd tot Meren zei: 'Taita's dokterstas ligt in het huis in Mutangi. We kunnen niet terugkeren om hem te halen.'

'Ik weet welke kruiden hij gebruikt om het drankje te maken. Ik heb hem geholpen om ze te verzamelen.'

'Hoe wil je dat medicijn bij de vrouwen brengen?' vroeg Tinat. 'Ze worden bewaakt door trogs.'

'Sidudu en ik brengen het naar de tempel en vertellen de meisjes hoe ze het moeten gebruiken.'

'Maar de trogs en de priesteressen – hoe wil je die omzeilen?'

'Op dezelfde manier waarop we Sidudu voor Onka verborgen hebben,' antwoordde Fenn.

'Dat begrijp ik niet,' zei Tinat. 'Waar hebben jullie het over?'

'Fenn is de leerlinge van de magiër,' verklaarde Meren. 'Hij heeft haar ingewijd in enkele van de esoterische kunsten en ze is daarin vergevorderd. Ze kan zichzelf en anderen verbergen achter een mantel van onzichtbaarheid.'

'Dat geloof ik niet,' verklaarde Tinat.

'Dan zal ik het demonstreren,' zei Fenn. 'Ga alstublieft weg bij het vuur en wacht achter dat bosje bomen tot Meren u roept.' Fronsend en mopperend stond Tinat op en beende het donker in. Binnen een paar minuten riep Meren hem en toen Tinat terugkwam, zag hij dat Meren alleen was.

'Goed, kolonel Cambyses,' bromde Tinat. 'Waar zijn ze?'

'Binnen tien passen van u vandaan,' zei Meren. Tinat kreunde en liep langzaam om het vuur heen terwijl hij naar links en rechts tuurde tot hij weer aankwam op de plek waar hij begonnen was.

'Niets,' zei hij. 'Vertel me nu maar waar ze zich verbergen.'

'Recht voor u.' Meren wees.

Tinat tuurde ingespannen naar de plek die Meren had aangewezen en schudde toen zijn hoofd. 'Ik zie niets...' begon hij. Toen deinsde hij terug en slaakte een verbaasde kreet. 'Osiris en Horus, dat is hekserij!' De twee meisjes zaten precies op dezelfde plek waar hij hen voor het laatst had gezien. Ze hielden elkaars hand vast en glimlachten naar hem.

'Ja, kolonel, maar het stelt niet veel voor. De trogs zullen veel gemakkelijker te misleiden zijn dan u,' zei Fenn, 'want het zijn beesten met een beperkte intelligentie, terwijl u een getrainde militair met een superieure geest bent.' Tinat was ontwapend door het compliment.

Ze is echt een heks. Tinat is geen partij voor haar, dacht Meren en hij glimlachte inwendig. Als ze zou willen, zou ze hem op zijn hoofd kunnen laten staan en door zijn aars laten fluiten.

Ze konden de Tempel der Liefde te paard niet te dicht benaderen. In tegenstelling tot Taita beheerste Fenn de kunst niet goed genoeg om een grote groep mannen en paarden te kunnen verbergen. Ze lieten de paarden, verstopt in een dicht groepje bomen, bij Meren en Nakonto achter en de twee meisjes gingen alleen te voet verder. Sidudu had vier linnen zakjes met kruiden onder haar rok om haar middel gebonden.

Ze klommen door het bos omhoog tot ze de top van een heuvel bereikten en in het dal erachter konden kijken. De tempel stond aan het uiteinde ervan. Het was een groot, sierlijk, uit geel zandsteen opgetrokken gebouw dat omringd was door gazons en waterpoelen waarin de bladeren van reusachtige waterlelies dreven. Ze hoorden vage geluiden en zagen een groep vrouwen die zich op de oever van de grootste poel vermaakten. Sommigen zaten zingend en in hun handen klappend in een kring terwijl anderen op de muziek dansten.

'Dat deden we elke dag om deze tijd,' fluisterde Sidudu. 'Ze wachten tot de mannen hen komen bezoeken.'

'Zijn er meisjes bij die je herkent?' vroeg Fenn.

'Ik weet het niet zeker. We zijn nog te ver weg om dat te kunnen zien.' Sidudu schermde haar ogen met haar hand af. 'Wacht! Het meisje dat in haar eentje aan deze kant van de poel loopt – zie je haar? Dat is mijn vriendin Jinga.'

Fenn bestudeerde een slank, elegant meisje dat langs de oever van de poel liep. Ze droeg een korte chiton. Haar armen en haar lange benen waren bloot en ze had gele bloemen in haar haar. 'Hoe betrouwbaar is ze?' vroeg Fenn.

'Ze is iets ouder dan de meeste anderen en de verstandigste van hen allemaal. Ze kijken tegen haar op.'

'Laten we met haar gaan praten,' zei Fenn, maar Sidudu pakte haar bij haar arm.

'Kijk!' zei ze met trillende stem. Vlak beneden de plek waar ze op de heuveltop neerhurkten, kwam een rij ruige, zwarte gedaanten uit het bos. Ze liepen slungelig op handen en voeten en zetten zich met hun knokkels van de grond af.

'Trogs!'

De groep apen liep langs de rand van het tempelterrein rond, maar bleef uit het zicht van de meisjes op de gazons. Om de paar passen snuffelden ze met verwijde neusgaten aan de grond om de geur van vreemden of weggelopen meisjes uit de tempel te zoeken.

'Kun je onze geur maskeren?' vroeg Sidudu. 'De trogs hebben een scherpe reuk.'

'Nee,' gaf Fenn toe. 'We moeten hen langs laten lopen voordat we naar de meisjes toe gaan.' De apen bewogen zich snel voort en verdwenen tussen de bomen.

'Nu!' zei Fenn. 'Snel!' Ze pakte Sidudu's hand. 'Denk eraan dat je niet praat en blijf mijn hand vasthouden.'

Fenn sprak de toverspreuk uit en ze leidde Sidudu de helling af. Sidudu's vriendin was nog steeds alleen. Ze zat nu onder een wilg en gooide doerrakoekkruimels naar een school vissen in het water. Ze knielden met zijn tweeën naast haar neer en Fenn hief Sidudu's onzichtbaarheid op. Ze bleef zelf verborgen zodat Jinga niet van een vreemd gezicht zou schrikken. Het meisje ging zo op in het voeren van de vissen dat ze Sidudu een tijdje niet opmerkte. Toen schrok ze en ze kwam half overeind.

Sidudu legde een hand op haar arm om haar tegen te houden. 'Wees maar niet bang, Jinga.'

Het meisje staarde haar aan en glimlachte toen. 'Ik had je niet gezien, Sidudu. Waar ben je geweest? Ik heb je zo gemist. Je bent nog mooier geworden.'

'Jij ook, Jinga.' Sidudu kuste haar. 'Maar we hebben weinig tijd om te praten. Ik heb je zo veel te vertellen.' Ze bestudeerde het gezicht van het meisje en zag tot haar ontsteltenis dat de pupillen van haar ogen verwijd waren door een drankje dat ze had gekregen. 'Je moet heel goed naar me luisteren.' Sidudu praatte langzaam alsof ze het tegen een heel jong kind had.

Jinga's blik werd geconcentreerder toen tot haar doordrong wat een gruwelijke dingen Sidudu haar vertelde. Ten slotte fluisterde ze: 'Vermoorden ze onze zusters? Dat kan niet waar zijn.'

'Je moet me geloven, Jinga. Maar we kunnen iets doen om het te voorkomen. Ze vertelde haar snel over de kruiden en legde haar uit hoe ze bereid en ingenomen moesten worden. 'Ze brengen alleen de zwangere meisjes de berg op. Het medicijn heeft mijn baby afgedreven. Je moet het aan iedereen geven die gevaar loopt.' Sidudu tilde haar rok op en maakte de zakjes los die ze om haar middel had gebonden. 'Verberg deze goed. Zorg dat de priesteressen ze niet vinden. Zodra een meisje door dokter Hannah uitgekozen wordt om de berg op te gaan om door de godin verheven te worden, moet je haar het drankje geven. Dit is het enige wat hen kan redden.'

'Ik ben al uitgekozen,' fluisterde Jinga. 'De dokter is vier dagen geleden bij me gekomen en ze heeft me verteld dat ik de godin binnenkort zou ontmoeten.'

'O, arme Jinga! Dan moet je het drankje nog vanavond innemen, zodra je alleen bent,' zei Sidudu. Ze omhelsde haar vriendin weer. 'Ik kan niet langer bij je blijven, maar ik kom snel met een groep goede mannen terug om je te redden. We zullen jou en de anderen meenemen naar een ander land waar we veilig zullen zijn. Zorg ervoor dat ze gereed zijn om te vertrekken.' Ze liet Jinga los. 'Verberg de kruiden goed. Ze zullen je leven redden. Ga nu en kijk niet om.'

Zodra Jinga hun de rug toegekeerd had, spreidde Fenn de mantel van onzichtbaarheid weer over Sidudu uit. Jinga had nog geen twintig passen gelopen toen ze over haar schouder keek. Ze verbleekte toen ze zag dat Sidudu verdwenen was. Ze wist zich met moeite te vermannen en liep over de gazons weg naar de tempel.

Fenn en Sidudu liepen terug door het bos. Toen ze halverwege de heuvel waren, stapte Fenn van het pad af en bleef doodstil staan. Ze durfde niets te zeggen, maar kneep stevig in Sidudu's hand om haar te waarschuwen dat ze de betovering intact moest houden. Terwijl ze hun adem inhielden, zagen de meisjes een paar enorme, zwarte trogs die over het pad hun kant uit sjokten. De apen zwaaiden hun kop naar links en rechts om de struiken aan weerszijden van het pad te doorzoeken en hun ogen bewogen zich snel heen en weer onder hun borstelige wenkbrauwen. Het mannetje was de grootste van de twee, maar het vrouwtje dat hem volgde, leek waakzamer en agressiever. Toen ze op gelijke hoogte met de meisjes kwamen, leek het er even op dat ze door zouden lopen. Toen bleef het vrouwtje abrupt staan, hief haar snuit, sperde haar

367

neusgaten open en snoof luidruchtig de lucht op. Het mannetje volgde haar voorbeeld en ze begonnen allebei zachtjes, maar gretig te grommen. Het mannetje gaapte zodat zijn vervaarlijke tanden zichtbaar werden en klapte toen zijn bek dicht. Ze waren zo dichtbij dat Fenn hun stinkende adem kon ruiken. Ze voelde Sidudu's hand in de hare trillen en ze kneep er weer in om haar te bemoedigen. De beide trogs hupten voorzichtig naar de plek waar ze stonden toe, terwijl ze nog steeds de lucht opsnoven. Het vrouwtje liet haar kop zakken en rook aan de grond waarover de meisjes gelopen hadden. Ze schuifelde langzaam naar hen toe en volgde hun geur. Sidudu beefde van angst en Fenn voelde dat ze in totale paniek begon te raken en dat ze zich niet lang meer zou kunnen beheersen. Ze maakte gebruik van haar training en zond golven psychische kracht naar haar uit om haar te kalmeren, maar nu was de zoekende snuit van de aap maar een klein stukje van de neus van Sidudu's sandaal verwijderd. Sidudu begon te plassen van angst. De urine liep langs haar benen en de trog gromde weer toen ze die rook. De apin maakte aanstalten om naar voren te springen, maar op dat moment ritselden de struiken doordat een kleine antilope erin vluchtte. De mannetjestrog brulde woest en rende achter het dier aan. Het vrouwtje volgde hem direct en liep zo dicht langs Sidudu dat ze bijna langs haar streek. Terwijl de apen door het kreupelhout raasden, zakte Sidudu tegen Fenn aan ineen en ze zou op de grond gevallen zijn als Fenn haar niet vastgegrepen had. Fenn hield haar dicht tegen zich aangedrukt en leidde haar langzaam naar de top van de heuvel waarbij ze erop lette dat ze hun onzichtbaarheid niet verbrak voordat ze uit het zicht van de tempel waren. Toen renden ze naar de plek waar Meren en Nakonto met de paarden wachtten.

Z e sliepen geen twee nachten in hetzelfde bivak. Samen kenden Tinat en Sidudu alle achterafweggetjes en verborgen paden door het bos, dus reisden ze snel en heimelijk. Ze meden de veel bereisde wegen en legden tussen hun kampen in grote afstanden af.

Ze gingen van dorp naar dorp en ontmoetten lokale magistraten en hoofdmannen die sympathisanten waren. Het waren allemaal immigranten en de meeste dorpelingen waren hun trouw. Ze zorgden voor voedsel en veilig onderdak voor de vluchtelingen. Ze hielden de wacht om hen voor Jarriaanse patrouilles te kunnen waarschuwen.

In elk dorp hielden Meren en Tinat krijgsraad.

'We gaan terug naar ons eigen Egypte!' zeiden ze tegen de magistraten en de hoofdmannen. 'Zorg dat uw mensen gereed zijn op de avond van de oogstmaan.'

Tinat keek rond naar de kring van gezichten die in het licht van het vuur gloeiden van opgetogenheid en opwinding. Hij wees op de kaart die hij voor zich had uitgespreid. 'Dit is de route die jullie moeten volgen. Bewapen jullie mannen met de wapens die jullie beschikbaar hebben. Jullie vrouwen moeten voedsel, warme kleding en dekens voor jullie gezinnen verzamelen, maar breng niets mee wat jullie niet kunnen dragen. Het zal een lange, zware tocht worden. Jullie eerste verzamelpunt zal hier zijn.' Hij wees het op de kaart aan. 'Trek er snel heen. Er zullen verkenners op jullie wachten. Zij zullen meer wapens voor jullie mannen hebben en jullie naar de Kitangule-pas brengen. Dat zal de hoofdverzamelplaats voor al onze mensen zijn. Wees discreet en voorzichtig. Vertel alleen degenen die jullie kunnen vertrouwen over onze plannen. Jullie weten uit bittere ervaring dat de spionnen van de oligarchen overal zijn. Vertrek niet voor de afgesproken tijd, tenzij jullie directe orders van kolonel Cambyses of mij ontvangen.' Voor zonsopgang reden ze verder. De commandanten van de afgelegen garnizoenen en militaire forten waren bijna uitsluitend Tinats mannen. Ze luisterden naar zijn bevelen, deden enkele suggesties en stelden een paar vragen. 'Stuur ons de marsorder. We zullen klaar zijn,' zeiden ze.

De drie grootste mijnen waren in de zuidelijke uitlopers van de bergen. In de grootste van de drie zwoegden duizenden slaven en gevangenen om het rijke zilvererts op te graven. De commandant van de gardisten was een van Tinats mannen. Hij wist Tinat en Meren, gekleed als werklieden, de slavenbarakken en de gevangeniscomplexen binnen te loodsen. De gevangenen hadden zichzelf georganiseerd in geheime cellen die hun eigen leiders kozen. Tinat kende de meeste van deze leiders goed: voor hun arrestatie en opsluiting waren ze zijn vrienden en kameraden geweest. Ze luisterden met vreugde naar zijn bevelen.

'Wacht op de oogstmaan,' zei hij tegen hen. 'De gardisten staan aan onze kant. Op de afgesproken tijd zullen ze de poorten openzetten en jullie bevrijden.'

De andere mijnen waren kleiner. De ene produceerde koper en zink, de legering die ze nodig hadden om van koper brons te maken. De kleinste van allemaal was de rijkste. Hier bewerkten de slaven een dikke goud bevattende kwartslaag die zo rijk was dat klompen puur goud in het licht van de mijnwerkerslampen glinsterden.

'We hebben vijftien wagenladingen puur goud in de smelterij opgeslagen,' vertelde de hoofdingenieur Tinat.

'Laat het achter!' beval Meren bruusk.

Tinat knikte. 'Ja! Laat het goud achter.'

'Maar het is een enorme schat!' protesteerde de ingenieur.

'Vrijheid is een nog grotere schat,' zei Meren. 'Laat het goud achter. Het zal onze snelheid vertragen en we kunnen de wagens beter gebruiken. We kunnen er de vrouwen, kinderen en mannen mee vervoeren die te zwak of te ziek zijn om te lopen.'

H et was nog twintig dagen voor de oogstmaan toen de oligarchen toesloegen. Duizenden immigranten waren al op de hoogte van de geplande exodus, dus er brandde een heldere vlam in heel Jarri. Het was onvermijdelijk dat de spionnen de rook ervan zouden opmerken. De oligarchen stuurden kapitein Onka met tweehonderd man naar Mutangi, het dorp waaruit de geruchten afkomstig waren.

Ze omsingelden het 's nachts en namen alle bewoners gevangen. Onka ondervroeg hen een voor een in de hut van de dorpsraad. Hij gebruikte de zweep en het brandijzer. Hoewel acht mannen tijdens de ondervraging overleden en vele anderen blind gemaakt of verminkt werden, kwam hij heel weinig te weten. Toen begon hij aan de vrouwen. Bilto's jongste vrouw was de moeder van een tweeling, een jongen en een meisje van vier jaar. Toen ze weigerde Onka's vragen te beantwoorden, dwong hij haar toe te kijken terwijl hij haar zoon onthoofdde. Daarna gooide hij het afgehakte hoofd van haar zoon voor haar voeten en tilde zijn zusje aan haar haren op. Hij liet het schreeuwende en kronkelende meisje voor het gezicht van haar moeder bungelen. 'Je weet dat ik niet bij je ene jong zal stoppen,' zei hij en hij prikte met de punt van zijn dolk in de wang van het meisje. Toen ze het uitgilde van de pijn stortte haar moeder in. Ze vertelde Onka alles wat ze wist en dat was heel veel.

Onka beval zijn mannen om alle dorpelingen, met inbegrip van Bilto, zijn vrouwen en hun overlevende dochtertje, in de raadshut, die een rieten dak had, bijeen te drijven. Ze vergrendelden de deuren en de ramen en staken toen het rieten dak in brand. Terwijl zijn oren nog tuitten van het geschreeuw in de brandende hut steeg Onka op en reed als een bezetene naar de citadel om bij de oligarchen verslag uit te brengen.

Twee van de dorpelingen waren in de bergen aan het jagen. Vanuit de verte zagen ze de slachting en ze gingen Tinat en Meren vertellen dat ze verraden waren. Ze renden de hele weg naar de plek waar de groep zich schuilhield, een afstand van bijna dertig kilometer.

Toen Tinat naar de mannen geluisterd had, aarzelde hij niet. 'We kunnen niet op de oogstmaan wachten. We moeten onmiddellijk vertrekken.'

'Taita!' riep Fenn smartelijk uit. 'U hebt beloofd dat u op hem zou wachten.'

'Je weet dat ik dat niet kan doen,' antwoordde Tinat. 'Zelfs kolonel Cambyses zal met me eens zijn dat ik niet mag wachten.'

Meren knikte onwillig. 'Kolonel Tinat heeft gelijk. Hij kan niet wachten. Hij moet met de mensen vluchten. Taita zou dat ook gewild hebben.'

'Ik ga niet met u mee,' riep Fenn. 'Ik wacht tot Taita terugkomt.'

'Ik blijf ook,' zei Meren tegen haar, 'maar de anderen moeten onmiddellijk vertrekken.'

Sidudu pakte Fenns hand vast. 'Jij en Meren zijn mijn vrienden. Ik ga ook niet mee.'

'Jullie zijn dappere meisjes,' zei Tinat, 'maar gaan jullie nog naar de Tempel der Liefde om onze jonge vrouwen daar weg te halen?'

'Natuurlijk,' riep Fenn uit.

'Hoeveel mannen hebben jullie nodig om mee te gaan?'

'Tien is genoeg,' zei Meren. 'We hebben ook reservepaarden voor de tempelmeisjes nodig. We zullen hen bij de eerste rivieroversteek op de weg naar Kitangule bij jullie brengen. Daarna gaan we terug om op Taita te wachten.'

Ze reden het grootste deel van de nacht door, Fenn en Sidudu voorop en Meren vlak achter hen op Windrook. Bij het eerste ochtendlicht, nog voor zonsopgang, bereikten ze de heuveltop en keken neer op de Tempel der Liefde, die in het dal beneden hen stond.

'Wat is de ochtendroutine in de tempel?' vroeg Fenn.

'Voor zonsopgang brengen de priesteressen de meisjes naar de tempel om tot de godin te bidden. Daarna gaan ze naar de eetzaal om te ontbijten.'

'Zijn ze dan nu in de tempel?' zei Meren.

'Bijna zeker,' zei Sidudu.

'En hoe zit het met de trogs?'

'Dat weet ik niet zeker, maar ik denk dat ze op het tempelterrein en in het bos patrouilleren.'

'Zijn er ook priesteressen die vriendelijk tegen de meisjes waren? Zitten er ook goede vrouwen tussen?'

'Niet een!' zei Sidudu bitter. 'Ze zijn allemaal wreed en genadeloos. Ze behandelen ons als gekooide dieren. Ze dwingen ons om ons te onderwerpen aan de mannen die op bezoek komen en sommige van de priesteressen gebruiken ons voor hun eigen smerige genoegens.'

Fenn keek Meren aan. 'Wat zullen we met hen doen?'

'We doden iedereen die ons tegenwerkt.'

Ze trokken hun zwaard en reden in een gesloten formatie verder zonder dat ze moeite deden om te verbergen dat ze in aantocht waren. De trogs waren nergens te zien en Sidudu leidde hen rechtstreeks naar de tempel die los van het hoofdgebouw stond. Ze reden er snel naartoe en stopten voor de houten deuren. Meren sprong van zijn paard en probeerde de deuren te openen, maar ze waren vanbinnen vergrendeld.

'Beuken!' schreeuwde hij tegen de mannen en ze vormden een falanx. Op zijn volgende bevel hieven ze hun schild en ramden ze de deur die direct opensprong. De meisjes zaten op een kluitje op de vloer van het schip terwijl vier priesteressen in zwarte gewaden de wacht hielden. Een van hen was een lange vrouw van middelbare leeftijd met een hard, door de pokken geschonden gezicht. Ze bracht de gouden talisman die ze in haar rechterhand had omhoog en wees ermee naar Meren.

'Pas op!' schreeuwde Sidudu. 'Dat is Nongai, een machtige tovenares. Ze kan je met haar magie doden.'

Fenn had al een pijl op haar boog gezet en ze aarzelde niet. Ze spande de boog en schoot de pijl in één vloeiende beweging af. De pijl suisde door het hele schip en trof Nongai midden in de borst. De talisman vloog uit haar hand en ze zakte op de stenen vloer in elkaar. De andere drie priesteressen schoten uiteen als een zwerm kraaien. Fenn schoot nog twee pijlen af en doodde ze allemaal behalve de laatste die de kleine deur achter het altaar wist te bereiken. Terwijl ze hem opentrok, schoot Sidudu een pijl tussen haar schouderbladen. De vrouw gleed langs de muur naar beneden en liet een spoor van bloed op het metselwerk achter. De meeste tempelmeisjes schreeuwden. De anderen hadden hun chiton over hun hoofd getrokken en zaten in een doodsbange groep ineengedoken.

'Praat tegen hen, Sidudu,' beval Meren. 'Kalmeer hen.'

Sidudu rende naar de meisjes toe en trok er een paar overeind.

'Ik ben het, Sidudu. Jullie hebben niets te vrezen. Dit zijn goede mannen en ze zijn hier om jullie te redden.' Ze ontdekte Jinga tussen de andere meisjes. 'Help me, Jinga! Help me om hen bij zinnen te brengen!'

'Breng hen naar de paarden en laat hen opstijgen,' zei Meren tegen Fenn. 'We kunnen elk moment door de trogs aangevallen worden.'

Ze sleepten de meisjes door de deur naar buiten. Sommigen huilden en jammerden nog en moesten letterlijk op de zadels gegooid worden. Meren had geen medelijden met hen en Fenn sloeg er een met haar vlakke hand in het gezicht en schreeuwde tegen haar: 'Kom overeind, dom kind, of we laten je achter voor de trogs.'

Toen ze eindelijk allemaal opgestegen waren, schreeuwde Meren: 'Voorwaarts in galop!' en hij raakte Windrooks flanken met zijn hielen aan. Hij had twee meisjes achter zich op Windrooks rug. Nakonto en Imbali hingen aan Fenns stijgbeugels en ze voerde hen mee. Sidudu had Jinga achter zich en een van de andere meisjes zat voor haar. Alle andere paarden droegen minstens drie meisjes. Zwaarbeladen galoppeerden ze dicht bij elkaar over de tempelgazons in de richting van de heuvels en de weg naar Kitangule.

Toen ze het pad door het bos bereikten, wachtten de trogs op hen. Vijf van de grote apen waren in de bomen geklommen en lieten zich op de paarden vallen toen ze onder hen langskwamen. Tegelijkertijd kwamen andere apen brullend uit het struikgewas rennen. Ze sprongen naar de ruiters op en hapten met hun sterke kaken naar de benen van de paarden.

Nakonto had een korte speer in zijn rechterhand en doodde drie van de beesten met evenveel snelle steken. Imbali's bijl zoefde en suisde door de lucht terwijl ze er nog twee doodde. Meren en Hilto hakten en staken met hun zwaard en de cavaleristen die hen volgden, gaven hun paarden de sporen en wierpen zich in de strijd. Maar de trogs waren onbevreesd en vastberaden en het gevecht was fel. Zelfs wanneer ze ernstig gewond of stervende waren, probeerden ze zich nog naar de vijand toe te slepen. Twee van hen vielen Windrook aan en probeerden in haar achterhand te bijten. De grijze merrie trapte twee keer krachtig naar achteren. De eerste verbrijzelde de schedel van de ene en de tweede raakte de andere onder de kaak waardoor zijn nek brak.

Een van de tempelmeisjes werd van Hilto's paard getrokken en haar keel werd in één keer doorgebeten voordat Hilto het beest de schedel kon inslaan. Tegen de tijd dat Nakonto de laatste trog met zijn speer had gedood, waren veel van de paarden gebeten en een ervan was zo zwaar gewond dat Imbali het met een bijlslag door zijn schedel uit zijn lijden moest verlossen.

Ze formeerden zich weer en reden het dal uit. Toen ze de tweesprong in het pad bereikten, sloegen ze af naar het oosten, naar de bergen en de Kitangule-pas. Ze reden de hele nacht door en de volgende ochtend vroeg zagen ze op de vlakte voor hen een stofwolk verrijzen. Voor de middag hadden ze de staart van de lange, dichte colonne vluchtelingen bereikt. Tinat reed in de achterhoede en zodra hij hen zag, galoppeerde hij naar hen terug. 'Blij u te zien, kolonel Cambyses!' schreeuwde hij. 'Ik zie dat u onze meisjes hebt gered.'

'Degenen die het overleefd hebben,' zei Meren, 'maar ze hebben het zwaar te verduren gehad en ze zijn aan het eind van hun Latijn.'

'We vinden wel plaats voor hen in de wagens,' zei Tinat. 'Maar hoe zit het met u en uw groep? Gaat u met ons mee of bent u vastbesloten om terug te gaan en op de oude magiër te wachten?'

'U kent het antwoord al, kolonel Tinat,' zei Fenn voordat Meren kon antwoorden.

'Dan moet ik afscheid van jullie nemen. Ik dank jullie voor jullie moed en voor wat jullie voor ons gedaan hebben. Ik vrees dat we elkaar nooit meer zullen zien, maar jullie vriendschap is een grote eer voor me geweest.'

'U bent een eeuwige optimist, kolonel Tinat.' Fenn glimlachte naar hem. 'Ik garandeer u dat u niet zo gemakkelijk van ons afkomt.' Ze ging op Wervelwind naast zijn paard staan en drukte een kus op zijn wang. 'Wanneer we elkaar in Egypte weer ontmoeten, zal ik de andere kussen.' Ze liet Wervelwind keren en Tinat staarde haar in prettige verwarring na.

Ze waren nu nog maar met een klein groepje over, drie mannen en drie vrouwen. Voor één keer wilden Nakonto en Imbali liever rijden dan lopen en ze voerden allebei een reservepaard mee.

'Waar gaan we naartoe?' vroeg Fenn aan Meren terwijl ze naast hem reed.

'We rijden door tot we zo dicht mogelijk bij de bergen zijn als veilig is,' antwoordde Meren. 'Wanneer Taita komt, moeten we ons snel bij hem kunnen voegen.' Hij richtte zich tot Sidudu die aan zijn andere kant reed. 'Weet je een plaats vlak bij de bergen waar we ons kunnen verschuilen?'

Ze dacht maar heel even na. 'Ja,' antwoordde ze. 'Er is een dal waar ik altijd met mijn vader naartoe ging om paddenstoelen te plukken wanneer het daarvoor het seizoen was. We kampeerden in een grot waarvan bijna niemand af weet.'

Al snel verrezen de glanzende, witte toppen van de drie vulkanen boven de westelijke horizon. Ze reden vlak langs Mutangi en keken vanaf de lage heuvels waarin ze op de everzwijnen hadden gejaagd neer op de uitgebrande ruïnes. De geur van as en verkoolde lichamen zweefde naar hen omhoog. Niemand zei veel toen ze afsloegen en in westelijke richting verder reden naar de bergen.

Het dal waar Sidudu hen naartoe bracht, lag verscholen in de uitlopers van de bergen. Het was zo goed verborgen door bomen en aardplooien dat ze het pas zagen toen ze erin neerkeken. Er was goede weidegrond voor de paarden en een kleine bron die voldoende water gaf om in hun behoeften te voorzien. De grot was droog en warm. Sidudu's familie had in een spleet achterin een paar oude, gedeukte kookpotten en ander kookgerei en een grote stapel brandhout achtergelaten. De vrouwen bereidden het avondmaal en ze verzamelden zich allemaal om het vuur om te eten.

'Het is hier redelijk comfortabel,' zei Fenn, 'maar hoe ver zijn we verwijderd van de citadel en de weg die naar de Wolkentuinen leidt?'

'Die zijn een kilometer of tien naar het noorden,' antwoordde Sidudu.

'Mooi!' zei Meren met zijn mond vol wildstoofpot. 'Ver genoeg ervandaan om niet op te vallen, maar dichtbij genoeg om snel bij Taita te kunnen zijn wanneer hij naar beneden komt.'

'Ik ben blij dat je *wanneer* zegt en niet *als*,' merkte Fenn zachtjes op.

Ze zwegen een poosje en alleen het getinkel van de lepels in de koperen schalen was te horen.

'Hoe weten we wanneer hij komt?' vroeg Sidudu. 'Moeten we op de weg naar hem uitkijken?' Ze keken allemaal Fenn aan.

'Dat is niet nodig,' antwoordde Fenn. 'Ik zal weten wanneer hij komt. Hij zal me waarschuwen.'

Ze waren al vele maanden lang voortdurend en al rijdend en vechtend onderweg geweest. In al die tijd was dit de eerste keer dat ze een hele nacht konden slapen, al werd hun slaap onderbroken omdat ze om de beurt wachtdienst hadden. Fenn en Sidudu namen de avondwacht en toen het grote kruis van sterren in het zuiden naar de horizon dook, strompelden ze half slapend de grot binnen om Nakonto en Imbali te wekken voor de hondenwacht. Ze lieten zich op hun slaapmatten ploffen en vielen onmiddellijk in een diepe slaap.

De volgende ochtend schudde Fenn Meren voor zonsopgang wakker. Hij kwam zo wild overeind dat hij de anderen wekte en toen hij de tranen op Fenns wangen zag, greep hij zijn zwaard. 'Wat is er, Fenn? Wat is er aan de hand?'

'Niets!' riep Fenn. Toen hij beter naar haar gezicht keek, besefte hij dat ze van vreugde huilde. 'Alles is perfect. Taita leeft. Hij is vannacht bij me geweest.'

'Heb je hem gezien?' Meren pakte haar arm vast en schudde er opgewonden aan. 'Waar is hij nu? Waar is hij naartoe?'

'Hij heeft me geschouwd terwijl ik sliep. Toen ik wakker werd, heeft hij me zijn geestesteken laten zien en tegen me gezegd: *Ik zal snel bij je terugkomen, heel snel.*'

Sidudu sprong op van haar mat en omhelsde Fenn. 'O, ik ben zo blij voor je en trouwens voor ons allemaal.'

'Nu komt alles in orde,' zei Fenn. 'Taita komt terug en dan zullen we veilig zijn.'

'Ik heb eeuwenlang gewacht tot je zou komen,' zei Eos en hoewel hij wist dat ze de grote Leugen belichaamde, kon Taita er niets aan doen dat hij haar geloofde. Ze draaide zich om en liep terug de grot in. Taita probeerde zich niet te verzetten. Hij wist dat hij niets anders kon doen dan haar volgen. Ondanks alle versterkingen die hij tegen haar betoveringen had opgeworpen, wilde hij op dat moment niets liever dan haar volgen, waarheen ook.

Voorbij de ingang werd de tunnel steeds smaller tot de met mos bedekte rotswanden langs zijn schouders streken. Het bronwater dat over zijn voeten borrelde en de zoom van zijn tuniek bespatte, was ijskoud. Eos gleed voor hem uit. Onder de zwarte zijde bewogen haar heupen met een golvende beweging als een heen en weer zwaaiende cobra.

Ze verliet de stroom en liep een smalle stenen helling op. Boven aan de helling verbreedde de tunnel zich en werd een ruime doorgang. De muren waren bedekt met tegels van lapis lazuli die in bas-reliëf waren uitgesneden. De vloer was ingelegd met tijgeroog en het dak met rozenkwarts. Rotskristallen, zo groot als het hoofd van een man, stonden in armaturen aan de wanden. Wanneer Eos naderde, verspreidden ze allemaal een mysterieuze oranje gloed die de gang voor haar verlichtte. Toen ze verder liepen, werden de kristallen donker. Een paar keer zag Taita de ruige, zwarte gedaanten van apen die in het donker wegschoten en verdwenen. Geruisloos zweefden Eos' kleine, blote voeten over de goudkleurige tegels. Ze fascineerden hem en hij kon zijn ogen er niet van afhouden. Onder het lopen liet ze een exquise geur in de lucht achter. Hij genoot er intens van en herkende de geur van lelies.

Ten slotte kwamen ze in een ruime, sierlijke kamer. Hier waren de wanden van groen malachiet. Schachten in het hoge plafond moesten doorlopen tot het aardoppervlak, want het zonlicht stroomde erdoorheen naar beneden en weerkaatste met een smaragden gloed tegen de muren. Het meubilair in de kamer was van met snijwerk versierd ivoor en in het midden stonden twee lage banken. Eos liep naar de ene toe, ging zitten, vouwde haar benen onder zich en spreidde haar mantel zodat zelfs haar voeten verborgen waren. Ze gebaarde naar de bank tegenover haar. 'Maak het je alsjeblieft gemakkelijk. Je bent mijn geëerde en geliefde gast, Taita,' zei ze in het Tenmass.

Hij liep ernaartoe en ging tegenover haar zitten. De bank was bedekt met een geborduurde, zijden matras.

'Ik ben Eos,' zei ze.

'Waarom noem je me "geliefd"? Dit is onze eerste ontmoeting. Je kent me helemaal niet.'

'Ach, Taita, ik ken je even goed als je jezelf kent. Misschien zelfs beter.'

Haar lach klonk zoeter in zijn oren dan welke muziek ook. Hij probeerde zijn geest ervoor af te sluiten. 'Hoewel je woorden de rede tarten, kan ik er niet aan twijfelen. Ik accepteer dat je me kent, maar behalve je naam weet ik niets van jou,' antwoordde hij.

'We moeten eerlijk tegen elkaar zijn, Taita. Ik zal alleen de waarheid tegen je spreken. Jij moet tegen mij hetzelfde doen. Je laatste bewering was een leugen. Je weet veel van me en je hebt je meningen over me gevormd die helaas grotendeels verkeerd zijn. Het is mijn bedoeling om je te informeren en je misvattingen te corrigeren.'

'Vertel me dan waarin ik me vergist heb.'

'Je denkt dat ik je vijand ben.'

Taita zweeg.

'Ik ben je vriendin,' vervolgde Eos. 'De dierbaarste en liefste vriendin die je ooit zult hebben.'

Taita boog ernstig zijn hoofd, maar hij antwoordde niet. Hij merkte dat hij haar wanhopig graag wilde geloven. Hij moest moeite doen om zijn schild hoog te houden.

Eos vervolgde bijna direct: 'Je denkt dat ik tegen je zal liegen, dat ik al tegen je gelogen heb, zoals jij tegen mij gelogen hebt.'

Hij was blij dat hij geen aura had dat ze kon lezen, want zijn emoties laaiden hoog op.

376

'Ik heb alleen maar de waarheid tegen je gesproken. De beelden die ik je in de grot heb laten zien, waren de waarheid. Er zat geen greintje bedrog bij,' zei ze.

'Het waren krachtige beelden,' zei hij op een neutrale, vrijblijvende toon.

'Ze waren allemaal waar. Het ligt in mijn vermogen om je alles te geven wat ik je heb beloofd.'

'Waarom heb je uit de hele mensheid juist mij gekozen?'

'De hele mensheid?' riep ze minachtend uit. 'De hele mensheid betekent niet meer voor me dan de afzonderlijke termieten in een kolonie. Ze laten zich leiden door hun instinct, niet door de rede of door wijsheid, want ze leven niet lang genoeg om zich die deugden eigen te maken.'

'Ik heb wijze, geleerde mannen gekend die compassie hadden en menselijk waren,' wierp hij tegen.

'Je hebt je dat oordeel gevormd op basis van de observaties die je hebt gedaan in je eigen korte bestaan,' zei ze.

'Ik heb lang geleefd,' zei hij.

'Maar je zult niet veel langer leven,' zei ze. 'Je tijd zit er bijna op.'

'Je bent direct, Eos.'

'Zoals ik je al heb beloofd, zal ik alleen de waarheid tegen je spreken. Het menselijk lichaam is een onvolmaakt voertuig en het leven is kortstondig. Een man leeft te kort om zich echte wijsheid en echt inzicht te verwerven. Naar menselijke maatstaven ben je een Langlevende, volgens mijn berekening ben je honderdzesenvijftig jaar oud. Voor mij is dat niet veel langer dan een vlinder leeft, of de bloesem van een nachtbloeier die bij de schemering geboren wordt en voor zonsopgang sterft. Het fysieke voertuig waarin je ziel woont, zal je binnenkort in de steek laten.' Plotseling haalde ze haar rechterhand onder de zwartzijden mantel vandaan en maakte een zegenend gebaar.

Haar voeten waren al mooi, maar haar hand was exquise. Zijn adem stokte en hij voelde dat de haren op zijn onderarmen overeind gingen staan terwijl hij naar haar gracieuze gebaren keek.

'Maar voor jou hoeft dat niet zo te zijn,' zei ze zacht.

'Je hebt mijn vraag nog niet beantwoord, Eos. Waarom ik?'

'In de korte tijd dat je geleefd hebt, heb je al veel gepresteerd. Als ik je leven eeuwig verleng, zul je een intellectuele reus worden.'

'Dat verklaart nog niet alles. Ik ben oud en lelijk.'

'Ik heb al een deel van je lichaam vernieuwd,' zei ze en ze wees ernaar.

Hij lachte bitter. 'Dan ben ik nu een oude, lelijke man met een mooie, jonge pik.'

Ze lachte met hem mee, met dat vibrerende geluid. 'Wat elegant geformuleerd.' Ze trok haar hand onder de mantel terug en liet hem met een beroofd gevoel achter. Toen vervolgde ze: 'In de grot heb ik je een beeld van jezelf als jonge man laten zien. Je was mooi en dat kun je weer worden.'

'Je kunt elke mooie jongeman krijgen die je wilt. Ik twijfel er niet aan dat je er ook al veel hebt gehad,' zei hij om haar uit te dagen.

Ze antwoordde onmiddellijk eerlijk. 'Tienduizend of meer, maar ondanks hun schoonheid waren het mieren.'

'Zal ik anders zijn?'

'Ja, Taita – ja.'

'In welk opzicht?'

'Je geest,' zei ze. 'Van vleselijke hartstocht alleen raak je snel verzadigd. Een superieur intellect is eindeloos verlokkend. Een grote geest die steeds sterker wordt in een mooi, eeuwig jong lichaam: dat zijn goddelijke eigenschappen. Je bent de perfecte metgezel en partner naar wie ik eeuwenlang heb verlangd.'

Uur na uur discussieerden ze. Hoewel hij wist dat haar genialiteit koud en kwaadaardig was, vond hij die ook fascinerend en verleidelijk. Hij voelde zich geladen met energie, fysiek en intellectueel. Uiteindelijk voelde hij tot zijn ergernis de behoefte om zich even te verwijderen, maar voordat hij zich kon excuseren, zei ze: 'Er is een kamer voor je in gereedheid gebracht. Neem die deur aan je rechterkant, dan is het aan het einde van de gang.'

De kamer die ze hem gewezen had, was groot en imposant, maar hij sloeg nauwelijks acht op zijn omgeving, want zijn geest stond in brand. Hij voelde geen vermoeidheid. In een hokje was een rijk met houtsnijwerk versierd gemak met een latrine-emmer eronder waarin hij zijn behoefte deed. In een hoek stroomde geurig warm water uit een waterspuwer in een bak van rotskristal. Zodra hij zijn handen had gewassen, haastte hij zich terug naar de groene kamer, in de hoop dat Eos er nog zou zijn. Het zonlicht viel niet langer door de schachten in het dak. De avond was gevallen, maar de rotskristallen aan de muren gloeiden met een warm licht. Eos zat nog in dezelfde houding en toen hij tegenover haar ging zitten, zei ze: 'Er staat voedsel en drank voor je klaar.' Met die prachtige hand gebaarde ze naar de ivoren tafel naast hem. In zijn afwezigheid waren er zilveren schalen en een kelk op gezet. Hij had geen honger, maar het fruit en de sorbet zagen er heerlijk uit. Hij at en dronk een beetje en kwam gretig op hun gesprek terug.

'Je praat gemakkelijk over het eeuwige leven!'

'De droom van alle mensen, van farao's tot slaven,' zei ze. 'Ze verlangen naar het eeuwige leven in een denkbeeldig paradijs. Zelfs de oude mensen die leefden voordat ik geboren was, schilderden afbeeldingen van die droom op de wanden van hun grotten.'

'Is het mogelijk dat die droom in vervulling gaat?' vroeg Taita.

'Ik ben er het levende bewijs van.'

'Hou oud ben je, Eos?'

'Ik was al oud toen ik farao Cheops de grote piramide in Gizeh zag bouwen.'

'Hoe kan dat?' vroeg hij.

'Heb je van de Bron gehoord?' vroeg ze.

'Het is een mythe die uit de oudheid overgeleverd is,' antwoordde hij.

'Het is geen mythe, Taita. De Bron bestaat!'

'Wat is het? Waar is hij?'

'Het is de Blauwe Rivier van al het leven, de essentiële kracht die ons universum aandrijft.'

'Is het echt een rivier of een bron? En waarom "Blauw"? Kun je hem voor me beschrijven?'

'Er zijn geen woorden, zelfs niet in het Tenmass, die de grootsheid en de schoonheid ervan adequaat beschrijven. Wanneer we een zijn geworden, zal ik je erheen brengen. We zullen samen in de Blauwe Rivier baden en je zult eruit komen in alle pracht van de jeugd.'

'Waar is hij? Is hij in de lucht of op de aarde?'

'Hij is nu eens op de ene en dan weer op de andere plaats. De Bron beweegt mee met de zeeën die zich verplaatsen en de bergen die rijzen en dalen.'

'Waar is hij nu?'

'Niet ver hiervandaan,' zei Eos, 'maar wees geduldig. Te zijner tijd zal ik je erheen brengen.' Ze loog. Natuurlijk loog ze. Ze was de Leugen. Zelfs als de Bron bestond, zou ze er nooit iemand anders naartoe brengen, maar de valse belofte intrigeerde hem toch. 'Ik zie dat je nog steeds aan me twijfelt,' zei Eos zacht. 'Om mijn oprechtheid te demonstreren, zal ik je toestaan om iemand anders naar de Bron mee te nemen om in de zegen ervan te delen. Iemand die je dierbaar is. Is er zo iemand?'

Fenn! Hij onderdrukte de gedachte onmiddellijk, zodat hij deze zelf niet eens kon lezen. Eos had een val gezet en hij was er bijna in gelopen. 'Nee, die is er niet,' antwoordde hij.

'Toen ik je een keer schouwde, zat je naast een poel in de wildernis. Ik zag dat je een kind bij je had: een mooi kind met licht haar.'

'O ja,' zei hij. 'Ik vergeet zelfs haar naam, want ze was een van degenen die je "termieten" noemt. Ze was maar korte tijd in mijn gezelschap.'

'Je wilt haar dus niet meenemen naar de Bron?'

'Daar is geen reden voor.' Eos zweeg, maar hij voelde een zachte aanraking van zijn slapen, als die van plagende feeënvingers. Hij wist dat Eos niet overtuigd was door wat hij had gezegd en dat ze probeerde zijn hoofd binnen te komen om zijn gedachten te stelen. Met een psychische krachtsinspanning versperde hij haar de toegang en ze trok zich direct terug.

'Je bent moe, Taita. Je moet een poosje gaan slapen.'

'Ik ben helemaal niet moe,' antwoordde hij en dat was waar. Hij voelde zich vitaal en energiek.

'We hebben zo veel te bespreken dat we lijken op twee hardlopers aan het begin van een wedstrijd over een grote afstand. We moeten niet te hard van stapel lopen. Tenslotte zijn we voorbestemd om tot in de eeuwigheid elkaars metgezellen te worden. We hoeven ons niet te haasten. De tijd is ons speelgoed, niet onze vijand.' Eos stond van de bank op en, zonder nog iets te zeggen, glipte ze weg door een deur in de achtermuur die hem nog niet opgevallen was.

Hoewel hij niet moe was, viel Taita in een diepe slaap toen hij zich op de opgevulde, zijden slaapmat in zijn kamer uitstrekte. Toen hij wakker werd, viel er een bundel zonlicht door de schacht in het plafond. Hij voelde zich heerlijk vitaal.

Zijn vuile kleren waren verdwenen. Er was een schone tuniek naast zijn leren cape voor hem klaargelegd en er stond ook een nieuw paar sandalen. Op de ivoren tafel naast zijn hoofd stond een maaltijd. Hij waste zich, at en kleedde zich aan. De tuniek die Eos hem had gegeven, was van een fijne stof die zijn huid streelde en de sandalen waren gemaakt van de huid van een ongeboren geit en versierd met bladgoud. Ze pasten perfect.

Toen hij naar Eos' groene kamer terugging, bleek ze er niet te zijn. Alleen haar geur hing er nog. Hij liep naar de deur waardoor ze de vorige avond was verdwenen. De lange gang erachter leidde naar buiten, het zonlicht in. Toen zijn ogen aan het licht gewend waren, zag hij dat hij in een andere vulkanische krater was, niet zo groot als de Wolkentuinen, maar veel mooier. Toch had hij geen oog voor de weelderige bossen en boomgaarden die de bodem van de krater bedekten. Recht voor hem strekte zich een groen gazon uit met in het midden ervan een klein marmeren paviljoen boven een poel waarin het heldere water van een beekje zich stortte als een waterval. De beek was weliswaar helder, maar het oppervlak van de poel was zwart en glanzend als gepolijst git.

Eos zat op de marmeren bank in het paviljoen. Ze was blootshoofds, maar haar gezicht was van hem afgewend zodat hij alleen haar haar kon zien. Hij liep zachtjes naar haar toe in de hoop dat hij haar ongemerkt kon benaderen zodat hij een glimp van haar gezicht zou kunnen opvangen. Haar haar golfde tot haar middel over haar rug. Het was zo donker als het water van de poel, maar de glans ervan was oneindig veel intenser. Toen hij dichterbij kwam, zag hij dat de zachte weerkaatsingen van het zonlicht in de lokken gloeiden als de schittering van kostbare robijnen. Hij wilde het aanraken, maar toen hij zijn hand ernaar uitstak, trok Eos de sluier over haar hoofd zodat hij zelfs geen glimpje van haar gezicht kon zien. Toen draaide ze zich naar hem om. 'Kom naast me zitten, want daar hoor je.' Ze bleven een tijdje zwijgend zitten. Taita was boos en gefrustreerd: hij wilde haar gezicht zien. Ze leek zijn stemming aan te voelen en legde een hand op zijn arm.

Haar aanraking wond hem op, maar hij vermande zich en zei: 'We hebben het veel over het uiterlijk gehad, Eos. Wordt je gezicht ergens door ontsierd? Verberg je je daarom achter de sluier? Schaam je je voor je uiterlijk?'

Hij probeerde haar te provoceren, net zoals zij bij hem had gedaan. Maar haar stem was lief en kalm toen ze antwoordde: 'Van alle mensen die ooit op aarde hebben geleefd, mannen en vrouwen, ben ik de mooiste.'

'Waarom verberg je die schoonheid dan?'

'Omdat mijn uiterlijk de ogen van de mannen kan verblinden en hun geest in totale verwarring kan brengen.'

'Moet ik je snoeverij zomaar voor waar aannemen?'

'Het is geen snoeverij, Taita. Het is de waarheid.'

'Zul je die schoonheid nooit aan me tonen?'

'Je zult mijn schoonheid aanschouwen wanneer je er klaar voor bent, wanneer je beseft wat er de consequenties van zijn en je bereid bent die te accepteren.' Haar hand lag nog steeds op zijn arm. 'Merk je niet dat je door mijn lichtste aanraking al van slag raakt? Ik kan je hart door mijn vingertoppen heen voelen kloppen.' Ze trok haar hand terug en liet zijn zintuigen in beroering achter. Het duurde even voordat hij ze weer onder controle had. 'Laten we het over andere dingen hebben. Je hebt vele vragen voor me en ik heb je plechtig beloofd dat ik ze allemaal naar waarheid zal beantwoorden,' zei ze.

Taita's stem klonk gretig toen hij op haar uitnodiging inging. 'Je hebt barrières over de bovenloop van de Nijl geplaatst. Wat voor bedoeling had je daarmee?'

'Ik had daar twee redenen voor. Ten eerste was het een uitnodiging voor jou om naar me toe te komen. Je kon er geen weerstand aan bieden en nu zit je naast me.'

Hij dacht er diep over na en vroeg toen: 'En wat was de tweede reden?'

'Het was de voorbereiding op een geschenk dat ik je wilde geven.'

'Een geschenk?' riep hij uit.

'Een verlovingsgeschenk. Wanneer we eenmaal in geest en lichaam verenigd zijn, zal ik je de Twee Koninkrijken van Egypte geven.'

'Pas nadat je ze vernietigd hebt? Wat is dat voor een pervers en wreed geschenk?'

'Wanneer jij de dubbele kroon draagt en we naast elkaar op de troon van Egypte zitten, zal ik de Nijl en haar wateren teruggeven aan ons koninkrijk... het eerste van onze vele koninkrijken.'

'En intussen zijn het alleen maar de termieten van de mensheid die lijden?' vroeg Taita.

'Je begint al te denken en te handelen als de heer van de schepping die je spoedig zult worden. Ik heb je naast de grot in de Wolkentuinen die beelden laten zien. Heerschappij over alle naties, eeuwig leven, jeugd en schoonheid en de wijsheid en de kennis van alle eeuwen die de "diamantberg" is.'

'De grootste prijs die er is,' zei Taita. 'Ik noem hem de waarheid.'

'Hij zal van jou zijn.'

'Ik twijfel er nog steeds aan dat je me dit allemaal aanbiedt zonder een vergelijkbare prijs van mij te vragen.'

'O, daar heb ik het al over gehad. In ruil voor datgene wat ik je aanbied, wil ik je eeuwige liefde en toewijding hebben.'

'Je hebt zo lang zonder metgezel geleefd. Waarom wil je er nu een hebben?'

'Ik ben overvallen door de *ennui* van de eeuwigheid, een matheid van de geest en een martelende verveling omdat ik niemand heb om deze wonderen mee te delen.'

'Is dat alles wat je van me vraagt? Ik heb een glimp van je indrukwekkende intellect opgevangen. Als je schoonheid je geestkracht evenaart, is het een kleine prijs om te betalen.' Haar leugens waren verhuld door de waarheid. Hij deed alsof hij ze geloofde. Ze leken op de bevelhebbers van twee legers die tegenover elkaar opgesteld stonden. Dit waren de schermutselingen en manoeuvres die aan de strijd voorafgingen. Hij was bang, niet zozeer om zichzelf als om Egypte en Fenn, de twee dingen die hem het dierbaarst waren en die nu allebei in dodelijk gevaar verkeerden.

Ze brachten de volgende dagen naast de zwarte poel door en de meeste avonden in Eos' groene kamer. Geleidelijk liet ze meer van haar lichaam aan hem zien, terwijl ze haar ziel verborgen hield. Haar conversatie werd met de dag boeiender. Af en toe boog ze zich naar voren om een stukje fruit van het zilveren blad te pakken en ze liet dan argeloos haar mouw terugglijden zodat haar onderarm zichtbaar werd. Of ze veranderde van houding op haar ivoren bank en liet de rok van haar zwarte gewaad opkruipen tot haar knie te zien was. De vorm van haar kuit was subliem. Hij had gewend moeten raken aan de perfectie van haar ledematen, maar dat gebeurde niet. Hij vreesde het moment waarop haar hele lichaam onthuld zou worden. Hij betwijfelde of hij in staat zou zijn de betovering ervan te weerstaan.

De dagen en nachten gingen verrassend snel voorbij. De vleselijke en astrale spanningen tussen hen liepen op tot ze bijna onverdraaglijk waren. Ze raakte hem aan en pakte zijn hand vast wanneer ze iets wilde benadrukken. Eén keer drukte ze hem tegen haar boezem en hij moest al zijn zelfbeheersing aanwenden om niet te kreunen van de pijn in zijn kruis toen hij haar warme elastische borst voelde.

Haar parfum was altijd hetzelfde: het had altijd de geur van zonnelelies. Ze trok echter 's ochtends en 's avonds een ander gewaad aan. Het was altijd lang en wijd en de welvingen en rondingen onder de fijne stof werden er bijna helemaal door verhuld. Soms was ze sereen en andere keren rusteloos: ze liep dan om zijn bank heen met de gracieuze dreiging van een mensenetende tijgerin. Eén keer knielde ze voor hem neer en liet haar hand onder zijn tuniek over zijn dij naar boven glijden terwijl ze haar erudiete conversatie voortzette. Haar vingers stopten vlak voor zijn mannelijkheid en ze haalde ze pas weg toen ze zijn lid voelde opzwellen. Andere keren trok ze zich terug in haar zwarte gewaad. Ze hield haar lichaam dan volledig verborgen en liet zelfs haar tenen niet zien.

Toen ze op een ochtend in Eos' groene kamer waren, droeg ze een doorschijnend wit gewaad. Ze had nog nooit eerder wit gedragen. Midden in hun gesprek stond ze onverwacht op, liep op haar kleine, blote voeten naar hem toe en bleef voor hem staan. De witte sluier die ze droeg zweefde als een wolk om haar hoofd. De roze en ivoorkleurige tinten van haar huid schemerden door de lichte stof heen wanneer het licht op haar viel. Door de zijde heen gezien, leek ze etherisch. Haar maanbleke buik was gestroomlijnd als die van een jagende hazewind en eronder tekende zich een mysterieuze, driehoekige schaduw af. Haar borsten waren roomkleurige bollen met in het midden een rozerood aureool.

'Wil je echt dat ik mijn sluier afdoe, mijn heer?' vroeg ze.

Hij was zo overrompeld dat hij niet direct antwoordde. 'Het lijkt alsof ik mijn hele leven gewacht heb op het moment waarop je dat doet.'

'Ik wil dat je me helemaal hebt. Ik zal niets voor je achterhouden. Ik stel je geen voorwaarden. Ik verwacht niets van je terug behalve je liefde.' Ze gooide de zijden mouwen naar achteren en hief haar blote armen. Ze waren slank, rond en stevig. Ze pakte de zoom van haar sluier tussen haar spits toelopende vingers en trok hem langzaam omhoog. Ze stopte bij haar kin. Haar hals was lang en gracieus.

'Je moet er heel zeker van zijn dat je mijn gezicht wilt aanschouwen. Ik heb je ervoor gewaarschuwd wat de consequenties kunnen zijn. Mijn schoonheid heeft alle mannen die vóór jou mijn gezicht hebben gezien tot slaaf gemaakt. Zal jij er weerstand aan kunnen bieden?'

'Ik moet het zien, zelfs als het mijn ondergang wordt,' fluisterde hij. Hij wist dat dit het noodlottige moment was waarop ze de strijd met elkaar aanbonden.

'Het zij zo,' zei ze en ze tilde de sluier weloverwogen tergend langzaam omhoog. Haar kin was rond en had een kuiltje. Haar lippen waren vol en gewelfd en het rode bloed waarmee ze gevuld waren gaf ze de kleur van rijpe kersen. Ze likte over haar lippen. Haar tong liep spits toe en krulde bij de punt om als die van een gapend poesje. Hij liet een glinsterend spoor van speeksel op haar lippen achter voordat ze hem tussen haar kleine, glanzende tanden terugtrok. Haar neus was smal en recht, maar werd bij de punt iets breder. Ze had hoge jukbeenderen en haar voorhoofd was hoog en breed. Haar gewelfde wenkbrauwen vormden een perfecte omlijsting voor haar ogen, donkere juwelen die de schaduwen met hun pracht leken te verdrijven. Ze keken diep in Taita's ziel. Elk afzonderlijk deel van haar gezicht was perfect, maar als geheel was het onvergelijkelijk mooi.

'Beval ik je, mijn heer?' vroeg ze. Ze trok de sluier van haar hoofd en liet hem naar de groene malachieten tegels zweven. Haar haar viel los over haar schouders in een pikzwarte, met robijnen lichtjes doorschoten waterval. Het hing tot haar middel, springerig en krullend en vibrerend van leven.

'Antwoord me niet,' zei ze. 'Mishaag ik je?'

'Mijn geest kan je schoonheid niet bevatten,' zei hij met bevende stem. 'Zelfs maar een tiende ervan is met geen pen te beschrijven. Nu ik je schoonheid aanschouwd heb, begrijp ik dat ze een man tot as kan verbranden, alsof hij in een fel woedende bosbrand gevangen is. Ik ben er doodsbang voor, maar ik kan er geen weerstand aan bieden.'

Ze zweefde dichter naar hem toe en hij werd door haar parfum omhuld. Ze ging voor hem staan tot hij gedwongen was om zijn gezicht naar het hare op te heffen. Ze boog zich langzaam naar hem toe en drukte haar warme, zachte lippen op de zijne. Haar kleine, omgekrulde poezentong gleed diep zijn mond in. Heel even kronkelde hij zich om de zijne en toen was hij weg, maar haar smaak vulde zijn mond als het sap van een heerlijke vrucht.

Ze draaide snel rond op de malachieten tegels. Haar doorzichtige gewaad golfde om haar heen toen ze haar rug welfde en pirouettes draaide tot haar achterhoofd bijna de uitstulping van haar billen raakte en haar haar over de tegels streek. Haar voeten dansten tot ze door de snelheid vervaagden. Zijn ogen konden ze niet volgen. Toen stopten ze en ze bleef, roerloos als een standbeeld, op haar tenen staan terwijl alleen haar haar nog om haar heen zwaaide.

'Er is meer, mijn heer.' Haar stem kreeg een diepe, kloppende intensiteit die hij nog niet eerder had gehoord. 'Er is veel meer. Of heb je genoeg gezien?'

'Al zou ik duizend jaar naar je kijken, dan zou ik nog niet genoeg gezien hebben.'

Met een snelle hoofdbeweging schudde ze het haar van haar schouders en staarde hem met die smeulende ogen aan. 'Je staat op de rand van de vulkaan,' waarschuwde ze. 'Zelfs in dit late stadium kun je je nog terugtrekken. Als je de duik eenmaal neemt, is er geen terugkeer mogelijk. Het universum zal voor jou voor altijd veranderen. De prijs zal hoog zijn – hoger dan je je kunt voorstellen. Ben je bereid die prijs te betalen?'

'Ja.'

Ze liet het gewaad over haar ene schouder naar beneden glijden. De welving van haar schouder harmonieerde volmaakt met die van haar lange, tengere hals. Ze liet het gewaad nog verder zakken en haar ene borst wipte er bijna uit. Ze liet ze er allebei uit vallen. Rond, vol en vrouwelijk zwaaiden ze tegen elkaar aan. Ze liet het gewaad zakken tot het op de welving van haar heupen bleef hangen. Haar buik was zo glad als een veld pas gevallen sneeuw. Een vurige robijn gloeide in haar navel.

Ze bewoog haar heupen en het gewaad gleed over haar slanke dijen en viel als een guirlande om haar enkels.

Ze stapte eruit en kwam met haar lange, glijdende tred naakt naar hem toe. Weer boog ze zich naar hem toe en sloeg een arm om zijn nek. Met haar andere hand omvatte ze haar ene borst, trok zijn gezicht ernaartoe en stopte de tepel in zijn mond. 'Zuig maar, mijn heer,' fluisterde ze in zijn oor.

Terwijl hij eraan zoog als een baby, zwol de tepel tussen zijn lippen op en begon een dikke, roomachtige vloeistof af te scheiden. Taita genoot ervan tot ze zijn hoofd wegduwde en de tepel uit zijn mond trok. 'Niet zo gulzig,' vermaande ze hem. 'Mijn lichaam heeft vele geneugten voor je in petto. Je moet jezelf niet te snel verzadigen.'

Ze stapte achteruit en streek met beide handen met een strelende beweging over haar buik. Zijn blik volgde haar handen slaafs. Ze zette haar voeten uit elkaar, boog door haar knieën en spreidde haar dijen. Hij zag dat ze haar hand diep in de wolk donker haar ertussen begroef. Toen trok ze hem terug en hield een wijsvinger omhoog. Hij glansde van het doorzichtige vocht waarmee hij bedekt was.

'Zie je hoe ik naar je verlang,' fluisterde ze hees en ze raakte het puntje van haar natte vinger met haar duim aan. Toen haar vingers vaneen gingen, bleef er een geleiachtige draad tussen hangen. 'Dit is het ware ambrozijn waar alle mannen naar smachten.' Ze kwam naar hem toe. 'Open je mond, mijn heer.' Ze liet haar vinger tussen zijn lippen glijden en de bedwelmende geur van haar geslacht drong zijn neusgaten binnen. Ze stak haar vrije hand onder zijn tuniek en pakte zijn lid vast. Het was al zo hard als ijzersteen, maar tussen haar vaardige vingers werd het nog langer en harder.

Hij keek diep in haar ogen en zag er een pure roofdierachtige honger die er een ogenblik geleden nog niet geweest was. Hij wist dat het haar niet ging om wat ze in haar hand had, maar dat ze zijn ziel begeerde. Ze pakte zijn lid nu met beide handen vast, trok hem overeind en leidde hem naar de bank. Ze knielde voor hem neer, maakte de riempjes van zijn sandalen los en trok ze uit. Ze hief haar hoofd op, streek met haar neus langs zijn lid, nam het tussen haar lippen en zoog er gulzig aan. Toen ze weer opstond, trok ze de tuniek over zijn hoofd uit en duwde hem terug op de bank. Ze sloeg een been over hem heen alsof ze een paard besteeg en hurkte toen boven hem om hem haar geheime diepte in te leiden.

Hij stootte een diep gekreun uit toen het genot zo intens werd dat het overging in pijn. Ze verstijfde en bleef roerloos boven op hem zitten. De spieren die diep in haar pulseerden, trokken zich samen en verstrakten even onverbiddelijk om zijn lid heen als de windingen van een python om zijn prooi. Ze omsloot hem in een greep die zo krachtig was dat ze zich er geen van beiden uit konden losmaken. Haar ogen keken in de zijne met de triomfantelijke blik van een krijger die op het punt staat de dodelijke steek toe te brengen. 'Je bent van mij.' Haar stem klonk als het gesis van een slang. 'Alles wat je bent, is van mij.' Geen gehuichel meer, ze had haar vermomming afgeworpen en toonde haar ware aard.

Hij voelde dat haar vleselijke invasie begon. Het leek alsof een barbaarse horde de citadel van zijn ziel had belegerd en nu de muren neerhaalde. Hij verzamelde al zijn krachten om weerstand aan haar te bieden. Hij sloot zijn poort om haar buiten te houden en wierp haar van de bres. Er verscheen een uitdrukking van verwarring in haar ogen toen ze besefte dat hij haar in een hinderlaag had gelokt. Toen werd haar blik moordzuchtig en ze ging weer tot de aanval over.

Ze streden tegen elkaar en aanvankelijk waren ze aan elkaar gewaagd. Hij drukte haar naar één kant en toen ze tegenwicht gaf, draaide hij zich met haar mee naar de andere kant. Ze rolden van de bank en, nog steeds verstrengeld, kwamen ze met een klap op de malachieten vloer terecht, maar ze lag onder hem en kreeg zijn volle gewicht op zich. Heel even verslapte de greep van haar spieren diep in haar door de schok. Hij maakte daar gebruik van door dieper bij haar naar binnen te dringen om haar kern te bereiken. Haar spieren verstrakten direct en ze hield hem tegen. Ze streden zwijgend uit alle macht met elkaar en hielden elkaar in een labiel evenwicht omklemd.

Hij voelde dat ze haar reserves verzamelde en hij deed hetzelfde. Toen lanceerde ze haar aanval met een psychische lawine. Ze forceerde een bres in zijn verdediging en brak door tot in de geheime plaatsen van zijn ziel. Hij voelde dat zijn lichaam voor haar zwichtte. Weer zag hij de triomf in haar ogen. Hij sloot zijn hand om de Amulet van Lostris die nog om zijn hals hing. In gedachten verbond hij de krachtwoorden. 'Mensaar!' Zijn mannelijkheid sprong op door de impuls en ze schreeuwde in verwarring toen ze het voelde. 'Kydash! Ncube!' schreeuwde hij. Een straal psychische kracht flitste uit de Amulet en Eos werd van de bres in zijn ziel geworpen alsof ze door de bliksem was getroffen. Opnieuw hielden ze elkaar op afstand en weer waren hun krachten in evenwicht. Verstrengeld in elkaars vlees bleven ze liggen, roerloos als uit ivoor gesneden beeldjes.

De lampen brandden laag en de vlammen flakkerden en gingen uit. Het enige licht in de kamer kwam uit de schacht hoog in het dak boven hen. Het licht stierf weg toen de zon achter de bergen onderging en ze zetten de strijd in het donker voort. De hele nacht lagen ze krampachtig tegen elkaar aan in deze helse coïtus, hij met zijn lid in haar begraven en zij met haar spieren er meedogenloos omheen geklemd. Hun geslachtsorganen dienden niet meer de voortplanting of het genot, maar waren dodelijke wapens geworden.

Toen het licht van de zonsopgang door de schacht in het plafond sijpelde, waren ze nog steeds verstrengeld. Toen het licht sterker werd, kon hij haar aankijken. Diep in haar ogen bespeurde hij een eerste trilling van paniek. Ze probeerde ze te sluiten, maar hij hield haar blik vast zoals zij zijn geslacht vasthield. Ze waren allebei al ver voorbij de grens van de uitputting. Er was niets in hen over, behalve de wil om het vol te houden. Ze had haar lange benen om zijn heupen en haar armen om zijn rug geslagen. Hij omklemde haar billen met zijn ene hand en trok ze naar zich toe. Zijn rechterhand waarin hij nog steeds de Amulet van Lostris had, was in haar lende tot een vuist gebald. Heel voorzichtig, zodat ze het niet zou merken, opende hij met zijn duimnagel het medaillon en het stukje rode steen viel in zijn handpalm. Hij drukte het steentje tegen haar ruggengraat en voelde dat het heet werd toen het zijn kracht tegen haar keerde. Ze stootte een lang, vertwijfeld gejammer uit en ze spartelde zwakjes waarbij ze met haar geslacht pompte als een blaasbalg in een wanhopige poging om hem eruit te drijven. Hij paste het ritme van zijn stoten aan haar krampachtige bewegingen aan. Elke keer dat ze zich ontspande, dreef hij zijn lid dieper naar binnen. Hij bereikte haar laatste barrière en met een laatste enorme krachtsinspanning drong hij erdoorheen.

Ze zakte kreunend en brabbelend onder hem ineen. Hij bedekte haar mond met de zijne en duwde zijn tong in haar om haar kreten te onderdrukken. Hij hield huis in haar binnenste heiligdom, rukte de schatkisten open waarin haar kennis en macht opgeborgen waren en haalde de inhoud eruit. Terwijl hij dat deed, vloeide zijn kracht terug in zijn lichaam, honderdvoudig versterkt door wat hij van haar afpakte. Hij staarde in haar onuitsprekelijk mooie gezicht, in die schitterende ogen, en hij zag ze veranderen. Haar mond viel wijd open en ze kwijlde zilveren speekseldraden. Haar ogen werden ondoorschijnend en dof als kiezelstenen. Als een klomp was die te dicht bij de vlam wordt gehouden, werd haar neus breder en grover. Haar glanzende huid werd grauwgeel en uitgedroogd en zo ruw als de geschubde huid van een reptiel. Hij rimpelde zich in diepe plooien bij haar mond- en ooghoeken. De krullen zakten uit haar prachtige haar tot het helemaal sluik was en bedekt met schilfers van haar droge hoofdhuid.

Taita was nog steeds in haar begraven en hij zoog de vloedgolf van haar astrale en psychische essentie op die uit haar stroomde als het water door een doorgebroken dam. Er was zo'n enorme hoeveelheid dat de stroom urenlang bleef doorgaan. Het zonlicht uit de schacht in het plafond was over de malachieten tegels gekropen en had het merkteken voor het middaguur bereikt voordat Taita voelde dat de stroom zwakker werd en verschrompelde. Ten slotte droogde hij volledig op. Hij had alles wat er was van haar afgenomen. Eos was uitgezogen en leeg.

Taita liet zijn lid slap worden en uit haar glijden. Hij rolde zich van haar af en stond op. Zijn penis was gezwollen en gekneusd en op sommige plaatsen ontveld door de wrijving. Hij onderdrukte de pijn en liep naar de zilveren waterkan die op de tafel naast haar bed stond. Hij dronk er gretig uit, ging toen op de bank zitten en keek naar Eos die nog op de vloer lag.

Ze ademde reutelend door haar open mond. Haar ogen hadden een nietsziende, starende blik die op het plafond gericht was, terwijl haar lichaam op begon te zwellen. Als bij een lijk dat lang in de zon heeft gelegen, begon haar buik op te zetten alsof hij zich met rottingsgassen vulde. De slanke armen en benen zwollen op. Haar vlees werd opgeblazen en zacht en vormeloos als uitgelopen reuzel. Taita zag dat het opzwol tot haar ledematen in de deegachtige, witte plooien verdwenen. Alleen haar hoofd bleef zichtbaar, klein in vergelijking met de rest van haar lichaam.

Langzaam vulde haar lichaam de halve kamer. Taita sprong van de bank en drukte zijn rug tegen de muur om haar ruimte te geven om uit te zetten. Ze had de vorm aangenomen van een termietenkoningin die in haar koninklijke cel in het centrum van een heuvel ligt. Ze zat gevangen in haar eigen vlees. Ze kon alleen haar hoofd bewegen en de rest van haar lichaam was door haar massa vastgepind. Ze zou nooit uit deze grot kunnen ontsnappen. Zelfs als de trogs haar te hulp zouden komen, zouden ze haar nooit door de smalle gangen en tunnels de openlucht in kunnen slepen.

Een verschrikkelijke stank verspreidde zich in de grot. Een dikke, olieachtige vloeistof droop uit de poriën van Eos' huid en liep over haar karkas. De druppels waren lichtgroen en ze hadden de glans van verrotting. De misselijkmakende geur bleef in Taita's keel hangen en verstikte zijn longen. Het was de lucht van rottende lijken, van de slachtoffers van haar moordzuchtige begeerten, de ongeboren baby's die ze uit de baarmoeder had gerukt en de jonge moeders die hen gedragen hadden, de lichamen van degenen die waren omgekomen in de hongersnoden, droogtes en plagen die ze op de naties had losgelaten, de krijgers die waren gesneuveld in de oorlogen die ze had veroorzaakt, de onschuldigen die ze tot de galg en de wurgpaal had veroordeeld en de slaven die in haar steengroeven en mijnen waren omgekomen. De stank werd verergerd door de geur van een immens kwaad dat bij elke raspende uitademing uit haar mond kwam. Zelfs Taita's beheersing van zijn zintuigen was amper voldoende om het miasme te kunnen verdragen. Hij bleef zo ver van haar vandaan als de kleine grot toestond en hij bewoog zich langs de muren naar de mond van de tunnel.

Door een onheilspellend geluid bleef hij stokstijf staan. Het leek alsof een gigantisch stekelvarken waarschuwend zijn stekels liet ratelen. Eos liet haar groteske hoofd opzij rollen en haar blik concentreerde zich op zijn gezicht. Haar gezicht was verwoest en er was geen spoor van haar schoonheid over. Haar ogen waren diepe, donkere gaten. Haar lippen waren teruggetrokken zodat haar tanden zichtbaar waren als bij een doodskop. Haar gezicht was onuitsprekelijk lelijk en een ware afspiegeling van haar verwrongen ziel. Haar stemgeluid was raspend en scherp als het gekras van zwarte kraaien. 'Ik zal standhouden,' zei ze.

Hij deinsde terug voor de stank van haar adem, vermande zich toen en keek haar recht in de ogen. 'De Leugen zal altijd standhouden, maar de Waarheid ook. Er zal nooit een eind aan de strijd komen,' antwoordde hij.

Ze sloot haar ogen en zei niets meer. Alleen haar ademhaling reutelde in haar keel.

Taita pakte zijn mantel en glipte toen door de groene kamer de gang in die naar de buitenlucht leidde. Toen hij in de geheime tuin kwam, raakte het zonlicht de top van de rotswand, maar de diepe krater was nog in schaduw gehuld. Hij keek behoedzaam om zich heen of Eos' trogs in de buurt waren en hij zocht naar hun aura's, maar er was geen spoor van hen te bekennen. Hij wist dat ze, nu Eos vernietigd was, beroofd waren van een intelligentie die hen leidde. Ze waren apathisch de tunnels en de gangen van de berg in gekropen om te sterven.

De lucht was koud en zuiver. Toen hij naar het paviljoen naast de zwarte poel liep, haalde hij opgelucht diep adem om Eos' stank uit zijn longen te spoelen. Hij ging op de bank zitten waar hij naast haar gezeten had toen ze nog jong en mooi was. Hij trok de leren cape om zijn schouders. Hij had verwacht dat hij uitgeput en gebroken zou zijn na zijn beproeving, maar hij was vervuld van een gevoel van opgetogenheid. Hij voelde zich sterk en onvermoeibaar.

Eerst verbijsterde het hem tot hij begreep dat hij was geladen met de kracht en de energie die hij van de heks had afgenomen. Zijn geest nam een hogere vlucht en breidde zich uit toen hij de reusachtige hoeveelheid kennis en ervaring begon te verkennen die hem nu vulde. Hij kon nu terugkijken over het millennium dat Eos had bestaan, tot aan het begin van de tijd. Elk detail was vers. Hij kon haar lusten en begeerten doorgronden alsof ze de zijne waren. Haar intense wreedheid en verdorvenheid verbaasden hem. Hij had hiervoor de ware aard van het totale kwaad niet begrepen, maar nu werd die hem duidelijk onthuld. Hij kon zo veel van haar leren dat er een mensenleven voor nodig zou zijn om er slechts een klein deel van te kunnen bestuderen.

De kennis was op een smerige en weerzinwekkende manier selectief en hij wist direct dat hij zich erop moest voorbereiden om de verslavende fascinatie ervan te weerstaan, anders zou hij er ook door gecorrumpeerd worden. Het ernstige gevaar dreigde dat hij door het begrijpen van zo veel kwaad net zo'n monster zou worden als zij. De gedachte dat de kennis die hij aan de heks had ontworsteld hem, samen met zijn eigen arsenaal, tot de machtigste man ter wereld maakte, stemde hem tot bescheidenheid.

Hij verzamelde zijn krachten en begon de enorme hoeveelheid smerigheid in de diepe pakhuizen van zijn geheugen op te bergen, zodat hij er niet door gekweld of bezoedeld zou worden, maar elk deel ervan zou kunnen oproepen wanneer hij het nodig had.

Behalve zijn kennis van het kwaad had hij nu een even grote, zo niet grotere hoeveelheid nuttige kennis tot zijn beschikking die oneindig heilzaam voor hemzelf en de mensheid zou kunnen zijn. Hij had van haar de sleutels afgenomen tot de mysteries van de oceaan, de aarde en de hemel, van leven en dood, van vernietiging en regeneratie. Hij hield dit allemaal vóór in zijn geest zodat hij deze gebieden zou kunnen verkennen en bestuderen.

De zon was ondergegaan en de nacht was voorbij voordat hij dit allemaal in zijn geest ondergebracht en opnieuw geordend had. Pas toen werd hij zich bewust van zijn lichamelijke behoeften: hij had al dagen niet gegeten en hoewel hij had gedronken, had hij dorst. Hij kende nu de plattegrond van het hol van de heks alsof hij er net zo lang gewoond had als zij. Hij verliet de krater, ging de rotsige doolhof weer binnen en vond feilloos de weg naar de magazijnen, de keukens en de bijkeukens vanwaaruit de trogs Eos bediend hadden. Hij at matig van de lekkerste vruchten en kazen en dronk een beker wijn. Daarna keerde hij verkwikt terug naar het paviljoen. Zijn grootste zorg was nu om contact met Fenn te maken.

Hij bereidde zich voor en riep haar voor het eerst openlijk en duidelijk door de ether op. Hij besefte onmiddellijk dat hij de macht van de heks had onderschat. Zijn pogingen om Fenn te bereiken, werden geblokkeerd door de een of andere overgebleven kracht die ze uitstraalde. Zelfs in haar verzwakte conditie was ze erin geslaagd om een beschermend schild rondom zichzelf en haar doolhof op te trekken. Hij staakte zijn poging en probeerde een manier te vinden om uit de bergen weg te komen. Hij doorzocht het geheugen van Eos en deed ontdekkingen die hem verbijsterden en zijn voorstellingsvermogen tot het uiterste op de proef stelden.

Hij verliet het paviljoen weer en ging terug naar de rotstunnel die naar Eos' groene kamer leidde. De stank van bederf vulde onmiddellijk zijn neusgaten. Zo mogelijk was de geur nog sterker en walgelijker geworden. Hij bedekte zijn neus en mond met de zoom van zijn tuniek en onderdrukte de golven van misselijkheid die in hem opkwamen. Eos' lichaam vulde de grot nu bijna helemaal, opgezwollen door zijn eigen rottingsgas. Taita zag dat ze halverwege haar metamorfose van mens naar insect was. De groene vloeistof die uit haar poriën droop had haar lichaam bedekt en verhardde zich nu tot een glinsterend omhulsel. Ze sloot zichzelf op in een cocon. Alleen haar hoofd was nog zichtbaar. Haar glanzende haarlokken waren uitgevallen en lagen verspreid over de groene tegels. Haar ogen waren gesloten. Haar schorre ademhaling deed de smerige lucht trillen. Ze had zichzelf in een diepe winterslaap gebracht, een opgeschorte levensvorm die, zoals hij wist, onbepaalde tijd kon duren.

Is er een manier waarop ik haar kan vernietigen terwijl ze daar hul-

peloos ligt? vroeg hij zich af en hij doorzocht zijn pas verworven kennis naar een methode om dat te doen. Die is er niet, concludeerde hij. Ze is niet onsterfelijk, maar ze is gecreëerd in de vlammen van de vulkaan en ze kan alleen in die vlammen sterven. 'Gegroet en vaarwel, Eos!' zei hij hardop. 'Ik hoop dat je tienduizend jaar blijft sluimeren, dan zal de aarde tenminste een tijdje van je af zijn.' Hij boog zich voorover en raapte een van haar haarlokken op. Hij draaide hem in een dikke vlecht en stopte hem zorgvuldig in de buidel aan zijn riem.

Er was net genoeg ruimte om tussen haar en de glinsterende malachieten wand door te kunnen lopen en de andere kant van de kamer te bereiken. Daar vond hij, zoals hij verwachtte, de verborgen deur. Hij was zo handig in de spiegelachtige wand uitgesneden dat de reflectie ervan zijn ogen parten speelde. Pas toen hij zijn hand uitstrekte naar wat massief, groen gesteente leek, werd de deur zichtbaar. Hij was maar net breed genoeg om erdoor naar binnen te kunnen. Erachter was een smalle gang. Toen hij erdoorheen liep, stierf het licht weg tot het helemaal donker was. Hij liep zelfverzekerd door en hield één hand voor zich uit tot hij de wand aanraakte op het punt waar de gang in een rechte hoek afsloeg. Hij stak in het donker zijn armen omhoog en vond de stenen plank. Hij voelde de warmte van de aarden vuurpot op de rug van zijn hand. Dat leidde hem naar de hendel van touw van de pot en hij pakte hem van de plank. Hij blies voorzichtig in de vage gloed onderin tot de vlammen oplaaiden. Bij het licht ervan vond hij een stapeltje biezen toortsen. Hij stak er een aan, zette de vuurpot in de mand die op de stenen plank klaarstond, stopte er twee toortsen bij en liep verder door de smalle tunnel.

De tunnel daalde steil af, dus gebruikte hij het touw dat langs de rechterwand was gespannen om zijn evenwicht te bewaren. Ten slotte kwam de gang uit in een kleine, kale ruimte. Het dak was zo laag dat hij zich bijna dubbel moest vouwen. In het midden van de vloer zag hij een opening die eruitzag als de mond van een bron. Hij hield de toorts erboven en tuurde naar beneden. Het zwakke licht werd opgeslokt door het duister.

Taita raapte een scherf van een gebroken pot van de vloer op en liet die in de schacht vallen. Hij telde terwijl hij wachtte tot de scherf de bodem zou raken. Toen hij tot vijftig was gekomen, had hij nog steeds niet gehoord dat hij het steen beneden raakte. De put was bodemloos. Recht voor hem was een stevige, bronzen haak in het dak van de grot geslagen waaraan een touw van vervlochten leren stroken in de put bungelde. Het dak boven hem was zwartgeblakerd door de rook van de toortsen die Eos had gebruikt bij de talloze keren dat ze de grot had bezocht. Ze had de kracht en de lenigheid gehad om met de toorts tussen haar tanden langs het touw naar beneden te klimmen.

Taita trok zijn sandalen uit en liet ze in de mand vallen. Daarna wrikte hij zijn toorts in een scheur in de zijwand, zodat hij tijdens zijn afdaling een beetje licht zou hebben. Hij schoof de hendel van de mand over zijn schouder, pakte het touw vast en zwaaide zich boven de put. Met vaste tussenafstanden zaten er knopen in het touw die hem een onzeker houvast voor zijn handen en blote voeten boden. Hij begon naar beneden te klimmen en verplaatste eerst zijn voeten en dan zijn handen. Omdat hij wist hoe lang en zwaar de afdaling zou zijn, deed hij het kalmpjes aan en hij stopte regelmatig om te rusten en diep adem te halen.

Het duurde niet lang voor zijn spieren begonnen te trillen en zijn ledematen verzwakten. Hij dwong zichzelf om door te gaan. Het licht van de toorts die hij in de grot had achtergelaten, was nog maar een zwak schijnsel. Hij bleef in het donker naar beneden klimmen, maar uit Eos' geheugen kende hij de weg. De spieren in zijn rechterkuit verkrampten en de pijn was verlammend, maar hij sloot zijn geest ervoor af. Zijn handen waren verdoofde klauwen. Hij wist dat de vingers van de ene hand onder de nagels bloedden, want er vielen bloeddruppeltjes op zijn opgeheven gezicht. Hij dwong zijn vingers om zich aan het touw te strekken en te buigen.

Hij klom steeds verder naar beneden tot hij ten slotte niet meer kon. Hij hing in het donker roerloos aan het touw, badend in het zweet en niet in staat om van greep om het heen en weer zwaaiende touw te wisselen. Het duister verstikte hem. Hij voelde dat zijn hand die glibberig was van het bloed wegleed toen zijn vingers zich begonnen te openen.

'Mensaar!' Hij verbond de krachtwoorden. 'Kydash! Ncube!' De kramp in zijn benen trok weg en zijn greep werd steviger. Toch was hij nog zo uitgeput dat hij niet in staat was om zijn hand naar de volgende knoop uit te strekken.

'Taita! Mijn lieve Taita! Antwoord me!' Fenns stem klonk zo duidelijk en lief in zijn oren dat het leek alsof ze in het donker naast hem hing. Haar geestesteken, de nimfenbloem, gloeide voor zijn ogen. Ze was weer bij hem. Hij was het punt gepasseerd tot waar de verzwakte heks hun astrale contact kon blokkeren.

'Fenn!' Hij stuurde een wanhopige kreet door de ether.

'O, gedankt zij Moeder Isis,' riep Fenn terug. 'Ik dacht dat ik te laat was. Ik voel dat je ernstig in de problemen zit. Ik bundel al mijn krachten met je, zoals je me geleerd hebt.'

Hij voelde dat zijn benen ophielden met trillen en sterker werden. Hij tilde zijn voeten van de knoop en tastte met zijn tenen naar beneden terwijl hij aan zijn armen hing. De diepte zoog aan hem, terwijl hij aan het touw ronddraaide.

'Wees sterk, Taita. Ik ben bij je,' moedigde Fenn hem aan.

Zijn voeten vonden de volgende knoop en hij liet zijn handen naar beneden glijden tot hij het touw weer omklemde. Hij had de knopen geteld, dus hij wist dat er nog twintig waren voordat hij aan het eind van het touw zou komen.

'Ga door, Taita! Je moet doorgaan, voor ons allebei! Zonder jou ben ik niets. Je moet het volhouden,' spoorde Fenn hem aan.

Hij voelde dat haar kracht met warme, astrale golven naar hem toe kwam. 'Negentien… Achttien…' Hij telde de resterende knopen terwijl ze door zijn bebloede handen gleden.

'Je hebt de kracht en de wil,' fluisterde ze in zijn geest. 'Ik ben bij je. Ik ben een deel van je. Je bent mijn vader en mijn vriend. Ik ben voor jou teruggekomen, voor jou alleen. Laat me nu niet in de steek.'

'Negen… Acht… Zeven…' telde Taita.

'Je wordt sterker,' zei ze zacht. 'Ik voel het. We komen er samen doorheen.'

'Drie… Twee… Een…' telde hij en hij strekte één been naar beneden uit en tastte met zijn tenen naar het touw. Er was niets onder zijn voeten dan lege ruimte. Hij was aan het einde van het touw gekomen. Hij haalde diep adem, liet het touw los en viel met een snelheid die hem de adem benam. Toen raakte hij abrupt met beide voeten de bodem. Zijn benen begaven het en hij viel plat op de grond, als een jonge vogel die uit het nest tuimelt. Hij lag snikkend van uitputting en opluchting op zijn buik, te zwak om rechtop te gaan zitten.

'Ben je veilig, Taita? Ben je daar nog? Hoor je me?'

'Ik hoor je,' antwoordde hij en hij ging rechtop zitten. 'Ik ben voorlopig veilig. Zonder jou zou het anders zijn geweest. Je kracht heeft me gered. Ik moet nu verdergaan. Wacht tot ik je weer oproep. Ik zal je zeker weer nodig hebben.'

'Onthoud dat ik van je houd,' riep ze. Haar aanwezigheid vervaagde en hij was weer alleen in het donker. Hij haalde de vuurpot uit de mand en blies op de kolen tot de vlammen oplaaiden en stak daarna een nieuwe toorts aan. Hij hield hem omhoog en onderzocht bij het licht ervan zijn directe omgeving.

Hij stond op een smal, houten looppad dat tegen de steile wand aan zijn rechterkant was gebouwd en bevestigd was met rijen bronzen bouten die in gaten waren gedreven die in het steen waren geboord. Aan de andere kant gaapte de donkere leegte. Bij het zwakke licht van de toorts kon hij de diepte ervan niet peilen. Hij sloop naar de rand van het looppad en keek eroverheen. Beneden hen strekte zich een eindeloze duisternis uit en hij wist dat hij boven een kloof hing die doorliep tot in de ingewanden van de aarde, tot in het schimmenrijk waaruit Eos was voortgekomen.

Hij rustte nog een poosje uit. Hij had een razende dorst, maar er was niets te drinken. Hij onderdrukte het verlangen met zijn geestkracht en dreef de vermoeidheid uit zijn ledematen. Daarna pakte hij zijn sandalen uit de mand en trok ze aan. Hij zag dat zijn voeten ontveld waren door het touw. Ten slotte stond hij op en strompelde over het smalle looppad. De afgrond aan zijn linkerkant werd niet afgeschermd door een balustrade en de duisternis onder hem had een hypnotische aantrekkingskracht op hem die moeilijk te weerstaan was. Hij liep langzaam en behoedzaam en zette zijn voeten bij elke stap voorzichtig neer. Voor zijn geestesoog zag hij hoe Eos lichtvoetig als een kind over een open weide over dit looppad was gelopen en hoe ze met de toorts tussen haar sterke, witte tanden langs het touw met de knopen omhoog was geklommen toen ze terugging naar haar doolhof hoog boven haar. In tegenstelling tot haar had hij nauwelijks de kracht om over het egale looppad onder hem heen te komen.

Onder zijn voeten maakten de houten planken plaats voor ruw gehouwen rotssteen. Hij had de richel in de rotswand bereikt. Hij was maar net breed genoeg om zijn voeten houvast te geven en liep zo steil naar beneden af dat hij tegen de wand moest steunen om zijn evenwicht te bewaren.

De richel leek eindeloos en hij moest zich tot het uiterste beheersen om niet in paniek te raken. Hij was een paar honderd el over de richel afgedaald voordat hij een diepe spleet in de wand bereikte. Hij stapte erin en kwam in een andere tunnel. Hij was gedwongen om weer uit te rusten. Hij zette de toorts in een gleuf die in het steen was uitgehouwen en hij zag dat de wand erboven zwartgeblakerd was door de rook van talloze andere vlammen. Hij liet zijn gezicht in zijn handen zakken, sloot zijn ogen en haalde diep adem tot zijn hart minder snel ging kloppen. De toorts flakkerde en rookte terwijl hij opbrandde. Hij stak het laatste stukje ervan opnieuw aan en liep de tunnel verder in. Hij liep nog steiler af dan de richel waar hij net van af was gekomen. Ten slotte werd de tunnel een stenen wenteltrap. In de loop van de eeuwen waren de treden door Eos' voeten uitgesleten tot ze glad en uitgehold waren.

Hij wist dat het binnenste van de vulkaan een honingraat van oude vulkanische kraterpijpen en spleten was. Het rotssteen was heet omdat het verwarmd werd door de borrelende lava in het hart van de vulkaan. De lucht werd zwavelachtig en verstikkend als de rook uit een houtskoolsmidse.

Ten slotte bereikte Taita de tweesprong in de tunnel die hij verwacht had. De hoofdtak liep rechtdoor naar beneden, terwijl de kleinere tak in een scherpe hoek afsloeg. Taita aarzelde niet en liep de smallere opening in. De ondergrond was ruw, maar bijna vlak. Hij volgde de tunnel door verscheidene bochten tot hij ten slotte in een andere grot kwam die verlicht werd door een rossig, ovenachtig schijnsel. Zelfs dit flakkerende licht kon niet tot in de verste uithoeken van de immense ruimte doordringen. Hij keek naar beneden en zag dat hij op de rand van een andere diepe krater stond. Ver beneden hem kolkte een meer van vurige lava. Het oppervlak ervan borrelde en draaide rond en er spoten fonteinen van gesmolten steen en vonken uit. De hitte die hem tegemoet sloeg, was zo fel dat hij zijn handen omhoogbracht om zijn gezicht te beschermen.

Vanaf een plat deel van de rotswand hoog boven de brandende lava kwamen felle windvlagen. Ze raasden, loeiden en rukten aan zijn kleding zodat hij even wankelde voordat hij zich schrap zette. Voor hem strekte een uitsteeksel van de rotswand zich als een natuurlijke brug over de borrelende heksenketel uit naar de andere wand. Het zakte in het midden door, als een hangbrug van touwen en het was zo smal dat twee mannen er niet naast elkaar overheen zouden kunnen lopen. Hij stopte de rok van zijn tuniek onder zijn gordel en stapte erop. De wind die door de grot raasde, was niet constant maar woei bij vlagen. Hij kolkte woest rond en veranderde soms zonder enige waarschuwing van richting. Hij zoog hem naar achteren en dreef hen dan plotseling weer naar voren. Soms werd hij erdoor uit zijn evenwicht gebracht en wankelde hij naar de rand, maaiend met zijn armen om zijn balans te bewaren. Ten slotte werd hij door de wind gedwongen om op zijn handen en knieën te gaan zitten. Hij kroop verder en wanneer de sterkere windvlagen over hem heen loeiden, drukte hij zich plat tegen de brug en klemde zich eraan vast. De hele tijd borrelde en kolkte de lava onder hem.

Ten slotte zag hij de andere kant van de grot voor zich, weer een steile rotswand. Hij kroop ernaartoe tot hij tot zijn ontzetting zag dat het laatste deel van het rotsige uitsteeksel afgebrokkeld was en in de vurige heksenketel onder hem was gevallen. Er was een gat tussen het einde van het uitsteeksel en de andere wand van de grot dat zo breed was als drie passen van een lange man. Hij liep naar de rand en keek over het gat heen. Tegenover hem zag hij een kleine opening in de wand.

Uit Eos' geheugen wist hij dat ze hier al honderden jaren niet meer was geweest. Bij haar laatste bezoek was het uitsteeksel nog intact geweest. Dit laatste deel moest betrekkelijk kortgeleden afgebrokkeld zijn. Eos had dit niet geweten en daarom had hij niet verwacht dat hij op dit rampzalige obstakel zou stuiten.

Hij kroop een klein stukje terug, schopte zijn sandalen uit, liet de mand van zijn schouder zakken en gooide ze over de rand in het lavameer beneden. Hij wist dat hij niet de kracht had om terug te gaan, dus moest hij doorzetten. Hij sloot zijn ogen, regelde zijn ademhaling, verzamelde zijn laatste fysieke krachten en versterkte die met al zijn geestelijke en paranormale krachten. Daarna kwam hij in een gebogen houding omhoog als een marathonloper aan het begin van een wedstrijd. Hij wachtte tot de felle wind die over het uitsteeksel raasde even luwde. In de korte windstilte rende hij voorovergebogen en zijn knieën hoog optrekkend over het smalle pad naar voren. Hij sprong de ruimte in en wist op dat moment dat hij het niet zou halen. De heksenketel beneden wachtte op hem.

Toen begon de wind weer te loeien. Hij was van richting veranderd en in kracht verdubbeld en kwam nu recht van achteren. Hij blies onder de rok van zijn tuniek die opbolde en wierp hem naar voren, maar nog niet helemaal ver genoeg. Zijn onderlichaam sloeg tegen de wand aan en hij wist nog net de rand van de opening vast te grijpen. Hij bleef met zijn volle gewicht aan zijn armen hangen, terwijl zijn benen boven de afgrond bungelden. Hij probeerde zich zo ver op te trekken dat hij een elleboog over de rand kon haken, maar hij kwam maar een klein stukje omhoog en viel toen terug tot zijn armen helemaal gestrekt waren. Hij trappelde als een bezetene met zijn benen en probeerde met zijn blote voeten houvast op de wand te vinden, maar het gesteente was glad.

Een fontein van brandende lava spoot uit de heksenketel beneden hem omhoog, maar voordat het magma terugviel, spatten gesmolten deeltjes ervan op zijn blote benen en voeten. De pijn was ondraaglijk en hij schreeuwde het uit.

'Taita!' Fenn had gevoeld dat hij pijn had en ze riep hem door de ether.

'Help me,' zei hij snikkend.

'Ik ben bij je,' antwoordde ze. 'Met al onze kracht – nu!'

De pijn was een aansporing. Hij spande zich tot het uiterste in en voelde de pezen in zijn armen uitpuilen, en geleidelijk en tergend langzaam trok hij zich op tot zijn ogen op gelijke hoogte met de rand van de opening waren, maar toen kon hij niet meer. Hij voelde dat zijn armen het bijna begaven.

'Help me, Fenn!' riep hij weer.

'Samen! Nu!' Hij voelde dat haar kracht in hem stroomde. Hij trok zich langzaam op tot hij eindelijk een arm over de rand kon slaan. Hij bleef even hangen en hoorde haar toen opnieuw roepen.

'Weer samen, Taita! Nu!'

Hij trok zich weer op, sloeg zijn andere arm over de rand en vond houvast. Nu hij zijn beide armen over de rand had, kwam zijn moed terug. Hij negeerde de pijn in zijn verbrande benen en trok zich omhoog tot zijn bovenlichaam over de rand klapte. Trappelend en hijgend, sleepte hij zich de opening in. Hij bleef lang liggen tot hij genoeg kracht verzameld had om rechtop te gaan zitten. Hij keek naar zijn benen en zag de brandwonden. Toen hij de brokjes lava lostrok die nog aan zijn voetzolen kleefden, kwamen er stukjes vlees mee. Op zijn kuiten zwollen blaren op die met een doorzichtige vloeistof gevuld waren. Hij was bijna verlamd door de pijn, maar hij wist zich overeind te hijsen door de wand als steun te gebruiken. Daarna strompelde hij verder de tunnel in. Zijn voetzolen waren rauw en hij liet bloedige voetsporen op het steen achter. De vurige heksenketel achter hem gaf genoeg licht om te kunnen zien waar hij liep.

De tunnel bleef een kort stukje vlak en begon toen af te hellen. Het roodachtige licht vervaagde en bij het laatste schijnsel ervan zag hij een half opgebrande toorts die in een scheur in de muur was gestoken en daar al sinds Eos' laatste bezoek van zo lang geleden moest zijn. Ik heb niets om hem mee aan te steken, dacht hij. Toen herinnerde hij zich de kracht die hij van de heks had afgenomen. Hij strekte een hand uit, wees met zijn wijsvinger naar het verkoolde uiteinde van de toorts en concentreerde zijn psychische kracht erop.

Een gloeiend plekje verscheen boven aan de dode toorts. Er steeg een rooksliertje uit op en toen vatte de toorts abrupt vlam en begon helder te branden. Hij pakte hem uit de scheur, hield hem hoog in de lucht en strompelde zo snel verder als zijn verbrande voeten hem konden dragen. Hij kwam bij een andere aflopende schacht. Deze had ook treden, maar het steen was niet uitgesleten en de sporen van de beitels van de steenhouwers waren nog vers. Hij liep naar beneden, maar de trap leek eindeloos en hij moest regelmatig stoppen om uit te rusten. Tijdens zo'n rustpauze hoorde hij een zacht geruis en hij voelde de lucht en het rotssteen waarop hij zat trillen. Het geluid was niet constant, maar werd afwisselend harder en zachter als het langzame kloppen van een gigantisch hart.

Hij wist wat het was.

Hij kwam gretig overeind en daalde de trap weer af. Het geluid werd steeds sterker en duidelijker. Hij bleef doorlopen en terwijl het geluid aanzwol, nam zijn opwinding toe tot ze zo sterk was dat de pijn in zijn benen verdoofd werd. Het geluid van de reuzenhartslag bereikte een climax. De rotswanden schudden. Hij sleepte zich naar voren en bleef toen verbaasd staan. Hij had de herinnering aan deze plek van Eos, maar de tunnel liep dood. Langzaam en moeizaam liep hij naar voren tot hij voor de wand stond.

Hij leek van een natuurlijke, ruwe steensoort te zijn. Er zaten geen scheuren of openingen in, maar in het midden, op ooghoogte, waren drie tekens gegraveerd. Het eerste was zo oud en geërodeerd door het zwavelgas uit het lavameer dat het onleesbaar was geworden zodat hij niet kon niet schatten hoe oud het was. Het tweede was maar iets recenter en toen hij het nauwkeuriger bestudeerde, zag hij dat het de contour van een kleine piramide was, het geestesteken van een priester of een heilige man. Het derde was het recentst, maar desondanks vele eeuwen oud. Het was de contour van Eos' geestesteken, de kattenpoot.

De inscripties waren de handtekeningen van degenen die deze plek vóór hem hadden bezocht. Sinds het begin der tijden hadden maar drie anderen hun weg hiernaartoe gevonden. Hij raakte het steen aan en voelde dat het koud was, in schrille tegenstelling tot de helse kraters en het brandende lavameer die hij onderweg had gezien.

'Dit is de poort tot de Bron waarnaar mannen eeuwenlang gezocht hebben,' fluisterde hij in diepe eerbied. Hij legde zijn hand op het kattenpootsymbool dat onder zijn aanraking warm werd. Hij wachtte op de korte stilte in de hartslag van de aarde en sprak toen de drie krachtwoorden uit die hij van de heks had afgenomen: de geheime verbinding die niemand kende.

'Tashkalon! Ascartow! Silondela!'

Het rotsgesteente kreunde en begon onder zijn hand te bewegen. Toen hij harder duwde, hoorde hij een scherp knarsend geluid en de hele wand rolde log opzij, als een ronddraaiende molensteen. Erachter was een korte trap en daarna was er een bocht in de tunnel waaruit een geluid kwam als het gebrul van een gewonde leeuw. Nu het geluid niet langer gedempt werd door de stenen deur barstte het gedonder van de hartslag van de aarde in volle hevigheid om hem heen los. Voordat hij zich schrap kon zetten, werd hij door de kracht ervan een pas naar achteren gedreven. De tunnel voor hem werd verlicht door een vreemd blauw licht dat sterker werd bij de reuzenhartslagen en ertussenin vervaagde.

Taita stapte door de poort heen. Aan weerszijden van de wand stonden toortsen in een gleuf. Hij stak ze aan en toen ze helder brandden, liep hij kreupel door de gang naar de bron van het geluid. Hij was nog nooit vervuld geweest van zo'n diep gevoel van ontzag, zelfs niet in de heiligdommen in de tempels van de grote goden van Egypte. Hij sloeg aan het eind van de gang de hoek om en bleef boven aan een andere korte trap staan. Beneden zag hij een gladde vloer van wit zand.

Vervuld van angst liep hij de trap af en kwam uit in iets wat op de droge bedding van een grote onderaardse rivier leek. Hij wist dat nu snel het geluid en het licht uit de donkere tunnel zouden barsten. Wat zouden de gevolgen zijn als hij het mystieke water van de rivier van het leven over zich heen liet stromen?

Eeuwig leven zou een vloek in plaats van een zegen kunnen zijn. Wanneer de eerste eeuwen voorbij zouden zijn, zou hij misschien ten prooi vallen aan een verlammende verveling en ongeïnspireerdheid waaraan niet te ontsnappen zou zijn. Zouden zijn geweten en moraal door de tijd uitgehold worden? Zouden zijn hoge principes en fatsoen langzaam verdwijnen en vervangen worden door het perverse kwaad en de boosaardigheid waaraan Eos zich had overgegeven?

Hij verloor de moed en wilde zich omdraaien om te vluchten, maar hij had te lang geaarzeld. Een hard blauw licht vulde de tunnel. Zelfs als hij het had gewild, zou hij er nu niet meer aan kunnen ontsnappen. Hij zette zich schrap om de naderende donder op te vangen. Uit de mond van de onderaardse rivier barstte iets stralends los dat geen bron leek te hebben. Pas toen het om zijn blote voeten wervelde, besefte hij dat het gas noch vloeistof was. Het was zo licht als lucht en tegelijk dicht en zwaar. Het was ijskoud op zijn huid, maar verwarmde het vlees eronder.

Dit was het elixer van het eeuwige leven.

Het groeide snel aan tot een vloedgolf die tot zijn middel kwam. Als het water was geweest zou hij door het gewicht ervan omvergegooid en door de rivier in de diepte van de aarde meegesleurd zijn. In plaats daarvan hield het hem gevangen in een zachte omhelzing. De donder vulde zijn hoofd en het blauwe getij steeg tot zijn schouders. Hij voelde zich gewichtloos en vrij en licht als een distelpluim. Hij haalde nog een laatste keer diep adem en sloot zijn ogen toen het getij over zijn hoofd stroomde. Hij kon de blauwe straling door zijn gesloten ogen nog steeds zien en de donder vulde zijn oren.

Hij voelde hoe de Blauwheid de openingen van zijn onderlichaam binnensijpelde en hem opvulde. Toen hij zijn ogen opende, spoelde ze eroverheen. Hij ademde de lucht die hij vasthield uit en haalde weer diep adem. Hij voelde dat het blauwe elixer zijn neusgaten binnenstroomde en via zijn keel zijn longen binnenliep. Hij opende zijn mond en zoog de Blauwheid in. Zijn hart pompte krachtig toen de Blauwheid uit zijn longen zijn bloed binnensijpelde en door zijn hele lichaam werd getransporteerd. Hij voelde de tintelingen ervan in zijn vingertoppen en tenen. Zijn vermoeidheid verdween en hij voelde zich sterker dan hij zich ooit had gevoeld. Zijn geest sprankelde kristalhelder.

De Blauwheid verwarmde zijn vermoeide, oude vlees en streelde en vernieuwde het. De pijn in zijn voeten en benen was verdwenen. De ontvelde, verbrande huid genas. Hij voelde dat zijn pezen krachtiger en zijn botten harder werden. Zijn ruggengraat werd rechter en zijn spieren werden steviger. Zijn geest werd geladen met de verwondering en het optimisme van de jeugd die hij zo lang geleden verloren had, maar de onschuld werd getemperd door de oneindige hoeveelheid wijsheid en ervaring die hij nu bezat.

Toen begon de Blauwheid zich langzaam terug te trekken. De donder stierf weg en hij hoorde hem door de tunnel rollen. Hij stond alleen in de stille rivierbedding en keek naar zichzelf. Hij tilde beurtelings zijn voeten op. De brandwonden op zijn kuiten en voetzolen waren genezen. De huid was glad en smetteloos. De spieren van zijn benen tekenden zich duidelijk af en puilden uit. Zijn benen wilden rennen. Hij draaide zich om en rende de trap naar de rollende stenen poort met twee à drie treden tegelijk op. Zijn benen droegen hem moeiteloos naar boven. Zijn voeten bleven nergens haken. Hij bleef even voor de poort van de grot staan. Hij griste de toortsen uit hun houders en draaide zich opzij om de krachtwoorden te schreeuwen. De stenen poort ging rommelend dicht. Hij zag dat er nu een andere handtekening naast de andere drie in het steen gegraveerd was, het symbool van de gewonde valk: zijn eigen geestesteken. Hij wendde zich af en liep de steile trap op. Hij hoorde de eeuwige donder van de Bron achter hem en de machtige hartslag van de aarde echode in zijn borst.

Hij had geen behoefte om te stoppen om uit te rusten: zijn ademhaling was snel en licht en zijn blote voeten vlogen over het steen. Hij bleef omhooglopen tot het geluid van de Bron verzwakte en al snel hoorde hij het niet meer. De klim leek korter te duren dan de afdaling. Voordat hij het verwachtte, zag hij de ovenachtige gloed van de heksenketel voor zich uit. Weer keek hij neer op het kolkende lavameer. Hij bleef net lang genoeg staan om op het oog de breedte van de opening in het rotsuitsteeksel te meten. Het gat had eerder angstaanjagend en intimiderend geleken, maar nu leek het onbeduidend. Hij liep een stuk of zes passen terug en rende toen naar voren. Met de brandende toorts hoog geheven, sprong hij uit de mond van de tunnel en vloog over de opening. Hij landde perfect in evenwicht drie volle passen voorbij de rand. Hoewel op dat moment een felle windvlaag hem trof, bleef hij in balans: hij wankelde niet.

Hij zette zich in beweging en rende lichtvoetig over de lange, smalle, stenen brug hoog boven het lavameer, terwijl hij daarvoor had moeten kruipen. Hoewel de wind aan hem klauwde en de rok van zijn tuniek om zijn benen deed wapperen, minderde hij geen moment snelheid. Hij bukte onder het stenen dak van de tunnel aan het einde van het verhoogde pad en liep door. Hij volgde alle bochten en stopte pas toen hij de tweesprong in de tunnel bereikte en de hoofdtak in stapte.

Zelfs hier had hij niet de behoefte om te rusten. Zijn ademhaling was diep en gelijkmatig en zijn benen waren zo sterk als cederhouten balken. Toch zette hij de toortsen rechtop in scheuren in de wand, hees zijn tuniek op en ging op een stenen trede zitten. Hij schoof zijn rok zo ver mogelijk omhoog en bewonderde zijn benen. Hij streek met zijn handen over de gladde, smetteloze huid: de krachtige spieren eronder tekenden zich duidelijk af. Toen hij ze aanraakte, voelde hij dat ze hard en veerkrachtig waren. Toen zag hij zijn handen. De huid op de rug ervan was die van een man in de kracht van zijn leven. De donkere, roestbruine ouderdomsvlekken waren verdwenen. Zijn armen waren, net als zijn benen, hard en welgevormd. Hij bracht zijn handen naar zijn gezicht omhoog en verkende het met zijn vingertoppen. Zijn baard voelde dikker aan en de huid van zijn keel en onder zijn ogen was strak en rimpelloos. Hij streek met zijn vingers door zijn haar en voelde dat het dik en springerig was.

Hij lachte hardop van plezier bij de gedachte dat zijn uiterlijk helemaal veranderd moest zijn. Hij wou dat hij de spiegel meegebracht had die Rei hem gegeven had. Hij had de voldoening van gerechtvaardigde ijdelheid al minstens een eeuw niet meer gekend.

'Ik ben weer jong!' schreeuwde hij toen hij overeind sprong en de toortsen pakte.

Voor hij veel verder was, kwam hij bij een plek waar zoet water uit een scheur in de wand stroomde en langs de muur in een natuurlijk stenen bekken druppelde. Hij dronk en ging toen verder. Zelfs onder het rennen dacht hij alleen maar aan Fenn. Het was nu al zo veel maanden geleden dat hij haar voor het laatst had gezien en hij vroeg zich af hoe sterk ze uiterlijk veranderd zou zijn sinds hij haar had geschouwd. Tijdens de korte contacten die hij eerder die dag met haar had gehad, had hij gevoeld dat ze heel erg veranderd was.

Natuurlijk is ze veranderd, maar niet zoveel als ik. We zullen elkaar verbazen wanneer we elkaar weer zien. Ze is geen kind meer. Ze zal een jonge vrouw zijn geworden. Wat zal ze van me vinden? Hij voelde zich licht in het hoofd bij het vooruitzicht dat hij haar weer zou zien.

Hij had elk tijdsbesef verloren. Hij wist niet of het dag of nacht was, maar hij ging door. Ten slotte bereikte hij een punt waar de tunnel weer in een steile trap overging. Toen hij onder aan de trap kwam, zag hij dat de weg versperd werd door een zwart, leren gordijn dat versierd was met mystieke symbolen en karakters. Hij doofde de toortsen en liep er dichter naartoe. Een zachte lichtstraal was door een kier in het gordijn te zien. Hij luisterde ingespannen. Zijn gehoor was onmetelijk veel scherper dan het was geweest voordat hij de Bron was binnengegaan. Hij hoorde niets. Voorzichtig trok hij de kier een stukje verder open en tuurde naar binnen. Hij zag een kleine, schitterend gemeubileerde kamer. Hij zocht snel naar een teken van leven, maar hij vond geen aura. Hij trok het gordijn wijder open en stapte naar binnen.

Dit was Eos' boudoir. De muren en het dak waren bedekt met ivoren tegels die allemaal versierd waren met een prachtig uitgesneden motief dat beschilderd was met juweelachtige kleuren. Het effect was vrolijk en betoverend. Vier olielampen hingen aan bronzen kettingen aan het plafond. Ze verspreidden een zacht licht. Tegen de andere muur stond een met zijde beklede bank die vol lag met kussens en in het midden van de vloer stond een lage ebbenhouten tafel. Erop stonden schalen met fruit, honingkoeken en andere zoetigheid en een karaf rode wijn waar een goudkleurige stop in de vorm van een dolfijn zat. Op een andere tafel lag een stapel papyrusrollen en een van puur goud gemaakt astrologisch model van de hemel waarop de banen van de zon, de maan en de planeten waren afgebeeld. De vloer was bedekt met verscheidene op elkaar gelegde zijden tapijten.

Hij liep rechtstreeks naar de tafel in het midden en pakte een trosje druiven van een schaal. Hij had niets meer gegeten sinds hij de doolhof van de heks had verlaten en nu had hij de honger van een jongeman. Toen hij een halve schaal had leeggegeten, liep hij naar een tweede leren gordijn naast de bank. Dit was ook rijk versierd en identiek aan het gordijn waardoor hij binnen was gekomen. Hij ging ernaast staan om te luisteren, maar toen hij niets hoorde, glipte hij erdoorheen en kwam in een kleine antichambre. Hier stond een kruk voor de andere muur waarin een kijkgat was geboord. Taita liep ernaartoe en boog zich voorover om erdoorheen te kunnen kijken.

Hij zag dat het de zaal van de Opperste Raad van de oligarchen was. Dit was het kijkgat dat Eos gebruikte wanneer ze van de hoge berg naar beneden kwam om leiding te geven aan werkzaamheden van de Raad. In deze zaal had Taita Aquer, Ek-Tang en Caithor voor het eerst ontmoet. Nu was het er leeg en halfdonker. Het hoge raam achterin omlijstte een stuk van de nachthemel dat een deel van de constellatie van Centaurus omvatte. Het was na middernacht en het was stil in het paleis. Hij ging terug naar Eos' boudoir en at de rest van het fruit op. Daarna strekte hij zich op de bank uit, sprak de toverspreuk om onzichtbaar te worden uit om veilig te zijn terwijl hij sliep, sloot zijn ogen en viel bijna direct in slaap.

Hij werd gewekt door het geluid van stemmen dat uit de zaal van de Opperste Raad kwam. De muren hadden het geluid moeten dempen, maar zijn gehoor was zo veel scherper geworden dat hij Heer Aquers stem herkende.

Taita stond snel van de bank op, liep naar Eos' kijkgat en keek erdoorheen. Acht militairen in volledig gevechtstenue lagen voor het podium in een onderdanige en eerbiedige houding voor de twee oligarchen neergeknield. Heer Aquer stond en veegde de mannen die voor hem neerknielden de mantel uit.

'Hoe bedoel je, ze zijn ontkomen? Ik heb je bevolen om hen gevangen te nemen en bij me te brengen. Nu zeg je dat ze ontsnapt zijn. Leg dat eens uit.'

'We hebben tweeduizend man in het veld. Ze zullen niet veel langer op vrije voeten zijn.' De man die sprak, was kapitein Onka. Hij kromp op zijn knieën ineen onder Heer Aquers uitbrander.

'Tweeduizend?' vroeg Aquer. 'Waar is de rest van onze troepen? Ik heb je bevolen het hele leger op te roepen om deze opstand de kop in te drukken. Ik zal zelf aan het hoofd van de troepen ten strijde trekken. Ik zal de verrader Tinat Ankut en zijn medesamenzweerders vinden. Allemaal, versta je me? Vooral de nieuwkomer Meren Cambyses en de vreemdelingen die hij naar Jarri meegebracht heeft. Ik zal persoonlijk toezien op hun marteling en executie. Ik zal een voorbeeld stellen dat nooit vergeten zal worden!' Hij keek woedend naar zijn officieren, maar geen van hen durfde iets te zeggen of hem zelfs maar aan te kijken.

'Wanneer ik met de leiders afgerekend heb, zal ik wraak nemen op elke immigrant in Jarri,' tierde Aquer. 'Het zijn verraders. Op bevel van deze Raad worden hun eigendommen verbeurd verklaard door de godin en de staat. De mannen worden naar de mijnen gestuurd – we komen slaven tekort. Ik wil dat de oudere vrouwen en de kinderen boven de twaalf jaar in de slavenkooien worden gezet. De jongere kinderen worden zonder uitzondering over de kling gejaagd. Aantrekkelijke meisjes worden naar de boerderijen gebracht voor het fokprogramma. Hoe lang duurt het voordat je de rest van onze regimenten hebt verzameld, kolonel Onka?'

Taita begreep dat Onka bevorderd was tot commandant van het regiment dat voorheen door Tinat was geleid.

'We zullen morgen voor het middaguur gereed zijn om uit te rijden, grote heer,' antwoordde Onka.

Taita luisterde in verwarring. Alles in Jarri was veranderd tijdens zijn verblijf in de bergen. Hij maakte zich in de eerste plaats zorgen om Fenn en Meren. Misschien waren ze al in Onka's handen. Hij moest direct contact met Fenn maken om zich ervan te vergewissen of ze veilig was, maar het was ook van cruciaal belang dat hij deze gelegenheid om Aquers plannen af te luisteren volledig benutte.

Hij bleef bij het kijkgat staan, terwijl Aquer doorging met bevelen geven. Aquer was een ervaren bevelhebber en zijn strategie leek effectief te zijn. Taita kon daar nu echter bij het maken van zijn eigen plannen rekening mee houden. Ten slotte stuurde Aquer zijn kolonels weg en de twee oligarchen bleven alleen in de zaal achter. Aquer liet zich boos op zijn stoel ploffen.

'We worden omringd door idioten en lafaards,' klaagde hij. 'Hoe heeft die opstand onder onze neus kunnen ontstaan?'

'Ik vermoed dat die zogenaamde magiër, Taita van Gallala, hier de hand in heeft,' antwoordde Ek-Tang. 'Ik twijfel er niet aan dat hij dit misdadige complot aangesticht heeft. Hij komt rechtstreeks uit Egypte in opdracht van Nefer Seti en zodra we hem in Jarri verwelkomd hebben, breekt de eerste opstand in tweehonderd jaar in het land uit.'

'Tweehonderdtwaalf jaar,' corrigeerde Aquer hem.

'Inderdaad, tweehonderdtwaalf,' beaamde Ek-Tang met een stem die oversloeg van ergernis, 'maar aan dat soort muggenzifterij hebben we niets. Wat moeten we aan deze opruier doen?'

'Je weet dat Taita de speciale gast van de godin was en dat hij op de berg een afspraak met haar had. Degenen die door Eos ontboden worden, keren nooit terug. We hoeven ons verder niet druk om hem te maken. Je zult hem nooit meer zien. Degenen die hij naar Jarri meegebracht heeft, zullen spoedig voor de rechtbank gesleept worden...' Aquer zweeg en zijn boze uitdrukking verdween. Hij glimlachte vol verwachting. 'Zijn pupil, het meisje dat hij Fenn noemt, zal mijn speciale zorg krijgen.' Taita zag dat er vonken van wellust van zijn aura spatten.

'Is ze oud genoeg?' vroeg Ek-Tang.

'Voor mij zijn ze altijd oud genoeg.' Aquer maakte een suggestief gebaar.

'We hebben allemaal onze voorkeuren,' zei Ek-Tang. 'Het is maar goed dat we niet allemaal dezelfde geneugten nastreven.' De twee oligarchen stonden op en verlieten arm in arm de zaal. Taita ging terug naar het boudoir van de heks en hij vergrendelde de deur voordat hij Fenn opriep. Haar teken verscheen bijna onmiddellijk voor zijn geestesoog en hij hoorde haar lieve stem in zijn oren klinken. 'Ik ben er.'

'Ik heb je al eerder opgeroepen,' zei hij. 'Ben je in gevaar?'

'We zijn allemaal in gevaar,' antwoordde ze, 'maar voorlopig zijn we veilig. Het land is in beroering. Waar ben je, Taita?'

'Ik ben uit de berg ontsnapt en ik verberg me vlak bij de zaal van de Opperste Raad.'

Zelfs door de ether heen was duidelijk te horen hoe verbaasd ze was. 'O, Taita, je blijft me verbazen en in verrukking brengen.'

'Wanneer we elkaar weer zien, heb ik nog veel meer waar je verrukt van zult zijn,' beloofde hij. 'Kunnen Meren en jij naar me toe komen of moet ik jullie zien te vinden?'

'We houden ons ook schuil, maar op een plek die maar een kilometer of tien van jou vandaan is,' antwoordde Fenn. 'Vertel me waar we je kunnen ontmoeten.'

'Ten noorden van de citadel is een smal dal in de uitlopers van de bergen. Het is niet ver van de bergweg, ongeveer vijf kilometer van het paleis. De ingang ervan wordt gemarkeerd door een duidelijk herkenbaar bosje acacia's op de helling erboven dat van veraf gezien de vorm van een paardenhoofd heeft. Zo ziet het eruit,' zei hij en hij zond haar een beeld ervan door de ether toe.

'Ik zie het duidelijk,' antwoordde ze. 'Sidudu zal het wel herkennen. Als ze dat niet doet, roep ik je op. Ga snel naar het dal, Taita. We hebben nog maar weinig tijd om uit dit weerzinwekkende land te vluchten en aan de wraak van de Jarrianen te ontkomen.'

Taita zocht snel in het boudoir naar een wapen en een soort vermomming, maar hij vond niets. Hij was nog steeds blootsvoets en gekleed in de simpele tuniek die vuil was van het stof en het roet en geschroeid door druppels van het brandende magma. Hij liep haastig naar de deur en ging de lege audiëntiezaal binnen. Hij herinnerde zich nog precies welke route hij moest nemen om de ingang te bereiken waardoor Tinat hem bij zijn eerste bezoek aan de citadel naar binnen had gebracht. Hij stapte de gang in en zag dat het er verlaten was. Toen de oligarchen vertrokken, moesten ze de gardisten weggestuurd hebben. Hij liep naar de achterkant van het gebouw en had bijna de hoge dubbele deuren van de binnenhof bereikt toen een luide stem hem sommeerde om te blijven staan.

'Jij daar! Blijf staan en vertel wat je hier doet.'

In zijn haast was Taita vergeten om de toverspreuk om zich onzichtbaar te maken uit te spreken. Hij draaide zich met een vriendelijke glimlach om. 'Ik ben in verwarring door de grootte van het paleis en ik zou u dankbaar zijn als u me wilt helpen om de uitgang te vinden.'

De man die hem staande had gehouden, was een van de citadelwachten, een forse sergeant van middelbare leeftijd in volledig uniform. Hij had zijn zwaard getrokken en kwam met grote passen en met een agressieve uitdrukking op zijn gezicht op Taita af.

'Wie ben je?' schreeuwde hij weer. 'Je ziet eruit als een smerige, schurkachtige dief.'

'Vrede, vriend.' Nog steeds glimlachend hief Taita zijn beide handen in een verzoenend gebaar. 'Ik heb een dringende boodschap voor kolonel Onka.'

'De kolonel is al vertrokken.' De sergeant stak zijn linkerhand uit. 'Geef mij de boodschap maar, als je niet liegt en je er echt een hebt. Ik zorg wel dat hij haar krijgt.' Taita deed alsof hij in zijn buidel zocht, maar toen de man dichterbij kwam, greep hij zijn pols vast en trok hem uit zijn evenwicht. Instinctief trok de sergeant met zijn volle gewicht terug. In plaats van zich te verzetten, bewoog Taita met hem mee en hij gebruikte zijn voorwaartse snelheid om hem met beide ellebogen in de borst te stoten. Met een verraste kreet verloor de man zijn balans en sloeg achterover. Snel als een luipaard sprong Taita boven op hem en stootte met de muis van zijn hand onder zijn kin. De nekwervels van de sergeant werden met een luide knal uiteengerukt en hij was onmiddellijk dood.

Taita knielde naast hem neer en maakte zijn helm los met de bedoeling zijn uniform als vermomming te gebruiken, maar voordat hij de helm van het hoofd van de man kon trekken, klonk er weer een schreeuw en twee andere gardisten kwamen met getrokken zwaard door de gang op hem af rennen. Taita wrikte het zwaard uit de hand van de dode man en sprong overeind om de strijd met de aanvallers aan te binden.

Hij bracht het zwaard met zijn rechterhand omhoog. Het was een zwaar infanteriemodel, maar het voelde vertrouwd aan en het lag goed in de hand. Vele jaren geleden had hij het wapenhandboek geschreven voor de regimenten van de farao en zwaardvechten was een van zijn grootste hobby's. Sindsdien hadden de jaren hem de kracht in zijn rechterarm ontnomen, maar nu had hij die teruggekregen, net als zijn lenigheid en zijn snelle voetenwerk. Hij pareerde de stoot van de eerste aanvaller en dook onder de houw van de tweede door. Hij bleef laag, hakte naar de achterkant van de enkel van de eerste man en sneed zijn achillespees helemaal door. Toen sprong hij op en draaide onverwacht tussen de beide mannen in het rond voordat ze zich konden herstellen. De nietgewonde man draaide zich om en wilde hem volgen, maar terwijl hij dat deed, was zijn zij onbeschermd. Taita stak hem diep onder zijn oksel waarbij hij de punt van het zwaard tussen zijn ribben door liet glijden. Met een beweging van zijn pols draaide hij het zwaard in de wond om zodat deze helemaal geopend werd en trok het uit het zuigende, natte vlees. Zijn slachtoffer viel op zijn knieën en hoestte druppels bloed uit zijn doorboorde longen op. Taita draaide zich naar de gardist die hij verwond had toe.

De doodsangst stond in de ogen van de man te lezen toen hij achteruit weg probeerde te komen, maar zijn verminkte voet klapperde krachteloos en hij viel bijna. Taita maakte een schijnbeweging naar zijn gezicht en toen de man zijn zwaard omhoogbracht om zijn ogen te beschermen, stak hij hem door zijn buik, trok het zwaard terug en sprong achteruit. De man liet zijn wapen vallen en viel op zijn knieën. Taita stapte weer naar voren en stak naar beneden in zijn nek, net onder de rand van de helm. De gardist viel op zijn buik en bleef roerloos liggen.

Taita sprong over de twee lijken heen en liep naar de eerste man die hij gedood had. In tegenstelling tot dat van de anderen was zijn uniform niet met bloed bevlekt. Hij maakte snel de sandalen van de man los en trok ze aan. Ze pasten redelijk goed. Hij deed de zwaardriem met de schede om, zette de helm op en trok de cape aan terwijl hij naar de achterdeuren van de citadel rende. Hij vertraagde zijn snelheid tot een wandeltempo toen hij erbij in de buurt kwam en trok de vuurrode cape dicht om zijn gescheurde, vuile tuniek te verbergen. Toen hij naar de deuren liep, zond hij een impuls uit om de geest van de schildwachten die ze bewaakten in slaap te sussen. Ze keken zonder veel belangstelling naar hem toen hij tussen hen door liep en de marmeren trap naar de binnenhof afdaalde.

Op het exercitieterrein wemelde het van de mannen en paarden van Onka's regiment die zich op de strijd voorbereidden. Taita zag Onka zelf rondlopen terwijl hij orders naar zijn kapiteins schreeuwde. Hij mengde zich in het gewoel en liep vlak langs Onka toen hij naar de stallen liep. Hoewel Onka in zijn richting keek, toonde hij geen blijk van herkenning.

Taita bereikte het stalerf zonder dat hij staande gehouden werd. Hier heerste dezelfde koortsachtige activiteit. De hoefsmeden besloegen de paarden opnieuw, de wapensmeden scherpten met de slijpstenen de pijlpunten en de zwaarden en de stalknechten zadelden de paarden van de officieren. Taita overwoog een van de getuierde paarden te stelen, maar hij besefte dat de kans dat hem dat zou lukken bijna nihil was. Hij liep naar de achtermuur van het paleis.

De stank leidde hem naar de latrines die achter de gebouwen verscholen lagen. Toen hij er aangekomen was, keek hij zorgvuldig rond om zich ervan te vergewissen dat hij niet in de gaten gehouden werd. Een schildwacht patrouilleerde boven hem op de muur, dus wachtte hij op de commotie waarvan hij wist dat die zou ontstaan. Het duurde niet lang voordat hij woedend geschreeuw uit de richting van de citadel hoorde. Er werd op fluiten geblazen en de mannen werden met tromgeroffel te wapen geroepen. De drie lijken die hij in de gang had achtergelaten, waren ontdekt en de aandacht van het garnizoen was op de citadel gericht. De schildwacht rende naar de andere kant van de borstwering en keek uit over het exercitieterrein om de reden voor het tumult te vinden. Zijn rug was naar Taita toegekeerd.

Taita zwaaide zich omhoog op het platte dak van de latrines. Daarvandaan kon hij op de muur komen. Hij nam een aanloop, sprong naar de rand van de borstwering en trok zich met beide armen op tot hij er een been overheen kon zwaaien. Hij rolde over de top van de muur en liet zich er aan de andere kant af vallen. Het was een diepe val, maar hij ving de schok van de landing met gebogen benen op en keek toen snel om zich heen. De blik van de schildwacht was nog steeds van hem afgewend. De rand van het bos was dichtbij en hij rende over het open terrein naar de bomen. Daar nam hij een minuut de tijd om zich te oriënteren en daarna begon hij aan de beklimming van de steile heuvel waarbij hij geulen, lang gras en struikgewas als dekking gebruikte om zich te verbergen voor iemand beneden die toevallig zijn richting uit zou kijken. Toen hij de top van de heuvel bereikte, tuurde hij er voorzichtig overheen. De weg die naar de Wolkentuinen leidde, was vlak beneden hem. Hij was verlaten. Hij rende naar beneden, stak de weg snel over en zocht dekking in een bosje struiken. Daarvandaan kon hij het groepje bomen met de vorm van een paardenhoofd op de volgende uitloper van de bergen zien. Hij rende met grote sprongen de puinhelling af en het dal in, terwijl de losse stenen onder zijn voeten wegrolden, en hij bereikte de bodem zonder zijn evenwicht te verliezen. Hij draafde langs de voet van de heuvel tot hij bij een opening kwam. De hellingen van het dal waren steil en hij liep de opening een stukje in. Toen draaide hij zich opzij, klom naar een uitkijkpunt waarvandaan hij de ingang in de gaten kon houden en installeerde zich om te wachten.

De zon bereikte zijn hoogtepunt en begon toen naar de horizon te zakken. Hij zag een stofwolk aan de andere kant van het dal. Het leek alsof een grote groep cavaleristen snel in oostelijke richting reed. Er ging ongeveer een uur voorbij en toen hoorde hij het zwakke geluid van hoefslagen dichterbij komen. Een kleine groep ruiters verscheen onder hem en stopte. Sidudu voerde hen aan, gezeten op een kastanjebruine pony. Ze wees in het dal omhoog naar de plek waar Taita zich verborg. Meren reed langs haar heen en nam de kop over. De groep naderde in draf en Meren werd gevolgd door een prachtige, jonge vrouw op een hengstveulen. Haar lange benen waren bloot en haar blonde haar werd door de wind op haar schouders geblazen. Ze was slank en had een trotse houding. Zelfs op deze afstand zag Taita dat haar borsten onder het gebleekte linnen van haar tuniek vooruitstaken. De wind blies haar gouden krullen opzij zodat haar gezicht te zien was en Taita zoog zijn adem scherp in. Het was Fenn, maar een andere Fenn dan het meisje dat hij had gekend en van wie hij had gehouden. Dit was een zelfverzekerde, evenwichtige jonge vrouw in de eerste bloei van haar schoonheid.

Fenn reed op haar grijze hengstveulen en ze voerde Windrook achter zich aan een leidsel mee. Hilto reed rechts naast haar en Nakonto en Imbali volgden hen op de hielen, allebei te paard en ze hadden een goede zit – ze hadden nieuwe vaardigheden geleerd in de vele maanden waarin hij weg was geweest. Taita verliet de richel waarop hij neergehurkt zat en klauterde de helling af. Hij sprong naar voren en viel het laatste steile stuk naar beneden. De vuurrode cape viel om hem heen open als een paar vleugels, maar het vizier van de leren helm bedekte het bovenste deel van zijn gezicht. Hij landde recht voor Meren op het pad.

Met de reflexen van een geoefende krijger reed Meren met een intimiderende schreeuw op hem af toen hij het Jarriaanse uniform zag. Hij trok zijn zwaard en hief het hoog op. Taita had maar net genoeg tijd om zich op te richten en zijn eigen wapen te trekken. Meren leunde uit het zadel en hakte naar zijn hoofd. Taita weerde de slag af en sprong opzij. Meren liet zijn paard op zijn hurken zakken en draaide het hoofd van het dier om. Daarna viel hij opnieuw aan. Taita rukte de helm van zijn hoofd en gooide hem neer. 'Meren! Ik ben het, Taita,' schreeuwde hij.

'Je liegt! Je lijkt helemaal niet op de magiër!' Meren hield zijn aanval niet in. Hij leunde weer uit het zadel, bracht zijn zwaard omhoog en richtte het op het midden van Taita's borst. Op het laatste nippertje zwenkte Taita opzij en de punt van het zwaard schampte zijn schouder toen Meren langs hem raasde.

Taita schreeuwde tegen Fenn toen ze naar voren reed: 'Fenn! Ik ben het, Taita.'

'Nee! Nee! Je bent Taita niet! Wat heb je met hem gedaan?' schreeuwde ze. Meren stopte en liet het paard keren voor de volgende aanval. Nakonto liet zijn werpspies op zijn schouder rusten en was gereed om hem te werpen zodra hij goed langs Meren heen kon kijken. Imbali sprong van haar paard en hief haar strijdbijl, terwijl ze naar voren rende. Hilto volgde haar met getrokken zwaard. Fenn en Sidudu zetten pijlen op hun boog.

Fenns ogen glinsterden als smaragden in haar woede. 'Je hebt hem omgebracht, schurk die je bent!' schreeuwde ze. 'Je krijgt een pijl door je zwarte hart.'

'Fenn! Aanschouw mijn geestesteken!' riep Taita dringend in het Tenmass. Haar kin ging met een ruk omhoog. Toen zag ze het teken van de gewonde valk boven zijn hoofd zweven en ze verbleekte van schrik. 'Nee! Nee! Hij is het! Het is Taita! Stop je zwaard weg, zeg ik je! Stop het weg, Meren.' Meren zwenkte opzij en toomde zijn paard in.

Fenn sprong van Wervelwinds rug en rende naar Taita toe. Ze sloeg allebei haar armen om Taita's nek en snikte hartverscheurend. 'O! O! O! Ik dacht dat je dood was. Ik dacht dat ze je vermoord hadden.'

Taita hield haar dicht tegen zijn borst gedrukt en haar lichaam was soepel en hard tegen het zijne. Haar zoete geur vulde zijn neusgaten en maakte hem duizelig. Zijn hart zwol op in zijn borst en hij kon geen woord uitbrengen. Ze hielden elkaar met een stille intensiteit omarmd terwijl de anderen verbijsterd toekeken. Hilto probeerde zijn gebruikelijke flegmatische houding te bewaren, maar het lukte hem niet. Nakonto en Imbali waren stom door hun angst voor tovenarij. Ze spuwden allebei naar links en rechts en maakten het teken tegen boze geesten.

'Hij is het niet,' herhaalde Meren. 'Ik ken de magiër beter dan wie ook. Deze jonge kerel is hem niet.'

Na lange tijd trok Fenn zich terug en hield Taita op een armlengte afstand. Ze bestudeerde verrukt zijn gezicht en keek in zijn ogen. 'Mijn ogen zeggen me dat je het niet bent, maar mijn hart zingt dat je het bent. Ja, je bent het. Je bent het echt. Maar hoe ben je zo jong en zo weergaloos mooi geworden, mijn heer?' Ze ging op haar tenen staan om zijn lippen te kussen. De anderen barstten hierom in lachen uit.

Meren sprong uit het zadel en rende naar hen toe. Hij trok Taita uit Fenns omhelzing en sloeg zelf zijn armen onstuimig om hem heen. 'Ik kan het nog steeds niet geloven! Het is onmogelijk!' Hij lachte. 'Maar ik kan wel zeggen dat u aardig met een zwaard weet om te gaan, Magiër, anders had ik u doorstoken.' Ze dromden opgewonden om hem heen.

Sidudu knielde voor hem neer. 'Ik ben u zo veel verschuldigd, Magiër. Ik ben zo blij dat u veilig bent. Hiervoor was u mooi van geest, maar nu bent u ook mooi van lichaam.'

Zelfs Nakonto en Imbali overwonnen uiteindelijk hun bijgelovige angst en kwamen naar hem toe om hem vol ontzag aan te raken.

Hilto riep luid: 'Ik heb er geen moment aan getwijfeld dat u naar ons terug zou komen. Ik wist dat u het was, zodra ik u zag.' Niemand besteedde aandacht aan deze flagrante onwaarheid.

Meren wilde antwoord op wel twintig vragen hebben en Fenn klemde zich aan zijn rechterarm vast en keek hem met glanzende ogen aan.

Ten slotte drukte Taita hen met hun neus op de harde werkelijkheid. 'Dat komt allemaal later wel. Het enige wat jullie hoeven te weten, is dat Eos ons en Egypte geen kwaad meer kan doen.' Hij floot naar Windrook die koket met haar ogen naar hem rolde en aan zijn nek snuffelde. 'Jij herkent me tenminste, schat.' Hij sloeg een arm om haar nek en keek toen Meren weer aan. 'Waar is Tinat?'

'Hij is al op weg naar de Kitangule-rivier, Magiër. De Jarrianen zijn achter onze plannen gekomen. We moeten direct vertrekken.'

Tegen de tijd dat ze het dal uit waren en naar de vlakte reden, ging de zon al onder. Het was donker toen ze in het bos aankwamen en weer was Sidudu hun gids. Taita controleerde haar koers aan de hand van de sterren en concludeerde dat haar kennis van het gebied en haar gevoel voor richting onfeilbaar waren. Hij kon al zijn aandacht aan Fenn en Meren schenken.

Ze reden aan weerskanten van hem en hun stijgbeugels raakten elkaar aan terwijl Fenn en Meren hem vertelden wat er allemaal gebeurd was sinds Taita naar de Wolkentuinen was vertrokken.

Daarna zei Taita tegen hen: 'Toen ik in het paleis was, heb ik Aquers krijgsraad kunnen afluisteren. Hij neemt zelf het bevel over het leger op zich. Zijn verkenners hebben verslag uitgebracht over de beweging van het grootste deel van onze mensen over de weg naar het oosten. Hij heeft daaruit geconcludeerd dat Tinat probeert om de scheepswerven aan het hoofd van de Kitangule te bereiken en de boten daar te confisqueren, want hij weet dat we alleen via die rivier uit Jarri kunnen ontsnappen. Vertel me precies waar Tinat nu is en hoeveel mensen hij bij zich heeft.'

'Hij heeft ongeveer negenhonderd mensen bij zich, maar veel van de mannen zijn ziek en zwak door de behandeling waaraan ze in de mijnen onderworpen zijn geweest. Hij heeft maar iets meer dan driehonderd mannen die kunnen vechten. De rest zijn vrouwen en kinderen.'

'Driehonderd!' riep Taita uit. 'Aquer heeft vijfduizend getrainde soldaten. Als hij Tinat inhaalt, zal deze het zwaar te verduren krijgen.'

'Tot overmaat van ramp komt Tinat paarden tekort. Sommige van de kinderen zijn heel jong. Daardoor en door alle zieken vordert hij langzaam.'

'Hij moet zo snel mogelijk een kleine groep soldaten vooruitsturen om de boten te confisqueren. Intussen moeten we proberen Aquer op te houden,' zei Taita grimmig.

'Tinat hoopt hem bij de Kitangule-pas op te kunnen houden. Vijftig man kunnen daar een leger tegenhouden, in elk geval tot de vrouwen en de zieken aan boord van de boten zijn,' zei Meren.

'Vergeet niet dat Aquer verkenners heeft die het gebied net zo goed kennen als Sidudu,' bracht Taita hem in herinnering. 'Ze zullen zeker de andere route kennen die naar de scheepswerven leidt en de pas omzeilt. In plaats van te wachten tot hij naar ons toe komt, moeten we hem aanvallen voordat hij het verwacht.' Meren had naar Sidudu gekeken toen Taita haar naam noemde. Zelfs in het maanlicht was zijn uitdrukking adorerend. Arme Meren, de beroemde vrouwenjager is verliefd, dacht Taita en hij glimlachte inwendig, maar hij zei: 'We hebben meer mannen nodig dan we nu hebben, willen we Aquer tegen kunnen houden. Ik blijf hier om over de weg naar hem uit te kijken. Meren, jij moet Fenn meenemen en Tinat zo snel mogelijk zien te vinden…'

'Ik laat je niet alleen!' riep Fenn. 'Het heeft zo weinig gescheeld of ik was je verloren dat ik je nooit meer alleen laat.'

'Ik ben geen boodschapper, Magiër, dus u moet me ook niet als een boodschapper behandelen. Zo veel respect bent u me wel verschuldigd. Net als Fenn blijf ik bij u. Stuur Hilto maar,' zei Meren.

Taita maakte een berustend gebaar. 'Neemt niemand dan meer een bevel van me aan zonder me tegen te spreken?' vroeg hij aan de nachthemel.

'Waarschijnlijk niet,' antwoordde Fenn nuffig, 'maar je zou kunnen proberen om het vriendelijk aan Hilto te vragen.'

Taita capituleerde en hij riep Hilto naar voren. 'Rijd zo snel je paard je kan dragen vooruit. Zorg dat je kolonel Tinat Ankut vindt en zeg dat ik je gestuurd heb. Vertel hem dat Aquer weet dat we op weg zijn naar de Kitangule en dat hij achter ons aan zit. Tinat moet een klein groepje soldaten vooruitsturen om de boten bij de bovenloop van de rivier te confisqueren voordat de Jarrianen ze kunnen vernietigen. Zeg hem dat het een goed plan van hem is om de Kitangule-pas te verdedigen tot al onze mensen aan boord van de boten zijn, maar hij moet mij twintig van zijn beste mannen sturen. Dit is heel erg dringend, Hilto. Je moet met de mannen die hij je geeft de oostelijke weg naar Mutangi nemen tot je ons vindt. Vertrek nu direct!' Hilto salueerde en reed weg zonder nog iets te zeggen.

'We moeten in hinderlaag gaan liggen om op Aquer te wachten.' Taita richtte zich weer tot Meren. 'Jij weet precies wat voor soort plek we daarvoor nodig hebben. Vraag Sidudu of ze zo'n plek kent.' Meren rende naar Sidudu toe en ze luisterde aandachtig naar zijn vraag.

'Ik weet precies zo'n plek,' zei ze zodra hij uitgesproken was.

'Wat ben je toch een slimme meid,' zei Meren trots en ze bleven elkaar even verliefd aankijken.

'Kom op, Sidudu,' riep Taita. 'Laat ons eens zien of je echt zo slim bent als Meren denkt.'

Sidudu leidde hen van het pad af dat ze gevolgd hadden en richtte zich naar het grote kruis van sterren aan de zuidelijke hemel. Toen ze nog geen uur gereden hadden, toomde ze op de top van een lage, met bos begroeide heuvel in en wees naar de vallei die zich beneden voor hen uitstrekte.

'Daar is de doorwaadbare plaats van de Ishasa-rivier. U kunt het water zien glinsteren. De weg die Heer Aquer zal moeten nemen om de Kitangule te bereiken, loopt daarover. Het water is vrij diep, dus hun paarden zullen moeten zwemmen. Vanaf de top van de klip kunnen we een regen van pijlen en stenen op hen laten neerdalen wanneer ze eenmaal in het water zijn. Ze zullen zestig kilometer stroomafwaarts moeten rijden om een andere doorwaadbare plaats te vinden.'

Taita bestudeerde de oversteek zorgvuldig en knikte toen. 'Ik denk niet dat we een betere plaats zullen kunnen vinden.'

'Ik zei het u toch,' zei Meren. 'Ze heeft een krijgersoog voor goed terrein.'

'Je draagt een boog, Sidudu.' Taita knikte naar het wapen dat ze over haar schouder droeg. 'Kun je ermee omgaan?'

'Fenn heeft het me geleerd,' zei Sidudu simpelweg.

'Tijdens uw afwezigheid is Sidudu een zeer goede boogschutter geworden,' bevestigde Meren.

'Het lijkt erop dat de talenten van deze jonge vrouw onuitputtelijk zijn,' zei Taita. 'We boffen dat we haar bij ons hebben.'

Ze lieten de paarden de doorwaadbare plaats overzwemmen waarin de stroming sterk was. Toen ze de oostelijke oever bereikten, zagen ze dat het pad een smalle, rotsige pas tussen de klippen door volgde. Het was zo smal dat de paarden achter elkaar moesten lopen. Taita en Meren beklommen het en toen ze boven waren, keken ze uit over het terrein beneden.

'Ja,' zei Taita. 'Dit is goed.'

Voor hij hun toestond om te rusten, nam hij zijn plannen voor een hinderlaag door en liet hen om de beurt herhalen wat hij hun opgedragen had. Pas toen mochten ze de paarden afzadelen en kluisteren, de neuszak van de dieren met doerrameel vullen en ze loslaten.

Het was een koud kamp omdat Taita niet wilde dat ze een vuur aanlegden. Ze aten doerrakoeken en koude plakken geroosterd geitenvlees die in een scherpe pepersaus gedoopt werden. Zodra ze klaar waren, pakte Nakonto zijn speren en ging bij de doorwaadbare plaats op wacht staan. Imbali volgde hem.

'Ze is nu zijn vrouw,' fluisterde Fenn tegen Taita.

'Dat verbaast me niets, maar ik vertrouw erop dat Nakonto minstens één oog op de doorwaadbare plaats gericht houdt,' merkte Taita droogjes op.

'Ze zijn verliefd,' zei Fenn. 'Je hebt geen romantiek in je ziel, Magiër.' Ze ging haar slaapmat halen die achter aan Wervelwinds zadel hing, koos daarna een slaapplek ver uit de buurt van de anderen uit in de luwte van een uitstekende rotspunt en spreidde haar slaapmat en een bontdeken op de grond uit.

Toen kwam ze naar Taita terug. 'Kom mee,' zei ze. Ze pakte zijn hand vast, leidde hem naar de mat, hielp hem uit zijn tuniek, propte het kledingstuk in elkaar en hield het onder haar neus. 'Dit ruikt heel sterk,' merkte ze op. 'Ik zal het wassen zodra ik de gelegenheid heb.' Ze knielde naast hem op de mat neer, bedekte hem met de bontdeken en trok haar eigen tuniek uit. Haar lichaam was heel bleek en slank in het maanlicht. Ze liet zich onder de deken naast hem glijden en drukte haar lichaam tegen het zijne.

'Ik ben zo blij dat je bij me teruggekomen bent,' fluisterde ze en ze zuchtte. Na een poosje bewoog ze zich. 'Taita,' fluisterde ze.

'Ja.'

'Er is een kleine vreemde bij ons.'

'Je moet nu gaan slapen. Het zal snel ochtend zijn.'

'Dat ga ik zo doen.' Ze zweeg weer een flinke tijd terwijl ze zijn veranderde lichaam verkende. Toen vroeg ze zacht: 'Waar is hij vandaan gekomen, Taita? Hoe is het gebeurd?'

'Door een wonder. Op dezelfde manier als mijn uiterlijk veranderd is. Ik leg het je later allemaal wel uit. Nu moeten we gaan slapen. Je zult nog vele andere kansen krijgen om de kleine vreemde beter te leren kennen.'

'Mag ik hem vasthouden, Taita?'

'Dat doe je al,' zei hij.

Ze zweeg weer een poosje. Toen fluisterde ze: 'Hij is niet zo klein en hij wordt steeds groter.' Even later voegde ze er vrolijk aan toe: 'Het lijkt me dat hij niet langer een vreemde, maar al een vriend is. Dus nu zijn we met zijn drieën. Jij, ik en hij.' Terwijl ze hem nog steeds vasthield, viel ze in een diepe slaap. Het duurde veel langer voordat Taita hetzelfde deed.

Het leek maar een paar minuten later toen Nakonto hem wakker maakte. 'Wat is er?' Taita ging rechtop zitten.

'Cavalerie op de weg vanuit het westen.'

'Zijn ze de rivier overgestoken?'

'Nee. Ze bivakkeren aan de andere kant. Ik denk dat ze het er niet op wilden wagen om in het donker over te steken.'

'Maak de anderen wakker en zadel de paarden, maar doe het stil,' beval Taita.

In het zwakke schijnsel van het vroege ochtendlicht ging Taita op zijn buik op de voorste rand van de klip liggen die op de doorwaadbare plaats uitkeek. De beide meisjes lagen aan weerskanten van hem. Op de andere oever van de rivier kwam het Jarriaanse bivak in beweging en de soldaten gooiden hout op de wachtvuren. De geur van geroosterd vlees zweefde naar hen toe. Het was nu zo licht dat Taita koppen kon tellen. De groep bestond uit ongeveer dertig man. Sommigen stonden bij de kookvuren en anderen verzorgden hun getuierde paarden. Een paar van hen hurkten tussen de struiken neer om hun behoefte te doen. Al snel was het licht genoeg om de gezichten van sommigen van hen te kunnen zien.

'Daar heb je Onka,' fluisterde Sidudu woest. 'O, wat haat ik dat gezicht.'

'Ik begrijp je gevoelens,' fluisterde Fenn terug. 'We zullen met hem afrekenen zodra we de kans krijgen.'

'Ik bid ervoor.'

'Daar is Aquer en de man die hij bij zich heeft, is Ek-Tang.' Taita wees hen aan. De twee oligarchen stonden een beetje apart van de anderen. Ze dronken uit bekers die dampten in de koele ochtendlucht. 'Ze hebben zich niet kunnen beheersen. Ze zijn voor hun regimenten uit gereden. Ze zullen spoedig oversteken en wanneer ze dat doen, krijgen we onze kans. Als ze het niet doen, volgen we hen tot Hilto met onze versterkingen aankomt.'

'Ik zou Aquer hiervandaan een pijl door zijn lichaam kunnen schieten.' Fenn kneep haar ogen half dicht.

De afstand is groot en de wind is verraderlijk, schat.' Taita legde een hand op haar arm om haar tegen te houden. 'Als we hen waarschuwen, zijn zij in het voordeel en wij niet meer.' Ze zagen dat Onka vier van zijn mannen uitkoos en hun korte bevelen gaf terwijl hij tegelijkertijd naar de doorwaadbare plaats gebaarde. De mannen renden naar hun paarden, stegen op, draafden naar de rivier en plonsden erin. Taita gaf met gebaren aan Meren door wat er gebeurde.

De paarden zwommen al voordat ze halverwege waren. Ze ploeterden tegen de stroming in en schoten naar voren toen ze grond onder hun hoeven voelden. Het water stroomde van hun huid en de uitrusting toen ze de rivier uit kwamen. De verkenners keken behoedzaam rond voordat ze door de smalle pas omhoogreden. Meren en zijn mannen hielden zich schuil en lieten hen door. Op de andere oever werd de rest van Onka's manschappen in drie gelederen opgesteld en de mannen stonden naast het hoofd van hun paarden. Ze wachtten allemaal.

Ten slotte klonk er hoefgekletter en een van de verkenners galoppeerde door de pas naar beneden naar de oever. Hij stopte en zwaaide met zijn armen boven zijn hoofd. 'Alles is veilig aan deze kant!' schreeuwde hij. Onka riep een bevel naar zijn mannen en ze stegen op en reden achter elkaar naar de doorwaadbare plaats. Onka bleef in de achterhoede waar hij de oversteek beter kon overzien, maar tot Taita's verbazing reden Aquer en Ek-Tang voorop. Hij had dat niet verwacht. Hij had gedacht dat ze een positie in het midden zouden innemen waar ze door de mannen om hen heen beschermd zouden zijn.

'Ik denk dat we hen te pakken hebben.' Zijn stem klonk hees van opwinding. Hij gebaarde Meren dat hij zich gereed moest houden. Aan het hoofd van de colonne stuurden de beide oligarchen hun paarden de rivier in. Toen ze halverwege waren, begonnen de paarden te zwemmen en de rij verloor zijn strakke formatie toen de stroming hen stroomafwaarts dreef.

'Bereid je voor!' zei Taita tegen de twee meisjes. 'Laat de oligarchen en de drie ruiters achter hen de oever bereiken en schiet dan alle anderen neer die hen proberen te volgen. Totdat Onka zijn mannen kan hergroeperen, hebben we de oligarchen in elk geval voor een korte tijd van de hoofdmacht afgesneden en in onze macht.'

De stroming was sterk en er vielen grote gaten in de colonne.

'Zet jullie pijlen op!' beval Taita zacht. De meisjes haalden een pijl uit de pijlenkoker op hun rug. Aquers paard kreeg grond onder zijn hoeven en klauterde de oever op. Ek-Tang volgde hem met drie soldaten op een kluitje achter hem. Daarna was er een gat in de rij en de rest van de colonne ploeterde nog steeds verspreid naar de oever.

'Nu!' schreeuwde Taita. 'Schiet de ruiters neer die achter de leiders aan komen.'

Fenn en Sidudu sprongen overeind en spanden de lange teruggebogen boog. De afstand was kort. Ze schoten en de twee pijlen vlogen geruisloos naar beneden. Ze troffen allebei doel. Eén soldaat wankelde in het zadel en schreeuwde toen Sidudu's vuurstenen pijlpunt zich in zijn buik boorde. De man achter hem kreeg die van Fenn in de keel. Hij gooide zijn handen in de lucht en viel met een plons achterover in het water. Hun paarden draaiden zich om en botsten tegen de paarden die hen volgden op waardoor de rest van de colonne in verwarring raakte. Aquer en Ek-Tang reden snel naar voren de pas in.

'O ja! Goed gedaan,' juichte Taita de meisjes toe. 'Blijf schieten tot ik het bevel geef om op te houden en weg te rennen.' Hij liet hen achter en rende het pad af en de pas in.

Meren liet de oligarchen het begin van de pas binnengaan en toen sprongen hij en de twee Sjilloek achter hen uit de struiken. Imbali rende naar Ek-Tang toe en zwaaide haar strijdbijl. Met één slag hakte ze het linkerbeen van de oligarch boven de knie af. Ek-Tang schreeuwde en probeerde zijn paard naar voren te sturen, maar doordat hij één been miste, verloor hij zijn evenwicht en viel zijwaarts van zijn paard. Hij probeerde zich aan de manen van het dier vast te grijpen om zichzelf te redden. Helderrood, slagaderlijk bloed werd uit de stomp van zijn been gepompt. Imbali rende achter hem aan en zwaaide weer haar bijl. Ek-Tangs hoofd vloog van zijn schouders en rolde over het rotsige pad. Zijn krachteloze vingers klemden zich nog een paar seconden aan de manen van het paard vast en gleden toen weg. Hij plofte zijwaarts op de grond.

Met een schreeuw reed de soldaat die Ek-Tang volgde op Imbali af. Nakonto wierp zijn speer die de soldaat in het midden van zijn rug trof en hem doorboorde. De punt van de speer stak een armlengte uit zijn borst. Hij liet zijn zwaard vallen en viel uit het zadel. Meren rende naar voren tot hij naast de laatste soldaat in de rij liep. De man zag hem aankomen en probeerde zijn zwaard uit de schede te trekken, maar voordat hij het eruit had, sprong Meren omhoog en stak hem door de ribben. Hij viel met zijn schouders en zijn achterhoofd op de grond. Voordat hij overeind kon komen, maakte Meren hem af met een stoot door de keel. Daarna draaide hij zich om en ging achter Aquer aan. Toen de oligarch hem zag aankomen, begroef hij zijn sporen in de flanken van zijn paard en reed snel in de pas omhoog. Meren en Imbali renden achter hem aan, maar ze konden hem niet inhalen.

Van boven zag Taita dat Aquer vluchtte. Hij liep van het pad af en rende over de rand van de klip boven hem, bleef toen staan en balanceerde op de rand. Toen Aquers paard onder hem langsrende, liet hij zich zo zwaar op de rug van de oligarch vallen dat Aquer zijn teugels losliet en bijna uit het zadel geworpen werd. Taita sloeg één arm om zijn nek en begon hem te wurgen. Aquer wist zijn dolk uit de schede te krijgen en probeerde ermee over zijn schouder in Taita's gezicht te steken. Met zijn vrije hand greep Taita zijn pols vast en ze worstelden om de overhand te krijgen.

Doordat het paard uit zijn evenwicht werd gebracht door het zich verplaatsende gewicht op zijn rug, knalde het tegen de wand van de pas op en steigerde op zijn achterbenen. Met elkaar verstrengeld werden Aquer en Taita over zijn achterhand naar achteren geworpen. Aquer lag boven toen ze de grond raakten en hij kwam met zijn volle gewicht op Taita terecht. Door de klap moest Taita Aquers keel en pols loslaten. Voordat hij zich kon herstellen, had Aquer zich omgedraaid en stak hij met zijn dolk naar Taita's keel. Taita pakte zijn pols weer vast en duwde de dolk weg. Aquer zette zijn volle gewicht achter de dolk, maar het hielp hem niet. Taita had nu de overvloedige kracht van een jongeman en Aquer had zijn beste tijd allang gehad. Aquers arm begon te trillen van de krachtsinspanning en er verscheen een uitdrukking van ontzetting op zijn gezicht. Taita glimlachte naar hem. 'Eos is er niet meer,' zei hij. Aquer vertrok zijn gezicht. Zijn arm gaf mee en Taita rolde om tot hij boven op hem lag.

'Je liegt,' riep Aquer. 'Ze is de godin, de enige ware godin.'

'Roep dan nu je enige ware godin aan, Heer Aquer. Zeg haar dat Taita van Gallala op het punt staat je te doden.'

Aquers sperde zijn ogen open van verwarring. 'Je liegt weer,' bracht hij hijgend uit. 'Je bent Taita niet. Taita was een oude man, maar nu is hij dood.'

415

'Je vergist je. Eos is dood en jij zult dat spoedig ook zijn.' Nog steeds glimlachend verstevigde Taita zijn greep om Aquers pols tot hij voelde dat het bot begon te kraken. Aquer schreeuwde en de dolk viel uit zijn hand. Taita ging rechtop zitten, draaide hem om en pinde hem vast zodat hij machteloos was.

Op dat moment kwam Meren naar hem toe rennen. 'Zal ik hem afmaken?'

'Nee.' Taita hield hem tegen. 'Waar is Sidudu? Zij is degene tegen wie hij het meest gezondigd heeft.' Hij zag dat de twee meisjes vanaf de top van de klip het pad afrenden. Ze bereikten de plek waar Taita Aquer in bedwang hield.

'We moeten vluchten, Taita! Onka heeft zijn mannen verzameld en ze steken snel en op volle sterkte de doorwaadbare plaats over!' riep Fenn. 'Maak dit zwijn af en laten we vertrekken.'

Taita keek langs haar naar Sidudu. 'Dit is de man die je aan Onka gegeven heeft,' zei hij. 'Hij is degene die je vriendinnen de berg op heeft gestuurd. Je kunt je nu op hem wreken.'

Sidudu aarzelde.

'Neem deze dolk.' Meren raapte Aquers gevallen wapen op en overhandigde het haar.

Fenn rende naar voren en rukte Aquers helm van zijn hoofd. Ze greep twee handenvol van zijn haar vast en rukte zijn hoofd naar achteren zodat zijn keel onbeschermd was. 'Voor jezelf en voor alle andere meisjes die hij naar de berg gestuurd heeft,' zei ze. 'Snijd zijn keel door, Sidudu.'

Er verscheen een hardere, vastberaden uitdrukking op Sidudu's gezicht.

Aquer zag de dood in haar ogen en begon jammerend te spartelen. 'Nee! Luister alsjeblieft naar me. Je bent nog maar een kind. Zo'n gruwelijke daad zal je geest voor altijd tekenen.' Zijn stem was gebroken en hij was nauwelijks verstaanbaar. 'Je begrijpt het niet, ik ben gezalfd door de godin. Ik moest doen wat ze beval. Je kunt me dit niet aandoen.'

'Ik begrijp het wel,' zei Sidudu, 'en ik kan het je aandoen.' Ze stapte naar hem toe en Aquer begon te krijsen. Ze legde het lemmet van de dolk vlak onder zijn oor tegen de gerekte huid van zijn nek en trok het met een lange, diepe haal naar beneden. Het vlees ging uiteen en de grote slagader diep in de wond barstte open. Zijn adem kwam fluitend uit zijn doorgesneden luchtpijp. Hij trapte krampachtig met zijn benen en zijn ogen rolden in hun kassen naar achteren. Zijn tong kwam naar buiten en er kwamen draden van bloed en speeksel mee.

Taita duwde hem weg. Aquer rolde om en bleef als een geslacht varken op zijn buik in de groter wordende plas van zijn eigen bloed liggen. Sidudu liet de dolk vallen. Ze sprong achteruit en keek op de stervende oligarch neer.

Meren ging achter haar staan en sloeg een arm om haar schouders.

'Het is gebeurd en je hebt het goed gedaan,' zei hij zacht. 'Verspil geen medelijden aan hem. Nu moeten we gaan.'

Toen ze naar de paarden renden, hoorden ze achter zich Onka's mannen bij de doorwaadbare plaats schreeuwen. Ze stegen op en reden snel in de pas omhoog met Taita op Windrook aan het hoofd. Toen ze de top van de heuvel bereikten, stopten ze en keken uit over een grote vlakte met grasland die zich voor hen uitstrekte. In de blauwe verte zagen ze een andere heuvelrij met ruige, scherpe toppen.

Sidudu wees naar een breuk in hun silhouet. 'Daar is de Kitangule-pas waar we met kolonel Tinat afgesproken hebben.'

'Hoe ver is het?' vroeg Meren.

'Ongeveer vijfenzeventig kilometer,' antwoordde Sidudu. Ze draaiden zich om en keken naar de doorwaadbare plaats.

Aan het hoofd van zijn eskadron zweepte kolonel Onka zijn paard de rivieroever op. Hij schreeuwde van woede toen hij de lijken van de oligarchen zag liggen, maar hij naderde des te sneller.

'Tweehonderdvijftig kilometer? Dan hebben we een leuke wedstrijd voor de boeg,' zei Meren.

Ze stuurden de paarden de helling op en reden snel naar beneden naar de vlakte. Ze kwamen er aan toen Onka's mannen achter hen over de top van de heuvel stroomden. Met woest geschreeuw reden ze naar beneden en de witte struisvogelveren op Onka's helm onderscheidde hem van zijn mannen.

'Het heeft geen zin om te blijven rondhangen,' riep Taita. 'Wegwezen hier.'

Binnen een kilometer werd duidelijk dat het voskleurige merrieveulen waarop Sidudu reed de andere paarden niet kon bijhouden. Ze moesten hun tempo aan het hare aanpassen. Meren en Fenn lieten zich terugzakken tot ze naast haar reden.

'Houd moed!' riep Fenn. 'We laten je niet in de steek.'

'Ik voel dat mijn paard zwakker wordt,' riep Sidudu.

'Wees maar niet bang,' zei Meren. 'Wanneer ze uitgeput is, neem ik je achter op mijn paard.'

'Nee!' zei Fenn nadrukkelijk. 'Je bent te zwaar, Meren. Je paard zou aan het extra gewicht kapotgaan. Wervelwind kan ons allebei gemakkelijk dragen. Ik neem haar wel.'

Taita ging in de stijgbeugels staan en keek om. De achtervolgers verspreidden zich toen de snellere paarden vooruitrenden en de langzamere terugzakten. Onka's gepluimde helm viel op in het midden van het voorste gelid van drie Jarriaanse ruiters. Hij reed hard en dichtte het gat gestaag. Terwijl hij Windrook aanspoorde, keek Taita naar de bergen voor hem en naar de inkeping die de pas markeerde. Ze waren zo ver weg dat er geen hoop was dat ze ze zouden bereiken voordat Onka hen had ingehaald. Toen viel hem iets anders op. Hij zag een dunne streep lichtgekleurd stof op de vlakte voor hen. Zijn hart ging sneller kloppen, maar hij probeerde het te beheersen. Het was nu niet het moment voor valse hoop. Het is bijna zeker een kudde gazellen of zebra's. Maar terwijl hij dat dacht, zag hij onder de stofwolk de weerkaatsing van helder zonlicht op metaal. 'Gewapende mannen!' mompelde hij. 'Maar zijn het Jarrianen of is het Hilto die met de versterkingen terugkeert?' Voordat hij een conclusie had getrokken, hoorde hij achter zich een vaag geschreeuw. Hij herkende Onka's stem.

'Ik zie je wel, verraderlijke teef! Als ik je te pakken krijg, ruk ik de bastaard uit je baarmoeder. Ik zal hem levend roosteren en het vlees in je keel proppen.'

'Sluit je oren voor die smerigheid,' zei Fenn tegen Sidudu, maar de tranen stroomden al over Sidudu's gezicht en bespatten de voorkant van haar tuniek.

'Ik haat hem!' zei ze. 'Ik haat hem uit het diepst van mijn hart.'

Achter hen was Onka's stem nu duidelijker en dichterbij toen hij schreeuwde: 'Nadat je je maal met je bastaard hebt gedaan, zal ik je nemen op de manier die je het meest haatte. Het laatste wat je je zult herinneren, zal zijn dat ik in je darmen zit. Zelfs in de hel zul je me nooit vergeten.' Sidudu snikte hartverscheurend.

'Je moet niet naar hem luisteren. Sluit je oren en je geest ervoor af,' zei Meren.

'Ik wou dat ik gestorven was voordat ik dat had gehoord,' snikte ze.

'Het betekent niets. Ik houd van je. Ik zal niet toestaan dat dat zwijn je weer pijn doet.' Op dat moment stapte Sidudu's merrieveulen met haar rechtervoorbeen in het leger van een mangoeste dat in het hoge gras verborgen was. Het bot brak als een droge tak en haar paard sloeg over de kop. Sidudu viel languit op de grond. Meren en Fenn keerden direct en reden naar haar terug.

'Houd je gereed, Sidudu. Ik kom je halen,' riep Fenn, maar Sidudu rolde zich overeind en draaide zich om naar de achtervolgers. Onka reed inmiddels ver voor de mannen die hem volgden uit. Hij leunde gretig naar voren en spoorde zijn paard tot topsnelheid aan terwijl hij op Sidudu afkwam.

'Bereid je voor om je trouwe minnaar te ontmoeten!' schreeuwde hij.

Sidudu zwaaide de boog van haar schouder en pakte een pijl uit haar pijlenkoker.

Onka lachte vrolijk. 'Ik zie dat je een stuk speelgoed hebt om je mee te amuseren. Ik heb iets beters voor je om mee te spelen voor je sterft!'

Hij had haar nog nooit zien schieten. Ze nam de schiethouding aan en bracht de boog omhoog. Hij was nu zo dichtbij dat hij haar gezicht duidelijk kon zien. Zijn spottende lach stierf weg toen hij de dodelijke woede in haar ogen herkende. Ze trok de pijl tot aan haar lippen terug. Hij trok het hoofd van zijn paard om en probeerde weg te zwenken. Sidudu schoot de pijl af en raakte hem in de ribben. Onka liet zijn zwaard vallen en probeerde de pijl er met beide handen uit te trekken, maar de van weerhaken voorziene pijlpunt zat diep. Zijn paard draaide steigerend en vechtend tegen het bit in cirkels rond. Sidudu schoot weer. Hij was van haar afgekeerd en de pijl trof hem laag in het midden van zijn rug. Hij ging zo diep dat hij een nier doorboorde en Onka een uiterst pijnlijke, dodelijke wond toebracht. Ze schoot nog een keer en trof hem in de borst waarbij de pijl door beide longen heen ging. Hij stootte een geluid uit dat het midden hield tussen kreunen en zuchten en viel toen achterover, terwijl zijn paard onder hem naar voren schoot. Een van Onka's voeten bleef in de stijgbeugel hangen toen het paard overging in galop en hem meesleepte, terwijl zijn hoofd over de grond stuiterde en het uitzinnige dier met beide achterbenen naar zijn lijk trapte.

Sidudu zwaaide haar boog over haar schouder en draaide zich om naar Fenn die op haar af galoppeerde. Fenn strekte haar arm naar beneden uit. Sidudu sprong omhoog en ze haakten hun armen in elkaar. Fenn gebruikte Wervelwinds snelheid om haar over de achterhand van het paard te zwaaien. Toen ze zat, sloeg Sidudu haar beide armen om het middel van haar vriendin en Fenn liet Wervelwind snel keren.

De volgende drie Jarrianen zaten nu vlak achter hen en ze schreeuwden van woede omdat Onka gedood was. Meren reed recht op hen af. Hij stak één man neer en de anderen zwenkten opzij omdat ze geen botsing wilden riskeren. Ze omsingelden hem en zochten naar een opening in zijn verdediging, maar zijn zwaard danste in een glinsterende boog waar ze niet doorheen konden komen. Inmiddels hadden Taita en de beide Sjilloek gezien dat hij in de problemen zat en ze kwamen op volle snelheid aanrennen om hem te helpen.

'Goed gedaan!' riep Taita naar Fenn toen ze elkaar passeerden. 'Rijd nu naar de Kitangule-pas. Wij dekken jullie aftocht.'

'Ik kan je niet alleen laten, Taita,' protesteerde Fenn.

'Ik zit vlak achter je!' schreeuwde hij over zijn schouder en toen wierp hij zich in de strijd. Hij hakte een van de Jarrianen uit het zadel en de ander was nu nog maar alleen over omdat de rest van zijn eskadron nog ver achter hem zat. Hij probeerde zich te verdedigen, maar Nakonto stak zijn lange speer in zijn zij en Imbali zwaaide haar strijdbijl boven zijn geheven zwaardarm en doorkliefde die boven de pols. Hij ging ervandoor en galoppeerde, heen en weer zwaaiend in het zadel, naar zijn kameraden toe.

'Laat hem gaan!' beval Taita. 'Volg Fenn.' Met de rest van het Jarriaanse eskadron achter zich aan, galoppeerden ze weg. Taita keek voor zich uit: de groep vreemde ruiters was nu veel dichterbij en reed recht op hen af.

'Als het Jarrianen zijn, zetten we de paarden in een kring en wachten we hun aanval af,' schreeuwde Taita. Ze zouden dan achter de dieren afstijgen en het lichaam van de dieren als een verdedigingsmuur gebruiken.

Taita keek ingespannen naar de nieuwkomers. Zijn gezichtsvermogen was nu zo scherp dat hij de voorste ruiter zelfs eerder herkende dan Meren en Fenn. 'Hilto,' riep hij. 'Het is Hilto.'

'Bij de zoete adem van Isis, u hebt gelijk,' schreeuwde Meren. 'Zo te zien heeft hij de helft van Tinats regimenten meegebracht.' Ze vertraagden hun snelheid tot draf en wachtten tot Hilto bij hen was. Dat bracht de Jarrianen die hen achtervolgden in verwarring, want ze hadden gedacht dat de ruiters een detachement van hun eigen strijdmacht waren. Ze kwamen onzeker tot stilstand.

'Bij het gewonde oog van Horus, wat ben ik blij dat ik je zie, Hilto, oude vriend,' zei Meren. 'Zoals je ziet hebben we een paar van de schurken voor jullie overgelaten om jullie zwaarden op uit te proberen.'

'Uw vriendelijkheid is overweldigend, kolonel.' Hilto lachte. We zullen eruit halen wat erin zit. We hebben jullie hulp niet nodig. Rijd door naar de plek waar kolonel Tinat bij de Kitangule-pas op jullie wacht. Het zal niet lang duren voordat we jullie kunnen volgen.'

Hilto reed met Tinats mannen in een strakke formatie achter hem door. Hij leidde hen regelrecht naar ordeloos door elkaar heen rijdende Jarriaanse cavaleristen. Ze vielen hen aan en sneden door hun gelederen heen. Daarna achtervolgden ze hen schreeuwend over de vlakte en houwden hen neer wanneer ze hun uitgeputte paarden inhaalden.

Taita leidde zijn eigen groepje naar de blauwe heuvels. Toen ze de twee meisjes op Wervelwind inhaalden, toomde Meren naast hen in. 'Je hebt geschoten als een duivelin,' zei hij tegen Sidudu.

'Onka heeft de duivelin in me naar boven gehaald,' zei ze.

'Ik denk dat je al je schulden ruimschoots hebt betaald. Nu kunnen jij en je duivelin 's nachts rustig slapen.'

'Ja, Meren,' antwoordde ze ingetogen. 'Maar ik heb nooit krijger willen worden – dat is me opgedrongen. Ik zou veel liever vrouw en moeder zijn.'

'Een loffelijke ambitie. Ik weet zeker dat je een man zult vinden die daaraan wil meewerken.'

'Ik hoop het, kolonel Cambyses.' Ze keek hem vanonder haar neergeslagen wimpers aan. 'Een tijdje geleden sprak je over liefde met me...'

'Wervelwind begint al moe te worden onder het grote gewicht dat Fenn hem laat dragen,' zei Meren ernstig. 'Ik heb achter me nog ruimte voor je. Wil je overstappen?'

'Met het grootste genoegen, kolonel.' Ze strekte haar armen naar hem uit. Hij zwaaide haar moeiteloos over de opening tussen hun paarden en zette haar achter zijn zadel. Ze sloeg haar armen om zijn middel en legde haar hoofd tussen zijn schouderbladen. Meren voelde haar tegen zich aan trillen en af en toe bewoog haar lichaam in een snik die ze niet kon bedwingen. Zijn hart deed pijn. Hij wilde haar beschermen en voor haar zorgen zolang ze leefden. Hij reed achter Taita en Fenn aan, terwijl Nakonto en Imbali de achterhoede vormden.

420

Voordat ze de heuvels bereikten, haalden Hilto en zijn eskadron hen in. Hilto kwam naar voren om bij Meren verslag uit te brengen. 'We hebben er zeven gedood en hun paarden meegenomen,' zei hij. 'De rest wilde niet blijven om te vechten. Ik heb hen laten gaan in plaats van hen te volgen. Ik wist niet of er nog een vijandelijke strijdmacht achter hen aan kwam.'

'Je hebt het goed gedaan, Hilto.'

'Zal ik een van de buitgemaakte paarden halen voor de kleine Sidudu?'

'Nee, dank je. Je hebt voorlopig genoeg gedaan. Ze is heel veilig waar ze nu is. Ik weet zeker dat er behoefte aan meer paarden zal zijn wanneer we Tinat inhalen. Houd ze maar tot dan.'

Toen ze het pad door de heuvels naar de Kitangule-pas beklommen, kwamen ze bij de staart van de lange stoet vluchtelingen. De meesten waren te voet, hoewel degenen die te ziek of te zwak waren om te lopen voortgeduwd werden in tweewielige handkarren of door hun familie en vrienden op draagbaren gedragen werden. Vaders droegen kleine kinderen op hun schouders en sommigen van de moeders hadden baby's op hun rug gebonden. De meesten herkenden Meren en riepen hem aan wanneer hij langskwam. 'Mogen alle goden je zegenen, Meren Cambyses. Je hebt ons bevrijd uit bittere gevangenschap. Onze kinderen zullen vrij zijn.'

De jonge meisjes die ze hadden gered uit de tempel renden met Fenn en Sidudu mee en probeerden hen aan te raken. Sommigen huilden van emotie. 'Jullie hebben ons gered van de berg waarvan niemand terugkeert. We houden van jullie om jullie compassie en moed. Dank je, Sidudu. Mogen alle goden je zegenen, Fenn.'

Niemand herkende Taita, hoewel de vrouwen geïnteresseerd naar de jongeman met de doordringende blik en de gebiedende houding keken toen hij langsreed. Fenn was zich scherp bewust van hun interesse en ging op een bezitterige manier dichter bij hem rijden. Door al dit oponthoud ging de beklimming van de heuvels traag en de zon ging al onder voordat ze de top bereikten en ze weer in de Kitangule-pas stonden.

Tinat had hen vanuit de uitkijktoren van het grensfort zien aankomen. Hij klom de ladder af en kwam met grote passen door de poort naar hen toe. Hij salueerde voor Meren, omhelsde Fenn en Sidudu en staarde toen Taita aan. 'Wie is dit?' vroeg hij. 'Ik vertrouw hem niet, want hij is veel te knap.'

'Je kunt je leven aan hem toevertrouwen,' zei Meren. 'De waarheid is dat je hem al goed kent. Ik vertel het je later wel, hoewel het niet waarschijnlijk is dat je me zult geloven.'

'Sta je borg voor hem, kolonel Meren?'

'Met mijn hele hart,' zei Meren.

'Daar sluit ik me bij aan,' zei Fenn.

'Ik ook,' zei Sidudu.

'Voor mij geldt hetzelfde,' zei Hilto.

Tinat haalde zijn schouders op en fronste zijn voorhoofd. 'Ik ben in de minderheid, maar toch schort ik mijn oordeel op.'

'Ik ben u opnieuw dankbaar, kolonel Tinat,' zei Taita zacht. 'Zoals ik u ook was in Tamafupa toen u ons van de Basmara redde.'

'U was niet bij degenen die ik in Tamafupa heb aangetroffen,' zei Tinat.

'Ah, dat bent u vergeten.' Taita schudde zijn hoofd. 'Maar u herinnert u toch nog wel dat u Meren en mij na zijn oogoperatie vanuit de Wolkentuinen geëscorteerd hebt? Dat was de eerste keer dat u me vertelde waar uw ware loyaliteit lag en dat u ernaar verlangde om naar Egypte terug te keren. Herinnert u zich dat we het over Eos en haar krachten gehad hebben?'

Tinat staarde Taita aan en zijn strenge uitdrukking smolt weg. 'Heer Taita! Magiër! Bent u niet omgekomen op de berg in de Wolkentuinen? U kunt het toch niet zijn?'

Taita glimlachte. 'Dat kan wel en ik ben het ook, hoewel ik moet toegeven dat mijn uiterlijk wel enige veranderingen heeft ondergaan.'

'U bent een jongeman geworden! Het is een wonder dat het verstand te boven gaat, maar uw stem en uw ogen hebben me ervan overtuigd dat het waar is.' Hij rende naar voren en omvatte Taita's hand met een krachtige greep. 'Wat is er van Eos en de oligarchen geworden?'

'De oligarchen zijn dood en Eos vormt geen dreiging meer voor ons. Dat is voorlopig genoeg. Hoe zijn jullie huidige omstandigheden?'

'We hebben het Jarriaanse garnizoen hier verrast. Er waren maar twintig mannen en ze zijn geen van allen ontsnapt. We hebben hun lijken in het ravijn gegooid. Ziet u wel? De aasgieren hebben hen al gevonden.' Tinat wees omhoog naar de vogels die in de lucht boven hen rondcirkelden. 'Ik heb er honderd man op uitgestuurd om de scheepswerf bij de bovenloop van de Kitangule te veroveren en de vaartuigen die daar liggen buit te maken.'

'U hebt goed werk gedaan,' complimenteerde Taita hem. 'Nu moet u naar de scheepswerf gaan om daar het bevel over te nemen. U moet daar de vaartuigen verzamelen en wanneer onze mensen aankomen, scheept u hen in en stuurt u hen met een goede loods de rivier op. De hele vloot moet zich weer verzamelen langs de oever van het Nalubaale-meer, op de plek waar we van boord zijn gegaan om op de neushoorns te jagen.'

'Dat herinner ik me nog goed.'

'Wanneer u van de berg af rijdt, moet u twintig goede mannen met bijlen bij de brug over het ravijn achterlaten. Ze moeten de brug loshakken en in het ravijn laten vallen, zodra onze laatste mensen eroverheen zijn.'

'Wat gaat u doen?'

'Meren en ik wachten hier in het fort met enkelen van de mannen die u met Hilto meegestuurd hebt. We zullen de Jarrianen ophouden tot de brug naar beneden is gevallen.'

'Tot uw orders, Heer Taita.' Tinat liep haastig weg en hij riep om zijn kapiteins.

Taita richtte zich tot Meren. 'Stuur Hilto, de beide Sjilloek en zo veel mannen als we kunnen missen het pad op om onze vluchtelingen te helpen. Ze moeten hen tot haast aansporen. Kijk! De hoofdmacht van de Jarrianen is niet ver achter ons.'

Hij wees naar beneden over de berg in de richting waaruit ze gekomen waren. Ver weg op de vlakte zagen ze de stofwolken, die door de Jarriaanse strijdwagens en optrekkende legioenen werden opgeworpen. Ze waren in het licht van de ondergaande zon zo rood als vergoten bloed.

Taita nam Fenn mee om snel het kleine fort en de versterkingen in de pas te inspecteren. Hij constateerde dat ze als verdedigingswerken rudimentair waren, want de muren waren laag en slecht onderhouden. Het wapenarsenaal en het magazijn van de kwartiermeester waren daarentegen goed bevoorraad, evenals de keuken en de provisiekamer.

'We kunnen de vijand hier niet lang tegenhouden,' zei hij tegen Fenn. 'Snelheid is onze beste verdediging.' Ze keken naar de zwoegende colonne vluchtelingen.

'Ze zullen voedsel en drank nodig hebben om hun de kracht te geven om door te gaan. Zoek jonge vrouwen om jou en Sidudu te helpen met het uitdelen van voedsel wanneer ze langskomen. Stuur de vluchtelingen daarna het pad naar de scheepswerven op. Zorg ervoor dat ze in beweging blijven. Laat hen niet rusten, anders sterven ze hier.'

Meren kwam weer haastig naar hen terug en Taita en hij beklommen de ladder naar de top van de uitkijktoren. Daar wees Taita naar een richel hoger op de puinhelling die uitzicht bood op het begin van het pad. 'Verzamel alle mannen die je kunt missen en breng ze daar naar boven. Zeg dat ze zo veel mogelijk stenen moeten verzamelen en stapel die op de richel op. We rollen ze naar beneden wanneer de Jarrianen het pad op komen.' Meren klauterde de ladder af en liet zijn mannen halen terwijl Taita zich snel bij Fenn naast het pad voegde. Terwijl zij vrouwen uitzocht om het voedsel te bereiden, koos hij de gezonde mannen uit en stuurde hen naar Meren om hem op de richel te helpen.

Het tempo van de aftocht werd hoger. Nu ze voedsel in hun maag hadden, vatten de mensen weer moed. Terwijl ze hem passeerden, maakte Taita grapjes met de mannen en wanneer hij de vermoeide vrouwen liet glimlachen, hesen ze hun baby's hoger op hun schouders. Iedereen ploeterde met vernieuwde vastberadenheid door. Toen de avond viel, klonk het vrolijke gelach van Fenns helpsters en het licht van de toortsen die Hilto's achterhoede meedroeg, verlichtte de staart van de colonne.

'Bij de gratie van Isis, het lijkt erop dat we hen er allemaal doorheen krijgen,' zei Fenn toen ze in het licht van de toortsen de lange gestalte van Hilto zagen en hoorden hoe zijn zware stem de colonne aanspoorde.

Taita rende naar hem toe. 'Je hebt het goed gedaan, beste Hilto,' zei hij. 'Heb je de Jarriaanse voorhoede gezien?'

'Niet meer sinds zonsondergang toen we hun stofwolk zagen, maar ze kunnen niet ver weg zijn.' Hilto had op elke schouder een jong kind en zijn mannen droegen eenzelfde last.

'Trek zo snel mogelijk verder,' zei Taita. Hij rende verder over het lege pad tot hij alleen was en het kabaal van de terugtrekkende colonne door de afstand werd gedempt. Hij bleef staan om te luisteren en hoorde beneden zich een vaag geruis. Hij liet zich op zijn knieën zakken en drukte zijn oor tegen het gesteente. Het geluid werd scherper. 'Strijdwagens en marcherende mannen.' Hij sprong overeind. 'Ze naderen snel.' Hij rende terug naar Hilto die de staart van de colonne de heuvel op loodste. Bijna de laatste in de rij was een vrouw die een kind op haar rug gebonden had. Ze trok nog twee snotterende en jammerende kinderen mee.

'Ik ben moe. Mijn voeten doen pijn.'

'Mogen we nu uitrusten? Mogen we naar huis?'

'Jullie gaan naar huis,' zei Taita. Hij pakte de beide kinderen op en zette hen op zijn schouders. 'Houd je goed vast,' zei hij tegen hen en hij strekte een hand naar de moeder uit. 'Kom mee. Voor u het weet, hebben we u boven.' Hij liep door en trok de vrouw achter zich aan.

'We zijn er al.' Hij zette de kinderen neer toen ze de top van de pas bereikten. 'Deze twee aardige meisjes gaan jullie iets lekkers te eten geven.' Hij duwde hen naar Fenn en Sidudu toe en glimlachte toen naar de moeder die doodmoe was en bleek zag van bezorgdheid. 'U bent nu veilig.'

'Ik weet niet wie u bent, maar u bent een goed mens.'

Hij liet hen achter en ging terug naar Hilto. Samen hielpen ze de laatste vluchtelingen over de top van de pas en begeleidden hen aan de andere kant een stukje naar beneden. Inmiddels ging de zon op. Taita keek omhoog naar Meren, die op de richel boven aan de puinhelling stond. Meren zwaaide en zijn mannen zaten neergehurkt tussen de bergen stenen die ze hadden verzameld.

'Ga naar de top van de uitkijktoren,' beval Taita Fenn en Sidudu. 'Ik kom straks bij jullie.' Even leek het erop dat Fenn tegenwerpingen wilde maken, maar toen draaide ze zich zonder een woord te zeggen om.

Al snel hoorde Taita de knarsende wielen van de strijdwagens die naar het fort omhoogreden. Hij liep het pad een stukje in hun richting op om de aandacht van de Jarrianen van Merens mannen op de richel boven af te leiden. Plotseling verscheen het eerste voertuig voor hem om de bocht van het smalle pad. Terwijl het zijn kant uit kwam, verschenen andere erachter. Een stuk of tien infanteristen renden naast elke strijdwagen en ze klemden zich aan de zijkanten ervan vast toen het pad steil omhoog begon te lopen. Er waren in totaal acht strijdwagens en erachteraan kwam de grote massa van de infanterie.

Taita deed geen moeite om zich te verbergen en er steeg een geschreeuw uit de voorste strijdwagen op. De menner liet zijn zweep knallen en de strijdwagen hobbelde over het oneffen pad toen zijn snelheid toenam. Taita verroerde zich niet. Een van de infanteristen wierp een speer naar hem, maar Taita week geen duimbreed. Hij zag dat het wapen een meter of vijf van hem vandaan op de stenen kletterde. Hij liet hen nog dichterbij komen. De volgende speer zou hem getroffen hebben als hij niet opzij gedoken was en het wapen vloog langs zijn schouder. Hij hoorde Fenn vanaf de uitkijktoren roepen: 'Kom terug, Taita. Je loopt daar groot gevaar.' Hij negeerde haar waarschuwing en keek naar de strijdwagens. Ten slotte waren de strijdwagens allemaal ruim de bocht door en hadden ze geen ruimte meer om te keren en te vluchten. Hij hief zijn hand naar Meren op. 'Nu!' schreeuwde hij en de echo van zijn stem weerkaatste tussen de rotswanden. 'Nu! Nu! Nu!'

Merens mannen gingen aan de slag. De eerste stenen rolden over de rand van de richel en stuiterden over de steile helling. Ze maakten andere stenen los en veroorzaakten een rommelende lawine. De wagenmenners zagen de stenen aankomen. Ze sprongen met geschrokken kreten uit hun voertuigen en probeerden een veilig heenkomen te zoeken. Maar er was in de smalle pas geen bescherming te vinden tegen de vloed van stenen die tegen de gestrande strijdwagens op knalde en de voertuigen en de mannen van het pad het ravijn beneden in veegde. Toen de lawine tot stilstand kwam, was het pad versperd door bergen stenen.

'Voorlopig zal dat pad niet meer door strijdwagens gebruikt worden en zelfs mannen te voet zullen maar moeilijk over die obstakels heen kunnen komen,' zei Taita tevreden bij zichzelf. 'Ze zullen er de rest van de ochtend door tegengehouden worden.' Hij gebaarde Meren dat hij zijn mannen naar beneden, naar het fort, moest brengen. Tegen de tijd dat hij boven in de uitkijktoren aankwam, waren de laatste vluchtelingen al lang over het pad over de helling aan de andere kant van de heuvel verdwenen.

Fenn was zo opgelucht toen ze hem zag dat ze hem onstuimig omhelsde. 'Je bent me zo dierbaar, mijn heer,' fluisterde ze. 'Mijn hart stond stil toen ik speren om je hoofd zag vliegen.'

'Het minste wat je kunt doen als je zo'n genegenheid voor me koestert, is wel dat je me te eten geeft voordat de rest van het Jarriaanse leger arriveert.'

'Je bent zo overheersend sinds je van de berg bent teruggekeerd. Dat bevalt me goed, mijn heer.' Ze lachte en verdween naar de keuken. Toen ze terugkwam, leunden ze op de borstwering en aten de eieren met doerrakoeken. Ze zagen dat de Jarriaanse bevelhebber een detachement van vijftig man de helling op stuurde om de richel te veroveren waarvandaan Meren en zijn mannen de stenen naar beneden hadden geduwd. Hij stond, net buiten bereik van de bogen, midden op het pad beneden hen. Hij was lang en mager en droeg de struisvogelveren van een kolonel op zijn helm.

'Zijn gezicht staat me helemaal niet aan,' merkte Taita op. De man had een donker gezicht, een vierkante, vooruitstekende kin en een grote haakneus. 'Ken je hem, Sidudu?'

'Ja, Magiër. Het is een harde, genadeloze man die door ons allemaal gehaat wordt.'

'Hoe heet hij?'

'Kolonel Soklosh.'

'Kolonel Slang,' vertaalde Taita. 'Hij vertoont een meer dan oppervlakkige gelijkenis met het dier waarnaar hij vernoemd is.'

Zodra hij de richel onder controle had, stuurde Soklosh zijn verkenners naar voren om het met steen bezaaide pad voor het fort te ontruimen en de kracht van de verdedigers te testen.

'Schiet een paar pijlen op hen af,' zei Taita tegen Fenn. De twee meisjes zwaaiden snel de boog van hun schouder. Sidudu's pijl vloog zo dicht over het hoofd van een van de Jarrianen heen dat hij wegdook en vluchtte. Fenn raakte een andere in zijn kuit. Hij hinkte huilend als een wolf op zijn goede been rond tot zijn kameraden hem in bedwang hielden en de pijl vlak bij de kuit afbraken. Daarna trokken ze zich over het pad terug waarbij de gewonde man door twee van hen ondersteund werd. Toen gebeurde er een hele tijd niets tot een dichte slagorde van mannen in wapenrusting de bocht om holde en het pad naar het fort op kwam.

Meren en hij lieten zich van de ladder naar de borstwering glijden. Toen de volgende golf van vijandelijke infanteristen binnen boogbereik kwam, riep hij naar Hilto: 'Ga je gang!'

'Geconcentreerde salvo's!' riep Hilto. Zijn mannen staken hun zwaard in de schede en zwaaiden hun boog van hun schouder. 'Omhoog! Richt! Schiet!'

De salvo's pijlen vlogen, donker als een zwerm sprinkhanen, tegen de achtergrond van de vroegeochtendlucht omhoog. Ze daalden op de Jarrianen neer en kletterden op hun bronzen wapenrusting. Een paar van hen vielen neer, maar de anderen sloten de gelederen, vormden met hun schilden een dak boven hun hoofd en liepen in draf door. Steeds opnieuw schoten Hilto's mannen hun salvo's af, maar onder hun dak van schilden lieten de Jarrianen zich niet ontmoedigen. Ze bereikten de voet van de muur. Het voorste gelid zette zich schrap tegen het steenwerk en het tweede klom op hun schouders om een piramide te vormen. Het derde gelid gebruikte hen als ladder om de top van de muur te bereiken. Hakkend met hun zwaarden en stekend met hun speren sloegen Hilto's

426

mannen de aanval af. Anderen klommen in hun plaats omhoog en zwaarden kletterden en schraapten langs elkaar. Mannen schreeuwden, vloekten en krijsten van pijn. Een kleine groep Jarrianen slaagde erin de borstwering op te komen, maar voordat ze hun voordeel konden uitbuiten, vielen Meren, Nakonto en Imbali hen aan. Ze houwden de meesten neer en duwden de rest naar beneden.

Op de toren stonden Fenn en Sidudu aan weerskanten van Taita en ze kozen als doelwit zorgvuldig de Jarriaanse kapiteins uit die probeerden hun mannen aan de voet van de muur te hergroeperen. Toen de aanval haperde en mislukte, bespoedigden hun pijlen de aftocht van de Jarrianen over het pad. De vijand liet zijn doden aan de voet van de muur achter, maar sleepte zijn gewonden mee.

Soklosh lanceerde voor de middag nog twee aanvallen. Merens mannen sloegen de eerste even gemakkelijk af als de aanval met de strijdwagens. Bij hun tweede aanval waren de Jarrianen echter verdeeld in drie aparte detachementen die allemaal haastig gebouwde ladders bij zich hadden.

Ze vielen tegelijkertijd aan de beide uiteinden en in het midden van de muur aan. De verdedigers moesten zich al over de hele muur verdelen, maar nu was Meren gedwongen om hen in nog kleinere eenheden op te splitsen om de aanval op drie punten het hoofd te bieden. Het was een wanhopige strijd en Taita klom naar beneden om mee te vechten. Hij liet de meisjes in de toren achter met bundels pijlen die ze in het arsenaal gevonden hadden. De rest van de ochtend woedde de strijd op de top van de muur. Toen ze de Jarrianen ten slotte teruggeworpen hadden, waren Merens mannen er slecht aan toe. Twaalf van hen waren gesneuveld en tien van hen waren te ernstig gewond om door te kunnen vechten. De meeste anderen waren op zijn minst licht gewond en ze waren allemaal bijna aan het eind van hun krachten.

Vanaf het pad hoorden ze Soklosh en zijn kapiteins commando's schreeuwen terwijl ze een nieuwe aanval voorbereidden.

'Ik denk niet dat we het nog veel langer kunnen volhouden.' Meren keek langs de borstwering naar zijn mannen die in kleine groepjes bijeen zaten. Ze dronken uit de waterzakken die Fenn en Sidudu hun gebracht hadden, slepen hun gebarsten en bot geworden zwaarden, verbonden hun wonden of rustten simpelweg met een uitdrukkingsloos gezicht en doffe ogen uit.

'Ben je gereed om het gebouw in brand te steken?' vroeg Taita.

'De toortsen branden al,' antwoordde Meren. Alleen de fundamenten van de muren waren van steen, verder was alles, met inbegrip van het hoofdgebouw en de uitkijktoren, van hout. Het hout was oud en uitgedroogd en zou snel branden. De vlammenzee zou de pas afsluiten tot het vuur zo ver uitgedoofd zou zijn dat de Jarrianen erdoor konden.

Taita liet Meren staan en liep naar het andere uiteinde van de borstwering. Hij hurkte in een hoek neer en trok de cape over zijn hoofd.

De mannen keken nieuwsgierig naar hem.

'Wat doet hij?' vroeg er een.

'Hij slaapt,' antwoordde iemand anders.

'Hij is een religieus man. Hij bidt.'

'We zullen zijn gebeden nodig hebben,' merkte weer iemand anders op.

Fenn wist wat hij probeerde te doen en ze ging dicht bij hem staan om hem met haar lichaam af te schermen en haar eigen paranormale kracht aan de zijne toe te voegen.

Na de felle strijd kostte het Taita veel moeite om zich te concentreren, maar ten slotte maakte hij zich los van zijn lichaam en zweefde zijn astrale zelf boven de bergtoppen. Hij keek uit over het slagveld en zag dat de soldaten van het Jarriaanse leger, dat uit ruim drieduizend man bestond, elkaar verdrongen op het pad dat vanaf de vlakte naar het fort liep. Hij zag hoe de volgende aanval net beneden het fort, maar nog steeds buiten het zicht van de mannen op de muren, voorbereid werd. Daarna zweefde hij over de bergtoppen en keek hij neer op de Kitangule en het blauwe meer in de verte.

Hij zag Tinats mannen op de scheepswerven aan de bovenloop van de rivier. Ze hadden het garnizoen overmeesterd en lieten de boten van de hellingen in de snelstromende rivier glijden. De eerste vluchtelingen scheepten zich al in en de mannen namen hun plaats op de roeibanken in. Maar honderden anderen sjokten nog over het bergpad. Hij liet zich dichter naar de aarde zakken en bleef hangen boven de diepe kloof die de berghelling spleet. De hangbrug die eroverheen liep, leek klein en onbeduidend tegen de achtergrond van het massief van grijs rotsgesteente. De laatste vluchtelingen stapten de zwakke, houten brug op om de gevaarlijke oversteek over de kloof te wagen. Sommige van Tinats mannen hielpen de zieken en bejaarden en anderen stonden met bijlen gereed om de pijlers om te hakken zodat de brug in de donkere kloof zou vallen. Taita keerde abrupt terug en herwon snel de volle beheersing over zijn lichaam. Daarna trok hij de cape van zijn hoofd en sprong overeind.

'Wat heb je ontdekt, Taita?' vroeg Fenn zacht.

'Onze mensen zijn grotendeels de kloof overgestoken,' zei hij. 'Als we het fort nu verlaten, zal de rest de brug over zijn tegen de tijd dat we er aankomen. Jij moet nu met Sidudu de paarden gaan zadelen, Fenn.'

Hij liet haar achter en liep over de borstwering naar Meren toe. 'Verzamel de mannen. Steek de muren in brand en ga naar het pad voordat de Jarrianen hun volgende aanval inzetten.'

De stemming onder de mannen verbeterde sterk toen ze begrepen dat de strijd voorbij was. Kort daarna marcheerden ze in een strakke formatie door de achterpoort van het fort naar buiten terwijl ze hun gewonden meedroegen. Taita bleef achter om erop toe te zien dat de brand goed aangestoken werd. Het Jarriaanse garnizoen had biezen als vloerbedekking en slaapmatten gebruikt. Deze stapelden ze nu langs de muren op. Merens mannen hadden ze rijkelijk besprenkeld met lampolie uit het magazijn van de kwartiermeester. Toen de aangestoken toortsen erop gegooid werden, laaiden de vlammen onmiddellijk hoog op. De houten wanden vatten zo fel vlam dat Taita en de mannen naar de poort moesten rennen.

Fenn zat al op Wervelwind en hield Windrook voor hem aan de teugel klaar. Ze draafden samen over het pad achter het laatste peloton aan dat door Meren en Hilto aangevoerd werd.

Toen ze de hangbrug bereikten, zagen ze tot hun ontzetting dat nog minstens honderd vluchtelingen de oversteek moesten maken. Meren drong zich door de drommen mensen heen om te kijken wat de reden voor de vertraging was. Vijf oude, maar veel kabaal makende vrouwen weigerden om de smalle planken op te gaan die de diepe kloof overspanden. Ze lagen schreeuwend van angst plat midden op het pad en schopten naar iedereen die bij hen in de buurt kwam.

'Willen jullie ons dood hebben?' brulden ze.

'Laat ons hier maar achter. We worden nog liever door de Jarrianen gedood dan dat we in de afgrond gegooid worden.' Hun angst was besmettelijk. Degenen die achter hen kwamen, aarzelden en hielden de rest van de colonne op. Meren greep hun leidster om het middel vast en gooide haar over zijn schouder. 'Kom nu maar mee.' Ze probeerde hem in zijn gezicht te krabben en hem met haar scheve, zwarte tanden in zijn oor te bijten, maar het bronzen vizier van zijn helm verhinderde dat. Hij rende met haar de smalle brug op. De planken onder hen trilden en de afgrond aan weerskanten leek bodemloos. De oude vrouw jammerde nu weer uit volle borst en plotseling merkte Meren dat zijn rug nat was. Hij brulde van het lachen. 'Het is heet werk geweest. Bedankt dat je me verkoeling hebt geschonken.' Toen hij de overkant had bereikt, zette hij haar neer. Ze deed nog één poging om zijn ogen uit te krabben en zakte toen in een jammerend hoopje op het pad ineen. Hij liet haar liggen en rende terug om de anderen te halen, maar Hilto en drie van zijn mannen kwamen de kloof al over, ieder met een spartelende, schreeuwende oude vrouw over zijn schouder. Achter hen stroomden de mensen weer over de brug. De vertraging kwam hun echter duur te staan. Meren drong zich weer tussen de mensen door tot hij Taita aan het eind van de colonne had gevonden.

'De vlammen van het fort zullen Soklosh niet veel langer meer tegenhouden. Hij zal hier zijn voordat we hen allemaal aan de overkant kunnen krijgen. We durven niet met het omhakken van de pijlers te beginnen voordat iedereen de brug over is,' zei hij.

'Drie mannen kunnen op dit smalle pad een leger tegenhouden,' zei Taita.

'Hilto en wij tweeën?' Meren staarde hem aan. 'Bij de etterende zweren op Seths billen, Magiër, ik was vergeten dat de zaken veranderd zijn.

U bent nu de beste en meest bedreven zwaardvechter van ons allemaal.'

'Vandaag zullen we de kans krijgen om die bewering te testen,' zei Taita, 'maar zorg ervoor dat we goede, sterke mannen achter ons hebben om het gat te vullen voor het geval een van ons mocht vallen.'

Er wachtten nog een stuk of vijftig vluchtelingen op hun beurt om de brug over te steken toen ze achter zich het gestamp van voeten en het gekletter van wapens tegen schilden en schedes hoorden. Soklosh' mannen naderden snel.

Taita, Meren en Hilto namen schouder aan schouder hun positie op het pad in. Taita stond in het midden met Hilto aan zijn linker- en Meren aan zijn rechterkant, waar de afgrond was. Nakonto en tien geselecteerde mannen wachtten achter hen, gereed om naar voren te komen als dat nodig mocht zijn. Een eindje verder terug op het pad zaten Fenn en Sidudu op hun paarden en ze hielden die van Taita en Meren aan een leidsel gereed. Ze hadden hun boog van hun schouder gezwaaid en hielden hem gereed om te schieten. Hoog op hun zadel hadden ze over de hoofden van Taita en de anderen heen een goed uitzicht.

Het eerste gelid van de Jarriaanse brigade kwam de bocht in het pad om en stopte abrupt toen ze de drie mannen tegenover hen zagen. De volgende geledern dromden achter hen samen en er heerste even verwarring voordat ze hun formatie herstelden. Daarna staarden ze zwijgend naar de drie verdedigers. Het duurde niet lang voordat de Jarrianen de kracht van de tegenstand hadden ingeschat. Toen wees de forse sergeant in het voorste gelid met zijn zwaard naar hen en wierp zijn hoofd brullend van het lachen in zijn nek.

'Drie tegen drieduizend! Ho! Ha!' Hij stikte bijna van het lachen. 'O! Ik bevuil me van angst.' Hij begon met zijn zwaard op zijn schild te slaan. De mannen om hem heen pakten het dreigende, staccatoritme op. De Jarrianen kwamen stampend en op hun schilden slaand dichterbij. Fenn keek over de bevedering van de pijl op haar volledig gespannen boog heen naar hen. Vlak voordat de Jarrianen tot de aanval overgingen, fluisterde ze, met haar blik nog steeds gericht op het gezicht van de bebaarde sergeant dat boven zijn schild uitkwam: 'Ik heb die kerel in het midden. Neem jij de man aan jouw kant.'

'Ik heb hem in het oog,' fluisterde Sidudu terug.

'Schiet hem neer,' grauwde Fenn. Ze schoten tegelijk. 'De twee pijlen suisden over Taita's hoofd. De ene trof de Jarriaanse sergeant recht in een oog. Hij viel achterover en knalde met zijn volle gewicht tegen de twee mannen achter hem aan die ook tegen de grond sloegen. Sidudu's pijl trof de man naast hem in de mond. Twee van zijn tanden braken af en de pijlpunt begroef zich achter in zijn keel. De mannen achter hem schreeuwden van woede, sprongen over de lijken heen en stormden op de drie verdedigers af. De beide kampen waren nu zo dicht bij elkaar dat de meisjes niet meer durfden te schieten uit angst dat ze een van hun eigen mensen zouden raken.

De Jarrianen konden echter maar met drie man tegelijk het hoofd van de linie bereiken. Taita dook onder de slag van de man die hem aanviel door en hakte met een lage houw zijn benen onder hem vandaan. Toen hij neerviel, stak Taita hem door de veters van zijn borstplaat heen in zijn hart. Hilto pareerde de slag van een man en doodde hem met zijn riposte, een steek door de opening onder het vizier van zijn helm. Het drietal nam de gevechtshouding weer aan en deed twee passen achteruit.

Drie andere Jarrianen sprongen over hun dode kameraden heen en stormden op hen af. Een van hen houwde naar Meren die de slag pareerde, de pols van de zwaardarm van zijn tegenstander vastgreep en hem over de rand van de klip slingerde. De man viel schreeuwend op de rotsen in de diepte. De man die op Taita afkwam, hief zijn zwaard met beide handen en richtte op zijn hoofd alsof hij hout hakte. Taita ving de slag met zijn zwaard op, stapte toen tot vlak bij hem naar voren, dreef de dolk die hij in zijn andere hand had in de buik van de man en gaf hem een duw waardoor hij achteruitwankelde tot hij door zijn kameraden opgevangen werd. Meren verwondde een andere man en toen deze viel, schopte hij hem tegen het hoofd waardoor hij over de rand van de klip achteroversloeg. Hilto spleet de helm van de volgende Jarriaan met een slag die dwars door het brons heen ging en zijn schedel diep doorkliefde. De kracht van de slag was groter dan het zwaard kon verdragen. Het brak af en Hilto hield alleen het gevest nog in zijn hand.

'Een zwaard! Geef me een nieuw zwaard,' schreeuwde hij wanhopig, maar voordat degenen achter hem het hem konden geven, werd hij opnieuw aangevallen. Hilto gooide het gevest van zijn zwaard naar het gezicht van de Jarriaan, maar deze dook weg en het schampte af op het vizier van zijn helm toen hij naar Hilto stak. De steek trof doel, maar Hilto greep hem om zijn middel vast en sleepte hem mee terug in zijn eigen gelederen. De mannen achter hem doodden de Jarriaan terwijl deze uit alle macht probeerde zich uit Hilto's greep te bevrijden. Maar Hilto was zwaar getroffen en zou die dag niet meer kunnen vechten. Hij leunde zwaar op de kameraad die hem terugleidde naar de brug en Nakonto nam zijn plaats naast Taita in. Hij had een steekspeer in beide handen en hij gebruikte ze zo snel en handig dat de bronzen punten vervaagden tot een waas van dansend licht. Terwijl ze een spoor van stervende Jarrianen op het pad achterlieten, liep het drietal achteruit naar het bruggenhoofd waarbij ze het tempo van hun aftocht afstemden op dat van de staart van de colonne vluchtelingen.

Ten slotte schreeuwde Fenn: 'Ze zijn er allemaal overheen!' Haar stem kwam duidelijk boven het kabaal van de strijd uit. Taita weerde een slag van de man met wie hij vocht af en doodde hem met een riposte door de keel, voordat hij omkeek. De brug was leeg.

'Geef de mannen met de bijlen bevel om uit alle macht aan de slag te gaan. Laat de brug naar beneden storten!' riep hij naar Fenn. Hij hoor-

de dat ze het bevel herhaalde toen hij zich naar de volgende vijand omdraaide. Boven de hoofden van de Jarrianen uit zag hij de struisvogelveren in Soklosh' helm en hij hoorde de scherpe kreten waarmee hij zijn
mannen aanspoorde. Maar de Jarrianen hadden gezien hoe hun kameraden afgeslacht waren en de grond onder hun voeten was rood en modderig van het bloed. Het pad was bezaaid met lijken en hun strijdlust
nam af. Taita had tijd genoeg om weer om te kijken. Hij hoorde het gedreun van de bijlslagen en het gekraak van de stormtouwen en de planken van de brug. Maar de twee meisjes te paard waren de brug nog niet
overgestoken. Bij hen stond een klein groepje mannen gereed om een
gat in de linie op te vullen.

'Ga terug!' schreeuwde Taita naar hen. 'Ga allemaal terug!' Ze aarzelden, onwillig om het drietal alleen tegenover de vijandelijke over-
macht achter te laten. 'Ga terug, zeg ik. Jullie kunnen hier niets meer
doen.'

'Terug!' brulde Meren. 'Geef ons ruimte. Wanneer we komen, gaat
het snel.'

De meisjes lieten hun paarden keren en de hoeven van de dieren
kletterden over de brug. De andere mannen volgden hen de kloof over
en bereikten de overkant. Nakonto, Meren en Taita die nog steeds tegenover het Jarriaanse legioen stonden, liepen langzaam achteruit de
brug op en bleven in het midden ervan staan, met aan weerskanten van
hen de steile afgrond. Het gedreun van de bijlen weerkaatste tegen de
klippen terwijl de mannen op de pijlers inhakten.

Drie Jarrianen stormden de brug op. De planken trilden onder hun
voeten en ze sloegen hun schilden tegen die van het trio in het midden.
Hakkend en stekend balanceerden beide kampen op de heen en weer
zwaaiende brug. Toen het eerste Jarriaanse gelid neergehouwen was,
renden anderen naar voren om hun plaats in te nemen. Ze gleden uit in
de plassen bloed en struikelden over de lijken van hun kameraden. Anderen dromden achter hen de smalle brug op. Zwaarden kletterden tegen elkaar. Mannen vielen, gleden vervolgens van de brug en stortten
jammerend in de diepte. De hele tijd dreunden de bijlslagen tegen het
hout en het geschreeuw wekte weer nieuwe echo's.

Plotseling begon de brug te bewegen als een hond die zijn vlooien af
probeert te schudden. De ene kant ervan zakte naar beneden en bleef
schuin hangen. Twintig Jarrianen werden schreeuwend het ravijn in geslingerd. Taita en Meren lieten zich op hun knieën vallen om op de heen
en weer zwaaiende planken in evenwicht te blijven. Alleen Nakonto
bleef rechtop staan.

'Kom terug, Taita!' riep Fenn en iedereen om haar heen nam de kreet
over. 'Kom terug! De brug stort naar beneden! Kom terug!'

'Terug!' brulde Taita tegen Meren, die opsprong en balancerend als
een acrobaat terugrende. 'Ga terug!' beval hij Nakonto, maar de ogen
van de Sjilloek waren glazig en bloeddoorlopen van strijdlust. Ze waren

strak op de vijand gericht en hij leek Taita's stem niet te horen. Taita sloeg hem kletsend met de platte kant van zijn zwaard op de rug. 'Ga terug! Het gevecht is voorbij!' Hij greep zijn arm vast en duwde hem naar de andere kant.

Nakonto schudde zijn hoofd alsof hij uit een trance ontwaakte en rende achter Meren aan. Taita volgde hen op een afstand van een paar meter. Meren bereikte het einde van de brug en sprong op het rotsige pad. Op dat moment knapte een van de stormtouwen die de brug ophielden met een knal als van een zweepslag. De brug kwam even omhoog en zakte toen in een scherpere hoek naar beneden, voordat hij weer bleef hangen. De Jarrianen die er nog steeds op stonden, verloren hun evenwicht. Een voor een gleden ze naar de rand en vielen eraf. Net voordat de brug weer wegzakte, kreeg Nakonto vaste grond onder de voeten.

Taita stond er nog op toen hij zwaar kantelde. Hij gleed naar de rand en, om zich te redden, liet hij zijn zwaard vallen en wierp hij zich plat op de brug. Er zaten smalle openingen tussen de sjorringen van de planken. Hij klauwde er met gehaakte vingers naar tot hij houvast vond. De brug trilde weer en zakte nog meer naar beneden tot hij verticaal tegen de rotswand hing. Taita's voeten bungelden boven de kloof terwijl hij aan zijn vingertoppen hing. Hij tastte naar een houvast voor zijn voeten, maar de neuzen van zijn sandalen waren te dik om ze tussen de smalle openingen in de planken te kunnen krijgen. Hij trok zich alleen met de kracht van zijn armen op.

Een pijl sloeg met een klap in de plank vlak naast zijn hoofd in. De Jarrianen aan de andere kant van de kloof schoten op hem en hij kon zich niet verdedigen. Hij hees zichzelf hand over hand omhoog. Elke keer dat hij van greep verwisselde, hing hij aan één hand terwijl hij met de andere naar de plank erboven tastte. De brug was verwrongen waardoor elke volgende opening tussen de planken smaller was dan de vorige. Ten slotte bereikte hij een punt waar hij zijn vingers niet meer tussen de volgende opening kon krijgen en hij bleef hulpeloos hangen. De volgende pijl kwam zo dichtbij dat de rok van zijn tuniek aan het hout werd vastgepind.

'Taita!' Het was Fenns stem en hij rekte zijn nek uit om naar boven te kunnen kijken. Haar gezicht was drie meter boven hem. Ze lag op haar buik en tuurde over de rand. 'O, lieve Isis, ik dacht dat je gevallen was.' Haar stem beefde. 'Houd je nog even goed vast.' Ze verdween. Een andere pijl sloeg vlak bij zijn linkeroor in het hout in.

'Hier, pak dit vast.' De lus van een halstertouw zakte naast hem. Hij strekte er een hand naar uit, liet de lus over zijn hoofd glijden en schoof hem toen onder zijn oksel.

'Ben je klaar?' Fenns ogen waren groot van angst. 'Het andere eind zit aan Wervelwinds zadel vast. 'We hijsen je op.' Het touw werd met een ruk strakgetrokken. Terwijl hij omhoogging, zette hij zich met zijn handen en voeten van de bungelende brug af. Er sloegen nog meer pijlen in het hout in, maar geen enkele ervan raakte hem, ook al hoorde hij de Jarrianen om zijn bloed huilen als een meute honden onder een boom waarin een luipaard is gevlucht.

Toen hij op gelijke hoogte met het pad kwam, strekten de sterke handen van Meren en Nakonto zich naar hem uit en hesen hem op tot hij in veiligheid was. Toen hij overeind kwam, liet Fenn Wervelwinds teugels vallen en rende naar hem toe. Ze omhelsde hem zwijgend terwijl de tranen van opluchting over haar wangen stroomden.

De colonne vluchtelingen trok de hele nacht over het pad verder en in het vroegeochtendlicht werden de laatsten de oever van de Kitangule op geleid. Tinat wachtte op hen bij de poort in de omheining van de scheepswerven en hij kwam Taita snel tegemoet. 'Ik ben zo blij dat u veilig bent, Magiër, maar het spijt me heel erg dat ik het gevecht gemist heb. Ik heb gehoord dat het fel en zwaar was. Wat is er voor nieuws over de Jarriaanse achtervolgers?'

'De brug over de kloof is weg, maar dat zal hen niet lang ophouden. Sidudu zegt dat er zestig kilometer naar het zuiden een gemakkelijkere weg over de helling is. We weten zeker dat Soklosh dat ook weet en dat hij zijn mannen daarheen zal leiden. Hij zal veel sneller reizen dan wij. We kunnen verwachten dat hij ons weer snel zal inhalen.'

'De zuidelijke weg is de belangrijkste toegangsweg tot Jarri. Natuurlijk weet Soklosh ervan.'

'Ik heb patrouilles op de weg achtergelaten om naar hem uit te kijken en ons te waarschuwen wanneer hij eraan komt,' zei Taita. 'We moeten deze mensen zo snel mogelijk inschepen.' Eerst brachten ze de paarden aan boord en daarna de overgebleven vluchtelingen. Voordat de laatsten aan boord waren, galoppeerden de patrouilles de scheepswerf op. 'De voorste cohorten van de Jarrianen zullen ons binnen een uur bereikt hebben.'

Meren en zijn mannen leidden de laatste vluchtelingen over de steiger naar de boten. Zodra alle boten vol waren, roeiden de roeiers naar de hoofdstroom van de rivier en keerden de boeg stroomafwaarts. Fenn en Sidudu droegen Hilto op zijn draagbaar de laatste boot van de vloot op. Er bleven er twintig leeg op de hellingen achter, dus bleef Taita met een paar man aan land om ze te vernietigen. Ze gooiden er brandende toortsen in en toen het hout fel brandde, duwden ze de boten de rivier in waar ze snel tot aan de waterlijn afbrandden. De uitkijken op de omheining van de scheepswerf bliezen alarm op hun trompetten van koedoehoorns. 'De vijand is in zicht!'

Ze haastten zich naar de boten. Taita en Meren sprongen op het dek waar de meisjes bezorgd op hen wachtten. Meren nam het roer en de roeiers roeiden van het dok vandaan. Ze konden vanaf de oever nog met pijlen geraakt worden toen het voorste eskadron van de Jarrianen de scheepswerf op galoppeerde. Ze stegen af en verdrongen elkaar op de oever om salvo's pijlen af te schieten waarvan sommige in het dek insloegen, maar niemand werd getroffen.

Meren draaide de boeg om de stroming op te vangen van de brede, gezwollen Kitangule die hen snel om de eerste bocht heen meevoerde. Hij leunde op de lange stuurriem toen ze naar de hoge klippen van het Jarriaanse massief omkeken. Misschien hadden ze opgetogen moeten zijn toen ze afscheid van het koninkrijk van Eos namen, maar ze waren allemaal stil en ernstig.

Taita en Fenn stonden een stukje van de anderen vandaan. Fenn verbrak ten slotte de stilte. Ze praatte zacht, zodat alleen Taita haar kon horen: 'Dus onze missie is mislukt. We zijn ontsnapt, maar de heks leeft nog en het water van de Nijl stroomt nog steeds niet.'

'Het spel is nog niet gespeeld. De stukken staan nog steeds op het bord,' antwoordde Taita.

'Ik begrijp je niet, mijn heer. We vluchten uit Jarri, we verlaten het strijdtoneel en laten de heks leven. Je hebt niets om naar Egypte en de farao mee terug te nemen dan deze miserabele vluchtelingen en onszelf. Egypte is nog steeds verdoemd.'

'Nee, dat is niet alles wat ik mee terugbreng. Ik heb alle wijsheid en astrale kracht van Eos.'

'Hoe kan dat jou en de farao helpen, wanneer Egypte aan de droogte ten onder gaat?'

'Misschien kan ik de herinneringen van de heks gebruiken om haar geheimen en plannen te ontrafelen.'

'Heb je de sleutel tot haar magie al?' vroeg ze hoopvol terwijl ze naar zijn gezicht keek.

'Dat weet ik niet. Ik heb een eindeloze hoeveelheid kennis en ervaring van haar afgenomen. Mijn geest en bewustzijn worden erdoor overspoeld. Er is zo veel, dat ik, als een hond met te veel botten, het meeste ervan heb moeten begraven. Misschien is een deel ervan zo diep begraven dat ik het nooit zal kunnen terughalen. Op zijn best zullen er alleen tijd en moeite voor nodig zijn om het allemaal te verwerken. Ik zal je hulp nodig hebben. Onze geesten zijn zo op elkaar afgestemd geraakt dat alleen jij me hierbij kunt helpen.'

'Je doet me eer aan, Magiër,' zei ze eenvoudigweg.

De Jarriaanse cohorten achtervolgden hen nog een kilometer of drie stroomafwaarts. Ze reden snel langs het pad dat de rivieroever volgde totdat moerassen en dicht oerwoud hen dwongen de achtervolging te staken. De boten voeren snel mee op de stroming van de rivier die gezwollen was door de regen die op de Bergen van de Maan gevallen was en ze lieten de vijand ver achter zich.

Voordat de avond viel, hadden de voorste vaartuigen de eerste stroomversnellingen bereikt die al die maanden geleden hun reis stroomopwaarts zo hadden vertraagd. Nu vlogen ze op het witte water van de stroomversnellingen naar beneden en de oevers schoten aan weerskanten voorbij. Toen ze bij de staart van de stroomversnellingen voor de muren van het kleine Jarriaanse garnizoensfort aan land gingen, ontdekten ze dat de soldaten gevlucht waren zodra ze in de gaten hadden dat ze met een vijandelijke vloot te maken hadden. De kazerne was leeg, maar de magazijnen waren gevuld met wapens, gereedschap en proviand. Ze laadden de beste spullen in de boten en vervolgden snel hun reis naar het oosten. Slechts tien dagen nadat ze ingescheept waren, voeren ze door de monding van de Kitangule het uitgestrekte, blauwe Nalubaale-meer op. Ze keerden naar het noorden en volgden de oever naar de heuvels van Tamafupa.

Tegen die tijd had Taita een vaste routine ontwikkeld. Hij had voor hemzelf en Fenn een hoek van het dek voor de roeibanken opgeëist waarboven hij voor de schaduw en de privacy een matten zeil had gespannen. Ze zaten daar het grootste deel van de dagen dicht bij elkaar op een slaapmat. Ze hielden elkaars handen vast en keken elkaar in de ogen, terwijl hij in het Tenmass tegen haar fluisterde. Het was de enige taal die toereikend was om alle nieuwe informatie waarvan zijn geest overliep op haar over te dragen.

Terwijl Taita tegen haar fluisterde, werd hij zich er scherp van bewust hoe sterk haar geest en haar astrale ziel uitdijden. Ze gaf hem bijna evenveel terug als ze opnam en de ervaring versterkte en verrijkte hen. In plaats van hen uit te putten, schonk hun intense, aanhoudende geestelijke activiteit hun nieuwe energie.

Elke avond ging de vloot voor zonsondergang voor anker. De meeste mensen in de boten gingen dan voor de nacht aan land en lieten alleen een ankerwacht aan boord achter. Meestal maakten Taita en Fenn gebruik van de laatste uren daglicht om langs de oever en de rand van het bos te lopen en wortelen, kruiden en vruchten te verzamelen. Wanneer ze genoeg hadden voor hun avondeten en voor de medicijnen die ze wilden maken, keerden ze terug naar hun geïmproviseerde hut die apart stond van de rest van het kamp. Sommige avonden nodigden ze Meren en Sidudu uit om de maaltijd die ze hadden bereid met hen te delen, maar vaak bleven ze samen en gingen ze tot diep in de nacht met hun studies door.

Wanneer ze ten slotte op hun slaapmat gingen liggen en de bontdeken over zich heen trokken, nam Taita haar in zijn armen. Ze nestelde zich tegen hem aan en zonder enig spoor van gêne pakte ze dan zijn lid vast en hield het in een liefdevolle, maar onervaren greep. Vaak waren haar laatste slaperige woorden voordat ze in slaap viel niet tot Taita gericht, maar tot het deel van hem dat ze in haar hand hield. 'Ho, mijn lieve poppetje, ik vind het leuk om met je te spelen maar je moet nu gaan liggen om te slapen, anders houd je ons de hele nacht wakker.'

436

Taita verlangde wanhopig naar haar. Hij begeerde haar met zijn hele, pas verworven mannelijkheid, maar in veel opzichten was hij even onschuldig en onervaren als zij. Zijn enige seksuele ervaring was de brute strijd in de Wolkentuinen waarin hij gedwongen was geweest om zijn lichaam als een wapen te gebruiken en niet als een voertuig van liefde. Het had geen enkele relatie met de bitterzoete emoties die hij nu voelde en die met de dag sterker werden.

Wanneer ze hem liefkoosde, werd hij verteerd door het overweldigend verlangen om zijn liefde op dezelfde intieme manier te uiten, maar hij wist intuïtief dat ze, hoewel ze aan de poort van de vrouwelijkheid stond, er nog niet klaar voor was om de laatste stap over de drempel te zetten.

We hebben nog een leven, en misschien wel vele levens, voor ons, troostte hij zichzelf en hij maakte zich vastberaden op om te gaan slapen.

De mannen op de roeibanken waren op weg naar een verloren vaderland, dus roeiden ze uit alle macht. De vertrouwde oever van het meer schoot langs en ze leken de kilometers te vreten tot ten slotte de heuvels van Tamafupa uit het blauwe meer voor hen verrezen. Ze verdrongen elkaar bij de reling van de boten en staarden er in stil ontzag naar. Deze plek was doordrenkt van het kwaad en zelfs de dappersten van hen waren vervuld van angst. Toen ze om de landtong van de baai heen voeren en de Rode Stenen die de mond van de Nijl afsloten voor zich zagen, ging Fenn dichter bij Taita staan en ze pakte zijn hand vast om steun te zoeken. 'Hij staat er nog. Ik had gehoopt dat hij samen met zijn meesteres gevallen zou zijn.'

Taita antwoordde niet. Hij riep naar Meren, die aan het roer stond: 'Ga naar de kop van de baai.'

Ze sloegen hun kamp op het witte strand op. Er werd die avond niet gefeest. De stemming was bedrukt en onzeker. Er was geen Nijl om de reis op te vervolgen en er waren ook niet genoeg paarden om hen allemaal terug naar Egypte te dragen.

De volgende ochtend gaf Taita bevel om de boten het strand op te slepen en ze te ontmantelen. Niemand had dit verwacht en zelfs Meren keek hem schuin aan, maar er werd geen kritiek op zijn bevel gegeven. Toen de bagage en de uitrustingsstukken eenmaal uit de boten waren geladen, werden de pennen uit hun sleuven geslagen en de rompen werden tot hun afzonderlijke delen afgebroken.

'Breng de boten, de bagage en de mensen naar het dorp op de top van de landtong waar Kalulu, de beenloze sjamaan, woonde.'

'Maar dat is hoog boven de rivier,' zei Meren hem niet-begrijpend.

Hij schuifelde met zijn voeten en bleef onhandig staan toen Taita hem met een raadselachtige blik aankeek. 'Het is ook hoog boven het grote meer,' zei hij ten slotte.

'Is dat belangrijk, Magiër?'

'Misschien.'

'Ik ga het onmiddellijk doen.'

Ze moesten zes dagen keihard werken om alles de heuvel op te sjouwen. Toen ze ten slotte de onderdelen van de rompen op de open grond in het midden van de zwartgeblakerde ruïnes van Kalulu's dorp hadden opgestapeld, liet Taita hen rusten. Hij en Fenn zetten hun hut op de voorste helling van de heuvel op waar ze uitkeken op de droge bedding van de Nijl en de ondoordringbare stenen versperring in de mond ervan. Bij zonsopgang gingen ze onder het gevlochten, rieten afdak zitten en keken uit over het uitgestrekte blauwe water van het meer waarin de wolken in de hemel erboven weerspiegeld werden. Ze hadden een onbelemmerd uitzicht op de dam en de kleine tempel van Eos op de steile helling erboven.

Op de derde ochtend zei Taita: 'We zijn voorbereid, Fenn. We hebben onze krachten verzameld. Nu moeten we op de volle maan wachten.'

'Dat duurt nog vier dagen,' zei ze.

'We kunnen daarvoor nog één aanval op de heks doen.'

'Ik ben klaar voor alles wat je beslist, Magiër.'

'Eos heeft een astrale barricade om zichzelf heen opgetrokken.'

'Daarom konden we geen contact met elkaar maken toen je in haar hol was.'

'Ik wil haar verdediging voor de laatste keer testen. Het zal natuurlijk gevaarlijk zijn, maar we moeten onze krachten bundelen en nog een poging doen om door haar schild heen te dringen en haar in haar bastion te schouwen.' Ze gingen weer naar de oever van het meer. Ze wasten hun kleren en baadden in het kristalheldere water. Het was een rituele wassing; het kwaad gedijt in vuil en smerigheid. Toen hun naakte lichamen in het zonlicht opdroogden, kamde Taita haar haar en legde vlechten in de natte lokken. Zij verzorgde zijn korte, nieuwe baard. Ze poetsten hun tanden met groene twijgen en plukten bossen geurige bladeren die ze mee de heuvel op namen naar het kamp. Toen ze hun hut bereikten, rakelde Fenn de smeulende kolen van hun vuur op en Taita gooide de bladeren in de vlammen. Ze gingen hand in hand in kleermakerszit zitten en ademden de reinigende, prikkelende rook in.

Het was de eerste keer dat ze probeerden om samen een astrale reis te maken, maar de overgang naar het astrale vlak verliep probleemloos. In de geest verbonden stegen ze hoog boven het meer uit en zweefden naar het westen over de bossen. Ze zagen dat er een dicht wolkendek boven Jarri hing; alleen de toppen van de Bergen van de Maan staken erbovenuit en de sneeuw erop glansde grimmig. De verborgen vallei van de Wolkentuinen nestelde zich in hun ijskoude omhelzing. Ze lieten zich naar het bastion van de heks zakken, maar toen ze dichterbij kwamen, werd de ether troebel en drukkend, alsof ze door een beerput zwommen. Door het gewicht en de dichtheid ervan kwamen ze moeilijk vooruit. Met elkaar verbonden zwoegden ze tegen de verlammende invloed ervan naar voren. Na een immense spirituele inspanning lukte het hun ten slotte de groene kamer in het hol van de heks binnen te dringen.

Eos' enorme cocon lag nog op dezelfde plek als toen Taita haar voor het laatst had gezien, maar het groene schild was nu helemaal gevormd. Het was groen en glanzend en had een diamanten schittering. Taita had zijn doel bereikt: hij had Fenn hierheen gebracht om Eos in haar ware gedaante te aanschouwen, niet in een van haar schimmige manifestaties. Wanneer de tijd gekomen was, zouden ze nu al hun krachten kunnen bundelen en op haar concentreren.

Ze trokken zich terug uit de Wolkentuinen en zweefden over de bergen, de bossen en het meer tot ze in hun fysieke lichaam terugkeerden. Taita hield nog steeds haar handen vast. Toen ze weer bij haar positieven was, keek Taita door zijn Innerlijke Oog naar haar. Haar aura smeulde als gesmolten metaal dat uit de oven stroomt, verhit door haar angst en woede.

'Dat ding!' Ze klampte zich aan hem vast. 'O, Taita, ik heb me nooit kunnen voorstellen dat er zoiets afschuwelijks kon bestaan. Dat schild leek alle kwaad en boosaardigheid van het universum te bevatten.' Haar gezicht was lijkwit en haar huid was koud.

'Je hebt de vijand aanschouwd. Nu moet je je vermannen, schat,' zei hij. 'Je moet al je moed en kracht vergaren.' Hij drukte haar tegen zich aan. 'Ik heb je naast me nodig. Zonder jou kan ik haar niet overwinnen.'

Er verscheen een hardere, vastberaden uitdrukking op Fenns gezicht. 'Ik laat je niet in de steek, Taita.'

'Dat heb ik ook geen moment gedacht.' In de loop van de volgende paar dagen gebruikte hij al zijn esoterische bekwaamheid om haar spirituele krachten die door de aanblik van Eos waren aangetast te versterken.

'Morgenavond zal het vollemaan zijn, de gunstigste fase van zijn cyclus. We zijn gereed en de tijd is rijp.' Maar bij zonsopgang werd Taita gewekt door Fenns gesnik en gekreun. Hij streelde haar gezicht en fluisterde in haar oor: 'Word wakker, schat. Het is maar een droom. Ik ben bij je.'

'Houd me vast, Taita. Ik heb zo afschuwelijk gedroomd. Ik heb gedroomd dat Eos me met haar magie aanviel. Ze stak haar dolk in mijn buik. Het lemmet was gloeiend heet.' Ze kreunde weer. 'O, ik voel de pijn nog steeds. Het was geen droom. Het was echt. Ik ben gewond en de pijn is bitter.'

De schrik sloeg Taita om het hart. 'Laat me je buik eens voelen.' Hij duwde haar zachtjes neer, trok de deken tot haar knieën naar beneden en legde zijn hand op haar platte, witte buik.

'Het is niet alleen de pijn, Taita,' fluisterde ze. 'Ik bloed ook uit de wond die ze me toegebracht heeft.'

'Bloed je? Waar is de wond dan?'

'Hier!' Ze spreidde haar dijen en duwde zijn hand naar beneden. 'Het bloed stroomt uit de spleet tussen mijn benen.'

'Is je dit nog niet eerder overkomen – op jouw leeftijd?'

'Nooit,' antwoordde ze. 'Dit is de eerste keer.'

'O, mijn allerliefste.' Hij nam haar teder in zijn armen. 'Het is niet wat je denkt. Dat komt niet door Eos. Het is een geschenk en een zegen van de goden van de Waarheid. Ik vraag me af waarom Imbali je er niet over verteld heeft. Je bent nu een echte vrouw geworden.'

'Ik begrijp het niet, Taita.' Ze was nog steeds bang.

'Dit is je maanbloed, het trotse embleem van je vrouwelijkheid.'

Taita besefte dat de uitputtende reis, de ontberingen en beproevingen, haar natuurlijke ontwikkeling geremd moesten hebben.

'Maar waarom dan die pijn?'

'Pijn is het lot van de vrouw. Ze wordt in pijn geboren en ze brengt in pijn nieuw leven ter wereld. Zo is het altijd geweest.'

'Maar waarom nu? Waarom word ik hierdoor getroffen nu je me juist zo nodig hebt?' klaagde ze.

'Je moet vreugde scheppen in je vrouwelijkheid, Fenn. De goden hebben je bewapend. Het eerste maanbloed van een maagd is de krachtigste talisman die de natuur kent. De heks noch alle andere aanhangers van de Leugen kunnen je overwinnen op de dag waarop je volwassen bent geworden.' Ze stonden op van de mat en Taita deed haar voor hoe ze een vierkant linnen doekje moest opvouwen tot een met droge kruiden gevuld kussentje dat de uitscheiding opzoog. Ze wasten zich opnieuw en dronken een beetje water uit het meer, maar ze aten niets.

'De leeuw en zijn leeuwin jagen beter op een hongerige maag,' zei hij tegen haar. Ze verlieten hun hut en liepen het kamp door. In een angstige stilte lieten de mensen hen passeren. Iets in hun gedrag en houding waarschuwde hen dat er iets noodlottigs te gebeuren stond.

Alleen Meren kwam naar hen toe. 'Hebt u hulp nodig, Magiër?'

'Beste Meren, je bent altijd trouw, maar we gaan ergens heen waar je ons niet kunt volgen.'

Meren liet zich voor hem op één knie zakken. 'Mag ik u dan om uw zegen vragen?'

Taita legde een hand op zijn hoofd. 'Die geef ik je graag,' zei hij. Daarna liepen Fenn en hij het kamp uit en de helling naar het meer af. De lucht was zwoel en roerloos en er heerste overal stilte. Geen enkel dier bewoog of riep. Geen vogel vloog. De lucht was helder en zo blauw dat hun ogen er pijn van deden en er hing alleen een klein wolkje ver weg boven het meer. Toen Taita ernaar keek, nam het langzaam de vorm van een kattenpoot aan.

'Zelfs in haar cocon heeft de heks de dreiging gevoeld die we voor haar vormen en ze verzet zich tegen ons,' zei hij zachtjes. Ze leunde dichter tegen hem aan en ze liepen door tot ze ten slotte op de steile oever stonden. Ze keken neer op de Rode Stenen, de grote monoliet die de mond van de Nijl afsloot.

'Is er een door de mens of de natuur beheerste kracht die zoiets groots kan verplaatsen?' vroeg Fenn zich hardop af.

'Hij is opgetrokken door de kracht van de Leugen. Misschien kan hij door de kracht van de Waarheid neergehaald worden,' antwoordde hij en ze richtten hun blik tegelijk op de tempel van Eos.

'Ben je klaar?' vroeg hij en ze knikte. 'Dan moeten we nu de confrontatie met Eos in haar tempel aangaan.'

'Wat gebeurt er als we daar naar binnen gaan, Magiër?'

'Dat weet ik niet. We moeten het ergste verwachten en ons erop voorbereiden dat het veel erger zal zijn.' Taita keek nog even neer op het oppervlak van het meer. Het was glad en glanzend. Hoog erboven zweefde het wolkje, nog steeds in de vorm van een kattenpoot. Hand in hand stapten ze het geplaveide pad op dat naar de tempel met het koepeldak leidde. Onmiddellijk bracht een windje de zwoele lucht in beweging. Het was koud op hun wangen, zo koud als de vingers van een dode. Het vloog weg over het meer, krabde aan het gepolijste oppervlak en ging weer liggen. Ze liepen verder omhoog. Voordat ze halverwege de top waren, stak het windje weer op. Zachtjes fluitend smeerde het de kleine wolk uit over de horizon en rimpelde het meer met donkerblauwe strepen.

Het geluid van de wind werd snel luider. Toen wierp hij zich op hen. Hij rukte aan hun kleren en trok aan Taita's baard. Ze liepen wankelend verder en klemden zich ter ondersteuning aan elkaar vast. Het oppervlak van het meer werd opgezweept tot dansende, witte golven. De bomen langs de oever zwaaiden heen en weer en hun takken zwiepten. Moeizaam klommen ze omhoog tot ze ten slotte voor de wijd open deuren van de tempel stonden. De ene hing in zijn scharnieren en de andere klapperde. Plotseling kreeg de loeiende wind er vat op en sloeg ze met zo'n kracht dicht dat het pleisterwerk rondom de lijsten barstte en afbrokkelde.

Taita greep naar de Amulet van Lostris die aan zijn gouden ketting om zijn hals hing en sloot zijn hand eromheen. Fenn omvatte het goudklompje van de Talisman van Taita. Daarna haalde Taita met zijn vrije hand de dikke, glanzende vlecht van Eos' haar uit zijn buidel. Toen hij hem hoog in de lucht hield, begon de grond onder hen zo geagiteerd te beven dat een van de gesloten deuren uit zijn scharnieren gerukt werd en met een klap voor hun voeten neerkwam. Ze stapten eroverheen en liepen door de opening de ronde zuilengang van de tempel binnen. De lucht was hier dicht en stroperig van het kwaad. Het was moeilijk om erdoorheen te waden en het leek alsof ze door de modder van een diep moeras ploeterden. Taita pakte Fenns arm vast om haar te ondersteunen en hij leidde haar door de gang naar de andere kant van de tempel. Ten slotte stonden ze voor de bloemvormige deur waarvan de stijlen betegeld waren met gepolijst ivoor, malachiet en tijgeroog. De deur van krokodillenhuid was gesloten. Taita sloeg met Eos' vlecht op het midden ervan. De deur ging langzaam en met piepende scharnieren open.

Het zag er binnen nog steeds schitterend uit: de emblemen in het grote pentagram glansden van het marmer en de halfedelstenen, maar hun blik werd onweerstaanbaar naar de ivoren cirkel in het midden getrokken. De zonnestraal die door de spleet in het dak naar binnen viel, bewoog zich langzaam, maar onverbiddelijk naar het hart van het pentagram. Het zou snel middag zijn.

De wind kreunde en huilde om de muren van de tempel en deed het riet en de balken van het dak schudden. Ze stonden als aan de grond genageld naar de bundel zonlicht te kijken. Wanneer hij de ivoren cirkel binnenging, zou de kracht van de Leugen zijn hoogtepunt bereiken. Ze concentreerden zich op het vurige geestesteken van Eos dat in het midden van de ivoren cirkel verscheen. Toen de stank van de heks de lucht vulde, stapte Taita naar voren en hield haar haarvlecht omhoog.

'Tashkalon!' schreeuwde hij en hij wierp het haar op de ivoren cirkel. 'Ascartow! Silondela!' Hij had Eos' krachtwoorden tegen haarzelf gericht. De wind ging abrupt liggen en de tempel leek in de greep te zijn van een ijskoude stilte.

Fenn ging naast Taita staan en tilde de zoom van haar tuniek op. Ze trok het linnen kussentje tussen haar benen vandaan en gooide het boven op Eos' haar in de ivoren cirkel. 'Tashkalon! Ascartow! Silondela!' herhaalde ze met een lieve, heldere stem. De tempel schudde op zijn fundamenten en een diep gerommel steeg uit de aarde op. Een deel van de muur tegenover hen knikte naar buiten en stortte toen in een berg puin en stof van het pleisterwerk ineen. Achter hen brak een van de dakbalken en viel in de zuilengang, samen met een massa verrot riet.

Met een donderend geraas werd de vloer van de tempel opengereten. Een diepe, brede spleet verscheen in het midden van het pentagram, trok door de ivoren cirkel heen en liep dwars door het plaveisel tussen hen in waardoor ze van elkaar gescheiden werden. De spleet was bodemloos en leek zich tot in de ingewanden van de aarde uit te strekken.

'Taita!' schreeuwde Fenn. Nu ze van elkaar gescheiden waren, voelde ze dat de kracht die ze aan hem had onttrokken, verzwakte als de flakkerende vlam van een lamp waarvan de olie bijna op was. Ze wankelde op de rand van de spleet die gulzig aan haar zoog.

'Taita, ik val. Red me!' Ze probeerde zich van de rand af te wenden en ze maaide met haar armen en welfde haar rug terwijl ze ernaartoe getrokken werd.

Hij had zich niet gerealiseerd hoe sterk de astrale krachten waren waarmee ze met elkaar waren verbonden. Hij sprong over de noodlottige afgrond en landde lichtvoetig naast haar. Hij greep haar vast voordat ze in de spleet zou vallen, tilde haar op en rende met haar naar de bloemvormige deur. Hij hield haar tegen zijn hart gedrukt om de kracht die Eos haar ontnomen had aan te vullen. Hij verliet het heiligdom en rende door de zuilengang naar de deuren van de tempel. Een massieve dakbalk viel met een klap voor hen op de grond en miste hen op een haar na. Hij sprong eroverheen en rende verder. Het leek alsof hij op het dek van een klein schip in een orkaan liep. Overal om hem heen openden zich diepe spleten in de vloer. Hij sprong eroverheen. De aarde ging op en neer en beefde. Een ander deel van de muur voor hem stortte in een berg losse stenen in, maar hij sprong over het puin heen en rende de openlucht in.

Er was nog steeds geen respijt van de chaos van de elementen. Wankelend om op de bewegende grond zijn evenwicht te bewaren, keek Taita in stomme verbazing om zich heen. Het meer was verdwenen. Op de plaats waar het heldere, blauwe water was geweest, was nu een uitgestrekt leeg bekken waarin gestrande scholen vis spartelden, krokodillen kronkelden en logge nijlpaarden probeerden houvast in de modder te krijgen. De barrière van rood rotssteen werd kaal onthuld en de grootte ervan tartte de verbeelding.

De aardverschuiving hield abrupt op en werd vervangen door een griezelige stilte. Alles wat leefde, leek bevroren. Er was geen geluid of beweging waar te nemen. Taita zette Fenn voorzichtig neer, maar ze bleef zich aan hem vastklemmen terwijl ze over het lege meer uitkeek. 'Wat gebeurt er met de wereld?' fluisterde ze tussen haar bleke, droge lippen door.

'Het was een aardbeving van catastrofale proporties.'

'Ik dank Hathor en Isis dat er een eind aan gekomen is.'

'Er is nog geen eind aan gekomen. Dit waren alleen maar de eerste schokken. Dit is een luwte voordat ze in volle kracht losbreekt.'

'Wat is er met het water van het meer gebeurd?'

'Dat is weggezogen door de verschuivende aardkorst,' zei hij en hij hief zijn hand op. 'Luister!' Er klonk een ruisend geluid, als dat van een enorme wind. 'Het water komt terug!' Hij wees naar het lege bekken.

Aan de horizon verrees een blauwe, met romig schuim doortrokken berg van water die met een logge, statige kracht op het land afkwam. De verre eilanden werden een voor een overspoeld en daarna steigerde hij steeds hoger de lucht in terwijl hij de kust naderde. Hij was nog een kilometer of drie van hen verwijderd, maar de top van de waterberg leek al uit te torenen boven de hoge oever waarop ze stonden.

'We worden meegesleurd! We zullen verdrinken! We moeten vluchten!'

'We kunnen nergens heen vluchten,' zei hij. 'Blijf naast me staan en houd me goed vast.'

Ze voelde dat hij een beschermende kring om hen heen toverde en ze voegde onmiddellijk haar eigen paranormale krachten aan de zijne toe.

De volgende kramp die de aarde teisterde, was zo hevig dat ze op hun knieën geworpen werden, maar ze klemden zich aan elkaar vast en keken naar de naderende vloedgolf. Ze hoorden een oorverdovend geluid als van ontelbare donderslagen.

De rode monoliet werd vanaf zijn fundamenten tot aan de top gespleten en over het hele oppervlak ervan verscheen een netwerk van diepe scheuren. De reusachtige golf verrees er hoog bovenuit en sloeg eroverheen in een vloed van schuim en dansende golfkammen. De enorme steenmassa verdween eronder. Er klonk een donderend geraas toen de stukken rode rotssteen over elkaar heen buitelden en door de kracht van de vloedgolf in de lege bedding van de Nijl meegevoerd werden alsof ze niet meer dan kiezelsteentjes waren. Het water van het meer bleef in een donderende groene vloedgolf door het gat stromen. De rivierbedding was niet diep en breed genoeg om zo'n hoeveelheid water te kunnen verwerken, dus stroomde het over de oevers en steeg aan weerskanten tot aan de bovenste takken van de bomen. Ze werden ontworteld, vielen in de rivier en werden als drijfhout stroomafwaarts meegevoerd. Dichte waternevelwolken stegen tot in de hemel op boven de tumultueuze heksenketel. Ze vingen het zonlicht op en sponnen er schitterende regenbogen van die de rivier overwelfden.

De top van de vloedgolf kwam omhoog naar de klip waar ze naast de ruïne van de tempel neerhurkten. Het leek alsof hij hen zou verzwelgen en meevoeren, maar zijn kracht vervloog voordat hij hen bereikte. Wat ervan overbleef, klotste rondom de verbrijzelde muren van de tempel en kwam tot hun knieën voordat er een einde aan kwam. Ze haakten hun armen in elkaar en zetten zich schrap. Hoewel het water aan hen trok, konden ze met vereende krachten voorkomen dat ze meegesleurd werden in het meer.

Langzaam kwamen de elementen tot rust, de trillingen van de aarde stierven weg en het water van het meer werd kalm. Alleen de Nijl raasde groen en breed door naar Egypte in het noorden terwijl wolken opstuivend wit water er als rook boven hingen.

'De rivier is herboren,' fluisterde Fenn, 'net als jij, Magiër. De Nijl is vernieuwd en weer jong gemaakt.'

Het leek alsof ze niet genoeg konden krijgen van het schitterende schouwspel. Ze bleven er urenlang vol verwondering en ontzag naar staan kijken. Toen draaide Fenn zich impulsief in de cirkel van zijn armen om en keek naar het westen. Ze schrok zo hevig dat Taita gealarmeerd raakte. 'Wat is er, Fenn?'

'Kijk!' riep ze met een stem die beefde van opwinding. 'Jarri staat in brand!' Enorme rookwolken verrezen boven de horizon. Ze kolkten grijs en dreigend omhoog naar de hemel, verduisterden geleidelijk de zon en hulden de aarde in sombere schaduwen. 'Wat is er aan de hand, Taita! Wat gebeurt er in het koninkrijk van de heks?'

444

'Geen flauw idee,' gaf Taita toe. 'Dit gaat verstand en geloof te boven.'

'Moeten we niet proberen om Jarri opnieuw te schouwen om te onderzoeken wat de oorzaak en de gevolgen van deze ramp zijn?'

'Dat moeten we direct doen,' zei hij. 'Laten we ons voorbereiden.' Ze gingen op de dorre helling boven de razende rivier zitten, pakten elkaars handen vast en lanceerden zich tegelijk naar het astrale niveau. Ze zweefden hoog de lucht in en gleden naar de reusachtige wolken en het land dat zich eronder uitstrekte.

Toen ze erop neerkeken, zagen ze dat het geruïneerd was: de dorpen stonden in lichterlaaie en de velden waren verwoest door giftige rook en vallende as. Ze zagen mensen rennen wier haar en kleren in brand stonden. Ze hoorden vrouwen jammeren en kinderen krijsen terwijl ze stierven. Toen ze dichter bij de Bergen van de Maan kwamen, zagen ze dat de toppen weggeblazen waren. Uit de kraters die daardoor geslagen waren, stroomden rivieren van vurige lava. Een ervan stroomde over de citadel van de oligarchen hun en hulde het gebouw in vuur en as zodat het leek of het nooit bestaan had.

Te midden van al deze vernietiging leek alleen de vallei van de Wolkentuinen onberoerd te zijn gebleven. Maar toen zagen ze dat de bergtoppen die erboven uittorenden, omhoogkwamen en heen en weer zwaaiden. Onder hun ogen blies een volgende vulkanische uitbarsting de helft van de bergen weg. Enorme brokken zwart rotssteen werden de lucht in geslingerd. De Wolkentuinen werden weggevaagd. Waar ze eens waren geweest braakte een andere gapende krater nu nieuwe lavarivieren uit.

'De heks? Hoe zit het met haar?'

Taita nam haar mee tot in het hart van de oven. Als astrale wezens waren ze ongevoelig voor de extreem hoge temperaturen die hun fysieke lichaam direct tot stoomwolkjes gereduceerd zouden hebben. Ze zakten naar beneden door de gangen van Eos' schuilplaats die Taita zich nog zo goed herinnerde tot ze de kamer bereikten waarin haar cocon lag. De groene malachieten wanden gloeiden al en de tegels verbrijzelden knallend van de hitte.

Rookslierten stegen uit het schild van Eos op. Het glinsterende oppervlak begon zwart te worden en te scheuren. Langzaam begon het te wringen en ineen te krimpen tot het plotseling openbarstte. Een kleverige, gele, kokende vloeistof die borrelde en kolkte, stroomde eruit. De stank was overweldigend. Toen vatte het schild vlam en verbrandde tot een poederachtige as. Het laatste deel van de smerige vloeistof verkookte en liet een zwarte vlek op de gloeiende, malachieten tegels achter. Het dak van de grot barstte open en brandende lava drong door de scheuren naar binnen en vulde de kamer van de heks.

Taita en Fenn trokken zich terug en zweefden boven de bergen omhoog. Onder hen was de vernietiging compleet. Jarri was onder de as en de lava verdwenen. Toen ze zich ten slotte door de ether terug naar aarde lieten vallen en zich weer in hun fysieke lichaam hadden teruggetrokken, waren ze aanvankelijk nog te zeer aangegrepen door wat ze hadden gezien en ervaren om iets te kunnen zeggen en zelfs om zich te kunnen bewegen. Terwijl ze nog steeds elkaars handen vasthielden, staarden ze elkaar aan. Toen vulden Fenns ogen zich met tranen en ze begon geluidloos te huilen.

'Het is voorbij,' zei Taita geruststellend.

'Is Eos echt dood?' vroeg Fenn. 'Zeg me dat het geen illusie was. Alsjeblieft, Taita, vertel me dat wat ik in het visioen heb gezien, de waarheid was.'

'Het was de waarheid. Ze is gestorven op de enige manier die voor haar mogelijk was, verteerd door de vlammen van de vulkaan waaruit ze voortgekomen is.' Fenn kroop op zijn schoot en hij sloeg zijn armen om haar heen. Nu het gevaar geweken was, verloor ze haar kracht. Ze was weer een angstig kind. Ze bleven zo de rest van de dag zitten en keken neer op de groene Nijl. Toen de zon onderging achter de torenhoge rookzuilen en de stofwolken die de westelijke hemel nog steeds vulden, stond Taita op en droeg haar over de helling omhoog naar het dorp.

Toen de mensen hen zagen aankomen, renden ze hun tegemoet. De kinderen krijsten van opwinding en de vrouwen maakten een jodelend geluid van vreugde. Meren rende voor de menigte uit om hen als eerste te begroeten. Taita zette Fenn neer en spreidde zijn armen om hem te verwelkomen.

'Magiër! We vreesden voor jullie leven,' brulde Meren toen hij nog vijftig meter weg was. 'Ik had meer vertrouwen in u moeten hebben. Ik had moeten weten dat uw magie zou overwinnen. De Nijl stroomt weer!' Hij omhelsde Taita vurig. 'U hebt het leven aan de rivier en aan ons moederland teruggegeven.' Hij strekte zijn andere arm uit en trok Fenn naar zich toe. 'Niemand van ons zal ooit begrijpen welk wonder jullie verricht hebben, maar nog honderd generaties Egyptenaren zullen jullie er dankbaar voor zijn.' Toen werden ze omringd door de juichende menigte die hen naar de top van de heuvel meevoerde. Er werd die hele nacht gezongen en gelachen, gedanst en gefeest.

Het duurde vele weken voordat de Nijl voldoende was gedaald om weer tussen haar oevers te passen. Zelfs toen was ze nog gehuld in zilverkleurige wolken opstuivend water en de razende stroming bleef grote brokken rood rotssteen met een knarsend geluid over de bodem slepen. Het klonk alsof een reus knarsetandde van woede. Toch gaf Taita bevel om de boten de heuvel af te dragen en op de oever in elkaar te zetten.

'Als u ze ons niet de heuvel op had laten dragen, had die golf er brandhout van gemaakt,' gaf Meren toe. 'Ik had er toen kritiek op en daarvoor vraag ik u om vergeving en begrip, Magiër.'

'Die schenk ik je graag.' Taita glimlachte. 'Maar om eerlijk te zijn, ben ik er in de loop van de jaren ongevoelig voor geworden dat je elke keer dat ik iets verstandigs voorstel tegenstribbelt als een ongetemd paard.'

Toen de boten eenmaal op de rivieroever in elkaar gezet waren, verlieten ze Kalulu's dorp op de heuvel en sloegen ze op een aangename, bosrijke plek die veel dichter bij de boten lag een nieuw kamp op. Hier wachtten ze tot de Nijl zo ver gedaald zou zijn dat er veilig op gevaren zou kunnen worden. De stemming in het kamp was nog steeds feestelijk. De wetenschap dat ze veilig waren voor verdere achtervolging door het Jarriaanse leger en dat ze niet langer voor de kwaadaardige kracht van Eos hoefden te vrezen, was voor iedereen een constante bron van vreugde. De vreugde werd nog vergroot door het besef dat ze snel zouden beginnen aan het laatste deel van de lange terugreis naar het vaderland waarvan ze allemaal zo veel hielden en dat ze allemaal zo hadden gemist.

Een reusachtig vrouwtjesnijlpaard uit een kudde die in het Nalubaale-meer woonde, waagde zich te dicht bij de open mond van de Nijl en werd door de stroming gegrepen. Zelfs haar grote kracht was onvoldoende om te voorkomen dat ze door de stroomversnellingen werd meegesleurd. Haar lichaam werd opengereten toen ze tegen de rotsen werd geworpen. Dodelijk gewond sleepte ze zich net onder het kamp aan land. Vijftig met speren en bijlen bewapende mannen renden naar haar toe en het stervende dier kon niet vluchten. Nadat ze haar gedood hadden, slachtten ze haar ter plekke.

Die avond werden stukken van haar vlees, gewikkeld in haar heerlijke witte buikvet, geroosterd op de kolen van vijftig verschillende vuren en weer feestten en dansten de mensen de hele nacht door. Hoewel ze zich allemaal volgepropt hadden, was er nog volop vlees over om te zouten en te roken: ze zouden er nog een paar weken mee kunnen doen. Bovendien krioelde de rivier van meervallen die verdoofd en gedesoriënteerd waren door het razende water en die vanaf de oever gemakkelijk aan de speer geregen konden worden. Sommige dieren waren zwaarder dan een volwassen man.

Ze hadden nog steeds een paar ton doerra die ze uit de Jarriaanse silo's hadden meegenomen, dus vond Taita het goed dat een deel ervan gegist werd om bier te maken. Tegen de tijd dat het water in de rivier zo laag stond dat ze konden varen, waren ze allemaal sterk, uitgerust en vol verlangen om aan de reis te beginnen. Zelfs Hilto was bijna van zijn wond genezen en in staat om zijn plaats op een roeibank in te nemen.

De Nijl was helemaal veranderd en niet langer het trage stroompje dat ze op de heenreis naar Jarri hadden gekend. Elke bocht, elke zandbank en elk rif was een verrassing, dus Taita durfde niet het risico te nemen om 's nachts te varen. 's Avonds meerden ze af langs de oever en bouwden ze op het land een veilige omheining van doornstruiken. Nadat ze een lange dag op de smalle dekken vast hadden gezeten, werden de paarden losgelaten om te grazen tot het donker werd. Meren leidde een groep jagers om op het wild te jagen dat ze konden vinden. Zodra het donker was, werden de paarden gehaald en binnen de omheining gebracht: leeuwen brulden en luipaarden slopen rondom de wanden van doornstruiken, aangetrokken door de geur van de paarden en het verse vlees van het wild.

Omdat zo veel mensen en dieren beschutting moesten hebben, was het vol achter de omheining, maar vanwege het respect en de genegenheid die iedereen voor hen koesterde, werd er altijd een kleine, afgescheiden ruimte voor Taita en Fenn apart gehouden. Wanneer ze alleen in hun toevluchtsoord waren, praatten ze vaak over hun vaderland. Hoewel Fenn in haar andere leven eens de dubbele kroon van de beide koninkrijken had gedragen, wist ze alleen over Egypte wat ze van Taita had gehoord. Ze wilde graag alles over het land, de mensen, hun religie en hun gebruiken weten. Ze wilde vooral graag beschrijvingen horen van de kinderen die ze zo lang geleden ter wereld had gebracht en van hun nakomelingen die nu het land regeerden.

'Vertel me eens over farao Nefer Seti.'

'Je weet al alles wat er over hem te weten valt,' protesteerde hij.

'Vertel het me dan nog een keer,' drong ze aan. 'Ik verlang naar de dag waarop ik hem zal ontmoeten. Denk je dat hij zal weten dat ik eens zijn grootmoeder ben geweest?'

'Dat zou me verbazen. Je bent nog niet half zo oud als hij en zo jong en mooi dat hij misschien zelfs verliefd op je zou kunnen worden,' plaagde hij haar.

'Dat zou niet te pas komen,' zei ze tuttig. 'Om te beginnen zou het incest zijn, maar veel belangrijker is dat ik jou toebehoor.'

'Is dat zo, Fenn? Behoor je mij echt toe?'

Haar ogen werden groot van verbazing. 'Voor een magiër en een wijze kun je soms zo dom zijn, Taita. Natuurlijk behoor ik jou toe. Dat heb ik je in het andere leven beloofd. Dat heb je me zelf verteld.'

'Wat weet jij van incest?' Hij veranderde van onderwerp. 'Wie heeft je daarover verteld?'

'Imbali,' antwoordde ze. 'Ze vertelt me de dingen die jij me niet vertelt.'

'En wat had ze over dit onderwerp te vertellen?'

'Incest is wanneer mensen die bloedverwanten zijn met elkaar *gijima*,' antwoordde ze op effen toon.

Zijn adem stokte toen hij dat grove woord over haar onschuldige lippen hoorde komen. '*Gijima*?' vroeg hij voorzichtig. 'Wat betekent dat?'

'Je weet best wat het betekent, Taita,' zei ze lankmoedig. 'Jij en ik *gijima* de hele tijd met elkaar.'

Zijn adem stokte weer. 'Hoe doen we dat dan?'

'Dat weet je heel goed. We houden elkaars hand vast en kussen elkaar. Zo *gijima* mensen.' Hij haalde opgelucht adem, waaruit ze afleidde dat hij iets achterhield. 'Zo is het toch? Of niet?'

'Ik denk het, althans voor een deel.'

Nu was haar achterdocht volledig gewekt en de rest van de avond was ze ongebruikelijk stil. Hij wist dat ze zich niet gemakkelijk zou laten afschepen.

De volgende nacht kampeerden ze boven een waterval die ze zich van de heenreis herinnerden. Toen had de rivier bijna helemaal drooggestaan, maar nu werd de locatie van de waterval gemarkeerd door een hoge zuil van opstuivend water die hoog boven het bos verrees. Terwijl de mannen aan land doornstruiken kapten om de omheining te bouwen en het kamp op te slaan, bestegen Taita en Fenn Windrook en Wervelwind en volgden een wildpad langs de oever dat vol zat met diepe sporen van buffels en olifanten en bezaaid was met bergen van hun mest. Ze hielden hun boog gereed en reden voorzichtig verder omdat ze bij elke bocht in het pad verwachtten dat ze op een kudde van een van de twee soorten zouden stuiten. Maar hoewel ze olifanten hoorden trompetteren en vlakbij in het bos takken hoorden breken, bereikten ze de top van de waterval zonder een glimp van de dieren te hebben opgevangen. Ze kluisterden de paarden en lieten ze grazen terwijl ze te voet verdergingen.

Taita haalde zich dit deel van de rivier voor de geest toen het maar een stroompje in de diepte van de smalle, rotsige rivierbedding was. Nu was het water wit en schuimend en het sprong van de ene zwarte rots naar de andere terwijl het tussen de hoge oevers door stroomde. Voor hen raasde de waterval en de druppels van het opspattende water regenden op hun opgeheven gezichten.

Toen ze ten slotte op de landtong boven de waterval uitkwamen, zagen ze dat de Nijl, die daarvoor tweehonderd passen breed was geweest, samengedrukt was tot een breedte van maar twintig passen. Beneden hen stortte de krachtige stroom zich door schitterende regenbogen heen honderd meter naar beneden in de schuimende rivier.

'Dit is de laatste waterval voordat we bij de stroomversnellingen van Egypte komen,' zei hij. 'Het laatste obstakel op ons pad.' Hij ging helemaal op in de schoonheid van het tafereel.

Fenn leek er evenzeer door in vervoering gebracht te zijn, maar in werkelijkheid was ze in haar eigen gedachten verdiept. Met een glimlachje om haar lippen en een dromerige blik in haar ogen leunde ze tegen zijn schouder. Toen ze ten slotte sprak, was het op een hese fluistertoon die bijna, maar niet helemaal, overstemd werd door het geraas van de Nijl. 'Gisteren heb ik het er met Imbali weer over gehad hoe mensen met elkaar *gijima*.' Ze sloeg haar groene ogen naar hem op. 'Ze heeft me er alles over verteld. Natuurlijk heb ik het paarden en honden zien doen, maar ik had nooit gedacht dat wij hetzelfde zouden doen.'

Taita wist zo gauw niet wat hij daarop moest zeggen. 'We moeten nu teruggaan,' zei hij. 'De zon gaat onder en we moeten niet na het donker op het pad zijn, want dan gaan de leeuwen op jacht. We praten hier later nog wel over.'

Ze zadelden de paarden en reden terug langs de oever. Gewoonlijk praatten ze aan één stuk door en leidde het ene idee tot het andere, maar voor één keer hadden ze geen van beiden iets te zeggen en ze volgden het wildpad zwijgend. Elke keer dat hij heimelijk naar haar keek, zag hij dat ze nog steeds glimlachte.

Toen ze het kamp binnenreden, stonden de vrouwen achter de kookvuren. De mannen gunden hun pijnlijke spieren rust na een lange dag aan de riemen en zaten in kleine groepjes te praten en bier te drinken. Meren kwam haastig naar hen toe. 'Ik wilde er al mannen op uitsturen om jullie te zoeken.'

'We hebben het pad verkend,' zei Taita toen ze afstegen en de paarden aan de paardenknechten overdroegen. 'Morgen moeten we de boten uit elkaar halen en ze om de waterval heen dragen. Het pad naar beneden is steil, dus het wordt een zwaar karwei.'

'Ik heb alle kapiteins en hoofdmannen bijeengeroepen om deze kwestie te bespreken. We hebben gewacht tot u naar het kamp zou terugkomen.'

'Ik breng je je avondeten wel,' zei Fenn tegen Taita en ze glipte weg om zich bij de vrouwen achter de kookvuren te voegen.

Taita nam zijn plaats in om de vergadering voor te zitten. Hij had deze vergaderingen niet alleen ingesteld om specifieke acties voor te bereiden, maar ook om iedereen de gelegenheid te geven om elk interessant of belangrijk onderwerp in de groep aan de orde te stellen. Het was ook een rechtbank waarvoor onverlaten opgeroepen konden worden om zich voor hun zonden te verantwoorden.

Voordat de vergadering begon, bracht Fenn hem een schaal stoofpot en een beker bier. Toen ze wegging, fluisterde ze: 'Ik laat de lamp branden en blijf voor je op. We hebben samen veel belangrijke zaken te bespreken.'

Hierdoor geïntrigeerd zette Taita vaart achter de vergadering. Zodra ze het erover eens waren geworden hoe ze de boten zouden vervoeren, liet hij Meren en Tinat een paar minder belangrijke zaken afhandelen. Toen hij langs de vrouwen bij de vuren liep, wensten ze hem goedenacht en giechelden onder elkaar alsof ze een heerlijk geheim met elkaar deelden. Meren had hun hut aan het eind van het kamp gezet, achter een scherm van vers gesneden gras. Toen Taita zich bukte om door de deuropening naar binnen te gaan, zag hij dat Fenn inderdaad de lamp had laten branden en dat ze al onder de deken op hun slaapmat lag. Ze was nog klaarwakker. Ze ging rechtop zitten en liet de deken tot aan haar middel zakken. Haar borsten glansden zacht in het lamplicht. Sinds haar eerste maan waren ze voller en welgevormder geworden. De tepels staken vrolijk naar voren en hun areola's hadden een diepere tint roze gekregen.

'Je bent vroeger dan ik had verwacht,' zei ze zacht. 'Gooi je tuniek in de hoek. Ik was hem morgen wel. Kom nu naar bed.' Hij boog zich over de lamp heen om hem uit te blazen, maar ze weerhield hem. 'Nee, laat hem branden. Ik wil je graag zien.' Hij ging naar haar toe en strekte zich naast haar op de mat uit. Ze bleef rechtop zitten en boog zich over hem heen om zijn gezicht te bestuderen.

'Je wilde me toch iets vertellen?' spoorde hij haar aan.

'Je bent zo mooi,' fluisterde ze en ze streek met haar vingers het haar van zijn voorhoofd. 'Wanneer ik naar je gezicht kijk, voel ik me soms zo gelukkig dat ik wel kan huilen.' Ze volgde de welving van zijn wenkbrauwen en daarna die van zijn lippen. 'Je bent volmaakt.'

'Is dat het geheim?'

'Gedeeltelijk,' zei ze en ze streelde zijn keel en zijn borstspieren. Toen pakte ze plotseling een van zijn tepels tussen haar vingers en kneep erin. Ze lachte kirrend toen zijn adem stokte.

'Je hebt daar niet veel, mijn heer.' Ze nam een van haar eigen borsten in haar hand. 'Ik heb daarentegen genoeg voor ons allebei.' Ze stelden ernstig het verschil in grootte vast en toen vervolgde Fenn: 'Vanavond heb ik gezien hoe Revi haar baby voedde toen we bij het vuur zaten. Het is een gulzig biggetje. Revi zei dat het een prettig gevoel is wanneer hij eraan zuigt.' Ze boog zich dichter naar hem toe en bood hem haar borst aan waarbij ze met de tepel zijn lippen aanraakte. 'Zullen we doen alsof jij mijn baby bent? Ik wil weten hoe het voelt.'

Nu stokte haar adem. 'Ah! Ah! Ik had nooit gedacht dat het zo zou zijn. Het lijkt alsof er iets in mijn buik zich samenbalt.' Ze zweeg een tijdje en stootte toen een hees lachje uit. 'O! Ons popje is wakker geworden.' Ze pakte hem beet. Haar vingers waren door de oefening bedrevener geworden. 'Terwijl jij in vergadering was, heb ik aan hem gedacht sinds ik vanavond met Imbali heb gesproken. Weet je wat ze me verteld heeft?' Zijn mond was nog bezet, dus zijn antwoord klonk gedempt. Ze duwde zijn hoofd van haar borst vandaan. 'Je gelooft nooit wat ze me verteld heeft.'

'Is dat het geheim dat je voor me had?' Hij glimlachte naar haar.

'Ja.'

'Vertel het me dan. Ik ben een en al oor.'

'Het is zo grof. Ik moet het in je oor fluisteren.' Ze legde haar beide handen om zijn oor, maar ze sprak ademloos en ze moest steeds giechelen. 'Het is toch onmogelijk, hè?' vroeg ze. 'Kijk eens hoe groot ons popje is. Hij zou nooit passen. Ik weet zeker dat Imbali me maar plaagde.'

Taita dacht lang over de vraag na en antwoordde toen voorzichtig:

'Er is maar één manier om erachter te komen, namelijk door de proef op de som te nemen.'

Ze hield op met lachen en bestudeerde zijn gezicht zorgvuldig. 'Nu plaag jij me ook.'

'Nee, ik meen het. Het zou oneerlijk zijn om Imbali ervan te beschuldigen dat ze verhalen vertelt zonder dat we daarvoor bewijs hebben.' Hij streek met zijn vingers over haar buik en over het bosje zachte krullen eronder.

Ze liet zich op haar rug rollen en boog zich naar voren om zijn hand haar volle aandacht te kunnen geven. 'Zo had ik het nog niet gezien. Je hebt natuurlijk gelijk. Imbali is een dierbare vriendin van me. Ik wil niet oneerlijk tegen haar zijn.' Ze werkte mee door haar benen een stukje te spreiden. Haar ogen gingen wijder open en ze vroeg: 'Wat doe je daar beneden?'

'Ik probeer te bepalen of je bloem groot genoeg is.'

'Mijn bloem? Noem je het zo? Imbali heeft er een andere naam voor.'

'Dat geloof ik graag,' zei Taita. 'Maar als je goed kijkt, zie je dat het de vorm van een bloem heeft. Geef me je vinger maar, dan laat ik het je zien. Dit zijn de bloembladeren en hierboven is de meeldraad.' Als botanicus accepteerde ze zijn beschrijvingen zonder tegenwerpingen te maken.

'En ik dacht dat het alleen was om mee te plassen,' zei ze en daarna zweeg ze een poosje. Ten slotte ging ze helemaal achterover liggen. Ze sloot haar ogen en zuchtte zacht. 'Ik ben weer helemaal nat. Bloed ik weer, Taita?'

'Nee, dat is geen bloed.'

Ze zwegen weer tot Fenn verlegen voorstelde: 'Vind je niet dat we dat met je popje moeten proberen in plaats van met je vinger?'

'Wil je dat graag?'

'Ja, ik denk dat ik dat heel graag wil.' Ze ging rechtop zitten en keek gefascineerd naar zijn lid. 'Het is onmogelijk, maar hij lijkt twee keer zo groot te zijn geworden. Ik ben een beetje bang voor hem. Je zult misschien een van je toverkunsten moeten uitvoeren om hem in me te krijgen.'

De band die tussen hen bestond, was zo sterk dat hij de gevoelens die ze ervoer, kon voelen alsof het zijn eigen gevoelens waren. Door haar aura te lezen terwijl ze bezig waren, kon hij haar behoeften voorvoelen voordat ze zich er zelf van bewust was. Hij deed het allemaal heel geleidelijk, nooit te snel of te langzaam. Toen ze besefte dat hij haar geen pijn zou doen, ontspande ze zich en volgde ze zijn aanwijzingen vol vertrouwen op. Met de vaardigheden die hij in de Wolkentuinen had geperfectioneerd, bespeelde hij haar lichaam alsof het een gevoelig muziekinstrument was. Steeds opnieuw bracht hij haar tot op de rand en hield haar dan tegen, tot hij ten slotte precies wist wanneer ze gereed was. Samen stegen ze hoger en hoger en uiteindelijk schreeuwde ze het uit toen ze terugvielen naar de aarde.

452

'O, red me, lieve Isis. Ik ga dood. Help me, Hathor. Help me!' Taita's eigen stemgeluid vermengde zich met het hare en zijn kreten waren even wild en onbeheerst.

Meren hoorde hun geschreeuw. Hij sprong overeind en liet de pot bier vallen die hij in zijn hand had. Het bier spatte in het vuur en er steeg een wolk van stoom en as op. Hij griste zijn zwaard uit de schede en met een van strijdlust verwrongen gezicht rende hij naar Taita's hut. Nakonto was bijna even snel: hij rende met een steekspeer in beide handen achter Meren aan. Voordat ze halverwege het kamp waren, versperden Sidudu en Imbali hun resoluut de weg.

'Opzij!' schreeuwde Meren. 'Er is iets mis. We moeten naar hen toe gaan.'

'Ga terug, Meren Cambyses!' Sidudu bonkte met haar kleine vuisten op zijn brede borst. 'Ze hebben je hulp niet nodig. Ze zullen je geen van beiden dankbaar zijn.'

'Nakonto, domme Sjilloek dat je bent!' schreeuwde Imbali tegen haar man. 'Berg je speren weg. Heb je dan in je stomme leven helemaal niets geleerd? Laat hen met rust.'

De twee krijgers bleven in verwarring staan en staarden de vrouwen aan. Toen keken ze elkaar beschaamd aan. 'Nee toch…?' begon Meren. 'Niet de Magiër en Fenn…' Hij zweeg.

'Ja, toch,' antwoordde Sidudu. 'Dat is precies wat ze aan het doen zijn.' Ze pakte zijn arm stevig vast en bracht hem terug naar zijn stoel bij het vuur. 'Ik zal de bierpot voor je vullen.'

'Taita en Fenn?' Verbijsterd schudde hij zijn hoofd. 'Wie zou dat gedacht hebben?'

'Iedereen behalve jij,' zei ze. 'Het lijkt erop dat je niets van vrouwen en hun behoeften weet.' Ze voelde dat hij boos werd en ze legde verzoenend een hand op zijn arm. 'O, je weet heel goed wat een man nodig heeft. Ik weet zeker dat je op dat terrein de grootste deskundige van Egypte bent.'

Hij bedaarde langzaam en dacht na over wat ze had gezegd. 'Ik denk dat je gelijk hebt, Sidudu,' gaf hij ten slotte toe. 'Ik weet absoluut niet wat jij nodig hebt. Als ik dat wist, zou ik het je graag geven.'

'Dat weet ik, lieve Meren. Je bent vriendelijk en lief tegen me geweest. Ik begrijp hoeveel moeite het je heeft gekost om je te beheersen.'

'Ik houd van je, Sidudu. Ik houd al van je sinds het moment waarop je voor de trogs het bos uit vluchtte.'

'Dat weet ik.' Ze ging dichter bij hem staan. 'Ik heb het je uitgelegd. Ik heb je verteld wat me in Jarri overkomen is, maar er waren ook andere dingen die ik je niet heb verteld, omdat ik me daar niet toe kon brengen. Dat monster Onka…' Haar stem stierf weg en toen zei ze zacht: 'Hij heeft wonden bij me achtergelaten.'

'Zullen die wonden ooit genezen?' vroeg hij. 'Ik ben bereid daar mijn hele leven op te wachten.'

'Dat is niet nodig. Dankzij jouw hulp zijn ze helemaal genezen, zonder zelfs maar een litteken achter te laten.' Ze liet haar hoofd verlegen hangen. 'Misschien wil je me toestaan dat ik vanavond mijn slaapmat naar jouw hut breng…'

'We hebben geen twee matten nodig.' In het licht van de vlammen sierde een brede grijns zijn gezicht. 'De mat die ik heb, is groot genoeg en voor zo'n klein ding als jij is er zeker ruimte. Hij stond op en trok haar overeind. Toen ze de lichtcirkel van het vuur verlieten, keken Imbali en Nakonto hen na.

'Die kinderen!' zei Imbali op een toegeeflijke, moederlijke toon. 'Het is niet gemakkelijk geweest om hun de dingen te laten zien waar ze met hun neus op stonden, maar nu zit mijn werk erop. Allebei in één nacht! Ik ben heel tevreden over mezelf.'

'Je moet je niet zo veel met die anderen bemoeien dat je je eigen zaken verwaarloost, vrouw,' zei Nakonto streng tegen haar.

'Ah, ik heb me vergist. Mijn werk zit er nog niet op.' Ze lachte. 'Kom maar mee, grote hoofdman van de Sjilloek. Ik zal je speer voor je slijpen, dan zul je des te beter slapen.' Ze stond op en lachte weer. 'En ik ook.'

Een weg die platgetreden was door talloze generaties olifanten kronkelde zich de helling van het rifdal af, maar hij was smal en het kostte veel tijd en werk om hem te verbreden voordat ze de boten naar het lagere deel van de rivier beneden de waterval konden dragen. Ten slotte lieten ze de vloot weer te water en roeiden naar het midden van de rivier. De stroming was snel en voerde hen gezwind naar het noorden, maar ze was ook verraderlijk. Ze verloren vijf boten in evenveel dagen aan de scherpe rotsen die onder water lagen. Drie mannen en zes paarden verdronken. Bijna alle andere boten waren gehavend en beschadigd tegen de tijd dat ze op het open water van het Semliki Nianzu-meer uitkwamen. In de korte tijd dat de Nijl weer was gaan stromen, was het water ervan spectaculair aangevuld. Het was niet langer modderig en ondiep en het glinsterde blauw in het zonlicht. In het noorden was over het brede water heen nog net de vage blauwe contour van de andere oever te zien, maar in het westen was geen land zichtbaar.

Er lagen vele nieuwe dorpen langs de nabije oever die er niet waren geweest toen ze hier de vorige keer waren. Het was duidelijk dat de bewoners hier heel kortgeleden nog waren geweest, want er lagen pas gevangen meervallen op de rookrekken en hete kolen gloeiden in de haarden, maar de mensen waren gevlucht toen ze de vloot zagen naderen.

'Ik ken deze stam. Het zijn schuwe vissers die geen bedreiging voor ons vormen,' zei Imbali tegen Taita. 'Dit zijn gevaarlijke tijden en ze worden omringd door krijgshaftige stammen; daarom zijn ze gevlucht.'

Taita beval dat de boten aan land werden gesleept om de rompen te repareren. Hij liet Tinat en Meren achter om het kamp te leiden. Hij en Fenn namen Nakonto en Imbali mee als tolken en ze vertrokken in een van de onbeschadigde boten naar de westkant van het meer, naar de mond van de Semliki-rivier. Taita wilde per se weten of die andere grote zijrivier van de Nijl ook weer stroomde, of dat deze nog steeds afgesloten was door de kwaadaardige invloed van Eos. Wanneer ze in Karnak zouden aankomen, moest hij de farao van al deze zaken die essentieel waren voor de welvaart van Egypte op de hoogte kunnen brengen.

De wind kwam recht uit het oosten, zodat ze het latijnzeil konden hijsen om het werk van de bemanning op de roeibanken gemakkelijker te maken. Terwijl een boeggolf onder de voorsteven krulde, voeren ze langs een oever vol witte stranden en rotsige landtongen en aan de horizon zagen ze een muur van blauwe bergen. Op de vijfde dag bereikten ze een brede, snelle rivier die vanuit het zuiden in het meer uitmondde.

'Is dit de Semliki?' vroeg Taita aan Imbali.

'Ik ben nog nooit zo ver naar het oosten geweest. Ik kan het niet zeggen,' antwoordde ze.

'Ik moet het zeker weten. We moeten een paar van de mensen zien te vinden die hier wonen.' De bewoners van de dorpen hier langs de oever waren ook gevlucht zodra ze de boot zagen, maar ten slotte ontdekten ze een haveloze boomstamkano ver op het meer. De oude mannen aan boord waren zo druk bezig dat ze de boot pas zagen toen hij vlakbij was. Ze lieten direct hun net achter en probeerden naar het strand te vluchten, maar ze hadden geen kans om aan boord van de galei te ontkomen. Ze gaven het wanhopig op en berustten erin dat ze in de kookpot terecht zouden komen.

Toen de beide grijsaards eenmaal beseften dat ze niet opgegeten zouden worden, werden ze babbelziek van opluchting. Toen Imbali hen ondervroeg, bevestigden ze vlot dat de rivier inderdaad de Semliki was en dat ze tot kortgeleden droog had gestaan. Daarna beschreven ze de wonderbaarlijke wijze waarop ze herboren was. Op een moment waarop de aarde en de bergen trilden en schudden en het water van het meer golven had die tot aan de hemel kwamen, was de rivier helemaal gezwollen naar beneden gekomen en het water stond nu weer even hoog als vele jaren geleden. Taita beloonde hen door hun kralen en koperen speerpunten te schenken en liet hen toen gaan. De oude vissers konden amper geloven dat ze zo'n geluk hadden gehad.

'Ons werk hier zit erop,' zei Taita tegen Fenn. 'We kunnen nu naar Egypte terugkeren.'

Toen ze in het kamp aan de mond van de Nijl terugkwamen, zagen ze dat Meren en Tinat klaar waren met de reparaties van de beschadigde rompen en dat de vloot weer kon varen. Taita wachtte tot de middagwind opstak, voordat hij bevel gaf het anker te lichten. Nadat ze de latijnzeilen hadden gehesen en de riemen hadden uitgelegd, voeren ze het open water van het meer op. Met de wind vol in de zeilen bereikten ze de noordelijke oever voor zonsondergang en voeren de tak van de Nijl op waarin de waterstand was verhoogd door het water van de twee grote meren, Nalubaale en Semliki Nianzu. Ze voeren erover naar het noorden door het gebied waar ze tijdens hun reis naar het zuiden doorheen getrokken waren.

Het volgende obstakel bij hun reis was de gordel waarin de dodelijke tseetseevlieg leefde. Ze hadden de laatste Tolas-koeken, dat probate middel tegen de paardenziekte, al lang geleden opgebruikt, dus zodra de eerste vlieg vanaf de oever overvloog en op het dek van de voorste boot landde, beval Taita dat de koers veranderd werd en hij liet de vloot naar het midden van de rivier varen. Ze voeren achter elkaar verder en al snel werd duidelijk dat hij het bij het rechte eind had. De vlieg stak geen open water over om de boten in het midden te bereiken, dus konden ze ongehinderd doorvaren. Toen de avond viel, stond Taita geen van de boten toe om de oever te naderen, laat staan om er af te meren en ze voeren in het donker bij het licht van de maan door.

Nog twee dagen en drie nachten bleven ze precies in het midden van de stroming varen. Ten slotte zagen ze in de verte de heuvels met de vorm van de borsten van een maagd die de noordgrens van de vliegengordel markeerden. Nog steeds wilde Taita de paarden geen risico laten lopen en ze voeren nog tientallen kilometers verder voordat hij bevel gaf om naar de oever te varen. Tot zijn opluchting vonden ze geen spoor van de vlieg en zouden ze veilig Fort Adari kunnen bereiken.

Kolonel Tinat wilde bijzonder graag weten wat er van het garnizoen was geworden dat hij bijna elf jaar geleden in het fort achtergelaten had. Hij beschouwde het als zijn plicht om de bannelingen te redden en hen mee terug te nemen naar hun vaderland. Toen de vloot op gelijke hoogte kwam met de heuvels waarop het fort stond, meerden ze de boten aan de oever af en laadden de paarden uit.

Ze vonden het allemaal fijn om een tijdje aan de saaie reis over de rivier te kunnen ontsnappen en weer een goed paard onder zich te hebben, dus waren Taita, Fenn en Tinat in een goed humeur toen ze met een groep ruiters door de pas reden en konden neerkijken op het grazige plateau dat het fort omringde.

'Herinner je je Tolas, de paardendokter, nog?' vroeg Fenn. 'Ik verheug me erop hem weer te zien. Hij heeft me zoveel geleerd.'

'Hij was fantastisch met paarden,' beaamde Taita. 'Hij wilde Windrook graag hebben en hij kon beslist zien wat een goed paard was.' Hij klopte op de nek van de merrie en ze trok haar oren naar achteren om naar zijn stem te luisteren. 'Hij wilde je van me stelen, hè?' Ze blies door haar neus en knikte. 'Je zou waarschijnlijk gewillig met hem mee zijn gegaan, ontrouwe oude sloerie die je bent.'

Ze reden door naar het fort, maar voordat ze veel verder waren, kregen ze het vermoeden dat er iets heel erg mis was. Er waren geen paarden of vee in de weiden, er steeg van binnen de muren geen rook op en er wapperden geen vlaggen boven de borstwering.

'Waar zijn al mijn mensen?' vroeg Tinat nerveus. 'Rabat is een betrouwbare man. Ik verwachtte dat hij ons inmiddels wel gezien zou hebben... als hij er nog is.'

Ze reden bezorgd verder tot Taita uitriep: 'De muren zijn slecht onderhouden. Het hele fort lijkt verlaten te zijn.'

'De uitkijktoren heeft brandschade,' zei Tinat en ze spoorden hun paarden tot handgalop aan.

Toen ze de poort van het fort bereikten, zagen ze dat de deuren openstonden. Ze bleven voor de ingang staan en keken naar binnen. De muren waren zwartgeblakerd door vuur. Tinat ging in de stijgbeugels staan en riep met een luide stentorstem naar de borstwering. Hij kreeg geen antwoord en ze trokken hun wapens, maar ze waren vele maanden te laat om het garnizoen te kunnen helpen. Toen ze de poort door reden, vonden ze hun meelijwekkende, stoffelijke overschotten die op de binnenhof om de kookvuren verspreid lagen.

'Chima!' zei Taita toen ze neerkeken op de bewijzen van een kannibalistisch banket. Om bij het merg te kunnen komen, hadden de Chima de lange botten van de armen en benen op de open vuren geroosterd en ze daarna tussen grote stenen opengeslagen. De botresten slingerden overal rond. Ze hadden de afgesneden hoofden van hun slachtoffers op dezelfde manier behandeld: ze hadden ze in de vlammen gegooid tot ze verschroeid en zwartgeblakerd waren en ze daarna opengehakt alsof het gekookte struisvogeleieren waren. Taita stelde zich voor dat ze in een kring zaten, de open schedels aan elkaar doorgaven en de half gekookte hersenen met hun vingers opschepten en in hun mond propten.

Taita telde de schedels provisorisch. 'Het lijkt erop dat niemand van het garnizoen ontkomen is. De Chima hebben hen allemaal te pakken gekregen, mannen, vrouwen en kinderen.'

Ze konden de woorden niet vinden om hun afgrijzen en weerzin te beschrijven.

'Kijk,' fluisterde Fenn. 'Dat moet een kleine baby zijn geweest. De schedel is niet veel groter dan een rijpe granaatappel.' Haar ogen glinsterden van de tranen.

'Verzamel de stoffelijke resten,' beval Taita. 'We moeten hen begraven voordat we teruggaan naar de boten.'

Ze groeven een klein gemeenschappelijk graf buiten de muren, want er was weinig om te begraven.

'We moeten het land van de Chima nog door.' Tinats gezicht had een koude, vastberaden uitdrukking. 'Als de goden me goedgunstig zijn, zullen ze me een kans geven om de rekening met die moordzuchtige honden te vereffenen.'

Voordat ze vertrokken, doorzochten ze het fort en het bos eromheen in de hoop een teken van overlevenden te vinden, maar dat was er niet.

'Ze moeten overrompeld zijn,' zei Taita. 'Niets wijst op een gevecht.'

Ze reden in een somber stilzwijgen terug naar de rivier en de volgende ochtend hervatten ze hun reis. Toen ze het gebied van de Chima bereikten, beval Taita dat er twee detachementen bereden verkenners aan land gezet moesten worden, een op elke oever.

'Rijd voor ons uit en let scherp op. We blijven ruim achter jullie zodat we de Chima niet alarmeren. Als jullie een spoor van hen vinden, moeten jullie direct terugkomen om ons te waarschuwen.'

Op de vierde dag ging Tinats wens in vervulling. Toen ze weer een brede bocht in de rivier ronddden, zagen ze dat Hilto en zijn verkenners vanaf de oever naar hen zwaaiden. Hilto sprong aan boord toen de eerste boot aan de grond liep en haastte zich naar Taita toe. 'Er is op de rivieroever niet ver voor ons uit een groot dorp van de Chima, Magiër. Er zijn daar twee- tot driehonderd wilden verzameld.'

'Hebben ze je gezien?' vroeg Taita.

'Nee, ze vermoeden niets,' antwoordde Hilto.

'Mooi zo.' Taita liet Tinat en Meren van de andere boten komen en legde hun snel zijn aanvalsplan uit. 'Het waren de mannen die onder bevel van kolonel Tinat stonden die afgeslacht zijn, dus hij heeft het recht en de plicht om wraak te nemen. Vanavond gaat u met een sterke strijdmacht aan land, kolonel – om te voorkomen dat u door de Chima gezien wordt, moet u 's nachts optrekken. Onder dekking van het donker neemt u een positie tussen het dorp en de rand van het bos in. Bij het eerste licht brengen we de boten naar het dorp. Daarna jagen we de Chima uit hun hutten met trompetgeschal en een paar salvo's pijlen. Ze zullen bijna zeker naar het bos vluchten en over hun schouder kijken wanneer ze in de armen van uw mannen lopen. Hebben jullie nog vragen?'

'Het is een goed, simpel plan,' zei Meren en Tinat knikte instemmend.

Taita vervolgde: 'Zodra de Chima vluchten, zetten Meren en ik de rest van onze mannen aan land en gaan achter hen aan. We moeten hen met een tangbeweging tussen ons in kunnen krijgen. Denk aan wat we binnen de muren van Fort Adari hebben aangetroffen. We maken geen slaven en geen gevangenen. We doden hen tot de laatste man.'

Toen de schemering was gevallen, leidde Hilto, die de locatie en de indeling van het dorp had bestudeerd, Tinats colonne langs de oever. De boten bleven voor de nacht aan de oever afgemeerd. Taita en Fenn spreidden hun slaapmat op het voordek uit en bleven naar de nachthemel omhoog liggen staren. Fenn vond het heerlijk om naar zijn uiteenzettingen over de hemellichamen te luisteren, naar de legendes en mythes over de constellaties. Maar ten slotte kwam ze altijd op hetzelfde onderwerp terug: 'Vertel me nog eens over mijn eigen ster, Magiër, over de Ster van Lostris die ik na mijn dood in het andere leven geworden ben. Maar begin bij het begin. Vertel me hoe ik gestorven ben en hoe je me gebalsemd hebt en mijn graftombe hebt versierd.' Hij mocht van haar geen enkel detail weglaten. En zoals altijd huilde ze zachtjes wanneer hij bij het deel van het verhaal kwam waarin hij de lok van haar haar afsneed en daarna de Amulet van Lostris maakte. Ze strekte haar hand uit en pakte de talisman vast. 'Heb je altijd geloofd dat ik naar je terug zou komen?' vroeg ze.

'Altijd. Elke nacht keek ik naar de hemel tot ik je ster zag opgaan en wachtte ik op het moment waarop hij van het firmament zou verdwijnen. Ik wist dat dat het teken zou zijn dat je naar me terug zou komen.'

'Je moet heel erg triest en eenzaam zijn geweest.'

'Zonder jou was mijn leven een lege woestijn,' zei hij en ze begon weer te huilen.

'O, mijn Taita, dat is het mooiste en treurigste verhaal dat ik ooit heb gehoord. Bedrijf alsjeblieft nu de liefde met me. Ik verlang met mijn hele lichaam en mijn hele ziel naar je. Ik wil voelen dat je in me bent en mijn kern aanraakt. We mogen nooit meer van elkaar gescheiden worden.'

Toen bij het licht van de zonsopgang de riviermist over het water zweefde, voeren de boten achter elkaar stroomafwaarts. De riemen waren met stof omwikkeld om het geluid te dempen en de stilte was spookachtig. De boogschutters stonden in rijen langs de dolboorden met een pijl op hun boog gezet. Er doemden rieten daken uit de mist op en Taita gebaarde Meren, die aan het roer stond, om dichter naar de oever te varen. Op de oever huilde en blafte een hond, maar afgezien daarvan was de stilte compleet. De mist bewoog in de ochtendbries en werd daarna als een sluier opzij getrokken, zodat de dicht op elkaar staande hutten van het smerige dorp van de Chima zichtbaar werden.

Taita hief zijn zwaard hoog op en liet het toen met een snelle beweging neerdalen. Dat was het teken en de trompetters bliezen snerpend op hun gebogen koedoehoorns. Op dat geluid kwamen honderden naakte Chima de hutten uit rennen en ze staarden naar de naderende boten. Een wanhopig gejammer steeg uit hun kelen op. Ze verspreidden zich in wilde paniek en vluchtten. Slechts weinigen hadden zich bewapend en de meesten sliepen nog half. Ze struikelden en vielen als dronkaards toen ze wegrenden om een veilig heenkomen tussen de bomen te zoeken. Taita hief zijn zwaard weer en toen hij het liet zakken, schoten de boogschutters een regen van pijlen op hen af. Taita zag dat een pijl een klein kind doorboorde dat op de rug van een rennende vrouw gebonden was en daarna haar doodde.

'Breng ons naar de oever!' Toen de voorsteven de oever raakte, leidde hij de aanval.

Mannen met speren en strijdbijlen renden achter de vluchtende Chima aan. Voor hen uit steeg weer een gejammer van doodsangst en wanhoop op toen de Chima in Hilto's hinderlaag liepen. De zwaarden van Tinats mannen werden in levend vlees gestoten en maakten een nat, zuigend geluid wanneer ze teruggetrokken werden. Een naakte Chima wiens arm boven de elleboog was afgehakt, rende in Taita's richting. Hij krijste schril terwijl het bloed uit de stomp over zijn lichaam spoot en hem glinsterend vuurrood kleurde. Taita houwde hem neer met een slag die de helft van zijn schedel weghakte. Daarna doodde hij de naakte vrouw die de man volgde met één stoot tussen haar bungelende borsten. In het vuur van de strijd voelde hij geen medelijden of berouw. De volgende man hield zijn blote handen omhoog in een wanhopige poging het zwaard af te weren. Taita hakte hem neer met even weinig scrupules als hij zou hebben gehad wanneer hij een tseetseevlieg die over zijn huid kroop platgeslagen zou hebben.

Gevangen tussen de twee linies gewapende mannen schoten de Chima heen en weer als een school vissen in een net. De wraak was koud en meedogenloos en de slachting woest en bloedig. Een paar Chima lukte het om de ring van brons te doorbreken en de rivier te bereiken, maar de boogschutters wachtten op hen en de krokodillen ook.

'Zijn er nog ontsnapt?' vroeg Taita aan Tinat toen ze elkaar midden op het met doden en stervenden bezaaide veld ontmoetten.

'Ik zag er een paar terugrennen naar de hutten. Zullen we achter hen aangaan?'

'Nee. Ze zullen zich inmiddels bewapend hebben en zo gevaarlijk zijn als in het nauw gedreven luipaarden. Ik wil niet nog meer van onze mensen in gevaar brengen. Steek de rieten daken van de hutten in brand en rook hen uit.'

Tegen de tijd dat de zon boven de bomen was opgegaan, was het allemaal voorbij. Twee van Taita's mannen waren licht gewond, maar de Chima waren uitgeroeid. Ze lieten de lijken liggen voor de hyena's en gingen terug aan boord. Voordat de zon zijn hoogtepunt had bereikt, voeren ze al weer naar het noorden.

'Nu staan alleen de moerassen van de grote Sudd ons nog in de weg,' zei Taita tegen Fenn toen ze samen op het voordek zaten, 'de moerassen waarin ik je gevonden heb. Je was een kleine wilde die bij een stam van wilden hoorde.'

'Het lijkt allemaal zo lang geleden,' fluisterde ze. 'Mijn herinneringen eraan zijn zwak en vervaagd. Ik herinner me mijn andere leven duidelijker dan die tijd. Ik hoop dat we die beestachtige Luo niet tegenkomen. Ik zou het graag allemaal totaal willen vergeten.' Ze wierp haar hoofd achterover om de dansende gouden lokken over haar schouder te gooien. 'Laten we over leukere dingen praten,' zei ze. 'Wist je dat Imbali zwanger is?'

'Ah! Dus dat is het. Ik heb Nakonto op een bepaalde manier naar haar zien kijken. Maar hoe weet je dat?'

'Dat heeft Imbali me verteld. Ze is heel trots. Ze zegt dat de baby een groot krijger zal worden, net als Nakonto.'

'En als het nu eens een meisje wordt?'

'Dan zal het ongetwijfeld net zo'n groot krijger worden als Imbali.' Ze lachte.

'Dat is goed nieuws voor hen, maar treurig nieuws voor ons.'

'Hoezo?' vroeg ze.

'Ik vrees dat we hen spoedig kwijt zullen raken. Nu hij vader wordt, zijn Nakonto's dagen als rondzwervende krijger geteld. Hij zal Imbali en zijn kind mee terug willen nemen naar zijn dorp. Dat zal binnenkort gebeuren, want we naderen het land van de Sjilloek.'

Het terrein langs de oevers veranderde van karakter. De bossen en het olifantengebied maakten plaats voor een uitgestrekte savanne die begroeid was met verspreide acacia's met platte toppen. Torenhoge giraffen met een netwerk van witte vlekken op hun koffiekleurige huid aten van de hoge takken en kuddes antilopen, kobwaterbokken, topi en elanden vermengd met kuddes zebra's graasden op het zoete savannegras. De dieren waren in groten getale teruggekomen om van de overvloed van de herboren Nijl te profiteren.

Na nog twee dagen varen zagen ze een kudde van een paar honderd bultrugrunderen met lange naar achteren gebogen hoorns die dicht bij de rand van de rietvelden graasden. Ze werden gehoed door jonge zwarte jongens. 'Dat zijn vast en zeker Sjilloek,' zei Taita tegen Fenn. 'Nakonto is thuisgekomen.'

'Hoe weet je dat zo zeker?' vroeg Fenn.

'Zie je hoe lang en slank ze zijn en dat ze staan als slapende ooievaars, op één been terwijl de voet van het andere been op de kuit rust? Dat moeten wel Sjilloek zijn.'

Nakonto had hen ook gezien en zijn gebruikelijke afstandelijke, hooghartige houding verdween. Hij barstte los in een stampende, huppelende krijgsdans die het dek deed schudden en hij riep een groet met een hoog doordringend geluid dat duidelijk over de rietvelden heen droeg. Imbali lachte om zijn capriolen en ze klapte in haar handen en jodelde om hem tot grotere inspanningen aan te sporen.

De herders hoorden dat iemand hen vanaf de boot in hun eigen taal riep. Ze renden naar de oever en staarden vol verbazing naar de bezoekers. Nakonto herkende twee van hen en hij riep hen over het water heen aan. 'Sikunela! Timbai!'

De jongens reageerden verbaasd. 'Wie ben je, vreemde?'

'Ik ben geen vreemde. Ik ben jullie oom, Nakonto, de befaamde speervechter!' schreeuwde hij terug.

De jongens juichten van opwinding en ze renden naar het dorp om de dorpsoudsten te halen. Na korte tijd waren er een paar honderd Sjilloek op de oever verzameld en ze snaterden verbaasd tegen Nakonto. Toen kwam Nontu de Kleine, gevolgd door zijn vrouwen en hun talrijke kroost.

Nakonto en Nontu omhelsden elkaar hartstochtelijk en daarna schreeuwde Nontu instructies tegen de vrouwen, die direct naar het dorp vertrokken. Kort daarna kwamen ze terug terwijl ze enorme potten bruisend bier op hun hoofd balanceerden.

Het feest op de rivieroever duurde verscheidene dagen, maar ten slotte kwam Nakonto naar Taita toe. 'Ik heb ver met u gereisd, grote man die niet langer oud is,' zei hij. 'Het is goed geweest, vooral het vechten, maar hier scheiden onze wegen zich. U keert terug naar uw volk en ik moet naar het mijne terugkeren.'

'Dat begrijp ik. Je hebt een goede vrouw gevonden die je hebbelijkheden verdraagt en je wilt je zoons zien opgroeien tot ze net zo groot zijn als jij. Misschien kun je hun leren om even goed met een steekspeer om te gaan als jij.'

'Dat is waar, oude vader die jonger is dan ik. Maar hoe wilt u de weg door de grote moerassen terugvinden zonder dat u mij als gids hebt?'

'Je kiest twee jongemannen van je stam uit die nu zijn zoals jij was toen ik je leerde kennen, verlangend naar gevechten en avontuur. Je stuurt hen met me mee om me de weg te wijzen.' Nakonto koos twee van zijn neven uit om hen door de grote Sudd te leiden.

'Ze zijn erg jong.' Taita nam hen van top tot teen op. 'Kennen ze de vaargeulen?'

'Weet een baby hoe hij de borst van zijn moeder moet vinden?' Nakonto lachte. 'Ga nu. Ik zal vaak aan u denken wanneer ik ouder word en altijd met genoegen.'

'Pak zo veel kralen uit de scheepsvoorraden als je nodig hebt om vijfhonderd stuks eersteklasvee te kopen.' Een Sjilloek mat zijn rijkdom in termen van het aantal runderen dat hij bezat en het aantal zoons dat hij had. 'Pak ook honderd bronzen speerpunten zodat je zoons altijd bewapend zullen zijn.'

'Ik prijs u en Fenn, uw vrouw met het haar als zonlicht dat op het water van de Nijl danst.'

Imbali en Fenn omhelsden elkaar en beide vrouwen huilden. Nakonto en Imbali volgden de vloot de halve ochtend. Ze renden over de oever met de snelheid van de voorste boot en ze zwaaiden, dansten en schreeuwden hun afscheidsgroet. Toen ze ten slotte stilstonden, gingen Taita en Fenn samen op het achterschip staan en keken naar hen tot hun lange gestalten door de afstand klein waren geworden.

Zodra ze voor hen de papyrusvelden zagen die zich tot aan een grenzeloze horizon uitstrekten, namen Nakonto's neven hun plaats op de boeg in en toen ze de waterwoestenij binnen waren gegaan, gaven ze de bochten in de smalle vaargeul met gebaren door aan Meren, die aan het roer stond.

Nu de Nijl gezwollen was, was het grote moeras één grote watermassa zonder droge landingsplaatsen, dus waren ze dag in dag uit aan de boten gebonden. Maar de wind die hen naar het noorden had gevoerd, bleef constant en kwam nog steeds uit de goede richting. Hij vulde de latijnzeilen en blies de zwermen stekende insecten die uit het riet opvlogen terug. Fenn dacht vaak na over de onnatuurlijke manier waarop de wind meewerkte. Ten slotte concludeerde ze dat Taita de buitengewone krachten die hij van Eos had geërfd, aanwendde om zelfs de elementen naar zijn hand te zetten.

Onder deze condities was de reis door de waterwoestenij niet ondraaglijk. Er werden weinig eisen aan Taita gesteld en hij kon de navigatie aan Meren en Nakonto's neven en alle andere zaken aan Tinat overlaten. Hij en Fenn brachten de dagen en nachten grotendeels in hun eigen privéruimte op het voordek door. De onderwerpen die de meeste van hun gesprekken domineerden, waren ten eerste Taita's confrontatie met Eos en ten tweede zijn ontdekking van de Bron en de wonderbaarlijke eigenschappen ervan. Fenn kreeg nooit genoeg van zijn beschrijving van Eos.

'Was ze de mooiste vrouw die je ooit hebt gezien?'

'Nee, Fenn. Dat ben jij.'

'Zeg je dat alleen om me mijn mond te laten houden of meen je het echt?'

'Je bent mijn kleine vis en je schoonheid is die van de goudkleurige dorade, het mooiste dier van alle oceanen.'

'En Eos? Hoe zat het met haar? Was ze niet ook mooi?'

'Ze was heel mooi, maar op de manier waarop een grote mensenhaai mooi is. Ze had een sinistere en angstaanjagende schoonheid.'

'Was het met haar hetzelfde als met mij toen jullie een werden?'

'Het verschilde evenveel als het leven van de dood verschilt. Met haar was het koud en beestachtig. Met jou is het warm en vol liefde en compassie. Met haar was ik opgesloten in een wrede strijd. Met jou is het een ontmoeting en een versmelting van onze geesten tot een mystiek geheel dat oneindig veel groter is dan zijn delen.'

'O, Taita, ik wil je zo graag geloven. Ik weet en begrijp waarom je naar Eos toe moest gaan en een met haar moest worden, maar ik word toch verteerd door jaloezie. Imbali heeft me verteld dat mannen bij veel vrouwen genot kunnen vinden. Heb je niet van haar genoten?'

'Het is met geen woorden te beschrijven wat een weerzin haar helse omarming bij me wekte. Ik was bang en walgde van elk woord dat ze zei en van elke aanraking van haar handen en haar lichaam. Ze heeft me zo bevuild en bezoedeld dat ik dacht dat ik nooit meer schoon zou worden.'

'Wanneer ik je zo hoor praten, ben ik niet jaloers meer. Ik voel alleen heel erg mee met hoe je hebt moeten lijden. Zul je je er ooit van kunnen bevrijden?'

'Ik ben gereinigd door het blauwe water van de Bron. De last van de jaren, mijn schuldgevoelens en mijn zonden zijn me van de schouders genomen.'

'Vertel me nog eens over de Bron. Wat voelde je toen je werd omhuld dor het Blauw?' Opnieuw beschreef hij het wonder van zijn metamorfose. Toen hij klaar was, zweeg ze een poosje en zei toen: 'De Bron is op dezelfde manier als Eos zelf vernietigd door de vulkaanuitbarstingen.'

'Het is de slagader van de aarde. Het is de goddelijke kracht van de natuur die alle leven stimuleert en beheerst. Hij kan nooit vernietigd worden, want als dat zou gebeuren, zou de hele schepping ook sterven.'

'Als hij nog bestaat, wat is er dan van hem geworden? Waar is hij gebleven?'

'Hij is teruggezogen in de kern van de aarde, net als de zeeën worden weggezogen door de getijden en de maan.'

'Is de Bron nu voor altijd buiten bereik van de mensheid?'

'Dat denk ik niet. Ik denk dat hij na verloop van tijd weer zal opduiken. Misschien is dat al gebeurd in een afgelegen deel van de aarde.'

'Waar, Taita? Waar zal hij weer verschijnen?'

'Ik kan alleen maar afgaan op wat Eos wist. Hij zal dicht in de buurt moeten zijn van een grote vulkaan en een groot water. Vuur, aarde, lucht en water, de vier elementen.'

'Zal ooit iemand de Bron opnieuw ontdekken?'

'Hij is diep de aarde in gedreven toen de Etna in het verre noorden uitbarstte. In die tijd had Eos daar haar schuilplaats. Ze is verdreven door het vuur. Ze heeft meer dan honderd jaar rondgezworven om de plek te zoeken waar de Blauwe Rivier weer aan het oppervlak was gekomen. Ze heeft haar gevonden in de Bergen van de Maan. Nu is de Bron weer teruggedreven in de aarde.'

'Hoe lang zul je jong blijven, Taita?'

'Dat kan ik niet met zekerheid zeggen. Eos is meer dan duizend jaar jong gebleven. Dat weet ik door haar snoeverij en door de zekere kennis die ik van haar afgenomen heb.'

'En nu je in de Bron gebaad hebt, zul jij hetzelfde doen,' zei ze. 'Je zult duizend jaar leven.'

Die nacht werd hij wakker doordat ze jammerde en huilde door een nachtmerrie. Toen riep ze zijn naam: 'Taita, wacht op me! Kom terug! Verlaat me niet.' Taita streelde haar wangen en kuste haar oogleden om haar voorzichtig te wekken. Toen ze besefte dat het een droom was geweest, klemde ze zich aan hem vast. 'Ben jij het, Taita? Ben je het echt? Je hebt me niet verlaten?'

'Ik zal je nooit verlaten,' verzekerde hij haar.

'Dat zul je wel doen.' Haar stem was nog steeds verstikt door tranen.

'Nooit,' zei hij. 'Het heeft me zo veel tijd gekost om je terug te vinden. Vertel me eens over je dwaze droom, Fenn. Werd je achtervolgd door trogs of Chima?'

Ze antwoordde niet direct en deed nog steeds moeite om haar zelfbeheersing te herwinnen. Ten slotte fluisterde ze: 'Het was geen dwaze droom.'

'Vertel me er eens over.'

'In mijn droom was ik oud geworden. Mijn haar was dun en grijs – ik kon het voor mijn ogen zien hangen. Mijn huid was gerimpeld en mijn handen waren benige klauwen. Mijn rug was gebogen en mijn voeten waren gezwollen en pijnlijk. Ik strompelde achter je aan, maar je liep zo snel dat ik je niet kon bijhouden. Ik raakte achterop en je ging ergens heen waar ik je niet kon volgen.' Ze raakte weer overstuur. 'Ik riep je naam, maar je hoorde me niet.' Ze begon te snikken.

'Het was maar een droom.' Hij hield haar dicht tegen zich aangedrukt, maar ze schudde heftig haar hoofd.

'Het was een visioen van de toekomst. Je liep voor me uit zonder om te kijken. Je was lang, je houding was recht en je benen waren sterk. Je haar was dik en glanzend.' Ze pakte een handvol van zijn haar en draaide het tussen haar vingers rond. 'Net als nu.'

'Je moet je niet zo overstuur maken. Jij bent ook jong en mooi.'

'Nu misschien. Maar jij zult zo blijven en ik zal oud worden en sterven. Ik zal je weer kwijtraken. Ik wil geen koude ster worden. Ik wil bij jou blijven.'

Hoewel hij alle wijsheid van de eeuwen tot zijn beschikking had, kon hij de woorden niet vinden om haar te troosten. Ten slotte bedreef hij de liefde weer met haar. Ze gaf zich aan zijn omarming over met een wanhopig vuur, alsof ze probeerde met hem te versmelten, alsof ze zowel hun fysieke lichaam als hun geest probeerde te verenigen zodat ze nooit meer van elkaar gescheiden zouden kunnen worden, zelfs niet door de dood. Ten slotte viel ze, uitgeput door de liefde en haar wanhoop, vlak voor zonsopgang in slaap.

Af en toe kwamen ze langs dorpen van de Luo die al lang verlaten waren. De hutten hingen zo scheef op hun fundament van palen dat ze bijna in het stijgende water vielen. 'Wanneer het water stijgt, zijn ze gedwongen om droger land op te zoeken aan de rand van de grote Sudd,' verklaarde Fenn. 'Ze komen pas weer terug naar hun visgronden wanneer het water weer daalt.'

'Dat is maar goed ook,' zei Taita. 'Als we hen zouden tegenkomen, zouden we vast gedwongen worden om met hen te vechten en we hebben op deze reis al genoeg vertraging opgelopen. Onze mensen willen graag naar huis.'

'En ik ook,' zei Fenn, 'hoewel het voor mij in dit leven de eerste keer zal worden.'

Die nacht werd Fenn weer door nachtmerries gekweld. Hij maakte haar wakker en redde haar van de duistere angsten van haar geest. Hij streelde en kuste haar tot ze rustig in zijn armen lag. Maar ze beefde nog steeds alsof ze koorts had en haar hart bonkte tegen zijn borst als de hoefslagen van een rennend paard.

'Was het dezelfde droom?' vroeg hij zacht.

'Ja, maar erger,' fluisterde ze terug. 'Deze keer waren mijn ogen van ouderdom slecht geworden en je liep zo ver voor me uit dat ik nog maar net kon zien hoe je donkere gedaante in de nevel verdween.' Ze zwegen allebei tot Fenn zei: 'Ik wil je niet verliezen, maar ik weet dat ik de liefdevolle jaren die de goden ons geschonken hebben niet moet verspillen aan zinloze verlangens en spijt. Ik moet sterk en gelukkig zijn. Ik moet genieten van elk moment dat we samen zijn. Ik moet mijn geluk met jou delen. We moeten nooit meer over dit afschuwelijke afscheid praten, niet voordat het zover is.' Ze zweeg nog een minuutje. Toen zei ze zo zacht dat hij haar nauwelijks kon verstaan: 'Niet voordat het gebeurt en dat het gebeurt, is zeker.'

'Nee, lieve Fenn,' antwoordde hij. 'Het is niet onvermijdelijk. We zullen niet van elkaar gescheiden worden, nooit.' Ze lag roerloos in zijn armen en ademde nauwelijks terwijl ze luisterde. 'Ik weet wat we moeten doen om het af te wenden.'

'Vertel het me dan!' zei ze. Dat deed hij. Ze luisterde zwijgend, maar toen hij klaar was, stelde ze hem talloze vragen. Toen hij ze beantwoord had, zei ze: 'Het zou een leven lang kunnen duren.' Ze was ontmoedigd door de reikwijdte van het visioen dat hij voor haar had geschetst.

'Of misschien maar een paar korte jaren,' zei hij.

'O, Taita, ik kan nauwelijks wachten. Wanneer kunnen we beginnen?'

'Er is nog veel te doen voordat we de vreselijke schade die Eos ons Egypte heeft berokkend, hersteld zullen hebben. Zodra we dat gedaan hebben, kunnen we beginnen.'

'Ik zal de dagen tellen tot het zover is.'

Dag in dag uit bleef de wind gunstig en de roeiers roeiden uit alle macht. In een opperbeste stemming zongen ze boven de riemen en hun armen en benen waren onvermoeibaar terwijl Nakonto's neven hen door de vaargeulen leidden. Elke dag klom Taita op het middaguur naar de top van de mast om het gebied voor hen uit af te speuren. Lang voordat hij het verwachtte, zag hij, ver voor hen uit, de contouren van de eerste bomen boven de eindeloze papyrusvelden. De Nijl werd dieper onder de kielen van de boten en de rietvelden aan weerskanten begonnen te wijken tot ze eindelijk de Sudd uit waren. Voor hen lagen de vlakten waar de Nijl zich als een lange, groene python doorheen slingerde tot ze in de stoffige, nevelige verte verdween.

Ze meerden de galeien onder de steile oever af. Terwijl Tinat en zijn mannen voor het eerst sinds vele lange dagen hun kamp op droog land opsloegen, laadden ze de paarden uit. Een kilometer of vijf verder op de stoffige vlakte was een kudde van acht giraffes in een bosje acacia's met platte toppen aan het eten.

'We hebben geen vers vlees meer gehad sinds we bij de Sjilloek zijn weggegaan,' zei Taita tegen Tinat. 'We zullen allemaal blij zijn als we weer eens iets anders dan meerval te eten krijgen. Ik ben van plan om op jacht te gaan. Laat de mensen uitrusten en zich ontspannen wanneer ze klaar zijn met het bouwen van de zareeba.'

Taita, Meren en de twee meisjes zwaaiden hun boog over hun schouder, stegen op en vertrokken om op de gevlekte dieren met hun lange nek te gaan jagen. De paarden waren even blij als hun berijders dat ze weer aan land waren: ze strekten hun nek en zwiepten met hun staart terwijl ze over het open terrein renden. De giraffes zagen hen van verre aankomen. Ze verlieten de bescherming van de acaciabomen en vluchtten in een logge, deinende galop over de vlakte. Hun lange staart met het zwarte kwastje aan het uiteinde krulde terug over hun achterhand en aan beide kanten zwaaiden hun poten tegelijk naar voren zodat ze maar langzaam leken te lopen. De jagers moesten echter hun paarden tot hun hoogste snelheid aansporen om de dieren in te halen. Toen ze vlak achter hen waren, reden ze in de stofwolk die door de hoeven van de giraffen werd opgeworpen en ze moesten hun ogen tot spleetjes dichtknijpen om niet verblind te raken. Taita koos een half volwassen stierkalf uit dat achter aan de kudde liep. Er zat voldoende vlees aan het dier om hen allemaal te voeden en, wat even belangrijk was, het was mals en sappig.

'Die moeten we hebben!' schreeuwde hij en hij wees het de anderen aan. Toen ze vlak bij het dier waren, schoot Taita zijn eerste pijl in de achterkant van zijn poot met de bedoeling om de grote pees door te snijden en het kreupel te maken. De giraffe wankelde en viel bijna, maar hij herwon zijn evenwicht en ploeterde met een lagere snelheid door waarbij hij de gewonde poot duidelijk ontzag. Ze verdeelden zich in twee paren en gingen aan weerskanten dicht bij het dier rijden. Op een afstand van een paar meter schoten ze pijl na pijl in zijn zwoegende borst. Ze probeerden hem door het hart en de longen te schieten, maar de huid was zo taai als een krijgsschild en de vitale organen zaten diep vanbinnen. Hevig bloedend rende het dier verder. Hij zwiepte met zijn staart en kreunde elke keer dat hij door een pijl getroffen werd zachtjes van pijn.

De ruiters gingen nog dichter bij hem rijden om de afstand te verkleinen en het effect van hun pijlen te vergroten. Sidudu zat vlak achter Meren en het viel hem pas op hoe roekeloos ze op hun prooi af reed toen hij over zijn schouder keek.

'Te dichtbij!' schreeuwde hij tegen haar. 'Zwenk weg, Sidudu!' Maar de waarschuwing kwam te laat: de giraffe bokte en haalde naar haar uit met zijn achterpoot. Het was een krachtige trap die haar paard schichtig maakte. Sidudu schoot naar voren en werd over zijn hoofd afgeworpen. Ze kwam hard neer en rolde in een wolk van stof bijna onder de hoeven van de giraffe. Het dier trapte nog een keer naar haar en hij zou haar hoofd verbrijzeld hebben als de trap raak was geweest, maar zijn poot schoot over haar hoofd heen. Toen ze ten slotte tot stilstand kwam, bleef ze doodstil op de grond liggen. Meren reed direct terug en sprong uit het zadel.

Toen hij naar haar toe rende, ging ze duizelig rechtop zitten en lachte onzeker. 'De grond is harder dan hij eruitziet.' Ze voelde voorzichtig aan haar slapen. 'En mijn hoofd is zachter dan ik dacht.'

Taita noch Fenn had haar zien vallen en ze bleven achter de giraffe aan rijden. 'Onze pijlen dringen niet diep genoeg door om hem te doden,' schreeuwde Taita naar haar. 'Ik zal het met mijn zwaard moeten doen.'

'Riskeer je leven niet,' schreeuwde Fenn bezorgd terug, maar hij negeerde haar waarschuwing en schopte zijn voeten uit de stijgbeugels.

'Houd Windrook vast,' zei hij en hij gooide haar de teugels toe. Toen trok hij zijn zwaard uit de schede die tussen zijn schouderbladen hing en sprong op de grond. Hij gebruikte de voorwaartse snelheid van de galop van de merrie om zich naar voren te werpen, zodat hij even gelijke tred met de giraffe kon houden. Bij elke pas kwam zijn enorme hoef boven Taita's hoofd uit en hij dook eronderdoor. Maar toen de giraffe zijn achterste hoef neerzette en zijn gewicht erop steunde, puilde de pees onder de gevlekte huid uit doordat hij onder druk kwam te staan. Hij was zo dik als Taita's pols.

Al rennend omvatte hij het gevest van zijn zwaard met twee handen, hief het hoog op en richtte net boven de hak op de pees om hem door te snijden. Hij trof doel en de pees knapte met een knallend, rubberachtig geluid. De giraffe zakte door de poot heen, viel neer en gleed op zijn billen door. Hij probeerde weer overeind te komen, maar de poot was kreupel. Hij raakte uit zijn evenwicht en viel op zijn zij. Heel even was zijn nek op de grond uitgestrekt en binnen Taita's bereik. Taita sprong naar voren en stak de punt van het zwaard in de achterkant ervan en sneed het wervelgewricht bijna helemaal door. Toen sprong hij achteruit en de giraffe trapte weer krampachtig. Daarna werden alle vier zijn poten stijf en ze bewogen niet meer. Zijn oogleden trilden en de wimpers sloten zich over de grote ogen heen.

Toen Taita over het kadaver gebogen stond, reed Fenn naar hem toe met Windrook aan de teugel. 'Je was zo snel.' Haar stem was vervuld van ontzag. 'Als een slechtvalk die een duif aanvalt.' Ze sprong uit het zadel en rende naar hem toe. Haar haar was door de wind in de war geblazen en ze had door de opwinding van de jacht een blos op haar mooie gezicht.

'En jij bent zo mooi dat het me elke keer dat ik je zie weer verbaast.' Hij hield haar op een armlengte afstand om haar gezicht te bestuderen.

'Hoe heb je ook maar een moment kunnen geloven dat ik je ooit zou verlaten?'

'Daar hebben we het later nog wel over, maar daar komen Meren en Sidudu.'

Meren had Sidudu's paard gevangen en ze zat weer in het zadel. Toen ze dichterbij kwam, zagen ze dat haar lijfje was gescheurd zodat haar borsten vrij op en neer wipten. Ze was bedekt met stof en er zaten twijgjes in haar haar. Op haar ene wang zat een schram, maar ze glimlachte. 'Hallo, Fenn,' schreeuwde ze. 'Was dat geen leuke jacht?'

Ze reden met zijn vieren naar het dichtstbijzijnde bosje acacia's en stegen in de schaduw af om de paarden uit te laten rusten. Ze gaven de waterzak aan elkaar door en toen ze hun dorst gelest hadden, liet Sidudu haar tuniek over haar hoofd glijden en ging ze naakt voor Taita staan zodat hij kon controleren of ze gewond was. Het duurde niet lang.

'Trek je tuniek maar weer aan, Sidudu. Je hebt geen botten gebroken,' verzekerde hij haar. 'Je hebt alleen een bad in de rivier nodig. Je blauwe plekken zullen binnen een paar dagen verdwenen zijn. Nu hebben Fenn en ik iets van het grootste belang met Meren en jou te bespreken.' Dat was de ware reden dat Taita met hen op jacht was gegaan. Hij wilde alleen met hen zijn om hen van zijn plannen op de hoogte te brengen.

De zon was zijn hoogste punt al gepasseerd toen hij Meren en Sidudu terug liet gaan naar de rivier waar de vloot op hen wachtte. Tegen die tijd was hun stemming omgeslagen: ze waren bezorgd en ongelukkig.

'Beloof me dat je niet voor altijd weggaat.' Sidudu omhelsde Fenn vurig. 'Je bent me dierbaarder dan een zuster ooit zou kunnen zijn. Ik zou het niet kunnen verdragen om je te verliezen.'

'Hoewel je ons niet zult zien, zullen Taita en ik bij jullie zijn. Het is maar een toverkunstje. Jullie hebben het ons al heel vaak zien doen,' verzekerde Fenn haar.

Toen zei Meren: 'Ik vertrouw op uw gezonde verstand, Magiër, hoewel het erop lijkt dat daar veel minder van is dan vroeger. Ik herinner me een tijd waarin u mij altijd tot voorzichtigheid moest aansporen, maar nu moet ik kindermeisje voor u spelen. Het is vreemd hoe roekeloos een man wordt wanneer er iets tussen zijn benen bungelt.'

Taita lachte. 'Een goede observatie, beste Meren. Maar maak je geen zorgen, Fenn en ik weten wat we doen. Ga terug naar de boot en speel je rol.'

Meren en Sidudu reden weg naar de rivier, maar bleven in het zadel bezorgd omkijken. Ze zwaaiden wel tien keer ten afscheid voordat ze uit het zicht waren.

'Nu moeten we voorbereidingen voor onze verdwijning treffen,' zei Taita tegen Fenn en ze gingen hun opgerolde slaapmatten halen die achter de zadels gebonden waren. In de rollen zaten schone kleren. Ze trokken hun stoffige, met zweetvlekken bedekte tunieken uit en bleven

even naakt staan om te genieten van het briesje op hun naakte licha-men. Taita boog zich voorover om een tuniek te pakken, maar Fenn hield hem tegen. 'Er is geen haast bij, mijn heer. Het duurt nog wel een tijdje voordat de anderen terugkomen om ons te zoeken. We moeten profiteren van dit moment en van het feit dat we niet gehinderd worden door kleren.'

'Wanneer Meren aan Tinat vertelt dat we omgekomen zijn, zullen alle mannen snel hierheen komen om onze stoffelijke resten te zoeken. Wanneer ze aankomen, zien ze dan misschien dat we nog springlevend zijn.'

Fenn stak haar hand tussen zijn benen. 'Herinner je je nog wat Meren hierover zei? Dat het een man roekeloos maakt? Nou, ik stel voor dat we samen roekeloos worden.'

'Wanneer je me zo vasthoudt, kun je me alles laten doen zonder dat ik zal protesteren.'

Ze glimlachte sluw en liet zich voor hem op haar knieën zakken.

'Wat doe je nu?' vroeg hij. 'Dit is iets wat je niet van mij hebt geleerd.'

'Imbali heeft me nauwkeurige instructies gegeven. Maar wees nu stil, mijn heer, want ik zal niet meer vragen kunnen beantwoorden. Mijn mond zal met iets anders bezig zijn.'

Ze nam er de tijd voor en het lukte hun maar net om de voorberei-dingen voor hun verdwijning te treffen voordat ze het opgeworpen stof zagen van galopperende paarden die uit de richting van de rivier nader-den. Ze trokken zich terug in het bosje acacia's en gingen aan de voet van een boom rustig naast elkaar zitten. Ze hielden elkaars handen vast en samen spraken ze de toverspreuk uit om zich onzichtbaar te maken.

Het hoefgekletter werd luider tot Meren en Tinat uit de stofwolk op-doemden. Ze reden snel aan het hoofd van een grote groep gewapende mannen. Zodra ze Windrook en Wervelwind aan de rand van het bosje zagen grazen, zwenkten ze naar hen toe en stopten ongeveer twintig passen van de plek waar Taita en Fenn zaten.

'O, bij de darmen en de lever van Seth!' riep Meren. 'Zien jullie het bloed op de zadels? Het is zoals ik jullie gezegd heb. De djinns hebben hen gegrepen en meegevoerd.'

De donkere vlekken waren giraffenbloed, maar Tinat mocht dat niet weten. 'Bij de coïtus van Isis en Osiris, dit is een tragische zaak.' Hij zwaaide zich uit het zadel. 'Doorzoek het gebied naar sporen van Taita en zijn gade.'

Na korte tijd hadden ze Taita's gescheurde, met bloed bevlekte tu-niek gevonden. Meren hield haar met beide handen vast en begroef zijn gezicht erin. 'Taita is ons afgenomen. Ik ben een zoon zonder vader,' zei hij snikkend.

'Ik vrees dat de brave Meren zijn rol een beetje te serieus opvat,' fluisterde Taita tegen Fenn.

'Ik had zo'n talent nooit achter hem gezocht,' zei ze. 'Hij zou gewel-dig zijn als Horus in het tempeltoneelstuk.'

'Hoe moeten we de farao vertellen dat we Taita hebben laten meenemen, wanneer we terug zijn?' klaagde Tinat. 'We moeten in elk geval zijn lichaam vinden.'

'Ik heb je toch verteld dat ik gezien heb dat de djinns hen allebei mee de lucht in hebben genomen, kolonel Tinat,' probeerde Meren hem te overreden.

Maar Tinat was koppig en vastberaden. 'Toch moeten we onze zoektocht voortzetten. We moeten het bosje helemaal uitkammen,' hield hij vol.

Meren en Tinat gingen voorop en Meren liep binnen een armlengte langs de plek waar ze zaten. Zijn voorhoofd was diep gefronst en hij mompelde bij zichzelf: 'Kom nou, Tinat, wees niet zo koppig. Laten we teruggaan naar de boten en de magiër aan zijn trucs overlaten.'

Op dat moment klonk er een schreeuw. Een van de mannen had Fenns met bloed bevlekte tuniek gevonden. Meren haastte zich naar hem toe en ze hoorden dat hij met Tinat redetwistte en probeerde hem over te halen de zoektocht te staken. Nu hij het bebloede kledingstuk had gezien, zwichtte Tinat eindelijk. Ze namen Windrook en Wervelwind mee en reden terug naar het karkas van de giraffe om het te slachten en het vlees mee te nemen naar de boten. Taita en Fenn kwamen overeind, pakten hun wapens op en liepen in noordelijke richting terug, zodat ze de Nijl ver stroomafwaarts weer zouden bereiken.

'Ik vind het zo fijn om alleen met je te zijn,' zei Fenn dromerig. 'Zullen we weer even uitrusten in de schaduw van die boom?'

'Het lijkt erop dat ik de slapende draak in je wakker heb gemaakt.'

'Ik heb ontdekt dat mijn kleine draak nooit slaapt,' antwoordde ze. 'Ze is altijd klaarwakker en bereid om te spelen. Ik hoop dat ze je niet uitput, mijn heer.'

Taita leidde haar naar de bomen. 'Ik denk dat het een leuk tijdverdrijf is om te kijken wie wie het eerst uitput,' zei hij.

De mensen waren allemaal in rouw gedompeld toen ze het droevige nieuws van Taita's verdwijning hoorden. Toen ze de volgende dag de paarden hadden ingeladen en vertrokken, leken ze op een stoet begrafenisboten. Niet alleen hadden ze de magiër verloren, maar Fenn was ook dood. Haar schoonheid en innemendheid waren een talisman voor de hele groep geweest. De jongere vrouwen, zoals Sidudu, en vooral degenen die ze van de fokboerderijen had gered, aanbaden haar.

'Hoewel ik weet dat het niet waar is, voel ik me toch beroofd zonder haar,' fluisterde Sidudu tegen Meren. 'Waarom haalt Taita zoiets wreeds uit?'

'Hij moet voor zichzelf en Fenn een nieuw leven opbouwen. Weinigen van degenen die hem kenden toen hij oud en grijs was, zullen zijn magische metamorfose begrijpen. Ze zullen in zijn wedergeboorte een kwaadaardige daad van zwarte magie zien. Fenn en hij zullen voorwerpen van angst en afkeer worden.'

'Dus ze gaan ergens heen waar wij hen niet kunnen volgen.'

'Ik kan je niet troosten, want ik vrees dat je gelijk hebt.' Hij sloeg een arm om haar schouders. 'Van nu af aan moeten we onze eigen weg gaan. We moeten kracht en vastberadenheid bij elkaar vinden.'

'Maar wat gaat er met hen gebeuren? Waar gaan ze naartoe?' hield Sidudu aan.

'Taita zoekt een wijsheid die jij en ik niet kunnen begrijpen. Zijn hele leven is een zoektocht geweest. Nu hij het eeuwige leven heeft gekregen, zal de zoektocht ook eeuwig duren.'

Hij dacht na over wat hij had gezegd en vervolgde toen met een voor zijn doen zeldzame opwelling van inzicht. 'En dat zou een grote zegen of een grote last kunnen zijn.'

'Zullen we hen dan nooit meer zien? Vertel me alsjeblieft dat dat niet waar is.'

'We zullen hen weer zien voordat ze weggaan. Daar kunnen we zeker van zijn. Ze zouden ons nooit zo wreed behandelen. Maar binnen niet al te lange tijd zal de dag komen dat ze voorgoed verdwenen zijn.'

Terwijl Meren sprak keek hij naar de dichtstbijzijnde oever om te zoeken naar een teken dat Taita, zoals deze hem had beloofd, zou achterlaten. Ten slotte zag hij een heldere speldenpunt van licht op de oever, de weerkaatsing van zonlicht op glanzend metaal. Hij schermde zijn ogen af en tuurde voor zich uit. 'Daar is het!' Hij stuurde de boot naar de oever. De roeiers haalden hun riemen binnen. Meren sprong over de opening tussen het dek en de oever en rende naar het zwaard dat op zijn punt rechtop in de grond stond. Hij trok het eruit en zwaaide ermee boven zijn hoofd. 'Taita's zwaard!' riep hij naar Tinat in de volgende galei. 'Dit is een teken!'

Tinat stuurde een groep mannen naar hem toe en ze speurden de oever in beide richtingen ruim een kilometer af, maar ze vonden geen andere tekenen van de aanwezigheid van mensen.

Taita is een sluwe, oude vos, dacht Meren. Hij heeft deze schijnvertoning zo perfect opgevoerd dat ik er zelf bijna in zou trappen. Hij glimlachte voor zich uit, maar hield zijn gezicht in de plooi toen hij tegen de mannen zei: 'Het is zinloos om verder te zoeken. Deze zaken gaan ons begrip te boven. Als Taita zelf bezweken is, wat voor kans hebben wij dan? We moeten teruggaan naar de boten voordat we zelf overweldigd worden.' Ze gehoorzaamden enthousiast, want ze werden verteerd door bijgelovige angst en wilden graag hun toevlucht in de galeien zoeken. Zodra ze allemaal veilig aan boord waren, gaf Meren bevel om de reis te vervolgen. De roeiers namen hun plaats op de banken in en roeiden anderhalve kilometer zwijgend door.

Hilto zat aan de boegriem. Plotseling hief hij zijn hoofd op en begon te zingen. Zijn stem, waarmee hij mannen boven het strijdrumoer uit bevelen had gegeven, was ruw, maar krachtig en hij galmde over de stille rivier.

'Gegroet, gij gevreesde godin, Hag-en-Sa, wier jaren zich tot in de eeuwigheid uitstrekken.
Gegroet, gij die de wachteres van de eerste poort zijt.
Gij woont in de verste delen van de aarde. Gij sterft elke dag bij het ondergaan van de zon.
Bij zonsopgang wordt gij vernieuwd. Elke dag herrijst gij met hernieuwde jeugd als de bloem van de Lotus.
Taita bezit de krachtwoorden. Laat hem de eerste poort passeren!'

Het was een hoofdstuk uit het Boek van de Doden, een klaagzang voor een koning. De mensen vielen onmiddellijk in en zongen het refrein.

'Laat hem gaan waar wij hem niet mogen volgen.
Laat hem de mysteriën van de duistere plaatsen kennen.
Hij is de wijze slang van de machtige god Horus geworden.'

Hilto zong het volgende vers.

'Gegroet, Seth, de verwoester van werelden.
Gegroet, Machtige der Zielen, gij goddelijke ziel die grote angst wekt.
Laat de ziel van Taita de tweede poort passeren.
Hij bezit krachtwoorden.
Laat Taita zich een weg banen naar de Lotustroon van Osiris waarachter Isis en Hathor staan.'

De anderen vielen in en sommige vrouwen zongen de bovenstem:

'Laat hem gaan waar wij hem niet mogen volgen.
Laat hem de mysteriën van de duistere plaatsen kennen.
Laat hem passeren!
Laat hem passeren!'

Terwijl hij op het achterschip van de voorste boot stond en de stuurriem omvat hield, zong Meren met hen mee. Naast hem zong Sidudu met een bevende stem die bijna brak van emotie wanneer ze de hogere noten zong.

Meren voelde dat zijn gespierde rechterarm die op de stuurriem rustte lichtjes werd aangeraakt. Hij schrok en keek om zich heen. Er was niemand, maar toch was de aanraking duidelijk voelbaar geweest. Toen hij als novice bij Taita in dienst was, had hij genoeg geleerd om te weten dat hij niet recht naar de plek moest kijken waar hij de aanraking had gevoeld, dus wendde hij zijn blik af en zag een vage gedaante aan de rand van zijn gezichtsveld verschijnen. Toen hij zich erop concentreerde, verdween deze.

'Magiër, bent u daar?' fluisterde hij, zodat zijn lippen niet zouden bewegen.

De stem die hem antwoordde, was even zacht. 'Ik ben bij je en Fenn staat naast Sidudu.'

Zoals ze van plan waren geweest, waren ze aan boord gekomen toen de galei aan de oever afgemeerd was ter hoogte van de plek waar Taita het zwaard in de grond had gezet. Meren probeerde zijn opluchting en vreugde niet te tonen op een manier die door de anderen gezien zou kunnen worden. Hij verplaatste zijn blik en zag aan het andere uiteinde van zijn gezichtsveld een andere ijle gedaante vlak naast Sidudu verschijnen.

'Fenn staat aan je linkerkant,' waarschuwde hij Sidudu die verbaasd in het rond keek. 'Nee, je kunt haar niet zien. Vraag haar of ze je aanraakt.' Toen Sidudu Fenns onzichtbare vingers over haar wang voelde strijken, werd haar glimlach stralend.

Toen ze laat in de middag afmeerden om de zareeba op de oever op te zetten, richtte Meren zich tot de verzamelde menigte. 'We gaan op het voordek van de voorste galei, op de plaats waar ze graag verbleven toen ze nog bij ons waren, een heiligdom neerzetten. Het zal een toevluchtsoord worden waar de zielen van Taita en Fenn rust kunnen vinden tijdens de negentig dagen waarin ze op dit bestaansniveau gevangenzitten, de periode voordat ze de eerste poort door mogen op weg naar de onderwereld.'

Ze zetten een scherm van rieten matten rondom een kleine ruimte op en legden de slaapmatten en de bezittingen van het vermiste paar erin. Elke avond zette Sidudu er een offergave van bier, water en voedsel achter die de volgende ochtend geconsumeerd waren. Het gaf de mensen moed om te weten dat de ziel van de magiër nog steeds over hen waakte en de stemming op de vloot verbeterde. De mannen glimlachten en lachten weer, maar ze bleven allemaal ver uit de buurt van het heiligdom op het voordek.

Ze bereikten Qebui weer, de Plaats van de Noordenwind, waar de rivier waarover ze zo'n enorme afstand gereisd hadden zich voegde bij de andere grote rivier die vanaf de bergen in het oosten stroomde, om vervolgens samen de echte Nijl te vormen. Qebui was weinig veranderd sinds ze de stad voor het laatst gezien hadden, alleen waren de geïrrigeerde velden eromheen veel uitgestrekter en dichter bij de lemen muren van de stad graasden kuddes paarden en runderen op de groene weiden. Door de plotselinge verschijning van een grote vloot van vreemde schepen ontstonden er angst en verwarring onder het garnizoen en de stadsbewoners. Pas toen Meren zich op de voorsteven van het voorste schip liet zien en riep dat ze als vrienden kwamen, herkende gouverneur Nara hem.

'Het is kolonel Meren Cambyses!' schreeuwde hij naar de kapitein van de boogschutters. 'Schiet niet op hen.'

Nara omhelsde Meren hartelijk zodra deze aan wal stapte. 'We hadden allang de hoop opgegeven dat u zou terugkomen, dus heten we u in naam van farao Nefer Seti van harte welkom.' Nara had Tinat nog nooit ontmoet. Het expeditieleger dat door generaal Lotti was geleid, was lang voordat hij gouverneur was geworden in Qebui geweest. Natuurlijk wist hij van de expeditie en hij accepteerde Merens verklaring dat Tinat daarvan de overlevende commandant was. Maar terwijl ze op de rivieroever met elkaar praatten, bleef Nara naar de afgemeerde boten kijken alsof hij verwachtte dat er iemand anders zou verschijnen. Ten slotte kon hij zich niet langer beheersen en flapte hij eruit: 'Neem me niet kwalijk, beste kolonels, maar ik moet weten wat er van de grote magiër, Taita van Gallala, die bijzondere man, geworden is.'

'Het verhaal dat ik u te vertellen heb, is zo vreemd en wonderbaarlijk dat het de verbeelding tart. Maar eerst moet ik al mijn mensen aan land brengen en in hun behoeften voorzien. Ze hebben vele jaren in ballingschap geleefd en hebben een lange, zware, gevaarlijke reis moeten maken om deze buitenpost van het imperium te bereiken. Zodra ik dat allemaal heb gedaan, zal ik volledig en officieel verslag bij u uitbrengen dat u natuurlijk naar het hof van de farao in Karnak zult doorzenden.'

'Vergeeft u mij, alstublieft.' Nara's aangeboren goede manieren kwamen weer naar boven. 'Ik ben in gastvrijheid tekortgeschoten. U moet hen direct aan land brengen en u verfrissen en verkwikken, voordat ik u verder aan uw hoofd zeur om de verhalen over uw reis te vertellen.'

Die avond hield Nara in de aula van het fort een welkomstbanket voor Meren, Tinat en hun kapiteins dat ook bijgewoond werd door zijn eigen staf en de notabelen van de stad. Toen ze gegeten en gedronken hadden, stond Nara op en hield een uiterst complimenteuze welkomsttoespraak. Aan het eind ervan smeekte hij Meren om de verzamelde gasten het verhaal over hun verblijf in de vreemde landen in het zuiden te vertellen. 'U bent de eerste die uit die mysterieuze, onbekende gebieden terugkeert. Vertel ons wat u daar ontdekt hebt, vertel ons of u de plaats bereikt hebt waar onze Moeder Nijl geboren is. Vertel ons hoe het gekomen is dat haar water opdroogde en daarna plotseling weer in zo'n overvloed is gaan stromen. Maar vertel ons vooral wat er van de magiër, Taita van Gallala, geworden is.'

Meren sprak het eerst. Hij beschreef alles wat er gebeurd was sinds ze hier zo lang geleden waren geweest. Hij vertelde hun dat ze de bron van de Nijl bij Tamafupa bereikt hadden en daar hadden gezien dat de rivier door de Rode Stenen tegengehouden werd. Vervolgens vertelde hij dat ze door Tinat gered en naar het koninkrijk Jarri gebracht waren waar ze voor de Opperste Raad van de oligarchen hadden moeten verschijnen.

'Nu zal ik kolonel Tinat Ankut vragen om te vertellen hoe het de expeditie onder leiding van generaal Lotti is vergaan, hoe hijzelf en zijn overlevende mannen Jarri bereikten en wat voor omstandigheden ze daar aantroffen.' Meren gaf Tinat het woord.

Tinats relaas was, zoals van hem te verwachten viel, beknopt en onopgesmukt. In eenvoudige soldatentaal beschreef hij de oorspronkelijke vestiging van de Jarriaanse regering door Heer Aquer tijdens het bewind van koningin Lostris. Daarna vertelde hij hoe het land door de mysterieuze tovenares Eos in een meedogenloze tirannie was veranderd. Hij besloot zijn verhaal met de nuchtere verklaring: 'Het was deze tovenares Eos die haar zwarte magie heeft gebruikt om de stenen barrière in de beide rivieren van de Nijl op te richten. Haar bedoeling was Egypte te onderwerpen en het land onder haar juk te brengen.' Er ontstond chaos in de zaal toen de toehoorders luidkeels uiting gaven aan hun verontwaardiging en vragen schreeuwden.

Nara sprong overeind om in te grijpen, maar het duurde enige tijd voordat hij hen tot bedaren had gebracht. 'Ik verzoek kolonel Meren om met het verhaal verder te gaan. Bewaar uw vragen alstublieft tot hij klaar is, want ik weet zeker dat hij veel van uw vragen zal kunnen beantwoorden.'

Meren was veel welsprekender dan Tinat en ze hingen aan zijn lippen toen hij beschreef hoe de magiër, Taita van Gallala, zich in het bolwerk van Eos had gewaagd om de confrontatie met haar aan te gaan: 'Hij ging alleen en slechts bewapend met zijn geestelijke krachten. Niemand zal ooit precies weten wat voor titanenstrijd daar plaatsgevonden heeft toen deze twee ingewijden in de mysteriën in een bovennatuurlijk gevecht verwikkeld waren. We weten alleen dat Taita uiteindelijk over haar gezegevierd heeft. Eos werd vernietigd en samen met haar haar koninkrijk van het kwaad. De barrières die ze in onze Moeder Nijl had opgericht, stortten in zodat haar water nu weer vrijelijk stroomt. U hoeft alleen maar te zien hoe de rivier langs Qebui stroomt om te weten hoe ze door Taita's krachten weer tot leven is gekomen. Met hulp van kolonel Tinat hebben we onze mensen die al die jaren in Jarri gevangen zijn gehouden, kunnen bevrijden. Ze zitten vanavond bij u.'

'Laat hen naar voren komen!' riep gouverneur Nara. 'Laat ons hun gezichten aanschouwen zodat we onze broeders en zusters in ons vaderland welkom kunnen heten.' Een voor een stonden de kapiteins en de andere officieren van Tinats regiment op. Ze noemden hun naam en rang en eindigden met de verklaring: 'Ik bevestig hierbij dat alles wat u vanavond van onze geëerde leiders kolonel Meren Cambyses en kolonel Tinat Ankut hebt gehoord de waarheid is.'

Toen ze klaar waren, nam Nara weer het woord: 'We hebben vanavond over zo veel wonderen horen vertellen dat we met ontzag vervuld zijn. Ik weet echter dat ik uit naam van alle aanwezigen spreek wanneer ik één vraag stel die op mijn lippen brandt.' Hij zweeg theatraal. 'Vertel ons, kolonel Cambyses, wat er van de magiër Taita is geworden. Waarom leidt hij uw mensen niet langer?'

Merens gelaatsuitdrukking was ernstig. Een tijdje bleef hij zwijgend staan, alsof hij er geen verklaring voor had. Toen zuchtte hij diep. 'Het is inderdaad mijn treurige en pijnlijke plicht om u te vertellen dat de magiër niet langer bij ons is. Hij is op mysterieuze wijze verdwenen. Kolonel Tinat en ik hebben op de plek waar hij verdwenen is grondig naar hem gezocht, maar het was tevergeefs.' Hij zweeg weer en schudde zijn hoofd. 'Hoewel we zijn lichaam niet hebben kunnen vinden, hebben we zijn kleren en zijn paard ontdekt. Zijn tuniek was bevlekt met bloed en zijn zadel ook. We kunnen zijn verdwijning alleen maar toeschrijven aan een kwaadaardige, bovennatuurlijke gebeurtenis en concluderen dat de magiër dood is.'

Een wanhopig gekreun volgde op zijn woorden.

Gouverneur Nara bleef roerloos en met een bleek, treurig gezicht zitten. Toen het lawaai in de zaal uiteindelijk weggestorven was en iedereen naar hem keek, stond hij op. Hij begon te spreken, maar zijn stem liet hem in de steek. Hij vermande zich en begon opnieuw.

'Dit is tragisch nieuws. Taita van Gallala was een groot man en een goed mens. Ik zal het nieuws van zijn dood met een zwaar hart naar farao Nefer Seti sturen. In mijn hoedanigheid van gouverneur van de provincie Qebui zal ik op de oever van de rivier ter ere van Taita van Gallala een monument laten oprichten omdat hij het leven brengende water van Moeder Nijl weer heeft laten stromen en aan ons heeft teruggegeven.' Hij wilde nog meer zeggen, maar hij schudde zijn hoofd en wendde zich af. Toen hij de banketzaal verliet, volgden de mensen hem in kleine groepjes en ze verspreidden zich in het donker.

Vijf dagen later verzamelden de stadsbewoners en de reizigers uit het zuiden zich weer, ditmaal op het stukje grond bij de samenvloeiing van de twee takken van de Nijl. Het monument dat gouverneur Nara daar had opgericht, was een zuil die uit één blok blauw graniet was uitgehouwen. In prachtig gekalligrafeerde hiërogliefen was er een inscriptie in gegraveerd. De steenhouwers hadden dag en nacht gewerkt om het voor deze dag klaar te krijgen.

> *Deze steen is opgericht uit naam van farao Nefer Seti in het zesentwintigste jaar van zijn heerschappij over de Twee Koninkrijken, moge hij met het eeuwige leven gezegend zijn!*
>
> *Vanaf dit punt vertrok de geëerde magiër, Taita van Gallala, op zijn historische reis om de bron van Moeder Nijl te bereiken en haar gezegende water ten behoeve van het Egyptische imperium en al zijn burgers weer te laten stromen.*
>
> *Dankzij zijn spirituele krachten slaagde hij in deze gevaarlijke on-*

derneming. We zullen hem daarvoor altijd blijven eren!
  Op tragische wijze is hij in de wildernis omgekomen. Hoewel hij nooit naar Egypte zal terugkeren, zullen zijn nagedachtenis en onze dankbaarheid jegens hem, net als deze granieten stèle, tienduizend jaar blijven bestaan.
  Ik, Nara Tok, gouverneur van de provincie Qebui in naam van farao Nefer Seti, de geliefde van de goden, heb deze woorden te zijner ere geschreven.

In het vroegeochtendzonlicht verzameld rondom het granieten monument zongen ze lofliederen voor Horus en Hathor en smeekten ze hun om de ziel van Taita onder hun hoede te nemen. Daarna leidden Meren en Tinat de mensen naar de wachtende boten. Ze scheepten zich in en begonnen in konvooi aan het laatste lange deel van de terugreis, nog bijna drieduizend kilometer door de zes grote stroomversnellingen naar het vruchtbare land van Egypte.

Nu de waterstand in de Nijl zo hoog was, waren de stroomversnellingen lange, witte hellingen van woelig water. De Jarriaanse boten waren echter precies voor deze condities gebouwd en Meren was van een ervan stuurman. Ongezien stond Taita naast hem om hem te leiden wanneer hij aarzelde. Samen loodsten ze de vloot door de stroomversnellingen zonder dat de boten ernstige beschadigingen opliepen of vergingen.

Tussen de vierde en de vijfde stroomversnelling kronkelde de rivier in een reusachtige lus die de reis met bijna vijftienhonderd kilometer verlengde de westelijke woestijn in. De estafetteruiters die gouverneur Nara vooruitgestuurd had, hadden een voorsprong op hen van vijf dagen en ze konden de lus in de rivier afsnijden door de rechtstreekse karavaanroute over het land te nemen. Vele dagen voordat de vloot via de eerste stroomversnelling in de Egyptische vallei zou afdalen, werden de berichten die ze bij zich hadden al gelezen door de gouverneur van de provincie Assoean. Vanaf dat punt werd de reis één grote triomftocht.

Aan beide zijden was het land overstroomd door het leven brengende water. De boeren waren naar hun dorpen teruggekeerd om de velden te bewerken en de gewassen waren al groen en stonden er florissant bij. De bevolking rende naar de oevers wanneer de boten langskwamen en zwaaide met palmbladeren. De mensen gooiden jasmijnbloesems in de rivier die met de vloot meedreven. Ze huilden van vreugde en schreeuwden lofprijzingen en complimenten naar de helden die uit de donkere, mysterieuze zuidelijke delen van de aarde terugkeerden.

In elke stad waar ze aan land gingen, werden de reizigers verwelkomd door de gouverneur, de edelen en de priesters en daarna in een vreugdevolle stoet naar de tempel geleid. Ze werden warm onthaald, gefêteerd en bestrooid met bloembladeren.

Taita en Fenn gingen met hen mee aan land. Niemand in Egypte zou Taita of haar in hun huidige gedaante herkend hebben, dus hief Taita hun onzichtbaarheid op. Toch bedekten ze hun gezicht met hun hoofddoek zodat alleen hun ogen te zien waren en ze begaven zich vrij onder de mensen.

Fenns ogen glansden van verwondering en vreugde terwijl ze naar Taita luisterde die alles wat ze om zich heen zag beschreef en verklaarde. Tot nu toe waren haar herinneringen aan haar andere leven vaag en fragmentarisch geweest en zelfs die waren haar door Taita teruggegeven. Nu ze echter eindelijk op haar geboortegrond stond, kwam alles heel snel terug. Gezichten, woorden en daden van een eeuw geleden stonden haar nu zo helder voor de geest dat het leek alsof er maar een paar jaar voorbijgegaan waren.

In Kom Ombo werden de boten onder de massieve muren van het tempelcomplex op het strand getrokken. Gigantische beelden van de goden en godinnen waren in de zandstenen blokken uitgehouwen. Terwijl de hogepriesteres en haar gevolg het strand afkwamen om de reizigers te verwelkomen, leidde Taita Fenn door de verlaten gangen van de tempel van Hathor naar het halfdonkere, koele heilige der heiligen.

'Hier heb ik voor het eerst het beeld van je ziel in zijn huidige vorm gezien,' zei hij.

'Ja! Dat herinner ik me goed,' fluisterde ze. 'Ik herinner me deze plek zo duidelijk. Ik herinner me dat ik door de heilige poel naar je toe zwom en ik herinner me de woorden die we gewisseld hebben.' Ze zweeg even alsof ze ze in gedachten herhaalde voordat ze verder sprak. 'Je moest je schamen dat je me niet herkent, want ik ben Fenn,' herhaalde ze met een lief, vibrerend kinderstemmetje dat hem in het hart raakte.

'Dat was precies de toon waarop je sprak,' zei hij.

'Herinner je je wat je geantwoord hebt?' Hij schudde zijn hoofd. Hij wist het nog precies, maar hij wilde het haar horen zeggen.

'Je zei…' Ze veranderde van toon om hem te imiteren. 'Ik wist wel wie je was. Je ziet er precies zo uit als toen ik je voor het eerst ontmoette. Ik zou je ogen nooit kunnen vergeten. Ze waren toen de groenste en mooiste ogen van heel Egypte en dat zijn ze nog steeds.'

Taita lachte zacht. 'Een echte vrouw! Je vergeet nooit een compliment.'

'En zeker niet zo'n mooi compliment,' beaamde ze. 'Ik had een geschenk voor je. Weet je nog wat het was?'

'Een handvol kalksteen,' antwoordde hij direct. 'Een geschenk van onschatbare waarde.'

'Je kunt me nu betalen. Mijn prijs is een kus,' zei ze. 'Of zo veel kussen als je redelijk vindt.'

'Tienduizend is het aantal dat in me opkomt.'

'Ik accepteer je aanbod, mijn heer. Ik neem de eerste honderd nu direct. De rest kun je in termijnen aflossen.'

Hoe dichter ze bij Karnak kwamen, hoe langzamer ze vorderden omdat ze opgehouden werden door de vreugdevolle bevolking. Ten slotte kwamen er koninklijke boodschappers aan die snel vanaf het paleis van de farao stroomopwaarts waren gereden. Ze hadden orders voor de bevelhebber van de vloot bij zich dat hij haast moest maken en zich zo snel mogelijk aan het hof van Karnak moest melden.

'Nefer Seti, je kleinzoon, was nooit een geduldige jongen,' zei Taita tegen Fenn, die opgewonden lachte.

'Ik verlang er zo naar om hem te zien! Ik ben dolblij dat hij Meren heeft bevolen om haast te maken. Hoe oud is Nefer Seti nu?'

'Misschien vierenvijftig en Mintaka, zijn koningin en hoofdvrouw, is niet veel jonger. Het zal interessant zijn om te horen wat je van haar vindt, want ze lijkt veel op jou. Ze is wild en koppig. Wanneer ze kwaad gemaakt wordt, is ze bijna even fel als jij.'

'Ik weet niet of je dat als een compliment of als een belediging aan ons adres bedoelt,' antwoordde Fenn, 'maar één ding weet ik zeker. Ik zal haar aardig vinden, deze moeder van mijn achterkleinkinderen.'

'Ze is in verwarring en zal onze hulp nodig hebben. Ze is nog steeds in de ban van Eos en haar valse profeet Soe. Hoewel Eos vernietigd is en haar macht is verdwenen, heeft Soe haar nog steeds in zijn klauwen. Het zal onze laatste heilige plicht zijn om haar te bevrijden. Daarna gaan jij en ik onze dromen nastreven.'

Ze meerden af voor Karnak, de stad met honderd poorten en talloze prachtige plekken waar de vegetatie door het teruggekeerde water weer helemaal was hersteld. De menigten waren daar dichter en luidruchtiger dan alle andere die ze in Boven-Egypte hadden gezien.

Ze stroomden door de stadspoorten naar buiten en tromgeroffel, hoorngeschal en geschreeuw deden de lucht trillen. Op de koninklijke werf stond een welkomstcomité van priesters, edelen en generaals in hun ambtsgewaden, vergezeld door hun gevolgen die bijna even schitterend gekleed waren.

Zodra Meren en Tinat aan wal stapten, werd er een schetterende fanfare op de hoorns geblazen en een luid gejuich steeg uit de menigte op. De grootvizier leidde hen naar een paar prachtige strijdwagens die voor hen gereedstonden. Ze waren allebei bedekt met bladgoud en edelstenen waardoor ze in het heldere zonlicht schitterden en glansden. Ze werden voortgetrokken door twee perfect bij elkaar passende spannen paarden uit de stallen van de farao: het ene was melkwit en het andere pikzwart.

Meren en Tinat sprongen op de voetplaten en vuurden de spannen aan. Ze reden wiel aan wiel, op de koninklijke manier, tussen de rijen stenen sfinxen door, twee heroïsche figuren in hun krijgshaftige wapenrusting met toebehoren. Een escorte bereden cavalerie ging hun voor en een compagnie van de Koninklijke Garde volgde hen. De stemmen van de menigte golfden over hen heen als een storm.

Ver achter hen volgden Taita en Fenn in hun vermomming te voet door de dringende, bewegende menigte tot ze de paleispoorten bereikten. Daar bleven ze staan, pakten elkaars handen vast en maakten zich onzichtbaar om langs de paleiswachten de grote gehoorzaal van het paleis binnen te gaan. Ze gingen apart staan van de dichte drommen hovelingen en hoogwaardigheidsbekleders die de zaal vulden.

Op het verhoogde podium aan de einde van de zaal zaten farao Nefer Seti en zijn koningin naast elkaar op hun ivoren tronen. De farao droeg de blauwe oorlogskroon, Khepresh: een hoge hoofdtooi met uitstekende zijstukken die versierd waren met schijven van puur goud en op het voorhoofd van de helm stond de ureus, de verstrengelde koppen van de cobra en de aasgier, de symbolen van Boven- en Beneden-Egypte. De farao droeg geen make-up en zijn bovenlichaam was bloot zodat de littekens van vijftig veldslagen te zien waren, maar zijn borst- en armspieren waren nog glad en hard. Taita onderzocht zijn aura en zag dat er dappere volharding en plichtsbesef uit spraken. Koningin Mintaka droeg ook de ureus, maar haar haar had zilveren strepen en haar gezicht was getekend door rouw en verdriet om haar kinderen. Haar aura was verward en verloren en gespleten door twijfel en schuldgevoel. Haar ellende was diep en troosteloos.

Kolonel Meren Cambyses en kolonel Tinat Ankut toonden hun trouw en respect door zich languit voor de koninklijke tronen ter aarde te werpen. De farao kwam overeind en hief een hand op. Een diepe stilte daalde op de aanwezigen neer. Toen hij begon te spreken, echode zijn stem tussen de hoge, zandstenen pilaren die vanaf hun voet naar het hoge, beschilderde plafond verrezen.

'Laat iedereen in mijn beide koninkrijken en in al mijn buitenlandse domeinen weten dat Meren Cambyses en Tinat Ankut mijn diepe hoogachting verworven hebben.' Hij zweeg en zijn grootvizier Tentek knielde voor hem neer en overhandigde hem een zilveren blad waarop een papyrusrol lag. De farao rolde hem uit en las met galmende stem vanaf het perkament: 'Laat alle mannen door deze geschenken weten dat ik Heer Tinat Ankut in de adelstand heb verheven en hem tot zijn waardigheid één riviereenheid vruchtbaar land langs de oevers van de Nijl beneden Esna heb geschonken.' Een riviereenheid was vijftig vierkante kilometer, een enorm stuk landbouwgrond. In één klap was Tinat een rijk man geworden, maar er was meer. 'Van nu af aan zal Heer Tinat Ankut de rang van generaal hebben in mijn leger van Boven-Egypte. Hij zal het bevel krijgen over het Phat Legioen. Dit alles bij mijn gratie en grootmoedigheid.'

'De farao is genadig!' schreeuwden de aanwezigen in koor.

'Sta op, Heer Tinat Ankut, en omhels me.' Tinat stond op om de blote schouder van de farao te kussen en Nefer Seti drukte de akte van schenking van zijn nieuwe landgoed in zijn rechterhand.

Toen richtte hij zich tot Meren, die nog steeds languit voor hem lag. Tentek overhandigde hem een tweede zilveren blad. De farao pakte er de rol vanaf en toonde hem aan de aanwezigen. 'Laat alle mannen door deze geschenken weten dat ik Heer Meren Cambyses in de adelstand heb verheven en hem tot zijn waardigheid drie riviereenheden vruchtbare grond langs de oevers van de Nijl boven Assoeit heb geschonken. Van nu af aan zal Heer Meren de rang van veldmaarschalk van het leger van Beneden-Egypte hebben. Bovendien onderscheid ik hem als teken van mijn bijzondere gunst met het Goud van Eer en het Goud van Dapperheid. Sta op, Heer Meren.'

Toen Meren voor hem stond, legde de farao de zware gouden kettingen van Eer en Dapperheid om zijn schouders. 'Omhels me, veldmaarschalk Meren Cambyses!' zei hij en hij kuste Merens wang.

Met zijn lippen vlak bij het oor van de farao fluisterde Meren dringend: 'Ik heb nieuws van Taita dat alleen voor uw oren bestemd is.'

De greep van de farao om Merens schouder verstevigde zich even en hij antwoordde zacht: 'Tentek zal je straks bij me brengen.'

Toen alle aanwezigen zich ter aarde wierpen, pakte de farao zijn koningin bij de hand en leidde haar de zaal uit. Ze liepen maar op een afstand van een paar passen langs de plek waar Taita en Fenn ongezien stonden. Meren wachtte tot Tentek weer verscheen en zachtjes tegen hem sprak. 'De farao ontbiedt u. Volg me, mijn heer veldmaarschalk.'

Tentek bracht Meren naar de farao, maar toen Meren zich weer ter aarde wilde werpen, kwam Nefer Seti naar hem toe en omhelsde hem hartelijk. 'Mijn dierbare vriend en metgezel van de Rode Weg, ik ben zo blij dat je terug bent. Ik wou alleen dat je de magiër mee teruggebracht had. Zijn dood heeft me diep getroffen.' Toen hield hij Meren op een armlengte afstand en keek in zijn gezicht. 'Je bent nooit goed geweest in het verbergen van je emoties. Wat zit je nu dwars? Vertel het me.'

'Uw ogen zijn nog even scherp als altijd. Ze missen niets. Ik heb nieuws voor u,' antwoordde Meren, 'maar ik moet u waarschuwen dat u zich op een grote schok moet voorbereiden. Wat ik u ga vertellen is zo vreemd en heerlijk dat ik het niet kon bevatten toen ik het voor het eerst hoorde.'

'Schiet op, mijn heer.' Nefer Seti sloeg hem zo hard tussen de schouderbladen dat Meren wankelde. 'Spreek!'

Meren haalde diep adem en flapte er toen uit: 'Taita leeft.'

Nefer Seti hield op met lachen en staarde hem stomverbaasd aan. Toen verscheen er een dreigende uitdrukking op zijn gezicht. 'Ik waarschuw je, maak geen grappen met me, heer veldmaarschalk,' zei hij koud.

'Ik spreek de waarheid, machtige koning der koningen.' Als hij in deze stemming was, vervulde Nefer Seti het dapperste hart met angst.

'Als dit de waarheid is, en voor je zielenheil hoop ik dat oprecht, vertel me dan waar Taita nu is, Meren Cambyses.'

'Ik moet u nog één ding vertellen, o verheven en grootmoedige koning. Taita's uiterlijk is sterk veranderd. U zult hem in het begin niet herkennen.'

'Genoeg!' Nefer Seti verhief zijn stem. 'Vertel me waar hij is.'

'Hier in dit vertrek.' Merens stem sloeg over. 'Hij staat vlak bij ons.' Toen voegde hij er fluisterend aan toe: 'Dat hoop ik althans.'

Nefer Seti legde zijn rechterhand op het gevest van zijn dolk. 'Je maakt misbruik van mijn goedhartigheid, Meren Cambyses.'

Meren keek verwilderd in het lege vertrek rond en zijn stem klonk meelijwekkend toen hij tegen de lege lucht sprak: 'Magiër, o machtige Magiër! Ik smeek u, onthul uzelf! Anders zal de toorn van de farao me treffen!' Toen slaakte hij een kreet van opluchting. 'Kijk, majesteit!' Hij wees door de kamer naar een hoog beeld van zwart graniet.

'Dat is het beeld van Taita dat gemaakt is door de meesterbeeldhouwer Osh,' zei Nefer Seti woedend. 'Ik bewaar het hier om me aan de magiër te herinneren, maar het is slechts steen, niet mijn geliefde Taita in levenden lijve.'

'Nee, farao. Kijk niet naar het beeld, maar rechts ervan.'

Op de plek waarnaar Meren wees, verscheen een glanzende, doorzichtige wolk, als een luchtspiegeling. De farao knipperde met zijn ogen terwijl hij ernaar staarde. 'Er is daar iets. Het is zo licht als lucht. Is het een djinn? Een geest?'

De wolk werd dichter en nam langzaam vaste vorm aan. 'Het is een man!' riep Nefer Seti uit. 'Een echte man!' Hij staarde er verbaasd naar. 'Maar het is Taita niet. Dit is een jongeman, een knappe jongeman, niet mijn Taita. Hij is vast een tovenaar dat hij zich met magie onzichtbaar kan maken.'

'Het is magie,' beaamde Meren, maar dan van de witste en edelste soort. Een toverkunst die Taita zelf heeft uitgevoerd. Dit is Taita.'

'Nee!' Nefer Seti schudde zijn hoofd. 'Ik ken deze persoon niet, als hij tenminste een levend persoon is.'

'Uwe Genade, dit is de magiër die weer jong en lichamelijk ongeschonden gemaakt is.'

Zelfs Nefer Seti was sprakeloos. Hij kon alleen maar zijn hoofd schudden. Taita stond stil voor hem en glimlachte warm en liefdevol naar hem.

'Kijk naar het beeld,' smeekte Meren. 'Osh heeft het gemaakt toen de magiër al een oude man was, maar zelfs nu hij jong is, is de gelijkenis onmiskenbaar. Kijk eens naar zijn hoge, brede voorhoofd en de vorm van de neus en de oren, maar vooral naar de ogen.'

'Ja... misschien zie ik een zekere gelijkenis,' mompelde Nefer Seti twijfelachtig. Toen werd zijn toon vastberaden en uitdagend. 'Hé, fantoom! Als je inderdaad Taita bent, moet je me iets kunnen vertellen wat alleen wij tweeën weten.'

'Dat is waar, farao,' beaamde Taita. 'Ik zou u veel van zulke dingen kunnen vertellen, maar één voorbeeld schiet me direct te binnen. Herinnert u zich nog dat u prins Nefer Memnon was en niet de farao van de Twee Koninkrijken? U was toen mijn leerling en mijn pupil en mijn troetelnaam voor u was Mem.'

De farao knikte. 'Dat herinner ik me goed.' Zijn stem was gedaald tot een hese fluistertoon en zijn blik werd zachter. 'Maar vele anderen kunnen dat ook geweten hebben.'

'Ik kan u nog meer vertellen. Ik kan u vertellen dat we, toen u een jongen was, naast de poel van Gebel Nagara in de wildernis biggetjes als lokaas hebben uitgezet. We wachtten twintig dagen tot de koninklijke valk, uw godvogel, ernaartoe kwam.'

'Mijn godvogel is niet naar de lokazen gekomen,' zei Nefer Seti en Taita zag aan zijn flikkerende aura dat hij een val voor hem zette om hem te testen.

'Uw valk is wel gekomen,' wierp Taita tegen. 'De prachtige valk die het bewijs was van uw koninklijke recht op de dubbele kroon van Egypte.'

'We hebben hem gevangen,' zei Nefer Seti triomfantelijk.

'Nee, farao. De valk weigerde het lokaas en vloog weg.'

'We hebben de jacht gestaakt.'

'Weer nee, farao. Uw geheugen laat u in de steek. We zijn de vogel dieper de wildernis in gevolgd.'

'O ja! Naar het bittere Natton-meer.'

'Nogmaals nee. We zijn naar de berg Bir Umm Masara gegaan. Terwijl ik u aan het touw vasthield, klom u naar het valkennest hoog op de oostwand van de berg om de kuikens mee naar beneden te nemen.' Nefer Seti staarde hem nu met glanzende ogen aan. 'Toen u het nest bereikte, zag u dat de cobra u voor was geweest. De vogels waren door de giftige beet van de slang gedood.'

'O, Magiër, alleen jij kunt deze dingen weten. Vergeef me dat ik je niet herkende. Mijn hele leven ben je mijn gids en mijn mentor geweest en nu heb ik je verloochend.' Nefer Seti was vervuld van berouw. Hij liep de kamer door en omhelsde Taita met zijn sterke armen. Toen ze zich ten slotte van elkaar losmaakten, kon hij zijn ogen niet van Taita's gezicht afhouden. 'Je metamorfose gaat mijn begrip te boven. Vertel me eens hoe dit gekomen is.'

'Er is veel te vertellen,' zei Taita. 'Maar daarvoor moeten we nog andere zaken afhandelen. Om te beginnen is er iemand die ik aan u wil voorstellen.' Taita strekte een hand uit en opnieuw begon de lucht te glanzen en nam daarna de vaste vorm van een jonge vrouw aan. Ze glimlachte ook naar Nefer Seti.

'Je brengt me in verwarring met je magie, zoals je al zo vaak hebt ge-

484

daan,' zei Nefer Seti. 'Wie is dit schepsel? Waarom heb je haar bij me gebracht?'

'Haar naam is Fenn en ze is een ingewijde van het rechterpad.'

'Daar is ze te jong voor.'

'Ze heeft andere levens geleid.'

'Ze is buitengewoon mooi.' Hij keek naar haar met de ogen van een wellustige man. 'Toch heeft ze iets bekends. Haar ogen... Ik ken die ogen.' Hij probeerde de herinnering naar boven te halen. 'Ze doen me denken aan iemand die ik eens goed gekend heb.'

'Fenn is mijn gade, farao.'

'Je gade? Hoe kan dat? Je bent een...' Hij slikte het woord in. 'Vergeef me, Magiër. Het was niet de bedoeling je te beledigen of je in je waardigheid aan te tasten.'

'Het is waar dat ik vroeger een eunuch was, farao, maar nu ben ik een man, heel en compleet. Fenn is mijn vrouw.'

'Er is zoveel veranderd,' mopperde Nefer Seti. 'Zodra ik het ene raadsel heb opgelost, krijg ik het volgende voorgeschoteld...' Hij zweeg en staarde nog steeds naar Fenn. 'Die ogen. Die groene ogen. Mijn vader! Dat zijn de ogen van mijn vader. Is het mogelijk dat Fenn van mijn eigen koninklijke bloed is?'

'Kom nou, farao,' berispte Taita hem vriendelijk. 'Eerst klaagt u erover dat ik u voor raadsels stel en daarna wilt u dat ik u er nog meer voorschotel. Laat ik u simpelweg vertellen dat Fenn directe familie van u is. Uw bloed is haar bloed, maar dan ver terug in de tijd.'

'Je zei dat ze andere levens heeft geleid. Was het in een van die andere levens?'

'Inderdaad,' beaamde Taita.

'Leg het me uit!' beval de farao.

'Daar zullen we later tijd voor hebben. U en Egypte worden echter nog steeds bedreigd. U weet al van de heks Eos die het water van Moeder Nijl heeft tegengehouden.'

'Is het waar dat je haar in haar schuilplaats hebt vernietigd?'

'De heks leeft niet meer, maar een van haar volgelingen loopt nog steeds rond. Zijn naam is Soe. Hij is een gevaarlijk man.'

'Soe? Ik ken die man van naam. Mintaka heeft het over hem gehad. Hij is een prediker, de apostel van de nieuwe godin.'

'Van achteren naar voren gelezen is zijn naam Eos. Zijn godin was de tovenares. Zijn doel was om u en uw familie te vernietigen en de dubbele kroon van Egypte voor de heks te bemachtigen.'

Nefer Seti keek hem vol ontzetting aan. 'Deze Soe had het oor van Mintaka, mijn hoofdvrouw. Ze gelooft in hem. Hij heeft haar tot die nieuwe religie bekeerd.'

'Waarom hebt u niet ingegrepen?'

'Ik heb haar een plezier gedaan. Mintaka was gek van verdriet om onze dode kinderen. Soe schonk haar troost. Ik zag er geen kwaad in.'

'Het was heel erg schadelijk,' zei Taita. 'Schadelijk voor u en voor Egypte. Soe vormt nog steeds een verschrikkelijke bedreiging. Hij is de laatste aanhanger van de heks, het laatste overblijfsel van haar aanwezigheid op aarde. Hij is een onderdeel van de Grote Leugen.'

'Wat moet ik doen, Taita? Zodra de Nijl weer begon te stromen, is Soe verdwenen. We weten niet wat er van hem geworden is.'

'Allereerst moet ik hem gevangennemen en bij u brengen. Mintaka is zo volledig in zijn ban dat ze alles gelooft wat hij haar vertelt. Ze zou u aan hem uitgeleverd hebben. Ze wil geen kwaad van hem horen, tenzij er een bekentenis uit Soes eigen mond komt.'

'Wat heb je van me nodig, Taita?' vroeg Nefer Seti.

'U moet koningin Mintaka hier weghalen. Ik moet het paleis van Memnon op de westoever tot mijn beschikking hebben. Neem haar mee naar Assoeit om een offer te brengen in de tempel van Hathor. Zeg haar dat de godin in een visioen aan u is verschenen en dit van u en Mintaka gevraagd heeft ten behoeve van uw dierbare kinderen, prinses Khaba en zijn kleine zusje Una, die nu in de onderwereld zijn.'

'Het is waar dat ik de behoefte heb gevoeld om een offer aan Hathor te brengen. De koningin en ik zullen over vijf dagen in mijn staatsieboot vertrekken, op de avond van de nieuwe maan. Wat wil je verder nog van me?'

'Ik heb Heer Meren en honderd van uw beste soldaten nodig. Meren moet uw Havikszegel dragen dat hem uw onbegrensde gezag geeft.'

'Ik zal ervoor zorgen.'

Zodra het koninklijk paar zich in hun staatsieboot had ingescheept en weg was gevaren, staken Taita en Meren met een escorte van gardisten de Nijl over naar de westoever. Ze reden de heuvels op naar Mintaka's verblijf, het paleis van Memnon, en kwamen daar bij zonsopgang aan.

De hofhouding was overrompeld. De paleisvizier probeerde hen met een detachement paleisgardisten achter zich tegen te houden. De paleisgardisten waren echter slap geworden door een luxeleventje en goed eten. Ze namen de honderd geharde soldaten tegenover hen nerveus op.

Meren hield het Havikszegel omhoog. 'We voeren de orders van farao Nefer Seti uit. Ga opzij en laat ons door!'

'Hij draagt het Havikszegel.' De vizier capituleerde en wendde zich tot de kapitein van de paleisgarde. 'Neem uw mannen mee naar de kazerne en houd hen daar tot ik u laat halen.'

Meren en Taita liepen de toegangspoort van het paleis binnen en hun spijkersandalen kletterden op de marmeren tegels. Taita was niet langer onzichtbaar. Hij droeg een borstplaat van krokodillenhuid en een bijpassende helm waarvan het vizier naar beneden getrokken was om zijn gezicht te verbergen. Hij was een indrukwekkende en dreigende verschijning. De paleisbedienden en Mintaka's dienstmeisjes vluchtten voor hem.

'Waar beginnen we met zoeken, Magiër?' vroeg Meren. 'Verbergt die man zich nog steeds hier?'

'Soe is hier.'

'Hoe weet u dat zo zeker?'

'De smerige stank van Eos hangt doordringend in de lucht,' zei Taita. Meren snoof luid.

'Ik ruik niets.'

'Houd tien van je mannen bij ons. Laat de rest alle deuren en poorten bewaken. Soe heeft het vermogen een andere gedaante aan te nemen, dus niemand mag het paleis verlaten, geen man, geen vrouw en geen dier,' zei Taita. Meren gaf zijn bevelen door en de mannen marcheerden naar hun posten.

Doelbewust liep Taita door de enorme, schitterend ingerichte zalen. Meren en zijn detachement volgden hem met getrokken zwaard op de hielen. Af en toe bleef Taita staan en hij leek dan de lucht op te snuiven, als een jachthond die de geur van zijn prooi volgt.

Ten slotte kwamen ze bij de binnentuin van de koningin, een ruim atrium dat was omringd door hoge zandstenen muren en dat van boven open was zodat de blauwe lucht erboven te zien was. Er liepen lanen met bloeiende bomen doorheen en in het midden was een fontein met eromheen marmeren banken die vol lagen met zijden kussens. Luiten en andere muziekinstrumenten waren door Mintaka's dienstmeisjes achtergelaten toen de soldaten naderden en er hing nog de geur van aantrekkelijke jonge vrouwen die vermengd was met die van oranjebloesem.

Aan de andere kant van het atrium stond een klein prieel met klimplanten die over latwerken groeiden. Zonder aarzeling liep Taita er met snelle, vaste tred naartoe. Op een hoge roze, marmeren sokkel in het midden ervan stond een standbeeld dat uit hetzelfde materiaal was gehouwen. Iemand had er boeketten zonnelelies voor gelegd. Hun weeë geur hing in de lucht en verdoofde de zintuigen als een krachtig opiaat.

'De bloemen van de heks,' fluisterde Taita. 'Ik herinner ze me heel duidelijk.' Toen bestudeerde hij het beeld op de sokkel. Het was levensgroot en had de vorm van een gesluierde vrouw die van top tot teen in een mantel was gehuld. De sierlijke voeten onder de mantel waren zo vakkundig gebeeldhouwd dat het leek of ze van warm vlees waren en niet van koud, levenloos steen.

'De voeten van de heks,' zei Taita. 'Dit is het heiligdom waarin Mintaka haar aanbad.' De geur van het kwaad was nu doordringender dan de zware geur van de bloemen. 'Heer Meren, laat je mannen het beeld neerhalen,' zei Taita zacht.

Zelfs de ontembare Meren was uit zijn doen door de afschuwelijke invloed van de heks die haar heiligdom vulde. Hij gaf het bevel op getemperde toon door.

De soldaten staken hun zwaard in de schede en zetten hun schouders tegen het beeld. Het waren gespierde, sterke mannen, maar ondanks hun inspanningen lukte het hun niet het beeld omver te gooien.

'Tashkalon!' riep Taita die weer Eos' krachtwoord tegen haar gebruikte. Het beeld bewoog en marmer schuurde piepend over marmer, als de kreet van een verloren ziel. De soldaten deinsden geschrokken achteruit.

'Ascartow!' Taita wees met zijn zwaard naar het beeld van Eos dat langzaam naar voren kantelde.

'Silondela!' schreeuwde hij en het beeld viel languit op de stenen en spatte in stukjes uiteen. Alleen de sierlijke voeten bleven intact. Taita stapte naar voren en raakte ze allebei met de punt van zijn zwaard aan. Langzaam barstten ze en verpulverden tot bergjes roze stof. De bosjes zonnelelies op de sokkel kwijnden weg tot ze zwart en verdroogd waren.

Langzaam liep Taita om de sokkel heen en om de paar passen tikte hij tegen het marmer. Het geluid was krachtig en solide tot hij aan de achterkant ervan kwam. Hier maakte het marmer een dof, hol echoënd geluid. Taita stapte achteruit en bestudeerde het. Toen stapte hij naar voren en zette de muis van zijn hand tegen de rechterbovenhoek en oefende gestaag druk uit. Er klonk het scherpe geluid van een bewegende hefboom en het hele paneel zwaaide open als een valdeur.

In de stilte die volgde, staarden ze allemaal naar de donkere vierkante opening in de achterkant van de sokkel die net groot genoeg was om een man door te laten.

'De schuilplaats van de valse priester van Eos,' zei Taita. 'Haal de toortsen uit de houders in de audiëntiezaal.' De soldaten gehoorzaamden haastig. Toen ze terugkwamen, pakte Taita een toorts en hield die in de opening.

Bij het licht ervan zag hij een trap die in het donker naar beneden liep. Zonder te aarzelen dook hij gebukt door de opening naar binnen en klom de trap af. Er waren dertien treden en onderaan was een vlakke tunnel die zo hoog en breed was dat een man er rechtop in kon lopen. De vloer was van eenvoudige zandsteentegels en de muren waren niet versierd met schilderingen of inscripties.

'Blijf dicht achter me!' zei Taita tegen Meren toen hij de tunnel in liep. De lucht was muf en oud en er hing de geur van vochtige aarde en lang geleden begraven dode dieren. Twee keer kwam Taita bij een tweesprong in de tunnel, maar beide keren maakte hij een intuïtieve keus en hij liep door zonder te blijven staan om na te denken. Ten slotte verscheen er voor hem een lichtschijnsel. Hij liep resoluut door.

Hij kwam door een keuken waarin grote amforen met olie, water en wijn en houten bakken met doerrabrood en manden met fruit en groente stonden. Bouten gerookt vlees hingen aan haken in het dak. In het midden van de ruimte kronkelde uit de as in de haardstee een dunne rooksliert omhoog die vervolgens verdween in een ventilatiegat in het dak. Een half opgegeten maaltijd stond naast een kan en een beker rode wijn op de lage houten tafel. Een kleine olielamp wierp schaduwen in de hoeken. Taita liep naar de deuropening in de andere muur. Hij keek erdoor en zag een cel die vaag verlicht werd door één olielamp.

Een tuniek, een cape en een paar sandalen waren achteloos in een hoek gesmeten. In het midden van de vloer was een slaapmat uitgespreid die bedekt was met een deken van jakhalzenhuid. Er lag een klein kind van hooguit twee jaar onder, een leuk joch dat Taita met grote nieuwsgierige ogen aanstaarde.

Taita boog zich voorover en legde een hand op het kale hoofd van het kind. Er klonk een sissend geluid en de scherpe geur van verschroeid vlees verspreidde zich in de ruimte. Het jongetje krijste en kronkelde zich onder Taita's aanraking vandaan. Op zijn kale hoofd was een rauw, rood brandmerk te zien dat niet de vorm van Taita's hand, maar van de kattenpoot van Eos had.

'U hebt het ventje verwond,' flapte Meren eruit met een stem die van medelijden een zachtaardige klank had.

'Het is geen kind,' zei Taita. 'Het is de laatste kwaadaardige volgeling van de tovenares. Wat je op zijn hoofd ziet, is haar geestesteken.' Hij wilde het jongetje weer aanraken, maar het krijste en deinsde van hem terug. Hij greep het kind bij een enkel en hield het ondersteboven terwijl het in zijn greep kronkelde en draaide. 'Gooi je masker af, Soe. De heks, je meesteres, is verteerd door de onderaardse vlammen van de aarde. Haar krachten zullen je niet meer baten.' Hij gooide het jongetje op de slaapmat, waar het jammerend bleef liggen.

Taita maakte een handbeweging boven hem waarmee hij Soes misleiding tenietdeed. Het kind veranderde langzaam van grootte en vorm tot het ontmaskerd was als de afgezant van de heks. Soe staarde Taita met vlammende ogen en een van haat en kwaadaardigheid vertrokken gezicht aan.

'Herken je hem nu?' vroeg Taita aan Meren.

'Bij Seths slechte adem, het is Soe die de padden op Demeter afgestuurd heeft. Ik heb dit duivelsgebroed voor het laatst gezien toen hij op de rug van de hyena, zijn beschermgeest, het duister in reed.'

'Sla hem in de boeien,' beval Taita. 'Hij gaat naar Karnak om door de farao berecht te worden.'

D e ochtend nadat het koninklijk paar uit Assoeit teruggekeerd was, zat koningin Mintaka naast de farao in de privéaudiëntie-zaal van het paleis. Het heldere zonlicht viel door de hoge ramen naar binnen. Het was niet flatteus voor haar: ze zag er afgetobd en uitgeput uit. Het leek Meren dat ze vele jaren ouder was geworden sinds hij haar een paar dagen geleden had gezien.

De farao zat op een hogere troon dan zijn koningin. Gekruist voor zijn borst hield hij de gouden dorsvlegels: de symbolen van gerechtigheid en straf. Op zijn hoofd had hij de hoge rood-met-witte kroon van de Twee Koninkrijken die bekendstond als de Machtige, *Pschent*. Aan weerskanten van zijn troon zat een schrijver om zijn overwegingen vast te leggen.

Farao Nefer Seti keek Meren aan. 'Ben je geslaagd in de opdracht die ik je gegeven heb, Heer veldmaarschalk?'

'Ja, machtige farao. Ik heb uw vijand in hechtenis.'

'Ik verwachtte niet anders van je. Toch ben ik zeer tevreden. Je kunt hem bij me brengen om mijn vragen te beantwoorden.'

Meren stampte drie keer met het achtereinde van zijn speer op de vloer. Onmiddellijk klonk het kletterende geluid van spijkersandalen en een escorte van tien gardisten kwam in een rij de kamer binnen. Koningin Mintaka keek met doffe blik naar hen tot ze de gevangene in hun midden herkende.

Soe was blootsvoets en naakt op een linnen lendendoek na. Zijn polsen en enkels waren met zware bronzen ketenen geboeid. Hij zag er uitgeput uit, maar hij stak zijn kin uitdagend naar voren. Mintaka's adem stokte. Ze sprong overeind en staarde hem in verwarring en vol ontzetting aan. 'Farao, dit is een grote, machtige profeet, een dienaar van de naamloze godin. Hij is geen vijand! We kunnen hem zo niet behandelen.'

De farao draaide zijn hoofd langzaam opzij en staarde haar aan. 'Als hij mijn vijand niet is, waarom wilde je hem dan voor me verborgen houden?' vroeg hij.

Mintaka verloor de moed en sloeg haar hand voor haar mond. Ze liet zich met een lijkwit gezicht en een verslagen blik in haar ogen op haar troon zakken.

De farao wendde zich weer tot Soe. 'Noem je naam!' beval hij de gevangene.

Soe keek hem woedend aan. 'Ik erken geen ander gezag dan dat van de naamloze godin,' verklaarde hij.

'Degene over wie je spreekt is niet langer naamloos. Haar naam was Eos en ze is nooit een godin geweest.'

'Pas op!' schreeuwde Soe. 'Dat is godslasterlijk! De wraak van de godin is snel en zeker.'

De farao negeerde zijn uitbarsting. 'Heb je met de tovenares samen-gezworen om Moeder Nijl af te sluiten?'

'Ik verantwoord me alleen tegenover de godin,' snauwde Soe.

'Heb je, in samenwerking met de tovenares, bovennatuurlijke krach-ten gebruikt om de plagen op Egypte los te laten? Was je doel mij van de troon te stoten?'

'U bent geen ware koning!' schreeuwde Soe. 'U bent een overweldi-ger en een afvallige! Eos is de heerseres over de aarde en al haar naties.'

'Heb je mijn kinderen, prinsen en prinsessen van het koninklijke bloed, ziek gemaakt?'

'Ze waren niet van het koninklijke bloed!' beweerde Soe. 'Het waren burgers. Alleen de godin is van koninklijken bloede.'

'Heb je je kwaadaardige invloed aangewend om mijn koningin van het pad van eer af te laten dwalen? Heb je haar ervan overtuigd dat ze je moest helpen om de tovenares op mijn troon te zetten?'

'Het is uw troon niet. Het is de rechtmatige troon van Eos.'

'Heb je mijn koningin beloofd dat je onze kinderen tot leven zou wekken?' vroeg de farao met een stem zo scherp en koud als het blad van een zwaard.

'De graftombe geeft zijn vruchten nooit terug,' antwoordde Soe.

'Dus je loog. Tienduizend leugens! Je hebt gelogen en gemoord, je hebt de mensen opgeruid en je hebt wanhoop in mijn imperium ge-zaaid.'

'In dienst van Eos zijn leugens mooi en is moord een edele daad. Ik heb geen mensen opgeruid. Ik verspreid de waarheid.'

'Je bent door je eigen woorden veroordeeld, Soe.'

'U kunt me geen kwaad doen. Ik word beschermd door mijn godin.'

'Eos is vernietigd. Je godin bestaat niet meer,' galmde de farao ern-stig. Hij wendde zich weer tot Mintaka. 'Heb je genoeg gehoord, mijn koningin?'

Mintaka snikte zachtjes. Ze was zo van streek dat ze niet kon spre-ken, maar ze knikte en bedekte toen haar gezicht van schaamte.

Ten slotte keek de farao recht naar de twee mensen die stilletjes ach-ter in de zaal stonden. Het vizier van Taita's helm was gesloten en Fenns gezicht was bedekt met een sluier. Alleen haar groene ogen waren te zien.

'Vertel ons hoe Eos vernietigd is,' beval de farao.

'Ze is verteerd door vuur, machtige farao.'

'Dan is het passend dat haar volgeling haar lot zal delen.'

'Het zal een genadige dood zijn, beter dan hij verdient, beter dan de dood die hij onschuldigen liet sterven.'

De farao knikte peinzend en keek Mintaka toen weer aan. 'Ik wil je de gelegenheid geven om je fouten in mijn ogen en in de ogen van de go-den van Egypte goed te maken.'

Mintaka wierp zich voor zijn voeten. 'Ik wist niet wat ik deed. Hij beloofde me dat de Nijl weer zou gaan stromen en dat we onze kinderen zouden terugkrijgen als jij de godin zou erkennen. Ik geloofde hem.'

'Dat begrijp ik allemaal.' De farao trok Mintaka overeind. 'De straf die ik je opleg, is dat je eigen koninklijke hand de toorts bij de brandstapel zal houden waarop Soe en het laatste spoor van de tovenares zullen worden uitgewist.'

Mintaka stond te zwaaien op haar benen en ze had een uitdrukking van opperste wanhoop op haar gezicht. Toen leek ze zich te vermannen, 'Ik ben de trouwe vrouw en onderdaan van de farao. Het is mijn plicht zijn bevel te gehoorzamen. Ik zal het vuur onder Soe in wie ik eens heb geloofd, aansteken.'

'Heer Meren, neem dit ellendige schepsel mee naar de binnenhof waar de brandstapel hem wacht. Koningin Mintaka zal met je meegaan.'

Het escorte voerde Soe mee de trap af en de binnenhof op. Meren volgde hen terwijl Mintaka zwaar op zijn arm leunde.

'Kom bij me staan, Magiër,' beval de farao Taita. 'Je zult getuige zijn van het lot van onze vijand.' Ze liepen samen naar het balkon dat uitkeek op de binnenhof.

Een hoge berg houtblokken en bossen droog papyrusriet stond beneden hen op de binnenhof. Hij was doordrenkt met lampolie. Een houten ladder liep omhoog naar het platform dat boven op de brandstapel stond. Twee gespierde beulen wachtten aan de voet van de ladder. Ze namen Soe van de gardisten over en sleurden hem de ladder op, want zijn benen konden hem amper dragen, en bonden hem toen aan de brandstapel vast. Ze daalden de ladder af en lieten hem op het platform achter. Meren liep naar het brandende komfoor naast de deur van de binnenhof. Hij hield een in teer gedoopte toorts in de vlammen, nam hem mee terug naar Mintaka en stopte hem in haar hand. Hij liet haar aan de voet van de brandstapel achter.

Mintaka keek op naar de farao op het balkon boven haar. Haar gelaatsuitdrukking was meelijwekkend. Hij knikte naar haar. Ze aarzelde nog even en gooide de brandende toorts toen op de bossen van olie doordrenkt papyrusriet. Ze wankelde achteruit toen de vlammen langs de zijkant van de brandstapel omhoogschoten. De vlammen en de zwarte rook kolkten boven het dak van het paleis uit. In het hart van de vlammen schreeuwde Soe naar de wolkeloze hemel: 'Hoor mij aan, Eos, de enige ware godin! Uw trouwe dienaar roept u. Hef me op uit het vuur. Toon uw kracht en heilige macht aan de kleine farao en de hele wereld!' Toen werd zijn stemgeluid overstemd door het geknetter van de vlammen. Soe zakte in zijn boeien naar voren tot de hitte en de rook hem omhulden en hij door de oplaaiende vlammen afgeschermd werd. Een ogenblik gingen ze uiteen zodat zijn zwartgeblakerde, verwrongen lichaam zichtbaar werd dat niet menselijk meer was en nog steeds aan de brandstapel hing. Toen zakte de brandstapel ineen en werd hij in het midden ervan door het vuur verteerd.

Meren trok Mintaka terug naar de veilige trap en leidde haar omhoog naar de koninklijke audiëntiezaal. Ze was een zwakke, oude vrouw geworden, ontdaan van haar waardigheid en schoonheid. Ze ging naar de farao toe en knielde voor hem neer. 'Mijn heer echtgenoot, ik smeek u om vergeving,' fluisterde ze. 'Ik was een domme vrouw en er is geen excuus voor wat ik gedaan heb.'

'Je bent vergeven,' zei Nefer Seti en toen leek hij niet meer te weten wat hij moest doen. Hij maakte aanstalten om haar overeind te trekken, maar toen stapte hij achteruit. Hij wist dat een goddelijke farao zich daartoe niet hoorde te verlagen en hij keek Taita vragend aan. Taita raakte Fenns arm aan. Ze knikte, tilde haar sluier op zodat haar schoonheid onthuld werd, liep naar Mintaka toe en boog zich over haar heen. 'Kom, hoogheid,' zei ze en ze pakte Mintaka's arm vast.

De koningin keek naar haar op. 'Wie ben je?' Ze beefde.

'Ik ben iemand die heel veel om u geeft,' antwoordde Fenn en ze trok haar overeind.

Mintaka staarde in haar groene ogen en zei toen snikkend: 'Ik voel dat je de goedheid en wijsheid hebt van een veel ouder iemand.' Ze liet zich door Fenn omhelzen. Fenn hield haar dicht tegen zich aangedrukt en leidde haar de zaal uit.

'Wie is die jonge vrouw?' vroeg Nefer Seti aan Taita. 'Ik moet het nu weten. Vertel het me onmiddellijk, Taita. Dat is mijn koninklijke bevel.'

'Ze is de reïncarnatie van uw grootmoeder, koningin Lostris, farao,' antwoordde Taita, 'de vrouw van wie ik eens heb gehouden en van wie ik nu weer houd.'

Merens nieuwe grondbezit strekte zich vijfenveertig kilometer langs de oever van Moeder Nijl uit. In het midden ervan stonden een van de koninklijke paleizen en een schitterende tempel die gewijd was aan de valkgod Horus. Beide gebouwen hoorden bij het koninklijke geschenk. Driehonderd pachtboeren bewerkten de vruchtbare velden die door de rivier geïrrigeerd werden. Ze betaalden een vijfde deel van hun oogst aan hun nieuwe landheer, Heer veldmaarschalk Meren Cambyses. Honderdvijftig horigen en tweehonderd slaven, gevangenen uit de oorlogen van de farao, werkten in het paleis of in het privégedeelte van het landgoed.

Meren noemde het landgoed Karim-Ek-Horus, de Wijngaarden van Horus. Toen in de lente van dat jaar de gewassen werden geplant en de aarde gul was, kwam de farao met zijn hele koninklijke gevolg stroomafwaarts uit Karnak om de bruiloft van Heer Meren en zijn bruid bij te wonen.

Meren en Sidudu kwamen samen de rivieroever op. Meren was als veldmaarschalk in vol ornaat, met struisvogelveren in zijn helm en de kettingen van Dapperheid en Eer op zijn blote borst. Sidudu droeg jas-mijnbloesems in haar haar en haar jurk was een wolk van witte zijde uit China. Ze braken de kannen Nijlwater en kusten elkaar terwijl alle mensen schreeuwden van vreugde en de zegen van de goden afsmeek-ten.

De feestelijkheden duurden tien dagen en tien nachten. Meren wilde de paleisfontein met wijn vullen, maar vanaf het moment dat ze zijn vrouw was geworden, verbood Sidudu dat soort buitensporigheden. Meren schrok ervan dat ze zo snel de baas over zijn huishouding ging spelen, maar Taita troostte hem: 'Je kunt je geen betere vrouw wensen. Haar zuinigheid bewijst dat. Een verkwistende vrouw is een schorpioen in het bed van haar man.'

Elke dag zat Nefer Seti urenlang bij Taita en Meren en hij luisterde gretig naar het relaas van hun reis naar de Bergen van de Maan. Toen het hele verhaal tot in alle details was verteld, beval hij hun het te her-halen. Sidudu, Fenn en Mintaka zaten bij hen. Onder Fenns invloed was de koningin veranderd. Ze had de last van haar verdriet en schuldgevoel afgeworpen en ze was weer sereen en straalde van geluk. Het was ieder-een duidelijk dat ze weer volledig bij haar echtgenoot in de gunst was.

Eén bepaald deel van het verhaal fascineerde hen, vooral Nefer Seti. Hij kwam er steeds weer op terug. 'Vertel me nog eens over de Bron,' eiste hij van Taita. 'En let erop dat je geen enkel detail weglaat. Begin met het deel waarin je de stenen brug over het brandende lavameer overstak.'

Toen Taita aan het eind van het verhaal kwam, was hij nog steeds niet tevreden: 'Beschrijf de smaak van het Blauw toen je het in je mond zoog. Waarom verstikte het je niet als water in je longen toen je het inadem-de? Hoe lang nadat je uit de Bron kwam, werd je je bewust van het won-derbaarlijke effect ervan? Je zegt dat de brandplekken van de lava op je benen direct genazen en dat je kracht in al je ledematen terugkeerde. Is dat echt waar? Is de Bron, nu hij door de vulkaanuitbarstingen vernie-tigd is, in de brandende lava verdronken? Wat een verschrikkelijk ver-lies zou dat zijn. Is hij nu voor altijd buiten ons bereik?'

'De Bron is eeuwig, net als de levengevende kracht die hij schenkt. Zolang er leven op aarde bestaat, zal de Bron ook blijven bestaan,' ant-woordde Taita.

'In de loop van de eeuwen hebben de filosofen gedroomd van deze magische Bron en al mijn voorouders hebben ernaar gezocht. Eeuwig leven en eeuwige jeugd, wat een ongeëvenaarde schatten zijn dat!' De ogen van de farao glinsterden met een bijna religieus vuur. Plotseling riep hij uit: 'Vind hem voor me, Taita. Ik beveel het je niet, maar ik smeek het je. Er resten mij nog maar twintig of dertig jaar van de mij toegewezen tijd. Ga eropuit, Taita, en vind de Bron terug.'

Taita hoefde Fenn niet aan te kijken. Haar stem klonk duidelijk in zijn hoofd: 'Mijn lieve Taita, ik voeg mijn smeekbeden bij die van je koning. Neem me mee, laten we de hele aarde afzoeken tot we de plek vinden waar de Bron verborgen is. Laat me baden in het Blauw, zodat ik tot in alle eeuwigheid in liefde naast je kan staan.'

'Farao.' Taita keek in zijn gretige ogen. 'U beveelt, dus ik moet gehoorzamen.'

'Als het je lukt, zal je beloning oneindig groot zijn. Ik zal je overladen met alle schatten en alle eer die de wereld te bieden heeft.'

'Wat ik nu heb, is voldoende. Ik heb de liefde van mijn koning en mijn vrouw. Ik heb de eeuwige jeugd en de wijsheid van alle eeuwen. Ik doe dit uit liefde voor mijn koning en mijn vrouw.'

Taita reed op Windrook en Fenn op Wervelwind en ze voerden allebei een volledig beladen pakpaard aan de teugel mee. Ze waren gekleed in bedoeïenenkleren en droegen een boog en een zwaard. Meren en Sidudu reden met hen mee tot de top van de oostelijke heuvels boven het landgoed Karim-Ek-Horus. Daar namen ze afscheid. Sidudu en Fenn pinkten allebei een zusterlijk traantje weg terwijl Meren Taita omhelsde en op de wang kuste.

'Arme Magiër! Hoe moet het nu verder met u als ik er niet ben om voor u te zorgen?' Zijn stem klonk ruw. 'Ik garandeer u dat u al flink in de problemen zult komen voordat u een dag uit mijn ogen bent.' Toen wendde hij zich tot Fenn. 'Zorg goed voor hem en ik hoop dat je hem eens weer bij ons terugbrengt.'

Taita en Fenn stegen op en reden de helling aan de andere kant van de heuvel af. Ze stopten halverwege en keken om naar de twee kleine figuurtjes hoog boven hen. Meren en Sidudu zwaaiden nog een laatste keer, draaiden zich toen om en verdwenen over de heuveltop.

'Waar gaan we naartoe?' vroeg Fenn.

'Eerst moeten we een zee, een grote vlakte en een hoge bergketen oversteken.'

'En daarna?'

'Diep het oerwoud in naar de tempel van Saraswati, de godin van de wijsheid en de wedergeboorte.'

'Wat zullen we daar vinden?'

'Een wijze vrouw die je Innerlijke Oog zal openen, zodat je me beter zult kunnen helpen om de weg naar de heilige Bron te vinden.'

'Hoe lang zal onze reis duren?'

'Onze reis zal geen einde kennen. We zullen samen door alle tijd reizen.'

Fenn lachte van vreugde. 'Dan moeten we onmiddellijk beginnen, mijn heer.'

Naast elkaar spoorden ze hun paarden aan en reden het onbekende tegemoet.